HEYNE
BÜCHER

Tip des Monats

Johanna
Lindsey

ZWEI LEIDENSCHAFTLICHE LIEBESROMANE

Herzen in Flammen
Geheime Leidenschaft

WILHELM HEYNE VERLAG
MÜNCHEN

HEYNE TIP DES MONATS
Nr. 23/103

Inhalt

Herzen
in Flammen

Für Ralph

1

Norwegen, 873 nach Christus

Dirk Gerhardsen ließ sich zu Boden fallen und kroch dann zu dem Fluß, an dem das goldblonde Mädchen Rast machte. Kristen Haardrad sah sich einmal um, als hätte sie ihn gehört, doch dann band sie ihren großen Hengst an und lief direkt ans Flußufer. Zu ihrer Linken strudelte der Horten Fjord flink dahin. Doch hier wurde die Strömung von einer Reihe von Felsblöcken in Schach gehalten, und das Wasser war ruhig und sachte, wie ein kleiner Teich. Dirk wußte von früheren Erfahrungen, daß das Wasser zudem köstlich warm und zu einladend war, als daß ein Mädchen ihm hätte widerstehen können.

Er hatte gewußt, daß Kristen hierherkommen würde, als er gesehen hatte, daß sie das Haus ihres Onkels Hugh verließ und in diese Richtung ritt. Als sie noch jünger waren, wesentlich jünger, hatten sie häufig mit ihren Brüdern, Cousins und Cousinen zusammen hier gebadet. Kristen kam aus einer großen Familie: Sie hatte drei Brüder, einen Onkel, der diesseits des Fjordes der Jarl, der vom König eingesetzte Statthalter war, und Dutzende von entfernten Cousins und Cousinen väterlicherseits, und sie alle fanden, dieses eine Mädchen sei ihnen Sonne und Mond zugleich.

Dirk hatte das bis vor kurzem auch so gesehen. Er hatte sich ein Herz gefaßt und Kristen gebeten, ihn zu heiraten, wie es schon so viele andere vor ihm getan hatten. Sie hatte ihn abgewiesen – behutsam und freundlich, das mußte er mißmutig zugeben, und doch war es eine nahezu vernichtende Enttäuschung. Er hatte mitangesehen, wie sie von einem großen, ungeschickten Mädchen zu einer majestätischen Frau von betörender Schönheit herangewachsen war, und es gab nichts, woran ihm soviel lag, wie daran, Kristen Haardrad sein eigen nennen zu können.

Dirk hielt den Atem an, als sie begann, ihr Leinengewand auszuziehen. Er hatte gehofft, daß sie es tun würde. Das war auch der Grund, weshalb er ihr gefolgt war, denn er hatte gewußt, daß es so kommen könnte, er hatte darauf gehofft, und – sollte Odin ihm beistehen – sie tat es. Der Anblick warf ihn fast um: die langen, wohlgeformten Beine ... die sachte Rundung ihrer Hüften ... der schmale, gerade Rücken, auf dem ein dicker strohblonder Zopf hing. Erst vor vierzehn Tagen hatte er diesen dicken Zopf in seiner Faust gehalten und sie zu einem Kuß gezwungen. Er hatte seinen Mund auf ihre Lippen gepreßt, und dieser Kuß hatte sein Blut kochen lassen und ihn fast um den Verstand gebracht. Sie hatte ihm dafür eine kräftige Ohrfeige verpaßt, einen Schlag, der ihn ins Wanken gebracht hatte, denn Kristen war kein schwaches kleines Mädchen; sie war nur fünf Zentimeter kleiner als er, und er war doch immerhin einsachzig. Das entmutigte ihn jedoch nicht. Damals hatte er einen Moment lang das Gefühl gehabt, wahrhaft den Verstand zu verlieren, wenn er sie nicht bekäme.

Es war ein Glück, daß Selig, Kristens großer Bruder, dazugekommen war, doch leider war er exakt in dem Moment erschienen, als Dirk Kristen wieder gepackt hatte und sie gewaltsam zu Boden zwang. Er und Selig trugen beide Verletzungen von diesem Zwischenfall davon, und Dirk hatte in Selig einen guten Freund verloren – nicht etwa, weil sie sich gerauft hatten – denn die Nordländer waren jederzeit bereit, aus allen erdenklichen Gründen zu kämpfen – sondern aufgrund dessen, was er Kristen anzutun versucht hatte. Er konnte auch wirklich nicht bestreiten, daß er sie an Ort und Stelle genommen hätte, im Stall ihres Vaters auf dem Fußboden. Wenn ihm das gelungen wäre, wäre er schon tot. Und er hätte nicht mit ihren Brüdern oder ihren Cousins kämpfen müssen, sondern mit ihrem Vater Garrick, der Dirk mit seinen bloßen Händen hätte umbringen können.

Kristens Körper war jetzt vom Wasser verborgen, doch der Umstand, daß Dirk sie nicht mehr von Kopf bis Fuß sehen konnte, ließ das Feuer nicht abkühlen, das durch seine Adern strömte. Er hätte nicht geglaubt, daß es so qualvoll sein würde, ihr beim Schwimmen zuzusehen. Er hatte sich lediglich gesagt, daß sie allein und fern von ihrer Familie sein würde und daß er sie jetzt unter Umständen das einzige Mal je wieder allein sehen konnte. Es waren Gerüchte im Umlauf, die besagten, sie solle in Kürze Sheldon heiraten, den ältesten Sohn Perrins. Perrin war der beste Freund ihres Vaters. Natürlich waren auch schon früher Gerüchte verlautet, und zwar schon zahllose Male, denn Kristen zählte schon neunzehn Lenze, und in den letzten vier Jahren hatte wohl fast jeder gesunde und kräftige Mann am ganzen Fjord um ihre Hand angehalten.

Sie ließ sich jetzt auf dem Rücken treiben. Ihre Zehenspitzen schauten aus dem Wasser, die sahnige Wölbung ihrer Oberschenkel, ihre vollen Brüste – sollte Loki sie holen, aber sie forderte regelrecht dazu auf, geschändet zu werden! Dirk konnte sich nicht länger zurückhalten. In seiner Hast riß er sich die Kleider vom Leib.

Kristen hörte das Wasser spritzen und sah in die Richtung, aus der das Geräusch ihrer Meinung nach kam, dort war nichts zu sehen. Eilig drehte sie sich einmal um die eigene Achse, doch niemand außer ihr hielt sich in dem warmen Wasser auf, und die Wasseroberfläche kräuselte sich auch nur dort, wo sie sie in Bewegung brachte. Trotzdem schwamm sie ans Ufer, an dem ihr Gewand und die einzige Waffe, die sie bei sich hatte, lagen, ihr Dolch mit dem juwelenbesetzten Heft, der weniger ihrem Schutz diente, sondern vor allem zur Zierde getragen wurde.

Es war eine Dummheit von ihr gewesen, allein herzukommen, statt darauf zu warten, daß einer ihrer Brüder mitkam. Doch die hatten alle Hände voll damit zu tun, das große Wikingerschiff ihres Vaters startklar zu machen, mit dem Selig in der kommenden Woche in den Osten aufbrechen würde, und es war ein so schöner, warmer Tag nach dem kühlen Frühling und einem außergewöhnlich kalten Winter. Sie hatte der Versuchung einfach nicht widerstehen können.

Es war ihr als ein Abenteuer erschienen, etwas zu tun, was sie bisher noch nie getan hatte, und sie liebte Abenteuer über alles. Doch alle ihre früheren Abenteuer hatte sie gemeinsam mit anderen bestanden. Und vielleicht war es auch wirklich nicht besonders klug gewesen, sich von Kopf bis Fuß auszuziehen, obwohl es ihr, als sie es getan hatte, so köstlich verrucht und kühn erschienen war, und Kristen zeichnete sich durch ihre Dreistigkeit aus. Wie immer bereute sie auch jetzt erst im Nachhinein ihre Kühnheit.

In dem Moment, als ihre Füße den Boden berührten, ragte er groß und bedrohlich vor ihr auf. Kristen wünschte sich, es wäre nicht ausgerechnet Dirk gewesen, denn er hatte schon einmal versucht, ihr seinen Willen aufzuzwingen, und auf seinem Gesicht stand jetzt derselbe Ausdruck wie vor vierzehn Tagen. Er war ein stämmiger Mann von einundzwanzig Jahren, genauso alt wie ihr Bruder Selig. Die gleichaltrigen Jungen waren auch die besten Freunde gewesen. Sie hatte bis zu dem Tag, an dem er im Stall über sie hergefallen war, geglaubt, Dirk sei auch ihr Freund.

Er hatte sich verändert und war nicht mehr der Junge, mit dem sie aufgewachsen war, mit dem sie ausgeritten und auf die Jagd gegangen war und mit dem sie in eben diesem Gewässer gebadet hatte. Mit seinem dunkelblonden Haar und seinen goldbraunen Augen sah er so gut aus wie immer. Aber er war nicht mehr der Dirk, den sie kannte, und sie fürchtete sehr, daß sich das wiederholen würde, was damals im Stall geschehen war.

»Du hättest nicht hierherkommen sollen, Kristen.« Seine Stimme war dunkel und heiser.

Sein Blick blieb auf den Wassertropfen hängen, die wie Diamanten auf ihren langen, geschwungenen Wimpern funkelten. Wassertropfen rannen auch über ihre hohen Wangenknochen und die kleine, gerade Nase. Sie leckte sich mit der Zunge die Feuchtigkeit von ihren vollen Lippen, und er stöhnte.

Kristen hörte es und riß nicht aus Angst, sonder aus Wut die Augen auf. Diese Augen, diese Augen, die denen ihres Vaters so sehr ähnelten, eine Kreuzung aus dem Himmel, dem Meer und dem Land, und dahinter lag ein Strahlen, das ihnen eine klare, helle aquamarinfarbene Tönung gab. Im Moment überwog das Türkis, das den schäumenden Wogen eines sturmgepeitschten Meeres entsprach.

»Laß mich vorbei, Dirk.«

»Ich denke kaum, daß ich das tun werde.«

»Dann denk noch einmal darüber nach.«

Sie bemühte sich, nicht laut zu werden, das war auch gar nicht nötig. Ihre Wut drückte sich in ihrem herzförmigen Gesicht deutlich genug aus. Doch Dirk war von einem Ungeheuer besessen, dem Ungeheuer der Wollust. Seine vorhin erst angestellten Überlegungen, wieviel Glück er gehabt hatte, weil er sie nicht geschändet hatte, waren verflogen.

»Ach, Kristen.« Er hob die Hände und legte sie auf ihre nackten Schultern, und als sie versuchte, seine Hände abzuschütteln, hielt er sie fest. »Weißt du überhaupt, was du mir antust? Kannst du dir überhaupt vorstellen, wie sehr es eine Mann um den Verstand bringen kann, eine so schöne Frau wie dich zu begehren?«

Gefährliche Strudel blitzten in ihren Augen auf. »Du hast wirklich den Verstand verloren, wenn du glaubst …«

Sein Mund ergriff brutal Besitz von ihren Lippen, um sie zum Schweigen zu bringen. Die Hände, die ihre Schultern festhielten, zogen sie an ihn und preßten ihre vollen jungen Brüste gegen seinen Brustkorb.

14

Kristen glaubte zu ersticken. Sein Mund quetschte ihre Lippen schmerzhaft, und es war ihr verhaßt, genauso verhaßt wie das Gefühl, seinen Körper so dicht an ihrem zu spüren. Der Umstand, daß sie fast gleich groß waren, brachte seine Männlichkeit direkt an die gesuchte Pforte, und das war ihr noch mehr verhaßt als alles andere, denn ihr war nicht unbekannt, was Männer und Frauen miteinander taten, wenn sie sich liebten. Brenna, ihre Mutter, hatte ihr längst alle Aspekte der geschlechtlichen Liebe erklärt, aber das hier konnte man nicht als solche bezeichnen, denn sie spürte nichts anderes als Ekel.

Sie verfluchte seine Muskelkraft, als sie darum kämpfte, sich von ihm loszureißen. Sie bewunderte Kraft und Mut an Männern, aber nicht, wenn sich beides gegen ihren Willen richtete. Es konnte nicht schwer für Dirk sein, den Eingang zu finden und ihr die Jungfräulichkeit zu rauben. Wenn er das tat, würde sie ihn umbringen, denn er hatte nicht das Recht, ihr das zu nehmen. Es war etwas, was sie von sich aus zu verschenken hatte, und wenn sie den Mann fand, dem sie dieses Geschenk machen wollte, würde sie es mit Freuden tun. Aber alles würde ganz anders sein, und Dirk Gerhardsen war nicht der Mann, auf den sie wartete.

Sie nahm seine volle Unterlippe zwischen ihre Zähne und biß zu, und gleichzeitig gruben sich ihre Nägel in seine Brust. Sie biß fester zu, bis er seine Hände von ihr nahm; dann befahl sie ihm, zur Seite zu treten, bis sie die Plätze vertauscht hatten. Er hätte sie schlagen können, damit sie losließ, aber wenn er das getan hätte, hätte sie ihm natürlich die Unterlippe weit aufgerissen und zweifellos war ihm das klar. Doch sie ließ es nicht darauf ankommen und behielt seine Lippe zwischen den Zähnen, bis es ihr gelang, ihm in den Bauch zu treten.

Kristen ließ seine Unterlippe genau in dem Moment los, in dem sie seinen Bauch als Sprungbrett benutzte, von dem sie sich zum Ufer warf und Dirk tiefer ins Wasser stieß. Das gab ihr genügend Zeit, um aus dem Wasser zu steigen und ihren Dolch fest in der Hand zu halten, ehe er sie erreicht hatte. Doch er unternahm keinen weiteren Versuch. Ein Blick auf ihre Waffe reichte aus.

»Du kennst so viele Listen wie Lokis Tochter!« stieß Dirk unter Schmerzen hervor und wischte sich das Blut von der Lippe. Seine braunen Augen funkelten sie wütend an.

»Vergleiche mich nicht mit deinen Göttern, Dirk. Meine Mutter hat mich christlich erzogen.«

»Mir ist egal, woran du glaubst«, gab er zurück. »Leg den Dolch hin, Kristen.«

Sie schüttelte den Kopf. Er sah, daß sie jetzt mit der Waffe in der Hand ganz ruhig war. Und bei Odin, sie war eine prachtvolle Erscheinung, wie sie splitternackt dastand und das Wasser auf ihrem ganzen Körper glitzerte, wie ihre Brüste ihn in ihrer üppigen Fülle lockten und ihr zarter, flacher Bauch über dem Gestrüpp goldblonden Haares zwischen ihren Beinen zu sehen war. Und sie trotzte ihm, forderte ihn verwegen heraus, auch nur einen Schritt näherzukommen, und den Dolch hielt sie so, als wüßte sie genau, wie sie ihn zu führen hatte.

»Ich glaube, deine Mutter hat dir mehr beigebracht, als nur, ihren Gott zu lieben.« Bitterkeit schwang in seiner Stimme mit. »Dein Vater und deine Brüder hätten dich nie den Umgang mit diesem Spielzeug gelehrt und auch nie gebilligt, daß du damit umzugehen lernst, denn das hätte ihre Möglichkeit, dich zu beschützen, geschmälert. Lady Brenna hat dir ihre keltischen Tricks beigebracht, stimmt's? Nach all den Jahren hätte sie wissen sollen, daß ihre keltischen Listen bei den Wikingern nichts nutzen. Was hat sie dir sonst noch beigebracht, Kristen?«

»Ich kann mit jeder Waffe außer der Axt umgehen, denn das ist ein ungehobeltes Mordinstrument, und es erfordert keine Geschicklichkeit, sie zu schwingen«, antwortete sie stolz.

»Du spricht nur von ungehobelt, weil du nicht die Kraft hast, eine Axt zu schwingen«, erwiderte er griesgrämig. »Und was würde dein Vater dazu sagen, wenn er es wüßte? Ich wette, er würde sowohl dich als auch deine Mutter mit dem Riemen züchtigen.«

»Hast du vor, es ihm zu sagen?« fragte sie spöttisch.

Er sah sie finster an. Natürlich würde er es ihrem Vater nicht sagen, denn dann hätte er ihm erklären müssen, woher er das wußte. Das breite Grinsen, das ihre Lippen nach oben zog, sagte ihm, daß sie dasselbe dachte. Allein der Gedanken an Garrick Haardrad, der einen halben Fuß größer war als er und sogar mit sechsundvierzig Jahren noch eine gute Figur abgab, ließ Dirks Glut abkühlen – wenn auch nicht ganz.

Seine braunen Augen sahen sie forschend an. »Was paßt dir nicht an mir, Kristen? Warum willst du mich nicht?«

Diese Frage kam für sie überraschend, vor allem, da sie freundlich und trotzdem voller Bestürzung ausgesprochen wurde. Stolz und steif stand er so entblößt vor ihren Augen da wie sie vor seinen, und ihre Blicke glitten zögernd über seinen Körper. Das, was sie sah, brachte sie nicht aus der Fassung, denn sie hatte erwachsene Männer schon nackt gesehen, als sie und ihre beste Freundin Tyra sich in das Badehaus ihres Onkels geschlichen und sich hinter dem Wassertrog versteckt hatten, um einigen ihrer Cousins beim Baden zuzusehen. Das war natürlich schon länger als zehn Jahre her, und ein weiterer Unterschied bestand zwischen damals und jetzt. Noch nie hatte sie das Instrument der männlichen Lust so stolz und aufrecht dastehen sehen.

Kristen antwortete ihm wahrheitsgemäß. »Es gibt nichts gegen dich einzuwenden, Dirk. Du hast einen sehr schönen Körper und bist ansehnlich. Dein Vater hat ein einträgliches Gehöft, und du bist sein Erbe. Eine Frau kann sich freuen, dich zum Mann zu bekommen.«

Sie fügte nicht hinzu, daß Tyra einen Pakt mit den Göttern geschlossen hatte, um ihn zu bekommen, und daß das der Grund war, aus dem Kristen ihn nie auch nur in Erwägung gezogen hatte. Tyra war jetzt schon seit fünf Jahren in diesen Mann verliebt, doch er wußte es nicht. Und Kristen hatte geschworen, das Geheimnis ihrer Freundin niemals zu verraten, und am allerwenigsten natürlich an Dirk.

»Du bist ganz einfach nicht der Richtige für mich, Dirk Gerhardsen«, sagte sie abschließend mit fester Stimme.

»Warum nicht?«

»Du läßt mein Herz nicht schneller schlagen.« Er starrte sie ungläubig an und fragte: »Was hat denn das mit einer Heirat zu tun?«

Alles, sagte sie zu sich, und zu ihm gewandt: »Es tut mir leid, Dirk. Ich will dich nicht zum Ehemann haben. Das habe ich dir doch schon gesagt.«

»Ist es wahr, daß du Sheldon heiraten wirst?«

Sie hätte lügen und diesen Vorwand benutzen können, um sich aus ihrer mißlichen Lage zu befreien, aber es lag ihr nicht, der Einfachheit halber zu lügen. »Sheldon ist für mich so etwas wie mein Bruder. Ich habe ihn als Mann in Erwägung gezogen, weil meine Eltern gern hätten, daß ich ihn heirate, aber ich werde auch seinen Antrag abweisen.« *Und er wird vor Freude außer sich sein,* fügte sie in Gedanken hinzu, *denn er sieht in mir auch eine Schwester, und ihm ist bei der Vorstellung, mich zu heiraten, ebenso unwohl zumute wie mir.*

»Für irgend jemanden wirst du dich entscheiden müssen, Kristen. Im Lauf der Zeit hat jeder Mann am ganzen Fjord um deine Hand angehalten. Du solltest schon längst verheiratet sein.«

Dieses Thema war Kristen unangenehm, denn sie kannte ihre Lage besser als jeder andere, und es gab nicht einen einzigen Mann am Fluß, den sie heiraten wollte. Sie wollte eine Liebe wie die ihrer Eltern, aber sie wußte, daß sie sich schließlich doch mit weniger würde begnügen müssen. Sie hatte diesen Entschluß schon um etliche Jahre hinausgezögert, indem sie jeden Heiratsantrag abgelehnt hatte, und ihre Eltern hatten es zugelassen, weil sie sie liebten. Aber sie wußte, daß es nicht ewig so weitergehen konnte.

Sie wurde wütend auf Dirk, weil er sie an ihre hoffnungslose Lage erinnert hatte, die im letzten Jahr in ihren Gedanken allgegenwärtig gewesen war. »Wen ich mir aussuche, betrifft dich nicht, Dirk, denn du wirst es nicht sein. Stell dich darauf ein, dir eine andere zu suchen, und sei so gut, mich in Zukunft nicht mehr zu belästigen.«

»Ich könnte dich gewaltsam nehmen, Kristen, und dich zwingen, mich zu heiraten«, warnte er sie mit gesenkter Stimme. »Du hast nämlich schon so viele Anträge abgelehnt, daß dein Vater durchaus gewillt sein könnte, dich mir zu geben, wenn ich dich erst für andere wertlos gemacht habe. So ist es schon öfter gekommen.«

Das war durchaus eine Möglichkeit. Natürlich würde ihr Vater ihn vorher fast totschlagen. Doch wenn Dirk das überlebte, konnte es sein, daß er sie zur Frau bekam. Der Umstand, daß sie keine Jungfrau mehr war, mußte in Betracht gezogen werden.

Kristen sah ihn finster an. »Wenn mein Vater dich dafür nicht töten würde, täte ich es. Sei kein Dummkopf, Dirk, eine so faule List würde ich dir nie verzeihen.«

»Aber du würdest mir gehören.«

»Ich sage dir doch, daß ich dich töten würde.«

»Das glaube ich nicht«, sagte er in einem Tonfall, der für ihren Geschmack zu zuversichtlich war. »Ich glaube, es wäre das Risiko wert.«

Seine Augen waren auf ihre Brüste gerichtet, als er das sagte. Kristen blieb starr stehen. Sie hätte nicht hier stehenbleiben und mit ihm reden dürfen. Sie hätte auf Tordens Rücken springen und augenblicklich fortreiten müssen, statt nach ihrem Dolch zu greifen und es auf eine Auseinandersetzung ankommen zu lassen.

»Probier es doch gleich, und ich bringe dich schon vorher um!« zischte Kristen.

Dirk richtete seinen Blick wieder auf ihre Waffe und sah, daß sie sie auf eine Weise hob, die ihm versicherte, daß sie zustechen und ihn treffen würde, ehe er ihr den Dolch entreißen konnte. Wenn sie nur nicht fast so groß wie er gewesen wäre und entsprechend stark ...

Seine Wut erwachte wieder, doch jetzt richtete sie sich gegen ihre Mutter, die so verrückt gewesen war, ihrer Tochter die Kriegskunst beizubringen. »Du wirst nicht immer dieses Spielzeug in der Hand halten, Kristen.«

Sie reckte ihr Kinn etwas höher in die Luft. »Es war dumm von dir, mich zu warnen. Jetzt werde ich sichergehen, daß du mich nie mehr allein erwischst.«

Er siedete vor Wut. »Dann sieh am besten auch zu, daß deine Türe abgeschlossen ist, wenn du schläfst, denn irgendwie wird es mir eines Tages in der allernächsten Zeit gelingen, dich zu bekommen.«

Kristen ließ sich nicht dazu herab, auf diese Drohung einzugehen, sonder bückte sich, um die Kleider vor ihren Füßen aufzuheben und sie sich über die Schulter zu werfen. Ohne Dirk aus den Augen zu lassen, griff sie nach Tordens Zügel und wich mit dem Pferd einige Schritte zurück. Als sie etliche Meter zwischen sich und Dirk gelegt hatte, packte sie Tordens seidige weiße Mähne, sprang auf seinen Rücken und preßte ihre Fersen in die Flanken.

Sie hörte Dirks wütende Verwünschungen, ohne einen weiteren Gedanken an ihn zu vergeuden. Ihre einzige Sorge bestand jetzt darin, wie sie in ihre Kleider schlüpfen konnte, ehe sie die Siedlung der Haardrads erreichte und von jemandem gesehen wurde, ohne den Hengst langsamer laufen zu lassen. Wenn man sie unbekleidet sah, konnte sie das beim besten Willen nicht erklären, und die Wahrheit hätte ernste Einschränkungen nach sich gezogen, die ihrer Freiheit auferlegt worden wären, und Dirk Gerhardsen hätte einen Haufen Ärger bekommen.

Wenn diese Einschränkungen nicht zu erwarten gewesen wären, hätte sie gestanden, was passiert war, aber ihre Freiheit war ihr zu wertvoll. Ihr Vater machte sich ohnehin schon genügend Sorgen um sie. Ihre Mutter war unbesorgt, denn Brenna hatte ihr in all den vielen Sommern, in denen ihr Vater losgesegelt war, um seine Waren zu verkaufen, und ihre Brüder mitgenommen hatte, beigebracht, wie sie auf sich selbst aufpassen konnte. Brenna hatte Kristen insgeheim alles gelehrt, was sie bei ihrem eigenen Vater gelernt hatte: die Geschicklichkeit und die List, die notwendig war, um eine Waffe gegen einen mächtigeren Gegner zu schwingen, wobei die List erforderlich war, weil es Kristen letztlich doch an der Kraft eines Mannes fehlte, obwohl sie fast einen halben Fuß größer als ihre Mutter und stärker als die meisten Frauen war.

Kristen war stolz darauf, daß sie sich selbst verteidigen konnte, doch jetzt hatte sie dieses Können erstmals auf die Probe stellen müssen. Sie konnte Waffen nicht so offen wie die Männer tragen, denn ihr Vater wäre wütend geworden, wenn er erfahren hätte, was ihre Mutter sie gelehrt hatte. Sie wollte ohnehin keine Waffen tragen, denn schließlich war sie stolz auf ihre Weiblichkeit.

Kristen wurde von ihrer Familie geliebt und verhätschelt und in Schutz genommen. Neben ihrem Bruder Selig, der zwei Jahre älter war als sie, gab es noch Eric, der sechzehn Lenze zählte, und Thorall, der vierzehn Jahre alt war, und beide waren jetzt schon fast so groß wie ihr stattlicher Vater. Außerdem hatte sie ihren Cousin Athol, der nur wenige Monate älter als Selig war, und Dutzende von weiteren Cousins väterlicherseits zweiten und dritten Grades, die um Leben und Tod gekämpft hätten, wenn ihr auch nur die kleinste Beleidigung beigebracht wurde. Nein, sie war bestens beschützt und mußte sich nicht in der Form beweisen, in der ihre Mutter ihr Können hatte beweisen müssen, als sie in Kristens Alter war.

Bis heute. Hätte sie doch bloß mit Selig und seinen Freunden in der kommenden Woche zu den Handelsplätzen im Osten aufbrechen können! Dann hätte sie sich wegen Dirk keine Sorgen machen müssen – zumindest nicht bis zu ihrer Rückkehr gegen Ende des Sommers. Bis dahin konnte er durchaus eine Frau gefunden und seinen Hang verloren haben, sie weiterhin zu belästigen.

Aber sie hatte längst darum gebeten, auf diese Handelsreise mitgenommen zu werden, und es war ihr abgeschlagen worden. Sie war inzwischen zu alt, um mit so vielen jungen Männern loszusegeln, selbst dann, wenn es sich um eines der Schiffe ihres Vaters handelte, das unter Seligs Kommando stand. Wenn Garrick nicht mitfuhr, durfte sie auch nicht mitfahren, und damit war das Thema beendet. Selbst ihre spöttischen Anspielungen, sie könnte in Birka oder Hedeby einen reichen Kaufherrn wie ihn kennenlernen und einen Ehemann nach Hause mitbringen, hatte ihn nicht ins Wanken gebracht. Wenn er nicht dabei war und auf sie aufpassen konnte, wie es auf den drei Reisen der Fall gewesen war, auf die er Kristen und ihre Mutter mitgenommen hatte, dann, bei Odin, blieb sie zu Hause.

Garrick war seit acht Jahren nicht mehr mitgefahren, da er es vorzog, die warmen Sommermonate mit Brenna zu verbringen, und er hatte seinem Freund Perrin das Kommando über sein Schiff anvertraut, das jetzt, nachdem er alt genug war, Selig übernommen hatte. Kristens Eltern wollten allein in den Norden reisen und erst gegen Ende des Sommers zurückkehren. Sie gingen gemeinsam auf die Jagd, erkundeten Landstriche und liebten einander, und Kristen erträumte sich für sich selbst eine Beziehung wie die ihrer Eltern. Aber wo gab es einen Mann wie Garrick, der so sanft mit denen umging, die er liebte, und der doch so gefährlich und bedrohlich für jene war, denen er keine Liebe entgegenbrachte, und der ihr Herz so schnell schlagen ließ wie Brennas Herz, wenn sie Garrick auch nur ansah?

Kristen seufzte und ritt nach Hause. Einen solchen Mann gab es nicht – oder hier jedenfalls nicht. Ja, es gab ein paar sanftmütige Männer, wenn auch nicht viele, die recht gefährlich sein konnten und es auch waren. Die nordischen Länder brachten tapfere und verwegene Krieger hervor, Prachtexemplare von Männern, doch sie hatte noch keinen getroffen, der ihr junges Herz hätte erobern können. Hätte sie doch nur mit Selig in den Osten reisen können. Irgendwo gab es mit Gewißheit einen Mann, der ihr vom Schicksal bestimmt war, vielleicht ein Kaufmann oder ein Seemann wie ihr Vater – ein Däne möglicherweise oder ein Schwede oder gar ein Norweger aus dem Süden. Sie alle brachten ihre Waren in die großen Handelsstädte im Osten. Sie mußte ihn nur finden.

2

Kristen wartete in der Küche darauf, daß ihre Mutter wieder nach unten kommen würde. Selig würde am kommenden Morgen um die Zeit aufbrechen, die in anderen Teilen der Welt als Dämmerung bezeichnet worden wäre, doch da die Sonne so hoch oben im Norden im Sommer allnächtlich nur für ein paar Stunden unterging, konnte man hier schlecht von einem Morgengrauen reden.

Wenn man Selig mitzählte, belief sich die Schiffsmannschaft auf vierunddreißig Mann. Einige Cousins waren darunter, doch vorwiegend handelte es sich um Freunde und um jüngere oder auch ältere Söhne, die alle das Meer liebten. Der Laderaum würde mit den Fellen gefüllt sein, die jeder der Männer auf den Markt bringen wollte, und anderen Wertgegenständen, die im Lauf der dunklen Wintermonate hergestellt worden waren. Kristens Familie hatte in diesem Winter fünfundfünfzig Felle gesammelt, darunter zwei der wertvollen weißen Eisbärfelle, die im Osten einen so hohen Preis erzielten.

Es würde für alle Beteiligten eine gewinnbringende Reise werden, und Kristen mußte zumindest noch einmal versuchen, daran teilnehmen zu dürfen. Selig hatte gesagt, er hätte nichts dagegen, sie mitzunehmen, aber ihm fiel es natürlich schwer, ihr irgendetwas abzuschlagen. Da ihr Vater im Lauf der letzten Woche dreimal nein gesagt hatte, war ihre einzige Chance, daß er es sich noch einmal anders überlegte, jetzt ihre Mutter.

Die Dienstboten bereiteten das Abendessen zu. Es waren ausnahmslos Ausländer, die die Wikinger bei ihren Überfällen im Süden und im Osten gefangengenommen hatten. Die Bediensteten der Familie Haardrad waren alle gekauft worden, da Garrick seit seiner Jugend keine Raubzüge mehr unternommen hatte und Selig anstelle seines Vaters das Schiffskommando übernommen hatte. Das war ein Thema, das manchmal Diskussionen zwischen ihren Eltern auslöste, da ihre Mutter auch eine Sklavin gewesen war, die Garricks Vater gefangengenommen und im Jahr 851 Garrick geschenkt hatte. Natürlich hatte Brenna in ihrem flammenden Stolz Garrick nie als ihren Besitzer anerkannt, und einige der Geschichten, die sie voneinander erzählten, drehten sich um den erbitterten Kampf, zu dem ihre Liebe, die sie jetzt miteinander verband, sie angestachelt hatte.

Kristen konnte sich nicht vorstellen, daß ihre Eltern je uneinig gewesen waren, wie es wohl einst der Fall gewesen sein mußte. O ja, gelegentlich kam es zu Streitigkeiten zwischen ihnen, und manchmal ritt Garrick in den Norden, um seine Wut verrauchen zu lassen. Doch wenn er zurückkam, schlossen sich ihre Eltern stundenlang in ihrem Gemach ein, und wenn sie endlich wieder herauskamen, konnte sich keiner von beiden mehr genau daran erinnern, worüber sie sich eigentlich gestritten hatten. Jede ihrer Auseinandersetzungen, ob von geringer oder von entscheidender Bedeutung, endete in ihrem Schlafgemach, und das war für den Rest der Familie ein Quell der Belustigung und der Hänseleien.

Kristen, die das Warten langweilte, setzte Aileen zu, ihr ein paar von den süßen Nüssen abzugeben, die die Köchin gerade in den

Brotteig knetete. Kristen neckte Aileen mit ihrer gälischen Muttersprache, was im allgemeinen den Zweck erfüllte, die Frau für sich zu gewinnen. Von den Bediensteten, die aus so vielen verschiedenen Ländern kamen, hatte Kristen etliche Sprachen gelernt, und sie sprach jede einzelne wie ihre Muttersprache. Ihr Verstand war aktiv und immer begierig darauf, etwas Neues zu lernen.

»Stör Aileen nicht, Liebling, damit das Lieblingsbrot deines Vaters nicht zu guter Letzt noch verdirbt.«

Schuldbewußt schluckte Kristen die letzten Nüsse, die sie gerade kaute, ehe sie sich grinsend zu ihrer Mutter umdrehte.

»Ich dachte schon, du kämst gar nicht mehr nach unten. Was hast du Vater ins Ohr geflüstert, ehe er dich die Treppe hinaufgetragen hat?«

Brenna errötete kleidsam, legte einen Arm um die Taille ihrer Tochter und führte sie in den Saal, der leer war, da sämtliche Männer unten am Fjord waren und die Fracht verluden.

»Mußt du solche Dinge vor den Dienstboten aussprechen?«

»Wieso aussprechen? Sie haben doch alle gesehen, wie er dich hochgehoben hat und …«

»Schon gut.« Brenna lächelte. »Im übrigen habe ich ihm gar nichts zugeflüstert.«

Kristen war enttäuscht, denn sie hatte darauf gehofft, ein köstlich verruchtes Geständnis von ihrer Mutter zu hören, die sich zu jedem Thema ganz offen äußerte. Als sie ihre Enttäuschung bemerkte, lachte Brenna.

»Ich brauchte ihm gar nichts ins Ohr zu flüstern, Liebling. Ich habe lediglich an seinem Hals geknabbert. Garrick hat nämlich eine sehr, sehr empfindliche Stelle am Hals.«

»Und das hat ihn so lüstern werden lassen?«

»Sehr lüstern.«

»Dann hast du ihn also provoziert. Schäm dich, Mutter!« sagte Kristen im Scherz.

»Ich soll mich schämen? Nachdem ich gerade am hellichten Tag eine äußerst genüßliche Stunde mit deinem Vater verbracht habe, und das, obwohl er es kaum erwarten konnte, zur Anlegestelle zu laufen? Manchmal muß eine Frau die Dinge selbst in die Hand nehmen, wenn ihr Mann zu beschäftigt ist.«

Kristen gab einen Laut von sich, der ganz nach einem Kichern klang. »Und hat er etwas dagegen gehabt, daß du ihn davon abhältst, genüßlich beim Verladen der Fracht zuzusehen?«

»Was meinst du?«

Kristen lächelte und wußte nur zu gut, daß er bestimmt nichts dagegen hatte.

Ihre Mutter war nicht so wie andere Mütter, und sie sah auch nicht aus wie andere Mütter. Sie unterschied sich nicht nur durch das rabenschwarze Haar ihrer keltischen Abstammung und durch ihre warmen grauen Augen von anderen Frauen, sondern sie sah auch viel zu jung aus, als daß man ihr erwachsene Kinder hätte zutrauen können. Sie ging schon auf die Vierzig zu, doch sie wirkte wesentlich jünger.

Brenna Haardrad war eine außergewöhnlich schöne Frau, und Kristen hatte das große Glück gehabt, die Gesichtszüge ihrer Mutter zu erben, doch ihre Köpergröße, ihr strohblondes Haar und ihre aquamarinfarbenen Augen hatte sie ganz von ihrem Vater. Sie konnte Gott dafür danken, daß sie nicht ganz so groß wie ihr Vater und ihre Brüder geworden war, obwohl Kristens ungewöhnliche Größe hier oben im Norden kein so großes Problem war wie andernorts. In Brennas Heimat hätte es sich jedoch entschieden zu ihrem Nachteil ausgewirkt, denn Kristen wäre dort größer als die meisten Männer gewesen.

»Du hast doch bestimmt nicht nur auf mich gewartet, um mir aufdringliche Fragen zu stellen«, sagte Brenna jetzt.

Kristen senkte ihren Blick auf ihre Füße. »Ich hatte gehofft, du könntest vielleicht jetzt, wenn er gerade so gut aufgelegt ist, noch einmal mit Vater reden und ihn fragen ...«

»Ob du mit deinem Bruder fortfahren darfst?« beendete Brenna an ihrer Stelle den Satz und schüttelte den Kopf. »Warum ist dir diese Reise so wichtig, Kristen?«

»Ich will einen Mann finden.« So, jetzt hatte sie das ausgesprochen, was sie ihrem Vater gegenüber nicht ernsthaft äußern konnte.

»Und du glaubst nicht, daß du hier zu Hause einen Mann finden kannst?«

Kristen sah in die sanften grauen Augen. »Hier gibt es niemanden, den ich liebe, Mutter – nicht so, wie du Vater liebst.«

»Hast du denn auch alle in Erwägung gezogen, die du kennst?«

»Ja.«

»Willst du mir damit sagen, daß du Sheldons Antrag nicht annehmen kannst?«

Kristen hatte nicht vorgehabt, ihren Eltern diese Entscheidung so schnell mitzuteilen, doch jetzt nickte sie. »Ich liebe ihn, aber ich liebe ihn so, wie ich meine Brüder liebe.«

»Dann willst du also einen Fremden heiraten?«

»Du hast selbst einen Fremden geheiratet, Mutter.«

»Aber dein Vater und ich haben einander schon lange Zeit gekannt, als wir uns endlich unsere Liebe eingestanden und geheiratet haben.«

»Ich glaube nicht, daß ich so lange brauche, um zu wissen, daß ich verliebt bin.«

Brenna seufzte. »Jedenfalls habe ich dich bestens mit dem Wissen ausgerüstet, das ich selbst nicht besessen habe, als ich deinen Vater kennenlernte. Nun gut, Liebling, ich werde heute abend mit Garrick reden, aber du solltest nicht darauf hoffen, daß er es sich anders überlegt. Eigentlich möchte ich selbst auch nicht, daß du mit deinem Bruder fortfährst.«

»Aber, Mutter …«

»Laß mich ausreden. Wenn Selig rechtzeitig zurück kommt, glaube ich, daß sich dein Vater überreden läßt, dich in den Süden reisen zu lassen, um dort nach einem Mann zu suchen.«

»Und wenn der Sommer bei seiner Rückkehr fast vorüber ist?«

»Dann wird es eben bis zum Frühling warten müssen. Wenn ich dich schon an einen Mann weiter unten im Süden verlieren soll, dann doch lieber erst im nächsten Frühjahr … es sei denn, du bist darauf versessen, jetzt gleich einen Mann zu finden.«

Kristen schüttelte den Kopf. Darum ging es ihr eigentlich gar nicht. Sie wollte jetzt von hier fort, von der Drohung, die Dirk darstellte, aber das konnte sie auch ihrer Mutter nicht sagen, denn Brenna war es zuzutrauen, daß sie den Fall selbst in die Hand nahm.

»Aber dann bin ich noch ein Jahr älter«, hob Kristen hervor, weil sie hoffte, ihre Mutter damit ins Wanken zu bringen.

Brenna lächelte ihre Tochter an, denn Kristen war nicht klar, wie überaus begehrenswert sie war. »Das Alter spielt bei dir keine Rolle, Liebling, glaub mir das. Wenn sich herumspricht, daß du einen Mann suchst, werden sie um dich kämpfen, wie sie es hier auch getan haben. Ein Jahr mehr wird daran nichts ändern.«

Kristen sagte nichts mehr dazu. Sie setzten sich vor die offene Tür, durch die der warme Wind kam und das einzige Tageslicht in den Raum fiel. Das große steinerne Haus, das ihr Urgroßvater gebaut hatte, hatte keine Fenster, das sollte dazu dienen, die bittere

Kälte des Winters nicht hereinzulassen. Kristen half Brenna bei der Anfertigung eines großen Wandbehanges, da ihre Mutter allein nicht die Geduld dazu hatte.

Impulsiv fragte Kristen: »Was tätest du, Mutter, wenn du unbedingt mit diesem Schiff abreisen wolltest?«

Brenna lachte, denn sie hielt die Angelegenheit für erledigt. »Ich würde mich heimlich auf das Schiff schleichen und mich etwa einen Tag lang im Laderaum verstecken, bis es weit genug von hier fort ist.«

Kristen sah sie mit ungläubigen Kulleraugen an. »Tätest du das wirklich?«

»Nein, Liebling, ich mache nur Spaß. Warum sollte ich ohne deinen Vater verreisen wollen?«

3

Der Keim des Gedankens war gepflanzt worden, und Kristen konnte ihn nicht mehr abschütteln. Ihre Mutter hat nur im Scherz davon gesprochen, sich heimlich auf das Schiff zu stehlen, doch das, was sie gesagt hatte, enthielt ein Körnchen Wahrheit, an dem man nicht vorbeikam. Brenna war kühn genug für eine solche Tat, denn sie hatte früher schon viel wüstere Dinge angestellt. Hatte sie nicht im tiefsten Winter den Fjord umrundet, um wieder bei Garrick zu sein, nachdem sie ihm noch vor ihrer Heirat gestohlen worden war? Kristen konnte genauso kühn sein. Sie konnte mit ein und dem selben Streich ihre Freiheit behalten und Dirk aus dem Weg gehen, und ein Abenteuer würde es zudem noch werden. Der Gedanke an ein Abenteuer war das, was ihre Fantasie wirklich entfachte.

Diese Idee hatte nur einen einzigen Haken. Die Reise war ihr verboten worden, und daher würde die Hölle los sein, wenn sie zurückkam, doch in ihrer Aufregung kam es Kristen nicht gelegen, sich Gedanken darüber zu machen oder sich anzuhören, was Tyra dazu zu sagen hatte, als sie ihrer Freundin erzählte, was sie vorhatte. Tyra war überrascht gewesen, doch ganz im Gegensatz zu Kristen hatte sie ihren Hang zu Abenteuern verloren, als sie aus ihren Kinderschuhen herausgewachsen war.

Die Mädchen saßen oben in Kristens Zimmer, dem einzigen Ort, der ihnen Abgeschiedenheit bot, während unten das Abschiedsfest in vollem Gange war. Die Schiffsmannschaft würde heute nacht im Saal schlafen, Tyra war mit ihrem Vater gekommen, um sich von ihrem Bruder Thorolf zu verabschieden, denn er war schon seit ein paar Tagen hier, um bei den Vorbereitungen zu helfen. Kristen war froh, daß er mitfuhr, denn sie waren gute Freunde. Sie hatte sogar versucht, Thorolf einige der Sprachen beizubringen, die sie gelernt hatte, als sie noch jünger waren, obwohl er kein gelehriger Schüler gewesen war. Thorolf würde wahrscheinlich der einzige sein, der zu Kristen hielt, wenn Selig und ihre drei Cousins, die mitkamen, sie für ihre Dummheit zu tadeln begannen.

Selig würde wirklich böse auf sie sein, und ebenso ihre Cousins Olaf, Hakon und Ohthere, der älteste der drei. Doch solange sie nur weit genug vom Land entfernt waren, wenn sie sie entdeckten, und es somit unmöglich war, sie zurückzubringen, würden sie sich alle erweichen lassen. Nachdem sie erst einmal ihrem Zorn Luft gemacht hatten. Lediglich verbale Beschimpfungen standen ihr bevor, denn nicht einer von ihnen hätte Hand an sie gelegt, da sie wußten, daß sie nicht zu der Sorte Frau gehörte, die sich schlagen ließ, ohne sich zu wehren.

»Aber warum, Kristen?« fragte Tyra, sobald sie Kristens Pläne vernommen hatte. »Deine Mutter wird weinen. Dein Vater wird …« Sie unterbrach sich und schüttelte sich. »Mir graut davor, mir auszumalen, was er tun wird.«

Kristen grinste das kleinere Mädchen an. »Er wird überhaupt nichts tun, bis ich zurückkomme. Und meine Mutter weint nie. Sie wird sich auch keine Sorgen um mich machen, wenn du ihr sagst, wo ich bin. Sie wird zwar einen Verdacht schöpfen, wenn sie mich nirgends finden kann, aber sie wird sich trotzdem Sorgen machen, solange sie es nicht mit Sicherheit weiß. Deshalb habe ich mich dir anvertraut.«

»Ich wünschte, du hättest dich jemand anderem anvertraut. Dein Vater wird außer sich sein.«

»Aber seine Wut richtet sich nicht gegen dich, Tyra. Und du mußt mir versprechen, ihnen gleich morgen zu sagen, daß ich mit Selig fortgefahren bin, ehe sie anfangen, sich Sorgen zu machen.«

»Das werde ich tun, Kristen, aber ich verstehe immer noch nicht, warum du dich deinen Eltern widersetzen willst. Du wolltest doch sonst auch nie mit deinem Bruder fortsegeln.«

»Natürlich wollte ich es, aber ich bin bisher nie auf den Gedanken gekommen, um Erlaubnis zu bitten. Und der Grund ist der, daß es meine letzte Gelegenheit ist, mit Selig zu verreisen. Im nächsten Jahr wird mein Vater mit mir in den Süden fahren, um mir einen Mann zu suchen – wenn ich nicht in Hedeby selbst einen finde«, fügte sie kichernd hinzu.

»Es ist dein Ernst, daß du dir woanders einen Mann suchen willst?« fragte Tyra erstaunt.

»Dachtest du, es sei ein Scherz?«

»Ja, natürlich. Das würde heißen, daß du fern von hier lebst. Und fern von deinen Eltern.«

»Ganz gleich, wen ich heirate – ich würde immer aus diesem Haus hier ausziehen.«

»Aber wenn du Sheldon heiratest, wärst du immer noch ganz in der Nähe.«

»Aber ich wäre nicht verliebt, Tyra. Ich möchte verliebt sein, selbst, wenn es heißt, daß ich weit im Osten leben müßte. Aber du vergißt, daß mein Vater zwei große Schiffe und ein kleineres besitzt. Glaubst du wirklich, sie würden mich nicht besuchen, ganz gleich, wie weit ich von zu Hause fortziehe?«

»Doch, natürlich. Daran habe ich jetzt wirklich nicht gedacht.«

»Gut. Dann hör jetzt auf, mich von meinem Entschluß abbringen zu wollen. Das gelingt dir nämlich ohnehin nicht. Ich werde es mir gutgehen lassen, Tyra, und mir nichts aus den Folgen machen, solange wir nicht zurückfahren. Du weißt ja nicht, wie interessant die Handelsstädte sind, weil du nie dort gewesen bist. Ich war noch klein, als ich dort war, und mich haben nur Waren interessiert, die zum Verkauf standen, nicht die Männer. Aber in diese Städte kommen Männer aus der ganzen Welt. Ich werde einen finden, den ich lieben kann, und ich werde ihn mitbringen. Das wird den Zorn meines Vaters beschwichtigen.«

»Wenn du meinst.« Tyra nickte skeptisch.

»Ja, und jetzt komm, ehe die besten Fleischstücke fort sind.«

Sie betraten den Saal, in dem ausgelassenes Treiben herrschte, und boten den lärmenden Männern einen hübschen Anblick. Tyra war klein und zart gebaut und reichte Kristen nur bis zu den Schultern, und Kristen sah besonders reizend aus in ihrem blauen Seidenkleid, das eng geschnitten war und ihren langen, schlanken Körper, der doch üppige Rundungen aufwies, betonte. Schwere Goldreifen schmückten ihre bloßen Arme.

Sheldon gab Kristen einen Klaps auf den Hintern, als sie an ihm vorbeikam, und sie drehte sich zu ihm und streckte ihm die Zunge heraus. Er setzte ihr nach, um diese Frechheit nicht ungestraft zu lassen, doch sie entschlüpfte ihm. Sie wünschte, Sheldon wäre auch mitgefahren, doch er und seine Brüder halfen ihrem Vater Perrin in diesem Sommer, ein paar Räume an das Haus anzubauen, die Ernte zu säen und einzufahren.

Ihr Cousin Ohthere war der nächste, der sie aufhielt. Er umschlang ihre Taille, hob sie hoch und stellte sie dann wieder ab, um ihr einen nassen Kuß zu geben. »Das soll mir Glück bringen, Kind«, sagte er in seiner Trunkenheit zu ihr.

Kristen lachte. Er bestand darauf, sie *Kind* zu nennen, obwohl sie kein Kind mehr war, und das nur, weil er zehn Jahre älter war als sie. Sein Vater war einer ihrer Großonkel. Er und seine Brüder lebten jetzt bei Kristens Onkel Hugh. Athol, ihr Cousin ersten Grades, würde nicht mitfahren, weil er Hughs einziges Kind war und ihr Onkel darauf beharrte, ihn in seiner Nähe zu haben.

»Braucht man Glück, um im Osten seine Waren zu verkaufen?« fragte sie Ohthere.

»Ein Wikinger braucht immer Glück, wenn er sein Schiff besteigt, ganz gleich, wohin er segelt.« Er zwinkerte ihr zu, nachdem er ihr diese Weisheit anvertraut hatte.

Kristen sah in kopfschüttelnd an. Er hatte schon tief ins Glas geschaut, und die Nacht war noch jung. Er würde rote Augen haben, wenn er sich am nächsten Morgen in die Ruder legte. Sie würde ihn bedauern, während sie sich in ihrem sicheren Versteck im Laderaum verbarg.

»Laß sie in Ruhe, Ohthere, ehe sie uns verhungert«, rief jemand.

Er tat es, doch nicht, ehe er ihr auch einen Klaps auf den Hintern gegeben hatte. Kristen schnitt eine Grimasse und ging dann auf den langen Tisch zu, an dem ihre Familie saß. Es war ihr nie gelungen dahinterzukommen, was es mit ihrem Po auf sich hatte, der zu einer so schlechten Behandlung aufzufordern schien, doch es sah so aus, als brächte ihr jedes festliche Gelage hinterher für eine Woche blaue Flecke ein. Trotzdem machte sie sich nichts daraus, weil es im Spaß geschah.

Sie umrundete den Tisch, kam aber nur bis zum Stuhl ihres Vaters, denn er streckte seinen Arm aus und zog sie auf seinen Schoß. »Bist du böse auf mich, Kris?«

Er sah sie stirnrunzelnd an, doch es waren Sorgenfalten. Ihre Mutter hatte schon mit ihm gesprochen, und er hatte es ihr wieder abgeschlagen, sie mit den Männern reisen zu lassen, wenn er nicht dabei war. Aquamarinblaue Augen sahen in ihre Gegenstücke, und sie lächelte und schlang ihre Arme um seinen Hals.

»Wann bin ich dir je böse gewesen?«

»Ich kann mich an viele Male erinnern, und immer war es, wenn du deinen Willen nicht bekommen hast.

Kristen kicherte. »Das zählt doch nicht.«

»Du verstehst doch hoffentlich, warum du nicht mit Selig fahren kannst?« fragte er freundlich.

»Ja, ich weiß, warum du es nicht willst.« Sie seufzte. »Manchmal wünschte ich, ich wäre dein Sohn.« Er warf mit einem herzlichen Lachen seinen Kopf zurück. Sie sah ihn finster an. »Ich weiß nicht, was daran so komisch ist.«

»Du hast mehr Ähnlichkeit mit deiner Mutter, als du weißt, Kris«, sagte er. »Ihr halbes Leben lang hat sie sich angestrengt, ein Sohn zu sein. Aber ich bin dankbar dafür, daß ich eine Tochter habe, und noch dazu eine so hübsche wie dich.«

»Dann würdest du mir verzeihen, wenn ich ... wenn ich etwas täte, was dir nicht paßt?«

Er grinste sie an. »Was soll denn diese Frage? Hast du etwas angestellt?«

»Nee.« Für den Moment konnte sie das wahrheitsgemäß beantworten.

»Ach so, es geht um ein ›Was wäre, wenn‹? Ich nehme an, ich könnte dir so ziemlich alles verzeihen – innerhalb vernünftiger Grenzen«, fügte er mit einem Blick hinzu, der streng und belustigt zugleich war.

Sie beugte sich vor und küßte ihn. »Ich habe dich sehr lieb«, sagte sie leise, und dafür preßte er sie so fest an sich, daß ihr die Luft ausblieb und sie leise aufschrie. »Vater!«

Er schubste sie mit einem Klaps von seinem Schoß und sagte: »Hol dir etwas zu Essen, ehe nichts mehr übrig ist.« Seine Stimme war rauh, doch sein Gesichtsausdruck war liebevoll.

Kristen nahm ihren Platz auf der Bank zwischen ihrer Mutter und Selig ein, der ihr prompt einen Humpen schäumenden Mets einschenkte. »Du schmollst doch nicht, oder, Kris?« fragte er sie. »Ich kann es nicht gebrauchen, während der ganze Reise daran zu denken, daß du schmollst.«

Kristen lächelte, als er aufstand, um ihren Teller zu füllen, denn es kam selten vor, daß er ihr bei Tisch etwas auflegte. »Es tut dir wohl leid für mich, stimmt's, Selig«

Selig knurrte. »Als ob du zuließest, daß du jemandem leid tust.«

»Nein, das tue ich nicht, und deshalb brauchst du auch kein Mitleid mit mir haben. Ich werde nur soweit schmollen, daß ich mich heute abend von dir verabschiede, damit ich morgen früh nicht zusehen muß, wie ihr ohne mich abfahrt.«

»Du solltest dich schämen, Kristen«, schalt Brenna. »Wenn du erreichen wolltest, daß er sich schuldig fühlt, weil er dich nicht mitnimmt, dann ist es dir gerade gelungen.«

»Unsinn.« Kristen lächelte Selig verschmitzt an und sagte zu ihrer Mutter: »Ich werde ihn auch gar nicht vermissen.«

Selig sah sie säuerlich an, als er diese gar nicht schwesterliche Bemerkung hörte, und drehte sich um, um etwas zu Athol zu sagen, der auf seiner anderen Seite saß. Kristen seufzte, denn Selig wußte noch nicht, wie wahr ihre Worte sein würden, doch er würde sich mit Sicherheit daran erinnern, wenn er erst festgestellt hatte, daß sie mitkam.

Brenna legte ihr Seufzen falsch aus. »Macht dich die Entscheidung deines Vater wirklich so unglücklich?«

»Es wäre ein aufregendes Abenteuer gewesen, das ich vor meiner Heirat noch erleben darf, Mutter«, erwiderte Kristen wahrheitsgemäß. »Du hast doch auch Abenteuer erlebt, ehe du geheiratet hast, oder nicht?«

»Allerdings, und noch dazu gefährliche.«

»Aber eine Handelsreise ist nicht gefährlich. Und Vater hat gesagt, ich sei dir sehr ähnlich.«

»Ja, das habe ich gehört.« Brenna grinste. »Und weißt du, was – er hat recht gehabt. Ich habe mich wirklich sehr bemüht, der Sohn zu sein, den mein Vater nie hatte. Aber dein Vater hat drei prächtige Söhne und freut sich über seine einzige Tochter. Du solltest nicht etwas anderes sein wollen, als das, was du bist, Liebling.«

»Ich habe mir doch nur das Abenteuer gewünscht« gab Kristen zu.

»Dann wünsch es dir nicht länger, denn es begegnet dir ohnehin, wenn du es gar nicht haben willst.«

»Wie bei dir?«

»Ich bereue das Abenteuer nicht, das mich hierher gebracht hat, aber damals habe ich es bereut. Und deine Reise in den Süden wirst du bekommen, obwohl dein Vater bisher nichts davon weiß«, vertraute ihr Brenna im Flüsterton an. »Wenn es wieder still im Haus ist, sage ich ihm, daß du Sheldon nicht willst, denn das wird eine Enttäuschung für ihn sein. Er und Perrin haben sich so sehr auf diese Heirat gefreut.«

»Es tut mir leid, Mutter.«

»Es braucht dir nicht leid zu tun, Liebling. Wir wollen, daß du glücklich wirst, und wenn du es mit Sheldon nicht sein kannst, dann gibt es darüber kein Wort mehr zu verlieren. Wir werden einen Mann für dich finden, den du lieben kannst.« *Wenn ich ihn nicht schon vorher finde,* dachte Kristen, als sie sich näher zu ihrer Mutter beugte und ihr, wie schon vorher ihren Vater, einen Abschiedskuß gab. Sie hoffte, beide würden sie verstehen und ihr das verzeihen, was sie vorhatte. »Ich habe dich sehr lieb, Mutter.«

4

Der Sturm verriet Kristen, und es war noch nicht einmal ein übler Sturm, zumindest bis dahin nicht. Doch sobald das Schiff begonnen hatte, auf den widerspenstigen Wellen zu reiten, fing sie an zu würgen. Einen prächtigen Matrosen gab sie ab. Kaum geriet das Meer ein wenig in Unruhe, und schon konnte sie den Inhalt ihres Magens nicht mehr bei sich behalten.

Jemand hatte gehört, daß sie sich erbrach, und die Luke zum Laderaum geöffnet. Der Matrose hatte nur einen Blick auf sie geworfen und die Luke wieder zugeknallt. Sie konnte nicht einmal erkennen, wer es war, und in dem Moment war es ihr auch egal, denn das Schiff schlingerte immer heftiger.

Bis jetzt hatte sie solches Glück gehabt. Es war ihr gelungen, sich in die Zimmer ihrer Brüder hinter dem Stall zu schleichen und sich Kleider von Thorall zu borgen, die sie auf der Reise tragen konnte, doch sie hatte auch ein paar ihrer eigenen Kleider mitgebracht, die sie anziehen wollte, wenn sie die Handelsstädte erreicht hatten. Das Leichteste von allem war es gewesen, sich in den Laderaum zu schleichen, denn man hatte nur einen Mann zur Bewachung des Schiffs zurückgelassen; er saß zwar dicht neben der Ladeluke, doch er war eingenickt. Kristen, die trotz ihrer Größe schnell und geschmeidig war, hatte die Gelegenheit genutzt. Es war recht gemütlich im Laderaum gewesen, obwohl es pechschwarz in seinem Innern war. Sie konnte sich hinter weichen Fellen, die hoch gestapelt waren, verstecken und sich ein behagliches Bett daraus machen.

Zwei Tage lang war alles gut gegangen. Sie hatte auf einen weiteren Tag gehofft, ehe sie sich zeigte, denn solange hätte das Essen gereicht, das sie mitgenommen hatte. So hatte es nicht kommen sollen. Jetzt hatte der Sturm sie verraten. Zwar war noch niemand gekommen, um sich mit ihr auseinanderzusetzen, doch der Ärger stand unausweichlich bevor.

Kristen kam es vor, als sei der dritte Tage angebrochen und vorübergegangen, ehe die Luke wieder geöffnet wurde und das Tageslicht zu ihr herabflutete. Sie bereitete sich innerlich in dem Ausmaß, in dem es ihr geschwächter Körper zuließ – und das war wenig – auf einen Kampf vor. Sie fühlte sich immer noch elend, obwohl der Sturm endlich vorüber war.

Selig kam durch die Luke gesprungen. Kristen lag an der Stelle, an die sie der Sturm geschleudert hatte, und das war praktisch vor seinen Füßen. Das Licht schmerzte in ihren Augen und sie konnte sich nicht umdrehen und hineinsehen. Seine Stimme, die vor Zorn bebte, sagte ihr, wer es war.

»Ist dir klar, was du getan hast, Kristen?«

»Ja«, antwortete sie matt.

»Nein, es ist dir nicht klar!«

Sie hielt die Hände über ihre Augen, weil sie seinen Gesichtsausdruck sehen wollte, doch sie konnte immer noch nicht ins Licht sehen. »Selig , bitte, ich kann noch nicht ins Licht sehen.«

Er kauerte sich neben sie und packte eine Handvoll von der dicken Pelzweste, die sie über dem engen Lederhemd trug, das ihre Brüste flachpreßte. Finster fielen seine Augen auf ihre Beinkleider und auf die weichen hohen Stiefel, die mit Fell gefüttert waren. Um die Taille hatte sie sich einen breiten Gürtel geschnürt, dessen Schnalle mit winzigen Smaragden eingefaßt war.

»Wo hast du diese Kleider her?« fragte er.

»Es sind nicht deine«, versicherte sie ihm. »Ich habe sie mir von Thorall geborgt, weil er ungefähr genauso groß ist wie ich und …«

»Halt den Mund, Kristen« fauchte er sie an. »Weißt du, wie du aussiehst?«

»Wie einer von deiner Mannschaft?« wagte sie sich vor, um ihn zu belustigen, damit sein Zorn nachließ.

Daraus wurde nichts. Seine grauen Augen waren so finster wie der Sturm, der gerade vorübergezogen war. Er sah sie an, als hätte er sie liebend gern geschlagen und als koste es ihn seine gesamte Kraft, es nicht zu tun.

»Warum, Kristen? Du hast noch nie etwas so Dummes angestellt!«

»Es gibt mehrere Gründe.« Sie konnte ihren Bruder, der auf einer Höhe mit ihr war, jetzt deutlich sehen, doch sie wich seinen Augen aus, als sie hinzufügte: »Einer davon ist das Abenteuer.«

»Und das ist Vaters Zorn wert?«

»Es war nur einer der Gründe. Es geht auch darum, daß ich heiraten will, Selig, aber zu Hause gibt es keinen Mann, den ich haben will. Ich hatte gehofft, in den großen Marktstädten viele fremde Männer zu treffen.«

»Vater wäre mir dir hingefahren«, entgegnete er kühl.

»Ich weiß. Mutter hat mir schon gesagt, daß er es vielleicht nach deiner Rückkehr oder andernfalls im Frühjahr tut.«

»Aber du hast dich entschlossen, nicht zu warten. Einfach so!« Er schnalzte mit den Fingern. »Du widersetzt dich ...«

»Warte, Selig. Es gibt noch einen anderen Grund. Es gab jemanden – und ich werde dir seinen Namen nicht nennen, du brauchst mich gar nicht erst danach fragen –, aber da war jemand, der vorhatte, mich zu einer Heirat mit ihm zu zwingen, indem ... indem er mich gewaltsam nimmt.«

»Dirk!« explodierte er.

»Ich habe gesagt, ich nenne keine Namen, Selig. Aber ich konnte niemandem etwas von diesem Mann erzählen, denn sonst hätte ich nie mehr allein etwas unternehmen können. Vater hätte ihn sich vorgenommen, aber er hätte ihn nicht getötet, da nichts passiert ist. Aber eine Unterredung oder eine Schlägerei – ich glaube nicht, daß dieser Mann sich davon hätte entmutigen lassen. Es hätte mich meine Bewegungsfreiheit gekostet, und daher hatte ich das Gefühl, es sei das Beste, eine Zeitlang zu verschwinden, und wenn ich auch noch einen Mann finde, dann ist es um so besser.«

»Odin steh mir bei!« fluchte er. »Von einer Frau kann man wohl keine besseren Argumente erwarten.«

»Du bist ungerecht, Selig! Ich habe dir gesagt, daß mich all diese Gründe gemeinsam zu meinem Entschluß gebracht haben«, sagte sie zu ihrer Verteidigung.

»Ich halte es für wahrscheinlicher, daß dich nur der Hang zum Abenteuer bewogen hat; denn gegen einen Mann wie den, den du beschreibst, läßt sich etwas ausrichten, und das weißt du selbst!«

»Vater hätte ihn nicht wegen bloßer Drohungen, die er mir gegenüber ausgestoßen hat, getötet.«

»Aber ich hätte es getan.«

Sie sah ihn mit zusammengekniffenen Augen an. »Du hättest ihn dafür getötet, daß er mich begehrt? Würdest du jeden Mann töten, der mich haben will?«

»Jeden, der glaubt, er kann dich haben, ob du nun ja oder nein sagst.«

Jetzt grinste sie ihn an und wußte, daß der Bruder aus ihm sprach. »Dann gibt es keine Probleme. Du wirst mir in den Handelsstädten ein guter Beschützer sein.«

»Vorausgesetzt, du kämst mit, aber du kommst nicht mit«, entgegnete er. »Du wirst nach Hause fahren.«

»O nein, Selig, eine solche Zeitverschwendung würden mir die Männer nie verzeihen.«

»Jeder einzelne von ihnen wird einwilligen, dich nach Hause zu bringen.«

»Aber warum? Was kann es schon schaden, wenn ich mitkomme? Ihr wollt doch nur die Ware verkaufen.« Als sie seinen wütenden Blick sah, riß sie plötzlich die Augen auf, die vor Aufregung funkelten, als ihr ein ganz bestimmter Gedanke kam. »Ihr wollt auf Raubzüge gehen!«

In dem Moment tauchte ihr Cousin Hakon in der geöffneten Luke auf. »Du hast es ihr gesagt, Selig? Beim Thor! Das war dumm von dir«, murrte der blonde Hüne.

»Du Idiot!« Selig stand auf und funkelte den jüngeren Mann wütend an. »Du hast es ihr gerade gesagt! Vorher war es eine bloße Vermutung.«

Hakon kletterte durch die Luke, um Selig in die Augen zu sehen. »Und was hast du jetzt vor? Willst du sie nach Hause bringen, damit sie es deinem Vater erzählen kann?«

Selig rollte die Augen gen Himmel. »Ich schwöre es dir, Hakon, du bist eine wertvolle Informationsquelle. Wie froh wären doch unsere Feinde, wenn sie dich in die Hände bekämen.«

»Was habe ich denn gesagt?«

Selig ließ sich nicht dazu herab, diese Frage zu beantworten, sondern sah auf Kristen herunter, die jetzt breit lächelte. »Du würdest Vater doch nichts sagen, oder?« fragte er sie in dem hoffnungsvollsten Tonfall, den sie je von ihm gehört hatte.

»Was meinst du wohl?«

Er stöhnte, als sie eine solche Antwort gab, doch er ließ seine Wut an Hakon aus, holte mit der Faust aus und ließ den jüngeren auf einen Packen Felle taumeln. Nach diesem Schlag stürzte er sich auf Hakon, der es ihm nach Art der Wikinger heimzahlte.

Kristen ließ den Kampf einige Minuten lang toben, ehe sie sich in einem Tonfall einmischte, der gerade so laut war, daß sie sie über ihre Schmerzenslaute hörten. »Wenn ihr glaubt, ich würde mich schuldbewußt fühlen, wenn ich morgen früh zwei grün und blau geschlagene Gesichter sehe, dann muß ich euch enttäuschen, denn ich fühle mich nicht für eure Schlägerei verantwortlich.«

Selig wälzte sich herum, setzte sich hin und sah sie finster an. »Ich sollte dich ins Meer werfen, Kristen. Dann bräuchte ich unseren Eltern nur zu sagen, daß du ertrunken bist, statt ihnen eingestehen zu müssen, daß ich dich zu Raubüberfällen mitgenommen habe. Ich glaube, sie würden lieber hören, daß du ertrunken bist.«

Sie kroch auf allen Vieren zu ihm und gab ihm einen Kuß auf die Wange, die jetzt schon anzuschwellen begann. Dann setzte sie sich auf ihre Fersen und grinste ihn an. »Trag es mit Würde, Bruder, und sag mir, wohin wir fahren.«

»*Das* ist etwas, was du nicht zu wissen brauchst, und daher will ich diese Frage nicht mehr hören. Du wirst auf dem Schiff und außer Sicht bleiben.«

»Selig!« Er ging nicht auf ihr Flehen ein und zog sich aus der Luke. Sie wandte sich an Hakon, der sich gerade aufrichtete. »Wirst du es mir sagen?«

»Damit er für den Rest der Reise bitterböse auf mich ist? Hab ein Herz, Kristen.«

»Ach, das ist ungerecht!« rief sie seinem Rücken nach, als auch er verschwand.

5

Sie waren nach Süden gesegelt, viel weiter nach Süden, als Kristen es in ihren kühnsten Träumen für möglich gehalten hatte. Sie wußte, daß es Süden war, denn der Himmel blieb jede Nacht länger dunkel, bis die Dunkelheit schließlich fast so lange anhielt wie das Tageslicht. Seit Tagen segelten sie schon an einem sehr schönen Land vorbei, dessen Küste von einem sommerlichen Grün angehaucht war, aber niemand wollte ihr sagen, welches Land es war.

Sie wußte ein wenig über die Länder im Süden; dieses Wissen

hatte sie zwangsläufig durch die große Zahl von Dienstboten erworben, die im Lauf der Jahre gekommen und gegangen waren und alle aus anderen Ländern stammten. Das Land, an dem sie jetzt vorbeisegelten, konnte die große Insel der irischen Kelten oder gar die noch größere Insel sein, die sich die Schotten, die Pikten, die Angeln, die Sachsen und die walisischen Kelten, das Volk ihrer Mutter, miteinander teilten. Es hätte das Land der Franken sein können, wenn sie auch glaubte, daß dieses Land linker Hand des Schiffes liegen müßte und nicht wie hier auf der rechten Seite.

Wenn es eine der großen Inseln war, hatte sie Grund zu der Annahme, daß sie vielleicht die Dänen überfallen wollten, denn diese Nordländer hatten sich daran gemacht, beide Inseln zu erobern, und das Letzte, was sie gehört hatte, war, es sei ihnen nahezu gelungen. Wenn es die Dänen waren, die sie überfallen würden, dann hatten sie es allerdings mit gleichwertigen Gegnern zu tun, und das war etwas ganz anderes, als die kleineren Menschen anzugreifen, die auf diesen Inseln lebten.

Selig wußte Näheres darüber, aber er wollte ihr nichts sagen. Er war zwar immer noch hochgradig ungehalten, doch er hatte ihr endlich erlaubt, aus dem Laderaum zu kommen. Selbst Thorolf, Tyras Bruder, wollte ihr nichts Näheres erzählen. Sie vermutete, die Männer sagten sich, wenn sie nicht wußte, wo sie waren und was sie taten, wenn sie erst an Land gegangen waren, gab es auch nichts, was sie ihrem Vater erzählen konnte, wenn sie schließlich nach Hause zurückkehrten.

Sie hätte sich doch nie getraut, ihrem Vater darüber zu berichten. Er war ein erfolgreicher Kaufmann. Raubzüge mit seinen Schiffen billigte er nicht. Die Männer der Haardrad-Sippe hatten seit den Zeiten ihres Großvaters niemanden mehr ausgeraubt. Aber natürlich träumten die jungen Männer von den Reichtümern, die sie mit einem einzigen gelungenen Beutezug an sich bringen konnten, und die Männer, die unter Seligs Kommando segelten, waren allesamt jung, und das Schiff eignete sich für ein solches Vorhaben.

Es war aus Eichenholz gebaut und hatte einen stabilen Kiefernmast, an dem die großen rotweißgestreiften Segel befestigt waren. Der lange Schiffsrumpf glitt flink durch das Wasser, sechzehn Paar schmale Fichtenruder halfen nach, und der rotgoldene Drachenkopf wies den Weg.

Kristen bereute nicht, daß sie mitgekommen war, denn die Spannung der Männer färbte auf sie ab. Auch wenn sie es ihr nicht erlaubten, das Schiff zu verlassen, was ein Jammer war, so gab es jetzt doch eine Geschichte, mit der sie ihre Kinder und Enkel an kalten Winterabenden überraschen konnte! Der Gipfel dieses Abenteuers stand kurz bevor. Das erkannte sie an der Veränderung, die sich mit den Männern vollzog, und daran, daß Selig und Ohthere die Küste jetzt noch genauer beobachteten.

An einem frühen Morgen bogen sie in die Mündung eines breiten Flusses ein, und jetzt wurden alle Männer an den Rudern gebraucht. Kristens Spannung steigerte sich von Minute zu Minute, denn dieses Land erschien ihr jungfräulich, obwohl sie von Zeit zu Zeit kleine Ansiedlungen und Ortschaften sah.

Ihr Forscherdrang erwachte, und sie war fasziniert von allem, was es hier zu sehen gab. Ihr Hang zum Abenteuer ließ sie den Atem anhalten, als sie endlich vor Anker gingen und Selig auf sie zukam, denn sie hoffte immer noch, er würde ihr erlauben mitzukommen. Sie hatte sich sogar auf diese Möglichkeit vorbereitet und ihren langen Zopf in ihr Hemd gesteckt, damit er ihr nicht im Weg war, und sie trug den silbernen Helm, den Ohthere ihr an diesem Morgen im Scherz zugeworfen hatte.

Kristen hatte keinen Schild, doch sie hatte, ohne zu glauben, daß sie es brauchen würde, das leichte, handliche Schwert mitgenommen, das ihre Mutter ihr vor so vielen Jahren geschenkt hatte, als sie sie gelehrt hatte, damit umzugehen. Sie wollte trotzdem nicht, daß Selig das Schwert sah, solange er sich nicht einverstanden erklärte, sie mitgehen zu lassen, denn der Umstand, daß sie eine so edle Waffe besaß, hätte ihm zu viele Fragen entlockt.

Die finstere Miene, mit der er ihre männliche Erscheinung musterte, was kein gutes Vorzeichen dafür, daß er es sich anders überlegt hatte. Selig sah sehr gut aus, doch wenn er finster schaute, war er furchteinflößend; aber bei ihr, die ihn so gut kannte, wirkte das nicht.

»Ich bin dir eine arge Last gewesen, Selig, aber ...«

»Kein Wort mehr, Kristen.« Unwillig schnitt er ihr den Satz ab. »Wie ich sehe, hast du immer noch vor zu tun, was du willst, und nicht, was ich dir sage; aber diesmal wird nichts daraus. Du wirst dich in den Laderaum verziehen und dort bleiben bis zu meiner Rückkehr.«

»Aber ...«

»Tu, was ich sage, Kristen!«

»Ja, schon gut.« Sie seufzte und lächelte ihn dann schief an, weil sie sich nicht im Bösen von ihm verabschieden konnte. »Mögen die Götter dir Glück bringen – bei allem, was du vorhast.«

Fast hätte er laut gelacht, doch er grinste nur breit. »Das aus deinem Mund, du Christin?«

»Na ja, ich weiß, daß mein Gott unaufgefordert über dich wachen wird, aber ich weiß auch, daß dir jede Hilfe willkommen ist, die du von Vaters Göttern bekommen kannst.«

»Dann verbring deine Zeit damit, für mich zu beten, Kris.«

Seine Augen wurden sanfter, ehe er sie an sich zog. Doch dann wies er mit einer Kopfbewegung auf den Laderaum, und Kristen ließ niedergeschlagen die Schultern hängen und machte sich auf den Weg.

Sie blieb jedoch nicht lange unter Deck. Kaum waren alle bis auf die Wache von Bord gegangen, als sie sich auch schon aus der Ladeluke zog. Das trug ihr ein Grinsen von Björn ein, einem der Männer, die auf dem Schiff zurückgelassen worden waren, und ein finsteres Gesicht von dem anderen Wachposten. Aber keiner von beiden fauchte sie an, sie solle wieder nach unten gehen, und daher konnte sie zusehen, wie sich die Schiffsmannschaft durch einen dichten Wald, der den Blick auf den Rest des Landes verstellte, ins Landesinnere aufmachte.

In ihrer Enttäuschung darüber, hier festzusitzen, wo sich absolut nichts abspielen würde, lief sie unruhig auf und ab. Es war erst Mittag, und eine heiße Sonne brannte auf sie herunter, heißer als jede Sonne, die sie in Norwegen je erlebt hatte. Wie lange die Männer wohl fort sein würden? Bei Gott, nach allem, was sie wußte, konnte es Tage dauern.

»Thor!«

Kristen wirbelte herum und sah gerade noch den letzten Matrosen in dem dunklen Wald verschwinden. Dann hörte sie, was die Männer neben ihr gehört hatten: das Klirren von Schwertern und die Schlachtrufe der Männer.

»Es muß eine gewaltige Streitmacht sein, wenn sie angreifen können, statt den Schwanz einzuziehen und fortzulaufen. Geh nach unten, Kristen!«

Björn sprang schon über Bord, während er ihr die Mahnung zurief. Kristen gehorchte, aber nur, um ihr Schwert zu holen. Als sie sich wieder aus der Luke zog, sah sie, daß die beiden Männer, die zurückgelassen worden waren, jetzt auf den Wald zuliefen, um ihren Freunden zu Hilfe zu eilen. Ohne zu zögern, schloß sie sich ihnen an, denn wie Björn gesagt hatte, hätte nur eine gewaltige Streitmacht so viele bewaffnete Wikinger angegriffen, und sie sagte sich, daß sie sogar ihre Hilfe gebrauchen konnten, selbst, wenn sie noch so gering sein mochte.

Sie holte die beiden Männer in dem Moment ein, in dem sie den Wald erreichten und mit einem Geheul in ihn vordrangen, das einem das Blut in den Adern gefrieren ließ. Sie folgte ihnen nicht sofort. Um sie herum sah sie nichts als Leichen. O Gott, sie hatte nicht geglaubt, daß es so ausgehen würde! Sie sah ihren Cousin Olaf seltsam gekrümmt daliegen ... und all dieses Blut. Selig! Wo war Selig?

Sie zwang sich, ihren Blick vom Boden zu lösen, der mit Toten übersät war, und nach vorn zu schauen, wo die Schlacht noch im Gange war. Jetzt nahm sie die Angreifer zur Kenntnis und konnte nicht glauben, daß diese kleinen, drahtigen Männer soviel Schaden angerichtet hatten, denn allzu viele von ihnen waren nicht zu sehen; doch ihr fiel auf, daß sie nicht alle so klein waren. Einer war sogar wesentlich größer als sie, und er kämpfte gegen ... Selig! Gott im Himmel, er war nicht der einzige, der ein Schwert gegen ihren Bruder schwang.

Sie wollte auf ihn zulaufen, um ihm zu helfen, doch ein kleiner Mann stürzte sich auf sie und schnitt ihr mit einem wüsten Schrei den Weg ab. Sie hatte es nicht etwa gegen ein Schwert aufzunehmen, sondern wurde mit einem langen Speer angegriffen, den sie flink in zwei Stücke hackte, und in dem Moment, in dem sie ihr Schwert gegen den Mann erhob, floh er.

Da sie die Orientierung verloren hatte, wirbelte sie rasend herum, um Selig zu finden, und dann schrie sie auf, denn als ihr Blick gerade auf ihn fiel, stürzte er zu Boden, und der große Mann, gegen den er gekämpft hatte, zog ein blutiges Schwert zurück. Sie war außer sich und raste auf ihn zu, ohne den Mann aus den Augen zu lassen, der ihn hingestreckt hatte.

Kristen schlug blind auf den Mann ein, der rechts von ihr auftauchte, um mit ihr zu kämpfen; und er blieb bald zurück. Dann war sie angelangt und stand vor dem Mörder ihres Bruders und wehrte seinen ersten Hieb ab. Ihre Blicke trafen einander, ehe ihr Schwert in sein Fleisch eindrang. Sie bemerkte, daß seine blauen Augen sichtlich größer wurden, als sie ihr Schwert herauszog, doch das war das letzte, was sie sah.

6

Eine einzelne Kerze tauchte das kleine Zimmer in gedämpftes Licht. Ein schmales Bett stand an einer Wand und hatte an seinem Fußende eine große Truhe. An der gegenüberliegenden Wand hing ein großer Wandbehang, der ein Feld mit Sommerblumen und jauchzenden Kindern zeigte. An einer anderen Wand war ein auf Hochglanz polierter stahlartiger Spiegel angebracht, und auf einem schmalen Regal darunter waren edelsteinbesetzte Haarnadeln und Hornkammetuis, aber auch winzige farbige Fläschchen mit Blumendüften aufgereiht. Davor stand ein dick gepolsterter Schemel.

In einer Ecke des Gemachs stand ein großer, geschnitzter Holzständer mit vielen Haken auf jeder Höhe. Er war an sich schon eine Zierde, doch an ihm hingen hauchdünne Schleier und verschiedenfarbige Bänder. Vor dem einzigen Fenster hingen Streifen leuchtend gelber Seide, die reinste Verschwendung eines derart kostspieligen Materials. Zwei hochlehnige Stühle standen an einem runden Tisch mit einer bemalten Keramikvase, in der rote Rosen steckten.

Über die Stühle waren derzeit die Kleider der beiden Menschen drapiert, die im Bett lagen. Es war das Gemach der Frau, Corliss von Raedwood, einer zartgliedrigen Schönheit von einundzwanzig Jahren, die auf ihre üppige rotgoldene Lockenpracht und ihre schokoladenbraunen Augen recht stolz war.

Corliss war die Verlobte des Mannes, der bei ihr lag, Royce von Wyndhurst, einer der Edelmänner König Alfreds. Vor vier Jahren war ihm ihre Hand angeboten worden, doch er hatte sie zurückgewiesen. Im vergangenen Winter war sie ihrem Vater auf die Nerven gegangen und hatte ihn beschwatzt, wie es nur eine geliebte Tochter kann, ihm noch einmal ihre Hand anzubieten, und diesmal hatte er angenommen. Doch sie wußte, daß er nur eingewilligt hatte, weil es ihr gelungen war, Lord Royce in ihr Gemach zu locken, und dort hatte sie sich ihm an den Hals geworfen, und er, der vom Festmal ihres Vaters betrunken war, hatte sie genommen.

Für Corliss war es kein großes Opfer gewesen, sich Royce in jener Nacht hinzugeben, denn sie war vor ihm schon mit einem anderen Mann zusammen gewesen, aber sie hoffte, daß er es nicht bemerkt hatte. Allerdings war es nur ein einziger Mann gewesen, denn nach diesem ersten Mal hatte sie entschieden, daß diese Seite der Beziehungen zwischen Mann und Frau ganz und gar nicht nach ihrem Geschmack war. Dennoch wußte sie, daß sie die Zähne zusammenbeißen und es oft über sich ergehen lassen mußte, wenn sie erst mit Royce verheiratet war.

Es war ein Zeichen ihrer Entschlossenheit, daß Corliss sich trotz ihres Widerwillens gegen diese Form von Liebe Royce jedesmal hingab, wenn er zu ihr zu Besuch kam, doch zum Glück kam es nicht oft vor. Sie fürchtete, wenn sie sich ihm jetzt vor der Heirat versagte, könnte er die Verlobung lösen. Schließlich wollte er eigentlich gar keine Ehefrau haben. Er war erst siebenundzwanzig Jahre alt und hatte es gar nicht eilig, sich zu binden. Zumindest war das der Vorwand, den er gegenüber den Vätern heiratsfähiger Töchter oft benutzt hatte. Es war bekannt, daß es noch einen anderen Grund gab, obwohl er ihn nie nannte. Er war schon einmal verlobt gewesen, vor fünf Jahren, und dieses Mädchen hatte er geliebt. Drei Tage vor dem Datum, auf das die Heirat angesetzt war, hatte er sie verloren und seit damals nie mehr ein Mädchen geliebt.

Corliss war der Meinung, daß Royce nie mehr lieben würde. Sie liebte er jedenfalls gewiß nicht, und er tat auch nicht so. Sie konnte ihn noch nicht einmal mit einen Bündnis mit ihrem Vater locken, denn Royce und ihr Vater waren ohnehin befreundet. Eine Heirat war nicht nötig, um diese Freundschaft zu erhalten. Sie war jetzt so sicher wie beim ersten Mal, daß nur die Hingabe ihres Körpers ihn ins Wanken gebracht hatte.

Wenn Royce kein derart erstrebenswerter Ehemann gewesen wäre, hätte Corliss wohl nie geheiratet. Doch es war eine Tatsache, daß jedes unverheiratete Mädchen im Umkreis von Meilen Royce von Wyndhurst haben wollte, darunter auch die drei Schwestern von Corliss. Das war verständlich, denn er war nicht nur reich und ein Günstling des Königs, sondern er war zudem noch ein gutaussehender Mann, obwohl er so unglaublich groß war – mehr als dreißig Zentimeter größer als Corliss. Sein dunkelbraunes Haar in Verbindung mit den unergründlichen tiefgrünen Augen war wirklich umwerfend. Als seine Verlobte wurde sie von allen diesen Frauen beneidet, und das gefiel ihr glänzend, denn Corliss ließ sich liebend gern beneiden. Auch Eifersucht kostete sie genüßlich aus, und ihre Schwestern waren jetzt mit Sicherheit eifersüchtig auf sie. Das war all das wert, was sie im Bett von Royce hinnehmen mußte, sogar daß es mit ihm immer so lange dauerte.

Beim ersten Mal war es schnell gegangen. Aber bei den anderen

Malen und auch jetzt schien es endlos weiterzugehen, mit unaufhörlichen Küssen und Berührungen. Gegen das Küssen hatte sie nicht allzuviel, aber gegen die Berührungen …! Er berührte sie überall, und sie mußte gedemütigt daliegen und all das über sich ergehen lassen. Manchmal fragte sie sich, ob er es absichtlich in die Länge zog, ob er ahnte, daß sie es nicht mochte. Aber woher hätte er das wissen können? Sie erhob nie Einwände oder leistete auch nur den geringsten Widerstand. Sie lag absolut still und ließ ihn tun, was er wollte. Was hätte sie denn sonst noch tun können, um ihm zu zeigen, daß sie willig war?

Er sah auf sie herunter, und sein Blick war nachdenklich. Sie hörte ihn seufzen und wurde steif wie ein Brett, da sie darin das Zeichen erkannte, daß er endlich bereit war, sie zu besteigen. In dem Moment, in dem er sich zwischen ihre Beine legte, wurde angeklopft.

»Milord! Milord, Sie müssen sofort kommen! Ihr Bote steht unten und sagt, er muß Sie dringend sprechen!«

Royce stand aus dem Bett auf und griff nach seinen Kleidern. Sein Gesichtsausdruck verriet nicht, daß er froh über diese Störung war. Mit Corliss zu schlafen, wurde ihm zu einer lästigen Pflichtübung, die so frustrierend war, daß er sich nicht mehr darauf freute. Außerdem war es verwirrend, denn sie ging nicht auf ihn zu. Jedesmal wieder nahm sie ihn in ihr Zimmer mit und ließ in glauben, es sei das, was sie selbst wollte. Doch so wie sie im Bett lagen, war Corliss so leidenschaftslos wie totes Fleisch, und er hatte alles getan, was ihm einfiel, damit es ihr Spaß machte.

Den meisten Männern hätte es nichts ausgemacht, daß sie keinen Spaß daran hatte, doch Royce schöpfte sein Vergnügen zu einem großen Teil aus den Genüssen, die er bereiten konnte. Und ehrlich gesagt machte es ihm mehr Freude mit einer unterwürfigen Leibeigenen als mit dieser Frau, die er heiraten würde, selbst, wenn sie noch so schön war.

Nachdem er seinen Gürtel über die Lederweste geschnürt hatte, die er trug, seine einzige Brustbedeckung bei dieser warmen Witterung, warf er einen Blick auf Corliss. In dem Moment, in dem er das Bett verlassen hatte, hatte sie sich züchtig zugedeckt. Selbst den Anblick ihrer nackten Schönheit mißgönnte sie ihm. Vorübergehend regte sich die Wut in ihm, doch er erstickte sie. Er mußte Zugeständnisse an Corliss' Zartgefühl machen. Schließlich war sie eine Dame von hoher Geburt, und wie alle diese Damen in seinem

Bekanntenkreis mußte man sie behutsam behandeln oder mit weinerlichen Szenen rechnen.

»Wie kannst du mich jetzt verlassen?« fragte Corliss kläglich.

Nur zu leicht, Kleines, dachte er, doch es war nicht das, was er laut aussprach. »Du hast doch gehört, daß deine Zofe mich geholt hat. Ich werde unten gebraucht.«

»Aber Royce, es scheint … als macht es dir gar nichts aus … als wolltest du mich gar nicht haben.«

Dicke Tränen rannen jetzt aus ihren Augen, und Royce seufzte angewidert. Warum mußte das immer wieder so sein? Sie weinten so leicht und mit so wenig Grund, und sie klammerten sich an einen und verlangten Bestätigungen. Seine Mutter war genauso gewesen, seine Tante auch und sogar seine Cousine Darrelle, die jetzt bei ihm lebte – wie schnell sie in Tränen ausbrechen und bei einem Mann den Wunsch auslösen konnten, er sei sonstwo. Der Teufel sollte ihn holen, wenn es ihm bei seiner Frau ebenso erging. Das Beste war, es ihr gleich abzugewöhnen.

»Laß das, Corliss. Ich kann Tränen nicht ausstehen.«

»Du … du willst mich nicht!« schluchzte sie.

»Habe ich das gesagt?« fauchte er.

»Dann bleib hier. Bitte, Royce!«

In dem Moment haßte er sie beinah. »Du willst, daß ich meine Pflichten vernachlässige, um dich zu trösten? Dahin wird es niemals kommen. Und ich werde dich auch nicht verhätscheln. Damit brauchst du gar nicht erst zu rechnen.« Er verließ den Raum, ehe sie ihn noch länger aufhalten konnte, doch ihr lautes Weinen verfolgte ihn bis in den Saal und zerrte an seinen Nerven. Die Szene hatte ihn mißmutig gemacht, und seine Stimmung wurde nicht gerade besser, als er sah, daß der Leibeigene Seldon ihn unten erwartete. Man hätte keinen Leibeigenen zu ihm geschickt, wenn es sich um eine wichtige Angelegenheit gehandelt hätte.

»Was ist?« fuhr Royce den kleinen Mann barsch an.

»Die Wikinger, Milord. Sie sind heute morgen gekommen.«

»Was?« Royce packte Seldon am Hemd und schüttelte ihn. »Erzähl mir keinen Unsinn, Mann. Die Dänen sind im Norden; sie befassen sich mit den Aufständen gegen ihre Herrschaft in Northumbria und bereiten sich darauf vor, Mercia anzugreifen.«

»Es waren nicht die Dänen!« quiekte Seldon.

Royce stellte ihn langsam wieder hin, und ein kaltes Grauen beschlich ihn. Er konnte mit den Dänen umgehen, die jetzt zwei Kö nigreiche im Lande unter ihrer Herrschaft hatten. Sie hatten sich an Wessex, Alfreds Königreich der Westsachsen, bereits 871 versucht, und man sprach von diesem Jahr als von dem ›Jahr der Kämpfe‹. Der junge Alfred war erst zweiundzwanzig Jahre alt gewesen, als er in diesem Frühjahr nach dem Tod seines Bruders Aethelred die Thronfolge angetreten hatte. Im Herbst darauf, nachdem neun Schlachten mit den beiden großen Wikingerheeren um die Herrschaft von Wessex geschlagen worden waren, hatte Alfred einen Friedensvertrag ausgehandelt.

Es war ein Frieden, den niemand für dauerhaft hielt, doch Alfred hatte seinem Volk Zeit gegeben, sich umzugruppieren und weitergehende Verteidigungsmaßnahmen vorzubereiten. In seinen Grafschaften und auf seinen Lehnsgütern hatten seine eingesetzten Herrscher in den letzten zwei Jahren freie Männer in den verschiedenen Kampftechniken ausgebildet und gleichzeitig ihre Wohnsitze zu Festungen ausgebaut. Royce war noch einen Schritt weitergegangen und hatte sogar ein paar seiner stämmigeren Leibeigenen in die Kriegskunst eingeführt. Er war bereit, gegen die dänischen Wikinger zu Felde zu ziehen, die jetzt ganz darauf versessen waren, das Land zu besiedeln. Dagegen waren sie nicht auf Wikinger vorbereitet, die vom Meer her kamen und Wyndhurst überrumpeln, im Handstreich nehmen und vernichten konnten, wie sie es vor fünf Jahren beinahe getan hatten.

Für Royce war es qualvoll, sich so deutlich an den letzten Wikingerüberfall auf Wyndhurst erinnern zu müssen, da der Gedanken daran den Haß wieder auflodern ließ, der in diesen fünf Jahren in ihm geglüht hatte, einen Haß, der im Sommer 871 viele Dänen das Leben gekostet hatte; denn es waren Dänen gewesen, die Wyndhurst 868 überfallen hatten, ehe sie zur Plünderung des Klosters von Jurro weiterzogen. Bei diesem Überfall hatte er seinen Vater verloren, seinen älteren Bruder und seine geliebte Rhona, die vor seinen Augen wiederholt vergewaltigt worden war, ehe sie ihr die Kehle aufgeschlitzt hatten, während er, der nicht zu ihr eilen konnte, weil ihn zwei Speere an der Wand festhielten, die Qualen hatte ertragen müssen, ihr Schreien und ihr Flehen und ihre Hilferufe, die ihm galten, zu hören, und gleichzeitig war sein eigenes Blut aus ihm herausgeströmt. Er hätte auch tot sein sollen und wäre es auch gewesen, wenn die Wikinger noch etwas länger geblieben wären.

»Haben Sie mich gehört, Milord? Diese Wikinger sind Norweger.«

Royce hätte den Mann wieder packen und schütteln können. Was ändert es schon, wer sie waren? Wenn sie nicht zu den beiden großen Wikingerheeren im Norden gehörten, dann waren es plündernde Piraten, die nur auf Töten aus waren.

»Ist von Wyndhurst irgendetwas übrig geblieben?«

»Aber wir haben sie doch besiegt!« sagte Seldon erstaunt. »Die Hälfte ist tot; die anderen sind inzwischen gefangengenommen und liegen in Ketten.«

Diesmal hob Royce den Mann doch wieder am Hemd hoch und schüttelte ihn. »Hättest du mir das nicht gleich sagen können, du Dummkopf?«

»Ich dachte, das hätte ich als erstes gesagt, Milord. Wir haben gewonnen.«

»Wie?«

»Lord Alden hat alle Männer verständigt, sie sollten zu einem Übungsmanöver auf das Feld im Osten kommen. Aber mein Cousin Arne war im Süden auf dem Fluß unterwegs und hat den Aufruf nicht erhalten. Er hat das Wikingerschiff gesehen.«

»Nur eins?«

»Ja, Milord. Arne ist sofort nach Wyndhurst gelaufen, aber dabei ist er auf Lord Aldens Männer gestoßen. Lord Alden hat sich nur zum Angriff entschieden, weil sie bewaffnet, kampfbereit und so nah am Fluß waren. Wir hatten gerade noch genug Zeit, Vorkehrungen zu treffen und sie in einen Hinterhalt zu locken. Die Männer haben sich in dem Wäldchen beim Fluß auf den Bäumen versteckt und sich auf die Wikinger fallen lassen, als sie unter ihnen vorbeigelaufen sind. Bei diesem überraschenden Angriff sind so viele von ihnen umgekommen, daß es uns gelungen ist, die restlichen zu schlagen.«

Royce stellte die schreckliche Frage: »Wie viele von unseren Männern sind tot?«

»Nur zwei.«

»Und verwundet?«

»Ein paar mehr … genau achtzehn.«

»Achtzehn?«

»Die Wikinger haben wie Dämonen gekämpft, Milord – wie dämonische Riesen«, sagte Seldon zur Rechtfertigung der Männer.

Auf Royces Gesicht trat ein starrer und gefährlicher Ausdruck. »Dann machen wir uns doch auf den Weg, damit ich mich um den Rest dieser blutrünstigen Piraten kümmern kann.«

»Äh, Milord, Lord Alden ist …«

»Doch nicht tot?« stöhnte Royce.

»Nein«, sagte Seldon eilig, denn er wußte, wie nahe die Cousins einander standen. Widerstrebend mußte er hinzufügen: »Aber er ist schwer verwundet.«

»Wo?«

»Am Bauch.«

»Gnade uns Gott!« ächzte Royce, der schon aus dem Haus stürmte.

7

Kristen kam langsam wieder zu sich und nahm wahr, daß Thors gewaltiger Hammer auf ihren Kopf schlug. Sollte Gott ihr beistehen – sie bildete sich schon merkwürdige Dinge ein, aber dieser Kopfschmerz war der schlimmste, den sie je in ihrem Leben gehabt hatte. Dann entdeckte sie weitere Unannehmlichkeiten und erinnerte sich wieder.

Sie setzt sich zu schnell auf, und eine Woge von Benommenheit überflutete sie und ließ sie mit einem gedämpften Stöhnen auf die Seite fallen. Zwei Arme fingen sie auf, und als sie das Kettengerassel hörte, das damit einherging, riß sie entgeistert die Augen weit auf. Ihr Blick fiel auf Thorolf, der sie ansah, und dann wandte sie den Kopf um, weil sie sehen wollte, wer sie festhielt. Es war Ivarr, ein Freund von Selig.

Sie setzte sich auf und sah sich entsetzt um. Sie waren um einen hohen Pfahl herumgruppiert und saßen alle auf dem harten Boden. Sie waren zu siebzehn, viele lagen mit unbehandelten Wunden bewußtlos da, und alle waren so an den Knöcheln zusammengekettet, daß sie einen Kreis um den Pfosten bildeten. Aber Selig konnte sie nirgends sehen.

Sie schaute wieder in Thorolfs blaue Augen, und ihr Blick war flehentlich. »Selig?«

Er schüttelte den Kopf, und ein Schrei entrang sich ihrer Kehle. Ivarr legte seine Hand sofort auf ihren Mund, und Thorolf brachte sein Gesicht dicht über ihres.

»Sie haben bis jetzt noch nicht bemerkt, daß du eine Frau bist!« zischte er. »Willst du vielleicht, daß wir hier sitzen und zusehen, wenn sie dich fortschleppen und vergewaltigen? Hab ein Einsehen, Kristen. Verrate dich nicht durch Schreie.«

Sie blinzelte, um ihm zu bedeuten, daß sie verstanden hatte, und Thorolf gab Ivarr ein Zeichen, damit er sie losließ. Sie schnappte nach Luft und sackte dann vor Schmerz über den Verlust zusammen. Sie wollte schreien, sie mußte schreien, sich dadurch von dem Schmerz erlösen. Ohne diese Erlösung baute er sich auf, bis sie sich nicht mehr in der Hand hatte. Das gepeinigte Stöhnen kam aus ihr heraus, bis eine Faust auf ihren Kiefer traf und sie wieder in zwei wartende Arme sackte.

Als Kristen wieder zu sich kam, war die Sonne gerade am Untergehen. Sie fing an zu stöhnen, doch dann riß sie sich zusammen, richtete sich langsam auf und sah Thorolf vorwurfsvoll an.

»Du hast mich geschlagen.« Sie formulierte es nicht als eine Frage.

»Ja.«

»Ich vermute, ich sollte dir dankbar dafür sein.«

»Ja.«

»Du Schuft.«

Er hätte über ihre sanfte Ausdrucksweise gelacht, wenn er es gewagt hätte, aber zwei Wachen waren jetzt in ihrer Nähe.

Kristen rieb sich die Handgelenke, die in schweren Eisenringen steckten. Der silberne Helm, den sie sich von Ohthere geborgt hatte, war fort. Ihr mit Edelsteinen besetzter Dolch und Gürtel fehlten ebenfalls. Sogar die fellgefütterten Stiefel hatte man ihr von den Füßen gezogen.

»Sie haben uns alle Wertgegenstände weggenommen?« fragte sie.

»Ja.«

Sie betastete die Beule auf ihrem Kopf, die von dem Schlag kommen mußte, der sie das Bewußtsein gekostet hatte.

»Mein Haar«, sagte sie entsetzt, doch niemand hatte ein Messer.

Thorolf musterte Kristen von Kopf bis Fuß und war zufrieden. Er grinste und fing an, den unteren Saum seines Hemdes in Streifen zu reißen. Dann schlang er ihr den Zopf, den sie noch unter ihrer Weste verborgen hatte, eilig um den Kopf und wickelte das weiche Leder seines Hemdes um ihren Kopf. Schließlich preßte er die häßliche Schnittwunde auf seinem Arm zusammen, bis er genügend frisches Blut auf den Fingern hatte, um es auf ihren verbundenen Kopf zu schmieren.

»Thorolf!« rief sie entgeistert aus.

»Halt den Mund, Kristen, oder deine Frauenstimme führt dazu, daß meine klugen Anstrengungen umsonst sind. Wir sollten dich als stumm ausgeben. Was meinst du, Ivarr? Geht sie jetzt als ein Junge durch?«

»Mit dem geschwollenen Kiefer und dem dicken Kopf wird sie niemand zweimal ansehen«, erwiderte Ivarr grinsend.

»Herzlichen Dank«, gab Kristen gereizt zurück.

Thorolf überhörte ihren Sarkasmus. »Sorg dafür, daß der Verband fest sitzt, Kristen«, sagte er. »Wenn er runterrutscht, ist es um dich geschehen.«

Sie bedachte ihn für diese unnötige Warnung mit einem finsteren Blick. »Ich finde, es ist jetzt an der Zeit, daß du mir sagst, wo wir sind.«

»Im Königreich Wessex.«

»Im Wessex der Sachsen?«

»Ja.«

Sie machte ungläubige Kulleraugen. »Soll das heißen, daß ihr euch von einem Heer schwächlicher Sachsen habt schlagen lassen?«

Ihr fassungsloser Tonfall ließ Thorolf erröten. »Sie haben sich aus den Bäumen auf uns fallen lassen, Frau. Die Hälfte unserer Männer war schon tot, als der Rest von uns überhaupt gemerkt hat, daß wir angegriffen werden.«

»Oh, wie ungerecht!« rief sie aus. »Sie haben euch in einen Hinterhalt gelockt?«

»Ja, nur so konnten sie gewinnen, denn sie waren uns zahlenmäßig nicht überlegen. Die Ironie besteht darin, daß wir gar kein Interesse an ihnen oder an dem, was sie zu bieten hätten, gehabt haben. Wir wären an diesem Ort vorübergezogen. Es ging um …«
Er unterbrach sich und wirkte plötzlich bekümmert. »Schon gut.«

»Um was ging es?« fragte sie.

»Um nichts weiter.«

»Thorolf!«

»Beim Thor! Wirst du deine Stimme senken?« fauchte er sie an. »Wir hatten vor, ein Kloster zu plündern.«

»O nein, Thorolf, sag das nicht.«

»Doch, so war es, und deshalb wollte Selig auch nicht, daß du etwas davon erfährst, denn er wußte, wie du dich dazu stellen würdest. Aber es war unsere letzte Gelegenheit, unseren Anteil am Reichtum dieses Landes zu bekommen, Kristen. Die Dänen werden bald alles an sich gebracht haben. Wir wollten uns nur vorher einen kleinen Teil dieser Reichtümer holen. Es hätte keine oder fast keine Toten gegeben. Wir wollten nichts anderes als die sagenumwobenen Schätze des Klosters Jurro.«

»Woher wußtet ihr, wo ihr sie findet?«

»Von Flokkis Schwester, die einen Dänen geheiratet hat und letztes Jahr zu Besuch gekommen ist. Sie hat viele Neuigkeiten über dieses Land mitgebracht.«

Kristen sah sich um. Ihr Blick fiel auf die Holzhäuser mit den Fenstern, die sicher die winterliche Kälte ins Haus ließen. Die Siedlung wäre leicht einzunehmen gewesen, doch es lagen schon große Steinhaufen herum, die offensichtlich für den Bau eines Schutzwalles gedacht waren. Man schien Vorbereitungen gegen die Dänen zu treffen.

Kristen zuckte die Achseln, denn das ging sie nichts an. Sie würden längst von hier entkommen sein, wenn die Dänen einrückten, daran zweifelte sie nicht.

Sie warf einen Blick auf das große Haus, das zwischen den kleineren stand, und runzelte die Stirn. »Dieses Haus ist so groß, daß es eigentlich einem mächtigen Herrscher gehören müßte. Glaubst du, der Große, den ich getötet habe, könnte ihr Herrscher sein?«

»Er ist nicht tot, aber so schwer verwundet, daß er wahrscheinlich bald verbluten wird«, sagte Thorolf. »Aber soweit ich verstanden habe, was sie miteinander geredet haben, ist ihr Gebieter nicht hier. Ich glaube, sie haben ihn holen lassen. Ich hätte wirklich besser aufpassen sollen, als du versucht hast, mir die Sprache des alten Alfred beizubringen.«

»Ja, das hättest du tun sollen, denn du bist der einzige, der für uns sprechen kann, wenn ich jetzt die Stumme spielen soll.«

Er grinste sie an. »Wird es dir sehr schwer fallen, den Mund zu halten, wenn sie in der Nähe sind?«

Sie gab einen Laut von sich, der sehr nach einem Schnauben klang, um ihm zu zeigen, was sie von seinen Sticheleien hielt. »Irgendwie werde ich es schon hinkriegen.«

8

Die Sachsen, die kein Risiko eingehen wollten, hatten sich gestritten, wer die Fackel zwischen den Gefangenen aufstellen sollte, denn keiner der Männer wollte ihnen zu nahe kommen, obwohl sie mit ihren vielen Verwundeten im Moment bestimmt keine Bedrohung darstellten.

Die Fackel war nicht für die Gefangenen bestimmt, sondern für die drei Männer, die zurückblieben, um sie zu bewachen. Man hatte ihnen nichts zu essen und auch keine Verbände für die Verwundeten gebracht. Das war ein schlechtes Zeichen. Wenn man ihnen kein Essen vorsetzte, konnte das vieles bedeuten, unter anderem auch, daß sie nicht mehr allzulange leben sollten.

Diese Möglichkeit wurde eine Weile später bestätigt, als die Wachen begannen, sich miteinander zu unterhalten. Der Sachse, der die Fackel zwischen ihnen aufgestellt hatte und sich jetzt offensichtlich sehr mutig vorkam, sprach am lautesten, und alle konnten seine Stimme deutlich hören.

»Warum sieht er dich ständig an, während er prahlt?« fragte Kristen Thorolf.

»Ich bin der einzige, der mit ihnen reden konnte. Sie haben uns für Dänen gehalten«, sagte er recht geringschätzig. »Ich habe sie eines Besseren belehrt. Die Dänen sind hier, um ihnen das Land wegzunehmen. Wir wollten nur ihre Reichtümer rauben.«

»Und du hast gedacht, daß sie deshalb netter zu uns sind?« fragte sie spöttisch.

Thorolf lachte. »Es hat nichts geschadet, das hervorzuheben.«

»Nein?« fragte sie finster. »Du hörst ihnen anscheinend nicht zu.«

»Ehrlich gesagt, redet der kleine Mistkerl so schnell, daß ich nur ab und zu ein paar Worte verstehe. Was sagt er denn?«

Kristen hörte noch eine Zeitlang zu. Sie konnte nicht verhindern, daß ein Ausdruck des Abscheus auf ihr Gesicht trat.

»Sie reden über einen gewissen Royce. Einer sagt, daß er uns zu Sklaven machen wird. Das Großmaul behauptet, sein Haß auf die Wikinger sei so groß, daß er uns nicht am Leben lassen, sondern uns zu Tode foltern wird, sowie er kommt.«

Sie ließ weg, daß der kleine Angeber, der von den anderen Hunfrith genannt wurde, die Foltern näher ausgeschmückt hatte: jener Royce würde sich den Einfallsreichtum der Wikinger zu eigen machen und den Gefangenen das antun, was die Dänen nach seiner Gefangennahme mit dem König von Ost-Anglia getan hatten. Sie hatten den König an einen Baum gebunden und für Übungen im Bogenschießen benutzt, bis er mit Pfeilen gespickt war und wie ein borstiger Igel aussah. Als sie ihn noch lebend von dem Baum losgerissen hatten, war sein Rücken aufgeplatzt und der Brustkasten freigelegt. Eine wahrhaft grausame Folter, doch einer der Wächter vermutete, man würde die Gefangenen eher in kleine Stücke hakken, sie dabei so lange wie möglich am Leben halten und sie zwingen zuzusehen, wie jedes einzelne ihrer abgehackten Glieder den Hunden zum Fraß vorgeworfen wurde.

Kristen erschien es zwecklos, Thorolf all das zu erzählen. Folter war Folter, ganz gleich, welche Formen sie annahm. Wenn sie nach dem Eintreffen dieses Royce sterben sollten, dann war es das Beste, gleich Fluchtpläne zu schmieden.

Sie wandte sich ab und sah den hohen Pfosten an, um den sie im Kreis lagen. Er mußte etwa dreimal mannshoch sein. Die Ketten zwischen den Gelenken der Männer waren länger, als zu hoffen stand, jeweils mindestens zwei Armlängen, und das war eine taktische Dummheit der Sachsen, da sie ihnen reichlich Bewegungsfreiheit gaben.

»Es sollten nur drei bis vier Männer erforderlich sein, um den Pfosten hinaufzuklettern und uns alle von ihm loszubinden«, sagte Kristen, die ihre Überlegungen laut aussprach.

»Zweifellos haben sie gerade deshalb dafür gesorgt, daß nirgends drei von uns nebeneinander liegen, von denen nicht mindestens einer ernstlich verwundet ist.«

Als Ivarr das sagte und sie ihn ansah, fiel ihr Blick auf die offene Wunde in seinem Bein, die es ihm nahezu unmöglich gemacht hätte, an dem Pfosten hinaufzuklettern. Aus der Schulter des Mannes auf Thorolfs anderer Seite ragte nach wie vor eine Speerspitze.

»Einen Mann könnte ich tragen«, sagte Thorolf, »aber wir kämen zu langsam voran. Wir hätten Pfeile im Rücken, ehe wir oben angekommen sind.«

»Könntet ihr den Pfosten nicht vielleicht aus dem Boden reißen?« fragte sie vorsichtig.

»Dazu müßten wir aufstehen, und die Wachen wären vorgewarnt. Wir könnten den Pfosten umwerfen, aber dann fiele er langsam um, und sie wären ebenfalls gewarnt und würden sich augenblicklich mit ihren Schwertern auf uns stürzen. Selbst, wenn wir es trotzdem schaffen sollten, würden zu viele von uns sterben und wären eine tote Last, die das Vorankommen der anderen verhindert, da wir alle aneinandergekettet sind. Wenn sie gescheit sind, kommen sie uns gar nicht so nahe, daß wir ihnen die Waffen wegnehmen könnten, sondern schießen aus der Ferne mit Pfeilen auf uns.«

Kristen stöhnte lautlos. »Es besteht also keine Hoffnung, solange wir aneinandergekettet sind?«

»Nicht, solange unsere Wunden nicht verheilt sind und wir Waffen an uns bringen können«, erwiderte Ivarr.

»Faß dir ein Herz, Kristen.« Thorolf grinste sie unbesorgt an. »Vielleicht entschließen sie sich, bei uns zu lernen, wie sie gegen die Dänen kämpfen können.«

»Und dann lassen sie uns fröhlich des Weges ziehen, was?«

»Na klar.«

Sie schnaubte verächtlich, doch Thorolfs Scherze hatten sie leichter ums Herz werden lassen. Falls sie sterben sollten, würden sie gemeinsam kämpfen und nicht die Foltern der Sachsen klaglos über sich ergehen lassen. So ziemte es sich für die Wikinger; sie mochte zwar christlich erzogen sein, doch gleichzeitig war sie eine Normannin.

Genau das hätte sie gesagt, wenn sich nicht in eben diesem Augenblick das hölzerne Tor geöffnet hätte, um zwei Reiter einzulassen.

Nur einer von beiden war es wert, beachtet zu werden, und sie beobachtete ihn genau, als er auf seinem großen schwarzen Hengst langsam auf sie zukam. Als er dicht vor ihnen abstieg, stellte sie erstaunt fest, daß er nahezu so groß wie ihr Vater war, und somit war er größer als die meisten jungen Männer, mit denen sie gekommen war. Jung war er, und für seine Größe war er nicht schmal gebaut, sondern hatte breite Schultern und einen kräftigen Brustkorb. Seine ärmellose Lederweste zeigte schwarze Haarbüschel auf seiner Brust, die fast bis zu seinem Hals reichten, und Arme, die mit stahlharten Muskeln bepackt waren, die Arme eines Kriegers. Der Gürtel, den er sich eng um die Taille geschnürt hatte zeigte, daß er kein Gramm Fett am Leib hatte.

Die langen Beine waren ebenfalls stämmig und kräftig. Sein Gesicht war scharf geschnitten und unsäglich schön mit seiner geraden Nase, den klar gezeichneten Lippen und einer Spur von Brutalität über einem markanten, bartlosen Mund, auf dem jedoch dunkle Stoppeln sprießten. Schimmerndes braunes Haar fiel gelockt auf seine Schultern und kräuselte sich ungebärdig um seine breite Stirn und seine Schläfen.

Doch das, was den Betrachter fesselte, waren seine Augen, sowie er einmal hineingeschaut hatte. Sie waren von einem dunklen, kristallartigen Grün und von Haß und Wut erfüllt, als sie über die angeketteten Männer glitten. Kristen hielt den Atem an, als dieser Blick kurz auf sie fiel, und sie schnappte erst nach Luft, als er einer der Wachen einen Befehl zurief, sich dann dem großen Gebäude zuwandte und aus ihrer Sicht verschwand.

»Der gefällt mir gar nicht«, sagte Ivarr. »Was hat er gesagt?«

Viele andere stellten dieselbe Frage, doch Kristen schüttelte unwillig den Kopf. »Sag du es ihnen, Thorolf.«

»Ich glaube nicht, daß ich ihn richtig verstanden habe«, erwiderte er ausweichend.

Kristen sah in böse an. Die Männer hatten ein Recht darauf, es zu erfahren, doch entweder hatte Thorolf nicht das Herz, es ihnen zu sagen, oder er glaubte selbst nicht an das, was er gehört hatte.

Kristen warf einen Blick auf Ivarr, doch sie konnte ihm nicht in die Augen sehen. »Seine Worte waren: ›Tötet sie morgen früh.‹«

Royce fand die Verwundeten verstreut auf dem Fußboden vor, als er die große Halle betrat. Später würde er sich mit jedem einzelnen von ihnen unterhalten, doch jetzt stieg er die Treppe am hinteren Ende des Saales hinauf und begab sich auf direktem Weg zu dem Zimmer seines Cousins.

Alden lag ausgestreckt auf dem Bett. Eine dicke Decke reichte bis zu seinem Hals, und er war so blaß, daß Royce stöhnte, weil er glaubte, sein Cousin sei bereits tot. Die weinenden Frauen im Raum waren eine Bestätigung dafür. Zwei Dienstmädchen, mit denen Alden manchmal ins Bett ging, standen schluchzend in der Ecke. Meghan, Royce' einzige Schwester, ein Kind, das nicht mehr als acht Lenze zählte, saß an einem kleinen Tisch, hatte seinen Kopf auf die Arme gelegt und weinte. Darrelle, Aldens Schwester, kniete neben dem Bett, hatte ihr Gesicht in der Bettdecke vergraben und schluchzte so heftig, daß ihr schlanker Körper zuckte.

Royce sah die einzige Frau im Raum an, die nicht weinte, Eartha, die sich mit der heilenden Wirkung von Kräutern auskannte. »Ist er gerade gestorben? Bin ich nur einen Moment zu spät gekommen?«

Die verhutzelte Alte strich sich das strähnige Haar aus der Stirn und grinste ihn an. »Ob er tot ist? Er kann es durchaus überleben. Bring ihn nicht vorzeitig mit deinem Gerede um.«

Royce nahm diese Neuigkeit mit einer Mischung aus Wut und Erleichterung auf. Er machte seinem Zorn Luft. »Raus!« knurrte er die Frauen an, die diesen Lärm veranstalteten. »Spart euch die Tränen, bis sie gebraucht werden.«

Darrelle drehte sich abrupt zu ihm um. Ihr Gesicht war so rot und verquollen wie ihre Augen, und ihre kleinen Brüste hoben und senkten sich entrüstet, da sie dieses Ansinnen als skandalös empfand. »Er ist *mein* Bruder!«

»Ja, aber was nutzt ihm dein Geschrei? Wie kann er schlafen, um wieder zu Kräften zu kommen, wenn ihr einen solchen Lärm veranstaltet? Er weiß auch ohne deine Tränen, daß du dir Sorgen um ihn machst, Darrelle.«

Darrelle zog sich auf die Füße und baute sich vor ihm auf. Ihr Kopf reichte nur bis an seine Brust. Sie hätte mit den Fäusten gegen diese Brust geschlagen, wenn sie sich getraut hätte. Statt dessen verrenkte sie sich den Hals, um ihn wütend anzufunkeln.

»Du bist herzlos, Royce! Das habe ich schon immer behauptet!«

»Ach, wirklich? Dann wird es dich wohl kaum überraschen, wenn deine Worte mich nicht treffen. Geh jetzt und bring dein Gesicht wieder in Ordnung. Du kannst wiederkommen und dich zu Alden setzen – wenn du es fertigbringst, still zu sein.«

Die beiden Bediensteten waren schon aus dem Zimmer geflohen. Darrelle stolzierte jetzt in den Korridor. Eartha wußte, daß die Aufforderung, den Raum zu verlassen, nicht ihr galt, doch sie verschwand trotzdem mit ihrem Korb mit den Heilkräutern. Royce blieb zurück, und als er in das furchtsame kleine Gesicht seiner Schwester sah, wurden seine Züge sanfter.

»Ich bin nicht böse auf dich, Kleines. Sieh mich nicht so an«, sagte Royce freundlich und streckte einen Arm nach ihr aus. »Warum hast du geweint? Weil du glaubst, daß Alden stirbt?«

Meghan lief auf ihn zu und schlang ihre Arme um seine Hüften, denn sie reichte ihm nur bis zur Taille. »Eartha hat gesagt, daß er vielleicht gar nicht stirbt, und ich habe eigentlich nur gebetet, aber dann hat Darrelle angefangen zu weinen und …«

»Unsere Cousine bringt dir in jungen Jahren schlechte Angewohnheiten bei, Kleines. Es war recht von dir, daß du gebetet hast, denn Alden braucht deine Gebete, damit er schnell wieder gesund wird. Aber glaubst du etwa, ihm wäre es lieb, daß du weinst, wenn du doch glücklich darüber sein solltest, daß er noch am Leben ist, nachdem er mit unseren schlimmsten Feinden zu tun hatte?« Er hatte keine Lust, noch länger mit ihr über das ewige Weinen der Frauen zu reden, denn sie war ein furchtsames Kind, das beim geringsten Anlaß in Tränen ausbrach. Statt dessen hob er sie hoch und trocknete die Tränen auf ihren roten Wangen. »Du gehörst jetzt ins Bett, Meghan. Bete für Alden, bis du einschläfst. Und jetzt geh.« Er küßte ihre Stirn, ehe er sie wieder auf den Boden stellte.

»Danke Royce«, sagte Alden mit schwacher Stimme, sowie Meghan die Tür hinter sich geschlossen hatte. »Ich weiß nicht, wie lange es mir noch gelungen wäre, so zu tun, als ob ich schliefe. Aber jedesmal, wenn ich die Augen aufgeschlagen habe, hat Darrelle gekreischt, ich sollte wieder gesund werden.«

Royce brach in Gelächter aus und zog sich einen Stuhl neben das Bett. »Seldon, dieser dämliche Kerl, hat mir gesagt, du hättest eine schwere Wunde im Bauch. Meine Güte, ich habe nicht geglaubt, daß du noch am Leben bist, und schon gar nicht, daß du sprechen kannst!«

Alden versuchte zu grinsen, doch er mußte die Zähne zusammenbeißen. »Seitlich vom Magen, aber doch so nah, daß mir die Klinge die Gedärme hat rausreißen können. Mein Gott, tut das weh! Und wenn ich mir vorstelle, daß mir das ein Knabe mit den schönsten Augen angetan hat, die ich je gesehen haben.«

»Beschreib ihn mir, und wenn er unter den Gefangenen ist, werde ich dafür sorgen, daß er besonders viel erleidet, ehe er stirbt.«

»Es war ein bartloser Jüngling, Royce, der gar nichts bei den anderen zu suchen hatte.«

»Wenn ihre Kinder Beutezüge unternehmen können, können sie auch sterben«, sagte Royce erbost.

»Du hast also vor, sie alle zu töten?«

»Ja.«

»Aber warum?«

Royce sah ihn finster an. »Du kennst meine Gründe.«

»Ja, ich weiß, warum du es willst; aber wozu solltest du es tun, wenn du sie statt dessen nützlich einsetzen kannst? Sie sind besiegt. Wir haben ihr Schiff, und Waite hat mir gesagt, daß es eine wertvolle Ladung mit sich führt, die jetzt dir gehört. Lyman hat schon wiederholt geklagt, die Leibeigenen, die ihm zur Verfügung stehen, seien nicht stark genug, um die Steine für den Bau deines Walles zu tragen. Sieh nur, wie viele Monate es gedauert hat, diese wenigen Haufen hierher zu schleppen. Er begeistert sich bereits für die starken Rücken der Gefangenen. Gib es zu, Royce: Die Wikinger könnten deinen Wall in der Hälfte der Zeit bauen, und überleg dir nur, wie komisch es wäre, sie einzusetzen, um uns vor ihren Brüdern, den Dänen, zu schützen.«

Royce' Gesichtsausdruck blieb unverändert. »Ich sehe, daß du dich schon mit Lyman darüber unterhalten hast.«

»Als er mich hierher gebracht hat, hat er auf dem ganzen Weg von nichts anderem geredet. Aber an dem, was er sagt, ist etwas dran, Royce. Wozu sollten wir sie töten, wenn sie dir lebendig von größerem Nutzen sind?«

»Du weißt, daß du mir näher stehst als mein eigener Bruder, Alden. Wie kannst du von mir erwarten, daß ich mit der Möglichkeit lebe, sie könnten entkommen und uns alle im Schlaf erschlagen?«

»Das würde ich nicht von dir erwarten. Aber man kann Vorsichtsmaßnahmen ergreifen, um sicherzugehen, daß sie nicht entkommen. Überleg es dir noch einmal, ehe du das Urteil über sie sprichst.«

Die Tür wurde geöffnet, und Darrelle stand da. Ihre Augen waren jetzt trocken, schossen aber immer noch Pfeile auf Royce. Sie waren alle drei gemeinsam aufgewachsen. Alden war ein Jahr jünger als Royce, und Darrelle war zwei Jahre jünger als ihr Bruder. Sie waren die einzigen Familienangehörigen, die Royce noch geblieben waren, wenn man von Meghan absah, und er mochte beide sehr gern, aber manchmal wünschte er sich, Darrelle käme ihm nicht unter die Augen, wenn er gerade ganz entschieden die Geduld mit ihr und ihrem Schmollen und ihren albernen Launen verlor.

»Du wirfst mir vor, daß ich ihn nicht schlafen lasse, und was tust du? Du bringst ihn zum Reden, damit er dir Fragen über diese widerlichen Heiden beantwortet?«

Royce verrollte die Augen und grinste Alden an. »Ich werde dich jetzt wieder der liebevollen Obhut deiner Schwester überlassen.«

Alden warf ihm einen bekümmerten Blick zu, als Royce den Raum verlies.

9

Royce saß allein beim Frühstück, als Meghan zur Tür lief, durch einen Spalt ins Freie lugte und wieder umkehrte. Er rief sie zu sich und bemerkte ihr Zögern.

Meghans Zurückhaltung ihm gegenüber gehörte zu den Dingen, die Royce auf der Seele lasteten, und er war selbst schuld daran. Es lag an seinem beklagenswerten Verhalten im ersten Jahr nach dem Überfall der Wikinger, bei dem er so viele Menschen verloren hatte, die ihm lieb und teuer gewesen waren. Meghan war noch zu jung, um zu verstehen, was er empfand, und warum er grob mit allen umging, sogar mit ihr. In jenem Jahr hatte sie begonnen, ihn zu fürchten, und diese Angst hatte sie nie mehr verloren, obwohl er sie besonders zart und behutsam behandelt hatte, sowie ihm klar geworden war, was hier passierte.

Sie hatte damals viele Ängste entwickelt – vor Fremden, vor lauten Stimmen, vor Launen und Wutausbrüchen –, und all das warf er sich vor. Er wußte, daß sie ihn liebte. Er war der erste, hinter dem sie sich versteckte, wenn sie Schutz suchte. Aber sie war ihm gegenüber so scheu, so furchtsam und so unterwürfig, als rechnete sie immer damit, daß er sie schalt. Im Grunde genommen verhielt sie sich bei allen Männern so, doch Royce nahm es sich zu Herzen.

»Hast du dich gefürchtet, ins Freie zu gehen?« fragte Royce freundlich, als sie endlich mit gesenktem Kopf neben ihm stand.

»Nein, ich wollte mir nur die Wikinger ansehen. Udele hat gesagt, daß sie alle schlechte Menschen sind, aber ich fand, sie sehen nur wie Verletzte aus.«

»Und du glaubst nicht, daß sie verletzt und doch böse sein könnten?«

»Doch, gewiß, aber trotzdem kommen sie mir nicht ganz so böse vor. Einer hat mich sogar angelächelt, oder ich habe es mir eingebildet. Können so junge Männer wirklich schon so schlecht sein, Royce? Ich dachte, Männer müßten lange Zeit ruchlos und sündig leben, damit sie wirklich schlechte Menschen werden.«

»Diese Männer haben keinen Gott, der ihre Ruchlosigkeit mäßigt, und daher spielt es keine Rolle, wie jung sie sind.«

»Udele hat gesagt, daß sie viele Götter haben und deshalb noch schlechter sind.«

»Nein, das macht sie nicht zu schlechteren Menschen, sondern nur zu Heiden, die ihren heidnischen Göttern Opfer bringen. Fürchtest du dich vor ihnen?«

»Ja«, gab sie kläglich zu.

Impulsiv fragte er: »Was meinst du, was ich mit ihnen tun soll, Meghan?«

»Schick sie weg.«

»Damit sie wiederkommen und uns wieder etwas tun können? Das kann ich nicht zulassen.«

»Dann mach Christen aus ihnen.«

Royce lachte über diese simple Lösung. »Das ist die Sache unseres guten Abtes, nicht meine.«

»Was wirst du denn mit ihnen tun? Udele denkt, du wirst sie töten.« Meghan schauderte bei diesen Worten.

»Dein Kindermädchen denkt zu oft laut.« Er runzelte die Stirn.

Meghan schlug die Augen wieder nieder. »Ich habe ihr gesagt, daß du das nicht tust, weil sie nicht mehr kämpfen können und daß du einen Mann nur im Kampf tötest.«

»Manchmal ist es nötig …« Er unterbrach sich und schüttelte den Kopf. »Schon gut, Kleines. Was sagst du dazu, wenn wir sie arbeiten und den Befestigungswall für uns bauen lassen?«

»Würden sie denn für uns arbeiten?«

»Ich glaube schon, daß sie es gern tun, wenn wir sie dazu anspornen«, erwiderte er.

»Du meinst, sie haben keine andere Wahl?«

»Gefangene haben selten die Wahl, Kleines, und vergiß nicht, daß sie das sind. Wenn sie die Schlacht gewonnen und dich in ihr Land mitgenommen hätten, hätten sie dich zur Sklavin gemacht. Viel mehr haben sie für sich selbst auch nicht zu erwarten.«

Er stand auf, weil es schon spät geworden war, und wenn sein Entschluß nicht schon vorher festgestanden hatte, hatte er ihn jetzt während seines Gesprächs mit Meghan gefaßt. »Ich muß dich warnen« sagte er und strich ihr das Haar aus dem Gesicht. »Solange sie hier sind, solltest du nicht in ihre Nähe kommen. Es sind gefährliche Männer. Das mußt du mir versprechen, Meghan.«

Meghan nickte voller Unbehagen und sah ihm nach, als er den Saal verließ. Sowie er aus ihrem Blickfeld verschwunden war, rannte sie die Treppe hinauf, um der mißmutigen alten Frau, die ihr als Kindermädchen diente, zu erzählen, daß die Winkinger nun doch nicht sterben mußten.

Die Sonne stand schon hoch am Himmel, als er den Saal verließ und zielstrebig auf sie zukam. Kristen hatte wie alle anderen auf diesen Moment gewartet und überlegt, was sie zu beklagen hatte: daß sie ihre Eltern nie mehr sehen würde, daß sie jetzt nie einen Mann und Kinder haben und noch nicht einmal den nächsten Tag erleben würde. Sie war entschlossen, nicht wie ein Feigling zu sterben, aber eigentlich wollte sie gar nicht sterben.

Zwei der Wachen hielten ihn an, um mit ihm zu sprechen, und

liefen dann neben ihm her, als er den Platz überquerte. Der kleine Sachse, den sie Hunfrith nannten, war mitten in der Nacht abgelöst worden, doch er war früh am Morgen zurückgekommen, um sie wieder mit den Beschreibungen der Foltern zu verhöhnen, die sie zu erwarten hatten. Er kam jetzt direkt auf Thorolf zu und stieß mit der stumpfen Seite der Klinge seines gezogenen Schwertes gegen den nackten Fuß des Gefangenen.

»Lord Royce, mein Gebieter, will mit dir sprechen, Wikinger«, kündigte Hunfrith gewichtig an.

Kristen zwickte Thorolf, weil sie ihn dazu bringen wollte, aufzustehen, doch er schlug ihre Hand unwillig zur Seite. Er hatte eine kauernde Haltung eingenommen und war wie die anderen bereit, über die Sachsen herzufallen, wenn sie etwas unternahmen, um sie voneinander zu trennen und einzeln zu foltern. Da nur drei Männer vor ihnen standen, war der Zeitpunkt wohl noch nicht gekommen, doch er wollte kein Risiko eingehen.

Die dunkelgrünen Augen des Sachsenherrschers glitten unbeteiligt über die Gruppe, als sähe er sie zum ersten Mal. Im Gegensatz zu gestern war sein Gesichtsausdruck unergründlich. Natürlich war die klägliche Verfassung der Gefangenen jetzt in der hellen Mittagssonne deutlicher zu erkennen, und zweifellos hatte er das Gefühl, daß sie keine Bedrohung für ihn darstellten, denn sonst wäre er nicht so dicht zu ihnen gekommen. Seine Sorglosigkeit war schon fast provozierend.

Dieser Sachse fürchtet sich weiß Gott nicht, dachte Kristen, als sein Blick zunächst nur über sie hinwegglitt und sich ihr dann abrupt wieder zuwandte. Sie senkte schnell den Blick und spürte, daß ihr Herz einen Satz machte, als diese dunklen Augen auf ihr haften blieben, denn sie fürchtete, er könne ihre Verkleidung in irgendeiner Form durchschaut haben.

Sie blickte erst wieder auf, als sie ihn reden hörte, doch ihr Unbehagen nahm nur zu. Sie hatte sich bisher nicht klar gemacht, daß sie dem Mittelpunkt des Interesses zu nahe war, denn Thorolf, an den man sie gekettet hatte, war der einzige, mit dem die Sachsen reden konnten. Sie kauerte sich hinter ihn, machte sich ganz klein und versteckte sich hinter seinem breiten Rücken.

Der Sachse sah auf Thorolf herunter. »Man hat mir gesagt, du sprichst unsere Sprache.«

»Ein wenig«, gab Thorolf zu.

»Wer ist euer Anführer?«

»Tot.«

»Das Schiff hat ihm gehört?«

»Seinem Vater.«

»Dein Name?«

»Thorolf Eriksson.«

»Dann deute auf euren neuen Anführer, Thorolf, denn ich weiß, daß ihr ihn bereits bestimmt habt.«

Thorolf sagte erst gar nichts und bat schließlich: »Langsamer.«

Royce runzelte ungeduldig die Stirn. »Euer neuer Anführer. Wer ist es?«

Jetzt grinste Thorolf und rief: »Ohthere, steh auf, und stelle dich den Sachsen vor.«

Kristen beobachtete, wie ihr Cousin unsicher aufstand, denn er hatte kein Wort von dem gesamten Gespräch verstanden, bis Thorolf ihn gerufen hatte. Er war ihr gegenüber auf der anderen Seite des Kreises angekettet, doch er hatte sich in der vergangenen Nacht zu ihr geschlichen und drei der Männer mit sich ziehen müssen. Seine beiden Brüder waren tot, doch er vergrub seinen Kummer in sich, wie auch sie es tat. Da er der Älteste und außerdem Seligs Cousin war, war er jetzt ganz selbstverständlich ihr Anführer.

»Wie heißt er?« fragte Royce, während er Ohthere musterte.

»Ohthere Haardrad«, erwiderte Thorolf.

»Gut. Sag Ohthere Haardrad, daß man mich überredet hat, Nachsicht walten zu lassen. Ich kann euch nicht weiterziehen lassen, aber ich werde euch Essen und ein Dach über dem Kopf geben, wenn ihr bereit seid, mir zu dienen. Es geht um den Bau eines Steinwalls um dieses Gut. Wenn ihr euch entscheidet, nicht zu arbeiten, bekommt ihr kein Essen. So einfach ist das.«

Statt den Sachsen zu bitten, seine Worte langsam zu wiederholen, sagte Thorolf: »Reden«, und wies auf seine Kameraden.

Royce nickte. »Ihr solltet euch unbedingt beraten.«

Thorolf rief die Männer auf, sich dicht zusammenzudrängen, doch das war nur ein Vorwand, um Kristen in ihre Mitte zu ziehen, damit niemand sehen konnte, daß sie redete. »Beim Thor! Was hat er bloß erzählt?«

Sie grinste von einem Ohr zum anderen. »Er wird uns nicht töten. Er will, daß wir ihm statt dessen seinen Steinwall bauen.«

»O nein, ich werde nicht für diesen Schurken schwitzen!«

»Dann wirst du verhungern«, gab Kristen zurück. »Seine Bedingungen waren unmißverständlich. Wir arbeiten für unser Essen und unsere Behausung.«

»Als Sklaven?«

»Seid nicht so dumm!« fauchte sie. »Das gibt uns Zeit für die Flucht.«

»Ja, und Zeit, um unsere Wunden zu heilen«, stimmte Ohthere zu. »Sag es ihm gleich, Thorolf. Es hat keinen Sinn, ihm das Gefühl zu geben, einige von uns seien gar nicht darauf aus, seine Bedingungen zu akzeptieren.«

Thorolf stand jetzt selbst auf und rief Royce zu sich. »Die Ketten?« fragte er als erstes.

»Sie bleiben. Glaube nicht, ich sei so dumm, einem von euch zu trauen.«

Thorolf grinste breit und nickte. Der Sachse war klug, doch er machte sich keine Vorstellung von Wikingern, die gesund und gut genährt und zur Flucht entschlossen waren.

10

Eine alte Frau kam zu ihnen, um ihre Wunden zu behandeln. Sie war schmutzig und ungepflegt und trug ein enges, langärmeliges Unterkleid und darüber ein kürzeres, ärmelloses Gewand ohne Gürtel, das wie ein Sack aussah. Sie ging sehr aufrecht für ihr Alter und sagte, ihr Name sei Eartha. Ihre Haltung war die eines Menschen, der sein Leben gelebt hatte, und daher war sie mutig, frech und furchtlos, als sei es ihr ganz gleichgültig, welche Folgen ihr Handeln nach sich ziehen könnte.

Kristen amüsierte sich über sie und war gleichzeitig auf der Hut vor ihr. Sie beobachtete, wie Eartha die Männer herumschubste, Männer, die neben ihrer kleinen Gestalt die reinsten Hünen waren, und lachte, wenn sie murrten oder schimpften. Sie war auf der Hut, weil sie wußte, daß Eartha schließlich auch zu ihr kommen würde, um die angebliche Kopfwunde zu sehen, und das konnte sie nicht zulassen.

Kristen war auch nicht gerade bestens aufgelegt. Das lag an der Hitze, die keiner von ihnen gewohnt war. Viele der Männer hatten sich die Gamaschen heruntergerissen, doch sie wußte, daß sie das nicht wagen konnte, wenn sie es auch noch so gern getan hätte. Sie hatte Eartha bemitleidet, die zwei Kleider übereinander trug und darunter gewiß noch einen Unterrock, doch ihr schien die Hitze überhaupt nichts auszumachen. Aber natürlich mußten die Sachsen daran gewöhnt sein.

Eartha war mit Ivarr fertig und kauerte sich neben Kristen. Sie bedeutete ihr, ihr zu zeigen, welche Verletzungen sie außer der Kopfwunde aufzuweisen hatte, denn sie mußte wegen der zahlreichen Blutflecken davon ausgehen, daß Kristen auch an anderen Körperteilen verwundet war. Kristen schüttelte nur den Kopf. Daraufhin griff Eartha nach ihrem Kopfverband. Kristen schlug ihr auf die Hand, doch das brachte ihr nur einen Schlag auf die eigene Hand ein. Als Eartha noch einmal versuchte, den Verband zu entfernen, sprang Kristen auf und war soviel größer als die alte Frau, daß sie hoffte, die Krankenpflegerin durch diese Haltung zu entmutigen. Daraus wurde nichts. Sie mußte Earthas Handgelenke packen und festhalten, damit die Frau die Hände von ihr ließ. Dafür wurde ihr eine Schwertspitze zwischen die Rippen gesetzt.

Etliche der anderen Wikinger standen auf, und der sächsische Wachposten, der zu Earthas Schutz gekommen war, wich zurück. Er war so eingeschüchtert, daß er augenblicklich um Hilfe rief.

Kristen stöhnte, als sie sah, was sie angerichtet hatte, doch ihr war nichts anderes übrig geblieben. Sieben Sachsen rannten mit gezogenen Schwertern auf sie zu. Sie bedachte Eartha für ihre Sturheit mit einem finsteren Blick und ließ sie dann los. Jetzt hielt Thorolf die alte Frau zurück und zog Kristen hinter sich.

Zum Glück zögerten die Sachsen, als sie die Gefangenen erreicht hatten und sahen, daß Eartha nicht mehr bedroht wurde.

»Was ist los?« fragte Hunfrith.

»Der junge Kerl will nicht zulassen, daß ich nach seinen Wunden sehe«, beschwerte sich Eartha.

Hunfrith sah Thorolf an und erwartete eine Erklärung. Thorolf sagte nur: »Heilt allein. In Ruhe lassen.«

Hunfrith brummte und sah Eartha dann wütend an, weil sie sie alle in Panik versetzt hatte. »Wenn er mit einem solchen Satz aufspringen kann, braucht er deine Künste nicht, Alte.«

»Der Verband sollte gewechselt werden«, beharrte Eartha. »Er ist ganz blutig.«

»Ich habe gesagt, du sollst es bleiben lassen. Kümmere dich um die, die es wollen. Laß die übrigen in Ruhe.« Zu Thorolf sagte er: »Sag deinem Freund, er soll seine Finger von jetzt an von ihr lassen.«

Hunfrith wollte offensichtlich kein großes Theater machen, wenn so viele Wikinger dem Jungen jederzeit zur Hilfe eilten. Eartha paßte das gar nicht, und sie murrte, der Junge stelle sich an wie ein Mädchen, als sie weiterzog. Einer der Sachsen meinte dazu, vielleicht sei das der Grund, aus dem ihn die Wikinger mitgenommen hätten, und sie zogen lachend ab.

Bei dieser Bemerkung war Kristen knallrot geworden. Als Thorolf das bemerkte und sie nach den Gründen fragte, schüttelte sie den Kopf und errötete noch heftiger. Er wollte sie aufziehen und beharrte darauf, daß sie es ihm sagte, weil es so selten vorkam, daß Kristen verlegen wurde, doch sie schlug ihm auf die Hand, setzte sich wütend hin und kehrte ihm den Rücken zu.

Sie sah, daß ein Mann an einem der oberen Fenster des großen Hauses stand und sie beobachtete. Sie hatte bisher nur an die Wachen gedacht und merkte jetzt, daß sie noch vorsichtiger sein mußte, wenn sie mit Thorolf sprach.

Nachdem Eartha gegangen war, wurde ihnen das Essen gebracht. Die Männer bekamen ihre Stiefel zurück, die sie jedoch nicht anziehen konnten, weil sie angekettet waren. Am späteren Nachmittag kam ein Schmied, der ihnen neue Ketten anlegte. Jeder bekam eigene Ketten mit einem Schlüsselloch und einem Ring, durch den eine längere Kette geführt wurde, die sie aneinanderfesselte und ihre Bewegungsfreiheit einengte. Ihr Kreis um den Pfosten war jetzt wesentlich kleiner.

Kristen fand diese neue Vorsichtsmaßnahme, die man gegen sie ergriff, abscheulich. Sie vermutete, daß man ihnen die lange Kette bei der Arbeit abnehmen würde, doch die kurze Kette zwischen den Knöcheln sorgte dafür, daß sie nur kleine Schritte machen konnten und gewiß oft stolpern und hinfallen würden, während sie sich daran gewöhnten. Es war erniedrigend, aber so war es von den Sachsen wohl gedacht.

In der folgenden Nacht regnete es, und da man sie im Freien gelassen hatte, fühlten sie sich elend. Kristen war durchnäßter als die anderen, da sie sich vergeblich bemühte, etwas dagegen zu unternehmen, daß ihr blutiger Verband reingewaschen wurde. Thorolf mußte über ihre Anstrengungen lachen und half ihr schließlich, indem er seine Arme um ihren Kopf schlang und so liegenblieb. Ihr Verband blieb trocken, doch die Nacht war sehr ungemütlich für sie.

Von seinem Fenster aus beobachtet Royce das Geschehen vor dem Haus. Er sah, daß der Junge versuchte, Thorolf abzuschütteln, und der größere Wikinger ihm einen Klaps auf den Rücken gab, ihm etwas ins Ohr schrie und dann seine Arme auf den Kopf des Jungen legte und somit gezwungen war, halb auf ihm zu liegen. Anschließend lagen sie still wie alle anderen.

»Welcher ist der, der Eartha angegriffen hat?«

Royce warf einen gedankenversunkenen Blick auf Darrelle. Sie stand neben ihm am Fenster, nachdem sie die Elfenbeinfiguren des Spieles, das sie gerade beendet hatten, eingepackt hatte.

»Der Wikinger hat sie nicht angegriffen. Er wollte lediglich seine Wunden nicht behandeln lassen.«

»Aber sie hat gesagt ...«

»Ich habe alles selbst gesehen, Darrelle, und die alte Frau übertreibt.«

»Ich hoffe doch, daß du es nicht so leicht nähmst, wenn er Hand an mich legte«, murrte sie.

»Nein«, sagte er grinsend.

»Welcher ist es?«

»Du kannst ihn jetzt nicht sehen.«

»Alden hat gesagt, der, der ihn verwundet hat, sei noch ein Junge gewesen. Ist er es?«

»Ja, der Jüngste von allen.«

»Wenn du gesehen hast, daß er Hand an Eartha gelegt hat, hättest du ihn auspeitschen lassen sollen.«

»Zu viele andere waren bereit, für ihn zu kämpfen. Es hätte uns nichts genutzt und uns nur noch mehr Verwundete eingebracht.«

»Ich nehme an, du hast recht«, sagte sie widerstrebend. »Sie können unseren Wall nicht bauen, wenn sie im Sterben liegen. Der Wall ist wichtiger. Es sind wenige, und man kann sie bändigen. Dänen dagegen gibt es viele.«

Royce lachte vor sich hin. »Wie ich sehe, hat Alden dich davon überzeugt, daß wir sie gebrauchen können.«

»Du hättest sie alle getötet«, rief sie ihm mit einem hochnäsigen Blick, der ihn lächeln ließ, ins Gedächtnis zurück. »Er hat zumindest erkannt, daß sie dir lebend von größerem Nutzen sind.«

»Solltest du jetzt nicht doch lieber nach Alden sehen?« Royce machte diese Anspielung vorsätzlich.

Darrelle schnalzte empört mit der Zunge. »Du hättest mich ebensogut fortschicken können.«

»So ungehobelt wäre ich nie«, entgegnete er unschuldig und gab ihr einen Schubs zur Tür.

Royce stand oft am Fenster und sah zu, wie sich die Wikinger abmühten. Ein Anzeichen dafür, daß er sich noch nicht mit ihrem Bleiben angefreundet hatte, war, daß er sich nur ruhig fühlte, wenn er sie selbst im Auge hatte. Er hielt weniger als Alden und Lyman von dem Vorschlag, sie seinen Wall bauen zu lassen, denn er würde an den Grenzen von Wessex auf die Dänen treffen, wenn es an der Zeit war, wieder gegen sie zu kämpfen, und er bezweifelte, daß sie je soweit nach Süden vorstoßen würden, um Wyndhurst zu gefährden.

Da König Alfred jedoch wollte, daß seine Lehnsherren ihre Güter befestigten, und da es in den alten Römerruinen ganz in der Nähe Steine in Hülle und Fülle gab, hatte er seine Zustimmung zum Bau eines Steinwalls gegeben, ob sie ihn je brauchen sollten oder nicht. Schon jetzt hatten die Wikinger die Steine aufgebaut, die die Leibeigenen über Monate hergebracht hatten, und sie hatten nicht länger als eine Woche dafür gebraucht.

»Meghan hat mir gesagt, du hättest dir diese neue Gewohnheit zugelegt, Cousin.«

Royce wirbelte herum und sah Alden in der Tür stehen. »Darfst du denn schon wieder aufstehen?«

Alden stöhnte. »Nicht auch noch du. Es reicht schon, daß die Frauen mich verhätscheln.«

Royce grinste den jüngeren Mann an, als Alden langsam auf das offene Fenster zukam und sich neben ihn stellte. »Deine Gesellschaft ist mir angenehm, weil ich festgestellt habe, daß ich zuviel an die Vergangenheit denke, wenn ich hier allein bin. Aber es ist bei Gott wahr, daß ich nicht gegen das Gefühl ankomme, sie könnten versuchen, etwas zu unternehmen, da bei fast allen die Wunden gut verheilt sind, und daher ertappe ich mich ständig dabei, daß ich hier stehe und sie im Auge behalte. Nur zwei von ihnen können die Steine nach wie vor nur mit Mühe tragen.«

Alden lehnte sich aus dem Fenster, und bei dem Anblick, der sich ihm bot, stieß er einen leisen Pfiff aus. »Es ist also doch wahr! Wir brauchen jetzt schon mehr Steine!«

»Ja«, gestand Royce mürrisch ein. »Zwei dieser Männer schaffen es, die größten Steine hochzuheben, die nur fünf Leibeigene tragen konnten. In derselben Zeit sind die Leibeigenen noch nicht mit dem Schuppen fertig geworden, den sie neben dem Lagerhaus für die Wikinger bauen sollen. Es wird noch ein paar Tage dauern, ehe wir sie dort nachts einschließen können. Dann brauchen wir nicht mehr so viele Männer zu ihrer Bewachung, oder wenigstens nachts nicht.«

»Du machst dir zu viele Sorgen, Royce. Was können sie schon anstellen, solange sie angekettet sind?«

»Schon eine scharfe Axt würde ausreichen, um diese Ketten zu sprengen, Cousin. Ein Wikinger könnte mit seinen bloßen Händen zwei meiner Männer erwürgen, ehe ein dritter sein Schwert ziehen könnte. Und die Dummköpfe kommen ihnen immer noch zu nahe, obwohl ich ihnen befohlen habe, Abstand zu halten. Wenn die Wikinger entschlossen sind, ihre Freiheit wiederzuerlangen, und daran kann ich beim besten Willen nicht zweifeln, dann werden sie irgendwann loslegen, und dabei werden viele Männer ihr Leben lassen.«

»Zünde ihr Schiff an, und mach ihnen klar, daß ihnen der Seeweg versperrt ist«, schlug Alden vor.

Royce knurrte: »Es überrascht mich, daß dir noch niemand gesagt hat, daß das längst geschehen ist.«

»Dann brauchst du einen Anreiz, der dafür sorgt, daß sie zahm bleiben«, erwiderte Alden.

»Ja, aber welchen?«

»Du könntest ihnen den Anführer nehmen. Wenn sie glauben, daß du ihn beim ersten Anzeichen eines Aufstandes tötest, sollte man meinen, daß …«

»Nein, Alden, das habe ich mir auch schon überlegt, aber sie sagen, daß der, der sie hierher gebracht hat, tot ist. Das Schiff, das ich angezündet habe, war das Schiff seines Vaters. Sie haben selbst einen neuen Anführer bestimmt, und dasselbe täten sie bestimmt wieder, wenn ich ihn von ihnen absondere.«

»Sie sagen, daß er tot ist?« Alden legte die Stirn jetzt in nachdenkliche Falten. »Was ist, wenn das nicht stimmt?«

»Was!« rief Royce aus.

»Wenn er unter ihnen wäre, warum sollten sie es dir dann sagen und das Risiko eingehen, daß sie ihn aus Gründen wie den von mir vorgeschlagenen verlieren?«

»Bei Gott, darauf bin ich noch nicht gekommen.« Royce runzelte die Stirn. »Nein. Der einzige, um den sie sich scharen, ist der Junge. Sie beschützen ihn, als sei er ein kleines Baby.«

Anfangs hatte er geglaubt, der Junge sei wohl Thorolfs Bruder und das sei der Grund, weshalb der Größere ihn bemutterte. Doch sowie die Gefangenen mit dem Bau des Walles begonnen hatten, schienen sich alle um den Jungen zu kümmern, und sie hielten die

Wachen davon ab, ihn zu schikanieren. Sie nahmen ihm die schwersten Steine ab und ließen ihn nur die leichtesten tragen, und zwei, wenn nicht mehr von ihnen, halfen ihm jedesmal beim Aufstehen, wenn er hinfiel. Zum Teufel, er war trotz allem der schmutzigste Kerl unter ihnen, der nie von dem Wasser Gebrauch machte, das man ihnen hinstellte, damit sie sich waschen konnten. Und doch verhätschelten sie ihn.

»Könnte er vielleicht ihr Anführer sein?« fragte Alden vorsichtig und blickte dabei auf diesen Jungen, der sich auf die niedrige Mauer gesetzt hatte, während die letzten Steine auf Lymans Anweisungen hin verteilt wurden.

»Bist du dämlich, Cousin? Er ist nichts weiter als ein bartloser Jüngling. Zugegeben, es sind alles junge Männer, aber er ist der jüngste von allen.«

»Aber wenn sein Vater das Schiff gestellt hat, dann sind sie gezwungen, den als ihren Anführer anzusehen, dem er das Kommando für das Schiff übergeben hat.«

Royce sah ihn finster an. Konnte es sich so einfach verhalten? Sein eigener König war einige Jahre jünger als er. Aber Alfred war seit seinem sechzehnten Lebensjahr der zweite Mann im Staate gewesen. Das hier war ein unerfahrener Junge, der noch bemuttert werden mußte. Und doch war es dieser unerfahrene Jüngling gewesen, der Alden verwundet hatte, und Alden war ein so kampferprobter Krieger wie Royce selbst. Jetzt fiel ihm auch wieder ein, daß jedesmal, wenn die Aufmerksamkeit auf den Jungen gelenkt wurde, jeder einzelne Wikinger alles stehen und fallen ließ, als warteten alle nur darauf, ihm zur Hilfe zu kommen, falls es nötig werden sollte.

»Ich glaube, es ist an der Zeit, daß ich mich noch einmal mit Thorolf unterhalte« sagte Royce gepreßt.

»Welcher ist das?«

Royce zeigte auf ihn. »Der da, der den Jungen gerade zu sich gerufen hat. Er ist der einzige, der unsere Sprache versteht, wenn auch nicht allzu gut.«

»Es scheint, als sei Lyman für heute mit ihnen fertig«, bemerkte Alden.

»Ja, er wird sie morgen früh zu den Ruinen bringen, um weitere Steine zu holen. Was heißt, daß ich noch mehr Männer dafür aufbringen muß, sie zu bewachen.«

Beide sahen einen Moment lang zu, während die Wachen neben

den Wikingern herliefen und sie eilig zu dem Pfahl zurückbrachten. Royce wandte sich vom Fenster ab, doch er drehte sich abrupt wieder um, als er Aldens Aufschrei hörte.

»Ich glaube, du bekommst Schwierigkeiten.«

Einer der Wikinger war gestürzt, und Hunfrith trat ihn mit seinen Stiefeln, damit er wieder aufstand. Es war nicht schwer zu raten, um welchen Wikinger es ging, denn die gesamte Gruppe war stehen geblieben. Thorolf rief Hunfrith etwas zu, und dann lag Hunfrith auf dem Boden. Der Kerl stand auf, rieb sich den Staub von den Händen, und die Wikinger gröhlten vor Lachen, als sie ihren Weg fortsetzten.

»Ich habe diesen Dummkopf gewarnt und ihm gesagt, daß er sie in Ruhe lassen soll«, zischte Royce durch seine zusammengebissenen Zähne. »Er kann von Glück reden, daß sie ihn nicht entwaffnet haben, als er auf dem Boden lag.«

»Gütiger Himmel«, rief Alden, »er hat vor, den Jungen anzugreifen!«

Royce hatte auch gesehen, daß Hunfrith sein Schwert gezogen hatte, doch er stürzte bereits aus seinem Zimmer und die Treppe hinunter. Als er im Freien stand, war das Unheil dennoch geschehen. Einer der Wächter hatte um Hilfe gerufen, und Bogenschützen hatten die Gruppe aus einer sicheren Entfernung umstellt. Drei der Wachen bedrohten Ohthere, der Hunfrith so fest umklammerte, daß er ihm wohl das Rückgrat brechen würde, obwohl der Wikinger im Moment nicht zuzudrücken schien.

Thorolf sprach leise mit Ohthere. Von dem Jungen war anscheinend nichts zu sehen, bis Royce endlich bemerkte, daß er über die Schultern derer schaute, die vor ihm standen. Sie hatten sich dicht um ihn gedrängt.

»Sag ihm, er soll meinen Mann loslassen, da ich ihn andernfalls töten muß«, sagte Royce so langsam, daß der Mann ihn verstehen konnte. Er sah Ohthere an, der ihn ungerührt anstarrte. »Sag es ihm gleich, Thorolf.«

»Ich habe es ihm gesagt«, erwiderte der Wikinger und versuchte dann zu erklären, wie es dazu gekommen war. »Ohtheres Cousin. Ohtheres Cousin darf man nichts tun.« Royce' Blick richtete sich jetzt auf Thorolf. »Er ist der Cousin des Jungen?«

»Ja.«

»Und was bedeutet dir der Junge, Thorolf.«

»Ein Freund.«

»Ist der Junge euer Anführer, Thorolf?«

Thorolf nahm diese Frage mit Erstaunen auf. Dann grinste er breit und wiederholte seinen Kameraden den Wortlaut. Viele von ihnen fingen an zu lachen. Wenigstens ließ das Gelächter die Anspannung zurückgehen, die in der Luft lag. Sogar Ohthere kicherte und stellte den schnaufenden Hunfrith wieder auf seine Füße. Royce packte den kleinen Sachsen am Hemd und stieß ihn von den Wikingern fort.

Hunfriths Schwert lag zwischen Royce und Ohthere im Staub. Royce hob es auf und richtete die Spitze auf den Boden, um nicht bedrohlich zu wirken.

»Wir haben ein Problem, Thorolf«, sagte er sehr ruhig. »Es geht nicht an, daß meine Männer angegriffen werden.«

»Hunfrith hat angegriffen.«

»Ja, ich weiß«, räumte Royce ein. »Ich glaube, seine Würde ist verletzt worden.«

»Stolpern lassen – getreten – verdient«, gab Thorolf zornig zurück.

Royce brauchte einen Moment, um diese Information zu verdauen. »Wenn er den Jungen getreten hat, dann hat er es vielleicht wirklich verdient, daß ihr ihm die Füße weggezogen habt. Aber der Junge macht zuviel Ärger. Das ist die Sache nicht wert.«

»Nein.«

»Nein? Vielleicht sollte ich ihn von euch anderen absondern und ihm leichtere Aufgaben zuteilen …«

»Nein!«

Royce zog seine dunklen Augenbrauen zusammen. »Ruf den Jungen zu dir. Er soll die Entscheidung selbst treffen.«

»Stumm.«

»Das habe ich schon gehört. Aber er versteht genau, was du sagst. Ich habe dich oft mit ihm reden gesehen. Ruf ihn zu dir, Thorolf.«

Der blonde Thorolf stellte sich jetzt dumm und hielt den Mund. Royce entschloß sich, die anderen zu überrumpeln, ehe Thorolf ihnen sagen konnte, worüber sie gesprochen hatten. Er schob die Wikinger, die vor dem Jungen standen, zur Seite, packte den Jüngling an den Schultern und zerrte ihn aus der Gruppe heraus. Ohthere wollte ihm den Jungen entreißen, doch er blieb stehen, als Royce die Schwertspitze gegen den Hals des Jungen preßte.

Royce kniff die Augen zusammen und sah Thorolf fest an. »Ich glaube, du hast mich belogen, Wikinger. Sag mir jetzt, wer dieser Knabe ist.«

Thorolf sagte kein Wort. Weitere Wachen waren nähergekommen, und ein langer Speer hielt Thorolf zurück. Andere sorgten dafür, daß sich die übrigen Wikinger nicht von der Stelle rührten.

»Braucht es einen Anreiz, um deine Zunge zu lösen?« fragte Royce erbost.

Er verlor die Geduld, als Thorolf immer noch nicht antwortete. Jetzt zerrte er den Jungen zu dem Pfosten, an dem die Gefangenen sonst angekettet waren. Als der Junge stolperte, weil Royce sich mit zornigen, weit ausholenden Schritten bewegte, riß er ihn unsanft wieder auf die Füße und rief seinen Männern Befehle zu. Als sie den Pfosten erreicht hatten, stieß er den Jungen mit dem Gesicht dagegen, packte seine beiden Handgelenke und hielt sie fest, bis einer seiner Männer mit einem Stück Schnur zu ihm gerannt kam, mit dem er die Handgelenke des Knaben auf der anderen Seite des Pfostens schnell zusammenband.

Dann ließ er ihn stehen und sah sich nach Thorolf um. Andere Wikinger schrien jetzt, doch Thorolf schwieg verbissen und sah ihn mit feindseligen Augen an. Glaubte Thorolf etwa, Royce wollte den Jungen lediglich dort stehen lassen? Diese Vorstellung würde er ihm nur zu schnell austreiben.

Royce stellte sich hinter den Jungen, und sein Rücken verstellte den Gefangenen die Sicht auf den Pfahl. Dann zog er den Dolch aus seinem Gürtel und schnitt die dicke Fellweste des Jungen auf. Das lederne Hemd, dem er dann zu Leibe rückte, saß so eng, daß er davon ausgehen mußte, den Rücken des Jungen zu verletzten, als er es von oben bis unten aufschlitzte, doch kein Protestlaut war zu vernehmen.

Sein Blick fiel auf zarte weiße Haut, und Royce runzelte die Stirn. Dort waren keine harten Muskeln, die den Peitschenhieben Widerstand leisten konnten. Und er hatte die zarte Haut des Jungen auch wirklich aufgeritzt. Ein kleines rotes Rinnsal lief von den Schulterblättern bis fast zur Taille. Es war wahrhaft kaum mehr als ein Kind, dessen Auspeitschung er anordnen würde – wenn Thorolf nicht freiwillig mit der Wahrheit herausrückte.

Royce trat wieder zur Seite, damit sie sehen konnten, was er getan hatte. Thorolf schrie: »Nein!« und stieß den Speer von sich, um sich auf Royce zu stürzen. Ohthere riß einer der Wachen den Speer aus der Hand, stieß mit ihm zwei weitere Wachen zur Seite und bedrohte alle Umstehenden, während er wutentbrannt und mordlustig auf den Pfosten zulief.

Royce rief ihnen etwas zu, und sie blieben stehen, als sie sahen, daß er seinen Dolch gegen den zarten weißen Rücken preßte. »Die Wahrheit, Thorolf!«

»Niemand von Bedeutung! Nur einer der Jungen!« beharrte Thorolf weiterhin.

Waite kam mit der Peitsche. Thorolf schrie wieder: »Nein!«, und er wollte noch etwas anderes sagen, doch der Junge schüttelte heftig den Kopf, und Thorolf verstummte. Auch, wenn er kein Wort gesagt hatte, hatten die Wünsche des Jungen mehr Gewicht als alles andere.

»Das war dumm von dir«, fauchte Royce, der um den Pfosten herumlief, damit er sowohl das Gesicht des Jungen, als auch die inzwischen verstummten Wikinger im Auge hatte. »Du wirst leiden, nicht er. Du kannst es mir nicht sagen, aber ich werde ihn dazu bringen, mir zu sagen, daß du ihr Anführer bist. Es ist offensichtlich. Ich will es bestätigt haben.«

Er erwartete keine Antwort von einem Stummen, und er rechnete auch nicht damit, daß seine Worte verstanden wurden. Er war wütend, weil sie ihn dazu brachten zu vollenden, was er begonnen hatte, und seine Wut steigerte sich, als diese schönen aquamarinblauen Augen für einen Sekundenbruchteil zu ihm aufblickten, ehe der Kopf wieder gesenkt wurde und er das Gesicht nicht mehr sehen konnte. Der Teufel sollte ihn holen, wenn das kein weibliches Verhalten war. Tatsächlich hatten zu viele Dinge an diesem Jungen den Anstrich von Weiblichkeit. Wenn er nicht gewußt hätte, daß es ausgeschlossen war, wäre er versucht gewesen, ihm das Hemd ganz herunterzureißen, um sich zu bestätigen, daß seine Vorstellung unbegründet waren. Manchmal gab es eben Jungen mit schönen Augen unter langen Wimpern und mit einer zarten Haut, und so blieb es, bis sie das Alter erreichten, in dem sie zu Männern wurden. Der hier hatte dieses Alter offensichtlich noch nicht erreicht.

Royce nickte Waite zu. Die Peitsche entlockte dem Jungen das leise Zischen heftig ausgestoßenen Atems. Kein anderer Laut war auf dem stillen Platz zu hören. Thorolf schwieg weiterhin, obwohl er die Fäuste geballt hatte und jeder Muskel seines ganzen Körper angespannt war. Royce nickte ein zweites Mal.

Diesmal wurde der große, schlanke Körper gegen den Pfosten geschmettert und ruckte dann zurück, soweit es die gefesselten

Handgelenke erlaubten. Das lederne Hemd rutschte auf die Oberarme. Der Junge preßte sich eilig wieder gegen den Pfosten, diesmal ohne die Einwirkung der Peitsche, doch dabei fiel ein Streifen weißen Leinen aus dem Hemd heraus.

Royce bückte sich, um das Stück Stoff, das ganz nach einem Verband aussah, obwohl sich kein Blut darauf befand, aufzuheben. An einem Ende war ein Knoten, der besagte, daß er den Stoffstreifen mit seinem Dolch aufgeschlitzt hatte. Auf irgendeine Weise hatten sich zwei runde Abdrücke in diesem Verband abgebildet, fast so, als ob unter diesem Streifen …

»Nein, ich kann es einfach nicht glauben!«

Sein Blick richtet sich auf den gesenkten Kopf, und dann streckte er die Hand aus und riß das Hemd herunter. Er atmete hörbar ein und fluchte lauthals, als er den Beweis bekam, der diesen Jungen zu einer Frau machte. Er hob die andere Hand, riß den Verband von ihrem Kopf, und wieder fluchte er, als ein langer goldener Zopf über ihren Rücken fiel.

Die Gefangenen seufzten jetzt wie aus einer Kehle, doch Kristen hatte keinen Laut von sich gegeben, und in den Augen, die Royce jetzt fest ansahen, stand keine Träne. Was für eine Frau zum Teufel war das, wenn sie ihr Geschlecht nicht preisgab, um sich vor dem Auspeitschen zu bewahren? Oder war ihr etwa nicht klar gewesen, daß er eine Frau niemals ausgepeitscht hätte?

Er durchschnitt ihre Fesseln, und sie zog sofort ihr Hemd wieder hoch, um sich zu bedecken. Sobald sie das getan hatte, packte er ihre Hand und zerrte sie zu Thorolf, der bedrückt dastand.

»Sie ist also ein Junge? Niemand von Bedeutung? Und du läßt zu, daß ich sie auspeitsche! Was wolltest du verbergen? Daß sie eine Frau ist?« fragte Royce zornig.

»Er wollte mich beschützen«, antwortete Kristen.

Royce wirbelte zu ihr herum, doch die Wut, die in seinen Augen stand, ließ sie nicht zurückweichen. »Und stumm ist sie auch nicht, und unsere Sprache versteht sie auch! Bei Gott, du wirst mir sagen, warum du den Mund nicht aufgemacht hast, damit du nicht ausgepeitscht wirst!«

»Um mich davor zu bewahren, von den Sachsen vergewaltigt zu werden«, sagte sie schlicht.

Er reagierte mit einem brutalen Lachen. »Du bist für den Geschmack meiner Männer zu groß, oder war dir das nicht klar? Und auch ansonsten bist du in keiner Hinsicht eine Versuchung, Dirne.«

Sein Zorn hatte ihm diese Worte entlockt, doch sie versetzten ihr trotzdem einen Stich. »Was wirst du jetzt mit mir tun?« wagte sie zu fragen.

Royce wurmte es, daß sie seine Beleidigungen überging. »Du wirst von jetzt an im Haus arbeiten. Wie du behandelt wirst, hängt ganz davon ab, wie sich die anderen benehmen. Hast du verstanden?«

»Ja.«

»Dann mach es ihnen verständlich.«

Kristen sah Thorolf und Ohthere an, der jetzt neben ihm stand. »Er hat vor, mich als Geisel im Haus festzuhalten, damit ihr euch gut benehmt. Laßt eure Entscheidungen davon nicht beeinflussen. Ihr müßt mir versprechen, daß ihr flieht, wenn sich die Gelegenheit bietet. Wenn es auch nur einem von euch gelingt, wieder nach Hause zu kommen, könnt ihr meinen Vater zu mir schicken.«

»Aber er wird dich töten, wenn wir fliehen.«

»Er ist im Moment nur wütend, weil er eine Frau auspeitschen hat lassen. Er wird mich nicht töten.«

Ohthere nickte verständnisvoll. »Wir werden uns also zu den Dänen im Norden durchschlagen, wenn sich eine Gelegenheit bietet. Sie haben Schiffe, mit denen wir in den Norden segeln können.«

»Gut. Und ich werde euch, wenn es mir möglich ist, wissen lassen, wie es mir ergeht. Macht euch also um mich keine Sorgen.«

»Es reicht!« fauchte Royce und stieß sie zu Waite. »Bring sie ins Haus, und laß sie von den Frauen baden.« Als sie fortgingen, konnte er die roten Striemen auf ihrem Rücken sehen. Es kostete ihn seine gesamte Selbstbeherrschung, in einem ruhigen Tonfall mit Thorolf zu sprechen. »Ich weiß, daß sie euch mehr gesagt hat, als ich ihr geboten habe. Jetzt sage ich dir eines. Versucht auch nur einmal, zu fliehen oder einen meiner Leute anzugreifen, und ich werde dafür sorgen, daß sie wünscht, sie wäre tot. Und ich stoße keine leeren Drohungen aus.«

11

Kristen kam sich albern und deplaziert vor, als sie das sächsische Haus betrat. Der große Saal, durch den sie liefen, war langgestreckt und größer als der im Hause ihres Vaters, aber sie hatte gewußt, daß es in einem derart geräumigen Haus so aussehen muß-te. Zu Hause war über dem Saal keine Decke eingezogen, und das machte ihn zu einer gewaltigen steinernen Höhle, die im Winter so kalt war, daß die Familie es vorzog, die Abende in dem abgetrenn-ten Küchenbereich zu verbringen. Über dieser Halle war eine Decke eingezogen, doch der Raum war immer noch recht hoch.

Die Küche war auch nicht von den anderen Räumlichkeiten ab-gesondert wie zu Hause, etwas, worauf ihr Urgroßvater bestanden hatte, weil ihm der Rauch unangenehm war. Hier wurde auf ei-nem langen steinernen Herd gekocht, der sich fast über die halbe Länge der Rückwand zog, und links daneben führte eine Treppe nach oben. An der langen rechten Wand befand sich eine weitere große Feuerstelle, doch dieser Kamin war kalt und leer und wurde zweifellos in den Sommermonaten nicht benutzt.

Der Boden war aus Holz und klang hohl unter ihren Schritten, und Kristen glaubte, darunter könnte eine Art von Keller sein. Zwei Wände hatten große Fenster, und auf einem Teppich zwi-schen ihnen standen Stühle und Schemel, Webstühle und eine Staffelei zum Sticken.

Sämtliche Türen und Fenster standen offen und ließen eine Fülle von Licht und warmer Luft in das Haus. Zwei weitere Fenster la-gen den anderen gegenüber, und dort stand ein großes Bierfaß, das von Bänken, Stühlen und einigen Tischen umgeben war, auf denen Spiele aufgebaut waren. Neben dem Werkzeugständer la-gen auf einem langen Tisch Waffen, Schemel und Holzgefäße, die sich in verschiedenen Stadien der Fertigstellung befanden. Ein Mann stand am Tisch und brachte dünne Lederstreifen an einer Peitsche an. Kristen zuckte zusammen, und ihr Rücken schmerzte plötzlich heftiger.

Sieben gepflegte, zierliche Frauen hielten sich im Raum auf, und eine, die prächtiger als die anderen gekleidet war, erhob sich und befahl Waite, stehenzubleiben. Ihre Augen waren so leuchtend blau wie die des Mannes, von dem Kristen hoffte, daß sie ihn getö-tet hatte.

Kristen glaubte, die Frau könnte sehr hübsch sein, wenn sie nicht so finster schaute wie im Moment. Sie mußte wohl die Haus-herrin sein, wenn sie dem Soldaten mit solcher Autorität in ihrer Stimme Einhalt gebieten konnte. Es wunderte Kristen nicht, daß der Herrscher der Sachsen eine hübsche Frau hatte. Fast hätte sie die Dame um einen so gutaussehenden Ehemann beneiden können, wenn sie nicht ausgerechnet die Gefangene dieses Mannes gewesen wäre.

»Wie kannst du es wagen, ihn ins Haus zu bringen?« fragte die Frau Waite und kam ein paar Schritte näher.

»Er ist eine Sie, Mylady, und Lord Royce hat befohlen, sie von den Frauen baden zu lassen.«

»Eine Frau?« japste die Dame und kam noch etwas näher. Ihr Blick glitt von Kopf bis Fuß über Kristen. Sie schüttelte den Kopf. »Nein, das ist ausgeschlossen.«

Waite packte Kristens langen Zopf und warf ihn ihr über die Schulter, damit die Dame ihn sehen konnte. »Lord Royce hat sie auspeitschen lassen, und dabei ist er hinter ihre Tarnung gekommen.« Er drehte Kristen unwirsch um. »Das ist nicht der Rücken eines Mannes.«

»Ein zarter Rücken und langes Haar machen noch lange keine Frau aus.«

Waite kicherte. »Milord hat sich auf andere Weise vergewissert, und sie werden es selbst sehen, wenn sie gebadet wird.«

Die Dame gab einen abschätzenden Laut von sich. »Und was sollen wir mit ihr anfangen, wenn sie gebadet worden ist?«

Waite zuckte die Achseln. »Sie zu angemessenen Arbeiten einsetzen, Milady. Sie soll im Haus bleiben.«

»Was geht bloß in Royce vor«, jammerte die Frau. »Er bringt uns eine Heidin ins Haus.«

»Er hat vor, sie nützlich einzusetzen, damit …«

»Zweifellos!« schnaubte sie. »Er wird sie für das benutzen, wofür diese Wikinger sie mit Sicherheit benutzt haben!«

»Vielleicht auch das.« Waite grinste. »Aber vorwiegend ist sie als Geisel gedacht.«

»Nun gut. Wenn sie gründlich gewaschen werden soll, mußt du den Schlüssel für die Ketten holen lassen. Aber bring sie erst ins Badezimmer, und laß zwei Männer zu ihrer Bewachung zurück, bis ich meinen Frauen erklärt habe, was sie zu tun haben. Es wird ihnen genausowenig gefallen wie mir.«

Kristen blieb mit Uland und Aldous zurück, wenn sie auch nicht wußte, wer von beiden wer war, da Waite lediglich ihre Namen gerufen hatte, als sie durch die Halle gingen. Das kleine Badezimmer lag unter der Treppe und hatte eine Tür, die ins Freie führte. Dort konnte man das Wasser aus einem Brunnen holen. Die andere Tür führte zur Küche. Der hölzerne Waschbottich war nur groß genug für eine Person. Es schien, als badeten die Sachsen nicht gemeinsam.

Die beiden Männer tat Kristen als Bedienstete ab und ignorierte sie dementsprechend. Beide waren klein und dunkelhäutig, einer alt, der andere jung. Möglicherweise waren sie Vater und Sohn. Sie beobachteten sie furchtsam, als wüßten sie, daß sie Ärger bekämen, wenn sie beschloß, zu verschwinden und sie sie aufhalten wollten.

Kristen dachte gar nicht daran zu verschwinden. Sie freute sich sehr auf dieses Bad, da sie jetzt nicht mehr verbergen mußte, daß sie eine Frau war. Der Lehm, mit dem sie sich bisher eingerieben hatte, damit man ihre zarte Haut nicht sah, war eine harte Belastungsprobe gewesen. Wahrscheinlich hätte sie um dieses Bad gefleht, wenn man es ihr nicht ohnehin befohlen hätte.

Der Schmied kam, um ihre Ketten abzunehmen, doch er ließ sie liegen, statt mit ihnen fortzugehen. Kristen setzte sich sofort auf eine Bank, um ihre Stiefel auszuziehen und sich ihre Knöchel anzusehen. Die Haut war rot und aufgescheuert, aber nicht blutig. Sie würde sich schnell erholen, wenn Schluß mit diesen gräßlichen Ketten war.

Kristen blieb, wo sie war, und flocht ihren Zopf auf, während eine Reihe von Jungen eimerweise Wasser aus dem Freien brachten. Es sah nicht danach aus, als würden sie sich die Mühe machen, das Wasser für sie zu erhitzen, denn die Wanne war jetzt schon fast voll. Das machte ihr jedoch wenig aus, da sie es gewohnt war, in kaltem Wasser zu schwimmen.

Als sich fünf Frauen in den kleinen Raum drängten, wenn man die Dame nicht mitzählte, die in der Tür stehenblieb, wurde es Kristen doch zu bunt, und sie stand auf. »Ich kann mich selbst waschen.«

»Gott sei mir gnädig. Ich dachte schon, es würde schwierig, mich dir verständlich zu machen.«

»Ich verstehe alles genauestens. Ich soll baden. Das tue ich mit Vergnügen, aber ich brauche dazu keine Hilfe.«

»Dann hast du eben doch nichts verstanden. Royce hat befohlen, daß die Frauen dich waschen, und das werden sie auch tun.«

Kristen lag es nicht, großen Wirbel um eine solche Bagatelle zu machen. Sie verschwendete auch keinen Gedanken mehr daran, als sie erst eingewilligt hatte. Sie zuckte gleichgültig die Achseln und wartete darauf, daß man die Männer hinausschicken würde.

Als es nicht dazu kam und sich doch alle Frauen um sie drängten, um sie auszuziehen, stieß sie sie so heftig von sich, daß zwei von ihnen kreischend hinfielen.

»Hören Sie, Lady« schrie Kristen, um die Schreie der beiden zu übertönen. »Ich lasse zu, daß Ihre Frauen mich waschen, aber nicht vor den Männern.«

»Wie kannst du es wagen, mir zu sagen, was du zuläßt? Sie sind hier, um meine Frauen vor dir zu beschützen, weil man dir nicht trauen und dich nicht mit wehrlosen Frauen allein lassen kann.«

Kristen hätte fast darüber gelacht. Fünf Frauen, wenn man die Dame mitzählte, sechs, und sie bezeichneten sich gegenüber einer einzigen Frau als wehrlos. Allerdings konnte es sein, daß sie es wirklich waren, wenn sie darauf bestanden, sie vor männlichen Bediensteten auszuziehen. Und wenn sich die Frauen so sehr vor ihr fürchteten, konnte es nichts schaden, sich unverfroren zu behaupten.

Sie deutete mit einem Finger auf die beiden Männer, die sie jetzt mit weit aufgerissenen Augen anstarrten und es kommen sahen, daß sie sich ihr fügen mußten. »Diese beiden werden jemanden zu ihrem Schutz brauchen, wenn sie nicht verschwinden.«

Die Dame fauchte wütende Befehle. Kristen hob die Bank hoch, auf der sie gesessen hatte, und warf sie nach den beiden Männern.

Royce hörte die Schreie und das Kreischen, als er auf das Haus zukam. Er betrat den Raum in dem Moment, in dem Uland buchstäblich aus dem Badezimmer geworfen wurde. Aldous wankte direkt nach ihm heraus, stolperte dann über den jüngeren Mann und segelte auch der Länge nach zu Boden. Als Royce vor dem Badezimmer stand, war es schon wesentlich ruhiger geworden, obwohl Darrelle in ihrer Wut immer noch schrille Schreie ausstieß.

»Was zum Teufel geht hier vor?« knurrte Royce, der in der Tür stehen blieb.

»Sie wollte sich nicht von uns baden lassen!«

»Sagen Sie ihm auch, warum, Lady«, keuchte Kristen mühsam.

Sie lag flach auf dem Rücken. Sie hatten sich von hinten auf sie gestürzt, als sie den alten Mann aus dem Raum gejagt hatte. Sie hatten sie zu Boden geworfen, und jetzt konnte sie kaum atmen, da eine der Frauen auf ihrer Brust und eine andere auf ihrem Magen saß.

»Gütiger Himmel, Darrelle!« fluchte Royce. »Ich stelle dich vor eine simple Aufgabe, und du verpatzt selbst das!«

»Sie hat angefangen!« wandte Darrelle ein. »Sie wollte sich nicht von ihnen ausziehen lassen. Sie lebt allein mit Dutzenden von Männern und ist Tag und Nacht bei ihnen, und jetzt ziert sie sich vor zwei Leibeigenen.«

»Meine Anweisung hat gelautet, daß die Frauen sie baden. Von Männern war nicht die Rede.«

»Aber sie gehört zu den Wikingern, Royce! Du konntest wahrhaftig nicht von uns erwarten, daß wir mit ihr allein bleiben.«

»Himmel, sie ist eine Frau!«

»Sie sieht nicht aus wie eine Frau. Sie benimmt sich nicht wie eine Frau. Und sie hat diese beiden Feiglinge mit einer Bank angegriffen! Und du willst uns mit ihr allein lassen?«

»Runter mit euch!« knurrte er die Frauen an. Er ging auf Kristen zu und zog sie auf die Füße, sowie die Frauen von ihr heruntergeklettert waren. »Wenn du auch nur noch einmal Ärger machst, Dirne, bekommst du es mit mir persönlich zu tun. Das wird dir nicht behagen.«

»Ich war gern bereit zu baden und bin sogar froh um dieses Bad.«

Royce runzelte die Stirn über diese ruhige Antwort. »Dann nimm das Bad«, sagte er. Die älteste Frau im Raum wies er an: »Eda, bring sie in mein Zimmer, wenn ihr mit ihr fertig seid.«

»Royce!« protestierte Darrelle.

»Was ist?« fauchte er sie an.

»Du willst doch nicht etwa … doch wohl nicht …«

»Ich habe vor, sie auszufragen, Darrelle, wüßte aber nicht, daß dich das etwas anginge. Und jetzt kümmere dich um deine Angelegenheiten. Du wirst nicht gebraucht, um die Frauen beim Schrubben zu überwachen.«

Darrelles Wangen liefen rot an, als sie vor ihm aus dem Raum stolzierte. Royce war nicht dazu aufgelegt, sie zu versöhnen. Wenn das nicht lachhaft war! Nicht einmal ein schlichtes Bad ließ sich ohne Tumult durchführen.

Alden erwartete Royce in seinem Zimmer. Er stand immer noch am Fenster, an dem ihn sein Cousin zurückgelassen hatte.

»Du hast alles mitangesehen?« erkundigte sich Royce.

»Ja. Ich konnte allerdings nicht hören, war ihr geredet habt«, erwiderte Alden. Neugierig fügte er hinzu: »Hast du gesehen, was du wohl gesehen haben müßtest, als du das lederne Hemd runtergerissen hast?«

Royce brummte mürrisch. »Einen hübschen Busen hat er, dieser Junge.«

Alden fing an zu lachen, doch dann wurde er rot, weil ihm klar wurde, was das hieß. »Es war schon schlimm genug, als ich noch dachte, ein junger Kerl hätte mich verwundet, aber eine Frau!«

»Laß dich trösten, Alden. Sie hat gerade zwei Diener aus dem Bad geworfen. Sie ist anders als alle Frauen, die wir kennen.«

»Mag sein. Sie ist ungewöhnlich groß für eine Frau, groß genug, um uns so lange zum Narren zu halten.«

»Aber warum hätten sie eine Frau zu einem Beutezug mitnehmen sollen?« fragte Royce verwundert.

Alden zuckte die Achseln. »Warum wohl? Damit sie auf der Schiffsreise ihre Bedürfnisse befriedigt. Sie kam bei der Schlacht erst später hinzu. Ich vermute, man hat sie auf dem Schiff zurückgelassen, aber als sie von dort aus den Angriff beobachtet hat, wollte sie den Männern helfen. Schließlich wäre sie allein gewesen, wenn alle Wikinger getötet worden wären. Es ist kein Wunder, daß sie so wild an ihrer Seite gekämpft hat.«

»Ja. Sie hätte sich sogar lieber noch länger auspeitschen lassen, als zu zeigen, daß sie eine Frau ist. Sie hat gesagt, sie hätte es getan, um sich davor zu bewahren, von den Sachsen vergewaltigt zu werden.« Darüber lachte er gehässig. »Männer sind Männer. Was hat eine Hure von Männern einer anderen Rasse zu befürchten?«

»Wahrscheinlich ist sie ihrem Volk treu und findet es abstoßend, sich mit dessen Feinden einzulassen.«

»Ich vermute, du hast recht. Jetzt verstehe ich wenigstens, warum diese Wikinger sich so sehr bemüht haben zu verbergen, daß sie eine Frau ist. Sehr bald hätten wir sie nachts alleine mit ihr eingeschlossen. Aber bei Gott, was sie an einer so großgewachsenen, männlichen Frau finden, verstehe ich nicht.«

12

Kristens gesamte Einstellung gegenüber ihrem Abenteuer, das so katastrophal ausgegangen war, wandelte sich abrupt an dem Tag, an dem sie Wyndhurst zum ersten Mal betrat. Bisher war ihre einzige Sorge gewesen, den Mund zu halten und ihr Haar zu verstecken. Jetzt stand sie vor dem Problem, das ihr durch diese Maßnahmen bisher erspart geblieben war: Wie würden diese Sachsen sie jetzt sehen? Würden sie sie aufgrund ihrer Größe und des Umstands, daß sie ihr Feind war, abscheulich finden? Oder würden sie sie so begehrenswert finden wie die Männer bei ihr zu Hause?

Der Herr der Sachsen hatte gesagt, sie stelle für seine Männer keine Versuchung dar. Wenn er dieser Meinung war, konnte sie davon ausgehen, daß ein Mann nicht mit einer Frau schlafen wollte, die größer war als er, weil er sich unterlegen und weniger als Herr der Lage empfinden würde. Nun gut, wenn es so war, war sie vor allen Männern, die sie hier gesehen hatte, sicher bis auf zwei. Von einem hoffte sie, daß er tot war. Der andere war der Sachsenherrscher persönlich.

Kristen begegnete Lord Royce mit gemischten Gefühlen. In der letzten Woche hatte sie kaum etwas von ihm gesehen und wenn sie ihm zufällig über den Weg gelaufen war, hatte sie es vermieden, ihn direkt anzusehen. Andererseits konnte sie aber auch den Anblick nicht vergessen, der sich ihr geboten hatte, als sie ihn zum ersten Mal gesehen hatte. Er hatte ausgesehen wie ein junger Gott, als er auf diesem mächtigen Hengst so aufrecht und stolz über den Hof geritten war, so selbstsicher, so beherrscht und so dominant. Er war kühn auf sechzehn feindselige Männer zugegangen, die selbst groß und kräftig gebaut waren, und hatte ihnen seinen Abscheu offen gezeigt.

Dieser Mann war frei von jeder Furcht. Heute hatte sich Lord Royce seinen Weg durch die Wikinger gebahnt, um Kristen herauszuholen und sie ihrem Schutz zu entziehen. Die Männer wußten nicht, was sie davon halten sollten, daß er ohne eine Waffe in der Hand zwischen sie trat.

Ohthere hielt ihn wegen seiner Unvorsichtigkeit für einen Dummkopf. Thorolf glaubte, daß er sie bewußt in Versuchung führen wollte, daß er verzweifelt einen Vorwand suchte, sie abzuschlachten. Kristen neigte dazu, sich Thorolfs Meinung anzuschließen, denn sie erinnerte sich an den Blick, der an jenem ersten Tag in seinen Augen gestanden hatte, und an seinen unbarmherzigen, kalten Befehl, sie alle zu töten.

Deshalb hatte sie ihn gefürchtet. Doch Kristen konnte nichts dagegen tun, daß sie ihn gleichzeitig bewunderte. Sie hatte schon immer den Anblick starker, wohlproportionierter Männerkörper genossen. Erst in der letzten Nacht zu Hause beim Festmahl hatte ihre Mutter sie dabei ertappt, daß sie Dane, Perrins und Janies jüngsten Sohn, auffallend lange angestarrt hatte, als er beim Arm-drücken gewann, und Brenna hatte sie gehänselt und gefragt, ob sie sicher sei, daß es hier niemanden gab, der für sie als Mann in Frage kam. Ein kräftiger, schöner Körper war eine Augenweide, und ihre Mutter hatte sie gelehrt, sich solcher Gefühle nicht zu schämen. Und dieser Sachsenherrscher hatte nicht nur einen prachtvollen Körper, sondern zudem noch ein sehr schönes Ge-sicht.

Der Wahrheit halber mußte sie sagen, daß sie seinen Anblick ge-noß, aber sie wollte nicht, daß er sie ebenso bewundernd ansah. Bei dem Haß, den er gegen sie hegte, konnte es keine erfreuliche Erfahrung sein, wenn er mit ihr geschlafen hätte. Solange er sie nicht begehrte, war sie sicher, obwohl sie jetzt von den anderen ge-trennt war. Ihre Ziele waren unverändert. Sie würde arbeiten und sich unauffällig verhalten, bis sich eine Gelegenheit zur Flucht bot. Aber im Moment stellte sich die Frage, wie sie ihm als Frau gefal-len würde.

Die Frauen hatten sie aus ihren Rachegelüsten heraus brutal ge-schrubbt und sie zweifellos absichtlich fast wundgescheuert. Sie ließ es nur über sich ergehen, weil sie nicht schon wieder Ärger ha-ben wollte, der nach sich gezogen hätte, daß der Sachse zurück-kam.

Die Kleidungsstücke, die sie ihr gaben, waren lachhaft. Es gab nichts, was ihr gepaßt hätte, selbst dann nicht, wenn man die Säu-me herausließ. Sie war zwar schlank für ihre Größe, doch im Ver-gleich mit den hiesigen Frauen war sie stämmig. Die Ärmel des weißen Untergewandes, das sie ihr gaben, waren so eng, daß sie sie nicht über ihre Handgelenke ziehen konnte. Es kam zu einer Diskussion darüber, ob man die Ärmel aufschneiden und fürs er-ste zuschnüren oder ob man gleich einen Streifen Stoff einsetzen sollte. Kristen löste das Problem, indem sie die Ärmel ganz abriß. Zu Hause trug sie ärmellose Sommerkleider, und hier wäre es ihr in dem langärmeligen Kleid ohnehin zu heiß geworden. Ihr Vorge-hen wurde von allen Seiten mißbilligt, doch die Frauen hatten ebensowenig Lust, mit ihr zu streiten, wie sie mit ihnen. Auch sie wollten den Unwillen des Hausherrn nicht schon wieder auf sich ziehen.

Das Untergewand, das die Füße der Frauen verbergen sollte, reichte Kristen bei weitem nicht bis auf die Knöchel. Und das graue Kleid, das sie über dem Unterkleid tragen sollte, fiel ihr gerade auf die Knie. Aber zumindest war es ärmellos und an beiden Seiten geschlitzt, und sie konnte es mit dem Bindegürtel, den sie ihr gaben, nach Lust und Laune verändern. Sie entschloß sich, das Kleid lose zu gürten, obwohl es seitlich aufsprang und das figurgerechte Unterkleid zeigte, das ihr viel zu eng war. Da sie ihre Figur ohnehin nicht verstecken konnte, wollte sie wenigsten ein wenig von ihren Rundungen ablenken.

Sie nahmen ihr die Stiefel ab und gaben ihr ein Paar Hausschuhe mit weichen Sohlen, die sie gern getragen hätte, wenn sie nicht vorgehabt hätten, ihr die Ketten wieder anzulegen. Die Schuhe reichten nicht bis über ihre Knöchel, und sie war nicht bereit, das Eisen kampflos auf der bloßen Haut zu tragen. Das sagte sie den Frauen, und Eda, die ältere, kam zu dem weisen Schluß, diese Entscheidung einer höhergestellten Person zu überlassen. Sie nahm die Ketten mit, als sie und zwei andere Frauen Kristen nach oben brachten.

Sie hätte nicht genau sagen können, woran es lag, doch Kristen war nervös, seit sie wußte, daß sie Lord Royce gleich wiedersehen würde. Sie glaubte nicht, daß sie ihm in irgendeiner Weise gefallen würde, und doch bestand jetzt, nachdem sie gewaschen und frisiert war, noch eine winzige Chance.

Er saß an einem kleinen Tisch und schliff ein langes, zweischneidiges Schwert, als Eda Kristen in das Zimmer stieß. Ohne jede Erklärung dafür, daß Kristen keine Ketten trug, legte sie sie auf den Tisch und ging. Eda schloß die Tür hinter sich, und Kristen blieb mitten im Raum stehen.

Es war ein großes, relativ leeres Zimmer. Nirgends sah sie schmückende Wandbehänge oder Teppiche auf dem Boden, doch an einer Wand hing eine Waffensammlung.

Kristen war es nicht gewohnt, scheu die Lider zu senken, und jetzt glitt ihr Blick über seine Stiefel und langsam immer höher, bis sie ihm in die Augen sah. Jetzt hätte sie ihren Blick, selbst wenn sie es gewollt hätte, nicht mehr abwenden können. Sie sah keinen Haß. Statt dessen fand sie Erstaunen vor.

»Wer bist du?«

Die Frage schien ihm in seiner Verblüffung herausgerutscht zu sein. Was hatte er bloß geglaubt, wenn er jetzt so verwirrt war?

»Was willst du wissen?« gab sie zurück. »Ich heiße Kristen, aber ich glaube, es geht dir um etwas anderes.«

Er stand auf und kam auf sie zu, als hätte er kein Wort gehört.

Sein Gesicht drückte immer noch große Überraschung aus, obwohl jetzt noch etwas anderes hinzugekommen war, das sie nicht genauer definieren konnte. Er blieb erst stehen, als nur noch wenige Zentimeter zwischen ihnen lagen, und dann glitt ein Finger über eine ihrer zarten Wangen.

»Du hast diese Schönheit geschickt verborgen.«

Kristen wich einen Schritt zurück. »Du hast gesagt, ich sei reizlos.«

»Das war vorher.«

Innerlich ächzte sie. Ja, das, was die grünen Tiefen seiner Augen leuchten ließ, als diese erst über ihr Gesicht und dann über ihren gesamten Körper glitten, war Verlangen. Sie machte sich nicht vor, es kräftemäßig gegen ihn aufnehmen zu können. Nicht gegen ihn. Und es gab niemanden in diesem ganzen Land, der ihn daran hindern konnte, sie gewaltsam zu nehmen, denn sie war ein besiegter Feind, und er konnte mit ihr machen, was er wollte.

»Du wirst feststellen, daß es nicht einfach ist, mich zu vergewaltigen«, sagte Kristen leise in einem warnenden Tonfall.

»Dich zu vergewaltigen?« Er verwandelte sich vor ihren Augen, und blanke Wut ließ seine Gesichtszüge markanter werden. »Ich würde mich nicht dazu herablassen, eine Wikingerhure zu vergewaltigen.«

Kristen war in ihrem ganzen Leben noch nicht derart beleidigt worden. Die Worte lagen ihr schon auf der Zunge, doch sie hielt sie zurück, als sie logisch zu analysieren begann, was er eigentlich gesagt hatte. Er hatte sich voller Abscheu geäußert. Es war auch nicht allzuweit hergeholt, sie für eine Hure zu halten. Das wäre zumindest eine mögliche Erklärung dafür gewesen, daß sie mit einer rein männlichen Schiffsmannschaft reiste.

Er hatte sich wieder gesetzt und sah sie nicht mehr an. Er schien mit seinem Zorn zu ringen, um seine Selbstbeherrschung wiederzufinden. Sie fragte sich einen Moment lang, was ihn dazu gebracht hatte, die Wikinger derart zu hassen, denn sie glaubte keine Sekunde, daß sein Haß ihr persönlich galt. Er mußte ihr Volk als ganzes hassen.

»Hättest du diese Skrupel auch, wenn ich Jungfrau wäre?« Sie mußte es einfach wissen.

»Es wäre ausgleichende Gerechtigkeit, wenn mir ein jungfräuliches Wikingermädchen auf Gedeih und Verderb ausgeliefert wäre. Es wäre mir ein Vergnügen, mit dir umzuspringen, wie eure Männer mit den sächsischen Frauen umspringen.«

»Wir sind bisher nie an euren Küsten gelandet.«

»Aber andere von eurer Sorte!« stieß er zynisch aus.

Das war es also. Dieser Ort war schon einmal von Wikingern überfallen worden. Kristen fragte sich, wen er dabei verloren haben mochte, wenn er heute zu erbittert war, um eine Hure anzurühren, die vorher von denen genommen worden war, denen sein Haß galt, wenn er aber gleichzeitig seinen eigenen Haß an einer unschuldigen Jungfrau ausgelassen hätte, und das nur, weil sie ein Wikingermädchen war. Gütiger Himmel! Sie würde ihre Jungfräulichkeit nur behalten, weil er sie für eine Hure hielt!

Als sie das erkannte, hätte Kristen beinahe laut gelacht. Es war einfach unglaublich. Doch wenn das ihr einziges Mittel war, sich zu retten, dann würde sie das für sich nutzen. Aber wie um Himmels willen benahm sich eine Hure?

»Du wollest mich ausfragen?« erinnerte sie ihn und fühlte sich gleich viel besser, weil ihre größte Sorge von ihr genommen worden war.

»Ja. Was weißt du über die Dänen?«

»Es scheint ihnen bei euch zu gefallen?« Sie mußte unwillkürlich grinsen, als er die Stirn über ihre Unverschämtheit runzelte, diese Bemerkung als eine Frage zu formulieren.

»Findest du das vielleicht komisch?« fragte er barsch.

»Nein. Es tut mir leid«, sagte sie zerknirscht, doch ihr Grinsen schien ihre Worte Lügen zu strafen. »Ich verstehe nur nicht, wieso du glaubst, ich könnte etwas über sie wissen. Wir kommen aus verschiedenen Ländern. Die einzigen Dänen, die ich je gesehen habe, waren Kaufleute, wie … wie es sie auch in meinem Volk häufig gibt.«

Sie mußte vorsichtiger sein. Wenn sie ihm erzählt hätte, daß ihr Vater ein Kaufmann war, hätte er sich gefragt, weshalb sie es für nötig hielt, ihr Geld als Hure zu verdienen. Es war besser, wenn er gar nicht erfuhr, daß ihre Eltern noch am Leben waren oder daß sie überhaupt irgendwelche Verwandten hatte.

Seine Gedanken gingen in dieselbe Richtung, und das machte ihr klar, daß er sich immer noch mit ihr persönlich auseinandersetzte. »Warum sollte eine Frau mit diesem Aussehen ihre Gunst so billig verkaufen?«

»Spielt das wirklich eine Rolle?«

»Nein, wohl kaum«, gab er barsch zurück und schwieg dann eine Zeitlang.

Was er von ihr hielt, ließ sich deutlich daraus ersehen, daß er sie stehen ließ, während er saß, obwohl um ihn herum drei leere Stühle standen. Sie hatte den ganzen Vormittag über gearbeitet, war am Nachmittag ausgepeitscht worden und hatte ein grausames Bad über sich ergehen lassen, das viel Ähnlichkeit mit einer Folter gehabt hatte, und jetzt sollte sie hier stehen und sich diesem Verhör unterziehen. Der unheilstiftende Loki lachte sicher über sie. Aber schließlich konnte sie auch über sich selbst lachen, und der Teufel sollte sie holen, wenn sie noch länger stehenblieb. Sie setzte sich im Schneidersitz auf den Fußboden und beobachtete, daß seine Miene wieder finsterer wurde.

»Bei Gott, Dirne, hast du denn gar kein Benehmen?«

»Ich?« schnaufte sie. »Und wo bleiben deine Manieren? Du läßt mich stehen, während du selbst sitzt.«

»Vielleicht ist es dir noch nicht klar, aber dein Status ist hier niedriger als der des armseligsten Dienstmädchens.«

»Meinetwegen, Sachse.« Sie bestürzte ihn mit ihrem Lachen, als sie sich wieder auf die Füße zog. »Niemand soll behaupten, eine Norwegerin hielte nichts aus.«

Ihre Fügsamkeit schien ihn nur noch mehr in Wut zu bringen. Er sprang auf, kam einen Schritt auf sie zu, riß sich zusammen, wirbelte wieder herum, blieb neben dem Tisch stehen und kämpfte offensichtlich wieder um seine Selbstbeherrschung. Was er wohl getan hätte, wenn er sich nicht zusammengerissen hätte?

Sie zog verwirrt die Augenbrauen hoch. Was hat sie bloß getan, um ihn derart wütend zu machen? Sie hatte sich ihm gefügt. War das etwa nicht das, was er wollte? Hätte sie sich widersetzen sollen? Wollte er nicht, daß sie sich so leicht unterwerfen ließ? Doch, ja, vielleicht wollte er einen Grund, um sie bestrafen zu können, um seinen Haß an ihr auszulassen, und sie lieferte ihm keinen Anlaß, weil sie so umgänglich war.

Falscher hätte Kristen mit ihren Vermutungen nicht liegen können. Royce steckte in einer Klemme, seit sie in sein Zimmer gebracht worden war. Er hatte sich auf Anhieb zu ihr hingezogen gefühlt, und das vertrug sich überhaupt nicht mit dem, was er hätte empfinden müssen. Daher war er absolut verwirrt. Er verabscheute sie wirklich. Er haßte sie und die ihren wirklich. Und doch war sein erster Impuls, wenn er sie ansah, sie zu berühren. Und als er das getan hatte, hatte er festgestellt, daß ihre Haut so zart und geschmeidig war, wie sie aussah.

Sie war zu schön um wirklich zu sein, und Royce war wütend auf sich, weil er sie auch nur einen Moment lang begehrt hatte, und noch schlimmer war, daß er ihr sein Verlangen gezeigt hatte. Wenn er sie schlecht machte, tat er das weit mehr seinetwegen als ihretwegen. Er mußte sich immer wieder sagen, was sie war. Für Geld hätte sie ihren Körper an jeden Mann verkauft.

Zweifellos hatte sie mit jedem Mann auf dem Schiff geschlafen. Sie war eine Wikingerhure. Keine andere Frau konnte ihn mehr abstoßen.

Doch sie stieß ihn nicht ab, und das war sein Problem. Sie hätte einen unterwürfigen und eingeschüchterten Eindruck machen müssen. Jede andere Frau hätte in ihrer Lage so gewirkt. Sie hätte vor seiner Wut zurückweichen und um Gnade flehen müssen. Dann hätte er sie verachten können. Doch statt dessen verblüffte sie ihn, gab ihm schnippische Antworten und grinste dann, wenn sie ihn verärgert hatte, lachte, wenn er sie demütigte. Wie konnte er gegen ihre starke Anziehungskraft ankämpfen, wenn sie ihn ständig von neuem damit in Erstaunen versetzte, was er am wenigsten erwartete?

»Vielleicht sollte ich jetzt gehen.«

Royce wirbelte herum und durchbohrte sie mit einem zornigen Blick. »Du wirst dieses Haus nicht verlassen, Dirne.«

»Ich meinte nur, ich sollte dir aus den Augen gehen, da meine Gegenwart deinen Zorn wachzurufen scheint.«

»Dem ist nicht so«, versicherte er ihr, und die Lüge ging ihm leicht über die Lippen. »Trotzdem kannst du gehen. Aber vorher wirst du die hier anlegen.«

Er nahm die Ketten vom Tisch und warf sie ihr zu. Kristen fing sie automatisch auf, statt sie auf den Boden fallen zu lassen. Die Kette schlang sich um ihr Handgelenk, und sie zuckte zusammen, als einige der Eisenglieder gegen ihren Unterarm prallten. In ihren Händen wurde die eiserne Kette zu einer Waffe, doch sie empfand sie nicht als solche. Sie sah die Ketten voller Abscheu an.

»Ich soll sie weiterhin tragen?«

Er nickte barsch. »Ja, damit du dich immer daran erinnerst, daß deine Lage sich verändert, aber nicht verbessert hat.«

Sie sah ihm in die Augen, ohne mit einer Wimper zu zucken, und ein Anflug von Verachtung trat auf ihre Züge. »Ich habe mit nichts anderem gerechnet.« Sie ließ die Ketten vor ihre Füße fallen. »Du wirst sie mir anlegen müssen.«

»Du brauchst das Schloß nur zuschnappen lassen«, erklärte er unwillig, da er ihre Weigerung mißverstanden hatte.

»Tu das selbst, Sachse«, gab sie mit scharfer Stimme zurück. »Ich werde meine eigene Freiheit niemals freiwillig einschränken.«

Diese Kühnheit ließ ihn die Augen zusammenkneifen. Sein erster Impuls war, ihren Widerstand sofort zu brechen, ehe er stärker werden konnte. Doch er hatte den Verdacht, daß es mehr Schläge erforderte, als er auszuteilen gedachte, damit sie nachgab.

Er ging steif auf sie zu, hob die Ketten auf und ging dann auf die Knie, um sie teilnahmslos und schnell zuschnappen zu lassen. Kristen stand regungslos da und ließ es geschehen. Sie starrte auf seinen gesenkten Kopf herunter, auf das dichte braune Haar, das sie mit ihren Händen hätte berühren können. Es war wirklich ein Jammer, daß das Schicksal sie zu Feinden gemacht hatte. Sie hätte diesen Mann gern unter anderen Umständen kennengelernt.

Er blickte zu ihr auf. Da er den sehnsüchtigen Blick in ihren Augen falsch deutete, wurde ihm plötzlich klar, was er ihr angetan hatte. »Wo sind die Stiefel, die du bisher getragen hast?«

»Eda, die alte Frau, hat gesagt, sie seien im Haus nicht angemessen.«

»Dann wirst du Tücher unter die Ketten stecken müssen, damit sie die Haut nicht aufscheuern.«

»Was macht das für einen Unterschied? Es ist schließlich nur meine Haut, und ich nehme einen niedrigeren Rang als das erbärmlichste Dienstmädchen ein.«

Er runzelte beim Aufstehen die Stirn. »Ich habe nicht vor, dich zu mißhandeln, Kristen.«

Es überraschte sie, daß er ihren Namen behalten hatte. Sie hatte geglaubt, er hätte ihr gar nicht zugehört, als sie ihn ihm genannt hatte, denn er hatte sie immer nur mit ›Dirne‹ angesprochen. Doch jetzt, nachdem ihr die Ketten wieder angelegt worden waren, trafen seine Worte sie hart, denn sie hatte so sehr gehofft, er würde es nicht tun.

»Ach, mir steht also wenigstens zu, was deinen Tieren zusteht?«

Ihm wurde klar, daß seine vorherige Bemerkung an ihr nagte, doch er dachte gar nicht daran, etwas zurückzunehmen oder Schuldgefühle zu entwickeln. »Ja, genau das. Nicht mehr und nicht weniger.«

Sie nickte ruckartig und zeigte ihm nicht, wie elend sie sich nach diesen Worten fühlte. Sie drehte sich um, um zu gehen, doch er hielt ihren Arm fest, und seine Hand glitt auf ihre Taille, als sie nicht sofort stehenblieb. Es war verrückt, aber sie spürte, wie warm seine Berührung war. Er ließ ihr Handgelenk auch erst eine Weile, nachdem sie sich zu ihm umgedreht hatte, wieder los.

»Da du ohne einen Wächter nicht mit den anderen Dienstboten in der Halle schlafen kannst, wirst du ein eigenes Zimmer bekommen, das man abschließen kann. Mit dem Schloß an der Tür besteht kein Grund ...« Er unterbrach sich, runzelte die Stirn und sagte dann unvermittelt: »Du brauchst nicht mit den Ketten zu schlafen. Ich werde Eda den Schlüssel geben, damit sie sie dir jeden Abend abnimmt.«

Kristen bedankte sich nicht. Sie konnte erkennen, daß er den Impuls bereute, der ihn veranlaßt hatte, ihr soviel zuzugestehen. Sie zog es vor, ihm den Rücken zuzukehren und das Zimmer so stolz zu verlassen, wie es ihr der langsame, holpernde Gang nur irgend erlaubte.

Sie hatte es verdient. Sie hatte all das verdient, weil sie sich ihren Eltern widersetzt und sich blindlings in dieses tragische Abenteuer gestürzt hatte. Sie fühlte sich ganz plötzlich so hilflos und allein, weil man sie von den anderen getrennt hatte. Selig hätte gewußt, was zu geschehen hatte, wenn er hier gewesen wäre. Er hätte ihr Mut zugesprochen, ehe sie ins Haus geführt worden war. Aber Selig war tot. O Gott, Selig!

Sie ließ ihrem Kummer freien Lauf, da sie ihn jetzt nicht mehr verbergen mußte. Sie tat es leise und allein und sackte an Ort und Stelle, auf halbem Weg zwischen Royce' Gemach und der Treppe in sich zusammen. Tränen strömten über ihre Wangen, ein Luxus, den ihr Stolz ihr nur dieses eine Mal gestatten würde. Ihre Verzweiflung galt zum Teil auch ihrer eigenen Lage.

13

Voller Selbstmitleid sah Kristen den vier Wagen nach, die zu den alten Ruinen fuhren. Vielleicht war dies der Tag, an dem sich die Möglichkeit zur Flucht ergab. Man hatte für sechzehn Gefangene nur neun Wächter mitgeschickt. Geteiltes Leid war leichter zu ertragen, und sie fühlte sich allein. Die Vorstellung, die Männer könnten entkommen und sie zurücklassen, machte alles nur noch schlimmer.

Sie hatte keine harte Arbeit zu verrichten, und im Gegensatz zu ihrer Mutter hatte sie nichts gegen die Hausarbeiten, die im allgemeinen die Frauen verrichteten. Sie war es von zu Hause gewohnt, mehr als ihre Mutter im Haushalt mitzuhelfen. Was ihr zusetzte, waren die unwirschen Befehle, die ihr in Wyndhurst von Dienstboten erteilt wurden, die auf sie herabsahen.

»Tut es sehr weh?«

Kristens Blick fiel auf ein kleines Mädchen, das am Ende des langen Tisches saß, den sie zuvor für das Frühstück gedeckt hatten. Das Kind hatte mindestens zwei Meter zwischen sich und den Tisch gelegt, auf dem Kristen Tortenböden für die Erdbeertörtchen formte, die später aufgetischt werden sollten. Das Mädchen hatte ein hübsches kleines Gesicht und zwei ordentlich geflochtene braune Zöpfe, die über ihre schmalen Schultern hingen. Große grüne Augen sahen Kristen an, und daher vermutete sie, daß die Frage ihr gegolten hatte.

»Ob was weh tut?«

»Deine Knöchel. Sie bluten.«

Kristen sah auf ihre Knöchel herunter. Blut tropfte in ihre Schuhe. Sie war reichlich wütend auf sich, denn es war ihrer eigenen Dummheit zu verdanken, daß sie sich heute morgen hartnäckig geweigert hatte, die Ketten mit Tüchern zu polstern. Es war kindisch, und sie hatte es in der unsinnigen Hoffnung getan, einen gewissen sächsischen Herrscher mit Schuldgefühlen zu plagen, wenn er sah, daß seine verfluchten Ketten ihre Haut aufscheuerten.

Sie sah das kleine Mädchen wieder an, dessen Gesicht gespannte Aufmerksamkeit verriet. »Nein, es tut nicht weh«, versicherte ihr Kristen lächelnd.

»Wirklich? Hast du keine Schmerzen?«

»Doch, natürlich. Aber mir gehen so viele andere Dinge durch den Kopf, daß ich ein kleines Wehwehchen da unten gar nicht wahrgenommen habe.« Sie deutete auf ihre Füße.

Das Mädchen kicherte, weil Kristen auf ihre Größe angespielt hatte. »Ist es ein komisches Gefühl, so groß zu sein?«

»Nein.«

»Aber größer zu sein als ein Mann ...«

Kristen fiel ihr lachend ins Wort. »In Norwegen kommt das nur ganz selten vor.«

»Oh, ich verstehe, die Wikinger sind alle groß.«

Kristen grinste, als sie das Erstaunen aus der Stimme des Kindes heraushörte, während es zu diesem Schluß kam. »Wie heißt du, Kleines?«

»Meghan.«

»Heute ist so ein schöner Tag. Warum bist du nicht im Freien und jagst Schmetterlinge und bindest Blumenkränze oder suchst Vogelnester? Das habe ich in deinem Alter getan. Macht dir das nicht mehr Spaß, als im Haus herumzusitzen?«

»Ich gehe nie von Wyndhurst fort.«

»Ist es zu gefährlich?«

Das Kind sah auf seine Hände herunter, die auf dem Tisch lagen. »Es ist ungefährlich, aber ich gehe nicht gern allein raus.«

»Aber es gibt doch hier mehr Kinder.«

»Die spielen aber nicht mit mir.«

Der traurige Tonfall des kleinen Mädchens rührte Kristen. Eda, die jetzt dazugekommen war, nannte ihr den wahren Grund.

»Die anderen Kinder fürchten sich, mit der Schwester des Herrn zu spielen, und du solltest auch nicht mit ihr reden«, zischte Eda.

Kristen sah die ältere Frau kühl an. »Solange es mir nicht verboten wird, rede ich mit wem es mir paßt.«

»So, wirklich, Dirne?« gab Eda zurück. »Dann wundere dich nicht, wenn es dir augenblicklich verboten wird, denn er wirkt nicht gerade zufrieden.«

Kristen kam nicht dazu, sich zu fragen, wovon Eda sprach, denn in dem Moment wurde ihre Schulter brutal umklammert, und sie stand einem sehr wütenden Sachsen gegenüber.

Royce machte sich gar keine Gedanken um seine Schwester, denn er hatte ihre Anwesenheit überhaupt nicht bemerkt. Als er die Halle betrat fiel sein Blick sofort auf den goldblonden Schopf in der Küche. Er hatte sie nicht mehr gesehen, seit sie gestern sein Zimmer verlassen hatte, denn er hatte das Abendessen mit seinen Cousins in Aldens Zimmer eingenommen und sich bewußt von dem Saal ferngehalten, in dem er diese Dirne gesehen hätte.

Als sie am Küchentisch stand und ihm den Rücken zukehrte, waren seine Blicke an ihr heruntergeglitten. Als sie auf die Eisenketten an ihren Knöcheln fielen, die durch die unziemliche Länge ihres zu kurzen Kleides deutlich zu sehen waren, war sein Zorn erwacht. Sogar vom anderen Ende des Raumes her konnte er das Blut sehen, das durch ihren Stoffschuh sickerte.

Aufbrausend sagte er: »Wenn du glaubst, eiternde Wunden an deinen Füßen führen dazu, daß dir diese Ketten abgenommen werden, dann täuscht du dich!«

»Das habe ich nicht geglaubt.«

»Dann erkläre mir, was das soll! Ich habe dir gesagt, du solltest die Ketten mit Stoff polstern.«

»Ich habe vergessen, nach Tüchern zu fragen«, sagte sie zaudernd. Dann fügte sie unverblümt hinzu: »Man hat mich schon vor Sonnenaufgang aus dem Bett gescheucht und augenblicklich in die Küche gebracht. Ich muß zugeben, daß ich noch im Halbschlaf war und überhaupt nicht an etwas gedacht habe, was schon so sehr zu einem Teil von mir geworden ist.«

Er sah sie weiterhin finster an, doch er war nicht mehr so hitzig. Sie erkannte, daß er nicht wußte, ob er ihr glauben sollte oder nicht. Das fand sie so komisch, daß sie darüber lachte und ihn damit noch mehr verwirrte.

»Ich sehe, daß du dachtest, ich hätte darauf spekuliert, dein Mitgefühl zu wecken. Ich kann dir versichern, daß ich nicht so dumm bin zu glauben, du hättest derart zarte Regungen.«

Er lief in seiner Wut so rot an, daß sie mit Sicherheit glaubte, er würde sie schlagen. Sie hatte ihn keck beleidigt, doch sie hatte es auf eine humorvolle Art getan, damit es nach einem zweifelhaften Kompliment aussah. Anscheinend kam er mit so subtilen Taktiken nicht zurecht, wenn er eine Frau als Gegenüber hatte.

Er drehte sich zu Eda um, und die arme Frau erschrak vor seinem finsteren Gesicht. »Kümmere dich sofort um ihre Füße und sorge dafür, daß sie nicht noch einmal *vergißt, die* Ketten zu polstern.«

Nach einem letzten wutentbrannten Blick auf Kristen wandte er sich brüsk ab. Eda ging, um Tücher zu holen. Dabei murrte sie vor sich hin, sie hätte schon genug zu tun, ohne eine Heidin oder eine Person, die nicht genug Verstand hatte, ihren Herrn nicht zu erzürnen, zu verhätscheln. Kristen grinste und ignorierte die alte Frau. Ihre Augen folgen Royce, bis er das Haus verlassen hatte. Der Sachse war gar nicht so anders als die Männer, die sie kannte.

»Wie konntest du es wagen, ihn auszulachen, wenn er doch so wütend auf dich war?«

Kristen hatte Meghan ganz vergessen. Sie sah sie lächelnd an und stellte fest, daß in diesen großen grünen Augen Erstaunen und Ehrfurcht standen.

»So wütend war er doch gar nicht.«

»Hast du dich denn kein bißchen gefürchtet?«

»Hätte ich mich fürchten sollen?«

»Ich habe Angst gehabt, und dabei hat er mich gar nicht angeschrien.«

Kristen legte die Stirn in Falten. »Eda hat gesagt, daß er dein Bruder ist. Du fürchtest dich doch sicher nicht vor ihm?«

»Nein ... doch, manchmal schon.«

»Manchmal? Schlägt er dich?«

Diese Frage schien Meghan zu überraschen. »Nein, das hat er noch nie getan.«

»Warum fürchtest du dich dann vor ihm?«

»Er könnte mich schlagen. Er ist so groß und sieht so böse aus, wenn er wütend ist.«

Kristen lachte jetzt mitfühlend. »Ach, weißt du, Kleines, die meisten Männer sehen sehr böse aus, wenn sie wütend sind, aber das spiegelt nicht wider, wie sie in Wirklichkeit sind. Dein Bruder ist groß, das stimmt, aber mein Vater ist noch größer – nur ein kleines bißchen größer – und er kann auch schrecklich wütend werden. Und doch gibt es keinen netteren Menschen als meinen Vater, niemanden, der seine Familie liebevoller behandelt. Meine Brüder sind auch aufbrausend, und weißt du, was ich tue, wenn sie mich anschreien?«

»Nein, was denn?«

»Ich schreie zurück.«

»Sind sie größer als du?«

»Ja, sogar der jüngste, der erst vierzehn Lenze zählt, ist schon größer als ich, wenn auch nicht viel. Er wird noch eine Zeitlang wachsen. Und du, hast du außer deinem Bruder keine Familie?«

»Ich habe noch einen anderen Bruder, aber ich kann mich nicht an ihn erinnern. Er ist zusammen mit meinem Vater gestorben, als andere Wikinger uns überfallen haben. Das war vor fünf Jahren.«

Kristen schnitt eine Grimasse. Bei Gott, der Sachse hatte allen Grund, sie und ihr Volk zu hassen. Kein Wunder, daß er sie auf Anhieb alle hatte töten wollen. Es erstaunte sie, daß er es sich noch einmal anders überlegt hatte.

»Das tut mir leid, Meghan«, sagte sie unbeholfen. »Dein Volk hat viel von meinem Volk erleiden müssen.«

»Das waren Dänen, diese anderen.«

»Ich sehe keinen großen Unterschied. Wir sind auch gekommen, um zu plündern, aber euch wollten wir nicht überfallen, wenn dich das tröstet.«

Meghan legte die Stirn in Falten. »Soll das heißen, deine Freunde hätten Wyndhurst gar nicht angegriffen?«

»Nein, sie hatten es auf ein Kloster weiter im Inland abgesehen, und das auch nur aus Blödsinn.«

»Das Kloster Jurro?«

»Ja.«

»Aber das ist doch vor fünf Jahren von den Dänen zerstört und nie wieder aufgebaut worden.«

»O Gott!« stöhnte Kristen. »Selig und die Hälfte der Männer tot, und all das für nichts.«

»War Selig ein Freund?« fragte Meghan zaghaft.

»Ein Freund? Ja, ein Freund – und ein Bruder« gab Kristen mit gebrochener Stimme zurück.

»Du hast bei der Schlacht im Wald einen Bruder verloren?«

»Ja ... ja ... ja!«

Bei jeder Lautäußerung schlug Kristen mit der Faust auf einen Tortenboden, und als das ihre Seelenqualen nicht linderte, warf sie den Tisch um. Eda kam ihr entgegen, als sie aus dem Haus laufen wollte.

»Ich habe gehört, was du der Kleinen erzählt hast. Ich wünschte, ich hätte es nicht belauscht. Es tut mir leid für dich. Und jetzt bring das Durcheinander wieder in Ordnung, das du angerichtet hast. Dann braucht niemand etwas davon erfahren.«

Nach einem längeren Zögern kehrte Kristen um. Als sie das Chaos sah, seufzte sie. Meghan war nirgends mehr zu sehen. Zum Glück war um diese frühe Stunde auch sonst niemand in ihrer Nähe.

»Was ist mit dem Kind?«

Eda schnaubte. »Das ist erschrocken, als du losgelegt hast. So schnell wird es wohl nicht mehr mit dir reden.«

Kristen stieß noch einen Seufzer aus.

14

Zwei Wochen waren vergangen, seit Kristen ins Haus gezogen war. Thorolf und den anderen hatte sich anscheinend keine Fluchtmöglichkeit geboten, denn sie arbeiteten immer noch an dem Wall.

Es war ihr nicht gelungen, mit ihnen zu sprechen oder sich ihnen auch nur zu zeigen, damit sie wußten, daß sie wohlauf war. Wenn sie einem offenen Fenster oder einer Tür zu nahe kam, war immer jemand da, der sie zurückrief. Sie schien ständig bewacht zu werden, sei es von den Dienstboten oder von Royce' bewaffneten Gefolgsmännern, die sich oft im Saal aufhielten.

Sie hatte ihre Zeit dazu genutzt, möglichst viel über die Sachsen in Erfahrung zu bringen. Von den Dienstboten wurde sie mit einer ungewöhnlichen Mischung aus Angst und Verachtung behandelt, wenn man von Eda absah, die ihr inzwischen eine Form von unwilligem Respekt entgegenbrachte, und es hätte sogar von einer gewissen Zuneigung die Rede sein können, die jedoch kaum zu erkennen war, da die Frau von Natur aus mürrisch war. Eda war leicht dazu zu bringen, freiwillig Informationen von sich zu geben, ohne zu merken, daß sie manipuliert und auf subtile Weise ausgehorcht wurde.

Kristen wußte jetzt eine ganze Menge über Wyndhurst und dessen Gebiet. Das Gut war autark, eine Notwendigkeit, da die nächste Stadt weit entfernt war. Royce war ein Than, einer der hochgestellten Gefolgsadeligen des Königs, und zu Wyndhurst gehört eine Menge Land. Wie in Norwegen gab es freie Bürger, die das Land bearbeiteten, das Gut bewirtschafteten und den verschiedenen Gewerben nachgingen. Sie konnten eigenes Land besitzen, doch sie waren der Krone und der Kirche zu Abgaben verpflichtet und mußten Militärdienst leisten. Royce bildete die Männer für den bevorstehenden Krieg gegen die Dänen aus. Viele zählten schon zu seinen persönlichen Gefolgsmännern. Er bildete außerdem einige seiner besten Leibeigenen aus, die zwar nicht frei waren, doch er versorgte sie mit Waffen und bot ihnen die Gelegenheit, sich die Freiheit zu erkaufen. Er hatte ein kleines Heer bereit, das sich den Streitkräften König Alfreds anschließen würde, wenn es an der Zeit war.

Über Royce hatte Kristen erfahren, daß er bisher noch nicht verheiratet war, aber noch dieses Jahr heiraten würde. Über seine Verlobte, die weiter im Norden wohnte, konnte Eda ihr nicht viel berichten, nur, daß sie Corliss hieß und angeblich sehr schön sein sollte. Weit mehr hatte Eda über die erste Verlobte des Lord Royce zu erzählen, Lady Rhona, und Kristen stellte erstaunt fest, daß sie tatsächlich Mitleid mit dem Sachsen hatte, als sie erfuhr, daß er bei diesem anderen Überfall der Wikinger noch mehr verloren hatte, als sie erst gedacht hatte. Lady Rhona hatte er geliebt. Was er für Lady Corliss empfand, wußte niemand zu sagen.

Royce' Cousine Darrelle, die den Haushalt führte, hatte Kristen vom ersten Tag an ignoriert und sie ganz unter Edas Obhut gestellt. Es war faszinierend, sie zu beobachten, denn sie verhielt sich widersprüchlich und war im einen Moment hochnäsig und herablassend und brauchte im nächsten Lob und Zuspruch.

Außerdem war sie leicht erregbar. Kristen hatte einmal mitangesehen, daß sie sich mit schriller Stimme bei Royce beschwert hatte, um sofort in Tränen auszubrechen, als er die Geduld mit ihr verloren und ihr eine unfreundliche Antwort gegeben hatte. Sie konnte auch über so unbedeutende Dinge weinen wie ein paar Stickstiche des Wandbehanges, an dem sie gerade arbeitete, wenn ihr dabei ein Fehler unterlaufen war.

Darrelle stellte kein Problem für Kristen dar, da sie die Gefangene behandelte, als sei sie gar nicht vorhanden. Meghan machte ihr auch keine Probleme, obwohl Kristen sich eine Zeitlang Sorgen gemacht hatte, weil die natürliche Neugier des Kindes sie veranlaßt hatte, ihm am Tag ihrer ersten Begegnung mehr über sich selbst zu erzählen, als sie es gewollt hatte, Dinge, von denen sie nicht wollte, daß sie Royce zu Ohren kamen. Wenn er erfuhr, daß sie eine intakte Familie hatte und daß ihr Bruder einer der Männer war, die im Wald gestorben waren, dann würde er die Vorstellung, sie sei eine Hure, noch einmal überdenken. Doch Meghan hatte offensichtlich nichts von dem, was Kristen ihr erzählt hatte, weitergegeben, und es war so, wie Eda es vermutet hatte: Das Kind hielt sich von Kristen fern.

Auch Royce ignorierte sie oder tat zumindest so. Sie sah ihn täglich, denn er konnte den Saal nicht durchqueren, ohne von ihr gesehen zu werden. Er sah sie jedoch nie an. Nur, wenn er untätig in der Halle saß, merkte sie, daß er sie musterte.

Seine Haltung ihr gegenüber belustigte Kristen. Sie wußte, daß er sie für das verachtete, wofür er sie hielt, und sie zudem verabscheute wie ihr ganzes Volk. Abgesehen davon, fühlte er sich dennoch von ihr angezogen. Das Amüsante war, daß er so entschlossen gegen diese Anziehungskraft ankämpfte. Sie spürte, daß seine Blicke ihren Bewegungen folgten, doch wenn sie aufsah, wandte er die Augen eilig ab.

Nur ein einziges Mal wandte er seinen Blick nicht ab. Royce starrte sie sogar so gebannt an, daß der Mann, der hinter ihm stand, seinen Namen dreimal rufen mußte, ehe er seine Aufmerksamkeit auf sich lenken konnte. Darüber hatte Kristen laut gelacht. Der Klang ihres vollen, herzlichen Lachens war zu ihm vorgedrungen und hatte ihn verärgert. Er hatte seinen Metkrug auf den Tisch geknallt und den Saal mit zornigen, ausholenden Schritten verlassen. Die Männer hatten ihm versonnen nachgeblickt, und Kristen hatte sich darüber gefreut, daß es in ihrer Macht stand, ihm derart unter die Haut zu gehen.

Kristen dachte oft an jenen Abend. Sie dachte eigentlich sehr oft an Royce. Das Wissen, daß er sie begehrte, bereitete ihr Vergnügen und stieg ihr zu Kopf. Dank ihrer Mutter wußte sie auch, warum.

Brenna hatte einmal zu ihr gesagt: »Du wirst den Mann erkennen, der der Richtige für dich ist, sowie du ihn siehst. Ich wußte auch gleich und habe lange gelitten, weil ich es nicht einmal mir gegenüber eingestehen wollte. Mach es nicht so wie ich, meine Tochter. Wenn du den Mann findest, dessen Anblick dir Freude bereitet, der ein Genuß für deine Sinne ist, der dir innerlich ein ganz seltsames und wunderbares Gefühl vermittelt, wenn er in deine Nähe kommt, dann ist das der Mann, mit dem du glücklich wirst, der, den du so lieben kannst, wie ich deinen Vater liebe.«

Kristen war schon von Royce fasziniert gewesen, als sie ihn zum ersten Mal gesehen hatte. Sein Anblick bereitete ihr immenses Vergnügen, und wenn er in ihrer Nähe war, fühlte sie sich anders als sonst, lebendiger und ihrer selbst bewußter. Ihre gute Laune war auf ihn zurückzuführen, denn sie war nur zum Lachen aufgelegt, wenn er da war. Sie war nicht so dumm, zu glauben, daß sie ihn liebte, denn sie hätte diesen Ort auf der Stelle verlassen, wenn es ihr möglich gewesen wäre. Dennoch war sie sich soweit über ihre Gefühle im Klaren, daß sie sich eingestehen konnte, wie sehr sie Royce von Wyndhurst begehrte: Sie wollte ihn berühren, in seinen Armen liegen und ihn kennen, wie eine Frau einen Mann kennt. Aus diesen Gefühlen heraus konnte Liebe entstehen, und so würde es gewiß auch kommen, wenn sie lange genug hierblieb.

Es war eine Ironie des Schicksals, daß ausgerechnet der erste Mann, den sie selbst begehrte, nachdem sie schon von so vielen begehrt worden war, der einzige Mann war, der ihr widerstand. Sie war sicher, daß sie ihn bekommen konnte, wenn sie es darauf absah. Aber ob er so ehrenwert war, sie hinterher zu heiraten? Auch seine Verlobte mußte in Betracht gezogen werden. Es war auch zu bedenken, daß sie als seine Gefangene eine Sklavin war, wie Eda eines Tages betont hervorgehoben hatte. Auch der Haß, den er gegen ihr Volk hegte, stand im Weg. Konnte all das von etwas überwunden werden, was mit nicht mehr als einer Leidenschaft begann?

Die Wikinger glaubten nicht daran, sich ihrem Schicksal zu überlassen, sondern daran, ihr Los selbst zu bestimmen. Man glaubte, daß die Götter diejenigen belohnen würden, die heldenhaft auszogen, um zu erobern und zu siegen. Die Wikinger hielten nichts von Schwäche oder von geduldigem Erleiden. Sie kämpften um das, was sie haben wollten. In einer Niederlage konnten sie nichts Ruhmreiches sehen.

Diese Gefühle waren in Kristen verwurzelt, obwohl sie christlich erzogen war. Als Christin wußte sie, daß sie ihr Los in Gottes Hände legen konnte, sich gedulden und sich darauf verlassen konnte, daß Er sie belohnen würde, wenn dies Sein Wille war. Doch als Tochter eines Wikingers wußte sie, daß sie Royce von Wyndhurst, wenn sie ihn zum Manne haben wollte, für sich gewinnen mußte, die Umstände, die sie zu Gegnern machten, besiegen mußte und mit allen Mitteln, die ihr zur Verfügung standen, um das kämpfen mußte, was sie haben wollte.

Wollte sie ihn denn zum Gemahl haben? O ja, das wollte sie. Endlich hatte sie den Mann gefunden, mit dem sie glücklich sein konnte. Einen Feind. Es wäre zum Lachen, wenn es nicht so entmutigend gewesen wäre. Und doch vertraute sie auf ihre Fähigkeiten. Außerdem war der Ausgang ihres Vorhabens mehr wert als die Herausforderung, die an sie gestellt wurde.

Es war spät am Tag. Zwei der fünf Frauen, die die Mahlzeiten zubereiteten und die Tische deckten, waren heute krank, was hieß, daß die drei übrigen mehr als sonst zu tun hatten, und viel länger arbeiteten als gewöhnlich. Da Kristen zu den dreien gehörte, weigerten sich die anderen Dienstboten, die ihnen hätten helfen können, es zu tun, da sie das Gefühl hatten, wenn jemand länger arbeiten sollte, sei sie es.

Sie hatte nichts dagegen. Royce war an diesem Abend länger als sonst unten im Saal geblieben, und sie hatte ihn beim Würfelspiel mit den Männern genüßlich beobachtet. Sie hatte sogar mehr Zeit damit verbracht, ihn anzuschauen, als mit dem Abräumen des Tisches nach dem letzten Gang. Dennoch war ihr entgangen, wann er den Raum verlassen hatte, denn Eda hatte sie gerade ausgescholten, weil sie ihren Tätigkeiten nicht genügend Aufmerksamkeit schenkte.

Jetzt war es still und dunkel in der Halle. Nur zwei Fackeln brannten noch neben der großen Feuerstelle. Die Dienstboten hatten ihr Bettzeug auf dem Boden ausgebreitet und waren verstummt. Nur Eda und Kristen waren noch auf, und Eda bereitete alles für den kommenden Vormittag vor.

Kristen war nicht müde, aber ihre Füße taten weh, weil sie fast den ganzen Tag im Stehen gearbeitet hatte. So war es täglich, von dem Moment an, wenn sie beim ersten Tageslicht geweckt wurde, bis zu dem Zeitpunkt, zu dem sie nach der letzten Mahlzeit in ihrem Zimmer eingeschlossen wurde. Doch heute war es anders.

Kristen hatte sich gerade gestreckt, als sie die Schritte hörte, die vom Eingang her näherkamen. Sie blickte neugierig auf, und ihr Herz schlug schneller, als sie Royce aus dem Schatten treten sah und feststellte, daß er nicht auf die Treppe zuging, sondern auf sie zukam, direkt auf sie.

Sie rührte sich nicht von der Stelle und wartete auf ihn. Sein Gesicht war angespannt und eindringlich, und ihr Herz schlug noch schneller, wenn auch nicht furchtsam, sondern erwartungsvoll. Als er stehenblieb, war sie nur einen Moment lang überrascht über seine Hand, die sich in ihren Nacken legte, seine Finger, die ihr Haar packten, um ihren Kopf nach hinten zu zerren. Sie hielt den Atem an, als sein Blick zornig über ihr Gesicht glitt.

»Warum führst du mich so sehr in Versuchung?« Nicht ihr stellte er diese Frage, sondern sich selbst.

»Tue ich das?«

»Du tust es absichtlich«, warf er ihr vor. »Du wußtest, daß ich neben der Tür stand und dich beobachtet habe.«

»Nein. Ich dachte, du seist schon in deinem Zimmer.«

»Lügnerin!« zischte er, ehe sich sein Mund brutal auf ihre Lippen preßte.

Darauf hatte Kristen gewartet. Sie hatte wissen wollen, wie sich seine Lippen anfühlten, und sie hatte eine Gelegenheit gesucht, ihn zu berühren. Sie hatte sich gewünscht, daß es dazu kommen würde, doch sie hatte nicht geahnt, wie verheerend die Wirklichkeit aussehen würde. Nichts hatte sie auf ein so heftig aufflammendes Verlangen vorbereitet, da sie bisher nie solche Gelüste kennengelernt hatte.

Sein Mund ging brutal mit ihren Lippen um. Er packte ihr Haar, damit sie stillhalten und es mit sich geschehen lassen mußte, doch ansonsten berührte er sie nirgends. Kristen war es, die sich an ihn preßte, bis sie seinen Körper von Kopf bis Fuß spüren und das Maß seiner Begierde einschätzen konnte. Das entfachte sie noch mehr. Es machte ihr nichts aus, daß es nicht das war, was er wollte, daß er sie gegen seinen Willen küßte und sie deshalb wahrscheinlich nur um so mehr hassen würde. Sie schlang ihre Arme um seinen Rücken und fuhr mit ihren Händen über die harten Muskeln, bis sie auf seinen Schultern lagen und sie ihn dicht an sich preßte.

Sie hörte ihn stöhnen, als sie ihn so willig hinnahm, und sein anderen Arm glitt um ihre Taille und preßte sie noch fester an ihn. Seine Zunge tauchte in ihren Mund ein, und sie saugte an ihr, hielt an ihrer kostbaren Beute fest und wollte nicht mehr loslassen. Gott im Himmel, es war einfach wunderbar, berauschender als alles, was sie je empfunden hatte. Sie hätte sich von ihm nehmen lassen, hier in der Halle, auf dem Tisch oder auf dem Fußboden – das war ihr gleich. Sie wollte augenblicklich mit ihm schlafen, ehe er wieder bei Sinnen war und alles aufhörte.

Doch es hörte auf, und Kristen seufzte kläglich, als seine Lippen sich von ihr lösten. Er sah auf sie herunter, und seine Augen glühten vor Leidenschaft und Wut. Sie sah ihm fest in die Augen, doch das diente nur dazu, ihn noch mehr zu erzürnen.

Mit einem unwilligen Knurren stieß er sie von sich. »Weib! Mein Gott, hast du denn gar kein Schamgefühl?«

Kristen hätte laut gelacht, wenn sie nicht gar so enttäuscht gewesen wäre. Er schob die Schuld auf sie, als sei sie auf ihn zugegangen, nicht er auf sie. Dagegen hatte sie nichts, denn sie hatte schließlich darauf gehofft. Aber wie konnte er ihnen jetzt das versagen, was sie beide wollten? Woher nahm er die Kraft, das zu tun, wenn sie dastand und sich danach verzehrte, wieder in seinen Armen zu liegen?

Vielleicht gestand er sich nicht offen ein, was er im Moment empfand, doch sie hatte keine solchen Bedenken. »Ich schäme mich nicht dafür, daß ich dich will«, sagte sie leise zu ihm.

»Oder irgendeinen beliebigen anderen Mann!« sagte er mit grausamem Spott.

»Nein, nur dich.« Sie lächelte, als er ungläubig schnaubte. Sie fügte bewußt in einem spöttischen Tonfall hinzu: »Du bist für mich der Mann fürs Leben, Royce. Fang an, dich damit abzufinden. Irgendwann wirst du es einsehen.«

»Du wirst mich nie zu deinen Liebhabern zählen, Dirne«, sagte er nachdrücklich.

Sie zuckte die Achseln und seufzte lauter als nötig. »Nun gut, wenn du es so haben willst.«

»Das ist nicht nur mein Wunsch, sondern eine Tatsache«, beharrte er, »Und du wirst aufhören, deine Hurentricks an mir zu erproben.«

Dieser Befehl brachte Kristen unwillkürlich zum Lachen. »Was sind das für Tricks? Mir ist nur vorzuwerfen, daß ich dich ansehe, vielleicht öfter, als ich es sollte, aber ich scheine machtlos dagegen zu sein. Schließlich bist du der prachtvollste Mann, den es hier gibt.«

Er atmete hörbar ein. »Gott sei mir gnädig. Sind alle Wikingerhuren so unverfroren wie du?«

Sie war einmal zu oft als Hure beschimpft worden. Sie wußte, daß sie es nicht wagen konnte, es abzustreiten, denn sie wollte seine Leidenschaft und nicht seine Rache, die er mit Sicherheit an ihr nehmen würde, wenn er erfuhr, daß sie eine Jungfrau war. Doch daß er sie jetzt, nachdem er gerade alle ihre Sinne aufgewühlt hatte, als Hure bezeichnete, wurmte sie sehr.

Ihre Stimme war entschieden gereizt. »Ich kenne keine Huren und kann dir deine Frage daher nicht beantworten. Was du als unverfroren bezeichnest, nenne ich aufrichtig. Wäre es dir lieber, wenn ich lüge und sage, daß ich dich hasse, daß mir dein Anblick zuwider ist?«

»Wie könntest du mich nicht hassen? Ich habe dich versklavt. Ich halte dich in Ketten, und ich weiß, daß du die Ketten haßt.«

»Ist das der Grund, aus dem ich sie weiterhin tragen muß? Weil du weißt, daß ich sie hasse?« fragte sie argwöhnisch.

Er ließ sich nicht zu einer Antwort herab. »Ich glaube, daß du mich haßt und mich bewußt in Versuchung führst, weil du hoffst, dich rächen zu können, indem du mich verhext.«

»Wenn du das glaubst, wirst du nie annehmen, was ich zu geben bereit bin, Sachse, und das tut mir leid. Ich hasse diese Ketten, aber nicht dich. Und die Versklavung ist für meine Familie nichts Neues«, fügte sie geheimnisvoll hinzu. »Wenn ich der Meinung wäre, daß ich immer eine Sklavin und in Ketten bleibe, ja, dann würde ich vielleicht hassen.«

»Du hoffst also, entkommen zu können?«

Sie sah ihn aus zusammengekniffenen Augen an. »Ich erzähle dir nicht länger, was ich hoffe, und ich sage dir auch nicht mehr die Wahrheit, wenn du mir ohnehin kein Wort glaubst. Denk doch, was du willst.«

Sie kehrte ihm den Rücken zu, blieb aber angespannt stehen und wartete darauf, daß er fortgehen würde. Er tat es nicht gleich. Sie malte sich aus, daß er wieder um seine Selbstbeherrschung kämpfte, weil sie es gewagt hatte, ihn einfach fortzuschicken. Es hätte sie zutiefst befriedigt, wenn sie gesehen hätte, daß seine Augen nur einfach über sie geglitten waren und einen verstohlenen Moment lang die Sehnsucht in seinem Herzen gezeigt hatten.

15

Kristen war am nächsten Morgen nicht gut aufgelegt. Sie war dem Sachsen gegenüber offen und ehrlich gewesen und hatte ihm ihre Gefühle gezeigt, hatte ihm diesen Vorteil in die Hand gespielt, ihm, ihrem Feind, und dafür hatte sie nichts weiter als seine Scheinheiligkeit bekommen. Er begehrte sie, und doch war er entschlossen, es sich und ihr zu versagen. Lieber ließ er sie beide leiden. Wenn das nicht schon ausgereicht hätte, um ihr auf den Magen zu schlagen und zu bewirken, daß sie sich für noch dümmer als ihn hielt, dann hätte es ihr den Rest gegeben, daß Eda alles mitangesehen hatte und alles andere als erfreut war.

»Reize ihn nicht noch mehr, Dirne«, hatte sie Kristen zornig gewarnt. »Es wird dir leid tun, wenn er dich wirklich in sein Bett holt, denn für ihn wirst du nie mehr als eine Sklavin sein.«

Das konnte durchaus wahr sein, und gerade das ließ Kristen wütend werden. War sie bereit, ihre Unschuld einem Manne hinzugeben, der sich vielleicht nie etwas aus ihr machen würde? Sie war so sicher gewesen, daß sie ihn dazu bringen konnte, sie zu mögen, doch jetzt zweifelte sie daran, und diese Unsicherheit paßte ihr nicht. Sie unterminierte ihre Zuversicht und machte sie schrecklich niedergeschlagen.

An diesem Vormittag putzten sie die Zimmer an der Vorderfront des Hauses, wie sie es allmorgendlich taten. Dazu gehörte auch Royce' Zimmer. Kristen hatte sein Bett bisher voller Spannung angesehen. Heute morgen war ihr danach zumute, das Bettzeug in Fetzen zu reißen. Sie klopfte das Kissen auch wirklich so heftig aus, daß Federn aus den Nähten flogen.

»Von einem Extrem ins andere«, bemerkte Eda kopfschüttelnd. »Schlag ihn dir aus dem Kopf.«

»Laß mich in Ruhe«, warnte Kristen. »Du hast mir deinen Sermon gestern schon vorgetragen.«

»Aber wie ich sehe, hat das noch nicht gereicht. Wenn du jetzt vorhast, ihm etwas anzutun, dann überleg es dir noch einmal ganz genau.«

Das war der letzte Strohhalm, an den sich Kristen klammerte, nachdem sie eine schreckliche Nacht damit verbracht hatte, sich mit den Gefühlen auseinanderzusetzen, die der Sachse in ihr wachgerufen hatte.

»Ihm etwas antun?« fauchte Kristen. »Wenn ich jemandem etwas antue, Frau, dann dir, wenn du nicht aufhörst, mir in den Ohren zu liegen.«

Eda wich vorsichtig zurück. Sie war mit der Zeit unaufmerksamer geworden, da Kristen bisher keine Feindseligkeiten gezeigt hatte. Sie hatte begonnen, das Mädchen zu mögen, und dabei hatte sie vergessen, daß es einem Volksstamm angehörte, der von Tod und Verwüstung lebte. Sie war sogar so unvorsichtig, mit dem Mädchen allein zu sein. Und wenn sie die große junge Frau ansah, die innerlich kochte, war ihr klar, daß es für Kristen, ob mit oder ohne Ketten, ein Leichtes war, sie hochzuheben und aus dem offenen Fenster zu werfen. Groß und stark genug war sie. Nicht, daß sie so dumm gewesen wäre, es zu tun. Aber hätte es tun *können*.

Eda lief eilig zur Tür und murrte bei jedem Schritt, der sie weiter aus Kristens Reichweite brachte, verdrießlicher vor sich hin. »Du drohst also einer alten Frau, was? Und das, nachdem ich dafür gesorgt habe, daß die anderen dich nicht zu schlecht behandeln?« Als sie in der Tür stand, drehte sie sich um und sah Kristen finster an. »Mach den Rest allein. Und ich rate dir, mit einem besseren Benehmen wieder nach unten zu kommen, Dirne, oder du kannst den Rest des Tages eingeschlossen und ohne Abendbrot verbringen. Du wirst ja sehen, ob ich es wahr mache. Und trödele nicht, oder ich schicke ein paar Männer rauf, damit sie dich holen. Einen Mann wirfst du nicht so leicht aus dem Fenster.«

Kristen fragte sich einen Moment lang, was die Frau mit dem letzten, äußerst merkwürdigen Satz hatte sagen wollen, doch dann tat sie diese Überlegung ab. Zum ersten Mal ließ man sie allein in einem unverschlossenen Zimmer zurück. Es war ausgerechnet sein Zimmer. Innerhalb kürzester Zeit hätte sie alles kurz und klein schlagen können. Niemand konnte sie zurückhalten. Dann würde Royce sie schlagen, und es würde ihr eine Freude sein, die damit verbundenen Schmerzen zu ertragen, dann das Vergessen und schließlich den Haß, denn sie haßte ihn immer noch nicht. Sie hätte ihn hassen sollen, aber es war nicht so.

Die Vorstellung war verführerisch, doch noch verführerischer war die Möglichkeit, eine Axt zu finden, die Waffe, die ihr am ehesten zur Flucht verhelfen konnte. Sie hatte zuviel Zeit damit vergeudet, sich auf den Sachsen zu konzentrieren, und sie hätte doch nur darüber nachdenken sollen, wie sie diesen Ort verlassen konnte. Mit einer Axt konnte sie die Ketten zerhacken, die ihre Füße zusammenbanden. Mit einer Axt konnte sie die Fensterläden ihres Zimmers zerhacken, die jeden Abend abgeschlossen wurden. Sie hatte nur eine dünne Decke und ein rauhes Laken auf ihrem Strohsack liegen, doch wenn sie diese mit ihren eigenen Kleidern zusammenband, hatte sie ein Seil, das sie aus dem Fenster werfen konnte, um daran herunterzuklettern. Dieselbe Axt würde ihr dann die Tür öffnen, hinter der Thorolf und die anderen eingeschlossen waren. Wenn sie eine Axt fand, konnte sie sie jetzt, ehe sie nach unten ging, in ihrem Zimmer verstecken. Und heute nacht ...

Unter den vielen Waffen, die an der Wand hingen, war keine einzige Axt. Kristen bückte sich schnell und öffnete die große Truhe, die am Fußende von Royce' Bett stand. Sorgsam zog sie die Kleider, die ganz oben lagen, zur Seite, doch sie fand nur noch mehr Kleidungsstücke. Sie warf einen Blick auf die kleinere Truhe, die zwischen den Fenstern stand, doch das eiserne Schloß sprang ihr ins Auge.

Sie drehte sich wieder zu der Wand um, an der die Waffen hingen. Es waren alte Schwerter, mit reichen Silberverzierungen, und eines steckte sogar in einer Scheide aus reinem Gold. Daneben hingen Speere, eine Armbrust und eine Keule, die sehr alt sein mußte, und ein Dutzend Dolche verschiedener Länge und Verarbeitung. Es juckte sie in den Fingern, einen der Dolche zu stehlen, doch sie wußte, daß die Lücke an der Wand sehr schnell bemerkt würde. Doch ein Dolch konnte dazu dienen, das Schloß an der Truhe so aufzubrechen, daß zumindest eine Zeitlang niemand dahinterkommen würde.

Sie nahm den kleinsten Dolch von der Wand, mit dem sich das Schloß am einfachsten aufbrechen ließ, und dann kniete sie sich vor die Truhe. Das Schloß war keine einfache Konstruktion. Es war ihr sogar noch nicht einmal möglich, an einer seiner Seiten ein Schlüsselloch zu finden.

»Sie ist nicht verschlossen. Das, womit du dich abgibst, ist nur eine Verzierung. Die Truhe ist offen. Mach schon, heb den Deckel hoch, damit du es selbst siehst. Mein Cousin hat es nicht nötig, seine Wertsachen einzuschließen. Er weiß, daß ihn hier niemand bestiehlt.«

Kristen drehte langsam und voller Grauen den Kopf um, da sie diese Stimme nicht kannte. Ihr Grauen verflog, sowie ihre Augen auf das Gesicht des Mannes trafen. Sie kannte ihn. Sie kannte die leuchtenden hellblauen Augen dieses Mannes, der einige Zentimeter größer war als sie. Nie würde sie den Anblick dieses Mannes vergessen, der mit dem Schwert in der Hand dastand, während vor ihm Selig zu Boden fiel.

»Du!« zischte Kristen und sprang auf. »Du müßtest doch tot sein!«

Er achtete nicht auf ihre Worte. Seine Augen waren vor Staunen weit aufgerissen, als er sie ansah. »Meine Güte, Royce' Beschreibung ist dir nicht gerecht geworden.«

Kristen schenkte seinen Worten ebenso wenig Beachtung. Sie hätte sich augenblicklich auf ihn gestürzt, doch die Woge von Zorn, die über sie hinwegspülte, hatte sie nicht soweit um den Verstand gebracht, daß sie ihre Ketten vergessen hatte. Sie ging mit langsamen Schritten auf ihn zu, die Kette schleifte auf dem Boden, und das Geräusch zog seine Aufmerksamkeit auf sich. Er zuckte zusammen, als er die Eisenkette sah. Sein offenkundiges Mitgefühl blieb ohne jede Wirkung auf sie. Solange er den Dolch nicht bemerkte, den sie mit der Faust umklammert hatte, konnte sie ihn töten.

Sie sprach nur, damit er ihr wieder ins Gesicht sah. Im nächsten Moment würde sie sich auf in stürzen. »Ich habe nicht nach dir gefragt. Ich bin davon ausgegangen, daß du tot bist, denn niemand hat dich je erwähnt.«

»Ich bin wieder genesen. Du hättest mich beinah …«

Sie holte aus und zielte auf seine Gurgel. Seine Reflexe waren besser, als sie es erwartet hatte und daher nahm sie einen schnellen Richtungswechsel vor und richtete die Waffe unter den Arm, den er gehoben hatte, um den Dolch abzufangen. Aber er hielt gut und sprang mit einem Satz zurück, um der Klinge auszuweichen. Wenn der Dolch auch nur ein wenig länger gewesen wäre, hätte der Hieb gut gesessen. Doch so ritzte sie nur sein Hemd auf und verpaßte ihm einen Kratzer. Das sah sie, während sie herumwirbelte, um Schwung zu holen und sich seitlich auf seine Hals zu stürzen.

Seine linke Hand umklammerte ihr Handgelenk wenige Zentimeter vor seinem Ziel. Er hatte jedoch nicht allzuviel Kraft in dieser Hand, und sie hatte mit ihrem ganzen Körper Schwung geholt. Die Klinge ließ sich nicht aufhalten, sondern nur ablenken, und wieder sah sie Blut, ehe ihre Hand behindert wurde.

Für seine Größe war er schlank, und er war nicht annähernd so stark wie Royce. Kristen verlieh die Rache, die sie anfeuerte, zusätzliche Kräfte. Er konnte ihr Handgelenk auf Dauer nicht mit seiner linken Hand festhalten. Als sie spürte, daß sein Griff sich lockerte, versuchte sie nicht mehr, ihre Hand von ihm loszureißen, sondern stach zu. Die Klinge drang in seine Brust, ehe er mit seiner rechten Hand nachhalf und sie wieder herauszog.

»Um Gottes willen, Weib, hör auf!«

»Erst, wenn du tot bist, du sächsischer Lump!«

Mit der freien Hand packte sie sein Haar, um ihn aus dem Gleichgewicht zu bringen. Er trat einen Schritt nach vorn und klemmte ihren rechten Arm unter seinen, damit sie ihn nicht mehr bewegen konnte und er ihr den Dolch entreißen konnte. Sie schrie vor Wut auf, als der Dolch ihren Händen entglitt. Er machte den Fehler, sie daraufhin loszulassen. Ehe er sich wieder zu ihr umdrehen konnte, hatte sie die Hände ineinander verschränkt und ihm einen Hieb in den Rücken versetzt.

Der Schlag ließ ihn in den Korridor taumeln, und dort prallte er gegen die Wand. Der Dolch war auf halbem Wege zwischen den beiden auf den Boden gefallen. Kristen machte einen Satz, um ihn aufzuheben, doch die verfluchten Ketten ließen sie stolpern, und sie verlor das Gleichgewicht. Royce' Cousin hatte sich in dem Moment, in dem sie hinfiel, umgedreht, und jetzt warf er sich auf sie. Der Aufprall schleuderte sie beide wieder in das Zimmer, und sie landeten hart auf dem Fußboden.

Das wäre für Kristen das Ende des Kampfes gewesen, wenn sie eine kleine Frau gewesen wäre. So, wie die Dinge standen, glaubte Alden auch, es sei das Ende. Er war auf sie gefallen und hatte dann mit jeder Hand eins ihrer Handgelenke umklammert, die er jetzt neben ihrem Kopf festhielt. Verwirrt und etwas unwillig blickte er auf sie herunter.

»Warum?« fragte er. »Royce hat gesagt, du hättest dich niemandem gegenüber feindselig verhalten. Warum ausgerechnet ich?«

»Du hast Selig getötet! Er wird gerächt werden, und zwar von mir!«

Sie schleuderte ihn zur Seite, als das letzte Wort herauskam.

Im nächsten Moment lag sie auf ihm und hielt seinen Kopf zwischen ihren Händen. Zweimal schlug sie seinen Kopf fest auf den Boden, ehe sich Arme um ihre Brust legten und sie hochhoben.

Kristen wehrte sich, bis die Arme so fest zudrückten, daß ihr die Luft ausging, und eine Stimme ihr ins Ohr zischte: »Sei still!«

Oh, wie ungerecht! Doch nicht er! Gegen jeden anderen konnte sie kämpfen.

Kristen gehorchte dem Befehl und ließ sich gegen Royce sinken, doch sie starrte immer noch den Mann an, der am Boden lag. Noch ein paar Sekunden, und er wäre so benommen gewesen, daß sie sich eine andere der Waffen hätte holen können, die an der Wand hingen. Diesmal wäre es eine gewesen, mit der sich die Tat vollbringen ließ. Warum hatte der Sachse ausgerechnet jetzt dazukommen müssen?

»Was in Gottes Namen tust du da, Alden?« fragte Royce erbost.

»Ich?« Alden setzte sich hin und schüttelte den Kopf. »Sieh mich doch an! Sieht es so aus, als hätte ich etwas getan?«

»Allerdings, und du wirst mir sagen, warum! Wenn du mir erzählen willst, daß eine Frau dir zweimal überlegen war, dann steh mir Gott bei, wenn …«

»Hab ein Herz, Royce«, wimmerte Alden. »Ich bin noch geschwächt und kraftlos, und sie ist nicht direkt ein zerbrechliches Geschöpf. Probier dich doch selbst mal an einem Ringkampf mit ihr aus, und sieh, wie es dir ergeht.«

»Aber sie ist eine Frau«, murrte Royce verächtlich. Mit diesen Worten stieß er Kristen so brutal von sich, daß er damit rechnete, sie würde auf dem Boden landen, doch sie stolperte nur einmal, ehe sie ihr Gleichgewicht wiedergefunden hatte, den Kopf in den Nacken warf und ihn finster ansah.

»Nur eine Frau, stimmt's?« Alden schüttelte wieder den Kopf. »Jedenfalls kennt sich diese Frau ungewöhnlich gut im Umgang mit Waffen aus. Sag also nicht, ich hätte dich nicht gewarnt, obwohl es scheint, als sei ich der einzige, an dem sie sich rächen will.«

»Warum?«

»Frag sie doch selbst.«

Royce wandte sich an Kristen. »Warum?« wiederholte er. Sie verschränkte die Arme vor der Brust und weigerte sich, seine Frage zu beantworten. Royce riß der Geduldsfaden, und er fauchte Alden an: »Was hat sie zu dir gesagt?«

»Ich hätte jemanden getötet, den sie Selig nennt. Sie hat gesagt, daß sie ihn rächen wird.«

»Zweifellos ein Liebhaber.«

»Kein Liebhaber!« fauchte Kristen jetzt. Ihre Augen waren dunkel vor Wut.

»Wer war er denn sonst?«

»Das wirst du nie erfahren, Sachse.«

»Bei Gott, du wirst es mir sagen!« brauste er auf und griff nach ihrem Arm.

»So, meinst du?« fuhr sie ihn spöttisch an. »Und wie willst du mich dazu bringen? Wirst du mich schlagen? Mich foltern? Das kannst du machen, aber ich sage dir trotzdem nur das, was ich dir sagen will, und sonst gar nichts. Ich werde nicht um Gnade flehen, Sachse, und daher kannst du mich ebenso gut gleich töten, damit die Sache sich erledigt hat.«

»Geh nach unten!« knurrte Royce und schob sie wieder fort.

Sie entfernte sich langsam von ihnen, doch ihre Haltung war so aufrecht und stolz wie die einer Königin. Royce sah noch durch die offene Tür, als sie schon längst verschwunden war. Dann wandte er sich an seinen Cousin, als Alden gerade aufstand.

»Nein, Royce, schrei mich nicht noch mehr an. Gott steh mir bei, aber ich werde mir ohnehin schon genug Geschrei anhören müssen, wenn Darrelle das ganze Blut sieht.«

»Dann kümmere dich selbst um deine neuen Wunden, und sag ihr nichts davon. Du bist doch nicht ernstlich verletzt, oder?«

»Ich habe mich schon gefragt, ob dich das überhaupt interessiert.« Alden grinste jetzt. »Nein, nur ein paar kleine Kratzer – obwohl ich bei Gott beinah die Kehle aufgeschlitzt bekommen hätte. Sie kämpft wie ein Dämon, und sie hat mich mit keinem Wort gewarnt, ehe sie über mich hergefallen ist.«

»Kümmere dich um deine Kratzer, Alden«, sagte Royce geringschätzig.

»Genau das habe ich vor, ehe Darrelle Gelegenheit hat, mich wieder in mein Zimmer zu verbannen. Meine liebende Schwester erstickt mich mit ihrer Sorge um mich.«

»Alden?«

»Ja.« Er drehte sich in der Tür noch einmal um.

»Komm ihr nicht zu nah.«

Alden grinste. »Diese Warnung war überflüssig. Mit dieser Frau habe ich für den Rest meines Lebens genug zu tun gehabt.«

16

Royce lehnte sich auf seinem Stuhl zurück und wartete, bis Alden gewürfelt hatte. Es war der bisher heißeste Tag in diesem Sommer, und sie hatten sich den kleinen Tisch, an dem sie spielten, direkt an ein offenes Fenster gerückt, doch es wehte kaum ein Wind.

Die meisten Männer reckelten sich neben dem großen Metfaß, obwohl es erst späten Nachmittag war. Sie hatten den Morgen damit verbracht, die ungeübten Bauern in der Kriegskunst auszubilden, doch die Hitze hatte sie schon bald wieder ins Haus getrieben. Es war ganz einfach einer dieser Tage, an denen man nur das Notwendigste erledigte.

Zum ersten Mal seit der Ankunft der Wikinger hielt sich Alden im großen Saal auf. Zwei Tage waren seit dem Mißgeschick vergangen, das ihn vorübergehend wieder bettlägrig gemacht hatte. Einer seiner frischen Wunden war schlimmer, als er ursprünglich vermutet hatte, und sie hatte einfach nicht aufgehört zu bluten. Er hatte mehr Blut als nötig verloren, weil er zu lange gewartet hatte, bis er schließlich nach Eartha gerufen hatte, um sich von ihr behandeln zu lassen. Der Blutverlust hatte ihn so sehr geschwächt, daß ihm sein Bett wieder einladend erschien. Sein einziger Trost bestand darin, daß Eartha den Mund gehalten hatte und Darrelle immer noch nichts von seiner zweiten verhängnisvollen Begegnung mit dem Wikingermädchen wußte.

Royce war alles andere als belustigt gewesen, als er im Lauf des Tages die häßliche Brustverletzung gesehen hatte. Er hatte eine neue Kette für Kristen angefordert, die lang genug war, um sie in der Küche an der Wand zu befestigen und sie in die Kette zwischen ihren Füßen einzuhängen. Ihre Bewegungsfreiheit wurde dadurch auf den langen Tisch beschränkt, an dem sie ihre meisten Arbeiten verrichtete.

Nachdem sich seine Wut gelegt hatte, bereute er diese Anordnung. Er wußte, daß sie ihre Ketten haßte. Wieviel mehr mußte sie diese neue Kette hassen, die sie so sehr einschränkte! Er war seitdem nicht mehr in der Lage gewesen, sie anzusehen. Er wollte keinen Jammer sehen, der sich in dieses hübsche Gesicht grub. Er wollte den Haß nicht sehen, den sie jetzt mit Sicherheit für ihn empfinden mußte.

Royce wußte nicht, was er mit Kristen anfangen sollte. Er saß in einer üblen Patsche, die ihm völlig neu war, und er hatte niemanden, mit dem er darüber reden konnte. Bisher hatte er immer mit Alden über alles reden können, doch es widerstrebte ihm, Alden oder irgendjemandem anzuvertrauen, wieviel Kummer ihm das Mädchen bereitete.

Ganz gleich, wie sehr er sich auch bemühte, dagegen anzugehen – sie schlich sich immer wieder in seine Gedanken ein. Er konnte ihr selbst im Schlaf nicht entgehen, denn sogar in seine Träume drang sie vor. Sie war ganz anders als alle anderen Frauen, die er kannte. Er hatte sie kein einziges Mal weinen oder ihre mißliche Lage beklagen sehen. Kein einziges Mal war sie furchtsam vor ihm zurückgeschreckt. Sie haßte ihre Ketten, und doch hatte sie ihn nicht angefleht, sie ihr abzunehmen, wie es jede andere Frau getan hätte. Sie bat nicht um Schonung, nicht um Nachsicht. Sie hatte im Grunde genommen um nichts gebeten, nichts – bis auf ihn. Sie hatte gesagt, daß sie ihn begehrte.

Bei Gott, diese Worte hatten ihn aufgewühlt und seine Entschlossenheit ins Wanken gebracht, als sie sie ausgesprochen hatte! Er hatte ihr gesagt, er hätte den Verdacht, daß sie ihn bewußt verhexen wollte. Ob sie es vorsätzlich tat oder nicht – er war bereits von dem Tag an verhext, an dem sie gebadet worden war und sich ihm ihre unglaubliche Schönheit enthüllte, die unter der Schmutzschicht verborgen war.

Nie hatte er ein solches Verlangen verspürt, wie es diese Frau in ihm wachrief. Noch nicht einmal Rhona, die er mehr als jede andere Frau begehrt hatte, war ihm derart unter die Haut gegangen. Er brauchte dieses Weibstück nur anzusehen, und sie raubte ihm jede Fassung. Sein Blut siedete. Sein Körper verzehrte sich vor Verlangen.

An jenem Abend hatte sie ihm unsäglich zugesetzt. Er war in den Saal zurückgekehrt, um sich in sein Zimmer zurückzuziehen, aber er hätte nicht stehenbleiben und sie ansehen dürfen, denn ihre langsamen, sinnlichen Bewegungen hatten ihn gebannt und hypnotisiert. Er hatte beobachtet wie sie die Hand hob, um eine strohblonde Locke aus ihrem Gesicht zu streichen, wie sie sich streckte, ihren Rücken durchdrückte und ihre Brüste sich deutlicher abzeichneten. Es war, als sei eine unsichtbare Angelschnur ausgeworfen worden, um ihn zu ködern, denn er ging ohne jede bewußte Überlegung zu ihr hin, und nichts hätte ihn davon abhalten können, diese verlokkenden Lippen zu kosten, als er erst vor ihr stand.

Er hätte sich gern eingebildet, sie sei eine Hexe oder vielleicht sogar eine Priesterin der Wikinger, der ihre zahlreichen Götter einen ganz besonderen Zauber verliehen hatten. Das hätte jedenfalls erklären können, wie er in dieses Dilemma geraten war, sie gleichzeitig zu verabscheuen und zu begehren. Sie löste Gefühle in ihm aus, die er nicht verstand. Es hätte ihm nichts ausmachen sollen, wenn sie litt, aber es machte ihm etwas aus. Es hätte ihm gleichgültig sein können, daß sie eine Hure war, doch es war ihm nicht gleichgültig. Er wurde sogar jedes Mal von Unvernunft gepackt, wenn er an die vielen Männer dachte, bei denen sie schon gelegen hatte, möglicherweise die gesamte Schiffsbesatzung, und daher versuchte er, nicht daran zu denken. Aber jetzt wußte er, daß sie sich aus einem weit mehr als aus allen anderen gemacht hatte, genug, um seinen Tod rächen zu wollen, und das erzürnte ihn noch mehr.

Er hatte Thorolf gefragt, wer dieser Selig gewesen sei. Doch der verschlagene Wikinger hatte ihm mit einer Gegenfrage geantwortet. Er hatte ihn gefragt, was Kristen dazu gesagt hätte. Da offensichtlich war, daß ihre Gefährten ihm nichts erzählen würden, hatte Royce kein Wort mehr darüber verloren. Es war genauso, wie Kristen gesagt hatte. Er würde nichts in Erfahrung bringen, was sie ihm nicht von sich aus sagte, und sie hatte es satt, ihm etwas zu erzählen.

»Wenn du keine Lust hast weiterzuspielen, Royce, dann sag es nur.«

Royce beugte sich vor und griff eilig nach den Würfeln.

»Übertreib es nicht, Cousin. Mir geht wirklich vieles durch den Kopf.«

»In letzter Zeit warst du oft tief in Gedanken versunken. Natürlich ist das kein Wunder wenn man bedenkt, was in diesem Sommer alles vorgefallen ist. Und jetzt ist uns auch noch mitgeteilt worden, daß der König zu Besuch kommt, aber er hat nicht gesagt, wann er kommt.«

»Wenn er kommt, dann kommt er eben«, murrte Royce. »Darüber mache ich mir keine Sorgen.«

»Nein? Dann müssen es wohl die Gefangenen sein, die dir immer noch Kummer bereiten«, vermutete Alden. »Oder beschäftigt dich vielleicht nur einer von ihnen?«

»Und wer soll das sein?«

»Wer wohl?« sagte Alden lachend. »Jetzt komm schon, Royce. Warum hast du mir nicht gesagt, daß sie so unglaublich hübsch ist?«

»Sag mir eins, Alden. Sie hat zweimal versucht, dich zu töten. Wie kannst du noch über sie lachen?«

»Ich vermute, daß sie ihre Gründe hat, aber wer könnte trotz allem eine derart schöne Frau verabscheuen?«

»Ich.«

»Ach? Wirklich? Warum? Du wirfst ihr doch nicht etwa vor, was die Dänen getan haben? Sie ist keine Dänin.«

»Du vergißt, daß ihre Begleiter hergekommen sind, um zu plündern und zu morden, und daß sie Wyndhurst in Schutt und Asche zurückgelassen hätten, wenn ihr sie nicht im Wald abgefangen hättet.«

Ein leises Stimmchen mischte sich in ihr Gespräch ein. »Sie wären an uns vorbeigezogen.«

Royce und Alden sahen Meghan, die sich ihnen leise genähert hatte und neben dem Tisch stehen geblieben war, um ihnen beim Spielen zuzusehen. Royce runzelte die Stirn, doch er machte sofort ein freundliches Gesicht, als Meghan den Blick senkte.

Behutsam fragte er: »Warum sagst du das, Kleines?«

Sie blickte zu ihm auf und kam näher, als sie sah, daß er nicht böse über die Störung war. »Kristen hat es mir gesagt. Sie hat gesagt, sie hätten es auf das Kloster Jurro abgesehen, und das auch nur aus Blödsinn.«

»Wann hast du mit ihr gesprochen?«

»An dem Tag, nachdem sie ins Haus gebracht worden ist.«

»Hat sie dir sonst noch etwas erzählt, Meghan?«

»Ja, viel. Sie hat über ihre Familie gesprochen. Sie hat gesagt, daß ihr Vater noch größer ist als du und auch schrecklich aufbrausend sein kann.« Meghan unterbrach sich, als sie merkte, was sie unabsichtlich gesagt hatte. »Ich wollte damit nicht sagen ...«

»Doch, natürlich wolltest du das damit sagen«, sagte Alden. Er grinste breit und zog sie auf seinen Schoß. »Wir alle wissen, wie schrecklich wütend dein Bruder werden kann.«

Royce lächelte sie an, um ihr zu zeigen, daß er nicht böse auf sie war. »Erzähl weiter, Kleines. Was hat sie dir sonst noch erzählt?«

»Du plauderst doch nicht etwa Geheimnisse aus, oder, Meghan?« sagte Alden im Scherz.

»Alden!« fauchte Royce unbeherrscht.

»Aha, so sehr interessiert es dich also?«

Meghan verblüffte beide mit der Frage: »Warum hast du befohlen, daß sie an die Wand gekettet wird, Royce?«

Er hatte sich so sehr über Alden geärgert, daß er hämisch antwortete: »Weil sie unseren Cousin umbringen will und er selbst nicht kräftig genug ist, sich gegen sie zu wehren. Daher muß ich dafür sorgen, daß ihm nichts passiert.«

Meghan drehte sich auf Aldens Schoß und sah ihn mit weit aufgerissenen Augen an. »Warum will sie dich umbringen?«

»Ja, warum eigentlich?« klagte er im Scherz. »Ich bin doch so ein netter Kerl.«

»Dann mußt du dich irren«, sagte Meghan.

»Nein, Kleines, es ist wirklich wahr«, gab Alden zu. »Ich habe angeblich jemanden getötet, den sie Selig nennt, und sie sagt, sie will seinen Tod rächen.«

»*Du* hast Selig getötet?« keuchte Meghan. »O Alden, warum mußtest ausgerechnet du das sein? Sie muß dich furchtbar hassen.«

Royce beugte sich über den Tisch und packte das Handgelenk seiner Schwester, damit sie ihn ansah. »Weißt du, wer Selig war, Meghan?« fragte er leise.

»Ja, sie hat mir erzählt, wer er war. Aber sie ist außer sich geraten, als sie von ihm geredet hat. Das war, nachdem ich ihr gesagt habe, daß Jurro von den Dänen zerstört worden ist. Sie hat gesagt, Selig und die Hälfte der anderen Männer seien umsonst gestorben. Dann hat sie mir Angst eingejagt, weil sie mit den Fäusten auf den Tisch geschlagen hat, und dann hat sie den Tisch umgeworfen. Von da an habe ich nicht mehr mit ihr gesprochen, aber ich glaube jetzt, daß sie nur aus ihrem Kummer heraus so böse geworden ist. Vorher war sie doch so freundlich zu mir.«

»Ja, sie kann sehr freundlich sein, wenn es ihr gerade in den Kram paßt«, murmelte Royce vor sich hin, doch er hatte nicht vergessen, was ihn am meisten interessierte. »Wer war Selig, Meghan?«

»Hat Alden sie nicht danach gefragt?«

»Meghan!«

Sie wurde blaß, als er die Stimme erhob, und eilig antwortet sie: »Ihr Bruder, Royce. Sie hat gesagt, er war ihr ein Freund und ein Bruder.«

Trotz seiner Bestürzung über diese Enthüllung entging Royce nicht, wie ängstlich Meghan geworden war, und er verfluchte sich dafür, daß er sie wieder einmal mit seiner Ungeduld eingeschüchtert hatte. »Meghan, meine Süße, ich bin nicht böse mit dir.«

»Auch nicht, weil ich mit ihr gesprochen habe?«

»Nein, auch deshalb nicht«, versicherte er ihr. »Warum gehst du jetzt nicht nachschauen, welche Schätze Darrelle gefunden hat? Sie hat einen Teil der Ladung ins Haus gebracht, die wir auf dem Wikingerschiff gefunden haben. Sie hat gesagt, sie wollte Pelzbesätze für neue Kleider für dich und für sie suchen.«

Meghan machte sich fröhlich auf den Weg zu den Frauen, die am anderen Ende der Halle saßen. Royce lehnte sich zurück, starrte Alden an und stellte fest, daß sein Cousin ebenso überrascht war wie er selbst.

»Ein Bruder!« sagte Royce ungläubig. »Wie kann sie unter diesen Männern einen Bruder gehabt haben? Das würde heißen, daß er wußte, warum sie dabei war, und daß er es gutgeheißen hat.«

»Vielleicht liegen wir falsch mit der Annahme, daß sie eine Hure ist?« schlug Alden vor.

»Nein«, erwiderte Royce. »Sie hat es selbst zugegeben.«

Alden zuckte die Achseln. »Dann müssen sie eben eine ganz andere Auffassung von solchen Dingen haben. Was wissen wir denn schon über dieses Volk? Vielleicht finden sie es gar nicht schlimm, wenn eine Frau sich vielen Männern hingibt. Woher wissen wir, daß nicht alle Wikingerfrauen Huren sind?«

Royce runzelte die Stirn, weil ihm einfiel, daß Kristen ihm gesagt hatte, sie kenne keine anderen Huren. Er erwähnte es Alden gegenüber jedoch nicht, weil er sah, daß Darrelle gerade auf sie zukam.

»Sieh dir das an, Royce«, rief Darrelle aufgeregt aus und zeigte ihm das Kleid, das sie gefunden hatte. »Hast du je so edlen Samt gesehen? Gewiß kommt er aus dem Fernen Osten.«

Er warf einen teilnahmslosen Blick auf den dunkelgrünen Stoff, den sie in der Hand hielt, bis sie das Kleidungsstück auseinanderfaltete und es vor sich hielt. Es war ein ärmelloses und wirklich sehr kostbares Gewand, und der V-Ausschnitt war mit einer dichten Schnur von edlen Perlen eingefaßt. Eine weitere Perlenschnur war auf die schmale Taille genäht und diente offensichtlich als Gürtel, der mit einer massiven Goldschnalle geschlossen wurde.

»Es ist noch ein ähnlich geschnittenes Kleid da«, fuhr Darrelle fort. »Und dazu passende Schuhe und Armbänder aus reinem Gold und eine Bernsteinkette. All das war zusammengeschnürt. Wirst du Corliss diese Dinge schenken, Royce? Solche kostbaren Geschenke werden sie sicher begeistern. Wenn nicht, dann kann ich sie selbst gebrauchen. Aber so oder so müssen die Kleider geändert werden. Es müssen Ärmel angenäht werden, aber dafür können wir dasselbe Material verwenden, denn unten am Saum muß jede Menge abgeschnitten werden. Wie du selbst siehst, sind die Kleider viel zu lang. Ich schwöre es dir, die norwegischen Frauen müssen Riesinnen sein. Anders lassen sich derart lange Kleider nicht erklären.«

Royce starrte den Saum an – etwa zwanzig Zentimeter überschüssiger Stoff, der auf dem Boden schleifte. »Laß die Kleider in mein Zimmer bringen, Cousine.«

»Willst du nicht, das ich sie ändere?« fragte sie enttäuscht.

»Nein, im Moment noch nicht.«

In dem Moment, in dem Darrelle sich abgewandt hatte, sah Royce zur Küche hinüber, und seine Augen suchten Kristen. Sie stand mit gesenktem Kopf da und arbeitete und ragte doch noch etwa zwanzig Zentimeter, wenn nicht mehr, über den anderen Frauen auf, die um sie herum standen. Ihr langer, anmutiger Körper steckte in den Kleidern, die man ihr gegeben hatte, in Kleidern, die zu eng saßen und viel zu kurz waren.

»Was denkst du?« fragte Alden argwöhnisch, als er sah, wem sich die Aufmerksamkeit seines Cousins zugewandt hatte.

»Daß die Kleider meiner hübschen neuen Sklavin gehören«, erwiderte Royce, ohne Kristen aus den Augen zu lassen.

»Jetzt hör aber auf! Das ist doch wohl nicht dein Ernst!« schalt in Alden. »Das hieße, daß sie kein gewöhnliches Mädchen ist, wenn sie so edle Dinge besitzt. Nicht einmal Königin Ealswith hat etwas so Kostbares wie diesen grünen Samt. Und schon allein die Perlen sind ein Vermögen wert.«

Royce sah Alden wieder an. Sein Ausdruck war jetzt weniger angespannt, aber immer noch nachdenklich. »Ich vermute, daß es unwahrscheinlich ist, aber ich werde mir, noch ehe dieser Tag vorüber ist, Gewißheit verschaffen.«

»Und wie? Sie zu fragen, ob die Kleider ihr gehören, bringt dich auch nicht weiter. Sie wird ja sagen, ob es wahr ist oder nicht, denn welche Frau würde derart edle Gewänder nicht für sich beanspruchen, wenn niemand da ist, der ihr die Rechte streitig macht?«

»Wir werden es ja sehen.«

Royce sagte es so unheilverkündend, daß Alden einen Moment lang Mitleid mit dem Wikingermädchen hatte und sich fragte, mit welchen scheußlichen Mitteln sein Cousin die Wahrheit herausfinden wollte. Er zog es vor, es nicht genauer wissen zu wollen.

17

Für heute war die Arbeit getan, und Kristen wollte sich gern auf ihren Strohsack fallen lassen. Die glühende Hitze hatte sie ausgelaugt, und dazu war die Wärme des Ofens gekommen, in dessen Nähe sie angekettet war, und kein Lufthauch war hereingekommen, um die Hitze zu mildern.

Sie hätte Eda um den Hals fallen können, als sie sich bückte, um ihr die neue Kette abzunehmen, die Kristen jetzt tragen mußte, doch sie hielt sich zurück. Eda schmollte immer noch, weil Kristen sie so scharf angefahren hatte. Kristen hatte sich noch am selben Tag entschuldigt, doch damit hatte sie die ältere Frau kaum beschwichtigen können. Edas Schmollen war für Kristen eine zusätzliche Belastung, da sie die einzige Frau war, mit der sie glaubte sprechen zu können. Edas kühles Schweigen hatte Kristen einen trostlosen Tag beschert.

Eda führte Kristen fort, aber nicht zu der Treppe, die zu ihrem Gemach führte. Man teilte ihr barsch mit, daß sie ein Bad nehmen sollte. Trotz aller Müdigkeit konnte sich Kristen darüber nicht beschweren. Es war erst ihr zweites Bad, seit sie ins Haus geholt worden war. Sie wußte, das Darrelle und Royce mehrfach in der Woche badeten, die Dienstboten dagegen seltener. Da sie persönlich an Reinlichkeit gewöhnt war, empfand sie den kleinen Wasserbehälter, den man ihr täglich gab, damit sie sich waschen konnte, nicht als ausreichend.

Allein schon der Gedanke, wieder einmal richtig sauber zu sein, ließ ihre Laune besser werden. Dennoch konnte sie kein behagliches, entspannendes Bad nehmen, da andere Bedienstete darauf warteten, dasselbe Wasser benutzen zu dürfen. Sie war jedoch die erste, die in die Wanne stieg, und allein darauf kam es an. Diesmal war das Wasser warm und sauber, und Eda blieb allein mit ihr in dem kleinen Raum.

Während Kristen badete und sich eilig das Haar wusch, schrubbte Eda ihre Kleider. Sie gab Kristen einen unförmigen Überwurf aus rauher, dünner Wolle für die Nacht, bis ihre Kleider wieder trocken waren. Es war nichts weiter als ein Rechteck mit einem Loch für den Kopf, und es wurde seitlich gewickelt und in der Taille geschnürt, war aber natürlich wieder viel zu kurz. Doch darunter war sie nackt, und sie fühlte sich sehr nackt. Der einzige Grund, aus dem sie keine Einwände dagegen erhob, ein Kleidungsstück ohne geschlossene Seitennähte zu tragen, war, daß sie jetzt direkt in ihr Zimmer gehen konnte.

Doch es kam nicht so, wie Kristen angenommen hatte. Als sie oben angekommen waren, stieß Eda sie an ihrer Tür vorbei und blieb erst stehen, als sie am Ende des Korridors angelangt waren. Dort lag das Gemach des Herrn. Kristen wich argwöhnisch zurück.

»Warum?« fragte sie, als Eda anklopfte.

Eda sah sie auch jetzt nicht an, aber Kristen entging nicht, daß sie die Achseln zuckte. »Ich tue, was man mir sagt. Man nennt mir keine Gründe.«

»Hat er gesagt, daß er mich sehen will?«

»Er hat gesagt, ich soll dich zu ihm bringen. Und genau das habe ich getan.«

Eda öffnete die Tür und wartete, bis Kristen eingetreten war. Kristen zögerte einen Moment lang. Sie fürchtete sich nicht, aber sie fand keinen Grund dafür, daß man sie abends hierher brachte. Wenn Royce sie noch einmal ausfragen wollte, hätte er das doch tagsüber getan, oder nicht?

Sie betrat das Zimmer mit den gewohnt kleinen Schritten, obwohl Eda ihr die Ketten nach dem Bad nicht wieder angelegt hatte. Wie beim letzten Mal, als man sie nach dem Baden zu ihm gebracht hatte, hielt Eda die Ketten in der Hand, und wie beim letzten Mal legte sie sie auf Royce' Tisch, verließ dann das Zimmer und schloß die Tür hinter sich.

Er stand an einem der offenen Fenster und sah ihr entgegen. Sein Zimmer war ihr inzwischen vertraut, und daher sah sie sich nicht um, sondern sah Royce ins Gesicht und wartete darauf, von ihm zu erfahren, warum sie hier war. Sie fühlte sich in ihrem losen Überwurf gehemmt. Sie hätte sich doch dagegen sträuben sollen, das Ding anzuziehen. Wenn der Gurt sich lockerte, wäre sie so gut wie nackt gewesen. So trat man nicht vor diesen Mann. Vor ein paar Tagen hätte sie eine solche Taktik vielleicht noch in Erwägung gezogen, um ihm die Selbstbeherrschung zu rauben, aber inzwischen war sie nicht mehr sicher, ob sie ihn überhaupt noch wollte. Nein, das stimmte nicht. Sie wollte ihn nach wie vor. Sie war sich nur nicht mehr so sicher, ob es eine gute Idee war, sich das zu holen, was sie haben wollte.

»Mir ist aufgefallen, daß die Kleider, die man dir gegeben hat, dir nicht allzugut passen.«

Das war so ziemlich das letzte, was Kristen aus seinem Mund erwartet hatte. Er machte sich Gedanken über ihre Kleider, während sie gerade über ihre Kleider nachdachte. Am liebsten hätte sie gekichert. Sie riß sich zusammen.

»Hast du das jetzt erst gemerkt?«

Royce reagierte mit finsterer Miene auf ihren Sarkasmus. »Auf meinem Bett liegt ein Kleid. Schau, ob es dir paßt.«

»Soll ich es jetzt gleich anprobieren?«

»Ja.«

»Gehst du raus, oder bleibst du hier und siehst zu?«

Ihre spöttische Frage erbitterte Royce. Natürlich machte es ihr nichts aus, wenn er ihr zusah. Zweifellos störte sie sich nicht daran, sich nackt vor Männern zu zeigen. Er merkte, daß er wütend wurde, und er schien nichts dagegen tun zu können.

Sein Tonfall war bissig, als er erwiderte: »Mir liegt nichts daran, dir beim Entkleiden zuzuschauen, Weib. Ich kehre dir den Rücken zu, bis du das Kleid anhast.«

Feigling, sagte sie sich. »Wie edelmütig«, bekam er zu hören.

Kristen ging auf das Bett zu, um das Kleid zu holen, doch schon nach dem ersten Schritt blieb sie abrupt stehen. Der grüne Samt war auf dem Bett vor ihren Augen ausgebreitet, und sogar den Perlenbesatz konnte sie sehen. Doch diesen Stoff hätte sie auch andernfalls erkannt. Es war ihr Lieblingskleid, weil ihre Mutter es ihr genäht hatte und ihre Mutter das Nähen haßte, und gerade deshalb bedeutete das Kleid Kristen so viel. Brenna hatte im letzten Jahr viele Stunden daran gearbeitet, um es ihrer Tochter zur Wintersonnwende zu schenken.

»Worauf wartest du noch?«

Kristen sah ihn über die Schulter an und stellte fest, daß er ihr nicht den Rücken gekehrt hatte, sondern sie beobachtet hatte. Sie war sich einer Falle so sicher, als sei die verborgene Falltür schon aufgesprungen. Es konnte nur einen Grund dafür geben, daß er sie in diesem Kleid sehen wollte. Er glaubte, daß es ihr gehörte. Und ein solches Kleid hätte niemals einer Hure gehört. Genau das mußte er sich überlegt haben.

Sie hatte allen Grund, seinen Motiven zu mißtrauen. Es wäre dumm gewesen, so zu tun, als wüßte sie nicht, was er vorhatte. Es war zu offensichtlich.

Sie entschloß sich zum Angriff. »Was soll das heißen?«

»Was soll was heißen?«

Sie sah ihn fest an und kniff die Augen zusammen, weil er ihr bewußt auswich. »Warum sollte ich so ein Kleid probieren?«

»Das sagte ich dir doch schon.«

»Ja, weil du sehen willst, ob es mir paßt. Und wenn es mir paßt, wirst du es mir dann geben? Wohl kaum. Wozu also soll das gut sein?«

»Es steht dir nicht an, nach meinen Motiven zu fragen, Dirne.«

Ihre Gereiztheit kam heraus. »Sag das zu deinen Sklaven, die als Sklaven geboren wurden! Du vergißt, wer ich bin!«

»Nein!« schrie er sie an. »Die Frage ist, wer du wirklich bist!«

»Schon wieder?« Sie stellte sich jetzt erstaunt, doch innerlich stöhnte sie, als er seinen Verdacht offen ausgesprochen hatte. »Was hat ein Kleid damit zu tun, wer ich bin?«

»Es gehört dir doch, oder etwa nicht?«

Sie hätte ihn gern für seine scharfe Beobachtungsgabe verflucht, doch statt dessen lächelte sie ihn an. »So, glaubst du das? Als nächstes wirst du wohl behaupten, ich sei eine Jungfrau.«

»Bist du es?«

»Willst du es vielleicht selbst herausfinden?« provozierte sie ihn verwegen und spielte die Rolle, doch sie betete, er würde den Bluff nicht durchschauen. Ihre aggressiven Anzüglichkeiten hatten ihn schon öfter verärgert, und jetzt war es dasselbe. Er sah sie wutentbrannt an, und sie lachte, um ihrer Haltung Nachdruck zu verleihen. »Jetzt hör aber auf. Wie kannst du glauben, jemandem wie mir könnte ein so edles Gewand gehören? Das ist ein Kleid für eine Prinzessin oder für die Frau eines reichen Kaufmanns.«

»Oder für eine Hure mit einem reichen Liebhaber, der übermäßig großzügig ist!« fauchte er und gab sich nicht geschlagen.

Kristen grinste ihn hämisch an. »Du zollst mir mehr Anerkennung, als ich verdient habe, Sachse. Im Grunde genommen schmeichelst du mir sogar. Aber ich versichere dir, wenn ich je einen reichen Liebhaber gehabt hätte, hätte ich den Kerl nicht einfach wieder gehen lassen.«

»Gut, du hast also bestritten, daß das Kleid dir gehört. Und jetzt zieh es trotzdem über, damit ich beruhigt bin.«

Verflucht sollte er sein, dieser sture, starrköpfige ... »Nein, das werde ich nicht tun. Es ist grausam von dir, mich darum zu bitten.«

»Warum?«

»Es wäre ein grenzenloser Luxus, diesen Samt auf meiner Haut zu spüren, nachdem ich deine kratzigen Lumpen getragen habe. Aber wie lange kann ich das Kleid anlassen? Doch nur, bis deine alberne Vermutungen aus dem Weg geräumt sind«, antwortete sie an seiner Stelle. »Dann gibst du mir diese Lumpen wieder. Wenn das nicht grausam ist!«

Royce lächelte sie an. Es war das erste Mal, daß sie ihn lächeln sah. Sein hageres Gesicht wurde lockerer, und ihr Herz schien sich zu überschlagen.

»Du drückst dich geschickt aus, Dirne, und auf alles hast du eine Antwort parat. Aber du übersiehst eines. In deiner Lage hast du keine Wahl, und es liegt auch nicht an dir, Entscheidungen zu treffen. Du tust, was dir befohlen wird, ganz gleich, was es auch sein mag, ob es dir grausam erscheint oder nicht. Habe ich mich klar genug ausgedrückt?«

»Ja.«

»Dann zieh jetzt das Kleid an.«

Er hatte in einem freundlichen, wohlwollenden Tonfall mit ihr geredet, doch die letzten Worte kamen sehr entschieden heraus. Er war wild entschlossen, sie in diesem Kleid zu sehen, egal, was sie dagegen einzuwenden hatte. Wenn sie es anzog, würde er sehen, daß es ihr paßte wie eine zweite Haut, daß es makellos saß. Dann wußte er, daß es ihr gehörte. Dann wußte er auch, daß sie gelogen hatte. Wenn er ihr heute abend schon die Frage gestellt hatte, ob sie eine Jungfrau sei, dann hatte er bereits den Verdacht geschöpft, daß sie keine Hure war. Er war auf Beweise aus, ehe sie dieses Zimmer verließ.

Er irrte sich nur in einem Punkt. Sie hatte die Wahl. Sie konnte das Kleid anziehen und zusehen, wie Grausamkeit und Rachsucht auf seine Züge traten, und über sich ergehen lassen, daß er sie aus

Prinzip brutal vergewaltigte, denn er hatte selbst gesagt, daß er das mit einer Jungfrau getan hätte. Oder sie konnte ihn dazu verführen, sie leidenschaftlich zu lieben, denn er begehrte sie genauso wie sie ihn.

Sie wußte, daß der Zeitpunkt so oder so gekommen war. Heute Nacht würde sie ihre Unschuld verlieren. Es war nicht schwer, eine Wahl zu treffen. Sie ertrug die Vorstellung nicht, daß ihr erster Kontakt zu einem Mann etwas sein sollte, woran sie sich voller Abscheu erinnern würde. Royce gelüstete es nach ihr, obwohl es ihm widerstrebte, es zuzugeben. Sie begehrte ihn. Es konnte schön sein, sich mit ihm zusammenzutun. Sie wollte es nicht anders haben, vor allem nicht beim ersten Mal. Wenn er unbedingt herausfinden mußte, daß sie noch eine Jungfrau war, dann sollte er es nachträglich erfahren. Hinterher spielte es keine Rolle mehr. Und wenn sie Glück hatte, änderte es auch für ihn nichts. Doch selbst, wenn sich für ihn etwas änderte, hatte sie dann andere Mittel zur Hand, und dazu kam der Vorteil, ihn näher zu kennen.

»Wie lange willst du mich noch warten lassen?« Royce' scharfe Stimme riß sie aus ihren Gedanken.

»Die ganze Nacht«, sagte Kristen leise. »Ich mache diesen Unsinn nicht mit.«

Mit zornigen Schritten kam er auf sie zu. Als er vor ihr stehenblieb und sie zu ihm aufblickte, hatte sie das Gefühl, daß er sie am liebsten gepackt und geschüttelt hätte.

»Du wagst es, dich mir zu widersetzen?«

Sie sah mit einem Unschuldsblick in seine glühenden Augen. »Das erstaunt dich doch sicher nicht? Wir Wikinger gelten als verwegen und tapfer, und hast du mir nicht selbst schon gesagt, ich sei unverfroren? Das bin ich auch. Wenn du mich in diesem Kleid sehen willst, mußt du es mir persönlich anziehen.«

»Glaubst du etwa, das täte ich nicht?«

»Nein, das wirst du nicht tun.«

Dieser Herausforderung konnte er sich nicht entziehen. Mit einem heftigen Ruck öffnete Royce den Gurt ihres Gewandes, zog es über ihren Kopf und warf es zu Seite. Er wollte sie jedoch nicht ansehen, und sein Blick, der nicht tiefer gleiten wollte, bohrte sich lange und fest in ihre Augen. Dann machte er auf dem Absatz kehrt, trat zum Bett und packte mit einer Faust das Samtkleid.

Sein Blick fiel auf ihre nackte Gestalt, als er sich umdrehte, um ihr das Kleid zu bringen. Wenn ihm das erspart geblieben wäre, hätte Royce sein Vorhaben durchführen können. So, wie die Dinge jetzt standen, war er so gebannt, daß er sich nicht vom Fleck rühren konnte.

Sie stand stolz und ohne Scham vor seinen Augen und versuchte erst gar nicht, sich zu bedecken, und er sah sie lange an und kostete in der Realität aus, was er sich bisher nur ausgemalt hatte. Er fand sie unwahrscheinlich schön, und trotz ihrer ungewöhnlichen Größe so perfekt gebaut.

Royce hatte selbst nicht wahrgenommen, daß er auf sie zugegangen war, doch jetzt stand er vor ihr, und das Samtkleid das er völlig vergessen hatte, fiel ihm aus den Händen. Alles war vergessen, als er die Hände hob und auf ihre Wangen legte und seinen Kopf senkte, um den Nektar ihrer Lippen zu kosten. Er berührte sie erst sachte und genüßlich und dann voller Verlangen.

Im ersten Moment verzehrte ihn seine Begierde so sehr, daß er gar nicht bemerkt hätte, wenn Kristen ihm Widerstand geleistet hätte, doch sie widersetzte sich ihm nicht. Wie schon beim letzten Mal erwiderte sie seinen Kuß mit uneingeschränkter Hingabe. Irgendwo fürchtete sie, er könnte plötzlich wieder aufhören wie damals. Im übrigen öffnete sie sich einer Fülle von unbekannten Empfinden.

Sie hätte sich keine Sorgen machen müssen. Royce war außerstande, das, was er begonnen hatte, abzubrechen. Er wußte es nicht, aber er hatte den Kampf darum, ihr zu widerstehen, schon verloren gehabt, ehe sie sein Zimmer betreten hatte. Er konnte sein Tun nicht kontrollieren, und diesmal war es ihm gleich. Einzig die Leidenschaft beherrschte ihn, eine genüßliche Verrücktheit, die sich ohne Erfüllung nicht lindern ließ.

Kristen stöhnte, als sich sein Mund von ihren Lippen löste, doch nur so lange, um sie auf seine Arme zu heben. Einen Moment lang geriet sie in Panik – nicht vor dem, was auf sie zukam, sondern weil sie so groß war und nicht mehr so getragen worden war, seit sie ein kleines Kind war, doch ihr Gewicht schien Royce nichts auszumachen.

Als er sie wieder küßte, schlang Kristen die Arme um seinen Hals, und der Kuß wurde leidenschaftlicher, als er sie zum Bett trug.

Ganz langsam legte er sie hin, ohne seine Lippen von ihr zu lösen. Dann lag er neben ihr, und nur seine Brust war über sie gebeugt, während er sie unablässig küßte. Das reichte Kristen nicht.

Sie drehte sich zu ihm um, um mehr von ihm zu spüren, und sie schmiegte ihren Körper an seinen. Es war immer noch nicht genug. Seine Kleider waren im Weg und scheuerten ihre Haut auf.

Royce nahm kaum wahr, was sie tat. Er hatte sich an diesem nahen, körperlichen Kontakt berauscht, doch er hatte nicht aufgehört, sie zu küssen, als sie sich zurücklehnte und ungeduldig an seinem Gürtel zog. Erst, als sein Gürtel auf den Boden fiel, wurde ihm wirklich klar, was sie vorhatte, denn sie stieß ihn von sich, kletterte auf ihn und setzte sich rittlings auf seine Hüften.

Er sah, daß sie an seinem Hemd zog, und er setzte sich auf, damit sie es ihm leichter ausziehen konnte. Er überlegte sich nicht, wie seltsam es war, sich von einer Frau ausziehen zu lassen. Er ließ sich von ihrem Anblick hypnotisieren, als sie auf ihm saß und ihre vollen Brüste sich nach vorn reckten, als forderten sie ihn auf, sie zu berühren. Das tat er auch.

Der Laut, den sie von sich gab, als er beide Hände auf ihre Brüste legte, ließ ihn in ihre Augen schauen, und er schnappte nach Luft, als er die Glut sah, die in den Tiefen ihrer aquamarinblauen Augen loderte. Sie sah ihm fest in die Augen, während sie ihn entkleidete.

Mit einer Schnelligkeit, die er nicht erwartet hatte, zog sie ihm alles aus und starrte dann das an, was sie entblößt hatte und was sich ihr bereits entgegenreckte. Erneut pochte das Blut in seinen Adern, als er sah, wie unverfroren sie dort hinschaute. Sie blickte anscheinend verwundert zu ihm auf, doch nur, um ihren Blick gleich wieder tiefer zu richten, während ihre Finger sich um ihn schlossen.

Das war sein Untergang, mehr, als er aushalten konnte. Stöhnend setzte er sich auf und packte sie an den Schultern, um sie mit Gewalt auf das Bett zu pressen. Sie gab sich nicht damit zufrieden, still liegen zu bleiben. Ihre Brüste schmiegten sich an seinen Rükken, und ihre Hände legten sich auf seine Brust und kneteten die Muskeln.

Royce packte ihr Haar und versiegelte ihre Lippen mit einem Kuß, den die Leidenschaft, die sie in ihm wachgerufen hatte, brutal ausfallen ließ.

Er stieß sie zurück und hätte seinen Foltern augenblicklich ein Ende bereitet, wenn ihn ihr Anblick, wie sie so dalag und bereit war, von ihm genommen zu werden, nicht daran erinnert hätte, wie oft er sich danach gesehnt hatte, endlich zu wissen, wie sie sich unter seinen Händen anfühlte. Er hielt sie zurück, als sie sich ihm entgegenwand, und begann, sie langsam und genüßlich zu erkunden. Er legte sich auf die Seite und stützte sich auf einen Ellbogen, um sehen zu können, was er erforschte, während seine Hände ihre samtige Haut entdeckten.

Für Royce war es ein sinnlicher Hochgenuß. Für Kristen war es noch besser, weil er so viele wundervolle Empfinden aus ihr herauslockte, daß sie das Gefühl hatte zu bersten. Sie hätte nicht geglaubt, daß sie ihn noch leidenschaftlicher begehren könnte als beim letzten Mal. Sie hatte sich getäuscht. Jetzt glühte sie vor Verlangen, und ihr Körper wand und drehte sich wie von selbst. Ihre Haut schien ihm entgegenzuspringen und ihn anzuflehen, sie zu berühren.

Als seine Finger zwischen ihre Schenkel und zu der feuchten Stelle glitten, die sich nach ihm verzehrte, glaubte Kristen, vor Vergnügen den Verstand zu verlieren. Ihr Körper hielt plötzlich still, und ein Schrei löste sich tief in ihrem Innern. Auch Royce hielt jetzt still, weil er ihren Aufschrei nicht verstehen konnte. Er wollte ihr unter keinen Umständen wehtun, nicht jetzt.

Kristen sah seine große Hand langsam über ihren Bauch gleiten, und als sie zu ihm aufsah, stellte sie fest, daß er sie angesehen hatte. Er senkte den Kopf, um sie zu küssen. Es war ein zärtlicher Kuß, ganz so, als wolle er ihr sagen, daß alles in Ordnung war, daß er ihr nicht wehtun würde. Er behandelte sie liebevoll, obwohl er sie für eine Hure hielt. Diese Geste rührte sie ganz besonders. Warme zärtliche Gefühle für ihn durchströmten sie.

Sie redete mit ihrem Körper, ihre Hände griffen nach ihm, und sie spornte ihn an, sich auf sie zu legen. Ihre Beine spreizten sich, um ihn aufzunehmen. Sie wußte, was er mit ihr tun würde, aber sie wußte nicht, wie es für sie sein würde. Sie wollte es jetzt sofort wissen.

Royce brauchte keinen weiteren Ansporn. Er zog sie dicht an sich und war erstaunt, daß das ging, daß er sich ein einziges Mal nicht über einer Frau aufstützen mußte, weil er soviel größer war als sie. Diese Frau war ein vollkommenes Gegenüber für seinen Körper, und er mußte nicht fürchten, sie mit seinem Gewicht zu erdrücken, denn sie hielt ihn fest und wollte ihn auf sich spüren, als koste sie es aus, von ihm in Besitz genommen zu werden.

Er setzte langsam an, sie auszufüllen und wunderte sich über seine eigene Geduld, diesen Moment, von dem er schon so lange träumte, hinauszuzögern. Er wunderte sich auch über die enge Scheide und deren sengende, feuchte Hitze. Dann traf er auf das Hindernis, das ihm den Weg versperrte, und sein gesamter Körper lehnte sich gegen das auf, was das bedeuten mußte.

Kristen war auf diesen Augenblick der Wahrheit vorbereitet. Sie hatte die Beine angezogen und ihre Füße flach auf das Bett gestellt, um Halt zu finden. Sie wollte nicht zulassen, daß er jetzt aufhörte. In dem Moment, in dem sie spürte, daß er erstarrte und sich auf seine Ellbogen ziehen wollte, um auf sie herabzusehen, legte sie beide Hände auf seine Hüften und zog ihn zu sich herunter, während sich ihre eigenen Hüften ihm entgegenwölbten.

Da er sich noch nicht aufgestützt hatte, konnte Royce sie nicht zurückhalten und half sogar im Gegenteil noch nach. Da er beim besten Willen nicht wußte, was sie beabsichtigte, hatte er auch keine Zeit gehabt, ihr etwas entgegenzusetzen. Ehe er sich ganz auf die Ellbogen gezogen hatte, um sich aufzustützen, war er schon ganz von ihr umgeben. Er konnte gerade noch ihren Gesichtsausdruck erkennen, die zugekniffenen Augen und die schmerzverzerrte Miene. Kein Schrei war zu hören, nur ein leises Keuchen.

Ihr Gesicht glättete sich schnell wieder, und sie schlug die Augen auf, um ihn anzusehen. Er konnte nichts gegen die Wut tun, die in seinem Gesicht aufblitzte.

»Willst du alles weitere auch gleich übernehmen?«

»Nur, wenn du es wünschst.«

Er stöhnte über eine solche Antwort, doch dann lachte er, ließ sich wieder auf sie fallen, zog sie dicht an sich und liebte sie, als ginge es um Leben und Tod. Es war der falsche Zeitpunkt, um sie zu fragen, warum sie tat, was sie tat. Die Glut, die zwischen ihnen wütete, schloß alles andere aus.

18

Ein kühlender Lufthauch kam durch das geöffnete Fenster, die erste Brise, die sich an diesem Tage regte. Die Kerzen im Zimmer flackerten und gingen fast gleichzeitig aus.

Royce stand auf, um eine Kerze aus dem Korridor zu holen und mit ihr die Kerzen in Bettnähe wieder anzuzünden, und Kristen schauderte, als sein warmer Körper plötzlich nicht mehr neben ihr lag und der Windhauch ihre feuchte Haut berührte. Sie hätte jetzt gern geschlafen, doch er offensichtlich nicht.

Sie drehte sich auf die Seite, um ihn sehen zu können, als er das Zimmer verließ und ihm der schwache Mondschein, der auch durch das Fenster drang, den Weg wies. Was mochte er jetzt bloß denken und fühlen? Sie konnte es bisher nicht wissen. Aber zumindest hatte sie Grund, daran zu zweifeln, daß er zornig war, denn seit sie sich das zweite Mal geliebt hatten, hatte er sie im Arm gehalten.

Zu diesem zweiten Mal war es gleich nach dem ersten Mal gekommen, so schnell, daß Kristen noch voller Verwunderung über diese neue Erfahrung steckte und kaum auf diese Erde zurückgekehrt war, um sofort wieder von seiner Leidenschaft entfacht zu werden. Sie lächelte und glaubte jetzt zu wissen, warum ihre Eltern so viel Zeit in ihrem Schlafzimmer verbrachten. Brenna hatte versucht, ihr zu erklären, wie es war, aber es gab keine angemessenen Worte, um diese unglaubliche Seligkeit zu beschreiben.

Royce kehrte mit einer Kerze hinter der vorgehaltenen Hand zurück. Es war schon spät. Er hatte sich nicht die Mühe gemacht, sich etwas überzuziehen, ehe er das Zimmer verlassen hatte. Seine Nacktheit war ihm anscheinend nicht peinlich, und Kristen fand ihre Nacktheit ebensowenig störend, aber sie störte sich an seiner Nacktheit – nicht, daß es ihr peinlich gewesen wäre, sondern, weil sie erkannte, daß sein Anblick auslösen konnte, daß sie ihn schon wieder begehrte, obwohl ihr Verlangen doch so gründlich befriedigt worden war.

Sein Körper war eine Skulptur aus straffer Haut und kräftigen Muskeln. Er was nicht so schlank wie sein Cousin, aber er war groß und kräftig, und Kristen wußte, daß sie sich nie an ihm satt sehen würde.

Die Kerzen auf dem Wandregal neben dem Bett brannten wieder, und Royce setzte sich auf die Bettkante. Als er sich nicht sofort wieder hinlegte, streckte Kristen die Hand aus, um ihn zu berühren, und ihre Finger glitten zart über seinen Rücken und fuhren seine Hüften nach. Sie zog ihre Hand fort, als er den Kopf zu ihr umdrehte und sie mit unergründlichem Gesicht ansah.

»Warum hast du aufgehört?«

»Ich weiß nicht, ob du es magst, wenn ich dich anfasse, oder nicht«, gestand sie offen ein. »Ich komme aus einer Familie, in der viel geküßt und umarmt wird, und wir zeigen unsere Liebe durch

Berührungen. Aber wenn du es nicht gewohnt bist, wirst du mich für dreist halten.«

»Ich halte dich ohnehin schon für dreist, Dirne«, sagte er leichthin, während er sich neben sie legte und seinen Kopf auf den Arm stützte, um sie weiterhin ansehen zu können. »Bei Gott, mir ist noch nie jemand wie du begegnet, der seine Liebe so frei und offen und ohne jede Scham zeigen kann. Bei dir wünschte ich, es wäre mir möglich, deine Liebe zu erwidern, um dir zu geben, was du mir gibst.«

Kristen schloß die Augen und hoffte, daß er die Reue nicht gesehen hatte, die diese Worte bei ihr ausgelöst hatten, und dem Schmerz darüber, daß er so etwas sagen konnte, nachdem sie sich gerade über Stunden so unglaublich geliebt hatten. Er hätte ihr nicht zu sagen brauchen, daß er sie nicht lieben konnte. Er hätte diese Tatsache für sich behalten können und sie noch ein Weilchen hoffen lassen können.

Sie sah ihn wieder an, doch ihr Stolz war verletzt, und das brachte sie dazu, zu fragen: »Warum sprichst du von Liebe?«

Sie sah, wie er zusammenzuckte und dann finster blickte. Gut. Er konnte nicht so gut wie sie verbergen, daß sein Stolz verletzt war.

»Ich muß mich wohl verbessern lassen«, sagte er gepreßt. »Du hast nicht gesagt, daß du mich liebst, oder doch?«

»Nein, das habe ich nicht gesagt. Dein Körper gefällt mir sehr, aber das ist alles, was zwischen uns ist.«

»So«, höhnte er. »Für eine Jungfrau gibst du eine gute Hure ab.«

Kristen schnappte hörbar nach Luft. Sie hatte genug von dieser Verächtlichkeit, und sie war nicht bereit, seine Beleidigungen noch länger hinzunehmen, nicht, wenn es längst keinen Grund mehr dafür gab.

»Bezeichne mich noch einmal als Hure, Sachse, und ich kratze dir die Augen aus!« fauchte sie wütend.

Ihr Zorn freute ihn. »Es ist wohl etwas zu spät, um das abzustreiten, was du längst zugegeben hast.«

»Nein, ich habe nie gesagt, ich sei eine Hure. Das hast du gesagt.«

»Und du hast es nie bestritten.«

»Du weiß selbst, warum.«

»Nein, das weiß ich nicht«, erwiderte er. »Aber ich bin sehr gespannt auf deine Gründe.«

»Dann erinnere dich doch daran, was du mir hier in diesem Zimmer gesagt hast. Du hast gesagt, wenn ich eine Jungfrau wäre, würdest du mich vergewaltigen. Ich wollte dich haben, aber nicht so.«

Er sah sie lächelnd an und lachte dann laut und von ganzem Herzen. »Bei Gott, Dirne, du hast etwas, was ich im Zorn gesagt habe, ernst genommen?«

Kristen funkelte ihn wütend an und fand seinen Humor unangebracht. »Willst du damit sagen, du hättest mich nicht vergewaltigt, wenn du gewußt hättest, daß ich noch Jungfrau war?«

»Nein, denn wenn du dich heute nacht gewehrt hättest, hätte ich dich trotzdem genommen, wenn du die Wahrheit wissen willst, und dann hättest du es eine Vergewaltigung genannt, und ich hätte es als mein gutes Recht bezeichnet.«

»Das meine ich nicht, Sachse«, erwiderte sie ungeduldig. »Ich weiß, daß du glaubst, das Recht zu haben, mit mir zu tun, was du willst, und darüber werde ich mich ein anderes Mal mit dir streiten, aber nicht jetzt. Was ich …«

»So, du wirst dich ein anderes Mal mit mir darüber streiten. Bist du sicher?«

»Laß mich ausreden! Hättest du mich bewußt genommen, nur, um dich zu rächen?«

»Nein, Kristen, bestimmt nicht«, sagte er mit sanfter Stimme und glättete mit seiner Hand die Falten auf ihrer Stirn. »War es das, was du befürchtet hast?«

»Ja«, murmelte sie.

Er lächelte über ihren Tonfall. »Wir haben einander gründlich mißverstanden. Ich wollte dich, aber ich wollte dich nicht anrühren, weil ich dich für eine Hure gehalten habe.«

»Und für eine Wikingerin«, erinnerte sie ihn.

»Ja, aber das schien, je öfter ich dich gesehen habe, keine Rolle mehr zu spielen. Die Vorstellung, daß du so freizügig mit deinem Körper umgehst, hat mich abgestoßen.«

Jetzt kicherte sie, nahm seine Hand und legte sie auf ihre Wange. »Stoße ich dich immer noch ab, nachdem ich so freizügig mit meinem Körper umgegangen bin?«

Er wußte, daß sie ihn nur necken wollte, doch er war diese Form von Hänseleien nicht gewohnt. Er legte sich wieder auf den Rücken und löste sich von Ihr.

»Wer bist du, Kristen?«

»Ich glaube, diese Frage beschäftigt dich übermäßig.«

»Das Kleid gehört doch dir? Das habe ich doch richtig gesehen?«

»Ja, es gehört mir.« Sie seufzte.

»Da du nicht verheiratet gewesen sein kannst, muß ich davon ausgehen, daß du aus einer reichen Familie stammst?«

»Mein Vater ist reich. Willst du etwa ein Lösegeld für mich erpressen?«

»Nein«, sagte er barsch und sah sie wieder an.

Sie reagierte entsprechend verärgert. »Ein weiser Entschluß, denn er würde dich zwingen, mich zu heiraten.«

»Zum Teufel, was sagst du da? Ich und ein Wikingermädchen heiraten!«

»Du brauchst es nicht gleich als ein Los hinzustellen, das schlimmer als der Tod ist«, gab sie zurück.

»Für mich wäre es das!«

»Oh!« keuchte sie. »Für diesen Ausrutscher wirst du mich heiraten, Sachse, das werden wir ja sehen!«

»Du bist verrückt!«

»So, meinst du? Schließlich bin ich auch die Tochter des Mannes, der dich töten wird, wenn er herkommt und mich hier findet.«

Sie bereute es noch im selben Moment, in dem sie es aussprach, doch sie bedauerte es gleich noch viel mehr, als Royce sich aufrichtete und wütend ihre Schultern packte. Bei Gott, wie sehr sie einander doch mit kleinlichem Trotz zerfleischten! Was war bloß los mit ihr. Warum hatte sie heute nacht ein derart böses Mundwerk?

»Willst du damit sagen, daß noch mehr Wikinger auf dem Weg zu uns sind, Kristen?«

Sein kalter Tonfall war verletzend. Und das hatte sie angerichtet. Er war noch vor einem Moment so umgänglich und freundlich gewesen. Sie selbst allerdings auch.

Sie entschloß sich, die Wahrheit zu sagen. »Nein, Royce, das ist höchst unwahrscheinlich. Mein Vater hätte nicht gebilligt, daß die Männer hierher fahren, und deshalb haben sie es ihm nicht gesagt. Er ist ein Kaufmann. Er glaubt, sein Schiff sei zu den Marktflecken gesegelt, denn es war eine Handelsreise. Er kann nicht ahnen, daß sie vorher hierher gekommen sind.«

»Warum hast du das dann eben gesagt?«

Sie wollte schon lächeln, überlegte es sich aber rechtzeitig anders. »Du solltest dir deinen eigenen Rat zu Herzen nehmen und mir nicht jedes Wort abkaufen, das ich im Zorn sage.«

Er ließ nicht locker. »Du sagst, daß ihm das Schiff gehört hat? Dann war es dein Bruder Selig, der die Männer angeführt hat?«

»Ich habe dir nicht gesagt, daß er mein Bruder ist«, sagte sie argwöhnisch. »Woher weißt du das?«

»Meghan hat es mir erzählt. Aber warum wolltest du, daß ich es nicht erfahre?«

»Ich dachte, du könntest es befremdlich finden, daß mein Bruder dabei gewesen sein sollte, während ich doch deiner Meinung nach die Schiffshure war.«

»Ich fand es befremdlich, aber ich kenne die Moralvorstellungen deines Volkes nicht.«

Kristen wußte nicht, warum sie daran Anstoß nahm, aber sie tat es. »Unsere Moralvorstellungen sind den euren sehr ähnlich.«

Er ließ sie jetzt los, sah sie aber nach wie vor finster an. »Warum warst du auf diesem Schiff?«

»Warum stellst du so viele Fragen zu meiner Person?« gab sie steif zurück.

»Ist Neugier so unnatürlich? Oder hast du noch mehr zu verbergen?«

Sie zögerte. Sie wollte ihm nicht das Gefühl geben, ihm etwas zu verheimlichen, aber sie sah auch nicht ein, daß sie ihm mehr als nötig erzählen sollte.

»Ich hatte zahlreiche Gründe, die aber alle nicht von Bedeutung sind«, sagte sie schließlich. »Die Wahrheit ist die, daß ich unerlaubt mitgekommen bin und mich im Laderaum versteckt habe, bis das Schiff weit genug von zu Hause fort war.«

»Du wolltest bei diesem Raubzug mitmachen?« fragte er ungläubig.

»Das ist ja absurd«, erwiderte sie unwillig. »Ich habe dir doch gesagt, daß niemand wußte, was sie vorhatten, ich selbst am allerwenigsten. Mein Bruder war wütend, als er mich entdeckt hat. Er wollte mich zurückbringen und hat es nur nicht getan, weil er Angst hatte, ich könnte meinem Vater sagen, was er und seine Freunde geplant hatten.«

»Du warst selbstverständlich schockiert, als du erfahren hast, daß sie eine sächsische Kirche plündern wollen?«

Es war der reinste Sarkasmus, und sie geriet in Wut. »Du bist Christ, und für dich ist das Plündern einer geheiligten Stätte eine Greueltat. Aber du kannst nicht von andersgläubigen Männern erwarten, daß ihnen deine geheiligten Stätten heilig sind. Es waren

Männer, die noch nie zuvor auf Beutezug gegangen waren, doch ihre Väter taten es früher, und sie sind mit Geschichten über den Reichtum aufgewachsen, der in fernen Ländern zu holen ist und den man sich nur zu nehmen braucht. Sie wußten, daß die Dänen auf euer Land aus sind, daß sie diese ganze Insel an sich bringen wollen. Sie hatten das Gefühl, es sei ihre letzte Chance, sich mühelos Reichtümer zu ergattern, ehe die Dänen alles für sich beanspruchen.«

»Wenn dein Bruder dir all das erzählt hat, muß ich dann annehmen, du glaubst, daß das entschuldigt, was er vorhatte? Die Christen zu bestehlen, ehe es die Dänen tun. Die Christen werden ohnehin alles verlieren. Was spielt es also noch für eine Rolle, wer sie ermordet und ausraubt?«

Seine Bitterkeit war verletzend, denn sie spiegelte ihre eigenen Gefühle wieder, als sie all das erfahren hatte. »Mein Bruder wollte mir kein Wort von ihren Plänen erzählen, weil …, die Gründe spielen keine Rolle. Thorolf hat es mir gesagt, und zwar erst, als wir angekettet unten vor dem Haus lagen. Ich nehme die Männer nicht in Schutz. Ich verstehe lediglich ihre Motive.«

»Eine Kleinigkeit ist dabei unbeachtet geblieben«, bemerkte er kühl. »Wir Sachsen werden das, was uns gehört, weder den Dänen noch sonst jemandem überlassen.«

»Ja, das hat die Hälfte dieser Wikinger bereits herausgefunden«, stimmte sie ihm ebenso kühl zu.

»Dein Bruder ist bei seinem eigenen Vorhaben gestorben, Kristen.«

»Macht es das für mich etwa leichter?« rief sie aus.

»Nein, vermutlich nicht.«

Sie verstummten beide. Kristen fiel es schwer, in Royce' Gegenwart mit ihrem neuerwachten Kummer fertig zu werden. Sie hätte sich gern von ihm trösten lassen, und das überraschte sie. Aber sie wußte, daß er sie nicht über den Tod eines Menschen, den er verabscheute, hinwegtrösten würde.

Sie rutschte an die Bettkante und setzte sich hin. Seine Hand schnellte vor und packte ihr Handgelenk.

»Was hast du vor?« fragte er. Er hatte seine Stimme nicht erhoben, und doch hörte sie mehr als reine Neugier.

Sie sah auf die Finger herunter, die sie festhielten, ehe sie ihn ansah. »Ich wollte wieder in mein Zimmer gehen.«

»Warum?«

»Mir reicht es, Fragen zu beantworten.« Sie seufzte. »Ich bin müde.«

»Dann leg dich schlafen.«

»Du willst, daß ich bei dir bleibe?«

Er sprach die Worte nicht aus, doch ihre Frage war ausreichend beantwortet, als er sie wieder auf das Bett zog. Damit hatte sie nicht gerechnet.

Sie drehte ihren Kopf zu ihm um, als er seinen Arm um ihre Taille legte und sie näher zu sich zog. »Eine ganze Wand hängt voller Waffen. Hast du denn keine Angst, ich könnte dich im Schlaf töten?«

»Könntest du das tun?«

»Nein, aber ich könnte fliehen«, sagte sie. »Du hast deine Tür nicht abgeschlossen.«

Er lachte in sich hinein. »Wenn du das vorhättest, würdest du mich nicht noch darauf aufmerksam machen. Du kannst beruhigt einschlafen, Kristen. Ich bin nicht von Sinnen. Ich habe einen Wachposten unten in der Halle aufgestellt.«

Sie schnappte nach Luft. »Du wußtest von Anfang an, daß du mit mir schlafen wirst!«

»Nein, aber ich habe Vorkehrungen für die verschiedensten Möglichkeiten getroffen. Und jetzt sei still, wenn du wirklich schlafen willst.«

Sie preßte ihre Lippen zusammen und fühlte sich elend. Aber das hielt nicht lange an. Er wollte die Nacht mit ihr verbringen. Er hatte sich ihrer gründlich bedient, und doch wollte er sie noch in seiner Nähe haben. Bei diesem Gedanken fühlte sie sich so wohl, daß sie mit einem Lächeln auf den Lippen einschlief, während Royce sie in den Armen hielt.

19

Kristen sah den schlafenden Royce an. Normalerweise hätte sie längst zur Arbeit erscheinen müssen, und sie war nicht so naiv, sich einzubilden, sie bräuchte nicht mehr zu arbeiten, weil sie die Nacht mit ihrem Herrn verbracht hatte.

Sie seufzte und stand unwillig auf, um ihre Kleider aus dem Bad zu holen, solange nur die Dienstboten unten in der Halle waren.

Sie seufzte wieder, als sie ihre Wange an dem grünen Samtkleid rieb. Royce würde es ihr nicht gestatten, ihre eigenen Kleider zu tragen. Sie hatten miteinander geschlafen, und es war zu erwarten, daß sie es öfter tun würden, doch ihm bedeutete es etwas anderes als ihr. In seinen Augen war sie nach wie vor nur eine Sklavin.

»Kristen?«

Sie blieb in der Tür stehen. Er saß auf der Bettkante. Sein Haar war zerzaust, und er war so nackt wie am Vorabend und wirkte verschlafen. Jetzt gähnte er auch noch.

Kristen konnte das zärtliche Lächeln nicht zurückhalten, das auf ihre Lippen trat. »Ja?«

»Wärst du einfach fortgegangen, ohne mich zu wecken?«

»Ich hätte nicht gedacht, daß du so früh aufstehen willst«, erwiderte sie.

»Komm her.«

Einen Moment lang zögerte sie. Wenn er wieder mit ihr schlafen wollte, sprach in ihren Augen nichts dagegen. Sie konnte sich nichts Schöneres vorstellen, um einen Tag zu beginnen.

Als sie vor ihm stand, griff er nach ihren Händen und hielt sie fest. Als er zu ihr aufblickte, sah sie kein Verlangen in seinen Augen.

»Wohin gehst du?«

»Nach unten. Arbeiten.«

»Dann hast du etwas vergessen.«

»Nein, ich …«

Sie blieb stehen und riß die Augen auf, denn das konnte nur eins heißen. Er sah, daß sie ihn verstanden hatte. »Leg sie an, Kristen.«

Sie versuchte, sich von ihm loszureißen, und schüttelte ungläubig den Kopf.

»Ich sehe keine andere Möglichkeit, dich an einer Flucht zu hindern. Ich weiß, daß dir die Ketten verhaßt sind, aber mir bleibt nichts anderes übrig«, sagte Royce leise und freundlich.

Kristen hörte ihm nicht zu. Sie legte die Ketten an und verließ das Zimmer. Er hatte keine Ahnung, was er ihr nach dieser Nacht mit diesen Ketten antat. Sie wollte ihn nicht verlassen.

Am Abend trat Eda in ihre Kammer.

»Der Herr gebietet, daß ich dich wieder zu ihm bringe, Mädchen.«

»Na und?«

Eda seufzte. »Mach keine Schwierigkeiten, Kristen. Du kannst dich ihm nicht widersetzen.«

»Das glaubst du. Und er glaubt es auch. Ich werde euch beiden das Gegenteil beweisen.« Kristen kehrte der alten Frau den Rücken zu. »Du brauchst mir die Ketten nicht abzunehmen, Eda. Schließ meine Tür ab und geh.«

Kristen blieb auf ihrem Strohsack liegen und sah nicht, daß Eda kopfschüttelnd das Zimmer verließ. Sie lag immer noch mit abgewandtem Kopf da, als Royce kurz darauf eintrat. Er ging auf sie zu, bis seine Füße den Strohsack fast berührten.

Er hatte dieses Gemach nicht mehr gesehen, seit es die Dienstboten für Kristen bereitgemacht hatten. Bis auf den dünnen, schmalen Strohsack auf dem sie schlief, war alles aus dem Zimmer entfernt worden. Nicht einmal eine Kerze hatte man ihr gelassen.

»Warum bist du nicht zu mir gekommen, Kristen?«

»Ich bin müde.«

»Und immer noch wütend?« Darauf bekam er keine Antwort. Royce bückte sich und legte eine Hand auf ihre Schulter. »Setz dich, damit ich dir die Ketten abnehmen kann.«

Sie drehte sich zu ihm um und sah ihn an, doch sie setzte sich nicht auf. »Wenn du sie mir abnehmen willst, dann tu es. Wenn nicht, dann laß es bleiben.«

»Sei nicht so stur, Mädchen. Nimm an, was ich dir anbiete.«

»Und dafür soll ich dankbar sein?« sagte sie eisig. »Nein. Wenn du mich wie ein Tier behandelst, dann solltest du wenigstens konsequent sein.«

Er ging nicht auf ihren Vergleich ein, sondern sagte: »Ich verstehe. Du hast gedacht, bloß, weil du die Nacht mit mir verbracht hast, würde sich jetzt alles ändern.« Er schüttelte den Kopf. »Stimmt das?« Sie wandte sich ab, doch er hielt ihr Kinn fest und zwang sie, ihn wieder anzusehen. »Stimmt das, Kristen?«

»Ja!« Bitterkeit und Schmerz ließen ihre Stimme belegt klingen. »Nach dem, was wir miteinander getan haben, würde ich dich nicht so grausam behandeln, und ich kann nicht verstehen, daß du dazu in der Lage bist.«

»Du verstehst durchaus, warum es so sein muß, Kristen. Es paßt dir nur nicht in den Kram«, sagte er ungeduldig. »Du mußt wissen, daß es mir genausowenig behagt.«

»Ach wirklich?« gab sie zurück. »Du bist hier der Herr. Was mit mir geschieht, geschieht auf deinen Befehl hin.«

Er verlor die Geduld mit ihr und stand mit finsterem Gesicht auf. »Ich werde dir aufzählen, welche Alternativen es zu diesen Ketten gibt. Du könntest statt dessen in einem Zimmer eingeschlossen werden – wenn du willst, in meinem – aber du dürftest es gar nicht verlassen. Ich habe tagsüber sehr wenig Zeit für dich, und daher wärst du bis auf die Nächte weitgehend allein. Wäre dir das lieber?«

»Du könntest mich ebensogut gleich in eine Zelle sperren!«

»Zellen gibt es hier nicht. Ich biete dir statt diesem Zimmer meines an. Du hast die Wahl.«

»Da gibt es nichts zu wählen«, gab sie zurück. »Du hast mir nur noch größere Einschränkungen angeboten. Du hast von Alternativen gesprochen. Nenne mir eine, die ich akzeptieren kann.«

»Es gäbe noch etwas, was ich tun könnte, damit du in Wyndhurst frei herumlaufen kannst. Ich könnte deine Freunde töten.«

»Was!«

Sie setzte sich hin und starrte ihn ungläubig an, doch er fuhr unbeirrt fort. »Man kann dir nur trauen, wenn sie nicht mehr hier sind und keine Gefahr mehr besteht, daß meine Leute von ihnen niedergemetzelt werden, wenn sie entkommen. Allein kämst du nicht weit, wenn du dennoch versuchen solltest, zu fliehen. Ich fände dich wieder.«

»Das ist doch wohl ein Scherz!« sagte sie ungläubig und sah doch einen schwachen Hoffnungsschimmer.

»Nein.«

»Du weißt, daß ich mir meine Freiheit nie zu einem solchen Preis erkaufen würde!« zischte sie wutentbrannt. »Warum sprichst du eine solche Möglichkeit auch nur aus? Könntest du wirklich wehrlose Männer töten?«

»Diese Männer sind meine Feinde, Kristen. Sie brächten mich bedenkenlos um, wenn sie auch nur die geringste Chance hätten. Es hat mir nie gefallen, daß sie hier sind, und ich hätte sie mir liebend gern vom Hals geschafft. Alden hat mich überredet, sie nützlich einzusetzen.«

»Dann sieh zu, daß du dir mich auch vom Hals schaffst, Sachse!« brauste sie auf. »Ich bin eine von ihnen!«

»Ja, du zählst auch zu meinen Feinden, Dirne«, erwiderte er leise. »Aber dich habe ich gern in meiner Nähe. Und jetzt laß dir die Ketten für die Nacht abnehmen oder entscheide dich für eine der anderen Möglichkeiten.«

Sie sah in finster an, aber sie streckte ihm die Füße entgegen, ehe er ihr die Entscheidung abnehmen konnte. Sie funkelte ihn immer noch erbittert an, als er aufstand und sich die Kette um den Hals hing.

»Ich will mit dir schlafen, Kristen.« Seine Stimme klang belegt. »Ich nehme an, du wirst es mir abschlagen, weil du wütend bist, aber ich frage dich trotzdem. Kommst du mit mir in mein Bett?«

»Nein«, murmelte sie eisern und mißachtete die Regungen, die seine Worte in ihr wachgerufen hatten.

»Ich könnte darauf bestehen.«

»Dann wirst du sehen, was es heißt, wenn ich mich wehre.«

Sie hörte ihn seufzen, ehe er mürrisch sagte: »Ich hoffe, dein Zorn wir nicht lange anhalten, Dirne.«

Royce ging, und Kristen hörte, daß er die Tür hinter sich abschloß.

20

»Was hast du mit meinem Cousin angestellt, Dirne, daß er jetzt so übelgelaunt ist?«

Kristen würdigte Alden kaum eines Blickes. Er hatte sich ihr gegenüber an den Arbeitstisch gestellt. Zum ersten Mal, seit sie ihn angegriffen hatte, kam er wieder in ihre Nähe. Seine Gesellschaft war ihr nicht willkommen.

»Ich bin nicht für seine Laune verantwortlich«, sagte sie mürrisch.

»Nein?« Alden grinste sie an. »Ich habe beobachtet, wie er dich ansieht. Du bist sehr wohl dafür verantwortlich.«

»Geh fort, Sachse«, gab sie zurück und starrte ihn grimmig an. »Wir beide haben einander nichts zu sagen.«

»Du willst mich also immer noch umbringen?«

»Wollen? Ich werde es zwangsläufig tun.«

Er seufzte im Scherz. »Es ist ein Jammer, daß wir uns nicht anfreunden können. Ich könnte dir gute Ratschläge geben, wie man mit meinen Cousin umgeht, denn auf dich gestellt scheinst du deine Sache nicht gerade gut zu machen.«

»Ich will keine Ratschläge!« fauchte sie. »Und ich will gar nicht mit ihm auskommen. Ich will nichts mit ihm zu tun haben!«

»Das mag sein, aber ich habe beobachtet, daß du ihn auch oft ansiehst. Ihr werft euch derart lüsterne Blicke zu, daß …«

»Scher dich zum Teufel!« Sie schnitt ihm erbost das Wort ab. »Ich schwöre, daß du von Loki abstammst. Geh mir aus den Augen, ehe ich dir diesen Teig an den Kopf werfe!«

Alden wandte sich lachend ab und ging. Kristen schlug wütend auf den Teig ein, den sie gerade knetete. Wie konnte dieser Mann es wagen, sie zu necken? Glaubte er etwa, es sei ihr nicht ernst, ihm den Tod zu wünschen? Es war ihr voller Ernst. Seine liebenswürdige Art konnte sie nicht davon abhalten. Es änderte auch nichts, daß er, wie sie erfahren hatte, indirekt dafür verantwortlich war, daß sie und die anderen noch am Leben waren. Auch spielte es keine Rolle, daß er sie mit seinen charmanten Neckereien und seinem knabenhaften Lächeln an ihren Bruder Eric erinnerte. Sie würde ihn töten – wenn sie je ihre Freiheit wiedererlangte.

Ihr langer, dicker Zopf war ihr über die Schulter gefallen, und sie warf in zornig wieder auf den Rücken. Es war jetzt Hochsommer, und eine solche Hitze hatte Kristen in ihrem ganzen Leben noch nicht erlebt. Zu Hause wäre sie jetzt mit Tyra schwimmen gegangen oder auf Tordens Rücken über die Felder geritten, und der Wind hätte ihr Haar zerzaust. Sie hätte gewiß nicht an einem Herd gestanden, der den ganzen Tag lang brannte. Ihr Kummer diente nur dazu, ihr wieder ins Gedächtnis zurückzurufen, daß sie die Schuld an ihrem Hiersein selbst trug.

Es war rund einen Monat her, seit das Schiff an jenem verhängnisvollen Morgen auf dem Fluß vor Anker gegangen war. Ab und zu sah Kristen Thorolf und die anderen durch ein offenes Fenster, wenn sie von der Arbeit kamen oder sich ans Werk machten. Sie konnten sie jedoch nicht sehen, weil sie in der hintersten Ecke der Halle arbeitete.

Kristen wußte, daß sie sich wahrscheinlich immer noch um sie sorgten. Zumindest bei Ohthere und Thorolf war sie sich sicher. Sie hätten inzwischen längst entkommen sollen, und Kristen hoffte, daß sie sich nicht von der Vorstellung abschrecken ließen, sie zurücklassen zu müssen, aber wahrscheinlicher war, daß Royce und seine verfluchten Sicherheitsmaßnahmen es ihnen unmöglich machten.

Sie hatte mit dem Gedanken gespielt, Royce zu fragen, ob sie mit ihnen reden könnte, doch Alden hatte recht. In der letzten Woche, seit sie sich geweigert hatte, das Bett mit ihm zu teilen, was er übellaunig, und seine Antwort hätte, ganz gleich, worum sie ihn bat, zweifellos nein gelautet. Er erteilte seinen Männern barsche Befehle und machte einen finsteren Eindruck. Seine Schwester und die Dienstboten gingen ihm aus dem Weg und verhielten sich ungewöhnlich ruhig, um seine Aufmerksamkeit nicht auf sich zu lenken. War sie wirklich für seine Gereiztheit verantwortlich?

Sie hätte es gern geglaubt, aber sie maßte sich nicht an, soviel Einfluß auf ihn zu haben. Es stimmte, daß er jeden Abend kam und sie fragte, ob sie zu ihm kommen wolle, und allnächtlich hielt sie an ihrem Groll fest und schlug es ihm ab. Irgendwie mußte Alden das erfahren haben. Vielleicht hatte er Royce' Stimme gehört, die er in einer der letzten Nächte zornig erhoben hatte, denn seine Geduld mit ihr ließ sichtlich nach. Aber vielleicht machte sich Alden auch nur einen Reim auf die Blicke, mit denen Royce sie ansah, wie er es behauptet hatte.

Es stand zu bezweifeln, daß Royce mit seinem Cousin über sie sprach. Warum hätte er das auch tun sollen? Sie war nichts weiter als ein Mädchen, von dem er sich im Moment angezogen fühlte, und das so sehr, daß er sie in seinem Bett haben wollte, aber deshalb hätte er noch lange nicht mit seiner Familie über sie gesprochen. Er hätte nicht eingestanden, daß er sich so sehr zu einer Sklavin hingezogen fühlte, insbesondere nicht zu einer Gefangenen, die zu den Feinden gehörte, denen ihrer aller Abscheu galt.

Eda wußte, was los war, aber sie stand hinter Royce und hätte niemandem erzählt, daß Kristen ihn abwies und er ihr das durchgehen ließ. Sie schalt Kristen täglich für ihre Sturheit aus, denn sie fand, wenn Royce sie haben wollte, sollte er sie auch haben. Ihr war auch klar, daß die eine Nacht, die sie gemeinsam verbracht hatten, für beide erfreulich verlaufen war, denn aus seinem Zimmer waren im Lauf der Nacht keine Schreie gedrungen, und kleine blaue Flecken hatten Kristens zarte Haut am nächsten Tag verunziert. Sie hatte sich an jenem Tag in kaltes Schweigen gehüllt, doch Eda hatte sich die Gründe denken können, als sie gesehen hatte, wie oft Kristens finsterer Blick auf ihre Ketten gefallen war.

Eda hatte ihr schließlich gesagt, es sei dumm von ihr, nicht zu versuchen, sich auf diese uralte Weise bei ihrem Herrn einzuschmeicheln. Kristen hatte darauf erwidert, sie könne ohne eine Gunst auskommen, die doch nur bewirkte, daß sie weiterhin angekettet blieb wie ein Tier.

Sie wunderte sich allerdings darüber, daß Royce sich Kristens

Wünschen beugte. Immer wieder bat er sie, in sein Bett zu kommen, und immer wieder nahm er es hin, daß sie es ablehnte, wenngleich er in den letzten Tagen weniger freundlich darauf reagierte. Sie hätte im Traum nicht geglaubt, daß er das mit sich machen ließe. Sie hatte sogar damit gerechnet, daß er sie zwingen würde. Das hätte sich besser mit ihrem Rang vereinbaren lassen, der sie ganz und gar seiner Gnade auslieferte. Doch er tat es nicht, und gegen ihre Erwartungen war Kristen jetzt auch frustriert, weil er es nicht tat.

Sie begehrte ihn nach wie vor. Nachdem sie jetzt wußte, was es hieß, mit einem Mann zu schlafen, begehrte sie ihn noch mehr als vorher. Doch ihr Stolz, mit dem sie reichlich gesegnet war, würde sie davon abhalten, es je wieder zuzugeben – jedenfalls ihm gegenüber.

An jenem Abend wartete Kristen gebannt darauf, daß Royce wieder zu ihr kommen würde, doch er erschien nicht. Sie kam auf den Gedanken, er könne sein Vergnügen bei einer anderen Frau suchen, und sie bemühte sich, sich einzureden, daß es ihr nichts ausmachte. Am nächsten Morgen wäre sie weniger gereizt gewesen, wenn sie gewußt hätte, wo er die Nacht verbracht hatte.

So, wie die Dinge standen, zog sich der Tag elendiglich in die Länge, und sie hatte das Gefühl, sich selbst ins eigene Fleisch geschnitten zu haben. Einen großen Teil ihres Kummers hatte sie sich selbst zuzuschreiben. Sie war jetzt sicher, daß Royce nicht mehr zu ihr kommen würde, daß es ihm reichte. Ihre Schlußfolgerung wurde dadurch erhärtet, daß sie ihn den ganzen Tag lang nicht zu sehen bekam.

Dennoch wartete Kristen noch eine Zeitlang, nachdem Eda ihr die Ketten abgenommen und die Tür abgeschlossen hatte. Sie blieb im Dunkeln auf ihrem Strohsack sitzen und zupfte an den ohnehin schon ausgefransten Enden ihres Gürtels und machte sich Hoffnungen. Sie wollte nicht so einfach von Royce aufgegeben werden. Sie wollte, daß er sie zwang nachzugeben. Ihr Stolz wollte sie nicht einwilligen lassen, und folglich mußte er ihren Stolz überwinden. Warum tat er es bloß nicht?

Nachdem sie allzu lange gewartet hatte, zog Kristen sich schließlich seufzend aus, um zu schlafen. Das gehörte zu den Dingen, die sie in der letzten Woche erst getan hatte, nachdem Royce gekommen und gegangen war. Letzte Nacht hatte sie, so unbequem sie auch sein mochten, in ihren Kleidern geschlafen. Aber heute Nacht würde er nicht kommen.

Sie war noch wach, als die Tür aufging. Eine Fackel im Korridor ließ seine große Gestalt als schwarze Silhouette in der Tür erscheinen. Ihr Körper bebte augenblicklich vor Spannung. Sie war schrecklich froh, daß er gekommen war, daß er es noch nicht aufgegeben hatte. Nichts von alledem zeigte sich auf ihrem Gesicht, als sie ihn ansah, ohne sein Gesicht erkennen zu können, weil das Licht von hinten kam.

Als er wortlos dort stehenblieb, wurde ihr klar, daß er ihr keine Fragen stellen würde. Sie nahm an, daß er auch seinen Stolz hatte. Worte waren überflüssig. Sie wußte auch so, warum er hier war.

Sie kam ihm soweit entgegen, daß sie von sich aus das Schweigen brach. »Nimmst du mir die Ketten endgültig ab?«

»Nein.«

»Auch dann nicht, wenn ich beim Leben meiner Mutter schwöre, daß ich nicht fortlaufen werde?«

»Nein, denn schließlich weiß ich nicht, ob du deine Mutter nicht vielleicht haßt oder ob sie tot ist, und damit wäre dein Eid wertlos.«

Sie unterdrückte ihren Zorn über seine Worte. Sie zog sich auf die Ellbogen und ließ die dünne Decke unter ihre Brüste rutschen. Es war eine unfaire Taktik, aber sie hatte genug von diesem Patt.

Sie ließ genug Wut in ihrer Stimme mitschwingen, um ihm das Gefühl zu geben, sie hätte nicht bemerkt, was sie getan hatte. »Zufällig liebe ich meine Mutter sehr, und sie ist ganz gewiß am Leben und zweifellos krank vor Sorge um mich. Du glaubst, weil ich eine Frau bin, hätte ich kein Ehrgefühl? Oder liegt es daran, daß ich eine Wikingerin bin, wenn du meinem Wort keinen Glauben schenkst?«

Er war einen Schritt auf sie zugegangen, doch jetzt blieb er stehen. »Worte sind leicht dahingesagt. Taten sprechen deutlicher für sich, und deine sagen nicht viel zu deinen Gunsten aus.«

»Warum? Weil ich deinen Cousin töten will?« fragte sie und spottete dann: »Oder weil ich nicht pariere, wenn du mich rufst?«

Er schlug seine Faust in die hohle Hand, und das sagte ihr, daß der Stachel saß. Wenigstens entfachte sie Gefühle in ihm, wenn auch nicht gerade die angestrebten.

»Bei Gott!« fluchte er. Er war außer sich. »Du bist die unverfrorenste Frau, die ich kenne! Ich sehe, daß ich wieder einmal meine Zeit vergeude. Du willst mich mißverstehen.«

»Ich verstehe dich genau, Royce«, erwiderte Kristen mit ruhiger Stimme. »Und ich war bereit, mich auf halbem Weg mit dir zu treffen.«

»Nein, du willst, daß alles nach deinem Kopf geht.«

»Das stimmt nicht«, beharrte sie. »Ich habe dir angeboten, dir mein Wort zu geben, und das hat mich viel Überwindung gekostet, denn ein Teil von mir will immer noch fort von hier und wieder zu Hause sein.«

»Ich kann keinem Menschen trauen, ob Mann oder Frau, wenn ich ihn erst so kurz kenne. Außerdem glaube ich nicht, daß ein Teil von dir wirklich den Wunsch haben könnte, so, wie die Dinge stehen, hierzubleiben: ohne jegliche Rechte und ohne die Hoffnung, je mehr als eine Sklavin zu sein.«

»Ja, wie recht du doch hast« stimmte Kristen ihm sarkastisch zu. »Warum sollte ich wohl auch bleiben wollen? Doch gewiß nicht deinetwegen.«

»Meinetwegen?« höhnte er. »Du willst mir jetzt einreden, ich sei der Grund, und das, nachdem du mich jeden Abend abweist? Oder kommst du heute Nacht zu mir, Kristen?«

»Nimmst du mir die Ketten endgültig ab?« gab sie fröhlich zurück.

»Bei allen Heiligen …«

Er beendete seinen Satz nicht, sondern drehte sich mürrisch auf dem Absatz um und verließ das Zimmer. Kristen hätte am liebsten laut geschrien, als die Tür zufiel.

»Du gibst dich zu leicht geschlagen, Sachse!« fauchte sie in ihrer Enttäuschung etwas laut vor sich hin, denn die Tür öffnete sich mit einer Plötzlichkeit wieder, die sie nach Luft schnappen ließ.

»Habe ich dich richtig verstanden, Dirne?« fragte Royce mit einer Stimme, die so ruhig war, daß sie sich nicht mit dem Knall vertrug, mit dem er die Tür geöffnet hatte.

Er ließ die Tür offen und kam langsam und zielstrebig auf sie zu. Kristen zog sich die Decke bis an den Hals. Sie wäre lieber aufgesprungen, weil sie sich zu angreifbar fühlte, als sie jetzt zu seinen Füßen auf dem Boden lag und er neben ihr aufragte, aber sie wollte ihm nicht zeigen, daß seine Nähe ihr etwas ausmachte. Sie legte sich statt dessen auf den Rücken, um ihn ansehen zu können.

»Was glaubst du denn, gehört zu haben?« wagte sie sich behutsam vor.

»Eine Herausforderung.« Seine Stimme war immer noch ruhig, doch in dieser Antwort lag entschieden etwas Bedrohliches. »Und wenn du eine Herausforderung aussprichst, mußt du die Folgen über dich ergehen lassen.«

»Welche Folgen?«

Er bückte sich und riß anstelle einer Antwort die Decke von ihr. Im nächsten Moment lag sein ganzer Körper auf ihr, und beide Hände hielten ihren Kopf still, ehe sich sein Mund auf sie herabsenkte, doch ehe ihre Lippen sich trafen, stieß Kristen ihn mit einem Ruck von sich. Sie wußte, daß es ihr nur gelungen war, weil es so unerwartet kam, doch sie nutzte schnell ihren Vorteil und sprang auf. Seine Hand hielt sie an einem Fuß fest, und sie stolperte, als sie auf die Tür zulaufen wollte. Sie fiel auf den Rücken.

»Leg dich wieder auf deinen Strohsack, Kristen.«

Dieser kalte Befehl enthielt eine drohende Warnung, und doch schüttelte sie hartnäckig den Kopf. Endlich würde er ihr seinen Willen aufzwingen, und wenn sie ihm den Sieg auch nicht leicht machen würde, wollte sie doch, daß er als Sieger aus diesem Kampf hervorging – oder sich zumindest für den Gewinner hielt. Ihr Stolz ließ nicht zu, daß sie nachgab, doch von brutaler Kraft konnte sie sich dazu bringen lassen.

Ihr Herz überschlug sich, als sie sah, daß er seinen Gürtel und sein Hemd auszog und erbost auf den Boden warf. Er war wirklich wütend. Das war nicht ungefährlich, denn er hätte ihr leicht wehtun können. Er war so schrecklich groß und hatte ungeheure Kraft in diesen Armen und Händen. Im Moment konnte es sein, daß er das Gefühl hatte, sie mit Schlägen unterwerfen zu müssen. Das hätten die meisten Männer getan. Sie hatte gewußt, welches Risiko sie einging, als sie ihn angespornt hatte.

Er rührte sich erst, als seine gesamte Kleidung über den Fußboden verstreut war. Während der ganzen Zeit hatte er sie angestarrt, und das Licht fiel nur von einer Seite auf ihn und tauchte die andere Hälfte seines Körpers in dunkle Schatten. Wenn sie nicht selbst nackt dagestanden hätte, hätte er sich vielleicht wieder beruhigt oder sich zumindest noch einmal überlegt, was er vorhatte. Doch so erregte ihn ihr Anblick viel zu sehr.

Als er auf sie zukam, holte sie mit beiden Händen zu einem Schlag aus, doch er fing ihre Handgelenke in der Luft. Kristen hatte zuviel Schwung, und während sie sich noch drehte, glitt sein anderer Arm um ihre Taille und zog ihr die Füße vom Boden. Er ließ sie auf den dünnen Strohsack fallen, und der Aufprall raubte ihr den Atem. Mehr Zeit brauchte Royce nicht, um sich zwischen ihre gespreizten Beine zu legen und in sie einzudringen, ehe sie auch nur dazu kam, ihn abzuwehren.

Er hörte sie entrüstet keuchen, als sie wieder Luft bekam, und als ihre Hände sich zwischen ihre beiden Körper legten und versuchten, ihn von sich zu stoßen, lachte er. Es war ein zweckloses Unterfangen. Er hatte einen guten Halt und war auf alles vorbereitet, was sie jetzt noch versuchen konnte.

»Gib es auf, du Luder.« Er beugte sich zu ihr herunter und flüsterte ihr ins Ohr: »Ich habe, was du mir versagen wolltest, und du hast längst verloren.«

Als Reaktion darauf hob sie die Hüften, um ihn abzuwerfen. Auch das war zwecklos und diente nur dazu, ihn noch tiefer in sich aufzunehmen. Sie keuchte wieder, doch diesmal, weil es ein so köstliches Gefühl war, ihn ganz in sich zu spüren. Auch er schnappte nach Luft, als ihn ein wohliger Schauer durchrann.

»Ich nehme ja schon alles zurück, Frau«, hauchte er mit belegter Stimme. »Wehr dich ruhig, so lange du willst.«

Diese glühende Bitte hätte Kristen fast zum Lachen gebracht, doch das hätte den Eindruck zerstört, sie unterwerfe sich gezwungenermaßen seiner größeren Stärke. Sein Mund hinderte sie am Lachen, denn er legte sich zu einem leidenschaftlichen Kuß auf ihre Lippen. Sie leistete einen letzten Rest von Widerstand, als sie versuchte, ihren Kopf abzuwenden, doch sein Mund folgte ihren Bewegungen, und schließlich gab sie die Heuchelei auf und erwiderte seinen Kuß von ganzem Herzen.

Ihre Hände glitten zwischen ihren Körpern heraus und legten sich auf seinen Kopf, um seinen Mund auf ihrem festzuhalten, als er begann, sich auf ihr zu bewegen, sich an ihr zu reiben und an sie zu schmiegen, und die Berührung seiner Hüften, seines Bauchs und seiner Brust wurde zu einer einzigen erotischen Liebkosung.

Kristen erreichte fast augenblicklich ihren Höhepunkt, und unabsichtlich hob sich ihr Becken von dem Strohsack, als sie um seine volle Länge bat. Als auch er dieses Stückchen Himmel erreichte, ließ die Wucht seines Körpers sie wieder zurückfallen und steigerte ihren Genuß. Tief aus ihrer Kehle drang ein Stöhnen. Sie konnte das Zucken seines Höhepunktes in sich spüren, und das verlängerte ihr eigenes Gefühl pulsierender Seligkeit in einem Maß, das sie für unmöglich gehalten hätte.

Voller Bedauern kehrte sie in die Realität zurück. Sein gesamtes Gewicht lag auf ihr, doch sie störte sich nicht daran. Den Kopf hatte er zur Seite gedreht, und sein Atem ging immer noch ruckartig. Ihre Finger glitten verträumt durch sein Haar. Sie hatte das Gefühl, ewig so liegen bleiben zu können. Darauf durfte sie jedoch nicht hoffen.

Sie hatte keine Ahnung, was er über ihre vollkommene Unterwerfung dachte. Wenn man davon ausging, wieviel sich ein Mann auf sein eigenes Können zugute hielt, schrieb er ihre Kapitulation vielleicht einfach seiner Begabung als Liebhaber zu. Was er auch glauben mochte – ihr war es recht, solange er nicht dahinterkam, daß sie ihn hinterlistig dazu gebracht hatte, sie zu lieben. Sie konnte sich vorstellen, daß er wütend geworden wäre, wenn er das durchschaut hätte.

Ihre Hände fielen auf seine Schultern und dann auf seine Brust, als er sich aufstützte und sie ansah. Sie spürte seinen Herzschlag unter ihrer Handfläche. Sein Puls schlug jetzt regelmäßig, aber immer noch heftig. Sie starrte ihn an und versuchte in seinem Gesicht zu lesen, was er dachte, doch nichts enthüllte sich auf seinen Zügen. Er schien sie sogar aus dem selben Grund zu mustern, da er wissen wollte, was sie dachte. Wenn er das gewußt hätte! Bei diesem Gedanken lächelte sie.

»Du bist mir nicht böse?« sagte er.

»Doch, natürlich.«

Royce lachte herzlich. »Lächelst du immer, wenn du wütend bist?«

»Nicht immer, aber manchmal.«

Sie sagte es ganz ernsthaft. Royce schüttelte den Kopf. Wenn er alles, was sie sagte, als Wahrheit akzeptierte, hieß das, sich immer wieder über sie wundern zu müssen. Er zog es vor zu glauben, daß sie scherzte.

»Ich vermute, ich sollte mich entschuldigen« erbot er sich.

»Ja, allerdings.«

Er schnaubte über diese bereitwillige Zustimmung. Mehr hatte er dazu nicht mehr zu sagen. Sie hatte ihn provoziert. Vielleicht hatte sie keine so rohe Reaktion verdient, doch es stand fest, daß sie ihn schließlich akzeptiert hatte und selbst Genuß daraus geschöpft hatte. Warum sie sich ihm überhaupt so hartnäckig versagt hatte … Er kannte die Gründe, und es gab nichts, was er daran hätte ändern können.

Er zog sich auf die Hände, um sich von ihr zu lösen, doch einen Moment lang wurden ihre Hüften noch dichter zusammengepreßt. Er war noch in ihr, und Kristen schloß die Augen und kostete es aus, ihn noch einmal zu spüren, ehe er sich zurückzog. Als er sie ansah, atmete Royce hörbar ein.

»Bei Gott, Frau, tust du das absichtlich?«

Sie riß die Augen weit auf. »Was?« Sie wußte wirklich nicht, was sie jetzt wieder getan haben sollte.

»Wenn du so schaust ... genauso schaust du, wenn wir ...«

»Woher weißt du das? Siehst du mich an?«

»Ja.«

Das faszinierte sie. »Darauf wäre ich gar nicht gekommen. Das muß ich auch probieren, wenn ich das nächste Mal mit jemandem schlafe.«

»Es brächte einen Mann um den Verstand, in einem solchen Moment in diese schönen Augen zu sehen«.

Sie lächelte bewußt. »Du brauchst dir keine Sorgen zu machen. Ich habe dabei nicht daran gedacht, dich anzusehen.«

»Ich hoffe, du scherzt, Dirne« sagte er finster, als er aufstand und sie mit sich auf die Füße zog. »Sonst werden dir die Folgen nicht gefallen. Ich gestehe dir keine anderen Liebhaber zu. Solange ich dich für mich selbst will, wirst du mir treu sein.«

Sie zog eine Augenbraue hoch und schöpfte eine gewisse Befriedigung daraus, ihn so leicht aufziehen zu können. »So, meinst du?«

Er antwortete nicht darauf, sondern zog sie mit sich, als er seine und ihre Kleider vom Boden aufhob und auf die Tür zuging. Kristen spürte, daß ihre Wangen glühend erröteten, als ihr klar wurde, daß die Tür die ganze Zeit über offen gestanden hatte und daß jeder im ganzen Haus vorbeigegangen und sie gesehen haben konnte. Jemand hätte in der Tür stehen und sie von Anfang an beobachten können, und sie hätte es nicht gemerkt, weil sie sich ausschließlich auf diesen ihren Liebhaber konzentriert hatte.

Ihr Liebhaber. Wie gut ihr doch der Klang dieser Worte gefiel. Jetzt würde sich etwas ändern. Es mußte einfach so kommen. Und er würde nicht bereuen, daß er nachgab. Sie würde ihm beweisen, daß sie tatsächlich die Frau seines Herzens war.

Sobald sie in seinem Zimmer standen und er die Tür hinter sich geschlossen hatte, ließ Royce das Kleiderbündel auf den Boden fallen und zog Kristen in seine Arme. »Und jetzt wirst du mir dafür büßen, daß du dich mir so lange versagt hast. Heute nacht wird nicht geschlafen.«

»Ist das eine Herausforderung?« schnurrte Kristen und hoffte eher, daß es sich um ein Versprechen handelte.

21

Der Himmel glühte noch rot, als Royce von einem seiner Männer geweckt wurde. Es war zu einem Tumult unter den Gefangenen gekommen. Der Aufruhr war beigelegt worden, doch Thorolf wollte Royce sprechen.

Royce schickte den Mann fort. Wenn keine Unruhe mehr herrschte, bestand kein Anlaß, aus dem Haus zu stürzen. Trödeln konnte er aber auch nicht. Er seufzte und warf einen Blick auf seine Bettgenossin. Die Dämmerung ließ nur einen matten Lichtschein in das Zimmer fallen, doch er saß neben ihr und konnte sie deutlich sehen.

Kristen schlief weiter und hatte sich von dem Stimmengewirr überhaupt nicht aufschrecken lassen. Das wunderte Royce nicht. Er hatte sie fast die ganze Nacht über wach gehalten – oder, besser gesagt, sie hatte ihn allein schon durch ihre Nähe wachgehalten. Er konnte ganz einfach nicht von ihr lassen. Bei der Erinnerung daran grinste er breit und stellte überrascht fest, daß er sich heute morgen so gar nicht erschöpft fühlte.

Sie lag zusammengerollt auf der Seite und hatte die Hände zwischen den Beinen, als sei ihr kalt, eine Gewohnheit, die zweifellos von den eisigen Wintern herrührte, die sie erlebt hatte. Ihr blondes Haar war gelöst und zerzaust und breitete sich wie eine goldene Lache um ihren Kopf herum aus. Das dünne Laken, mit dem sie sich zugedeckt hatten, als sie endlich doch eingeschlafen waren, reichte ihr jetzt nur bis auf die Hüften und ließ die makellos weiße Haut ihres Oberkörpers entblößt.

Er spürte eine prickelnde Spannung, als er merkte, daß er sie ohne ihr Wissen so sehen konnte. Sie war die erste Frau, mit der er je die ganze Nacht in seinem Bett verbracht hatte, die erste Frau, die er je im Schlaf beobachtete. Die Dienstmädchen, die ihm gefielen, nahm er gewöhnlich dort, wo er sie gerade vorfand. Die wenigen, die er in sein Bett mitgenommen hatte, gingen fort, sowie er mit ihnen fertig war. Corliss verließ er von sich aus, weil er nicht die geringste Lust hatte, eine ganze Nacht in ihrem Bett zu verbringen. Dasselbe war es mit den Hofdamen, mit denen er sich eingelassen hatte.

Warum hatte er nichts dagegen, sein Bett mit diesem Wikingermädchen zu teilen und nicht nur mit ihr schlafen zu wollen? Nichts dagegen? Nein, das stimmte nicht. Er mochte es, wenn sie neben ihm schlief. Aber warum ausgerechnet bei ihr? Er verabscheute sie nach wie vor für das, was sie war. Tat er das überhaupt? Sie und ihresgleichen hatten ihm das größtmögliche Übel angetan. Sie war eine Frau, und doch war sie in demselben Glauben erzogen worden wie die Männer, die gekommen waren, um seine Leute auszurauben und zu töten. Sie war eine Wikingerin, eine Heidin und jedem gottesfürchtigen Christen ein Greuel.

Wenn er sie trotz alledem nicht haßte, hätte er sie doch verabscheuen sollen. Er hätte sich auch erfolgreicher gegen die Anziehungskraft durchsetzen müssen, die sie auf ihn ausübte. Ihm graute vor sich selbst, weil sie ihn eine solche Schwäche in sich erkennen ließ, und alles wurde nur noch schlimmer, nachdem sie ihm bewiesen hatte, daß sie einen stärkeren Willen besaß als er. Sie begehrte ihn immer noch. Die letzte Nacht in diesem Zimmer hatte den Beweis erbracht. Und doch hatte sie ihn eine ganze Woche lang abgewiesen und hätte es auch weiterhin getan, wenn er sie nicht gewaltsam unterworfen hätte.

Royce schnalzte angewidert mit der Zunge. Es war zwecklos, sich jetzt mit Vorwürfen zu überhäufen. Es war passiert, und damit war es noch lange nicht getan. Es hatte ihm nicht genügt, seinem Verlangen nach ihr einmal nachzugeben. Er begehrte sie weiterhin. Und wenn er ihr jetzt widerstanden hätte, wäre das, als hacke man sich die Hand ab, nachdem die Finger verletzt waren, was grundlos nur noch weitere Schmerzen hervorrief. Sogar jetzt, in diesem Augenblick, begehrte er sie. Wenn er sie nicht weckte, dann nur, weil er wußte, daß er sie später nehmen würde.

Es war ein berauschendes Gefühl, zu wissen, daß er eben diese Frau in seiner Macht hatte. Eine Sklavin, die gefangengenommen wurde, hatte noch weniger Recht als diese Britanier, die in Sklaverei geboren wurden, oder als freie Männer, die zur Strafe für bestimmte Verbrechen versklavt worden waren, wenn sie sich nicht freikaufen konnten. Die Kirche verhängte schwere Strafen für die Mißhandlung dieser christlichen Sklaven. Wer für ein Verbrechen versklavt wurde, konnte nach einem Jahr sogar von seinen Verwandten ausgelöst werden. Wer in Sklaverei geboren worden war, konnte sich die Freiheit erkaufen. Auch war es diesen Sklaven erlaubt, die Dinge, die sie in ihrer Freizeit herstellten oder anpflanzten, zu verkaufen. Doch bei feindlichen Sklaven verhielt sich das ganz anders. Man konnte sie gegen ein Lösegeld hergeben oder auch nicht, sie verkaufen oder auch nicht, sie töten oder auch nicht. Die Entscheidung lag ausschließlich bei ihren Besitzern.

Das machte Kristen zu seinem Eigentum, mit dem er nach Belieben umspringen konnte und zwar so uneingeschränkt, als sei sie seine Ehefrau, über die er verfügen konnte. Er konnte sie jederzeit und überall nehmen, und sie hatte nicht das Recht, sich ihm zu versagen. Dennoch bereitete es ihm besonderes Vergnügen zu wissen, daß sie sein Verlangen nicht verabscheute, daß sie seinen Körper ebensosehr genoß, wie er ihren.

Wenn er weiterhin solchen Gedanken nachhing, würde er sie doch noch wecken. Schon jetzt konnte er es nicht unterlassen, sie zu berühren, ehe er das Bett verließ. Er legte seine Hand zwischen ihre Brüste, die aufeinanderlagen, und nahm die eine sachte in die Hand. Kristen lächelte im Schlaf. Royce lächelte auch, als er das sah.

Der Teufel sollte ihn holen, aber sie konnte auf so viele verschiedene Arten auslösen, daß er sich innerlich wohlfühlte. Er fragte sich, ob sie wußte, wie sehr ihre Sinnesfreude sie zu einer Ausnahme unter den Frauen machte. Er kannte keine andere, in der sich eine solche Leidenschaft wachrufen ließ – und schon gar nicht so leicht.

Als er sich anzog und nach unten ging, beschloß er, einen wunderbaren Tag zu verbringen. Selbst die Aussicht, Schwierigkeiten mit den Gefangenen zu bekommen, konnte seiner guten Laune heute morgen nichts anhaben.

Er fand sie auf dem Platz vor dem Haus vor, und sie hatten sich vor der Hütte, die für sie gebaut worden war, dicht zusammengedrängt, da Waite Royce' Kommen erwartete und sie noch nicht mit der Arbeit hatte beginnen lassen. Er hatte sie Lymans Obhut unterstellt und nur Thorolf bei sich behalten. Der junge Mann wirkte entschieden verstört, und Royce schloß aus dem Blick, den Thorolf ihm zuwarf, als er ihm bedeutete, mit ihm in die Hütte zu gehen, damit sie sich allein unterhalten konnten, daß es etwas mit ihm persönlich zu tun hatte.

»Ich habe gehört, daß ihr heute morgen untereinander gestritten habt, Thorolf. Willst du mir erzählen, warum?«

Thorolfs Ketten rasselten, als er erregt auf und ab lief. »Das?« Er tat es mit einer Handbewegung ab. »Das war nichts weiter. Bjarni ärgert Ohthere mit Späßen.« Jetzt verstummte er und sah Royce in die Augen. »Geht um dich und Kristen.«

Royce verdaute diese Information nachdenklich und bezweifelte, daß er genauer erfahren würde, worum es gegangen war.

»Sehe ich es richtig, daß du auch an Bjarnis Späßen Anstoß genommen hast?«

»Ja. Kristen schon zu lange weg. Ich muß mit ihr reden ... bitte.«

Royce zuckte zusammen, denn er wußte, was es diesen kämpferischen Wikinger gekostet haben mußte, das letzte Wort auszusprechen. Er schöpfte einen Verdacht, was die Motive anging. Das war der Mann, den er so oft dabei beobachtet hatte, Kristen zu beschützen, als sie noch für einen Jungen gehalten wurde. Er behauptete, lediglich ein Freund zu sein. Aber stimmte das wirklich?

»Wie lange kennst du Kristen, Thorolf?«

»Immer. Zu Hause Nachbarn. Als Kinder zusammen schwimmen, reiten, jagen. Meine Schwester Tyra und Kristen einander nahe, sehr nahe.«

»Sie ist also die Freundin deiner Schwester, und doch scheinst du dich für sie verantwortlich zu fühlen. Wie kommt das?« Thorolf schwieg auf diese Frage hin. Royce stellte sich hinter den Rücken des Wikinger. »Liegt es daran, daß ihr Bruder tot ist, oder bedeutet sie dir mehr als nur eine Freundin?« »Thorolf drehte sich zu ihm und sah ihn an. »Sprich langsamer, Sachse. Oder noch besser: Hol Kristen, damit sie selbst etwas sagen kann.«

»Wie geschickt eingefädelt«, höhnte Royce, »aber so wird es kaum kommen. Sie hat sich gut im Haus eingewöhnt und kann es nicht gebrauchen, an euer schlechteres Los erinnert zu werden. Sie kann dir nichts sagen, was ich dir nicht auch sagen könnte. Es geht ihr gut, und sie ist nicht überlastet. Du siehst also, daß du keinen Grund hast, dir Sorgen um sie zu machen.«

»Das sagst du. Ich muß es von ihr hören.«

Royce schüttelte den Kopf. »Wenn das alles ist, worüber du mit mir sprechen wolltest ...« Er ging auf die Tür zu.

»Sachse!« rief Thorolf zornig. »Kristen nicht anrühren.« Royce wandte sich ungläubig zu ihm um. »Willst du mir damit im Ernst sagen, ich soll die Finger von ihr lassen?«

»Ja.«

Er fing an zu lachen. »Eine solche Arroganz! Vielleicht hast du es noch nicht bemerkt, aber in deiner Lage kannst du keine Forderungen stellen.«

»Wirst du sie heiraten?«

»Es reicht, Wikinger«, sagte Royce unwillig. »Sie ist eine Sklavin, kein Gast. Was aus ihr wird, hängt ganz von dir und deinen Kameraden ab, wie ich bereits sagte. Ihr ist nichts Böses geschehen, und niemand hat sie zu etwas gezwungen, was sie nicht freiwillig getan hätte.«

»Dann du noch nicht anrühren?«

Diesmal antwortete Royce nicht. Throrolf zog daraus seine eigene Schlußfolgerung, die sein norwegisches Temperament zum Überschäumen brachten. Royce war nicht auf einen Angriff vorbereitet, aber er hätte auch nicht geglaubt, ein kleinerer, weniger muskulöser Mann könnte es wagen, sich auf ihn zu stürzen. Plötzlich wurde er zu Boden geworfen, und zwei Hände, die es todernst meinten, legten sich um seinen Hals. Er bekam überhaupt keine Luft mehr, bis die Spitze seines Dolches sich zwei Zentimeter tief in Thorolfs Seite grub.

»Steh langsam auf«, befahl Royce.

Thorolf gehorchte, wich zurück und preßte eine Hand auf seine blutende Wunde. Er war immer noch wütend, und seine Niederlage erboste ihn noch mehr. Royce war jetzt auch zornig.

»Was hast du dir von dieser Dummheit versprochen?« fragte er bitter.

»Daß du Kristen nicht mehr anrührst.«

»Und das wolltest du erreichen, indem du mich umbringst? Ja, das hättest du schon geschafft, aber dann hättest du keine Zeit mehr gehabt, dich damit zu brüsten.«

»Nicht umbringen«, beharrte Thorolf. »Andere Möglichkeiten, daß du nie mehr jemand etwas tun kannst.«

Royce runzelte die Stirn, bis Thorolf mit der Hand eine eindeutige Geste beschrieb. »Ja, du hast recht. Ich werde mir merken, daß ich dich von jetzt an auf Armeslänge von mir fernhalte, damit alle meine Körperteile so bleiben, wie sie jetzt sind.« Dann schüttelte er den Kopf und zog sich auf die Füße. »Du junger Hitzkopf. Hast du mir nicht geglaubt, als ich dir gesagt habe, daß Kristen zu nichts gezwungen worden ist? Sie hat keinen Grund zur Klage, wenn man von den Ketten absieht, die sie trägt.«

Thorolf funkelte ihn wütend an. »Du lügst! Viele wollen Kristen. *Viele*«, betonte er noch einmal mit Nachdruck. »Sie weist alle ab.«

»Wirklich? Dann habe ich wohl Glück gehabt«, bemerkte Royce trocken.

»Wenn das wahr ist, Sachse, dann mußt du heiraten.«

Royce seufzte über diese Verbissenheit. »Ich habe bereits eine Verlobte, Thorolf, aber selbst, wenn es nicht so wäre, würde ich weder eine Heidin, noch eine Wikingerin, noch eine Sklavin heiraten, und auf Kristen trifft all das zu. Sie gehört mir ohnehin. Nenne mir einen einzigen Grund, aus dem ich den Wunsch haben könnte, das Mädchen zu heiraten, und zwar einen Grund, der auf mich zutrifft und nicht nur deiner Voreingenommenheit entspringt.«

»Bjarni keine Witze. Kristen gefällt, was sie in dir sieht. Dann soll es so sein. Aber ohne Heirat gefällt es ihr nicht lange. Sie hat sich dich ausgesucht, Sachse. Du machst deine Sache richtig, oder du verlierst sie.«

»Ich kann nicht verlieren, was mir ohnehin gehört«, sagte Royce zuversichtlich und ging, ehe die Logik des Wikinger ihn verstimmen konnte.

Thorolf trat in die Tür und sah dem Sachsenherrn nach, der auf das Haus zuging. Waite kam, um ihn zur Arbeit an dem Wall zu bringen, doch er bedachte seinen Wächter mit keinem Blick, Bjarni hatte also doch recht. Er hatte behauptet, er hätte beobachtet, wie Kristen diesen Mann angesehen hatte, als sie noch bei ihnen war, und er hätte nie eine Frau gesehen, die sich derart bezaubern ließ.

Wenn sie tatsächlich endlich ihre Wahl getroffen hatte, dann hatte sie sich falsch entschieden. Und da sie von ihnen ferngehalten wurde, hatte sie keine Freunde, die ihr das sagen konnten. Der Sachse würde sie niemals respektieren. Er war ein mächtiger Mann, sie eine niedere Sklavin. Als freier Mann, der etliche Sklaven in seinem eigenen Haushalt hatte, konnte Thorolf die Argumente des Sachsenherrschers verstehen. Aber andererseits war Kristen nicht als Sklavin geboren. Wenn sie sich entscheiden sollte, sich ihrer Versklavung zu widersetzen, würde sie es von ganzem Herzen tun.

Er fragte sich, warum er sich die Mühe gemacht hatte, den Sachsen davor zu warnen, womit er bei ihr zu rechnen hatte. Sie war Christin, obwohl sie diesen Menschen ganz offensichtlich vorenthalten hatte, daß es so war. Aber sie war auch eine Norwegerin, und der Stolz und die Entschlossenheit der Norweger waren tief in ihr verwurzelt. Es hätte besser für sie sein können, wenn sie gefügiger gewesen wäre, denn Thorolf wußte, daß sie es nicht leicht haben würde, wenn sie sich erst gegen den Mann stellte, der sie gefangen genommen hatte.

22

Kristen drehte sich auf den Rücken und streckte sich wohlig. Sie grinste den kleinen Vogel an, der auf dem Fenstersims saß und sie mit seinem Gesang geweckt hatte. Er flog fort, als sie sich hinsetzte.

Sie war allein. Sie fragte sich, ob die Tür abgeschlossen war, ehe sie aufstand, um nachzusehen. Die Tür war unverschlossen. Wieder grinste sie und schloß die Tür. Ja, die Veränderungen hatten bereits eingesetzt. Royce würde ihr vertrauen. Sie mußte sich jetzt in acht nehmen und durfte ihn nicht enttäuschen.

Die Kleider der beiden lagen noch dort, wo er sie am Vorabend hatte fallen lassen. Sie zog sich eilig an und räumte dann das Zimmer auf. Ihr war nach Singen zumute, und sie tat es auch, eine einfache keltische Weise, die ihre Mutter ihr als Kind beigebracht hatte.

»Du sprichst also noch eine andere Sprache außer unserer?« Kristen, die gerade das Laken glattstrich, blickte auf und sah Eda, die in der Tür stand. Sie lächelte zur Begrüßung. »Ja, viele andere.«

»Dann laß dich nicht von Lord Royce belauschen, wenn du diese Sprache sprichst, denn die meisten Kelten sind unsere Feinde.«

»Die meisten?«

»Manche von ihnen leben Seite an Seite mit den Sachsen in Wessex, in Devon und sogar schon in Dorset. Aber die an der fernen Westküste sind immer unsere Feinde gewesen und haben sich sogar mit den Dänen gegen uns zusammengeschlossen.«

»Was ist mit den walisischen Kelten im Nordwesten?« fragte Kristen, die an ihre Mutter dachte.

»Das sind auch Feinde, aber die sind so weit weg, daß sie uns keinen Kummer machen. Es ist schon viele Jahre her, seit sie Mercia mit Truppen angegriffen haben und König Ethelwulf, Alfreds Vater, zum Beistand gegen sie aufgefordert worden ist. Er hat sein Heer nach Norden geführt und den Walisern Abgaben aufgezwungen. Doch die Kelten im Westen überfallen uns immer noch.

Gerade erst vor zwei Tagen ist eine kleine Bande von ihnen mit einigen Rindern von uns durchgebrannt. Lord Royce hat die Tiere zurückgeholt, doch die Diebe sind ihm entkommen, obwohl er und seine Männer sie durch die Nacht gejagt haben. Deshalb will er diese Sprache jetzt bestimmt nicht aus deinem Munde hören, und er kennt sie gut genug, um sie wiederzuerkennen.«

Kristen lächelte und fing dann gegen ihren Willen an zu kichern. Deshalb war Royce also in jener Nacht nicht in ihr Zimmer gekommen. Sie hatte sich elend gefühlt und geglaubt, er hätte eine andere Frau aufgesucht, und dabei hatte er doch nur Diebe gejagt.

»Dein Humor schickt sich nicht, Mädchen«, schalt die alte Frau.

»Das kannst du nicht verstehen, Eda«, sagte Kristen. Dann fügte sie hinzu: »Aber es tut mir leid, daß Royce die Diebe nicht gefangen hat. Ich wußte nicht, daß die Kelten eure Feinde sind.«

»Es gibt noch andere«, sagte Eda mürrisch. »Sogar ein paar sächsische Herren zählen zu seinen Gegnern, insbesondere einer, der nicht weit von hier lebt. Lord Eldred würde unseren Herrn liebend gern tot sehen. Sie vertragen sich nicht mehr, seit sie beide am Hof waren.«

»Weißt du, warum?«

»Ja. Lord Eldred hat es nicht gepaßt, wie nahe Alfred dem Milord steht. Das rührt aus Zeiten her, als Alfred noch nicht König war und sie alle gemeinsam auf den königlichen Gütern zur Jagd gegangen sind und Sport getrieben haben. Die meisten jüngeren Söhne leben am Hof. Milord hat dort gelebt, bis sein Vater und sein Bruder gestorben sind. Jetzt erscheint er nur noch selten bei Hofe, und meist nur, weil Alfred ihn zu sich bestellt. Nur die Bedrohung durch die Dänen hat sie dazu gebracht, ihre Feindseligkeiten vorübergehend ruhen zu lassen.«

»Eine kluge Entscheidung. Mir gefiel der Gedanke nicht, daß Royce im Kampf auch noch einen Feind im Rücken sitzen hat.«

»Machst du dir soviel aus ihm? Die meisten Herrscher geben mit ihrem Tod die Sklaven frei, wie es die Kirche anrät.«

»Ich will meine Freiheit, Eda, aber nicht auf diese Weise«, fauchte Kristen.

Eda reagierte auf diese Antwort mit einem ungläubigen Schnauben und freute sich gleichzeitig doch. »Und jetzt komm. Milord hat gesagt, ich soll dich ausschlafen lassen, aber es war nicht die Rede davon, daß du den ganzen Tag vertrödelst. Eine der Mahlzeiten hast du schon versäumt.«

Kristen strahlte und ging auf die Tür zu. Edas Blick fiel auf die Ketten, die sie in eine Ecke geworfen hatte, und sie ging darauf zu. Kristen hielt sie zurück.

»Laß das sein, Eda. Das habe ich jetzt hinter mir.«

»Hat er das gesagt?«

»Nein, aber ...«

Eda ignorierte sie und hob die Ketten auf. »Solange man mir nicht das Gegenteil sagt, wirst du sie tragen!«

»Nein, ich sage dir doch, daß ich sie jetzt nicht mehr zu tragen brauche. Du kannst ihn ja selbst fragen.«

»Bist du blöd, Mädchen? Ich würde es nie wagen, wegen einer solchen Bagatelle an ihn heranzutreten.« Kristens Gesicht wurde finster, doch Eda hielt eine Hand hoch, um ihrem Wortschwall Einhalt zu gebieten. »Mach mir jetzt keinen Ärger, Kristen. Wenn er bereit ist, dir zu trauen, dann wird er es mir sagen. Kannst du nicht bis dahin warten?«

Nein, hätte sie am liebsten geschrien, aber wozu sollte das gut sein? In wenigen Minuten – oder schlimmstenfalls erst in ein paar Stunden, falls Royce sich nicht im Saal aufhielt – würde sie ihn sehen und seine Vergeßlichkeit im Nachhinein korrigieren. Solange konnte sie wahrhaftig noch warten, obwohl es ihr nicht paßte.

Es dauerte jedoch länger als nur ein paar Stunden, bis sie ihn zu sehen bekam, denn er war den ganzen Tag über fort. Eda hatte von Meghans Kindermädchen Udele erfahren, daß er mit dem Kind ausgeritten war. Meghan kam am frühen Nachmittag zurück. Sie war ganz aufgeregt und hatte rosige Wangen, doch Royce war nicht bei ihr. Eda bemerkte, es käme allzu selten vor, daß Royce die Zeit fand, etwas zum Spaß mit seiner Schwester zu unternehmen. Man konnte Meghan ansehen, daß sie es genossen hatte.

Kristen überlegte sich, wie nett es doch von Royce war, daß er sich die Zeit nahm, seine Pflichten zu vernachlässigen, um sich seiner Schwester zu widmen, doch ihre Ungeduld setzte ihr zu und wuchs sich schnell zur Gereiztheit aus, und bald war die Ablehnung wieder erwacht, die sie schon beim letzten Mal gespürt hatte, als er mit ihr geschlafen und hinterher doch darauf beharrt hatte, ihr die Ketten wieder anzulegen. Ging sie vielleicht von einer falschen Annahme aus? Konnte er im Bett so zärtlich zu ihr sein und sie dann doch ohne jegliche Schuldgefühle wieder anketten lassen, wenn sie nicht bei ihm war?

Die letzte Mahlzeit des Tages wurde gerade eingenommen, als

Royce den Saal betrat. Kristen sah ihn gespannt an, als er auf den langen Tisch zukam, der vor der großen Herdstelle aufgebaut war. Als ihre Blicke sich trafen, lächelte er sie an, und ihr Zorn schmolz dahin. Gott im Himmel, er war ein umwerfender Mann. Sie hoffte, er würde nie bemerken, wie sehr er ihre Sinne betörte. Er war schon mächtig genug, wenn sie ihn nicht auch noch mit diesem Wissen ausrüstete.

Darrelle beanspruchte seine Aufmerksamkeit, und Kristen wandte sich wieder ihrer Arbeit zu. Sie belud die Platten, die zum Tisch getragen werden sollten. Wieder einmal hatte sie sich getäuscht. Er war nicht hartherzig, sondern lediglich vergeßlich. Sobald er sah, daß sie immer noch angekettet war, würde er sich zerknirscht für seine Gedankenlosigkeit entschuldigen.

Ehe der Saal sich auch nur zur Hälfte geleert hatte, kam Royce auf sie zu. Er war vom Essen gut gesättigt, hatte mit seinen Männern ein paar Humpen Bier getrunken, und gerade jetzt wurde das Wasser für ein genüßliches Bad erwärmt. Sie hatte zwei der Eimer selbst gefüllt.

Er blieb neben ihr stehen, wenn auch nicht allzu nahe, und er sah nicht sie an, sondern die Teigklumpen, die für den kommenden Morgen auf dem Tisch bereitlagen. »Wie ist es dir heute ergangen, Mädchen?«

Sie warf einen Seitenblick auf ihn und stellte fest, daß er sie immer noch nicht direkt ansah, und ihr wurde klar, daß er sie nicht ansehen würde, solange noch so viele Menschen um sie herum waren. »Gut.«

»Heute nacht wird es dir noch besser ergehen.«

Er versprach es ihr in einem heiseren Tonfall und hatte seine Stimme zu einem Flüstern gesenkt, das ihr einen Schauer über den Rücken jagte und sie ein Kribbeln im Bauch spüren ließ. Doch dann wandte er sich ab und ging auf das Badezimmer zu, und sie starrte ungläubig hinter ihm her. Es war ausgeschlossen, daß er die eisernen Ketten an ihren Knöcheln nicht gesehen hatte, als er auf sie zugekommen war, denn wenn sie auch noch so schwarz sein mochten, waren sie zwischen ihrem Rocksaum und ihren Schuhen deutlich zu sehen, da beides heller war. Er konnte auch die längere Kette nicht übersehen haben, mit der sie an der Wand angekettet war. Die Frauen klagten darüber, daß sie im Lauf des Tages so oft über diese Kette steigen mußten, die ihnen im Weg lag. Auch diese Kette war nur zu deutlich zu sehen.

Sie wurde von einer Wut geschüttelt, die ihre Hände beben ließ. Sollte Gott seine grünen Augen und sein schwarzes Herz nur quälen! Wenn er das Bett mit ihr teilte, ohne ihr zu trauen, war sie nichts Besseres als eine Hure! Sie hatte es satt, sich benutzen zu lassen.

»Ich habe es dir gleich gesagt, Mädchen. Es ist noch zu früh, als daß er dir traut. Alles zu seiner Zeit.«

Eda stand hinter ihr. Kristen drehte sich nicht um, um zu antworten. Sie verschränkte die Hände, um das Zittern zum Nachlassen zu bringen, und wurde wieder Herr über ihre Gefühle. Ihre Wut mäßigte sich zu Verachtung.

»Ich werde Narben auf den Knöcheln haben, wenn ich den rechten Augenblick abwarte. Schön und gut. Das ist das Mindeste, was ich dafür verdient habe, daß ich mich mit meinem Feind zusammengetan habe. Ich werde die Narben hinnehmen und sie als Buße auffassen.«

»Als Buße! Das klingt ja fast christlich, gütiger Himmel. Habt ihr denn Priester für eure vielen Götter, die Buße verlangen?«

Kristen antwortete nicht. Kühl fragte sie: »Sind wir für heute fertig, Eda?«

»Ja.«

Eda bückte sich und schloß die Ketten auf. Sie konnte einen Teil des Elend nachvollziehen, denn es konnte für Kristen nicht leicht sein, in der Gunst ihres Herrn zu stehen, wenn diese sich an einem gewissen Punkt erschöpfte.

»Und jetzt komm schon«, sagte Eda mürrisch.

Sie hatte Kristen auch die Fußfesseln abgenommen, damit sie die Treppe leichter hinaufsteigen konnte, und sie vertraute darauf, daß Kristen ihr folgen würde, aber nur, weil es wirklich eine zu große Dummheit gewesen wäre, ohne jede Waffe und ohne jeden Plan mit einem Satz die Freiheit erringen zu wollen. Doch wie öfter lief Kristen nur bis zur Tür ihres Zimmers, obwohl Eda weiterlief. Diesmal blieb sie jedoch abrupt stehen, als sie ihr Zimmer betreten wollte. Es war immer nur kärglich eingerichtet gewesen, doch jetzt war es vollkommen ausgeräumt.

Sie spürte, daß Eda wieder hinter ihr stand. »Was soll das heißen?« fragte sie heftig.

»Milord hat mir gegenüber nichts von Einschränkungen erwähnt, die er dir auferlegen will, aber er hat gesagt, daß du dieses Zimmer nicht mehr benutzen wirst. Das einzige Bett, das dir jetzt noch zur Verfügung steht, ist sein Bett.«

Sie lachte rauh. »Ach, wirklich? Mir für meinen Teil ist der harte Fußboden lieber als das, was er mir zu bieten hat.«

»Er wird wütend auf dich sein, Mädchen.«

»Glaubst du etwa, das macht mir etwas aus?« fauchte Kristen.

Eda verließ ihr Zimmer, um Royce mitzuteilen, wie Kristen sich entschieden hatte. Kristen rührte sich nicht von der Stelle, bis sie hörte, daß der Schlüssel im Schloß umgedreht wurde. Sie hatte so sehr gehofft, Eda würde es vergessen, denn solange Royce sich noch unten aufhielt, hätte sie eine Waffe aus seinem Zimmer an sich bringen können, obwohl sie sich noch nicht sicher war, was sie damit angefangen hätte.

Kristen stapfte in die hinterste Ecke der kleinen Kammer und setzte sich hin, um abzuwarten.

23

Als Royce die Tür aufschloß, saß Kristen mit dem Rücken an der Wand und hatte die Knie angezogen, um eilig aufspringen zu können, falls es nötig werden sollte. Sie sah, daß er bisher nicht wütend war. Er wirkte jedoch auch nicht gerade erfreut.

Er kam direkt aus dem Bad und trug nur ein langärmeliges weißes Hemd und einen Umhang aus weißen Leinen, der mit Seide eingefaßt war und bis auf seine Füße fiel. Sie wußte, daß sie ihn atemlos angestarrt hätte, wenn sie nicht so wütend auf ihn gewesen wäre. Doch so sah sie nur sein Gesicht an, das von der Talgkerze angestrahlt wurde, die er hochhielt, um sie sehen zu können.

»Eda hat mir gestanden, warum du wieder einmal hier bist und nicht da, wo du sein solltest. Ich will wissen, warum du geglaubt hast, dich frei in der Halle bewegen zu können, obwohl ich dir gegenüber kein Wort davon gesagt habe.«

Kristen war stolz darauf, daß ihre Stimme nicht bebte, sondern in ihren eigenen Ohren sogar ruhig klang. »Das ist ganz einfach, Sachse. Du weißt, *warum* ich mich in dieser vergangenen Woche geweigert habe, das Bett mit dir zu teilen. Und doch hast du mich gestern abend in dein Bett geholt. Ich war so dumm anzunehmen, daß du dich erweichen hast lassen und mir weniger Einschränkungen auferlegt, wenn du das tust.«

»Du hast recht« erwiderte er barsch. »Es war tatsächlich eine dumme Vermutung. Ich habe dir gesagt, warum du angekettet bleibst. Ich habe dir auch die Alternativen genannt.«

Kristen war jetzt nicht mehr ruhig, als sie die Bestätigung dessen hörte, was sie sich zusammengereimt hatte. »Ich spucke auf deine Alternativen! Ich werde weiterhin deine verfluchten Ketten tragen, aber ich will dich nicht mehr sehen. Ich kann nicht gleichzeitig deine Zärtlichkeiten und deine Ketten ertragen.«

Er kam langsam auf sie zu. Sie zog sich vorsichtshalber auf die Füße, doch er blieb zwei Armlängen vor ihr stehen.

»Ich habe dich für stärker gehalten, Mädchen.«

Sie schnappte nach Luft, als sie diese vorsätzliche Beleidigung hörte. »Ich bin nicht verweichlicht. Mein Vater ist in seiner Jugend gefangen genommen und eingesperrt worden. Meine Mutter hat ebenfalls eine Zeitlang die Versklavung über sich ergehen lassen müssen. Ich bin das, was meine Eltern aus mir gemacht haben und ich würde ihnen keine Ehre machen, wenn ich nicht auch einer Versklavung gewachsen wäre. In meinen Augen ist es eine angemessene Strafe dafür, daß ich mich meinen Eltern widersetzt habe, um mit meinem Bruder fortzusegeln. Ich kann einiges aushalten, Royce. Aber es gibt eine Grenze dessen, was ich kampflos auf mich nehme. Laß mich von jetzt an in Ruhe, und du wirst keine Probleme mit mir haben.«

»Das kann ich nicht«, sagte er darauf lediglich. »Und du willst auch nicht wirklich, daß ich dich nicht mehr beachte, Kristen.«

»Doch, ich will es. Ich will nichts mehr von dir wissen.«

Das, was er hörte, gefiel ihm überhaupt nicht, und das zeigte sich in seinen zusammengepreßten Lippen und in dem stürmischen Grün seiner Augen. »Das kannst du nach der letzten Nacht behaupten?«

»Ja.«

»Du Lügnerin! Du begehrst mich immer noch, und ich werde es dir beweisen.«

Sie schnaubt verächtlich, als sie diese Herausforderung hörte. »Sturheit gehört zu meinen schlechten Eigenschaften, und ich habe sie von meiner Mutter geerbt. Sie hat sich einmal wegen eines Streits, den sie hatten, geweigert, mit meinem Vater zu reden, und sie hat einen ganzen Monat lang kein einziges Wort mit ihm gesprochen. Und das sind zwei Menschen, die einander leidenschaftlich lieben. Es mag sein, daß ich dich noch begehre, Royce, weil ich dich anziehend finde und nichts dagegen tun kann. Aber du wirst nie mehr von mir hören, daß ich es eingestehe, und ich werde mich auch nicht mehr bereitwillig hingeben, denn wenn du mich ankettest, zeigst du mir, daß ich dir nichts bedeute, daß du überhaupt nichts für mich empfindest. Ich brauche mehr von dem Mann, dem ich mich hingebe. Ich brauche mehr als bloße Leidenschaft.«

»Du wirst uns also beiden versagen, was wir wollen?«

Kristen schloß einen Moment lang die Augen, als eine Woge bitterer Enttäuschung über sie hinwegspülte. Was hatte sie bloß für eine Antwort erwartet? *Ich mache mir etwas aus dir, Kristen. Natürlich empfinde ich etwas für dich, sogar sehr viel. Wie konntest du daran nur zweifeln?* Was war sie doch für ein Dummkopf. Nie würde sie solche Dinge aus seinem Munde hören.

Sie öffnete die Augen wieder und sah, daß er die Lippen immer noch fest aufeinander gepreßt hatte, doch jetzt pochte eine Ader auf seiner Wange. Die Hand an seiner Hüfte war zur Faust geballt. Die dunklen Augenbrauen waren näher zusammengerückt, und die Augen waren nur noch grüne Schlitze. Endlich war er wütend. Gut so. Zumindest hatten sie etwas gemeinsam.

»Antworte mir, Dirne!«

»Ja, ich werde es uns beiden versagen.«

»Zum Teufel, das wirst du nicht tun! Du hast gesagt, was du zu sagen hattest. Und jetzt wirst du mir zuhören. Ob ich dich nehme oder nicht, liegt bei mir, nicht bei dir. Ich habe dir die Entscheidung eine Zeitlang überlassen, aber das war ein Fehler, und ich lerne aus meinen Fehlern. Dir die Wahl zu lassen, hat nur bewirkt, daß du glaubtest, es sei dein Recht, frei zu wählen. Das ist es nicht, Kristen. Du gehörst mir. Dein Leben, dein Körper, deine Seele, all das gehört mir.«

Die Gefühllosigkeit dieser Äußerung erboste sie. »Niemals! Es stimmt, daß ich dir gehöre, denn du kannst mich töten, mich verkaufen oder mich vergewaltigen, wann es dir paßt. Aber so wird es nicht immer sein, denn wenn ich verkauft werde oder entkommen kann oder dir geraubt werde, gehöre ich dir eben nicht mehr. Aber ansonsten kannst du mich nicht besitzen. Bilde es dir ruhig ein, wenn du Lust hast, aber wenn ich es nicht so haben will, ist dieses Wort bedeutungslos. Ich müßte dich lieben, um dir wahrhaft zu gehören. Ich müßte den Wunsch haben, dich niemals zu verlassen, und sollte ich es doch tun, müßte ich mir wünschen, wieder bei dir zu sein.«

»Ich verlange nicht, daß du mich liebst«, sagte er barsch.

»Gut so!« zahlte sie es ihm heim. »Du bekämst es ohnehin nicht. Du hast von Wahlmöglichkeiten gesprochen. Ob du mich nimmst oder nicht, liegt bei dir, das ist richtig. Aber ob ich dich haben will oder nicht, liegt bei mir. Ich will dich nicht haben, Sachse.«

»Du wirst dich also wehren?«

»Ja.«

»Du hast bereits gesehen, daß es zwecklos ist.«

»Nein, ich habe nur gesehen, wie leicht man dich durch eine simple Provokation manipulieren kann.« Sie war wütend genug, um es jetzt zuzugeben. Mit einem Hohnlachen verspottete sie ihn noch mehr. »Du hast das volle Maß meiner Widerspenstigkeit noch nicht erlebt, Sachse. Du hast gestern nacht nichts getan, was ich nicht wollte, denn ich habe mir dich gewünscht. Aber wenn du mich jetzt zwingst und ich mich ernstlich wehre, verspreche ich dir, daß es dir keinen Spaß machen wird.«

Ihre hämischen Worte entfachten seinen Zorn. Er fluchte unflätig und warf in seiner Wut die Kerze auf den Boden. Es schien, als hätte er sie schon gepackt, ehe die Flamme ausging, doch sie sah den Satz nicht, mit dem er sich auf sie stürzte.

Eine Hand glitt über ihren Arm und umschloß ihr Handgelenk. Dann zog er sie zur Tür. Kristen wartete, bis sie in dem engen Korridor standen und riß sich erst dann los. Es gelang ihr und zu ihrer großen Freude hörte sie Royce wieder fluchen, als sie auf die Treppe zulief. Er warf sie zu Boden, ehe sie die Stufen erreicht hatte, und sein Körper fiel mit voller Wucht auf sie.

Sobald er sein Gewicht verlagerte, um wieder aufzustehen, holte Kristen, die jetzt auch mehr Bewegungsfreiheit hatte, mit ihrem Ellbogen aus. Er ächzte, als sie seinen Magen traf. Da sie jetzt genug Platz hatte, rollte sie sich auf die Seite und hätte ihn getreten, wenn er nicht einen Arm über ihre Beine geworfen hätte. Im nächsten Moment packte er ihre Hand und schwang sie sich über die Schulter.

Royce hatte Schwierigkeiten beim Aufstehen, weil er ihr Gewicht hieven mußte und sie sich wand, doch er schaffte es und ging auf sein Zimmer zu. Kristen war jedoch noch nicht am Ende. Sie hing auf seinem Rücken und streckte eine Hand aus, um in sein Haar zu greifen. Sie riß so fest daran, daß sie einem weniger kräftigen Mann das Genick gebrochen hätte. Royce verlor allerdings nur das Gleichgewicht und prallte gegen die Wand.

Kristen schnappte nach Luft und spürte, daß sie fiel, und diesmal landete sie auf dem Rücken. Trotzdem ließ sie Royces Haar nicht los, und er ging neben ihr auf die Knie.

Royce fauchte wutentbrannt und schlug ihre Hand von sich. Eine Faust voller Haare blieb zwischen ihren Fingern zurück. Als er diesmal ihr Handgelenk packte, bog er es auf ihren Rücken und verbog ihr den Arm, bis sie glaubte, er wolle ihn brechen. Seine Absicht war nur, sie zum Aufstehen zu zwingen – und sie stand auch eilig auf.

Er stieß sie jetzt vor sich her, und wenn sie sich nicht von der Stelle rührte, bog er ihr den Arm höher auf den Rücken. So brachte er sie in sein Zimmer, und sowie sie dort angekommen waren, stieß er sie heftig von sich.

Kristen wankte im ersten Moment, doch dann fand sie das Gleichgewicht wieder und wirbelte zu ihm herum. Er schloß in aller Ruhe die Tür ab. Ebenso ruhig lief er durch das Zimmer und warf den Schlüssel aus dem offenen Fenster. Diese Geste war mehr als bedrohlich.

Sie spürte einen Schauer über ihren Rücken laufen, doch noch näherte er sich ihr nicht. Es war hell im Zimmer, und sie konnte die kalte Entschlossenheit auf seinem Gesicht sehen, als er sie finster musterte. Aber er näherte sich ihr immer noch nicht. Statt dessen ging er auf das Bett zu. Er griff nach der Zudecke und schnitt sie mit seinem Dolch in schmale Streifen.

Als sich ihr diese Anblick bot, riß Kristen die Augen weit auf. Ihr dämmerte noch nicht, was er mit diesen schmalen Stoffstreifen vorhatte. Sie hielt ihn schlichtweg für verrückt, da die Bettdecke ein Prunkstück aus dünnem Lammfell war, dessen Stickereien in einem Dutzend verschiedener Farben gehalten waren.

Royce hörte auf, als er vier lange Streifen abgeschnitten hatte. Er befestigte einen davon an einem der niedrigen Bettpfosten und machte mit dem nächsten Pfosten weiter. Kristen, die ihn beobachtete, war nur im ersten Augenblick verblüfft. Dann kam es ihr vor, als sei ihr das Herz in den Magen gerutscht, denn es gab für das, was er tat, nur einen möglichen Grund, der ihr einfiel.

Ihrer Kehle entrang sich ein Laut, der teils ein Aufschrei, teils ein Stöhnen war, und sie lief zu der Wand, an der die Waffen hingen und riß einen schweren Pallasch herunter. Er war wirklich übergeschnappt!

»Tu das Ding wieder weg, Kristen.«

Seine Stimme klang so vernünftig. Wie konnte er so sachlich bleiben, wenn er vorhatte, sie zu foltern?

»Nein.« Sie drehte sich um und funkelte ihn an. »Du wirst mich töten müssen, ehe du deine Grausamkeiten an mir praktizieren kannst!«

Er schüttelte den Kopf, band einen Streifen an den dritten Pfosten und ging zum vierten weiter. Er sah sie nicht an, sondern widmete sich ganz seiner Tätigkeit. Sie ließ ihn trotzdem nicht aus den Augen und sah das Lächeln, das um seine Lippen spielte. Ihr Blut gerann, denn dieses Lächeln war alles andere als humorvoll.

Das Schwert war schwer, weit schwerer als alles, womit sie je geübt hatte. Doch sie war stehen geblieben und hatte ihm zugesehen, bis er fertig war, und damit hatte sie sich der Chance beraubt, eine andere Waffe zu wählen. Sie konnte überhaupt nicht mehr klar denken. Zu spät wurde ihr jetzt bewußt, daß sie ihn hätte angreifen sollen, statt zu warten, bis er ihr seine volle Aufmerksamkeit zuwandte.

Royce steckte den kleinen Dolch wieder in die Scheide an seinem Gürtel. Ohne eine Waffe in der Hand kam er auf Kristen zu. An der Wand hing eine Menge Waffen, zwischen denen er wählen konnte, aber sie stand zwischen ihm und der Wand und wollte ihn nicht vorbei lassen.

Sie blockte alles ab, was sie für ihn empfand. Ihr Ausdruck spiegelte ihre tödliche Absicht wider. Sie hielt das Schwert gesenkt und war bereit, es scharf nach oben zu reißen, um ihr Ziel zu finden. Royce hielt jedoch gerade soviel Abstand, daß sie einen Schritt nach vorn hätte machen müssen, um ihn zu treffen. Sein Gesichtsausdruck war jetzt unergründlich.

»Sag mir eins, Kristen. Sind alle Norwegerinnen so geübt im Umgang mit Waffen und dazu erzogen, sich selbst zu verteidigen?«

»Nein«, erwiderte sie behutsam.

»Aber bei dir weiß ich es, denn du hast dein Können schon zweimal an meinem Cousin bewiesen. Ich vermute, dein Vater hat dir das beigebracht? Oder war es dein Bruder Selig? Natürlich war er nicht so geschickt wie …«

Sie schrie wütend auf, riß das Schwert zurück und hätte ihm die Schulter gespalten, wenn er ihr nicht ausgewichen wäre. Statt zurückzutreten, um dem nächsten Schwerthieb zu entgehen, war Royce nähergetreten. Seine Faust traf auf Kristens Handgelenk, ehe sie die schwere Waffe wieder angriffsbereit gehoben hatte.

Das Schwert fiel klappernd auf den Boden, und Kristen wurde herumgewirbelt und stand mit dem Rücken zu ihm, als seine Arme sich um ihre Taille schlangen. Ihre beiden Arme waren unbeweglich, und sie konnte sich noch so sehr bemühen, doch es war aussichtslos, sich befreien zu wollen.

»Du dummes Mädchen. Hat dir denn nie jemand beigebracht, nicht auf das zu hören, was dein Gegner sagt?«

Sie holte mit einem Bein aus und trat ihm gegen das Schienbein, doch ihr Schuh mit der weichen Sohle konnte wenig ausrichten, und sie war sicher, daß sie den eigenen Fuß schlimmer verletzt hatte als Royce. Er zog sie zum Bett, ließ sie bäuchlings darauf fallen und warf sich auf ihren Rücken, ehe sie die Arme unter ihrem Körper herausziehen konnte. Schließlich gelang es ihr, einen Arm zu befreien, und er packte ihn eilig, und sie stöhnte, als sie spürte, wie er den dünnen Lederstreifen um ihr Handgelenk band.

Er hatte ihr linkes Handgelenk an den rechten Bettpfosten gebunden, und sie war angriffsbereit, da sie glaubte, daß er sie jetzt umdrehen mußte. Doch ihre Faust traf nur die Luft, als er sich erhob und sie sich umdrehte, denn er hatte es jetzt auf ihren Fuß und nicht auf ihre freie Hand abgesehen. Sie konnte nichts gegen ihn ausrichten.

Kristen war so frustriert, daß ihr danach zumute war, zu weinen, aber sie tat es nicht. »Du solltest mich lieber töten, wenn du mit mir fertig bist, Sachse, denn dafür werde ich dich in der Hölle sehen.«

Royce sagte nichts. Er hatte ihre Füße festgebunden und blieb vor dem letzten Bettpfosten stehen. Als er sich herunterbeugte, um nach ihrer Hand zu greifen, schlug sie ihm die Faust ins Gesicht, und diesmal wich er nicht rechtzeitig aus.

Eine Woge von Zufriedenheit überflutete sie, obwohl ihre Knöchel schmerzhaft pochten, als sie gegen seine Zähne trafen. Seine Lippe war blutig, und sein Ausdruck war nicht länger unergründlich. Zornig griff er nach ihrem Arm und band ihn mit einem zusätzlichen Knoten fest. Dann trat er zurück, und diese Augen, die ihr so schön und grün erschienen waren, sahen sie gehässig an. Er wischte sich langsam mit dem Handrücken das Blut von seinem Mund.

Sie schloß die Augen, um seinen Triumph nicht sehen zu müssen. Er hatte es zu leicht mit ihr gehabt. Und jetzt würde er sie auspeitschen oder was auch immer er sich für sie ausgedacht hatte, sie dafür bestrafen, daß sie sich seinem Willen widersetzte. Zunächst zerschnitt er jedoch mit seinem Dolch ihre Kleider.

Kristen ächzte innerlich, doch sie hielt die Augen geschlossen und achtete sorgsam darauf, keine Miene zu verziehen. Sie würde nicht schreien, wenn der Schmerz einsetzte, und sie würde auch nicht weinen oder um Gnade flehen, denn wenn er ihr das antun konnte, kannte er kein Erbarmen.

»Mach die Augen auf, Kristen.«

Sie weigerte sich. Sie spürte sein Gewicht auf dem Bett und wußte, daß er sich neben sie gesetzt hatte. Als er kein Wort mehr sagte und sich auch nicht mehr rührte, verlor sie schließlich die Nerven und sah ihn doch an. Er sah ihr in die Augen und dann glitt sein Blick bewußt über ihren ganzen Körper. Ihre Augen folgten seinem Blick, und sie spürte Hitzewallungen.

Als sie sich so dort liegen sah, wurde ihr ihre Hilfslosigkeit noch klarer bewußt. Sie konnte die Knie leicht anwinkeln, aber das war auch schon alles. Ihre Arme waren nicht angespannt, hatten aber auch keinen Bewegungsspielraum. Sie waren ihr so nutzlos wie ihre Beine, doch erstaunlicherweise fühlte sie sich in dieser Lage nicht unbehaglich. Ihre Fesseln schnitten nicht in ihre Haut, solange sie nicht daran zerrte. Sie fühle sich elend, weil sie unfähig war weiterzukämpfen, und weil sie nicht wußte, wie ihre Strafe aussehen würde.

»Du hast dein Versprechen bis jetzt gehalten.«

Beim Klang seiner Stimme sah sie ihn wieder an. »Welches Versprechen?« fragte sie.

»Ich hätte keinen Spaß daran, wenn du dich wehrst. Aber ich versichere dir, daß es mir ein Vergnügen ist, dich so hier liegen zu sehen.«

Sollte Gott ihr beistehen, jetzt wollte er auch noch prahlen. »Hol deine Peitsche, und fang endlich an, Sachse!« zischte sie.

Er lächelte. »Ach ja, du erwähntest etwas von Grausamkeiten, die ich dir antun will. Gut, daß du mich daran erinnert hast.«

Mit diesen Worten zog er ihren langen Zopf unter ihr heraus und schenkte diesem Vorgang bei weiten zuviel Aufmerksamkeit. »Du willst mich damit auspeitschen?« fragte sie ungläubig.

»Eine interessante Vorstellung.« Er lachte und ließ den Zopf durch seine Hand gleiten, bis er das Ende zwischen den Fingern hielt. »Vielleicht ... so?«

Ihre Haarspitzen breiteten sich wie ein Fächer zwischen seinen

Fingern aus und streiften eine Brustwarze. Blut strömte in diese Region, und ihre Brust wurde fester, die Spitze wurde hart und stellte sich auf.

Gänsehaut lief Kristen über die verschiedenen Körperpartien. Als er die ungewollte Reaktion ihres Körper sah, lächelte Royce, der ihre Haarspitzen durch den Spalt zwischen ihren Brüsten gleiten ließ und federleicht mit ihrem Zopfende auf ihre andere Brust einschlug.

Ihr Körper sprach Bände, aber er konnte nicht wissen, was in ihrem Innern vorging. Das, was ihr als eine sehr reale, wenn auch uneingestandene Angst in der Magengrube gesessen hatte, war in Erregung übergangen. Vollkommen hilflos in der Macht eines Mannes zu stehen, der nur zu gut wußte, wie er ihr Freude bereiten konnte … auf den Gedanken war sie nicht gekommen.

»Du … du willst mich gar nicht schlagen?«

»Warum wirkst du so überrascht?« fragte er mit zarter Stimme und ließ den Haarfächer über ihren Bauch gleiten, woraufhin sich die Muskeln von sich aus bewegten. »Mir gefällt deine Haut, wie sie ist. Hast du wirklich geglaubt, ich würde sie verunstalten?«

»Wütend genug warst du …«

»Und das mit gutem Grund. Du hast mich heute zum Lügner werden lassen. Ich habe deinem Freund Thorolf geschworen, ich bräuchte dich nicht zu zwingen, in mein Bett zu kommen, und genau das habe ich jetzt getan.«

»Du hast es ihm gesagt … oh!«

Royce tat das mit einem Achselzucken ab. »Er war besorgt und brauchte die Gewißheit, daß ich meine Macht über dich nicht ungebührrend ausnutze.«

»Tust du das etwa nicht?« fauchte sie und sah vielsagend auf sich selbst herunter.

»Doch, jetzt vielleicht schon. Aber du wirst mir zustimmen müssen, daß ich dich gestern nacht nach deinem eigenen Eingeständnis nicht ungebührend ausgenutzt habe.«

»Mußtest du es Thorolf sagen?«

»Wäre es dir lieber, wenn er sich Sorgen um dich macht?«

»Mir wäre es lieber, wenn er nicht das denkt, was er sich jetzt denken muß!« rief sie wütend aus.

»Daß ich dir gefalle?«

»Der Teufel soll dich holen, Sachse, du gefällst mir nicht, nicht mehr!« fügte sie hinzu, doch sie schnappte nach Luft, als er sich vorbeugte und ihr einen prickelnden Kuß auf den Bauch gab. »Nein, hör auf!«

Seine Zunge schoß heraus und beschrieb einen Kreis um ihren Nabel. »Du wehrst dich immer noch? Da du mich nicht zurückhalten kannst, wirst du mich anflehen, es bleiben zu lassen?«

»Nein!«

Er richtet sich auf, legte seine Hände auf ihren Bauch und ließ sie langsam bis zu ihren Brüsten gleiten. »Ich habe auch nicht damit gerechnet, denn du willst gar nicht wirklich, daß ich aufhöre.«

Seine Finger hatten sich um ihre Brüste gelegt. Sie hörte das Beben ihrer Stimme, als sie beharrlich sagte: »Stimmt nicht. Ich … ich flehe eben niemanden um etwas an … ganz gleich, worum.«

»Ein so stolzes Weib bist du.«

Er kniff mit dem Daumen und dem Zeigefinger in die harten Brustwarzen, bis sie sich anspannten, und dann ging er sanft und zärtlich mit ihnen um. Immer wieder ging er an diesen besonders sensiblen Stellen bis an die Lust-Schmerz-Grenze, bis sie glaubte, ihn wirklich um Gnade anflehen zu müssen. Sie konnte nicht länger still liegen. Sie konnte keine teilnahmslose Miene mehr bewahren, obwohl sie wußte, daß er sie genau beobachtete und jede ihrer Reaktionen wahrnahm. Ihr Herz pochte heftig, und ihr Puls spielte verrückt. Hitze schien ihr zu entströmen, obwohl ihre Stirn trocken blieb.

Die verführerischen Blicke dieser aquamarinblauen Augen und ihre Zähne, die auf ihre Unterlippe bissen, zogen Royce in den Bann. Er war nicht bereit, ihre Lippen zu küssen, noch nicht, denn er hegte wenig Zweifel daran, daß diese Zähne sich in ihn versenken würden. Doch schließlich glitten seine Hände höher und legte sich auf ihre Wangen, um sie still zu halten, während er sie überall küßte, nur nicht auf den Mund.

Seine Lippen an ihrem Ohr baten sie inständig: »Sag mir, daß du mich begehrst, Kristen.«

»Das wirst du nie aus meinem Munde hören.«

Er beugte sich zurück, um sie anzusehen. Ein Feuer schien in ihren Augen zu glühen. Nie hatte er eine Frau gesehen, die derart bereitwillig war, sich lieben zu lassen.

Er lächelte und schüttelte den Kopf. »Du bist so stur, wie du es mir vorhergesagt hast. Aber das bin ich auch, du süße Hexe. Und ich *werde* es von dir hören.«

Er stand auf und trat an das Fußende des Bettes. Dort blieb er

stehen und begann, ohne sie aus den Augen zu lassen, sich auszu-
ziehen. Seinen Blick auf sich zu fühlen, war fast dasselbe, wie seine
Hände auf sich zu spüren. Es stellte verrückte Dinge in ihrem
Bauch an.

Kristen schloß ihre Augen, um ihn nicht ansehen zu müssen. Sie
zwang ihren Körper mit aller Willenskraft, sich zu entspannen,
sich zu beruhigen. Es nutzte nichts. Die Erwartung, die Frage, was
er als nächstes tun würde, sorgte dafür, daß sich ihre Erregung
steigerte, statt nachzulassen.

Sie brauchte nicht lange zu warten. Das Bett wurde am Fußende
schwerer, und dann spürte sie eine Hand auf jedem Knöchel. Sie
wollte ihn nicht ansehen. Langsam bewegten sich die Hände auf
der Innenseite ihrer Beine nach oben – sie würde sich das nicht ansehen – bis über ihre Knie und wurden langsamer, als sie millime-
terweise an ihren Oberschenkeln hinaufglitten – nein, das sah sie
sich nicht an – höher, immer näher …

Er hörte auf und zögerte, und Kristen hielt den Atem an. Sie war
sicher, daß ihr das Herz zerspringen würde, weil es zu heftig
schlug. Dann schlugen seine Finger eine andere Richtung ein, fuhren über die Oberseite ihrer Schenkel, dann außen wieder tiefer hinab, aber nur bis zu den Knien. Als sie es gerade wieder geschafft
hatte, halbwegs ruhig zu atmen, schnappte sie wieder nach Luft, als
er sich mit weit gespreizten Fingern wieder nach oben vortastete.

Wieder und immer wieder bahnte er sich einen Weg an ihren
Oberschenkeln hinauf, und jedesmal kam er dem Keim ihrer Weiblichkeit näher, doch nie berührte er sie dort, aber er ließ sie glauben, er würde es gleich tun, ließ sie hoffen, daß es jetzt soweit war.
Sie wurde heftig von erotischen Gefühlen gepeitscht und aufgewühlt. Er stachelte sie dazu an, ihn anzuflehen.

»Sieh mich an, Kristen.«

Sie schüttelte heftig den Kopf.

»Kristen.«

Sie warf den Kopf zurück, damit sie ihn nicht zwischen ihren
Schenkeln kauern sehen konnte, wenn sie die Augen aufschlug.
Sie hörte ihn darüber lachen und spürte, daß sich die Matratze bewegte, als er sich an das Fußende legte. Dann ließ er seine Arme
unter ihre Schenkel gleiten, fast bis an seine Schultern. Seine Hände legten sich um ihren Körper und breiteten sich auf ihrem Bauch
aus, sein Kinn ruhte auf dem gelockten Dreieck.

»Willst du mich jetzt, Kristen?«

Sie wollte ihm nicht antworten. Seine Hände glitten höher und blieben auf ihren Brüsten liegen. Er hob das Kinn, und sie spürte seinen warmen Atem ... sollte Gott ihr beistehen – oh Gott!

Seine Zunge berührte den winzigen Muskel, der über ihre Leidenschaft gebot, und mehr war nicht nötig. Kristen wurde von einer so explosiven Woge der Lust hinweggerafft, daß sich sein Name von ihren Lippen löste. Ihr Becken hob sich ihm entgegen und forderte den stärkeren Druck seiner Zunge. Sie hätte ihn an sich gezogen, wenn es ihr möglich gewesen wäre. Doch er versagte es ihr nicht. Sie kostete ihre Seligkeit in vollem Maß aus.

Aber Royce war noch nicht fertig mit ihr. Die Wirklichkeit hatte sich kaum wieder eingeschlichen, als er auch schon einen neuen Ansturm auf ihre Sinne begann. Sie besaß jetzt nicht mehr die Willenskraft, sich zu widersetzen. Sie war zu sehr erfüllt und zufrieden und wunderte sich zu sehr über das, was er getan hatte. Allein der Gedanke daran ließ sie vor neuerlicher Erregung pulsieren.

Er lag jetzt auf ihr, und seine Lippen meißelten glühende Pfade in ihre Haut. Doch er wollte nicht in sie eindringen, die eigene rasende Leidenschaft nicht stillen. Er hatte die richtige Stellung eingenommen und marterte sie wieder mit freudiger Erwartung, doch er wollte es einfach nicht tun.

Er stützte sich auf, und sie dachte an glühende Smaragde, als sie in seine Augen sah. »Du begehrst mich«, hauchte er auf ihre Lippen. »Sag es.«

»Das werde ich nicht sagen.«

Seine Zähne knabberten an ihren Lippen. »Du willst lieber, daß ich dich jetzt in Ruhe lasse?«

Sollte Gott ihr beistehen, aber sie hatte das Gefühl, sterben zu müssen, wenn er das tat. Aber wie hätte er es tun können? Konnte er das wirklich tun? Nein, das konnte er nicht tun.

Sie blieb stumm, und in ihre Augen trat eine Mischung aus beharrlichem Stolz und Begierde. Er stöhnte, als er seine Niederlage erkannte. Aber im Vergleich zu dem, was er empfand, als er in sie eintauchte und sie zu einem weiteren Gipfel der Seligkeit mit sich riß, war das eine Bagatelle.

Als Kristen diesmal wieder in die Realität zurückkehrte, schnitt Royce ihre Fesseln los. Er schlang seine Arme um sie, als er fertig war, ließ sich auf den Rücken sinken, und sie schmiegte sich an seine Brust. Für den Moment war ihr Kampfgeist erloschen, und er wußte es und nutzte es aus.

»Du hast gewußt, daß ich nicht mehr zurück konnte.« Sein Tonfall was anklagend.

»Ja, das wußte ich.«

»Du stures Weib«, knurrte er.

Kristen grinste schläfrig.

24

Ein zärtlicher Kuß weckte Kristen. Sie seufzte und streckte sich, schlug aber die Augen noch nicht auf. Der Traum von ihrer Heimat erschien so wirklich. Es war ihr verhaßt, sich daraus lösen zu sollen, und doch war der Druck auf ihren Lippen eine gewaltige Verlockung.

»Ist der Kampfgeist aus dir gewichen, meine kleine Hexe?«

Kristen lächelte. Sie wußte, daß Royce neben ihr im Bett saß. »Nein.«

»Dann freue ich mich schon auf weitere Herausforderungen.«

»Oh!«

Sie schlug die Augen auf und griff nach ihrem Kissen, um es ihm an den Kopf zu werfen. Er war bereits auf dem Weg zur Tür.

»Nein, Kristen – laß uns einen Waffenstillstand beschließen! Heute morgen gibt es viel zu tun, und wir haben nur wenig Zeit. Ich habe Eda schon losgeschickt, damit sie dir Kleider holt und …« Er unterbrach sich, als Eda in der Tür erschien. »Gut. Du kannst es ihr erklären, Eda.« Und schon war er fort.

Kristen setzte sich auf und starrte die alte Frau angewidert an. »Was soll das alles heißen? Er hat gesagt, heute morgen sei viel zu tun.«

»Ja, Alfred kommt heute.«

»Euer König kommt hierher?« fragte Kristen atemlos.

Eda nickte, als sie näherkam. »Er hat Vorreiter ausgeschickt, die uns die Nachricht überbracht haben. Wir haben nur ein paar Stunden Zeit für die Vorbereitungen.«

»Aber warum kommt er hierher?«

»Für uns ist das eine Ehre.«

»Wenn du es nicht weißt, dann sag es nur.«

Eda lachte. »Ja, du hast mich ertappt. Woher sollte ich wissen, warum er kommt? Aber seit das Abkommen geschlossen worden ist, ist es üblich, daß er seine Lords häufig besucht, um ihre Verteidigung zu inspizieren, ihre Bereitschaft zu erkunden und sie daran zu erinnern, daß diese Friedenszeiten nicht von Dauer sind. Den Männern seiner Lords spendet er Lob und Zuspruch, damit sie ernsthafter an den Waffen trainieren. Es ist das dritte Mal seit dem Jahr der Kämpfe, daß er uns aufsucht.«

»Siehst du. Du wußtest doch mehr, als du selbst geglaubt hast.« Kristen grinste sie an.

»Nein, es wären auch andere Gründe denkbar. Er ist dafür bekannt, daß er die Lehnsherren, die er begünstigt, manchmal einfach besucht, um ein paar Stunden oder Tage lang die Bedrohung zu vergessen, die die Dänen darstellen. Lord Royce gehört zu denen, die immer besonders hoch in seiner Gunst standen.«

»Wie schön«, erwiderte Kristen mit einem Anflug von Sarkasmus. Sie war am Tage weniger zufrieden mit Royce.

Außerdem war er nicht in der Nähe und konnte ihren Verstand und ihre Sinne nicht verwirren. »Und was hast du mir mitgebracht? Noch mehr Kleider, die mir nicht passen?«

»Nein, die hier sind eigens für dich angefertigt worden, damit sie eine ordentliche Länge haben.«

Kristen zog fragend eine Augenbraue hoch und runzelte dann die Stirn, als Eda die Kleider hochhob, damit sie sie näher begutachten konnte. Sie waren aus demselben rauhen Material hergestellt, das Royce ihr gestern mit seinem Dolch vom Leib geschnitten hatte.

»Hat Royce das angeordnet?«

»Nein, Lady Darrelle«, erwiderte Eda. »Sie fand es nicht schicklich, daß soviel nackte Haut unter deinen Kleidern herausschaut. Sie soll geäußert haben, eine solche Entblößtheit könnte sich als eine Versuchung für die weniger gottesfürchtigen Männer erweisen.«

Edas Lippen zuckten, als sie das sagte. Kristen grinste, und dann brachen sie beide in Gelächter aus. Kristens Belustigung verflog so schnell, wie sie gekommen war, als sie sah, daß Eda ihre Ketten über dem Arm hängen hatte, als sie ihr die Kleider reichte. Sie sagte jedoch nichts und brachte die Ketten selbst an. Sie hatte nichts damit erreicht, sich Royce zu widersetzen. Sie würde auch nichts damit erreichen, wenn sie weiterhin zeigte, wie sehr ihr vor diesen Dingern graute. Wenn sie die Ketten nie ablegen sollte, dann sollte es eben so sein. Mit der Zeit würden sie den Haß hervorrufen, den sie brauchte, um sich der Macht, die der Sachse über sie hatte, wirklich zu widersetzen.

»Müssen wir die gesamten Mahlzeiten allein vorbereiten?« fragte Kristen Eda, als sie sah, daß sie nur zu zweit in der Küche arbeiteten und die Halle fast menschenleer war.

Eda kicherte. »Die anderen kommen wieder, sobald Lady Darrelle sie nicht mehr braucht. Sie läßt sich von den Besuchen des Königs immer aus der Fassung bringen und scheucht ihre Frauen herum wie die Hühner, ohne viel zu erreichen. Wir würden in kürzerer Zeit mehr schaffen, wenn sich die Dame ins Bett zurückziehen würde.«

»Eda!«

»Wenn es doch wahr ist«, beharrte die alte Frau.

Kristen lächelte still, als sie Seite an Seite zu arbeiten begannen. Eda hatte ihr heute morgen einen ganz neuen Charakterzug gezeigt – ihren Sinn für Humor. Das hatte ihr gefehlt, seit sie hier angekommen war, und sie schätzte Eda jetzt um so mehr, und ihr wurde klar, wie sehr sie die alte Frau ins Herz geschlossen hatte. Ihre Mürrischkeit, ihre oft unerwünschten Ratschläge und ihr Beschützertrieb erinnerten Kristen an die alte Alfreda zu Hause, die so herrisch wie eine Mutter – nicht wie Brenna, sondern wie die Mütter von Kristens Freundinnen – aber gleichzeitig eine teure Freundin gewesen war.

Es dauerte nur wenige Minuten, bis Edas Verdrossenheit wieder zurückkehrte. »Was sagt man dazu! Nicht ein Mädchen ist da, um die drei mit einem Lächeln zu begrüßen. Einer alten Frau überläßt man das! Als ob ich nicht ohnehin schon genug zu tun hätte.«

Kristens Blick fiel auf die Tür, in der drei junge Männer standen, die den Saal gerade betreten hatten. »Sind das die, die die Nachrichten überbracht haben?«

»Ja, und so, wie sie aussehen, sind es junge Adelige.« Die drei Männer lachten über einen Spaß, den der größte von ihnen von sich gegeben hatte. Sie legten ihre Umhänge, aber nicht ihre Waffen ab, als sie direkt auf das große Bierfaß zugingen. Eda holte eilig Krüge, um sie zu den Männern zu bringen, und ihre Stirn war in noch tiefere Falten gelegt, als sie zurückkam.

»Dachte ich mir doch, daß ich dieses bartlose Bürschlein erkannt habe. Das ist Lord Eldred. Nein, Mädchen, sieh nicht hin!« warnte Eda sie mit scharfer Stimme. »Seine Aufmerksamkeit wäre dir gewiß nicht erwünscht.«

Kristen hatte seine Aufmerksamkeit bereits auf sich gezogen, aber auch die der beiden anderen. Da der Raum so leer war, war es nur normal, daß sie die beiden einzigen Frauen ansahen, die sich dort aufhielten. Wenn man sie erst einmal bemerkt hatte, war es schwierig, Kristen zu übersehen. Sie unterschied sich zu sehr von dem, was die Sachsen gewohnt waren: Sie war zu groß, zu auffallend in ihrem Äußeren und mit Sicherheit zu stolz in ihrer Haltung, um eine gewöhnliche Leibeigene zu sein.

Kristen senkte auf die Warnung hin die Lider, doch sie wollte wissen: »Welcher von ihnen ist es?«

»Der mit dem blonden Haar. Es war bekannt, daß er zur Gesellschaft des Königs gehören könnte, aber mich wundert seine Kühnheit, vorauszureiten und ohne den Schutz des Königs hier zu sein. Ich frage mich, ob Lord Royce weiß, daß er hier ist. Nein, bestimmt nicht«, beantwortete sie ihre eigene Frage. »Dem würde er allein in seinem Hause nicht trauen.«

Kristen wunderte sich ebenfalls, als Eda sie ans Ende des Tisches stieß, damit von der Halle aus nur ihr Rücken zu sehen war. So schnell vergaß sie nicht, was Eda ihr über Lord Eldred erzählt hatte. Er war Royce' Feind. Warum sollte er sich nahezu allein in die Festung seines Gegner wagen? Um Royce zu zeigen, daß er ihn nicht fürchtete? Oder verließ er sich auf die Ankunft des Königs, die Auseinandersetzungen verhindern würde? Eda hatte gesagt, diese beiden hätten nur wegen der Bedrohung durch die Dänen einen Waffenstillstand geschlossen. Aber wie gesichert war dieser vorübergehende Frieden, wenn die Feindseligkeiten zu tief verwurzelt waren?

Der Mann mußte etwa so groß wie sie sein, also vergleichsweise groß, wenn auch nicht im Vergleich zu Royce. Er mochte ein oder zwei Jahre älter sein als sein Feind, und er war nicht annähernd so kräftig gebaut, aber gut durchtrainiert. Wenn man nur von seinem Gesicht sprach, war er außerdem bei weitem der schönste Mann, den sie je gesehen hatte, wenn man von ihren eigenen Brüdern absah. Aber Männer mit Körpern wie Royce zogen Kristen an, und daher brachte sie Eldred und seinen Gefährten nicht mehr als eine gewisse Neugier entgegen.

»Du hast die Wette verloren, Randwulf. Das ist kein Mann in Frauenkleidern, sondern wirklich eine Frau.«

Kristen schnappte nach Luft und wirbelte herum. Eda hatte sie vor einer Annäherung dieser Männer gewarnt, aber sie hatte so sehr gehofft, sie würden es sich doch noch anders überlegen. Dem war nicht so.

»Diese Wette verliere ich sogar gern«, erwiderte der dunkelhaarige Randwulf.

Er warf Eldred ein Goldstück zu, ohne Kristen aus den Augen zu lassen. Die Münze fiel auf den Boden, denn auch Eldred war fasziniert von dieser Feststellung.

»Sag mal, Dirne, warum bist du angekettet?« fragte Eldred. »Hast du eine so schlimme Untat begangen?«

»Ich bin eine gefährliche Frau. Sieht man das nicht?« erwiderte Kristen erbost.

»O doch«, antwortete einer von ihnen, und dann fingen alle drei an zu lachen.

»Sag uns die Wahrheit, Dirne«, beharrte Eldred.

»Ich bin Normannin«, sagte sie steif. »Das dürfte eine ausreichende Erklärung sein.«

»Bei Gott, ein Wikingermädchen!« rief der dritte aus. »Ich verstehe gut, wozu die Ketten da sind.«

»Zu schade, daß sie keine Dänin ist« klagte Randwulf. »Dann wüßte ich, wie ich sie zu behandeln habe.«

Eldred grinste. »Du bist ein Dummkopf, Randwulf. Was spielt es für eine Rolle, wer sie war? Jetzt ist sie eine Sklavin.«

Seine Hand hob sich zu Kristens Wange. Kristen wandte ihr Gesicht ab. Sie war jetzt entschieden nervös. Die Männer drängten sich um sie, waren ihr zu nahe gekommen, und hinter ihr stand ein Tisch, der sie daran hinderte, ihnen auszuweichen. Aber wie weit hätte sie mit der langen Kette, die sie an die Wand band, zurückweichen können?

»Es reicht, Milords«, sagte sie. »Ich habe zu arbeiten.« Das war eine dreiste Antwort, und sie kehrte ihnen den Rücken zu und hoffte, sie würden sich damit abfinden, daß sie sie fortgeschickt hatte. Sie hatte falsch gehandelt. Ein fester Körper preßte sich an ihren Rücken, und zwei Hände schlangen sich um sie und legten sich auf ihre Brüste.

Kristen reagierte flink. Sie stieß den Mann von sich. Es war Randwulf, und er taumelte rückwärts und sah sie dabei so erstaunt an, daß es schon fast komisch war.

»Das wagst du, Dirne?« brüllte er, sowie er das Gleichgewicht wieder gefunden hatte. »Das wagst du wirklich?«

Kristen sah sie der Reihe nach an. Eldred war belustigt, die beiden anderen nicht. Hätte sie doch nur eine Waffe gehabt, um sie sich vom Leib zu halten. Doch man hatte ihr noch nicht einmal die Benutzung eines kleinen Küchenmessers zugestanden. Die anderen Frauen schnitten die Lebensmittel klein.

»Ich bin nicht zu eurem Vergnügen hier, Milords. Ich werde als Geisel benutzt, um eine gute Führung der Männer zu gewährleisten, mit denen ich hierher gekommen bin. Royce würde es gar nicht gefallen, wenn ich falsch behandelt werde.«

Sie bluffte, denn sie konnte nicht ahnen, was Royce getan hätte, wenn diese Männer sie vergewaltigten. Vielleicht machte es ihm nichts aus, aber es war auch möglich, daß er diesen Vorwand nutzte, um Eldred zum Duell herauszufordern und vielleicht hätte ihn das sogar gefreut.

Eldred interessierte sich sehr für ihre Worte. »Royce? Du nennst deinen Herrn bei seinem Namen? Ich frage mich, warum.«

»Zweifellos, weil sie das Bett mit ihm teilt«, wieherte Randwulf. »Und wenn er sie haben kann, können wir das erst recht.«

»Nein!« rief Kristen, doch sie sah Eldred böse an. »Riskierst du, was er dann mit dir tut? Er wird dich umbringen!«

»Das glaubst du wirklich, Dirne?« Eldred lächelte. »Dann laß dich von mir eines Besseren belehren. Dein Royce wird gar nichts tun, weil es Alfred nicht paßt, wenn seine Lehnsherrn gegeneinander kämpfen, und Royce tut nichts, was Alfred mißfällt.«

Er war bei diesen Worten nähergetreten, und auch die anderen kamen näher. Da sie alle drei gleichzeitig im Auge behalten mußte, konnte Eldred sie überrumpeln. Seine Hände klammerten sich um ihre Handgelenke und zogen sie auf ihren Rücken. Ihre Brüste drückten sich fest gegen seinen Brustkorb. Er versuchte, sie zu küssen, aber er konnte ihr Gesicht nicht festhalten, ohne ihre Hände loszulassen. Das wollte er beheben, indem er ihre beiden Hände mit einer Hand festhielt, doch das war sein Fehler, denn er hatte ihre Kraft unterschätzt.

Sie versetzte ihm einen Fausthieb auf den Schädel, sowie sie eine ihrer Hände losgerissen hatte, und dieser Schlag ließ ihn benommen wanken, doch die beiden anderen hielten sie augenblicklich fest. Eldred war jetzt wütend; sein Zorn verzerrte sein schönes Gesicht und ließ es abstoßend werden.

»Dafür wirst du mir büßen, Dirne«, versprach er ihr. »Ich werde dein Leben dafür fordern – aber erst, wenn ich mit dir fertig bin.«

»Es reicht!«

Alle drehten sich zu Alden um, der dicht hinter Eda auf sie zukam. Kristen hätte die alte Frau küssen können, weil sie Hilfe geholt hatte, und das, obwohl er es war.

»Halt dich raus, Alden«, warnte Eldred. »Die Dirne hat mich geschlagen.«

»Ach, wirklich? Nun, das überrascht mich nicht, denn sie ist kein gewöhnliches Mädchen.« Alden ging an ihnen vorbei und zu dem Ring in der Wand, an dem Kristen angekettet war. Er richtete seine Schwertspitze darauf. »Was glaubst du wohl, warum sie angekettet ist?«

Eldred ging nicht auf diese Frage ein. »Ich warne dich, Alden. Ich will sie haben.«

»Ja«, stimmte Randwulf zu. »Ich auch.«

»Willst du gegen uns drei kämpfen?« fragte Eldred grinsend.

»Ich?« fragte Alden mit geheucheltem Erstaunen. »Das ist gar nicht nötig. Das Mädchen schlägt ihre eigenen Schlachten, und sie hält sich glänzend. Und der Gerechtigkeit halber muß es ihr gestattet sein.«

Ehe sie ahnten, was er vorhatte, riß Alden mit seiner Schwertspitze die Kette aus der Wand. Das machte den Männern keine Sorge. Sie beobachteten Alden immer noch, der mit gezogenem Schwert wenige Meter vor ihnen stand, und daher war Randwulf wieder überrumpelt, als Kristen ihren Arm von ihm losriß und sich bückte, um die Kette aufzuheben.

Der dritte Mann konnte ihren anderen Arm nicht schnell genug loslassen, als er erkannte, daß sie eine Waffe in der Hand hielt. Sie schwang das lose Ende der Kette über ihrem Kopf und zwang die Männer, zurückzuweichen. Sie konnten ihr jetzt nicht mehr zu nahe kommen, ohne sich Verletzungen zuzuziehen.

Randwulf war so kühn, es zu versuchen, weil der glaubte, die Kette mit seinem Arm abfangen und Kristen damit auf den Boden ziehen zu können, da die Kette dort immer noch befestigt war. Er war auf den Schmerz vorbereitet und sicher, daß die Kette nur mit einem beißenden Hieb sein Fleisch treffen würde, doch er war nicht darauf vorbereitet, daß die Kette unter seinen erhobenen Arm glitt und auf seinen Brustkasten traf.

Eine Rippe brach. Der gräßliche Schmerz, als Eisen auf Haut traf, bewirkte, daß Randwulf das Geräusch splitternder Knochen entging. Seine Haut erschien ihm aufgerissen, und der Schmerz schoß augenblicklich in sein Gehirn. Es war so schlimm, daß er nahezu ohnmächtig wurde und nicht wußte, daß er sich schreiend auf dem Boden wälzte.

Kristen empfand nicht die leisesten Gewissensbisse. Sie bereitete sich darauf vor, dasselbe wieder zu tun. Eldred war der erste, der das bemerkte und den anderen Mann zurückwinkte. Doch er war noch nicht am Ende und wandte sich jetzt an Alden.

»Täusche dich nicht. Der König wird davon erfahren. Er hat uns hierhergeschickt, damit wir …«

»Damit ihr eine der Sklavinnen meines Cousins mißhandelt? Das glaube ich kaum. Und wenn ich du wäre, Eldred, dann würde ich mir Sorgen darüber machen, was Royce tun wird, nicht, was der König möglicherweise tun könnte.«

»Sie hat einen Mann verletzt. Dafür muß sie büßen.«

»Mein Cousin wird die Strafe zahlen.«

Eldred fletschte die Zähne und stolzierte davon, um sich draußen abzukühlen. Er überließ es dem anderen Mann, Randwulf beim Aufstehen zu helfen.

Kristens Anspannung ließ erst nach, als sie alle den Saal verlassen hatten. Dann wandte sie sich an Alden. Die Kette lag jetzt lasch in ihren Händen, doch sie hatte sie nach wie vor einsatzbereit. Er sah ihr in die Augen und erriet ihre Gedanken.

»Tätest du das wirklich, Mädchen?« fragte er in einem sanften Tonfall. »Sogar jetzt, nachdem ich dir gerade zur Hilfe gekommen bin?«

»Ich habe dich nicht um Hilfe gebeten.«

»Aber du brauchtest meine Hilfe.«

Sie focht innerlich einen Kampf mit sich aus und nickte schließlich. »Gut. Dafür …« Sie ließ die Kette auf den Boden fallen, um ihm damit zu bedeuten, daß sie ihn nicht angreifen würde. »Aber das, was du damals getan hast – das kann ich nie vergessen.«

Alden seufzte. »Ich weiß, und es tut mir leid.«

Kristen kehrte ihm den Rücken zu.

25

Als die Frauen allmählich in die Halle zurückkehrten, erwähnte niemand auch nur mit einem Wort Kristens größere Bewegungsfreiheit. Aber die wenigsten hatten Zeit, es auch nur zu bemerken, da sie ganz mit den Vorbereitungen des geplanten Festmals beschäftigt waren. Kristen kam selbst nicht dazu, über das, was geschehen war, nachzudenken. Nachdem sie die lange Kette in ihrem Gürtel eingehängt hatte, um sie nicht lautstark hinter sich herzuschleifen, ging sie wieder an ihre Arbeit.

Kaum eine Stunde später schlangen sich wieder Arme um sie und überrumpelten sie restlos, als sie sich von hinten um sie legten, ihre Taille umfaßten und sachte drückten. Einen Moment lang verspürte sie Panik, aber das war nichts im Vergleich zu ihrem Verdruß, daß sie es wagten, sich ihr wieder zu nähern. Diesmal waren sämtliche Dienstmädchen dabei, und auch Darrelle sah sie mit einem befremdeten Stirnrunzeln an.

»Ist alles in Ordnung mit dir?«

Kristen spürte, wie ihr gleichzeitig heiß und kalt wurde. Dann setzte die Verwirrung ein. Royce hielt sie im Arm, und aus seiner Stimme war unverkennbare Sorge herauszuhören. Der Mann, der sich solche Mühe gegeben hatte, den Anschein zu erwecken, als bemerke er sie nicht, der sogar so getan hatte, als sei er mit etwas ganz anderem beschäftigt, als er gestern an eben dieser Stelle mit ihr geredet hatte, hielt sie jetzt vor den Augen aller im Arm. Es war ihr unbegreiflich.

»Bist du von Sinnen?«

Sie wand sich in seinen Armen, um zu sehen, ob er vom Alkohol benebelt war. Es kam ihr nicht so vor. Er sah sie stirnrunzelnd an und wirkte genauso verwirrt wie sie.

»Ich stelle dir eine wahrhaft angemessene Frage, und du beantwortest sie mir mit einer kecken Gegenfrage. Natürlich bin ich nicht von Sinnen. Du etwa?«

»Das frage ich mich gerade«, erwiderte sie verärgert. »Du kommst hier und jetzt auf mich zu, wie du es bisher nie getan hast. Ist dir denn nicht klar, daß wir von allen beobachtet werden?«

Royce sah ihr über die Schulter und schaute sich im Saal um. Einen Moment lang traf sich sein Blick mit dem Darrelles, und er stellte fest, daß ihr sein Benehmen mißfiel, doch davon ließ er sich nicht beirren. Dann sah er Kristen wieder an, ohne sie loszulassen.

»Ich habe es satt, dich zu ignorieren, damit nicht über uns geklatscht wird«, sagte er schlicht. »Wenn Eda heute morgen nicht bei dir gewesen wäre … Niemand sonst hätte das getan, was sie getan hat. Es ist an der Zeit, daß alle erfahren was du mir bedeutest. Ich würde dir am liebsten mein Siegel aufpressen. Wenn Alfreds Gefolgsleute lesen könnten, würde ich dir ein Schild um den Hals hängen. Niemand wird mißverstehen, daß du unter meinem persönlichen Schutz stehst. Wenn ich es durch Taten bekräftigen muß, dann ist mir das auch recht.«

Sie konnte nicht glauben, was sie mit ihren eigenen Ohren hörte. »Warum? Ich bin nichts weiter als eine deiner Sklavinnen.«

»Zier dich nicht, Mädchen«, fauchte er. »Du weißt, daß du mir mehr bedeutest.«

»Vorübergehend?«

»Vorübergehend.«

Wenn sie allein gewesen wäre, hätte sie ihn von sich gestoßen, weil er ihr ohne jedes Zögern geantwortet hatte. Doch Kristen war sich der zahlreichen Blicke zu bewußt, die auf sie gerichtet waren. Eine solche Unverschämtheit gegenüber einem Mann, der als ihr ›Herr‹ angesehen wurde, gehörte sich nicht – nicht um ihretwillen, sondern um seinetwillen ließ sie es bleiben. Sie wußte allerdings nicht, warum sie seinem Stolz Rechnung trug.

Sie sagte steif. »Ich bin sicher, daß du noch genauso viel zu tun hast wie ich.«

Er sah, daß sie ihn abwies, ging nicht darauf ein, aber seine Arme lösten sich von ihr. »Ich schwöre, daß ich dich nie verstehen werde. Jede andere Frau würde mir weinend und schreiend von den Erniedrigungen erzählen, die ihr zugefügt wurden und Vergeltung fordern. Du erwähnst diese Unverschämtheit mit keinem Wort. Du erklärst mich sogar für verrückt, weil ich dich frage, ob alles in Ordnung ist.«

Kristen lächelte, doch unwillkürlich wurde ein Lachen daraus. »Geht es etwa darum? Um das, was heute morgen geschehen ist?«

»Bist du denn gar nicht außer dir?«

»Weshalb? Mir ist nichts passiert.«

Ihr Auftreten war so anders als alles, was er erwartet hatte, daß es ihn jetzt erboste. Er war ins Haus gestürzt, um sie zu trösten, um ihr zu schwören, sie zu rächen, und sie tat den ganzen Vorfall gleichgültig ab. Am liebsten hätte er Eldred mit seinem Dolch an die Wand gespießt, als Alden ihm berichtet hatte, woran sich dieser Schweinehund versucht hatte, und wahrscheinlich hätte er es auch getan, wenn Eldred in seiner Reichweite gewesen wäre, als er von diesem Vorfall erfuhr. Doch gleich darauf hatte seine Sorge um Kristen die Oberhand über seine Wut gewonnen, eine Sorge, über die sie sich lustig machte.

»Vielleicht ist dir nicht klar, daß eine Freveltat begangen worden ist«, sagte er grob.

»An einer Sklavin?« höhnte sie und dachte wieder daran, wie deutlich er ihr gesagt hatte, daß sie ohne alle Rechte war.

»An dem Mann, den du verwundet hast.«

Sie fuhr zusammen, und das leuchtende Blau ihrer Augen verblaßte zu einem eisblauen Farbton. »Von was für einem Verbrechen sprichst du? Davon, daß ich mich verteidigt habe? Du wagst es, Notwehr als ein Vergehen zu bezeichnen?«

»Ich nicht. Das Gesetz. Eine Sklavin darf nur auf Geheiß ihres Besitzers Waffen bei sich tragen und niemand angreifen, insbesondere keine Edelleute. Es steht eine hohe Strafe darauf, einen Adeligen anzugreifen, selbst für einen freien Mann, aber wenn es sich gar um eine Sklavin handelt …«

»Dachtest du, deshalb sei ich außer mir?« fragte sie hämisch. »Soll ich dafür aufgehängt werden, daß ich mich verteidigt habe?«

»Rede keinen Unsinn, Dirne. Es ist meine Angelegenheit als dein Herr, die Strafe zu zahlen, und das werde ich fraglos tun. Ich wollte nur, daß dir der Ernst dessen klar wird, was du als eine Bagatelle ohne jegliche Folgen abtun wolltest.«

»Ich bedanke mich nicht bei dir«, erwiderte sie gereizt. »Mir gefällt die Vorstellung nicht, daß diesem Mistkerl überhaupt etwas gezahlt wird. Wäre ich zu Hause, dann würde diese Männer das, was sie mir antun wollten, das Leben kosten.«

»Du kannst nicht erwarten, daß die Dinge hier für dich so stehen wie zu Hause, Kristen.« Seine Stimme war jetzt zarter, und sein Zorn hatte nachgelassen, als ihm wieder einfiel, daß sie nicht immer eine Sklavin gewesen war, daß sie eine weit bessere Behandlung gewohnt war. »Mir paßt es auch nicht, daß dieser Schurke Randwulf belohnt werden soll, und ich werde dafür sorgen, daß er für diese Entschädigung noch mehr zu leiden hat.«

Diese Entschädigung, das Wergeld, war der Preis eines Menschen, die Geldsumme, auf die der Wert eines Menschen oder seine Bedeutung für die Gesellschaft von seinem Reichtum her gesehen, zu gesetzlichen Zwecken festgelegt wurde. Diese Summe war als Entschädigung zu zahlen, wenn einem Menschen etwas angetan wurde oder wenn er einem anderen etwas antat. In Wessex wurde nur zwischen drei Kategorien unterschieden: Zwölfhundert Schilling für den König und seine Familienangehörigen; sechshundert Schilling für die Gefolgsleute des Königs und zweihundert

Schilling für die freien Bauern und Händler. Für Sklaven gab es kein Wergeld, doch ihr Wert war auf acht Rinder festgelegt.

Kristen hatte Eda zu verdanken, daß sie all das wußte. Sie wußte, daß im Todesfalle das gesamte Wergeld gefordert wurde, bei Verletzungen geringere Summen, und das Gesetz legte sogar die genauen Beträge für bestimmte Formen der Verletzungen fest. Sie stellte sich vor, daß eine gebrochene Rippe, die einen Mann eine Zeitlang stark behinderte, wirklich teuer zu stehen kam, insbesondere bei einem Edelmann, dessen Wergeld sechshundert Schilling betrug, für die meisten Menschen eine schwindelerregende Summe.

Kristen dämmerte, wie wenig es Royce störte, daß er diese Strafe für sie bezahlten mußte. Ihn ärgerte nur, daß sie sich über seine Sorge um sie lustig gemacht hatte. Da stand er also und sagte ihr, er werde sich persönlich darum kümmern, daß Randwulf noch übler bestraft würde. Er sagte ihr damit, daß er sie rächen würde. Wen kannte sie, selbst in ihrem eigenen Volk, der eine Sklavin gerächt hätte? Bei Gott! Warum konnte dieser Mann nicht konsequent sein? Warum gab er ihr das Gefühl, der letzte Dreck zu sein, um sie im nächsten Moment wie ein über alles geliebtes Wesen zu behandeln?

Kristen senkte die Augen und war jetzt zerknirscht, weil sie gerade noch so grob gewesen war. »Ich weiß zu würdigen, daß du das tätest, aber es ist nicht nötig. Wie ich schon sagte, ist mir nichts ...«

Sie konnte den Satz nicht beenden. Zwei der jüngeren, ausgelasseneren Leibeigenen kamen in den Saal gestürmt und schrien, der König sei da. Royce wollte sich auf den Weg machen und schien sie über diesen Neuigkeiten völlig vergessen zu haben. Doch so war es nicht. Er drehte sich noch einmal um und rief Eda zu sich.

»Nimm ihr die Ketten ab, Eda.« Dann sagte er zu Kristen, während seine Augen sie glühend durchbohrten, mit sanfter Stimme: »Wir müssen ein Geschäft miteinander machen, du und ich, aber ich habe jetzt nicht die Zeit, darüber zu reden. Gott sei dir gnädig, Mädchen, aber benimm dich gut.«

Kristen sah ihm nach, als er eilig auf den Hauseingang zulief. Sie beobachtete, das Lady Darrelle sich ihm mit schnellen Schritten anschloß und mit ihm reden wollte, doch er winkte mit einer Hand ab und lief mit so großen Schritten weiter, daß sie ihm nicht folgen konnte. Alle anderen im Saal drängten sich an den Fenstern, um König Alfreds Einzug zu beobachten.

Kristen rührte sich nicht von der Stelle, auch dann nicht, als die gehaßten Ketten von ihren Knöcheln glitten und Eda die längere Kette aus ihrem Gürtel zog. Ganz langsam verzogen sich ihre Lippen zu einem strahlenden Lächeln. Royce war bereit mit ihr zu handeln, sich damit zufriedenzugeben, daß sie ihm ihr Wort gab. Er würde ihr endlich vertrauen. Sie war begeistert. Sie hätte vor Freude am liebsten gejauchzt, und wenn Eda sie nicht immer noch im Auge gehabt hätte, hätte sie es auch getan. Die alte Frau hatte von Anfang an recht gehabt. Sie hatte nur den richtigen Zeitpunkt abwarten müssen.

»Ja, ich sehe, wie sehr du dich freust.« Eda lächelte keineswegs. »Merk dir diese Warnung, Mädchen. Tu nichts, was dich wieder in Ketten bringt.« Mit diesen Worten warf sie die Ketten in eine Ecke.

Kristen nickte geistesabwesend. Alle ihre Gedanken drehten sich um Royce und darum, was sein Vertrauen bedeuten konnte. Es bestand wieder die Hoffnung, daß sie sich doch nicht geirrt hatte, als sie sich Royce von Wyndhurst zum Mann auserkoren hatte. Er sah in ihr immer noch seine Feindin, aber auch Garrick und Brenna waren einst Feinde gewesen, und dennoch hatten sie zu einem gemeinsamen Leben gefunden.

Scharen von Fremden strömten jetzt in die Halle. Kristen war so gut gelaunt, daß sie es spannend fand, diesen großen Sachsenkönig sehen zu dürfen. Alle Anwesenden waren aufgeregt, doch Kristen war die einzige, die überrascht war, da die anderen ihn schon früher gesehen hatten. Er war so jung, gewiß noch jünger als Royce!

Im ersten Moment glaubte sie, sie müsse sich getäuscht haben. Das konnte nicht der Mann sein, der die Sachsen gegen die wilden Dänen angeführt hatte, der einen einstweiligen Frieden für sein Volk erwirkt hatte. Schließlich unterschied er sich in nichts von den Adeligen, die sich um ihn scharten. Sie alle waren gut gekleidet, manche kostbarer als andere. Es waren ältere Männer darunter, die grimmiger aussahen und die man leichter für Könige hätte halten können.

Und doch war dieser junge Mann der König. Eigentlich brauchte sie Edas Bestätigung nicht. Es ging etwas von ihm aus, was den anderen fehlte. Es war dasselbe, was sie an Royce gesehen hatte, als sie ihm das erste Mal begegnet war und ihr seine Haltung und nicht seine Kleidung gesagt hatte, wer er war. Das war ein Mann, der es gewohnt war zu befehlen. Die anderen, selbst alles Herrscher, die es gewohnt waren, selbständig zu handeln, beugten sich ihm.

Wenn man von seiner Jugend und der Macht absah, die ihm die Königswürde verlieh, war Alfred von Wessex auf den ersten Blick kein auffälliger Mann. Er war für einen Sachsen groß, hellhäutig, hatte helle Haare und blaue Augen, die wach waren und alles aufnahmen, was um ihn herum vorging, ohne dabei so zu wirken. Er sah nicht aus wie ein Krieger, und Kristen sollte später erfahren, daß er tatsächlich ein Gelehrter mit sanftmütigem Charakter war. Sie sollte ferner herausfinden, daß er zwar von seinem Äußeren her nicht auffiel, dafür aber um so mehr durch seinen Schwung und seine Energie und durch seine feste Entschlossenheit, sein Königreich unter sächsischer Herrschaft bestehen zu lassen.

Im Moment wirkte er wie jeder andere, von der Reise ein wenig ermüdet und dankbar für den Weinkelch, den Lady Darrelle ihm brachte. Er lauschte Royce aufmerksam, als dieser ihn erneut mit einigen seiner Männer bekannt machte, ehe sie sich den Tischen näherten, die bereits für das Festmahl gedeckt waren. Kristen beobachtete Royce mit einem gewissen Stolz, einem Stolz, den sie nicht hätte fühlen sollen, da sie keine Ansprüche auf diesen Mann hatte, und doch empfand sie es so.

Sie sah, daß Eda wieder einmal recht gehabt hatte: Royce stand in der Gunst seines Königs. Die beiden behandelten einander ohne jede Formalität. Sie redeten wie alte Freunde miteinander, die gleichgestellt waren. Sie stellte sogar fest, daß andere Männer die beiden schief ansahen, wenn Alfred über etwas lachte, was Royce gesagt hatte, und sie fragte sich, ob Royce wußte, daß er von diesen anderen Edelmännern beneidet wurde.

Die Adeligen, aus denen sich Alfreds Gefolge zusammensetzte, waren weitgehend Männer in seinem Alter, jüngere Söhne, die sich in der Hoffnung am Hof aufhielten, seine Gunst zu erringen. Ein halbes Dutzend Damen war auch darunter, Gemahlinnen und Töchter, die ihre Herrn begleiteten, wenngleich die Königin nicht unter ihnen war.

Eine dieser Frauen weckte Kristens Neugier, eine sehr hübsche Dame mit flachsblondem Haar, das sie unter einem Perlennetz zu einem Knoten geschlungen hatte. Sie war jung, und ihre dralle Gestalt steckte in einem bezaubernden Gewand mit Pelzbesätzen, um das Kristen sie beneidet hätte, wenn sie nicht ihr eigenes grünes Samtkleid weit schöner gefunden hätte. Aber schließlich trug sie nicht ihr grünes Samtkleid, und niemand nahm Notiz von ihr, und die flachsblonde Frau schien den König und Royce nicht aus den

Augen lassen zu können. Sie wandte ihre ungeteilte Aufmerksamkeit beiden zugleich zu.

Kristen wandte sich von den Adeligen ab und erfuhr zum ersten Mal in ihrem Leben, was Eifersucht bedeutete. Da sie bisher in ihrem ganzen Leben noch nicht eifersüchtig gewesen war, erkannte sie das Gefühl nicht als solches. Sie wußte nur, daß es sie beunruhigte und verwirrte, diese Dame zu beobachten, die in ihrer kostbaren Aufmachung so hübsch aussah und sich so sehr bemühte, Royce' Aufmerksamkeit auf sich zu lenken. Kristens einziger Trost bestand darin, daß er sich zu sehr mit seinem König beschäftigte, um sie auch nur zu bemerken.

26

Das Festmahl zog sich über den ganzen Nachmittag hin und bis in die Abendstunden hinein. Auf dem Platz hinter dem Saal waren Feuer entfacht worden, um die größeren Tiere, die die Männer am Vormittag eigens gejagt hatten, zu rösten. Der Abwechslung halber gab es ein Reh, ein Lamm und ein zartes junges Kalb. Kleinere Tiere und die frischen Gemüse aus dem Garten des Gutes wurden auf dem Herd zubereitet. Käselaiber wurden aus dem Keller geholt, Früchte, die sie erst kürzlich gepflückt hatten, wurden serviert. Daraus bereiteten sie auch Kuchen, Torten und Saucen zu.

Kristen war solche Festlichkeiten aus ihrer Heimat gewohnt, und oft hatte sie bei der Vorbereitung des Essens mitgeholfen, doch immer nur im Winter und nie bei einer so drückenden Hitze, die sie schon überhaupt nicht von zu Hause kannte, und wenn sie auch noch so stark und gesund sein mochte, zehrte die Temperatur an ihren letzten Reserven. Die Herdfeuer brannten durchgehend, und der Saal war schon den ganzen Tag lang überfüllt gewesen, was alles noch viel schlimmer machte. Die anderen Frauen nutzten jede Gelegenheit, die sich ihnen bot, um im Freien Luft zu schnappen. Ihr war das nicht möglich. Sie mochte zwar endlich nicht mehr angekettet sein, doch sie wurde beobachtet – von Eda, von den anderen Frauen und von einigen von Royce' Männern – und zwar ständig. Allmählich ging ihr auf, daß die Männer, die behaglich dasaßen, dennoch die Anweisung erhalten hatten, über sie zu wachen. So weit war es mit Royce' vollem Vertrauen her!

Das hätte ihren Zorn vielleicht nicht angestachelt, wenn nicht noch die Hitze hinzugekommen wäre. Kristen fühlte sich genauso gereizt wie die anderen Frauen, die sich für schnippische Bemerkungen heftige Vorwürfe und Klapse einhandelten, die von den älteren Frauen an die jüngeren ausgeteilt wurden. Sogar Eda hatte einem Mädchen eins auf die Ohren gegeben, weil sie eine Zeitlang müßig dastand, um sich Wind ins Gesicht zu fächeln.

Die geplagten Dienstboten waren überreizt. An den Tischen herrschte blendende Stimmung, da sich die Gäste amüsierten. Eine Zeitlang war zwischen den Tischen getanzt worden, und Kristen hatte versonnen und wehmütig zugesehen und festgestellt, daß sich die Tänze der Sachsen gar nicht so sehr von denen ihres Volkes unterschieden. Barden hatten Geschichten von Drachen und Hexen erzählt, von Riesen und Elfen. Ein Spielmann mit einer Harfe sang von Helden eines älteren Landes, aber vorwiegend von König Egbert, Alfreds Großvater, der in die Geschichte seines Königreiches eingegriffen hatte, von der Anerkennung der Oberherrschaft Mercias über Wessex bis hin zum zweimaligen Sieg über Mercia, der es ihm ermöglicht hatte, sein Königreich der Oberherrschaft Mercias zu entziehen.

Wieviel von diesen Geschichten wohl wahr sein mag? fragte sich Kristen, aber sie hörte auch, daß Alfreds Großvater die Waliser geschlagen hatte, die Männer nördlich des Humber und die mächtigen Kelten von Cornwall, die sich seiner Herrschaft beharrlich widersetzt hatten. Alle hatten ihre Freude an diesen Geschichten, und der Spielmann wurde gedrängt, mehr und immer mehr zu singen.

Kristen hatte ihre Bewegungsfreiheit wieder, doch es war ihr nicht gestattet, an den Tischen zu bedienen. Ihr war das nur recht so; denn es war etwas anderes, im Dunkel der Küche das Essen zuzubereiten, als Herrschaften zu bedienen, die sie nicht als etwas Besseres als sich selbst erachtete.

Sie glaubte, nicht weiter bemerkt zu werden, und es wäre ihr einigermaßen peinlich gewesen, wenn sie gewußt hätte, daß sie die Neugier aller Anwesenden auf sich gezogen hatte, selbst die des Königs. Tischnachbarn stellten Spekulationen über sie an, aber niemand ließ sich tatsächlich dazu herab, Erkundigungen über eine Sklavin einzuziehen. Nur Alfred hatte keine Skrupel, Royce auszufragen, um seine Neugier zu stillen.

Kristen hätten sich die Haare aufgestellt, wenn sie diese Unterhaltung mitangehört hätte. So stellten sich ihr nur Haare auf, weil ständig über die ›Wilden‹ geredet wurde, diese Wikinger, die Royce gefangengenommen hatte und für sich arbeiten ließ. In Verbindung mit der unerträglichen Hitze gab ihr eine dieser Bemerkungen den Rest, und sie stand kurz vor dem Siedepunkt. Ein Blick gab den Ausschlag, und dieser Blick kam von Royce.

Sie hatte sich an ein offenes Fenster gesetzt und fächelte sich frische Luft zu, als sie diesen Blick auffing, der die klare Warnung ausdrückte, sich von den Fenstern fernzuhalten.

Das war zuviel. Sie stand auf und riß langsam die Ärmel ihres Kleides ab, wie sie es schon einmal getan hatte, ohne ihn dabei aus den Augen zu lassen. Dann warf sie die Ärmel aus dem Fenster. Sofort spürte sie den Unterschied, den die angenehme Frische ausmachte. Sie hörte, daß Royce herzlich über sie lachte.

Dieses Gelächter hielt sie davon ab, noch Extremeres zu tun, denn plötzlich hatte sie ihr Unbehagen hinter sich gelassen und sah die Komik ihres Tuns. Die Reizbarkeit, die sie den ganzen Tag verspürt hatte, fiel von ihr ab. Sie grinste breit, als Eda sie ausschalt und wieder in die Küche zog.

Das hatte sich vor weniger als einer Stunde abgespielt. Im Saal wurde es jetzt ruhiger. Das Essen wurde von den Tischen geräumt. Die Vorbereitungen für das Morgenmahl waren bereits in vollem Gange.

Kristen malte sich aus, daß es noch viele Stunden dauern konnte, bis sie ins Bett kam. Sie täuschte sich. Royce stand auf und kam zu ihr. Wortlos griff er nach ihrer Hand und führte sie zur Treppe.

Wenn sie weniger erschöpft gewesen wäre, hätte sie Einwände gegen seine Taktlosigkeit erhoben, denn sie wußte genau, was er tat. Er hatte gesagt, er werde den Gefolgsleuten Alfreds durch seine Taten zeigen, daß sie unter seinem persönlichen Schutz stand. Wie ließ sich das einfacher bewerkstelligen als so? Er stellte sie öffentlich als seine Bettgenossin hin. Niemand, der ihnen zusah, konnte seine Absichten verkennen. Er blieb sogar am Fuß der Treppe stehen und küßte sie flüchtig.

Seltsamerweise störte sich Kristen nicht im geringsten an dem, was er tat. Wäre sie seine Ehefrau gewesen, hätten sie sich nach einem solchen Abend ebenso zurückgezogen. Doch das, was sie wirklich verstummen und sich fügen ließ, war, daß Royce seinen König und alle seine Gäste der Obhut seines Cousins Alden überließ, um sich mit ihr zurückzuziehen. Soviel bedeutete es ihm, sie zu beschützen.

»Es ist gut, daß du dich nicht gewehrt hast, Kristen.«

Das sagte er, sobald er die Tür seines Zimmers geschlossen und ihre Hand losgelassen hatte. Aus seinem Tonfall hörte sie heraus, daß er sich bei ihr bedankte, weil sie seiner Farce nichts entgegengesetzt hatte. Sie ging zum Bett und sagte nichts, ehe sie sich gesetzt hatte und sich ihrer Ermattung hingeben konnte.

»Ich würde mich nicht vor anderen mit dir streiten.«

Er stellte sich vor sie hin, und seine Stirn legte sich in Falten. »Vielleicht ist dir nicht klar, was …«

Sie schnitt ihm mit einem leisen Lachen das Wort ab. »Deine Methode war recht grobschlächtig, aber ich habe die Geste nicht mißverstanden – und deine Gäste meines Erachtens auch nicht. Du hast mir den Stempel aufgedrückt, den du mir aufdrücken wolltest.«

»Und das stört dich nicht?«

»Wohl kaum, denn sonst wäre ich jetzt wütend. Aber vielleicht bin ich auch nur zu müde, um wütend zu werden. Ich weiß es nicht. Aber was beunruhigt dich? Hätte es dir besser in den Kram gepaßt, mich schreiend und um mich tretend die Treppe hinaufzutragen?«

»Damit habe ich gerechnet«, brummte er.

Sie lächelte ihn an und schüttelte den Kopf. »Wie ich schon sagte – ich würde mich nicht wehren oder mit dir streiten, wenn andere dabei sind.«

»Und warum das?« wollte er wissen. »Sonst schreckst du doch auch nicht davor zurück.«

»Ich bin mein Leben lang unter Männern aufgewachsen und kenne ihre stolze Art. Du würdest es mir nie verzeihen, wenn ich dich vor anderen erniedrige. Aber hier, wenn wir allein sind, ist es egal.«

»Ich glaube, das trifft genauso auf dich zu, du Luder.«

Sie zuckte die Achseln, ehe sie sich auf den Rücken legte und ihn durch halb geschlossene Lider ansah. Royce holte tief Luft. Es war eine deutliche Aufforderung. Sie legte sich verführerisch und entspannt hin und wartete. Hitze schoß in seine Genitalien, und doch rührte er sich nicht von der Stelle, denn er fürchtete, sie würde aufspringen, wenn er es tat. Nach der stürmischen Auseinandersetzung des Vorabends wäre das eine zu kraße Kehrtwendung gewesen.

Sein Zögern entlockte ihr ein Lachen, einen tiefen, kehligen Laut. »Ich verstehe.«

Er spürte Gereiztheit in sich aufsteigen, die sich mit seinem Verlangen mischte. Der Umgang mit Kristen war eine ständige geistige Überforderung. Sie tat nie auch nur ein einziges Mal das, was normal oder zu erwarten war.

»Was verstehst du?« Seine Stimme klang sogar in seinen eigenen Ohren grob.

Sie zog sich auf ihre Ellbogen. Eine andere Frau wäre vor seinem Tonfall zurückgewichen. Kristen lächelte ihn an.

»Ich bin schweißgetränkt. Es ist kein Wunder, daß du mich nicht anziehend findest.«

Wieder schnappte er abrupt nach Luft. »Nicht anziehend?« schrie er fast.

Sie reagierte immer noch nicht auf seine Überreiztheit. »Ja. Ich würde dich bitten, ein Bad nehmen zu dürfen, wenn ich nicht wieder in die Halle hinuntergehen müßte, um das zu tun, und das wäre deinen Gästen gegenüber zu eindeutig. Sie würden es für deinen Befehl halten und so auslegen, daß du mich so, wie ich bin, nicht haben willst. Das ist sogar für meinen Stolz zuviel.«

Er starrte sie einen Moment lang überrascht an und stemmte dann ein Knie auf das Bett, um sich über sie zu beugen. »Frau ...«, setzte er an.

Sie legte ihre Hände auf seine Brust, um ihn zurückzuhalten.

»Nein, ich muß wirklich stinken. Das kannst du nicht tun.«

Jetzt lachte er. »O doch, das kann ich, und zwar mit dem größten Vergnügen. Aber wenn das, was du willst, wirklich ein Bad ist, gibt es hier in der Nähe einen kleinen See.« Sie strahlte. »Würdest du mit mir dort hingehen?«

»Ja.«

Er stemmte sich gegen ihre Hände, um ihr einen Kuß zu rauben, und ihr freudiges Gesicht bereitete ihm ein merkwürdiges Vergnügen. Daher war er einmal mehr überrascht und überrumpelt, als sie stöhnte.

»Oh, wie ungerecht. Du verlockst mich zu einem Bad in kühlem Wasser, wenn ich so müde bin, daß ich kaum eine Hand von diesem Bett heben kann.«

»Gott steh mir bei!« brummte er lehnte sich zurück. »Du wirst mich noch um den Verstand bringen, Mädchen.«

»Warum?«

Er sah sie durch zusammengekniffene Augen an. Dann ging ihm plötzlich auf, daß sie nicht mit ihm spaßte. Es war ihr Ernst. Er sah jetzt alles, was sie getan hatte, seit sie dieses Zimmer betreten hatten, in einem anderen Licht. Ihr unwilliger Ausruf war echter Enttäuschung entsprungen.

»Bist du wirklich so müde?«

Sie lächelte matt. »Ich fürchte, die Hitze im Saal hat mir die letzte Kraft geraubt. Die Arbeit macht mir nichts aus, aber es war so voll ...« Sie ließ sich seufzend wieder auf das Bett fallen. »Es ist nur gut, daß du mich so nicht willst. Ich glaube nicht, daß einer von uns seine Freude an diesem Sport hätte.« Er wollte schon sagen: ›Rede nur für dich‹, doch er tat es nicht. Vor wenigen Wochen hätte ihn eine so dreiste Äußerung schockiert. Vielleicht gewöhnte er sich schon daran, wie offen sie sagte, was sie sich dachte, wenn er sich schon nicht an ihre Inkonsequenz gewöhnen konnte.

»Sehnst du dich immer noch nach diesem Bad?«

Sie schloß die Augen, doch auf ihren Lippen stand immer noch ein Lächeln. »Es wäre schön, aber ich will trotzdem nicht nach unten gehen. Ich hoffe, du bringst mich nicht dazu, auch nur noch einen Finger rühren zu müssen, um mit dir darüber zu diskutieren.«

Ein verärgerter Laut löste sich aus seiner Kehle. Sie hätte sich von der Stelle gerührt, um mit ihm zu streiten, aber nicht, um sich von ihm lieben zu lassen. Und er wollte sie trotz ihrer Erschöpfung und sogar in diesem Zustand. Trotzdem mußte er einräumen, daß sie zweifellos recht hatte. Er hätte sich betrogen gefühlt, wenn sie nur träge auf ihn reagierte, denn das, was er besonders genoß, war ihre wüste Leidenschaft.

Kristen hatte die Augen aufgeschlagen und ihn durch ihre Wimpern angesehen. Sie mußte innerlich genauso ermattet sein wie physisch. Sie war von dem ausgegangen, was sie empfand. Das war aber nicht das, was er empfand, wie sie daran erkennen konnte, wie schmerzlich er auf sie heruntersah. Er wollte sie wirklich jetzt sofort haben. Dieses Wissen versetzte ihr Blut in Wallung. Sie bezweifelte, daß irgend etwas sie im Moment hätte entfachen können. Aber unerklärlicherweise war es ein gutes Gefühl, von ihm begehrt zu werden.

»Wenn du es so haben willst.«

Sie sah, daß er sich bei diesem Angebot anspannte, doch dann wurde er wieder locker und seine Züge wurden zarter. »Ja, ich hätte es gerne so, Mädchen, aber ich werde statt dessen das tun, was du dir wünscht. Komm, du wirst dein Bad bekommen.«

Sie stöhnte, als er ihre Hand packte und sie vom Bett ziehen wollte. »Nein, Royce. Ich glaube, den Schlaf brauche ich noch nötiger.«

Sie war wirklich müde, wenn ihr sein Name herausrutschte und sie ihn nicht abfällig *Sachse* nannte. Das belustigte ihn. Er hätte nie geglaubt, sie einmal so zu erleben. Die Erschöpfung hatte ihre gesamte Wachsamkeit von ihr abfallen lassen. »Du brauchst nur für ein paar Minuten aufzustehen«, sagte er grinsend. »Du stellst dich hin, und den Rest übernehme ich.«

»Hinstellen?«

»Ja, hier.«

Er führte sie zu dem Wasserbehälter, der auf seinem Tisch stand. Dort lagen ein zusammengefaltetes Handtuch, ein Schwamm und ein Stück Seife.

»Das ist nicht normal«, sagte sie stirnrunzelnd. »Man wäscht sich immer unten.«

»Das Badezimmer wird von den Gästen benutzt. Wenn wir Gäste haben, wird mir immer Wasser nach oben gebracht. Du bist nicht die einzige, der die Hitze in einem überfüllten Raum etwas ausmacht, wenn ich mir auch vorstellen kann, daß es für dich weit schlimmer war.«

»Du kannst es dir vorstellen«, sagte sie. »Aber die Wirklichkeit ist übler als alles, was man sich vorstellen kann.«

»Setzt dir unser Klima wirklich derart zu?« fragte er, als er begann, sie auszuziehen. »Bisher hat es dein Temperament nicht beeinträchtigt.«

Sobald er es ausgesprochen hatte, bereute er, daß er sie gehänselt hatte, denn er merkte, daß ihr Stolz sich regen und sie sich ärgern könnte, weil sie glaubte, er wolle ihre Qualen herunterspielen. Sie überraschte ihn damit, daß sie statt dessen kicherte.

»Weißt du, wenn du mich nicht ausgelacht hättest, als ich mir die Ärmel abgerissen habe, hätte ich wahrscheinlich etwas Dummes getan, weil die Hitze mich so übellaunig gemacht hat. Was fandest du so komisch an dieser Geste?« Er antwortete nicht, und sie grinste. »Habe ich dich vielleicht an ein trotziges Kind erinnert? So habe ich mich selbst gesehen, nachdem ich dein Lachen gehört habe.«

Er brummte vor sich hin, denn sie bekam einfach zuviel mit. Aber jetzt sah er sie ganz bestimmt nicht als ein schmollendes Kind an. Das war kein Kind, und er hatte einen gravierenden Irrtum begangen, als er beschlossen hatte, sie persönlich zu waschen. In dem Moment, in dem sie vollständig entkleidet war, wußte er, daß es ein Fehler war. Aber sie würde es nicht selbst tun. Ihre Augen waren jetzt geschlossen. Sie hatte nichts mehr zu sagen. Sie schlief praktisch im Stehen.

Er zögerte zu lange und sah sie an. »Du brauchst das nicht zu tun.« Ihre Augen blieben dabei geschlossen.

Royce empfand es als eine Herausforderung. »Ich weiß.« Er griff nach der Seife und war froh, daß sie nicht sah, wie sehr seine Hände zitterten. Er versuchte, sie schnell einzuseifen und es hinter sich zu bringen. Dabei wandte er seine Augen von den Stellen ab, über die seine Händen glitten. Es fiel ihm nicht leicht. Es machte auch keinen Unterschied. Das, was er nicht sehen konnte, konnte er fühlen.

Er war verrückt, sich das zuzumuten, wenn er nicht die Absicht hatte, anschließend mit ihr ins Bett zu gehen. Und er wollte immer noch nicht mit ihr schlafen. Allein schon die Tatsache, daß sie dastand und sich von ihm waschen ließ, war eine Bestätigung ihrer Ermattung. Und es war seine eigene Schuld. Er hatte nicht bedacht, wie sehr die starke Belastung des heutigen Tages ihr zusetzen würde. Seine Dienstboten waren diese seltene Überbelastung gewohnt. Aber sie waren auch an den Sommer von Wessex gewohnt. Kristen war mit beidem nicht vertraut.

Er benutzte den Schwamm, um die Seife von ihrem Körper zu spülen. Das Wasser ließ er auf die Kleider zu ihren Füßen rinnen. Ihr Gesicht drückte einen solchen Genuß aus, als das kühle Wasser über ihren Körper rann, daß Royce entschied, es sei seine eigenen Martern wert. Er zog es sogar in die Länge, um sie in den vollen Genuß der Kühle kommen zu lassen.

Schließlich trocknete er sie mit dem Tuch ab, das er um seinetwillen um sie wickelte, ehe er sie wieder zum Bett führte. Er hätte sie getragen, aber das wäre ihm zum Verhängnis geworden. Schon so, wie die Dinge jetzt standen, ließ ihr zufriedenes Murmeln, als sie sich auf dem Bett ausstreckte, ihn stöhnen.

Als er das dünne Bettuch über sie warf und die Decke am Fußende liegen ließ, sagte er mit ungewollt scharfer Stimme: »Du kannst morgen früh ausschlafen, solange zu willst.«

»Du verhätschelst mich.«

»Nein, ich handele rein egoistisch.«

»Du kommst nicht ins Bett?«

Royce fluchte inbrünstig und wandte sich ab. Er hob ihre Kleider vom Fußboden auf, ehe er das Zimmer verließ. Er würde sie Eda zum Waschen bringen und dann allein zum See gehen, um sich in das kalte Wasser tauchen. Doch er bezweifelte, daß es ihm möglich sein würde, diese Nacht in seinem eigenen Bett zu schlafen.

27

Es schien, als hätte Lord Eldred Kristen schon erwartet, denn er stand auf und kam auf sie zu, sowie sie sich hingesetzt hatte, um zu frühstücken.

Sie hörte Gesprächsfetzen und entnahm der Unterhaltung der Frauen, daß der König und sein Gefolge auf die Jagd gegangen sein mußten – alle außer Lord Eldred.

»Du kommst spät zur Arbeit, Dirne.«

Sie sah ihn nicht an, doch sie antwortete ihm. »Ja, das stimmt.«

Eine Zeitlang herrschte Schweigen, doch dann sagte er: »Wie ich sehe, hast du deine Strafe abgegolten.«

»Die Ketten waren keine Strafe«, erwiderte sie gelassen und aß weiter.

»Ja, ich weiß, daß du gesagt hast, du müßtest sie tragen, weil du gefährlich bist.« Sein Tonfall klang spöttisch. »Nach dem gestrigen Morgen hätte ich es dir sogar geglaubt, aber wenn es wahr wäre, hättest du deine Freiheit jetzt nicht wieder.«

Sie zuckte die Achseln. »Vielleicht hat Lord Royce das Gefühl, daß es jetzt eine größere Gefahr hier gibt als mich.«

»Was für eine Gefahr? Verdammtes Weib, sieh mich an, wenn ich mit dir rede!«

Ihre Lider hoben sich betont langsam, und schließlich blieb ihr Blick auf seinem wütenden Gesicht hängen. Es war rot angelaufen. Sein Mund hatte sich verzogen und wirkte entstellt. In seinem Zorn war er gar nicht mehr schön.

Sie wandte ihre Augen so abschätzig von ihm ab, als sei er ihre Aufmerksamkeit so wenig wert wie ein räudiger Hund. Ehe sie ihm eine Antwort gab, setzte sie ihr Frühstück fort.

»Sie sind die Gefahr, Milord. Ich habe meine Freiheit wieder, damit ich mich verteidigen kann. Lord Royce weiß, daß ich darin sehr geschickt bin.«

Wieder ignorierte sie ihn. So war Eldred in seinem ganzen Leben noch von keiner Frau behandelt worden. Sie schmeichelten ihm, umgurrten ihn und liebten ihn, und sie rangen miteinander um seine Gunst. Diese hier behandelte ihn, als sei er ihrer zu unwürdig, und das sollte er sich ausgerechnet von einer Sklavin gefallen lassen! Dafür hätte er sie umbringen können. Wenn sie allein gewesen wären, hätte er jetzt auf ihr gelegen – und sie hätte teuer für ihre Herablassung bezahlt.

»Royce hat dich angekettet« höhnte Eldred, »wie er diese Wilden draußen im Hof angekettet hat, die seinen Wall bauen. Sag mir eins, Frau: Kettet er dich auch an sein Bett?« Er hörte, daß die Frauen, die neben Kristen standen, nach Luft schnappten, als sie diese Unflätigkeit hörten, doch diejenige, der sie galt, ließ sich von seinen Worten überhaupt nicht beeindrucken. Sie saß still und gelassen da und aß ihren Haferschleim, und dafür hätte er sie erwürgen können. Wie hatte sie es fertig gebracht, ihm derart die Selbstbeherrschung zu rauben? Er hatte sie nur verspotten und lächerlich machen wollen, um sie für das zu strafen, was sie am vorigen Morgen getan hatte.

Er wußte, daß die Leute reden würden, wenn er jetzt nicht von ihr abließ. Er hatte heute morgen schon so einigen Klatsch gehört: Royce hätte nicht erst abgewartet, bis er allein war, um sie dann in sein Bett zu holen, sondern hätte mit ihr gemeinsam den Saal verlassen. Er hatte seine Vorliebe für eine Sklavin – *eine Sklavin!* – offenkundig vor den Augen seines Königs gezeigt!

Eldred wünschte, er wäre dabei gewesen und hätte diese Dummheit mit eigenen Augen sehen dürfen, aber er war davor zurückgeschreckt, Royce in Alfreds Gegenwart unter die Augen zu kommen, da Alden ihm deutlich gesagt hatte, daß diese Sklavin Royce etwas bedeutete. Es hätte Royce ähnlich gesehen, einen Streit mit Eldred vom Zaun zu brechen, und wenn er es mit Royce zu tun hatte, war Eldred immer der Unterlegene gewesen. Er hatte zu hart daran gearbeitet, sich Alfreds Respekt zu erringen, und er konnte es sich nicht leisten, all das bei einer Auseinandersetzung mit Royce um eine Sklavin zu verlieren.

Trotzdem konnte er nicht aufhören. Seine Wut war zu übermächtig. Sie ließ sich nur besänftigen, wenn er das Mädchen demütigte.

»Bring mir Bier, Weib«, befahl er barsch. Als eins der anderen Dienstmädchen seiner Aufforderung nachkommen wollte, fauchte er: »Nein, das wird die Wikingerdirne persönlich tun.«

Bei Gott, jetzt sah sie ihn an. Eldred war nur einen Moment lang der Triumph vergönnt, endlich ihre volle Aufmerksamkeit auf sich gezogen zu haben, denn ihre Augen funkelten belustigt.

»Wenn Sie wirklich ein Bier wollen, Milord, dann sollten Sie es sich von Edrea holen lassen. Wenn sie es nicht tut, werden Sie es sich selbst holen müssen.«

»Du weigerst dich, mich zu bedienen?«

Kristen mußte sich anstrengen, um nicht breit zu lächeln. »Nein, Milord«, sagte sie mit ruhiger Stimme. »Ich befolge Lord Royce' Befehle – dann, wenn es mir paßt. Und es paßt mir ganz ausgezeichnet in den Kram, daß er es mir verboten hat, seine Gäste zu bedienen.«

Sie war zu weit gegangen. Im nächsten Moment stand er vor ihr. Er riß sie mit einer Hand auf die Füße und holte mit der anderen Hand zu einem Schlag aus, doch er hatte keine Chance. Sie stieß ihn von sich.

Eldred stürzte sich wieder auf sie, doch diesmal hielt ihn eine barsche Stimme zurück. »Rühren Sie sie nicht an, Milord.«

Er wirbelte zu der Stimme herum und starrte Royce' Diener Seldon wütend an. Direkt hinter ihm stand ein weiterer von Royce' Gefolgsmännern. Beide hatten ihre Hände auf dem Heft der Schwerter liegen.

»Nein, diesmal lasse ich mich nicht zurückhalten!« knurrte Eldred. »Die Dirne wird ihre Strafe bekommen.«

»Aber nicht von Ihnen. Die Anweisungen von Lord Royce lauten, daß niemand diese Frau anrührt.«

Das erzürnte Kristen ganz unerwartet. »Ich brauche keine Hilfe, um mit diesem Dreckskerl fertig zu werden. Ich habe ihn schon einmal mit seiner eigenen Waffe angegriffen.«

Ehe sie wußten, was sie vorhatte, riß sie Eldred den Dolch von der Hüfte. Aus reiner Verachtung stach sie damit in den Tisch, statt ihn vor sich hinzuhalten, um den Mann abzuwehren. Diese Demütigung ließ ihn die Warnung mißachten, die man ihm erteilt hatte, und er wollte auf sie einschlagen. Kristen vergalt es ihm mit einem Kinnhaken. Der Schlag warf Eldred gegen den Tisch. Er fiel vornüber mit dem Kopf auf die Tischplatte. Royce' Männer zogen ihn hoch, aber sie ließen ihn nicht los, obwohl er sich wehrte und brüllte.

Kristen konnte Darrelles schrille Schreie hören, die Eldreds Gebrüll übertönten, und sie sah sie auf die Haustür zulaufen. Innerlich stöhnte sie, denn dort stand Royce – und er war nicht allein, sondern neben ihm stand Alfred. Und auf Royce' Gesicht stand Mordlust. Er schickte Darrelle mit einer unfreundlichen Bemerkung fort.

Eldred sah Royce und wehrte sich nicht länger. Die beiden Männer hatten ihn jetzt auch gesehen und ließen Eldred los. Keiner von ihnen rührte sich, als Royce und der König durch den Saal auf sie zukamen.

Nichts von dem, was sie empfand, zeigte sich auf Kristens Gesicht. Äußerlich war sie ruhig, doch innerlich bebte sie. Es war alles ihre Schuld. Sie hatte den jungen Adeligen absichtlich provoziert. Sie hatte gehofft, daß es ihr gelingen würde, ihn wütend zu machen, und das hatte sie geschafft. Und jetzt würde sie für ihre Gehässigkeit büßen. Royce sah so wütend aus, daß er zu Schlimmerem in der Lage war, als sie lediglich wieder anzuketten.

Eldred sah seine Chance, sich zu rächen, und er ergriff sie, indem er sich flehentlich an Alfred wandte, ehe Royce etwas sagen konnte. »Milord, ich fordere eine Bestrafung dieser Sklavin. Schon zweimal hat sie ihre Hand gegen Eure Gefolgsleute erhoben. Lord Randwulf liegt mit einer gebrochenen Rippe im Bett, weil sie eine Kette nach ihm geschwungen hat. Jetzt wagte sie es, mich zu schlagen und ...«

Seldon mischte sich jetzt ein und sagte zu Royce: »Er ist gewarnt worden, Milord. Er wußte, daß es Ihr Wunsch ist, daß niemand dieses Mädchen anrührt.«

»Ist das wahr, Eldred?« fragte Alfred leise.

»Sie hat mich provoziert!« beharrte Eldred.

»Das ändert nichts«, entgegnete Alfred. »Es ist nicht deine Aufgabe, sie zu züchtigen, und man hat dich gewarnt. Dieser Aufruhr im Haus deines Gastgebers geht zu weit. Du wirst uns verlassen und nicht an den Hof zurückkehren, solange du nicht dorthin gerufen wirst.«

Diese Äußerung ließ Eldred erbleichen. Er schien schon Einwände erheben zu wollen, doch er mußte es sich eilig anders überlegt haben, denn er nickte und zog sich zurück.

Royce ließ ihn nicht aus den Augen, bis er den Saal verlassen hatte. Seine Hände, die auf seinen Hüften lagen, waren zu Fäusten geballt. »Ich wünschte, das hättest du nicht getan.«

Alfred war so klug, jetzt nicht zu lächeln. »Ich weiß. Dir wäre es lieber gewesen, die Sache mit deinem Schwert auszutragen. Aber sei geduldig, mein Freund. Wessex braucht in diesen Zeiten jeden Mann, sogar solche Leute wie Eldred. Wenn wir einen dauerhaften Frieden erreicht haben, kannst du deine Streitigkeiten mit ihm austragen.«

Royce sah seinen König unwillig an. Dann wich ein Teil der Anspannung aus seinem Gesicht, und er nickte. Schließlich sah er Kristen an. Er trat näher und legte seine große Hand auf die Rötung auf ihrer Wange.

»Ist alles in Ordnung mit dir?«

Kristens Erleichterung war so groß, daß sie fast vor seinen Füßen zusammengebrochen wäre. Dieser finstere und wutentbrannte Blick hatte nicht ihr gegolten. Unseligerweise brach Kristens gesamter Zorn aus ihr heraus, sowie sie sich erleichtert fühlte. Da sie jetzt keine Vergeltungsmaßnahmen mehr zu befürchten hatte, fiel ihr sofort wieder ein, worüber sie sich vorher so geärgert hatte.

Sie deutete mit dem Finger auf Royce' Männer. »Ich brauche deine Wachhunde nicht.«

Er ließ seine Hand von ihrer Wange fallen. »Das haben wir selbst gesehen.«

Sie hatten es gesehen? Unbehagen machte sich in ihr breit und mäßigte ihren Zorn. Nun gut, dann hatten sie es eben gesehen, aber sie hatten wenigstens nicht gehört, was sich abgespielt hatte. Sie warf einen Blick auf die beiden Gefolgsleute, weil sie erkennen wollte, ob sich die beiden näher äußern würden. Die Blicke der beiden waren auf sie gerichtet. Seldon grinste sie an. Sie meldeten sich jetzt nicht zu Wort, aber es konnte sein, daß sie später noch etwas zu dem Zwischenfall zu sagen hatten. Sie hätten Royce erzählen können, daß sie Eldred mit spitzer Zunge verhöhnt hatte, daß sie die Ohrfeige die er ihr gegeben hatte, mit ihren Beleidigungen geradezu herausgefordert hatte.

Das ließ ihren Zorn noch mehr abflauen. Was blieb, war ihre Verstimmung, die sie jetzt zum Ausdruck brachte. »Ich weiß, warum du sie auf mich angesetzt hast. Sie sollten nicht meinem Schutz dienen, denn du weißt, daß ich mich verteidigen kann. Sie ersetzen meine Ketten und beugen meiner Flucht vor. Ist das das Vertrauen, das du in mich setzt?«

Royce sah sie jetzt finster an. Da Alfred ihnen zuhörte, wollte er sie nicht beschwichtigen. Das konnte er nicht tun. Und doch kannte er Kristen inzwischen gut genug, um zu wissen, was es hieß, wenn sie wütend auf ihn war, und er wußte auch, daß das den Umgang mit ihr erheblich erschwerte und daß er der einzige Leidtragende war.

»Solange wir uns nicht handelseinig sind, wirst du meine Entscheidungen nicht in Frage stellen, Mädchen.«

Sein Tonfall war grob, und die dunklen smaragdgrünen Augen waren verräterisch. Zu spät fiel Kristen wieder ein, daß Alfred neben ihnen stand. Sie warf einen verstohlenen Blick auf ihn und stellte fest, daß ihn diese Diskussion zwischen der Sklavin und ihrem Herrn belustigte. Bei Gott! Wie hatte sie die Dummheit begehen können, Royce vor den Augen seines Königs zu provozieren? Und das Geschäft, von dem Royce sprach, hatte sie tatsächlich längst vergessen.

Sie war nicht zu stolz, um ihre Fehler einzugestehen. Sie lächelte Royce zaghaft an und kam ihm entgegen, um ihr Verhalten wiedergutzumachen.

»Verzeihung, aber mein Mundwerk geht oft mit mir durch. Und es tut mir auch leid, daß es zu einem solchen Tumult gekommen ist. Lord Eldred wollte mich ärgern – und ich wollte ihn ärgern. Es ist uns beiden gelungen, aber ich bedaure, daß du eine solche Dummheit mitansehen mußtest.«

Der Umstand, daß sie sich entschuldigte, verblüffte Royce weit mehr als ihr Eingeständnis. Doch gerade ihr Geständnis brachte den König von Wessex dazu, seine Löwenmähne in den Nacken zu werfen und laut zu lachen.

»Gott sei dir gnädig, Royce. Eine solche Offenheit ist schon erschreckend. Und ich hätte dich beinah um deine Beute beneidet. Nein, sie ist viel zu direkt für einen Hof, an dem Spitzfindigkeiten und heuchlerische Schmeicheleien vorherrschen.«

Royce schnaubte: »Ich hätte sie auch nicht hergegeben!« Bei dieser dreisten Äußerung blieb Kristen die Luft weg, doch Alfred nahm keinen Anstoß daran. Er lachte sogar wieder.

»Wie ich sehe, ist ihre Direktheit ansteckend. Ich bin wohl gut beraten, wenn ich dafür sorge, daß sich meine übrigen Gefolgsleute von ihr fernhalten, denn sonst bekomme ich nie mehr zu hören, was für ein ausgezeichneter Jäger ich bin.«

Jetzt lachte Royce. »Heute wird es dir an solchem Lob nicht fehlen, denn schließlich hast du persönlich unser Abendessen erlegt.«

Sie wandten sich ab, doch vorher warf Royce noch einen letzten neugierigen Blick auf Kristen und lächelte sie dann an. Sie hatte ihn beschwichtigt, ganz so, wie sie es beabsichtigt hatte. Später würde er sie dann beschwichtigen müssen.

28

Eda schickte Kristen nach oben. Es trug viel zu Kristens Stimmung bei, daß sie allein hinaufgeschickt und nicht von Eda oder ihren beiden Wächtern begleitet wurde. Sie kam gar nicht erst auf den Gedanken, sich nicht in Royce' Zimmer zu begeben.

Er war noch unten. Es war schon spät. Die meisten seiner Gäste hatten sich zurückgezogen, doch der König zechte noch und erzählte Geschichten, die jedem Spielmann Ehre gemacht hätten. Es wäre unschicklich, wenn sich Royce ein zweites Mal vor seinem König zurückgezogen hätte.

Das wußte Kristen, und daher mußte sie geduldig sein. Am Vorabend war sie so müde gewesen, daß sie sich gar nicht mehr an die Abmachung erinnerte, über die sie sich unterhalten wollten. Heute verhielt es sich ganz anders. Sie war kaum mit Arbeit ausgelastet gewesen, und viele Aufgaben, die sie gewöhnlich erledigte, waren von anderen übernommen worden. Man hatte ihr gestattet, sich häufig am Fenster auszuruhen. Eda hatte sie sogar einige Stunden lang aus der drückenden Hitze der Halle herausgeholt, um mit ihr die Gästezimmer herzurichten.

Kristen erinnerte sich wieder an den letzten Abend und wußte, daß sie auf Royce' Anweisung hin weniger zu tun gehabt hatte. Jetzt wußte sie, was er mit seinem egoistischen Handeln gemeint hatte, doch sie störte sich nicht daran. Sie freute sich selbst auf die Genüsse, die eine Nacht in seinen Armen ihr brachte. Sie dachte gar nicht mehr daran, ihm etwas vorzuenthalten. Er gab ihr die Freiheit. Außerdem zeigte er ihr bei vielen Gelegenheiten, daß er sich etwas aus ihr machte.

Sie kriegte ihn herum ihren Sachsen. Eines Tages würde er zugeben, daß er ihr Seelengefährte war. Wenn er das tat, würde er sie heiraten. Dann würde er auch ihre Freunde freilassen, und sie würden ihren Eltern eine Nachricht übermitteln. Schließlich würde doch noch alles ein gutes Ende nehmen. Nur der Weg, der zu diesem Ziel führte, war schwierig und mühsam.

Kristen lächelte, als sie sah, daß heute zwei große Wasserbehälter auf dem Tisch standen und weitere Handtücher und Waschlappen bereitlagen. Sie wusch sich schnell und schlüpfte dann nackt unter das dünne Laken, um ihren Herrn zu erwarten. Ja, jetzt konnte sie sich ihn als ihren Herrn vorstellen, denn das würde er wirklich sein, wenn sie erst einmal verheiratet waren.

Royce kam keine fünfzehn Minuten später. Es hätte Kristen amüsiert, wenn sie gewußt hätte, wie zerstreut er unten gesessen hatte, nachdem sie gegangen war, und daß Alfred Erbarmen mit ihm gehabt und sich zurückgezogen hatte, damit auch sein Gastgeber zu Bett gehen konnte. Das freudige Staunen auf seinem Gesicht, als er sie schon im Bett vorfand, wärmte sie innerlich.

Sie lag zusammengerollt auf der Seite, hatte sich auf einen Ellbogen gestützt und ihren Kopf auf ihre Handfläche gelegt, um ihn besser sehen zu können, als er auf sie zukam. Himmel, wie sehr ihr doch gefiel, was sie sah! Zeitweise mochte sein Wille sich gegen ihre Absichten richten, doch an seinem Körper konnte sie einfach nicht das Geringste aussetzen.

Seit der König mit seinem Gefolge gekommen war, kleidete sich Royce prächtiger als sonst. Er trug wie die anderen Lords einen Umhang, der von einer Spange auf der rechten Schulter gehalten wurde, ein dunkelbraunes Kleidungsstück das mit safrangelber kostbarer Seide eingefaßt war wie sein sandfarbenes Hemd. Diese erdigen Töne standen ihm ganz ausgezeichnet und ließen das tiefe Grün seiner Augen nur noch stärker hervortreten. Er trug außerdem einen breiten Gürtel, der rundum mit großen Bernsteinen besetzt war. Selbst der Dolch an seinem Gürtel hatte einen juwelenbesetzten Griff.

Seit dem Zwischenfall mit Eldred hatte er kein Wort mit ihr gewechselt, und jetzt überraschte er sie, indem er sagte: »Du hast dich heute bei mir entschuldigt, und ich bin gar nicht sicher, ob ich diese Entschuldigung annehmen will.«

»Dann fang mit dem an, was du willst«, räumte sie freundlich ein.

»Wenn das so ist, gebe ich sie dir zurück.« Er setzte sich neben sie auf das Bett und zog ein Knie an, um sie ansehen zu können. Seine Hand näherte sich ihrer Hüfte, verharrte zögernd und zog sich dann zurück. »Ich kenne Eldred schon lange. Ich weiß, wie sein Verstand arbeitet und wie gern er Streit sucht.«

Kristen sagte ganz ruhig: »Ich habe nicht gelogen. Ich habe ihn wirklich bewußt provoziert.«

»Aber er ist auf dich zugekommen und hat damit angefangen und nicht umgekehrt.«

Sie grinste ihn an. »Dagegen kann ich nichts sagen.«

Seine Hand glitt wieder zu ihr und blieb diesmal einen Moment lang auf ihrer Hüfte liegen. »Ich habe mich noch nicht bei dir für deinen Takt in Alfreds Gegenwart bedankt.«

»Doch, das hast du getan«, erwiderte sie sanft.

Er hatte gefürchtet, sie hätte das Lächeln nicht verstanden, mit dem er sie angesehen hatte, ehe er mit Alfred fortgegangen war. Sie kannte ihn besser, als er dachte, und das freute ihn.

Er lächelte sie jetzt wieder an, ehe er aufstand. Sie würden nicht dazu kommen, sich zu unterhalten, wenn er allzu nah bei ihr blieb, und er wollte ihre Zustimmung zu seinem Vorschlag haben. Er wollte nicht viel von ihr fordern. So sehr, wie sie ihre Freiheit liebte, glaubte er nicht, daß sie sein Angebot ablehnen konnte.

Er wollte gerade seinen Umhang ausziehen, und seine Finger lagen auf der goldenen Spange, als Kristen sich im Bett aufsetzte. Die dünne Decke fiel auf ihre Taille, und sie machte keine Anstalten, sie wieder hochzuziehen. Sie sah ihn erwartungsvoll an, und ihre Nacktheit war ihr so natürlich, daß ihr nicht bewußt wurde, wie er sie sah. Seine Finger verharrten auf der Schnalle, und seine Augen starrten wie hypnotisiert auf die zarten Rundungen ihrer Brüste und konnten sich nicht von diesem Anblick lösen.

»Unsere Abmachung.«

»Was?«

Vielleicht war ihm noch nie etwas so schwer gefallen, wie seinen Blick loszureißen und ihr in die Augen zu sehen. Ihr erwartungsvoller Blick brachte ihn schlagartig wieder zu sich. Er drehte sich eilig um und spürte, wie die Hitze in sein Genick stieg. Diese Macht, die sie über ihn hatte, verwirrte seinen Verstand und raubte ihm die Kontrolle über seinen Körper. Wenn sie das je erkannte ... dann möge mir Gott beistehen, dachte er.

Er schluckte mühsam und kehrte ihr den Rücken zu, während er sich entkleidete. Er wußte, daß sie das Gespräch schnell hinter sich bringen mußten, um es nicht wieder zu verschieben.

Er räusperte sich. Es klang wie ein dumpfes Grollen. »Die Schwierigkeiten, die du gestern morgen hattest, haben mir deutlich gezeigt, daß du dich nicht genügend wehren kannst, solange du angekettet bist. Ich bedaure, daß du überhaupt in die Lage gekommen bist, dich verteidigen zu müssen.«

Er warf einen Blick über seine Schulter, um sich zu vergewissern, daß er ihre gebannte Aufmerksamkeit besaß. Sie hatte sich immer noch nicht bedeckt. Er trat an den Tisch, um sich kaltes Wasser ins Gesicht und auf die Brust zu spritzen. Wieder mußte er sich räuspern, ehe er fortfahren konnte.

»Es gefällt mir nicht, daß du hilflos warst, Kristen. Ich kann dich wie bisher von meinen Männern bewachen lassen, aber das ist nicht dasselbe. Ich will, daß du zurechtkommst, wenn ich nicht da bin und nach dir sehen kann.«

»Du brauchst mir nicht zu erklären, warum du mir die Ketten abgenommen hast.«

Royce brauchte sich nicht umzudrehen und sie anzusehen. Er wußte auch so, daß sie ihn anlächelte. Er setzte sich an den Tisch, um seine Schuhe und seine Ledergamaschen auszuziehen.

»Gut. Was ich von dir brauche, ist dein Wort darauf, daß du davon absiehst, weitere Angriffe auf meinen Cousin zu unternehmen, solange Alfred und sein Gefolge hier sind.«

»Du verlangst viel«, erwiderte sie leise.

»Überleg dir nur, was es bedeuten würde, wenn du Alden vorsätzlich etwas antätest, solange der König hier ist. Er ist ein gerechter Mann, aber du hast heute selbst gesehen, wie er seine Gefolgsleute in dieser schweren Zeit in Schutz nimmt.

Von Rechts wegen hätte ich Eldred zum Duell herausfordern dürfen. Alfred wußte, wie sehr ich es mir gewünscht habe. Und doch hat er diesen Lumpen nach Hause geschickt, damit er meinem Zorn entgeht. Er braucht jeden einzelnen Mann, den er jetzt hat, wenn die Dänen wiederkommen. Er läßt jedem gegenüber Strenge walten, der sein Heer schwächt.«

»Du hast dich klar und deutlich geäußert. Aber warum willst du mein Wort nur haben, bis dein König wieder fortgeht?«

Die Antwort ging ihm mühelos über die Lippen. »Wenn alle seine Gefolgsleute fort sind, bist du wieder in Sicherheit.«

»Und was dann?«

»Dann besteht keine Gefahr mehr. Wir werden weitermachen wie vorher. Gibst du mir jetzt dein Wort?«

Kristen saß lange Zeit benommen da und starrte seinen breiten Rücken an. Dann glitt sie aus dem Bett und hüllte sich in das Laken. Sie war so lautlos nähergekommen, daß er im ersten Moment zusammenzuckte, als sie einen Arm um seinen Hals schlang, denn er hatte ihre Schritte nicht gehört.

»Ja, ich gebe dir mein Wort, daß ich deinen hochgeschätzten Alden nicht anrühre«, schnurrte sie ihm ins Ohr. »Aber was dich angeht ...«

Sie zog ihren Arm zurück und warf den Mann samt Stuhl nach hinten um. Sie hörte, daß der Schmerz in pfeifend ausatmen ließ, und dann hörte sie den Fluch, den er ausstieß, doch sie rannte bereits auf die unverschlossene Tür zu. Sowie sie im Korridor stand, wurde ihr jedoch kläglich bewußt, daß sie so nicht nach unten laufen konnte. Sie stürzte statt dessen zur nächstbesten Tür und hatte vor, sich hinter ihr zu verstecken, ganz gleich, wer dieses Zimmer belegt hatte.

Es war auf die Schnelle ein guter Plan, aber mit diesem speziellen Bewohner des Zimmers hatte sie absolut nicht gerechnet. Neben dem Bett brannte noch eine Kerze, in deren Schein sie augenblicklich den König von Wessex erkennen konnte, als er sich mit dem Schwert in der Hand aufsetzte. Beide waren verblüfft, jedoch nur im ersten Augenblick. Er lächelte, als er sah, was sie trug: Das strohblonde Haar fiel gelockt über ihre Schultern, und das Bettuch hielt sie vor sich hin, da sie keine Zeit mehr gehabt hatte, es wieder um sich zu wickeln.

Leider blieb Kristen zu lange dort stehen, weil sie zu überrascht war, um sich von der Stelle zu rühren. Sie hatte die Tür zu Royce' Zimmer geschlossen, doch jetzt riß er sie auf. Sie konnte sich nicht in diesem Zimmer einschließen. Und es gab keinen Ort, an dem sie unterschlupfen konnte, ohne sofort von ihm eingefangen zu werden.

Sie überlegte sich all das, ehe sie sich zu Royce umdrehte und dabei nicht beachtete, daß sie Alfred ihre entblößte Kehrseite zusandte. Doch Kristen verschwendete ohnehin keinen Gedanken mehr an den König, als sie erst sah, welche Wut auf Royces Gesicht stand, als er auf sie zukam.

Er sagte kein Wort zu ihr, sondern packte die Hand, die sie von sich gestreckt hatte, um ihn abzuwehren. Sie ließ das Laken los, um ihn mit der anderen Hand zu schlagen, doch er fing auch dieses Handgelenk in der Luft ab und hielt ihre beiden Hände hinter ihrem Rücken fest, den er dicht an seine Brust preßte.

»Ich bitte untertänigst um Verzeihung«, sagte Royce zu seinem König.

Alfred lachte. »Nein, schon gut. Ich fand es höchst unterhaltsam.« Mit zusammengekniffenen Lippen nickte Royce und schloß die

Tür. Dann zerrte er Kristen wieder in sein eigenes Zimmer. Er wagte es noch nicht, etwas zu ihr zu sagen. Ihm war danach zumute, sie zu erwürgen, und er war kurz davor, dies ernstlich in Erwägung zu ziehen.

Er trat die Tür seines Zimmers zu und zerrte sie mit sich zu seinem Bett. Dann setzte er sich auf die Bettkante und riß sie dabei auf seinen Schoß. Sie lag so da, daß sie weder ihre Hände, noch ihre Beine rühren konnte. Lange hielt er sie nur fest und bemühte sich, seine Selbstbeherrschung wiederzufinden, während sie zappelte und sich wand, um sich von ihm loszureißen.

Schließlich war Kristens Kraft erschöpft, und sie hielt ruhig, doch in ihren Augen glühten blaugrüne Feuer. Royce sah sie nicht. Er hatte die Augen geschlossen, um nicht zusehen zu müssen, wie sie sich nackt auf seinem Schoß wand.

»Ich hasse dich!«

Die Worte wurden mit einem solchen Groll ausgestoßen, daß sie ihn aufrüttelten. Seine Brust schnürte sich zusammen, und ein Großteil seiner Wut verrauchte. Selbst wenn Kristen noch so unberechenbar war, hätte er nie geglaubt, diese Worte je aus ihrem Mund zu hören.

Seine Augen bohrten sich forschend in ihr Gesicht. »Warum?« fragte er mit ruhiger Stimme.

Ihre Stimme klang hitziger. »Du hast mich reingelegt! Du hast gewußt, was ich gedacht habe, und du hast mich in diesem Glauben gelassen!«

»Ich kann nicht wissen, was in dir vorgeht, Kristen.«

»Lügner!« schnaubte sie. »Warum sonst wäre ich ohne jeden Einwand in dein Zimmer gekommen? Du nimmst mir die Ketten ab, und du sagst, wir treffen eine Abmachung. Du hast mit keinem Wort erwähnt, daß diese Abmachung nur befristet gilt.«

Ihre stillschweigende Duldung hatte ihn tatsächlich überrascht, doch er hatte sich zu sehr darüber gefreut, um sich viele Gedanken zu machen.

»Du tust mir unrecht, Mädchen.« Royce seufzte. »Wie konnte ich ahnen, was du voraussetzt, wenn es nie meine Absicht war, dir diese Ketten auf Dauer abzunehmen? Wenn ich gar nicht erst auf die Idee gekommen bin, wie konnte ich dann wissen, daß du das voraussetzt?«

»Dann bin ich also die Dumme – schon wieder. Ich sehe etwas in dir, was nicht da ist, was nie da sein wird.«

Ihre Bitterkeit traf ihn. »Was siehst du in mir? Um Gotteswillen, Kristen, was willst du von mir?«

»Es gibt nichts, was ich noch von dir will – nicht mehr – nur, daß du mich in Ruhe läßt.«

Er schüttelte bedächtig den Kopf, und in seinen Augen stand Bedauern. »Wenn ich das könnte, täte ich es.«

»Wenn du es könntest?« höhnte sie. »Ist das alles, was du an Willenskraft aufzubieten hast, Sachse?«

»Wenn es um dich geht, ja.«

Es war schon etwas wert, daß er es zugab, doch gegen den tiefen Groll, den sie im Moment verspürte, konnte das nichts ausrichten.

Er sprach jetzt mit sanfterer Stimme. »Du haßt mich nicht, Kristen. Du bist böse auf mich, aber du haßt mich nicht. Gib es zu.«

Es stimmte. Sie haßte ihn immer noch nicht. Sie wünschte, sie hätte ihn hassen können, aber es war nicht so. Trotzdem blieben ihre Lippen versiegelt.

»Wenn du es mir nicht sagen willst, dann zeig es mir«, flüsterte er, als er sich zu ihr beugte, um sie zu küssen.

Kristen wünschte sich alles andere mehr, doch sie zeigte es ihm.

29

Andere Gäste trafen in Wyndhurst ein. Lord Averill kam, um den König zu sehen. Er brachte seinen einzigen Sohn, Wilburt, und seine drei Töchter mit.

Kristen hätte diesen Neuankömmlingen keine weitere Beachtung geschenkt, wenn nicht einer der Gäste Lady Corliss gewesen wäre und Edrea, die mit ihr zusammenarbeitete, nichts Eiligeres zu tun gehabt hätte, als sie darauf hinzuweisen. Kristen hätte selbst darauf kommen können, wenn sie bedachte, welche Mühen sich Lady Darrelle machte, die Dame willkommen zu heißen.

Das also war Royce' Verlobte. Kristen wunderte sich nicht darüber, daß Corliss unglaublich schön war, doch als sie sie jetzt selbst vor sich sah, fühlte sie sich elend. Corliss war klein, zart und anmutig und verkörperte alles, was Kristen nicht war. Und sie hatte geglaubt, Royce dieser winzigen Frau ausspannen zu können? Himmel, sie war ja noch viel dümmer, als sie selbst für möglich gehalten hatte!

Nur für eines war Kristen dankbar: Royce war nicht da, um seine Verlobte zu begrüßen. Sie hätte es nicht ertragen, zuzusehen, wie er diese Frau mit all der liebevollen Zärtlichkeit und all dem Charme überhäufte, mit all dem zuvorkommenden Verhalten, nach dem sie sich doch selbst so sehr sehnte, doch jetzt blieb ihr Zeit, sich mit diesem Gedanken vertraut zu machen. Auch so mußte sie beobachten, wie ehrerbietig Corliss von Darrelle, den Dienstboten und von Alden, der später hinzukam, behandelt wurde.

Es war wirklich abstoßend und doch so typisch. Selbst, wenn die Dame nicht beliebt war, behandelte man sie mit der größten Behutsamkeit, da sie bald die Herrin von Lyndhurst sein würde und somit Darrelle ablöste, die als Royce' einzige weibliche Verwandte jetzt diesen Status auskostete.

Immerhin gab es jemanden in diesem Haushalt, der sich nicht bemühte, die Gunst von Lady Corliss zu erringen. Meghan. Natürlich konnte man von dem Kind nicht erwarten, daß es verstand, was es hieß, wenn diese Frau eines Tages ganz für das kleine Mädchen verantwortlich sein würde und daß es das einzig Richtige gewesen wäre, jetzt schon zu Corliss nett zu sein. Dennoch spendete Kristen stummen Beifall, als sie sah, daß Meghan den Kopf schüttelte, als Corliss sie aufforderte, zu ihr zu kommen. Dann schnitt ihr das Kind doch tatsächlich eine Grimasse, ehe es fortlief.

Kristen hätte beinah laut gelacht, doch sie unterdrückte diesen Drang, weil sie nicht wollte, daß sich die Dienstboten fragten, was sie so lustig fand. Sie wußte, daß Darrelle Meghan zu sich gerufen und ausgescholten hätte, wenn sie gesehen hätte, was die Kleine angestellt hatte. Corliss hatte jetzt die Lippen fest zusammengekniffen und sah mißmutig aus, doch auch sie rief Meghan nicht zurück. Kristen hätte ihr Gelächter nicht zurückhalten können, wenn sie bemerkt hätte, daß auch Alden den Zwischenfall beobachtet hatte und sich abwandte, um seine Belustigung nicht zu zeigen.

Kurz darauf war Kristen überrascht, als an ihrem Kleid gezogen wurde. Sie drehte sich um und sah, daß sich Meghan einen Weg durch den ganzen Saal gebahnt hatte und jetzt hinter ihr stand. Dennoch wollte das Kind sie nicht ansehen.

»Bist du ... bist du immer noch böse auf mich?«

Kristen runzelte die Stirn und fragte sich, was um Himmels willen diese Frage ausgelöst haben mochte. »Warum sollte ich dir böse sein, Kleines?«

»Ich habe meinem Bruder gesagt, was du mir damals erzählt hast, aber Alden hat gesagt, ich hätte ein Geheimnis ausgeplaudert.« Meghan sah sie jetzt doch an. »Das habe ich nicht gewußt. Ehrlich.«

»Und du hast gedacht, ich sei dir böse?«

»Das warst du doch«, sagte Meghan. »Ich habe dich am nächsten Tag gesehen, und du warst schrecklich wütend.«

Kristen lächelte, als sie sich an jenen Tag erinnerte. »Aber doch nicht auf dich, Schätzchen. Das, was du deinem Bruder über mich erzählt hast, hat nichts geändert.« Es war eine Lüge, denn gerade das hatte dazu geführt, daß er zum ersten Mal mit ihr geschlafen hatte, aber Kristen konnte diesen Vorfall wahrhaftig nicht bedauern.

Meghan sah sie mit einer selbstkritischen Miene an. »Dann habe ich mich ganz umsonst vor dir versteckt.«

Kristen kicherte und zog damit Edas Aufmerksamkeit auf sich.

»Was hast du hier zu suchen, Kind?« fragte die alte Frau.

»Ich unterhalte mich«, gab Meghan trotzig zurück.

Eda sah Kristen streng an. »Du hast noch Arbeit zu erledigen, Mädchen.«

»Ich erledige sie gerade.«

»Kann ich helfen?« fragte Meghan.

Als sie das hörte, machte sich Eda kopfschüttelnd wieder an ihre eigene Arbeit. Kristen wußte nicht, was sie zu Meghan sagen sollte, die eine Antwort erwartete und sie hoffnungsvoll ansah. Sie warf erst einen Blick auf die anderen Frauen, die hinten im Saal saßen, und sah wieder Meghan an. Schließlich seufzte sie.

»Darfst du dich denn hier aufhalten, Meghan?«

Meghan schaute jetzt auch zu der Damengesellschaft herüber und sagte verbissen: »Ich bin viel lieber hier als da drüben.«

Kristen unterdrückte wieder ein Lächeln. »Warum magst du Lady Corliss nicht?«

Meghan blickte erstaunt zu ihr auf. »Woher weißt du das?«

»Ich habe gesehen, was du getan hast.«

»Oh.« Das kleine Mädchen errötete jetzt und senkte den Kopf, und dann sagte sie zu ihrer Verteidigung und um ihr Verhalten zu erklären: »Sie wollte eigentlich gar nicht, daß ich zu ihr komme. Sie tut und sagt Sachen, die sie gar nicht so meint. Sie sagt lauter nette Dinge, aber erst seit der Verlobung.«

»Ich verstehe.«

»Wirklich?« fragte Meghan freudig. »Du findest nicht, daß es falsch ist, wenn ich sie nicht leiden kann?«

»Deine Gefühle sind ganz und gar deine Sache, und kein anderer kann sie dir vorschreiben. Aber da dein Bruder sie mag, solltest du vielleicht doch versuchen, sie auch zu mögen.«

»Das habe ich ja versucht«, gab Meghan mit einem Anflug von Groll zu. »Bis Royce mich nach Raedwood mitgenommen hat und sie mich ganz fest gezwickt hat, damit ich weggehe und sie mit ihm allein lasse.«

»Was hat er getan?«

»Er hat es nicht gesehen.«

Kristen runzelte die Stirn. »Du hättest es ihm sagen sollen.«

»Nein. Er hätte sich doch nur geärgert.«

Ja, Meghan würde niemals etwas tun, was ihn verärgern könnte. Kristen seufzte. Dem armen Kind hätte man wirklich begreiflich machen sollen, daß der Zorn ihres Bruders gar nicht so schrecklich war – oder zumindest, daß er ihr bestimmt nichts Böses antun würde. Kristen hatte selbst beobachtet, mit welcher Zartheit er Meghan behandelte. Sie hatte eines Abends zugesehen, als er das Kind, das unten im Saal eingeschlafen war, die Treppe hinaufgetragen hatte. Wie sehr hatte sie sich doch an ihren eigenen Vater erinnert gefühlt und daran, daß Garrick sie genauso behandelt hatte. Royce liebte dieses kleine Mädchen von ganzem Herzen, und doch fürchtete sich Meghan vor ihm.

Kopfschüttelnd dachte Kristen darüber nach. Meghan, die sie ansah, verlor den Mut. »Du willst, daß ich wieder fortgehe?«

»Was? Oh, nein, Schätzchen, bleib hier, wenn du magst.« Kristen wurde klar, daß sie im Moment wahrscheinlich in der Vorstellung des Mädchens das geringere von zwei Übeln war. »Aber bist du auch sicher, daß du keine Schimpfe kriegst, wenn du hierbleibst?«

Meghan schüttelte eilig den Kopf. »Es sind so viele Gäste da, daß niemand merken wird, wo ich bin.«

»Dann setz dich dort auf den Schemel, und ich zeige dir, wie man das Nußbrot backt, das mein Vater immer so gern ißt.«

»Er mag Nüsse in seinem Brot?«

»Ja, allerdings.« Kristen zwinkerte ihr zu, als sie in ihr Kleid griff. Mit ihrem Gürtel hatte sie ein Stück Stoff zusammengebunden und zog jetzt aus diesem Säckchen eine Handvoll Nüsse. »Die habe ich Eda gemopst, ehe sie sie an ihre Hühner verfüttern konnte. Wir backen zwei kleine Brotlaibe, nur für uns. Ist das eine Idee?«

»O ja, Kristen!« Meghans Gesicht strahlte vor kindlicher Freude. »Das bleibt unser Geheimnis.«

Meghans Vorhersage, niemand würde bemerken, wo sie sich aufhielt, erwies sich als falsch. Royce sah sie in der Küche sitzen, sowie er den Saal betrat, weil seine Blicke immer zuerst auf Kristen fielen. Daher sah er unwillkürlich, daß seine Schwester Meghan direkt neben ihr saß, denn die beiden hatten die Köpfe zusammengesteckt und lachten miteinander, ohne wahrzunehmen, was sich um sie herum abspielte.

Er blieb einen Moment lang stehen und freute sich herzlich, als er sie beobachtete – seine Schwester und sein Weib. Da alle anderen vor Kristen auf der Hut waren, hätte er vermutet, daß Meghan, die sich vor allen Fremden fürchtete, sich noch viel mehr vor ihr in acht nahm, doch anscheinend stimmte das nicht. Man konnte eindeutig erkennen, daß die beiden einander mochten, und das freute ihn sehr.

Er wäre auf die beiden zugegangen, wenn Darrelle ihn nicht gerufen hätte. Dann sah er Corliss und blieb starr stehen. Wie hatte er nur vergessen können, daß sie hier sein würde? Lord Averill war auf den Turnierplatz gekommen, auf dem Alfred seine Gefolgsleute zu unangekündigten Geschicklichkeitsproben herausgefordert hatte. Und wenn Averill nach Wyndhurst kam, brachte er immer seine Töchter mit. Seine Hoffnung, diesmal könnte es anders sein, war verfehlt.

Er biß die Zähne zusammen und ging auf seine Verlobte zu, um sie zu begrüßen.

Kristen beobachtete Royce und Corliss, die nebeneinander an dem langen Tisch saßen, während des ganzen Abends. Sie schien nichts dagegen tun zu können und entschloß sich einfach, den Kloß in ihrer Kehle und ihre schmerzlich zugeschnürte Brust zu ignorieren. Auch, wenn sie sich noch so oft sagte, daß sich dadurch nichts änderte, daß Royce ihr ohnehin nicht gehörte, fühlte sie sich irgendwie doch betrogen und hatte das Gefühl, daß er eben doch ihr Mann war. Aber sie konnte nicht um ihn kämpfen, nicht mit ihm hadern und nichts tun, um ihn und diese andere Frau auseinanderzubringen.

Das tat weh und machte ihr ihren Stand in diesem Haushalt deutlicher bewußt als je zuvor. Sie hatte diese Feuerprobe unbekümmert über sich ergehen lassen, weil sie davon ausgegangen war, daß sie schließlich doch noch das bekommen würde, was sie wollte. Daher hatte sie bei jedem Rückschritt mehr Geduld verloren – auch ihre Fassung hatte sie verloren – aber nicht jede Hoffnung.

Sie war ja so naiv! Bloß, weil sich ihr Vater in seine Sklavin verliebt und sie geheiratet hatte, hieß das noch lange nicht, daß es hier in Wessex genauso kommen konnte. Aufgrund der isolierten Lage, die sie von den restlichen Landesteilen abschnitt, stellte ihre Familie zu Hause ihre eigenen Gesetze auf. Ihr Onkel Hugh war ein Jarl und von seiner Amtsgewalt her so mächtig in Norwegen wie hier König Alfred. Doch selbst unter diesen Umständen hatte ihre Mutter erst aus der Sklaverei befreit werden müssen, ehe Garrick sie heiraten konnte. Norwegen hatte, was Sklaven betraf, seine eigenen Gesetze, die die Liebe nicht aus dem Weg räumen oder umgehen konnte. Und hier gab es so viele Herrscher und so viele Gesetze! Hatte Royce sie nicht selbst für verrückt erklärt, als sie von einer Heirat mit ihm gesprochen hatte?

Als sie ihn jetzt mit seiner Verlobten sah, wurde Kristen klar, daß sie verrückt gewesen sein mußte, sich auch nur einzubilden, sie könnte ihn je ganz für sich allein haben. Nicht ein einziges Mal hatte sie die Dinge von Royce' Warte aus betrachtet. Er hatte ihr einmal gesagt, sie sei schlechter gestellt als die niedersten Leibeigenen – er hatte es im Zorn gesagt, das stimmte schon –, aber wie nah kam das dem, was er wirklich empfand? Sie war eine Sklavin. Er hatte viele Sklaven. Jetzt wärmte sie sein Bett, aber bald würde er zu diesem Zweck eine Ehefrau haben. Seine Sorge um Kristen war nur die, die er jedem seiner Besitztümer gegenüber aufgebracht hätte.

»Du hängst wohl deinen Träumen nach, was?«

Es dauerte einen Moment, ehe Kristens Blick auf Eda fiel. »Ja, vermutlich.«

Eda sah sie vielsagend an, denn sie hatte den Jammer aus ihrer Stimme herausgehört. »Du hast immer zuviel erwartet, Mädchen.«

»Ich weiß.«

Eda schüttelte den Kopf. »Du solltest dankbar sein für das, was du hast. Du bist am Leben, obwohl er dich hätte töten können – und auch die, die du deine Freunde nennst. Er kümmert sich um dich. Um Gottes willen, er beschützt dich sogar vor anderen Männern! Heute Nacht wird die Hälfte der Mädchen hier von diesen jungen Lümmeln vernascht, aber du nicht.«

»Du brauchst mir nicht zu erzählen, wie gut ich es habe.«

»Oho!« Eda kicherte, als sie das hörte. Nicht ohne eine gewissen Sarkasmus sagte sie: »Wenn dir nicht paßt, was du hast, kannst du dich jederzeit nach einem neuen Mann umsehen. Ich habe Augen im Kopf, und ich habe beobachtet, wie diese jungen Herren dich ansehen. Wenn du Milord brav bittest, verkauft er dich vielleicht, wenn er heiratet.«

»Ja, vielleicht werde ich das tun.«

»Also, sowas! Nein, Mädchen. Das war nur ein Scherz. Wenn du das tust, werden wir alle unter dem Sturm leiden, den du über uns heraufbeschwörst.«

»Du redest Unsinn, Eda.«

»Ich sage dir im Ernst, er wird dich nie verkaufen. Du bist doch nicht dumm«, sagte Eda ungeduldig zu ihr. »Du weißt doch selbst, daß das, was du tust, krasse Auswirkungen auf sein Verhalten hat.«

»Stimmt nicht«, gab Kristen zurück.

»Ach? Und was ist mit der Woche, in der ihm nichts gepaßt hat, mit dieser Woche, in der du ihn jede Nacht fortgeschickt hast – wie nennst du denn das, Mädchen? Jeder in diesem Haus hat gewußt, daß du der Grund für seine schlechte Laune warst, wenn auch nur ich gewußt habe, weshalb.« Eda kicherte jetzt wieder. »Aber sobald er dich in seinem Bett hatte, war er wieder gutgelaunt.«

Kristen schlug die Augen nieder und spürte die glühende Röte in ihre Wangen steigen. »Gut, vielleicht will er mich im Moment, aber es wird nicht so bleiben.«

»Dieser Mann wird dich immer begehren, Mädchen. Das sehe ich daran, wie er dich behandelt. Ich könnte dir noch andere Dinge erzählen, die dich überzeugen würden, aber ich habe keine Lust, dir noch mehr Flausen in den Kopf zu setzen. Nein, er wird dich nie verkaufen oder dich einem anderen Mann überlassen. Aber diese Frau wird er heiraten.«

Kristen zuckte zusammen. »Warum erzählst du mir dann all das, Alte?«

»Weil er dich trotzdem bei sich behalten wird. Weil du allmählich akzeptieren mußt, was du hast, und aufhören mußt, höher hinaus zu wollen. Wenn du nicht glücklich bist, wird er auch unglücklich sein, und das geht uns alle etwas an.«

»Es reicht, Eda. Ich glaube nicht, daß ich solche Macht über ihn habe. Wenn ich sie hätte …«

»Wenn du sie hättest, was wäre dann? Ja, ich weiß schon. Du wirst auf nichts hören, was ich dir gesagt habe. Du willst immer noch zu hoch hinaus, Mädchen.«

»Nein, ich habe dich durchaus verstanden. Was du nicht verstehst, ist, daß ich die Dinge nie so akzeptieren werde, wie sie sind. Meine Mutter ist einmal versklavt worden, nachdem sie, genauso wie ich, gefangen genommen wurde. In ihrer Heimat war sie die Tochter eines großen Herrschers und entsprechend stolz. Sie wollte sich nie eingestehen, daß sie die Sklavin des Mannes war, der sie besaß. Sie hat es sich selbst gegenüber geleugnet. Ganz so stur bin ich nicht. Ich bin mir über meinen derzeitigen Status im klaren. Und doch bin ich die Tochter meiner Mutter. Ich kann keine Sklavin bleiben, Eda.«

»Du hast keine andere Wahl.«

Kristen wandte sich ab und ließ ihren Blick über die Halle gleiten, in der jetzt nur noch ein paar Fackeln brannten. Ansonsten lag sie im Dunkeln. Während sie dort gesessen und ihren niedergeschlagenen Überlegungen nachgehangen hatte, hatten sich fast alle Gäste zurückgezogen. Überall wurden Strohsäcke ausgebreitet, denn nicht nur Royce' Gefolgsmänner und Dienstboten schliefen hier, sondern auch die der Gäste. Sie hatte nicht beobachtet, wie sich Royce und diese Dame auf ihr Zimmer zurückgezogen hatte.

»Bleibt sie über Nacht?« fragte Kristen Eda.

Die alte Frau knurrte unwirsch, denn sie wußte ganz genau, von wem die Rede war. »Ja, sie wollten absolut nicht bei Dunkelheit heimreiten. Ich habe mir den Mund fusselig geredet, doch meine Worte sind auf taube Ohren gestoßen. Komm, du schläfst heute Nacht bei mir.«

Eine neue Woge von Schmerz rollte über Kristen hinweg, doch sie verbarg ihre Gefühle hinter einem stoischen Gesichtsausdruck. »Dann schläft sie also bei ihm?«

»Du solltest dich schämen, so etwas zu denken!« schalt Eda. »Du weißt, daß wir oben nur sechs Zimmer haben. Die Damen sind bei Lady Darrelle und Meghan einquartiert worden. Lord Alden hat dem König sein Zimmer abgetreten und sich zu seinen Gefolgsleuten gelegt, denen die beiden anderen Zimmer zur Verfügung gestellt worden sind.«

»Und warum …«

»Psst«, zischte Eda. »Es behagt Milord gar nicht, aber da Lord Averill und sein Sohn heute gekommen sind, konnte er sein eigenes Zimmer nicht mehr für sich beanspruchen. Es war beim besten Willen kein anderes Zimmer mehr frei.«

Kristen stellte sich vor, das Royce sein Bett mit seinen zukünftigen Schwagern teilen mußte, und fast hätte es ihr ein Lächeln entlockt. Aber nur beinah.

30

Kristen hätte auch dann nicht geschlafen, wenn sie nicht unbequem unter einer dünnen Decke auf dem harten Fußboden gelegen hätte. Sie horchte auf das Schnarchen der anderen, setzte sich langsam auf und sah sich um. Nur wenige Frauen schliefen dicht neben ihr, aber doch nicht so nah, daß sie sie hätte stören können. Sie hatte nur darauf gewartet, daß Eda einschlief. Sie hätte gern noch etwas länger gewartet, um nicht zu riskieren, daß doch noch jemand wach war, aber sie konnte es sich nicht leisten, zuviel Zeit zu vergeuden.

Sie würde fortgehen. Die Entscheidung war ihr leicht gefallen, denn vermutlich war es ihre einzige Chance. Sie hatte Royce am Abend zuvor gefragt, wie lange sein König noch bleiben würde. Das war das einzige, was sie zu ihm gesagt hatte, nachdem er mit ihr geschlafen hatte, und er hatte ihr die Frage nicht beantworten können. Es konnte sein, daß er am nächsten Morgen aufbrach, aber vielleicht blieb er auch noch eine ganze Woche, aber wenn Alfred erst fort war, würde Kristen ihre Kette wieder angelegt bekommen. Außerdem wäre es schwieriger gewesen, sich aus seinem Zimmer zu schleichen als aus der überfüllten Halle.

Die Fenster standen offen, und sie brauchte nur hinauszuspringen, um ins Freie zu gelangen. Außerdem hatte sie jede Menge Zeit, vor dem Morgen schon eine weite Strecke zurückzulegen, und vorher würde niemand sie vermissen.

Die Entscheidung war ihr wirklich leicht gefallen. Kristen hatte nur nicht damit gerechnet, daß ihr Entschluß von einem solchen Trübsinn begleitet würde. Obwohl hier keine Hoffnung für sie bestand, wurde ihr bei dem Gedanken, Royce nie wieder zu sehen, ganz wehmütig ums Herz.

Sie warf einen allerletzten Blick auf Eda, die auf dem Rücken lag und ermattet eingeschlafen war. Auch diese alte Frau würde ihr mitsamt ihrer Verschrobenheit und ihrer mürrischen Zuneigung fehlen. Und die kleine Meghan, der es mit ihrer Neugier und ihrem stummen Flehen um ihre Freundschaft gelungen war, Kristen ihre Sorgen zumindest vorübergehend vergessen zu lassen.

Diese Überlegungen hielten Kristen jedoch nicht davon ab, sich an das nächste Fenster zu schleichen. Kein Schrei ertönte, als sie ihre Beine über das Fenstersims schwang. Es war ein Anzeichen für ihre Niedergeschlagenheit, daß sie noch eine Zeitlang zögerte. Was ihr dann doch den letzten Anstoß gab, war ihr Stolz.

Der Mond war fast voll und badete den freien Platz vor dem Haus in seinem Lichtschein. Kristen landete auf den Füßen und sprang mit einem Satz wieder in den Schatten, den die Hauswand bot. Behutsam schlich sie sich zu der fensterlosen Hütte, in der die Männer schliefen.

Sie wünschte, es hätte geregnet, um die Sichtverhältnisse zu verschlechtern und die Laute ihrer Bewegungen zu übertönen. Doch am Himmel standen nur wenige Wolken, und sie waren weit von dem übermäßig hellen Mond entfernt. Das konnte sie nicht zurückhalten. Alle hielten sich im Haus auf und schliefen. Niemand konnte sie sehen.

Sie hatte sich schon überlegt, daß sie sich Pferde von der Weide holen würden, um nicht zuviel Lärm im Stall zu machen, aber jetzt stand sie vor einem ganz anderen, unerwarteten Problem. Sie sah einen Wächter vor der einzigen Tür der Hütte sitzen, in der die Gefangenen schliefen. Ihr Herz überschlug sich. Ob er wohl ihre Schritte vernommen hatte? Als sie kein Geräusch hörte, lugte sie noch einmal vorsichtig um die Ecke. Der Mann saß immer noch da und lehnte mit dem Rücken an der Tür. Der zurückgelegte Kopf war auf eine Seite gefallen. Plötzlich wurde ihr klar, daß er schlief. Der schlafende Wächter war kein großes Hindernis im Vergleich zu dem Problem, vor dem sie, wie sie wußte, in Kürze stehen würde: Wie sollte sie die verschlossene Tür öffnen? Aber der Wächter konnte sich als ein Segen erweisen, wenn er den Schlüssel bei sich hatte.

Kristen hielt nach einem Stein Ausschau, der groß genug war, um den Kerl bewußtlos zu schlagen. Sie hätte ihm statt dessen seinen Dolch vom Gürtel ziehen und ihn töten können, aber dazu konnte sie sich einfach nicht durchringen. Auf dem ganzen Platz lag kein Stein herum, der groß genug gewesen wäre, und als sie sich zu dem Wall geschlichen hatte, dauerte es lange, bis sie einen Stein gefunden hatte, der nicht gleich viel zu groß war. Schließlich fand sie, was sie gesucht hatte, und schlich sich ohne irgendwelche Zwischenfälle wieder dorthin zurück, wo der Wächter saß.

Ihr Puls schlug schneller, als sie sich ihm näherte. Falls er einen Laut von sich gab, wenn sie zuschlug, war es aus mit ihr. Wenn sie zu fest zuschlug ... Bei Gott, sie wollte ihm wirklich nichts antun, sondern nur dafür sorgen, daß er noch fester schlief.

Sie traf ihn dicht neben der Schläfe, und der Mann sackte zur Seite. Er atmete noch. Das reiche für den Moment aus, um Kristens Gewissen zu beschwichtigen, und sie durchsuchte ihn eilig nach dem Schlüssel. Damit hatte sie jedoch kein Glück. Sie mußte weitere Zeit damit vergeuden, das Schloß aufzubrechen, aber dieser nicht eingeplante Wächter hatte zumindest den Dolch, mit dem sie es versuchen konnte.

Sie machte sich eilig ans Werk und rief mit einer eindringlichen Stimme, die dennoch mehr als ein Flüstern war: »Ohthere, Thor ...«

Eine große Hand legte sich auf ihren Mund und brachte sie zum Schweigen, während eine weitere Hand das Handgelenk der Hand umklammerte, in der sie den Dolch hielt. »Laß ihn fallen. Und zwar sofort.«

Sie tat es und spürte das Grauen und die Freude zugleich, als sie diese Stimme erkannte. Er ließ ihr Handgelenk los, sowie der Dolch klappernd auf den Boden fiel, und dann schlang sich seine Hand um ihre Taille. Er hielt sie nicht allzu fest, aber sie wußte, daß sein Arm sich fester um sie schließen würde, wenn sie sich wehrte.

Dann empfand sie nichts außer tiefer Reue, als sie Thorolf auf der anderen Seite der Türe hörte, die nach wie vor verschlossen war. Er hatte ihren leisen Ruf gehört. Er glaubte, sie sei gekommen, um ihnen zur Flucht zu verhelfen.

»Kristen? Antworte mir, Kristen. Sag mir, daß ich es nicht geträumt habe.«

»Was sagt er?« flüsterte ihr Royce ins Ohr.

»Er weiß, daß ich es bin.«

»Dann sag ihm, was passiert ist.«

Sie schluckte schwer. Was war eigentlich passiert? Und wie war es dazu gekommen? Soweit war sie gekommen. Kein Schrei war zu hören gewesen. Und doch war ihr jemand in die Quere gekommen, und zwar der einzige Mann weit und breit, gegen den sie nicht ernstlich kämpfen konnte. Wenn es doch bloß ein anderer gewesen wäre …

»Thorolf, es tut mir leid. Fast hätte ich es geschafft, aber der Sachsenherrscher hat mich erwischt. Er ist hier.«

Hinter der Tür herrschte lange Schweigen. Dann sagte Thorolf: »Du hättest nicht zu uns kommen sollen, Kristen. Du hättest fliehen sollen, solange du noch die Möglichkeit hattest.«

»Das spielt jetzt keine Rolle mehr.«

»Was wird er mit dir machen?«

Wie sollte sie das beantworten? Sie sagte zu Royce: »Er will wissen, was du jetzt mit mir tun wirst.«

»Was wäre geschehen, wenn es dir gelungen wäre, diese Tür zu öffnen?«

Seine Stimme war so beängstigend ruhig. Um Himmels willen! Warum schrie er sie nicht an? Er mußte wütend auf sie sein. Sie hatte ihn bisher noch nicht angesehen, um sich mit ihren eigenen Augen davon zu überzeugen, aber er mußte einfach wütend sein. Wenn er seine Wut verbergen konnte, konnte sie allerdings auch ihre Furcht verbergen.

Ebenso ruhig sagte sie: »Wenn ich diese Tür geöffnet hätte, wären wir auf diesen Zaun dort hinten zugelaufen und von hier verschwunden.«

»Nach dem Gemetzel?«

»Das soll wohl ein Witz sein. Es sind sechzehn Männer. Genauso viele Krieger halten sich im Moment in deiner Halle auf, und dazu kommen deine Gefolgsleute und die Gefolgsleute der anwesenden Gäste. Du hast ein gut geschultes Heer auf deiner Seite. Wikinger sind tapfer, aber sie sind nicht dumm.«

»Dann sag ihm, daß dir nichts Böses geschieht, denn du hast nichts weiter getan, als einem Wächter seine gerechte Strafe zukommen zu lassen, und die hat er verdient, weil er geschlafen hat, statt seine Arbeit zu tun.«

Sie konnte nicht glauben, was sie mit ihren eigenen Ohren gehört hatte. Oder, genauer gesagt, sie konnte nicht glauben, daß es sein Ernst war. Irgendetwas mußte er jetzt tun. Das lag auf der Hand. Sie war eine Sklavin, die einen Fluchtversuch unternommen hatte und gleichzeitig beabsichtigt hatte, anderen zur Flucht zu verhelfen. Aber sie wollte ebenso wenig wie Royce, daß Thorolf etwas davon erfuhr.

Sie erklärte es ihm flink, aber Thorolf zweifelte auch an diesen Worten. »Er glaubt dir nicht.«

»Dann sag ihm, daß du ihnen morgen das Essen bringst und ihnen dann genau berichten kannst, was ich mit dir gemacht habe.«

Ein Schauer lief über ihr Rückgrat. Sie wiederholte seine Worte, die Thorolf zufriedenzustellen schienen, und das war ihr nur recht so, denn Royce hätte ohnehin nichts mehr dazu gesagt. Er führte sie fort, ohne seinen Arm von ihrer Taille zu lösen. Ihre Angst wurde immer größer. Wie unheilvoll das geklungen hatte: *genau berichten kannst, was ich mit dir gemacht habe.* Sie wollte gerade doch noch einmal ihre Möglichkeiten ins Auge fassen, sich zu wehren, als er plötzlich stehen blieb.

Sie standen vor dem Stall. Er drehte sie um, bis sie vor ihm stand und ihn ansah. Er hatte jetzt beide Arme um ihre Taille geschlungen, doch er preßte sich nicht zu dicht an sich. Er hatte den Kopf zurückgeworfen und betrachtete den klaren, hellen Himmel und den prächtigen Mond, der fast voll war. Sie hörte ihn seufzen.

»Kürzlich habe ich dir nachts angeboten, dich an den See zu bringen, in dem du baden kannst«, sagte er leise. »Hast du Lust, jetzt dort hinzugehen?«

»Damit du mich ertränken kannst?«

Er sah sie wieder an, und ein schwaches, kaum wahrnehmbares Lächeln trat auf seine Lippen. »Du hast mir nicht geglaubt, was ich vorher gesagt habe?«

»Ich habe versucht zu fliehen. Du hast mich an der Flucht gehindert, aber das ändert nichts daran, daß ich es versucht habe. Was steht nach deinen Gesetzen auf einen Fluchtversuch?«

»Du bist eine versklavte Gefangene, keine Britin. Die Gesetze lassen mehr Spielraum, wenn es um Gefangene geht. Aber hier geht es nicht um gesetzliche Regelungen, da außer mir niemand weiß, was du getan hast.«

»Doch, der Wächter.«

»Der Mann wird glauben, daß er die Beule auf seinem Kopf geträumt hat. Vielleicht schläft er zukünftig nicht mehr bei der Arbeit ein.«

Sie riß die Augen weit auf. »Ist das dein Ernst? Willst du mir wirklich nichts tun?«

»Ein Wolf nagt sich eher die Tatze ab, als in der Falle sitzen zu bleiben. Er flieht, auch wenn der Preis dafür hoch ist. Täusch dich nicht: Wenn du mit den anderen entkommen wärst, hätte ich euch gefunden. Deine Freunde hätten gekämpft, und es hätte ein großes Blutvergießen gegeben. Das wäre eine ausreichende Strafe für dich gewesen. Aber du hast es nicht geschafft. Und da ich den Wolf verstehen kann, kann ich auch den Willen verstehen, der deine Antriebskraft ist. Du willst deine Freiheit wieder haben. Dafür kann ich dich nicht bestrafen. Aber ich kann dich auch nicht laufen lassen.«

»Das könntest du«, sagte sie verbissen. »Die anderen bauen deinen Wall. Was sie tun, ist Wyndhurst nützlich. Aber das, was ich in der Halle arbeite, ist völlig belanglos. Du hast keinen Grund, mich hier zu behalten.«

»Du bist *mir* wichtig, Kristen.«

Die Wucht dieser Worte brachte sie zum Schweigen. Er meinte es ernst, und es war berauschend, das zu wissen. Aber sie war nicht mehr so dumm. Sie würde sich diese Worte nicht zu Herzen nehmen. Er war ganz einfach in sie vernarrt, weil er nie jemanden wie sie kennengelernt hatte. Aber mit der Zeit würde sich diese Vernarrtheit abnutzen, und er würde sie nicht mehr brauchen – wahrscheinlich dann, wenn er diese Dame zur Frau nahm. Vielleicht konnte sie ihn dann dazu überreden, sie fortgehen zu lassen.

Bis dahin, sollte Gott ihr beistehen, würde sie weiterhin leiden und ihn begehren und darum beten, daß sie ein gewisses Maß an Stolz bewahren konnte. Leicht würde es nicht sein.

Royce zog sie dichter an sich und spürte, daß sie erstarrte. »Du glaubst mir immer noch nicht?«

»Doch, aber daß du mit mir zum See gehst, nach allem, was ich gerade getan habe … es ist, als wolltest du mich dafür belohnen, daß ich mich dir widersetze. Du verwirrst mich, Sachse.«

Er lachte und zog sie dichter an sich. »Das höre ich gern. Ich war zu lange der einzige, der verwirrt war, und es ist mir ein Vergnügen, mich endlich in Gesellschaft zu befinden. Nein, sei nicht böse auf mich«, sagte er, als sie versuchte, sich von ihm loszureißen. »Ich werde dafür sorgen, daß sich deine Verwirrung wieder legt, und das ist mehr als das, was du für mich tust.«

»Und?« sagte sie herausfordernd, als sie sah, daß sein Humor verflog und er wieder ernst wurde.

»Ich habe mich ganz einfach entschlossen, den Vorfall zu vergessen. Ich bin nach unten in den Saal gekommen, weil ich mit dir zum See gehen wollte. Als ich festgestellt habe, daß du fort bist …« Er dachte gar nicht daran, ihr zu sagen, was er in diesem

Augenblick empfunden hatte. Er wollte dieses Gefühl nie mehr in seinem Leben durchmachen.

Er zog sie dicht an sich und preßte seine Wange an ihre, ehe er weiterredete. »Es ist nicht passiert, Kristen. Ich kann die Absicht übersehen und hoffen, daß du jetzt einsiehst, wie sinnlos es ist, von hier fortlaufen zu wollen. Ich werde dir immer zuvorkommen.«

Sie schnappte nach Luft. »Du hast es gewußt! Deshalb hat dort ein Wächter gesessen.«

»Und zwar ein schlecht gewählter Wächter«, brummte er. »Aber nein, ich habe es nicht gewußt. Ich gehe nur kein Risiko ein, wenn es um dich geht.«

Ihre Intuition sagte ihr, daß das stimmte, daß er gut auf sie aufpassen würde, solange er sie begehrte. Es bestand wirklich keine Hoffnung, von hier zu entfliehen, nicht, bevor er sein Vergnügen woanders fand.

»Wann wirst du heiraten?«

Sie wußte, daß ihn diese Frage überraschte. Sie spürte, daß er zusammenzuckte. Er würde nicht dahinterkommen, was das mit dem zu tun hatte, worüber sie gerade sprachen.

»Was soll das heißen, Mädchen?«

»Betrifft es mich etwa nicht?«

»Nein, es betrifft dich nicht.«

»Aber ich bin neugierig.«

»Ich glaube eher, daß du verschlagen und nicht neugierig bist. Versuchst du, mich zu ärgern?«

Jetzt staunte Kristen. »Wie kommst du denn auf die Idee? Ich habe dir doch nur eine simple Frage gestellt, die mich wahrhaftig etwas angeht. Wenn die Dame, die du heiraten wirst, hier lebt, wird sich einiges ändern. Sie wird dein Zimmer mit dir teilen, nicht ich.«

Wenn sie ihn damit versöhnlicher stimmen wollte, mißlang es ihr.

»Und darauf freust du dich schon!« brauste er auf. »Wenn das so ist, muß ich dich enttäuschen. Es wird nämlich nicht allzu bald soweit sein. Der Zeitpunkt der Heirat ist noch nicht festgelegt.«

Ohne erst nachzudenken, antwortete Kristen aus tiefstem Herzen: »Um die Wahrheit zu sagen: Das enttäuscht mich überhaupt nicht.«

Mit diesen wenigen Worten gelang es ihr, Royce doch versöhnlich zu stimmen, und zwar absolut. Kristen wünschte, sie hätte diese Worte zurücknehmen können, als sie sein Lachen hörte. Sie hatte nicht die Absicht gehabt, ihm zu bekunden, daß sie ihn nach wie vor begehrte. Nun ärgerte sie sich über ihr vorlautes Mundwerk und auch darüber, daß er ausgerechnet jetzt wieder gutgelaunt war.

Sie machte gleich den nächsten Schnitzer, indem sie ihm ihre Verstimmung zeigte und fauchte: »Deine Belustigung ist unangebracht. Deine Verlobte kann von mir aus …«

»Psst. Sprich nicht mehr von ihr«, warnte er sie. Dann sagte er freundlicher: »Ich habe immer noch keine Lust, wieder in mein Zimmer zu gehen. Averill macht im Schlaf Geräusche wie ein Löwe. Kommst du jetzt mit mir zum See?«

Wie ungerecht, sie jetzt damit rumkriegen zu wollen! Aber sie war nicht wütend genug, um sich das nehmen zu lassen.

In einem versöhnlichen Tonfall sagte sie: »Ja, ich käme schon gern mit.«

Seine Stimme war heiser und belegte, als er sagte: »Wirst du dich dort von mir lieben lassen?«

Kristen schnappte nach Luft. »Von Bedingungen war keine Rede!«

Royce lachte. »Dann muß ich es wohl einfach darauf ankommen lassen.«

31

Royce und Kristen liebten sich in dieser Nacht. Sie schliefen die ganze Nacht auf dem grasbewachsenen Ufer des Sees. Zumindest schlief Kristen. Kristen hatte das kühle Wasser so sehr genossen, daß sie sich vollkommen entspannte und eine Zeitlang sogar vergaß, daß Royce sie vom Ufer aus beobachtete. Er ging nicht mit ihr schwimmen und gestand ihr schließlich, daß er nicht schwimmen konnte. Kristen jubilierte. Sie fühlte sich, als sei sie wieder frei, wieder zu Hause. Der Unterschied bestand nur darin, daß das Wasser nicht ganz so kalt war. Und zu Hause wäre sie nicht am Ufer von einem Liebhaber erwartet worden.

Als sie endlich aus dem Wasser kam, ließ Royce ihr gar nicht erst die Zeit, sich abzutrocknen. Er zog sie sofort in seine Arme und küßte das Wasser von ihren Lippen, ihren Wangen und ihren Brüsten. Ihr fehlte jede Willenskraft, sich ihm dort draußen im Mondschein zu widersetzen. Sie konnte noch nicht einmal Widerstand heucheln. Sie begehrte ihn, und sie wollte ihm auch gern eine Freude machen, denn dieser Ausflug an den See bereitete ihr unsägliches Vergnügen.

Er konnte nicht wissen, wieviel es ihr bedeutete. Aber vielleicht wußte er es jetzt, denn sie hatte sich nicht nur von ihm lieben lassen, sondern ihre Leidenschaft verausgabt, bis seine eigene Leidenschaft völlig erschöpft war. Dieses Zwischenspiel am See würde er so schnell nicht vergessen.

Dennoch schlief er anschließend im Gegensatz zu ihr nicht selig ein. Als sich die ersten Vögel in den Bäumen regten und die Morgendämmerung ankündigten, erwachte sie und stellte fest, daß Royce hellwach war. Ihr fiel auch auf, wie müde er aussah.

Er hielt sie immer noch im Arm. Sie hatte sich dicht an ihn gekuschelt, um sich von ihm wärmen lassen, denn keiner von beiden hatte sich wieder angezogen, und hier am See war die Nachtluft kühl. Nur ihr dünnes Kleid diente ihnen als Zudecke.

Kristen setzte sich auf, streckte sich genüßlich, warf dann einen Blick über ihre Schulter und sah Royce, der sie beobachtet hatte, kopfschüttelnd an. »Du hättest auch schlafen sollen.«

»Während mein Pferd für dich bereitsteht?«

»Das gilt nicht. Du kannst mir deinen fehlenden Schlaf nicht vorwerfen. Du hättest mich zurückbringen und deine Wachposten aufstellen können.«

»Ach, du verwehrst dich doch so sehr dagegen, von meinen Wächtern beobachtet zu werden, wenn ich mich recht erinnere.«

»Und was hast du die ganze Nacht über getan?« gab sie entrüstet zurück.

Er setzte sich auf und grinste sie an. »Aber ich hatte dich im Arm. Ich habe eine Pflicht erfüllt, gegen die ich überhaupt nichts einzuwenden habe.«

»Du bist unmöglich.« Sie lachte und beugte sich zu ihm vor, um ihn zart auf die Lippen zu küssen. »Aber ich bin dir dankbar. Es war hier auf dem weichen Gras wesentlich bequemer als auf dem harten Fußboden in deiner Halle.«

»Gebe ich nicht ein gutes Kissen ab?«

»Doch, das auch.«

Sein Finger fuhr über ihr Schlüsselbein und dann spielerisch zwischen ihren Brüsten nach unten. »Heute abend schläfst du wieder in meinem Bett.«

»Wie kommst du auf den Gedanken, daß ich gern dort wäre?« fragte sie steif.

»Das weiß ich.«

Sie schüttelte den Kopf. »Das hier war ein Waffenstillstand, aber wenn wir ins Haus zurückkommen ...«

»Psst.« Er beugte sich vor und streifte mit seinen Lippen zart ihren Hals. Dann ließ er sie so abrupt, daß sie vor Erstaunen quietschte, unter sich auf den Rücken fallen. »Und jetzt gib es zu. Es gefällt dir in meinem Bett.«

Er schien an diesem Morgen unverbesserlich zu sein. Sie war auch nicht gerade allzu ernst aufgelegt.

Ein keckes Lachen tanzte in ihren Augen. »Dein Bett gefällt mir gut, Sachse. Es ist ein ausgesprochen bequemes Bett.«

Ihr Tonfall ließ keinen Zweifel daran bestehen, daß sie ausschließlich von seinem Bett sprach.

»Ich lasse dich nicht aufstehen«, sagte er und knabberte an ihren Lippen, »ehe du zugibst« – seine Zunge neckte sie jetzt »daß du mich begehrst.«

»Wenn das so ist ...« Ihre Arme schlangen sich um seinen Hals, und ihre Finger gruben sich in sein weiches gelocktes Haar, »dann werden wir noch lange hier liegen bleiben.«

Erst am späten Vormittag kehrten sie zum Haus zurück. Sie hatten jedoch nicht den ganzen Morgen am See verbracht. Kristen war noch einmal schwimmen gegangen, ehe sie sich schließlich anzog, doch als Royce sie auf sein Pferd gesetzt hatte und hinter ihr saß, schlug er nicht den Weg zum Haus ein.

Er ritt mit ihr durch Wälder und Kornfelder, über Blumenwiesen und Weiden. Er zeigte ihr sein Land, seine Leute und die Ortschaften. Sie sah, daß kaum mehr als eine Handvoll Leute im Haus arbeiteten. Es gab noch so viele andere, die das Land bestellten, sich um die Rinderherden und die Pferdezucht kümmerten und die in den Wäldern jagten. Sie konnte deutlich spüren, wie stolz Royce auf all das war, was er ihr zeigte.

Es wurde ein traumhaft schöner Morgen. Das wohlige Gefühl der Zufriedenheit, mit dem Kristen erwacht war, hielt an, und auch Royce war blendend aufgelegt. Die meisten Männer waren reizbar, wenn sie übermüdet waren. Royce war humorvoll und verspielt und schon fast albern. Nichts was sie tat oder sagte, störte ihn. Er ließ immer wieder die Zügel fallen, damit sie sie in die Hand nahm, während er nach ihren Brüsten griff. Ständig glitten seine Hände über ihre Beine, denn sie saß rittlings auf dem Pferd und hatte ihr Kleid bis auf die Oberschenkel hochziehen müssen. Er konnte nicht von ihrer nackten Haut ablassen, obwohl sie ihm mehrfach einen Klaps auf die Finger gab. Er kitzelte sie, bis sie um Gnade flehte, und dann küßte er ihren Hals. Er lachte über sie, und er lachte mit ihr. Er ließ einfach nicht von ihr ab.

Kristen kostete all das genüßlich aus. Eine Zeitlang fühlte sie sich frei. Außerdem fühlte sie sich geliebt, obwohl seine Gefühle für sie nicht so tief waren. Daher lag es auf der Hand daß sie traurig war, als sie zum Haus und in die Realität zurückkehrten. Sie würde jetzt wohl wieder an ihre Arbeit gehen. Er würde sich zweifellos augenblicklich ins Bett legen, da Alden in Royce' Abwesenheit mit dem König und seinem Gefolge auf die Jagd gegangen war. Sie hatten die Jagdgesellschaft im Wald gehört, aber Royce hatte sich den Männern nicht angeschlossen. Die fehlenden Pferde im Stall besagten, daß sie noch nicht wieder eingetroffen waren.

Royce hob Kristen vom Pferd, doch seine Hände blieben noch auf ihrer Taille liegen. Ein bedrückter Ausdruck stand auf seinem Gesicht. Vielleicht bedauerte auch er das Ende dieser Idylle. Sie hätte es jedenfalls gern geglaubt.

»Deine Wangen sind ganz frisch und rot.«

Kristen lächelte und sagte: »Das kommt von der frischen Luft.«

»Kann sein, aber damit kannst du deine leuchtenden Augen nicht erklären. Ich würde gern von dir hören, daß es dir Spaß gemacht hat.«

»Ach, wirklich?« Sein Pferd war fortgeführt worden, und mindestens drei andere Männer waren in ihrer Nähe, und doch ließ er sie nicht los. »Bleiben wir hier stehen, bis ich es endlich zugebe?«

Er grinste über diese Anspielung, und dann lachte er und hob sie auf seine Arme, um sie lange zu küssen, ehe er sie wieder auf den Boden stellte und ihr einen Klaps auf den Hintern gab. »Du freche Göre. Ich bin nicht ganz so ungehobelt. Aber später ...«

»Drohungen!« rief sie im Scherz aus. »Ich vermute, ich muß es doch zugeben. Es hat mir wirklich viel Freude gemacht.«

»Wenn du gerade zu Geständnissen aufgelegt bist ...«

»Nein, Sachse, mehr als ein Geständnis pro Tag entlockst du mir nicht.«

Er schluckte sein Lachen herunter und bemühte sich, enttäuscht zu wirken. »Du bist erbarmungslos, Mädchen«, sagte er, als er sie aus dem Stall führte und mit ihr auf den Platz vor dem Haus trat.

»Deine Beharrlichkeit ist wirklich lobenswert.« Sie seufzte.

Diesmal lachte er laut. »Für den Moment kapituliere ich.« Seine Hand lag auf ihrem Rücken, als er mit ihr auf das Haus zuging. Zögernd sagte er zu ihr: »Es wird nicht oft sein, aber wenn ich Zeit dafür habe, kommst du dann wieder mit mir zum See?«

Kristen warf ihm einen Seitenblick zu. Damit hatte sie nun gar nicht gerechnet. Jetzt hatte sie etwas, worauf sie sich freuen konnte, ob er es wußte oder nicht. Und gerade das brauchte sie im Moment so dringend.

»Ja, gern. Aber könnte ich beim nächsten Mal ein eigenes Pferd haben?«

»Nein.«

Sie zog die Augenbrauen hoch. »Ich kann reiten.«

»Das hat mir Thorolf erzählt.«

»Dann sagst du nein, weil du mir nicht traust.«

»Natürlich traue ich dir nicht.« Er grinste über die Grimasse, die sie ihm schnitt. »Aber dazu kommt, daß es mir Spaß gemacht hat, dich vor mir sitzen zu haben und dich …«

»Royce!«

»Du errötest doch nicht etwas, Mädchen? Bei Gott, du wirst wirklich rot!«

»Hör auf, Sachse, oder ich…«

Er sollte nicht erfahren, womit sie ihm drohen wollte. Etwas hatte sie abrupt zum Schweigen gebracht, und als er in dieselbe Richtung sah wie sie, fiel sein Blick auf Corliss, die mit einer ihrer Schwestern in der Haustür stand. Sie waren mit Sicherheit nicht ins Freie gekommen, um ihn zu begrüßen; beide Frauen wirkten kein bißchen fröhlich.

»Dir muß entfallen sein, daß sie hier ist«, flüsterte ihm Kristen zu.

Er hatte sich durchaus bemüht, Corliss' Anwesenheit zu ignorieren, aber das sprach er nicht laut aus. Ein Blick auf Kristen reichte aus, um ihm zu sagen, daß sie ihm die bevorstehende Auseinandersetzung gönnte. In ihren Augen stand eine Belustigung, die sie nur schwer verhehlen konnte. Dieses erbarmungslose Weib! Sie freute sich darauf mitzuerleben, wie er ins Gebet genommen wurde, weil er seine Verlobte vernachlässigt hatte.

»Milady«, sagte Royce steif zur Begrüßung.

»Milord«, erwiderte Corliss ebenso steif. Sie wich nicht zur Seite, um Kristen eintreten zu lassen. Sie sah ihr mitten ins Gesicht und erkundigte sich: »Wer ist diese abnorme Riesin?« Royces Kinn schob sich markanter vor. Die Muskeln auf seinem Nacken bewegten sich gespenstisch. Kristen wäre überrascht gewesen, wenn sie es gesehen hätte, doch sie hätte angenommen, daß ihn die eifersüchtige Bissigkeit der Dame erzürnte. Doch Kristen sah Royce nicht an. Sie sah auf die Dame herunter, und sie mußte wirklich auf sie herunterschauen, denn Corliss reichte ihr nur knapp ans Kinn.

Wenn es Kristen etwas ausgemacht hätte, daß sie so groß war, hätte diese bewußte Entgleisung sie verletzen können. Statt dessen war sie belustigt, da sie die Eifersucht erkennen konnte, die aus dieser Bemerkung sprach, und sie freute sich. Da es nicht in ihrer Natur lag, sich geziert auszudrücken oder unterwürfig zu wirken, nahm sie kein Blatt vor den Mund und sagte: »Wenn Sie mit dieser Frage mich gemeint haben, kann ich Ihnen nur sagen, daß man dort, wo ich herkomme, kümmerliche Babys meistens aussetzt und sterben läßt, weil sie unser rauhes Klima ohnehin nicht überleben würden.«

»Das ist ja barbarisch!« keuchte Corliss.

»Ja, ich verstehe, warum Sie es so empfinden«, erwiderte Kristen, und ihre Augen sagten noch viel mehr, als ihr Blick von Kopf bis Fuß über die zierliche Frau glitt.

»Milord …« setzte Corliss wimmernd an, und auf ihren Wangen bildeten sich leuchtend rote Flecken.

Kristens Mundwinkel zuckten, als sie ihr schnell ins Wort fiel. »Verzeihen Sie, Milady. Ich sehe, daß diese Frage gar nicht an mich gerichtet war. Aber schließlich kann Lord Royce Ihnen nur sagen, daß ich seine Gefangene und von ihm versklavt worden bin. Im übrigen weiß er nur das über mich, was ich ihm selbst erzählt habe, und das ist sehr wenig. Das stimmt doch Milord?«

Als sie ihn ansah, sah sie nur noch einen letzten Rest seines Zorns. Sein Gesicht war inzwischen nahezu ausdruckslos, aber ihr entging nicht, daß er verärgert war, denn seine Hand, die immer noch auf ihrem Rücken lag, stieß sie an Corliss vorbei, und der Befehl, sich wieder an sie Arbeit zu machen, klang äußerst barsch.

Daraus schloß sie, daß sie seiner Meinung nach zu weit gegangen war, aber sie machte sich nichts daraus, und das sagte ihm der

Blick, den sie ihm über die Schulter zuwarf, als sie gemächlich in die Küche schlenderte.

Royce mußte seinen Blick eilig von Kristen abwenden, weil er sonst laut gelacht hätte, doch dabei fiel sein Blick auf Corliss. Er wurde augenblicklich wieder nüchtern und stieß in seinem Ärger einen deftigen Fluch aus. Das war genug, um Corliss' Schwester in die Flucht zu schlagen, und auch Corliss wich einen Schritt zurück.

Er streckte die Hand aus und packte sie. »Nein, du wirst mir jetzt eine Erklärung geben.«

»Du tust mir weh, Royce!«

Wieder fluchte er, als Tränen in ihre Augen traten. Sofort ließ er ihr Handgelenk los. Sie war so zart wie ein Kind. Das war ihm bis jetzt nicht klar gewesen, doch nachdem er Kristen kennengelernt hatte, die ihm alles mit gleicher Münze zurückzahlte, sich nichts dabei dachte, ihre Kraft gegen ihn einzusetzen und sich zu wehren, und die noch kein einziges Mal aufgeschrien hatte, er täte ihr weh, stachelte Corliss mit ihren Tränen nur wieder seinen Abscheu vor allen diesen heulenden Frauen an.

»Hör auf zu heulen«, sagte er grob. »Ich kenne meine Kraft, und ich weiß, daß ich dir nicht wehgetan habe. Warum also weinst du?«

Ihre Tränen trockneten wie auf Befehl, doch sie sah ihn immer noch mit leidender Miene an. »Du wirst ausfallend!«

»Ich! Und als was bezeichnest du diese Schimpfworte, mit denen du das Wikingermädchen beleidigt hast?«

»Wieso beleidigt?« entgegnete sie barsch. »Ich habe doch nur die Wahrheit gesagt. Ihre Größe macht sie zu einem Ungetüm.«

»Sie ist nicht so groß wie ich, Corliss. Was also bin ich dann?«

»Du? Aber du bist doch ein Mann«, hob sie unnötigerweise hervor. »Bei dir ist es normal, daß du so groß bist. Aber sie ist größer als die meisten Männer. Und das ist abnorm.«

»Nicht die meisten Männer«, sagte er durch verkniffene Lippen. »Größer als die meisten Sachsen, das stimmt, aber hier sind sechzehn Wikinger, die gemeinsam mit ihr vor Anker gegangen sind, und jeder einzelne von ihnen ist größer als sie. Möchtest du sie dir vielleicht ansehen?«

»Du scherzt!« keuchte sie.

»Ja, ich scherze.« Er seufzte. »Es tut mir leid, Corliss. Ich bin reizbar, wenn ich müde bin, und ich bin völlig übermüdet.«

Sie ging nicht auf diesen Hinweis ein. »Aber was hattest du bei ihr zu suchen, Royce?«

Er biß die Zähne aufeinander, um nicht schon wieder lauthals zu fluchen. »Noch bist du nicht meine Frau und hast dich nicht in meine Angelegenheiten einzumischen.«

»Und wenn ich deine Frau bin?«

Gewissensbisse ließen ihn fauchen: »Dann wirst du es lernen, mir keine Fragen zu stellen.«

Corliss störte sich nicht an dieser Auffassung, denn sie unterschied sich nicht von der Einstellung der meisten Männer gegenüber Frauen; doch sein Tonfall behagte ihr nicht, und wieder traten Tränen in ihre Augen, weil sie ihm zeigen wollte, daß sie Grund zur Klage hatte. Royce, der Tränen haßte und grundsätzlich nicht darauf reagierte, es sei denn, im Zorn, wandte sich angewidert ab und ging, weil ihre neuerlichen Tränen ihm Schuldgefühl verursacht hatten.

32

Die Gefangenen bekamen ihr Essen an diesem Abend ungewöhnlich spät. Eda, die es gekocht hatte, und Edrea, die es sonst mit Ulands Hilfe zu den Gefangenen brachte, glaubten Kristen beide kein Wort, als sie ihnen sagte, heute sei es ihr gestattet, die Mahlzeit in die Hütte zu bringen. Eda ließ das Essen vorsichtshalber stehen bis sie sich bei Royce eine Bestätigung holen konnte.

Daher warteten sie, bis Royce aus seinem Zimmer kam, und er kam später als sonst. Er hatte den ganzen Nachmittag dort verbracht. Nachdem er Corliss in der Haustür hatte stehen lassen, hatte er sich sofort zurückgezogen. Kristen hatte ihn beobachtet, als er mit seiner Verlobten gesprochen hatte. Er war wütend gewesen. Corliss hatte geweint. Er hatte sie in seiner Wut einfach stehen lassen. Corliss' Tränen waren getrocknet, sowie Royce ihr den Rükken zugekehrt hatte, und ihr Ausdruck war erbost und keineswegs bekümmert gewesen.

Kristen hatte voller Abscheu den Kopf geschüttelt, als das Drama vorüber war. Sie besaß zuviel Stolz, um je zu solchen Listen zu greifen, aber sie wußte, daß manche Frauen gerne die Macht ihrer Tränen ausspielten. Darrelle gehörte zu dieser Sorte von Frauen.

Corliss offensichtlich auch, und fast hätte Kristen Royce bemitleidet, denn er würde es nie leicht haben, wenn er mit einer solchen Frau verheiratet war.

Kristen verbrachte diesen Nachmittag nicht wie den zuvor mit trübsinnigen Überlegungen. Ihre Zufriedenheit hielt an, und sie bemühte sich, die Ursache nicht zu ergründen. Das gelang ihr, weil sie jede Menge damit zu tun hatte, frisches Nußbrot zu bakken.

Eda hatte eine Scheibe von dem Brot probiert, das Kristen für sich und Meghan gebacken hatte, und es hatte ihr so gut geschmeckt, daß sie Kristen ein Geschäft vorgeschlagen hatte. Sie würde die Nüsse besorgen, und Kristen durfte ein halbes Dutzend Laibe für die Gefangenen backen, wenn sie dieselbe Anzahl Nußbrote auch für Royces Gäste buk. Diesen Vorschlag konnte Kristen nicht zurückweisen, und Meghan leistete ihr sogar wieder Gesellschaft und half ihr.

Somit verbrachte sie den Rest des Tages angenehm. Trotzdem war sie gereizt, als Eda anfing zu murren, weil es immer später wurde, Royce sich nirgends blicken ließ und das Essen der Gefangenen eindickte. Edrea hatte jetzt anderes zu tun, da die Gäste schon am Tisch saßen; sie hätte das Essen ohnehin nicht mehr in die Hütte bringen können. Kristen wußte, was sich Thorolf denken würde, wenn er sie heute nicht zu sehen bekam.

Schließlich sagte Kristen zu Eda: »Weck ihn, und frag ihn selbst. Es wird ihm ohnehin nicht recht sein, daß er schon so lange geschlafen hat.«

»Du erzählst mir ständig, daß er schläft, Mädchen. Warum sollte er den ganzen Tag verschlafen?«

Kristen wandte sich achselzuckend ab. »Tu, was ich dir sage, Eda. Er wird nicht böse sein, wenn du ihn weckst.«

Eda rang sich dazu durch, und kurz darauf kam sie kopfschüttelnd zurück. »Ja, er hat wirklich geschlafen und geschimpft, weil er nicht schon früher geweckt worden ist.« Kristen grinste, und Eda warf ihr einen bissigen Blick zu. »Du hast also doch die Wahrheit gesagt, aber ich kann mir einfach nicht vorstellen, warum Milord es zuläßt ... Du kannst ihnen das Essen bringen, aber du wirst zwei Wächter mitnehmen. Und Uland wird dir beim Tragen helfen.«

Eda rief die Männer zu sich und erteilte ihnen Anweisungen. Kristen konnte nichts dagegen einwenden. Sie freute sich so sehr darauf, mit Thorolf und den anderen reden zu können, daß sie auf dem Weg zur Hütte der Gefangenen über das ganze Gesicht strahlte.

Alle hielten sich in der länglichen Hütte auf. Die Tür stand offen. Die beiden Wachen, die davor standen und Messerwerfen spielten, würdigten sie kaum eines Blickes, als sie mit Uland und ihren eigenen Wächtern näherkam.

Der Grund für diese Nachlässigkeit wurde ihr klar, als sie das Klirren vieler Ketten hörte. Das Wissen, daß sie im Gegensatz zu ihr immer noch angekettet waren, versetzte ihrer Laune einen gewissen Dämpfer, doch in dem Moment, in dem sie in der Tür stand, war alles vergessen.

Ihr Blick fiel zuerst auf ihren Cousin, und sie ließ den Korb mit Brot und Früchten fallen und flog in Ohtheres Arme. Als sie hörte, daß von allen Seiten verblüfft ihr Name gerufen wurde, wußte sie, daß Thorolf niemandem erzählt hatte, was sich in der vergangenen Nacht zugetragen hatte. Wahrscheinlich hatte er den Verdacht gehabt, sie würde doch nicht kommen. Ohthere konnte Kristen nicht lange in den Armen halten, da sie ihm sofort entrissen wurde. Sie quietschte und lachte, als sie von ihren alten Freunden begrüßt und rauh und herzlich umarmt wurde.

Uland, der in der Tür stand und diese fröhliche Begrüßung beobachtete, traute seinen Augen kaum. Edrea hatte ihm beteuert, wenigstens einer der Wikinger, nämlich der, der immer auf sie zukam, um das Essen entgegenzunehmen, könnte unmöglich so barbarisch wie die anderen sein, denn er hätte sie schon häufig angelächelt. Uland hatte das als dummes Gerede eines Mädchens abgetan, das von einem gutaussehenden Mann fasziniert war.

Aber als er jetzt die Wärme und die Zuneigung erkennen konnte, mit der sie das Riesenmädchen begrüßten … Bei Gott, sie erschienen ihm fast menschlich und gar nicht mehr als die heidnischen Ungeheuer, für die sie jeder hielt. Überrascht stellte Uland den großen Kessel mit dem Eintopf in der Tür ab und eilte ins Haus, um sich mit seinen Freunden an dem Schauspiel zu ergötzen, das er gerade erlebt hatte.

Schließlich stand Kristen vor Thorolf. Als sie ihn sah, legte sich ihre überschwengliche Freude, denn sein Ausdruck war fast feierlich, als er sie von Kopf bis Fuß musterte, und plötzlich fiel ihr wieder ein, was Royce ihm über sie erzählt hatte. Eine Scheu befiel sie und bereitete ihr insofern größtes Unbehagen, weil sie so selten schüchtern war.

Ihre Zurückhaltung traf Thorolf wie ein Schlag, und er errötete, als ihm klar wurde, daß er das Lächeln von ihren Lippen gelöscht hatte. Er hatte sich den ganzen Tag über vor Sorge um sie gequält und war derart erleichtert gewesen, als er sah, daß sie wirklich gekommen war und daß ihr nichts fehlte, daß er sich jetzt nur langsam von seinen Ängsten erholte. Er suchte immer noch nach den blauen Flecken und Striemen, die nicht da waren, statt wie die anderen seine Freude darüber auszudrücken, daß er sie endlich wiedersah.

Er hob eine Hand und legte sie zögernd unter ihr Kinn. »Verzeih mir, Kristen. Der Sachse hat dich schon einmal ausgepeitscht. Ich war sicher ...«

»Daß er es wieder tut?« fiel sie ihm lächelnd in Wort. »Das dachte ich auch, aber er hat es nicht getan.«

»Wird er es vielleicht doch noch tun?« Er mußte diese Frage stellen.

Sie dachte einen Moment lang über die letzte Nacht nach. Royce war mit ihr schwimmen gegangen. Er hatte ihr eine Freude gemacht. Er hatte ihr erlaubt, hierherzukommen und ihre Freunde zu sehen, und auch damit hatte er ihr eine Freude gemacht. Er hatte sie unter den Sternen geliebt ...

Voller Zuversicht schüttelte sie den Kopf. »Nein, er hat es schon vergessen.«

Jetzt lachte der Wikinger, warf den Kopf zurück und riß sie endlich doch in die Arme, als wolle er ihr alle Knochen brechen. »Bei Thor, das höre ich gern!«

»Was ist passiert, und was ist längst vergessen?« wollte Ohthere wissen.

Er und die Hälfte der anderen drängten sich um Kristen. Sie spielte mit dem Gedanken, ihnen eine Lüge vorzusetzen, denn sie konnten unmöglich wissen, worüber sie und Thorolf sprachen. Doch sie konnte sie nicht belügen. Es war allerdings nicht einfach, ihnen von ihrem Fluchtversuch zu erzählen und zu erklären, warum sie nicht dafür bestraft worden war, denn sie mußte vieles übergehen und allen Fragen zuvorkommen. Dann berichtete sie ihnen gleich, was sie über Wyndhurst und Wessex wußte. Es war nicht allzuviel, aber doch mehr, als sie bisher gewußt hatten. Sie erklärte ihnen, wo sie die Pferde finden konnten und wo sich das Heer der Dänen vermutlich aufhielt, nämlich bedauerlich weit oben im Norden. Sie erzählte ihnen auch von den riesigen Kelten, die den Sachsen feindlich gesinnt waren und den Wikingern helfen konnten, wenn sie sich entschieden nicht nach Norden, sondern nach Osten zu fliehen.

Sie hatten ihre Fluchtgedanken nie aufgegeben und murrten über die große Vorsicht der Sachsen. Als Kristen ihnen sagte, wie stark und kräftig sie inzwischen alle wieder wirkten, und grinsend mit ihren Fingern über die trainierte Muskulatur auf etlichen Armen fuhr, lachte Bjarni und demonstrierte ihr seine Kraft, indem er sie über seinen Kopf hob. Sie funkelte ihn wütend an, als er sie wieder auf den Boden stellte, doch er wirkte gar nicht zerknirscht.

»Wenigstens seid ihr für eine Flucht in guter Form«, bemerkte sie.

»Ja, das Steineheben hat uns nicht geschadet«, erwiderte Odell. »Wenn ich wieder zu Hause bin, wird mir das Pflügen meiner Felder wie ein Kinderspiel vorkommen.«

»Diese Mauern können uns nicht hindern, Kristen«, sagte Ohthere ernst. »Aber es wäre zwecklos, sie einzureißen, solange wir keine Axt haben, um diese Ketten zu zerschlagen.«

»Ich habe in all diesen Wochen noch keine Axt zu sehen bekommen«, sagte sie nachdenklich. »Im Saal liegen alle Arten von Waffen herum, aber nicht eine einzige Axt. Es würde mich nicht wundern, wenn sie sie irgendwo eingeschlossen hätten, Ohthere, denn der Sachse ist in dieser Hinsicht übermäßig vorsichtig.«

»Dann brauchen wir den Schlüssel für das Türschloß und für diese Ketten.«

»Wißt ihr, wer den Schlüssel hat?« fragte sie.

»Der Erbauer des Walls, den sie Lyman nennen.«

Sie konnte sich an ihn erinnern, hatte ihn aber nicht mehr gesehen, seit sie von den Männern getrennt war. »Er kommt nie ins Haus. Er muß woanders wohnen.«

Sie konnte erkennen, wie sie diese Mitteilung aufnahmen. Ihre Enttäuschung steckte sie an. Gott im Himmel, all das war so ungerecht!

Ohthere versuchte, sie aufzuheitern. »Mach dir um uns keine Sorgen. Mit der Zeit gewöhnen sie sich an uns. Früher oder später wird einem von ihnen ein Fehler unterlaufen, und dann bietet sich uns eine Chance.«

»An mich gewöhnen sie sich auch, aber sie trauen mir immer noch nicht.« Sie legte die Stirn in Falten. »Heute durfte ich zum ersten Mal das Haus verlassen.«

»Da ist diese Edrea, der Bjarni den Hof macht. Glaubst du, sie würde uns vielleicht helfen, wenn es ihm gelingt, ihre Zuneigung zu gewinnen?«

Kristen riß die Augen weit auf und lachte dann. »Meine Güte, ihr denkt aber auch an alles. Aber da ihr gerade davon sprecht – mir ist aufgefallen, daß sie enttäuscht zu sein schien, weil sie euch diesmal das Essen nicht bringen durfte.« Sie sah Bjarni fest an. »Wie machst du einem Mädchen den Hof, wenn du ihre Sprache nicht sprichst?«

Er grinste schelmisch. »Thorolf bringt mir die Wörter bei, die ich unbedingt brauche.«

»Ach so, *diese* Wörter.« Sie grinste jetzt auch.

»Kann das Mädchen ungehindert ein und aus gehen?« fragte Ohthere jetzt.

»Ja, soweit ich weiß. Aber ich weiß sehr wenig über Edrea, und daher kann ich nicht beurteilen, ob sie euch helfen würde – selbst dann nicht, wenn sie es für Bjarni täte. Die Dienstboten fürchten sich immer noch vor mir und reden so gut wie gar nicht mit mir. Die einzige Ausnahme ist die alte Eda, aber sie ist ihrem Herrn treu ergeben. Ich werde versuchen, mit Edrea zu sprechen und festzustellen, ob Bjarni Chancen bei ihr hat. Ich kann ihr zumindest erzählen, was für ein feiner und guter und treuer Mann er ist.«

Kristen sagte das mit einem breiten Grinsen, denn alle wußten, was für ein Frauenheld der junge Wikinger war. Er sah aber auch wirklich besser als alle anderen aus. Wenn einer von ihnen das Herz eines jungen Mädchens für sich gewinnen und sie dazu bringen konnte, ihr eigenes Volk zu verraten, dann war es Bjarni.

Sie bestürmten sie immer noch mit Fragen und wollten wissen, wer die jungen Herren waren, die gerade gestern erst zu ihnen gekommen waren, um sie sich anzusehen. Zu ihrem großen Erstaunen erfuhren sie, daß einer von ihnen der König dieser Sachsen war, der sich im Moment in Wyndhurst aufhielt. Sie mußte ihn haargenau beschreiben, denn er wäre die perfekte Geisel gewesen, wenn es ihnen gelang, ihm jemals so nah zu kommen, daß sie ihn sich schnappen konnten. Wenn sie Alfred von Wessex in der Hand hatten und er bedroht war, konnten sie alle die Freiheit fordern. Einfacher ging es gar nicht mehr.

Kristen machte ihnen zwar die Freude, ihnen alles zu erzählen, was sie wußte, doch sie bezweifelte, daß ihr Sachse seinen König je in die Nähe der Gefangenen kommen lassen würde, und zwar aus eben diesem Grund. Wenn es um ihn selbst ging, war er unbesorgt, aber wenn es um Alfred ging, standen die Dinge ganz anders.

Schließlich schalt sie sie aus, weil sie das Essen kalt werden ließen, und sie holten sich die lieblos geschnitzten Holzschalen, die man ihnen zum Gebrauch überlassen hatte, Schalen, die das Essen mit Holzsplittern anreicherten. Nur Thorolf wollte nichts essen. Er zog Kristen neben sich auf den Boden, und sie lehnten sich an die Rückwand der Hütte. Er nahm ihre Hand in seine, die auf seinem angezogenen Knie lag.

Er sah sie nicht an, sondern ließ seinen Blick ins Freie schweifen. Ohthere hatte sie bewußt nicht gefragt, wie es ihr ergangen war, denn er konnte mit seinen eigenen Augen sehen, daß ihr an Leib und Seele nichts fehlte. Thorolf hatte keine Scheu, ein heikles Thema anzuschneiden.

Er kam direkt zur Sache. »Dann ist es also wahr, was mir der Sachse gesagt hast? Du magst ihn?«

Royce war ihrer aller Feind. Er hatte sie versklavt. Sie wußte, was Thorolf dachte. Wie konnte er das verstehen, wenn sie es selbst nicht verstand.

Kristen redete auch nicht um den heißen Brei herum, sondern sagte ganz einfach: »Wenn ich ihn ansehe, fühle ich mich wunderbar. Das ist mir vorher nie so gegangen, Thorolf.«

»Du würdest ihn zum Manne nehmen?«

Sie grinste kläglich, doch er sah es nicht. »Ich schon, aber er will mich nicht.«

Seine Finger schlossen sich sacht um ihre Hand. »Ich hatte Angst, du wüßtest es nicht. Ich dachte, du erwartest, daß er sich zu dir bekennt.«

»Ich habe weder meine Vernunft noch meinen klaren Verstand eingebüßt, nur … Ich weiß genau, was ich zu erwarten habe. Er hat mich im Moment recht gern, aber …«

»Im Moment?«

»Er hat mich anfangs für eine Hure gehalten. Nein, Thorolf.« Sie lächelte, als sie die Wut in seinen Augen sah. »Du solltest darüber lachen. Das habe ich auch getan, und ich habe ihn in dem Glauben gelassen. Das hat ihn abgeschreckt und mir vom Leib gehalten. Aber schließlich war es mir gar nicht mehr recht, daß er mich in Ruhe gelassen hat. Ich wollte es selbst so haben, als er schließlich ... Wie ich schon sagte, hat er mich jetzt recht gern, aber er traut mir nur, solange er mich selbst im Auge hat. Und doch hält er andere Männer von mir fern. Er hat mir sogar die Ketten abnehmen lassen, als diese jungen Adeligen hierher gekommen sind, damit ich mich verteidigen kann, wenn er nicht in der Nähe ist.«

»Dann hast du ihn für dich gewonnen, oder doch zumindest einen Teil von ihm?«

»Ja, einen Teil von ihm, aber ich werde ihn ganz verlieren, wenn er erst heiratet. Und doch ...«

Sie seufzte, statt ihren Satz zu beenden. Thorolf drückte wieder ihre Hand, um ihr zu zeigen, daß er sie verstehen konnte. Er konnte nicht scheinheilig sein und ihr sagen, daß sie falsch handelte, daß sie diesen Sachsen nicht begehren durfte. Er wußte, daß er dasselbe getan hätte, wenn ihre Rollen vertauscht gewesen wären und er plötzlich festgestellt hätte, daß ihm ein Feind begehrenswert erschien. Auch er hätte diese Leidenschaft ausgekostet, solange es ging, und wenn das Gegenüber noch so oft ein Feind war. Für sie änderte es nichts, daß sie eine Frau war, von der man solche Gefühle nicht erwartete. Sie war die Tochter ihrer Mutter, und Brenna Haardrad war eine kühne Frau, die an sich dachte, ehe sie sich überlegte, was sich für eine Frau gehörte.

»Mach dir nichts draus, Kristen.«

»Ich soll mir nichts draus machen?« Ein Anflug von Bestürzung war aus ihrer zarten Stimme herauszuhören. »Meine Logik sagt mir, daß ich ihn hassen sollte. Ich hatte auch die Hoffnung«, gestand sie mürrisch ein. »Aber seit ich seine Verlobte selbst gesehen habe, ist diese Hoffnung vernichtet. Und doch, Gott steht mir bei, Thorolf, ist er mit mir schwimmen gegangen, nachdem er mich bei meinem Fluchtversuch erwischt hat. Warum um Himmels willen tut er das?«

»Es hat ihm doch wohl kein Vergnügen bereitet?«

»Er hätte überall seinen Spaß mit mir haben können. Dazu hätte er nicht mit mir an den See reiten müssen.«

»Da haben wir es. Du hast den Mann verhext, und daran wird sich wohl kaum etwas ändern.«

»Verhext? Nein, wenn hier jemand verhext ist, dann bin ich das. Ich weiß, daß ich irgendwann hassen werde, aber mir wäre es am liebsten, wenn es bald dahin käme. Ich wünschte, er würde möglichst schnell heiraten und mich abschieben.«

Thorolf grinste, als er ihren mürrischen Tonfall hörte, und als sie ihn böse ansah, brach er in schallendes Gelächter aus. »Dein Sachse tut mir leid, Mädchen, er tut mir wirklich leid. Dich abschieben? Gelobt sei Odin, aber es wird umgekehrt kommen. Wenn du genug von ihm hast, können wir nur für ihn hoffen, daß es ihm nicht das Herz bricht.«

Kristen kicherte über die abwegige Vorstellung eines Royce mit gebrochenem Herzen, und dann lachte auch sie fröhlich. Es war wirklich zu absurd, aber sie war Thorolf für seinen Versuch dankbar, ihre Selbstachtung zu stärken.

Genauso fand Royce sie vor, als er in der offenen Tür stand: Sie saß praktisch auf dem Schoß des Wikingers, ihre Hände waren ineinander verschlungen, und sie lachten zusammen. Sein erster Impuls bestand darin, sie auseinanderzubringen und den jungen Wikinger zu Brei zu schlagen, doch er unterdrückte ihn. Er hatte vergessen, wie gern diese Wikinger sie hatten.

Die plötzliche Stille im Raum ließ Kristen aufblicken. Innerlich stöhnte sie, als sie den Grund fand. »Ich vermute, ich war zu lange hier.«

Thorolf drückte ihre Hand, als sie aufstehen wollte. »Wird er in die Hütte kommen und dich holen, Kristen?«

Seine Frage ließ sie erbleichen. »Sieh ihn an. Ich kann dir versichern, daß das nicht gerade seine freundlichste Miene ist. Willst du etwa, daß er herkommt und mich ins Freie zerrt?«

»Ich frage mich, was passieren würde, wenn er es versucht.« In dem Moment erriet sie seine Gedanken und rief entgeistert: »Thorolf!«

»Wir können ihn überwältigen, Kristen«, sagte er leise und sah dem Sachsen fest in die Augen. »Als Geisel eignet er sich genausogut wie sein König. Hier drinnen können sie nicht mit Pfeilen auf uns schießen, um uns zu zwingen, ihn wieder freizulassen.«

Ihr Leib und ihre Seele schrien nein, doch sie sprach mit der Stimme der Vernunft. »Ich kenne ihn, Thorolf. Hör mir gut zu. Sein Volk und seine Verpflichtung ihm gegenüber stehen bei ihm an erster Stelle. Er ist der festen Überzeugung, daß es zu einem Gemetzel kommt, wenn ihr befreit werdet. Es ist unmöglich, ihn vom Gegenteil zu überzeugen. Eher opfert er sich selbst, als den Befehl zu geben, euch freizulassen.«

Thorolf hatte sich selbst Gedanken darüber gemacht und sagte: »Seine Wachen werden nicht auf ihn hören, wenn sein Leben in Gefahr ist.«

»Es wird nichts daraus, das sage ich dir.«

»Dein Cousin ist nicht deiner Meinung. Sieh ihn an, Kristen. Ohthere ist längst zu demselben Schluß wie ich gekommen. Wenn dein Sachse die Tollkühnheit besitzt, die Hütte zu betreten, um dich zu holen, hat er nichts Besseres verdient.«

Sollte Gott ihr beistehen, aber fast hätte sie Thorolf dafür gehaßt, daß er sie zwang, zwischen ihnen zu wählen. Wenn sie jetzt aufsprang und hinauslief, hätte sie niemand zurückgehalten, aber sie hätte ihre Freunde der Gelegenheit beraubt, ihre Freiheit wiederzuerlangen; und es gab keine Garantie dafür, daß sich ihnen jemals wieder eine Chance bieten würde. Doch wenn sie blieb ... wenn sie blieb, dann konnte das Royce durchaus das Leben kosten.

Thorolf las ihre Gedanken. Vermutlich gab ihm ihr gepeinigter Gesichtsausdruck Aufschluß darüber. Er lockerte den Griff, mit dem er sie festgehalten hatte. Er stellte sie vor die Wahl, legte die Entscheidung ganz in ihre Hände, doch er sagte leise zu ihr: »Wir werden ihn nicht töten, Kristen. Damit wäre uns nicht gedient.«

Seine Worte änderten nichts. Die Wahl lag nicht mehr bei ihr, denn Royce hatte die Geduld verloren. Statt die Tür zu schließen und sie auf die eine oder andere Weise zu zwingen, wieder herauszukommen, trieb seine Arroganz – seine verfluchte, dumme Arroganz – ihn voran. Es war, als durchschritte er sein eigenes Haus und sei nur von seinen treuen Dienern umgehen. Derart locker und entspannt wirkte er, als er die Entfernung zwischen ihnen zurücklegte.

Ohthere konnte anscheinend nicht fassen, daß das möglich war. Er hatte abgewartet, um zu sehen, was Royce tun würde, doch jetzt, nachdem er das Unwahrscheinlichste getan hatte, stand Ohthere da und traute seinen eigenen Augen nicht. Thorolf mußte ebenfalls Zweifel hegen, denn er stand auf und zog Kristen mit sich auf die Füße, und sein Gesicht drückte jetzt weit weniger Zuversicht aus. Dennoch spürte sie, wie angespannt die Hand war, in der ihre Hand nach wie vor lag. Er würde es trotzdem durchziehen und versuchen, Royce zu überwältigen. Sie konnte Royce nicht warnen, denn da er jetzt schon mitten unter ihnen war, hätte sich sonst alles nur noch schneller abgespielt.

Die Wikinger waren von Natur aus ein abergläubisches Pack. Männer, die keinen Fuß auf ein Schiff gesetzt hätten, das sie inund auswendig kannten, ohne vorher ihren Göttern ein Opfer zu bringen, mußten angesichts dieser Kühnheit, die an den hellen Wahnsinn grenzte, die Nerven verlieren. Das ermöglichte es Royce, durch ihre Reihen zu laufen, und keiner der Männer rührte sich auch nur, um ihn aufzuhalten. Er tat das nicht zum ersten Mal, und auch damals hatten sie es einfach nicht glauben können, obwohl seine Wachen mit Pfeil und Bogen bereitgestanden hatten. Aber jetzt kam er allein, hatte sein Schwert noch in der Scheide und mischte sich mit bloßen Händen unter sie ...

Er blieb vor Kristen und Thorolf stehen. Thorolf ließ ihre Hand los. Sie rechnete damit, sofort Royces Hand zu spüren, seine langen Finger, die sich um ihr Handgelenk schlingen würde, um sie ins Freie zu zerren. Sein Gesicht war so gut wie ausdruckslos, und doch wußte sie, daß er von einer entsetzlichen Wut gepackt sein mußte, wenn er so handelte, wie er es tat.

Kein Gefühl zeigte sich auf ihrem Gesicht. Ihr Magen hatte sich zusammengezogen, ihre Nerven waren taub, und sie stand benommen da und wartete ... und wartete.

Royces Hand schoß so schnell hervor, daß sie die Bewegung nur verschwommen erkennen konnte, doch er packte Thorolf und nicht sie, und ehe sie wußte, was geschehen war, stand Royce hinter Thorolf und hatte den Hals des Gefangenen in einer seltsam verrenkten Haltung in seiner Armbeuge, und die andere Hand hatte er gegen den Kopf des Wikingers gestemmt. Er hätte keine Sekunde gebraucht, um Thorolf das Genick zu brechen.

»Royce ...«, setzte sie an.

Er schnitt ihr das Wort ab, ohne sie anzusehen, und sein Tonfall klang erstaunlich trocken. »Vielleicht machst du dich jetzt auf den Weg, Mädchen.« Aus Thorolfs Kehle stieg ein Laut auf, und sie warf einen besorgten Blick auf ihn, doch das, was sie sah, ließ ihre Gefühle abrupt wieder aufleben. Er erstickte an seinem eigenen Gelächter! Um Gottes willen! Wenn er es komisch fand, daß sein eigener Plan durchkreuzt worden war und sich jetzt gegen ihn selbst richtete ...

Sie kehrte den beiden Männern den Rücken zu und stapfte zu Ohthere. »Laßt ihr ihn gehen, oder laßt ihr zu, daß er Thorolf umbringt? Thorolf findet es vielleicht komisch, daß er überlistet worden ist, aber der Sachse findet es gar nicht lustig. Er wird ihn töten.«

»Das sehe ich selbst«, erwiderte Ohthere, und dann schien auch er die Komik ihrer Lage zu erkennen. Grinsend fügte er hinzu:

»Der Sachse wird gehen, und ich glaube nicht, daß wir nachhelfen müssen. Beim Thor, dieser Kerl ist immer wieder unterhaltsam. Gönn uns noch ein bißchen Spaß. Wir wollen erleben, wie er es anstellt. Geh schon, Kind, sieh zu, daß du verschwindest. Ich bin sicher, daß er dir auf dem Fuß folgt.«

Er drückte sie an sich, ehe er sie gehen ließ, denn es war unwahrscheinlich, daß sie einander nach diesem Vorfall wieder sehen würden, und das wußten beide. Dann stieß er sie zur Tür. Die anderen klatschten ihr zum Abschied auf den Hintern, als sie an ihnen vorbeikam, und es war ganz so wie zu Hause. Waren sie alle verrückt geworden, wenn sie diesen Vorfall nur von seiner komischen Seite her sahen, statt ihrer großen Enttäuschung freien Lauf zu lassen?

Während sie am späteren Abend alle darüber lachen würden, hatte sie es sicherlich mit Royce zu tun, und sie hatte allen Grund zu glauben, daß diese Auseinandersetzung unerfreulich verlaufen würde. Sie begab sich eilig wieder ins Haus.

33

»Ich frage mich, ob er mich wohl bemerkt, wenn ich mich unter diesem Tisch verstecke?«

Eda sah Kristen durchdringend an. »Was soll denn das heißen?«

»Ach, nichts weiter«, gab Kristen zurück, als sie sich auf einen Schemel fallen ließ.

Nach den Momenten atemloser Spannung, die sie gerade durchlebt hatte, war es ihr Recht, jetzt gereizt zu sein, aber das war nicht der Grund für ihre Übellaunigkeit. Es paßte ihr nicht, sich die Schuld für etwas in die Schuhe schieben zu lassen, das nicht ihr Werk war. Sie wünschte, sie hätte sich irgendwo verstecken können, bis Royce sich wieder beruhigt hatte.

In dem Moment betrat Royce das Haus, aber offensichtlich wollte er sie sich nicht gleich vornehmen, denn er sah sie nur kurz an und ging dann auf seinen Stuhl an dem langen Tisch zu.

Er würde also weitertrinken und sich amüsieren, als sei sein Leben nicht vor wenigen Minuten in Gefahr gewesen. Warum bloß ärgerte sie das noch mehr?

»Schlafe ich heute wieder bei dir, Eda?«

»Nein, das weißt du doch. Du hast doch selbst gesehen, daß Lord Averill und seine Familie heute abgereist sind.«

»Ja, aber es wäre mir lieber, wenn ich bei dir schlafen könnte.«

»Ach, wirklich? Obwohl du gestern abend noch gemurrt hast, weil du nicht in deinem weichen Bett schlafen durftest?«

»Ich habe nicht gemurrt!« fauchte Kristen.

»Sieh mal einer an! Was für eine Laus ist dir denn über die Leber gelaufen?«

Darauf hatte sie nichts zu sagen. »Warum ist er gekommen, um mich zu holen, Eda? So lange war ich doch gar nicht fort.«

Eda zuckte die Achseln. »Er hat gesehen, daß Uland zurückgekommen ist und mit einer Geschichte die Runde gemacht hat, die er gar nicht fassen konnte. Milord hat Edrea hingeschickt, damit sie fragt, was los ist. Uland fand es erstaunlich, daß diese Wikinger dich wie eine längst verloren geglaubte Schwester begrüßt haben, und er hat erzählt, du könntest keinen heilen Knochen mehr im Leib haben, nachdem du von all diesen Riesen weitergereicht und umarmt worden bist.«

»*Deshalb* ist er gekommen?«

»Nein, er ist am Tisch sitzengeblieben und wollte weiteressen. Aber ich habe ihn beobachtet.« Jetzt mußte Eda lachen. »Und er hat die Tür nicht aus den Augen gelassen und auf deine Rückkehr gewartet. Ich nehme an, irgendwann fand er doch, du seist schon zu lange fort.«

Kristen nahm an, daß Royce seinen König nicht sehen lassen wollte, wie wütend er war, doch sie zweifelte nicht daran, daß sie seinen Zorn später noch zu spüren bekam. Er würde diesen Vorfall nicht ungestraft lassen. Es war nicht dasselbe wie ihr Fluchtversuch.

Sie warf einen Blick in seine Richtung, konnte ihn aber nicht sehen, weil Alden neben ihm saß und ihr die Sicht auf ihn nahm. Alfred saß auf der anderen Seite neben Royce, und von dem Schemel aus, auf dem sie saß, konnte sie den König auch nicht sehen.

Jetzt kam Edrea auf Kristen zu und stellte ein hölzernes Tablett auf den Tisch. Nur ein paar Brotkrumen lagen darauf.

»Dein Brot hat ihnen gut geschmeckt«, sagte Edrea zu ihr. »Milord hat es besonders betont und sogar gefragt, wer es gebacken hat.«

»Hast du es ihm gesagt?«

»Nein, ich hatte Angst, die Hälfte der Adeligen könnte es ausspucken, weil sie fürchten, du wolltest sie vergiften.« Edrea zwinkerte mit ihren dunkelbraunen Augen. Sie hatte einen Witz gemacht. Kristen konnte es kaum glauben und schon gar nicht, daß das Mädchen tatsächlich von sich aus mit ihr sprach.

»Man hätte es ihnen sagen sollen, nachdem sie es gegessen haben«, scherzte Kristen.

Edrea lachte jetzt herzlich. »Uland hat recht gehabt. Du bist gar nicht so seltsam. Eda hat es zwar auch gesagt, aber schließlich hat Eda dich ins Herz geschlossen. Und das war wirklich seltsam.«

Kristen grinste sie trotz ihrer Übellaunigkeit an. »Man merkt es nicht so schnell, weil diese alte Frau eine solche Kratzbürste ist.« Sie erhob bewußt die Stimme, damit Eda sie hören konnte.

Eda schnaubte verächtlich, und Edrea strahlte. »Ja, Edas Launen können einen täuschen. Aber vielleicht sind die Wikinger auch weniger furchtsam.«

»Er heißt Bjarni«, sagte Kristen von sich aus.

»Wer?«

»Der, dem du gefällst.«

Das arme Mädchen wußte nicht, wie es seine Freude verbergen sollte. Ihr hübsches Gesicht hellte sich verwundert auf. »Hat er das gesagt?«

Kristen war jetzt wirklich nicht dazu aufgelegt, sich für Bjarni und die anderen einzusetzen, aber zumindest lenkte das Gespräch mit dem Mädchen sie ab. »Er macht sich Sorgen und grämt sich, weil er dir nicht selbst sagen kann, daß er dich mag. Er läßt sich von Thorolf ein paar Worte in eurer Sprache beibringen, aber wenn du sie hörst und nichts verstehst, brauchst du dich nicht zu wundern. Thorolf spricht eure Sprache nämlich selbst nicht allzugut.«

Im Lauf der nächsten Stunde bestürmte Edrea sie mit Fragen. Sie wollte alles über den jungen Wikinger wissen, und Kristen schilderte ihn in glühenden Farben, die zweifellos eine Enttäuschung nach sich ziehen mußten, denn Bjarni war keineswegs der Ausbund an Tugend, den sie aus ihm machte. Er war ein Mann, mit dem man seine Freude hatte, aber man durfte ihn nicht ernst nehmen. Wenn Edrea so dumm war, ihm alles zu glauben, was er ihr erzählen würde, damit sie ihnen bei der Flucht half, dann hatte Kristen kein Mitleid mit dem Mädchen.

Ihre Freunde und deren Freiheit bedeuteten ihr mehr als die Gefühle eines Sachsenmädchens. Wenn Kristen an Lyman und diesen

Schlüssel herangekommen wäre, hätte sie es selbst getan, aber schon jetzt würde sie wieder im Zimmer ihres Herrn einquartiert.

»Du sitzt ja doch nur da und tust nicht«, murrte Eda, als Edrea gegangen war. »Am besten gehst du gleich ins Bett, damit du morgen schon früh auf den Beinen ist. Lady Darrelle hat persönlich darum gebeten, daß wir noch mehr von deinem Nußbrot backen. Sie glaubt, es sei ein Rezept, das ich in all den Jahren für mich behalten habe.«

»Und du hast sie natürlich in diesem Glauben gelassen.«

»Natürlich«, sagte Eda lachend. »Und weshalb habt ihr die Köpfe zusammengesteckt und getuschelt, Edrea und du?«

»Ihr gefällt einer der Gefangenen.«

Eda zog unwillig die Augenbrauen hoch. »Ich hoffe doch, du hast ihr gesagt, daß das nichts werden kann.«

»Und warum nicht? Sie sind Männer. Wie Royce. Er wird doch sicher nicht so grausam sein, ihnen nicht irgendwann doch Frauen zu schicken, damit sie ihre natürlichen Bedürfnisse befriedigen können. Wenn erst zuviel Unzufriedenheit in ihnen aufkeimt, wird es Ärger nach sich ziehen. Es wäre nur vernünftig …«

»Gott bewahre uns!« schnitt ihr Eda erstaunt das Wort ab. »Erst bringst du ihnen das Essen. Und jetzt willst du sie mit Huren versorgen. Geh ins Bett, Dirne, ehe du als nächstes gar auf den Gedanken kommst, man sollte ihnen erlauben, zu heiraten und sich hier niederzulassen.«

»Wenn du das gerade erwähnst …«

Kristen eile nach oben, ehe Eda das letzte Wort hatte. Als sie den oberen Treppenabsatz erreicht hatte, seufzte sie und fragte sich, wieviel Zeit ihr wohl noch bleiben mochte, bis Royce zu ihr kam.

Es dauerte keine halbe Minute, bis die Tür aufging. Er mußte in dem Moment vom Tisch aufgestanden sein, in dem sie die Halle verlassen hatte. Sie stand mit dem Rücken zur Tür neben dem Tisch, denn sie hatte vorgehabt, sich auszuziehen und sich zu waschen. Als die Tür aufging, hatte sie noch nicht einmal ihren Gürtel aufgeschnürt.

»Was ist bei den Gefangenen vorgefallen, Kristen?«

Sie wirbelte herum und starrte mit weit aufgerissenen Augen nicht etwa Royce, sondern Alden an. Es dauerte einen Moment, bis sie sich von ihrer Verblüffung erholt hatte; dann warf sie einen Blick auf die Waffen, die an der Wand hingen.

»Nein«, sagte er, als er ihre Gedanken gelesen hatte. »Hör dir erst an, was ich zu sagen habe, ehe du wieder einmal versuchst, mir die Kehle aufzuschlitzen. Ich kenne meinen Cousin. Wenn er sich ärgert, schreit er und plustert sich auf und schlägt Köpfe gegeneinander. Wenn er sich rasend aufregt, wird er erschreckend still, und Gott steh der armen Seele bei, die ihn um diese Ruhe bringt. Jetzt ist es soweit. Was ist passiert?«

»Warum fragst du ihn nicht selbst?«

»Ihn fragen?« Alden erschauderte, und Kristen fragte sich, ob diese Geste echt oder aufgesetzt war. »Wenn er in dieser Verfassung ist, gehe ich ihm aus dem Weg.«

»Und ich wäre froh, wenn du mir aus dem Weg gingest, Sachse. Du brauchst nicht zu fürchten, daß ich dich angreife. Ich habe deinem Cousin mein Wort gegeben, dir nichts zu tun, solange euer König hier ist.«

Ein mattes Lächeln trat auf seine Lippen. »Soll das heißen, daß ich dir wirklich gefahrlos näherkommen kann?«

»Das würde ich dir nicht raten«, gab sie finster zurück.

»Würdest du mir wenigstens sagen, was passiert ist? Vielleicht weiß ich dann, was ich tun kann, um seine Wut zu mäßigen.«

Sie zuckte beiläufig die Achseln, doch ihre Worte straften ihre Gleichgültigkeit Lügen. »Er hat sich wie der allerletzte Dummkopf benommen. Er ist in die Hütte gekommen, um mich herauszuholen.« Sie hob die Stimme, und ihre Gereiztheit machte sich bemerkbar. »Thorolf hat mich zurückgehalten, aber Royce hat nicht etwa eingesehen, wie klug es gewesen wäre, wenn er wieder fortgegangen wäre, denn dann wäre ich nachgekommen, sondern er ist in die Hütte stolziert, um mich zu holen. Das war das Dümmste und das Arroganteste, was er nur irgend tun konnte!«

»Und doch ist ihm nichts passiert.«

Kristens Gesichts spiegelte ihren Widerwillen. »Darum geht es nicht. Er hat den Spieß umgedreht und damit die Oberhand behalten. Aber es hätte ebensogut passieren können, daß er ihnen auf Gedeih und Verderb ausgeliefert gewesen wäre.«

»Und diese Vorstellung behagt dir nicht?«

Sie funkelte ihn wütend an. »Ich habe dir gesagt, was du wissen wolltest. Laß mich jetzt in Ruhe.«

Er nickte, doch ehe er sich abwandte, um das Zimmer zu verlassen, sagte er: »Ein warnendes Wort, Mädchen. Sag ihm nicht, was du zu mir gesagt hast. Ich glaube nicht, daß er es im Moment dulden würde, als der allerletzte Dummkopf bezeichnet zu werden.«

Er öffnete die Tür, um zu gehen, und stand Royce gegenüber. Alden schickte ein stummes Stoßgebet zum Himmel. Er hoffte nur, daß Royce kein Wort von ihrer Unterhaltung mitangehört hatte. Kristen zügelte sich, als sie sah, daß Alden recht hatte. Royce wirkte äußerlich absolut ruhig, aber nur auf den ersten Blick. Wenn man ihn genauer ansah, fielen seine verkniffenen Lippen und das gefährliche Funkeln seiner Augen auf.

»Was hast du hier zu suchen, Cousin?«

Alden sagte im Scherz: »Ich wollte dem Mädchen bei den Vorbereitungen zur Belagerung helfen.«

Royce fand das gar nicht komisch. »Dein Hang, ihr helfen zu wollen, ist unklug. Das wird dir früher oder später eine Klinge im Rücken einbringen. Laß uns allein.«

Er sagte es sehr leise, doch Kristen bemerkte die unterschwellige Drohung. Sie kehrte Royce den Rücken zu, als er die Tür schloß, und das Zittern ihrer Unterlippe machte ihr Sorgen. Nur ein einziges Mal hatte sie Royce so wie jetzt erlebt: als sie ihn das erste Mal gesehen hatte. Damals hatte er kaltblütig darüber geredet, sie alle zu töten. Und diesmal? Sie fürchtete sich nicht allzu sehr, denn sie war sicher, daß er sie nicht töten würde. Was sie empfand, war die Furcht vor dem Unbekannten.

»Ich bin gezwungen, mich jetzt doch zu fragen, ob nicht alles, was du sagst und tust, gelogen und geheuchelt ist.«

Kristen erstarrte. Sollte Gott ihr beistehen, aber sie wußte nicht weiter, weil sie ihn einfach nicht verstehen konnte. Was hatte diese so beiläufig geäußerte Bemerkung mit dem zu tun, was vorgefallen war?

»Ich muß annehmen, daß du guten Grund hast, das zu sagen. Nennst du mir deine Gründe, oder muß ich sie erraten?«

Er stellte sich hinter sie, während sie das sagte, und da sie ihn nicht gehört hatte, schnappte sie entsetzt nach Luft, als sich seine Finger in ihre Schulter gruben und sie zu ihm umdrehten. Ihr Ausdruck war versteinert, als sie in seine dunklen Augen sah. Mit ihr konnte man nicht Katz und Maus spielen.

»Sag schon, was du mir vorzuwerfen hast, damit ich weiß, was los ist!« fauchte Kristen.

»Er bedeutet dir mehr als ein Freund, dieser Thorolf.«

»Sagst du das, weil ich mich von ihm habe zurückhalten lassen?« fragte sie ungläubig. »Ja, ich habe es zugelassen, weil ich nicht geglaubt hätte, daß du dumm genug bist, in seine Falle zu tappen.«

»Wer war hier dumm?«

Sie riß die Augen weit auf. »Du hast es gewußt! Du hast gewußt, was er vorhatte, und du bist trotzdem in die Hütte gekommen! Du bist wirklich verrückt!«

Er hielt sie jetzt an beiden Schultern fest und schüttelte sie. »Ich bin nicht verrückt. Ich bin mit meiner Geduld am Ende. Liebst du ihn?«

Er hielt ihre Schultern fest umklammert, und daß sie sich trotzdem losreißen konnte, zeigte nur, daß auch sie die Geduld verloren hatte. »Schon wieder eine Frage, die nichts mit dem zu tun hat, was passiert ist! Natürlich liebe ich ihn. Ich liebe ihn wie einen eigenen Bruder. Und jetzt wirst du mir sagen, was das mit irgendetwas zu tun haben soll! Du hast dich ihnen einfach ausgeliefert. Thorolf hat zwar gesagt, daß sie dich nicht töten, aber das konntest du nicht wissen. Du hättest doch nur ins Haus zurückgehen müssen, Sachse, und ich wäre dir ganz von selbst gefolgt.«

»Habe ich *das* gewußt?«

Ihr fiel auf, daß er inzwischen schrie – und wenn sie Alden glauben durfte, war das ein gutes Zeichen. Sie wußte nur nicht, womit sie es erreicht hatte.

Sie senkte die eigene Stimme. »Der gesunde Menschenverstand hätte es dir sagen können. Außerhalb dieser Hütte gehört die Herrschaft dir. Du hättest mich auf unzählige Weisen zwingen können hinauszukommen. Das wußte ich. Ich hatte auch gar nicht die Absicht, dort zu bleiben«, gestand sie ein. »Ich wollte auch nicht so lange bleiben, aber ich hatte schon ewig nicht mehr mit ihnen geredet.«

»Oder sie angefaßt – ihn angefaßt! Ich habe Augen im Kopf, Dirne. Du hast fast auf ihm gelegen!«

»Oh, wie ungerecht!« schrie sie. »Ich habe neben ihm gesessen. Er hat meine Hand gehalten. Wie kannst du mehr in diese Geste hineinlegen? Ich habe dir schon vor längerer Zeit gesagt, daß ich dazu erzogen bin, mich nicht davor zu fürchten, anderen meine Zuneigung zu zeigen. In meinen Augen ist es ganz natürlich, jemanden anzufassen, den ich liebe.«

»Dann faß mich an, Kristen.«

Sie stand da wie vom Donner gerührt. Seine Worte trafen sie wie ein elektrischer Schlag. Sein Ausdruck war plötzlich voller Verlangen und frei von jedem Zorn, und sein Blick ließ ihre eigene Begierde aufflammen. Sie war ohnehin schon aufgewühlt. Mit diesem Blick hatte er ihre Gefühle einfach in andere Kanäle geleitet und ihre Sinne angestachelt, die jetzt von ihr verlangten, sich in seine Arme zu werfen.

Fast hätte sie es getan. Sie mußte jeden Funken ihrer Willenskraft aufbieten, um nicht auf ihn zuzugehen und mit seinem Körper zu verschmelzen. Hätte er es doch anders formuliert, wäre es doch bloß nicht um Liebe gegangen!

»Kristen?«

»Nein!« sagte sie mindestens so sehr um ihretwillen wie um seinetwillen. »Ich liebe dich nicht.«

Sie wußte selbst, daß sie es zu nachdrücklich geleugnet hatte. Es war kein Wunder, daß er nicht darauf einging und den Schritt unternahm, den sie so gern unternommen hätte. Er zog sie heftig an sich. Schon wieder ein Donnerschlag, als sie Becken an Becken und Brust an Brust dastanden und sich Lippen auf ihren Mund preßten, die Balsam für das Fieber waren, das sie ergriffen hatte. Sengend entlockten seine Lippen ihr die Leidenschaft, die aus ihrem tiefsten Herzen kam.

»Ich gebe nach, Kristen. Berühre mich nicht, weil du mich liebst, sondern weil ich dich brauche. Berühre mich!«

Ihr Körper hatte die Schlacht bereits verloren, und als sie sein Stöhnen hörte, das nach Todesqualen klang, konnte auch ihr Herz nicht länger widerstehen.

Ja, mein Sachse, ich werde dich berühren. Ich werde dich berühren, bis ins Herz. Sie sprach es nicht laut aus, aber er konnte es in ihren Augen lesen: ihr eigenes Verlangen, ihre Begierde – ihre Liebe. Sie küßte seine Augenlider, weil sie nicht wollte, daß er all das sah. Dann suchte sie wieder seine Lippen und raubte ihm mit ihrer Heftigkeit fast den Verstand. Sie berührte ihn nach Herzenslust.

34

Sechs Laibe heißes Nußbrot wurden in einen Korb gepackt und zu den wartenden Gepäckwagen ins Freie gebracht. Eda hatte Kristen früh geweckt, damit sie aufstand und sie noch vor der Abreise des Königs buk. Er und sein Gefolge reisten schließlich ab.

Die Dienstboten drängten sich an den Fenstern, um zuzusehen, als die zahlreichen Adeligen auf ihre edlen Pferde stiegen. Am

Himmel hingen bedrohliche, dichte Wolken. Noch ehe der Vormittag vorbei war, würden sie alle vom Regen durchnäßt sein, und doch wurde kein Befehl zu einem späteren Aufbruch erteilt. Alfred richtete sich nicht nach dem Wetter.

Kristen war froh, daß sich der Trubel im Hause wieder legen würde, doch sie wußte auch, was die Abreise des Königs für sie bedeutete: Ihr Abkommen mit Royce endete jetzt.

Langsam ging sie wieder in die Küche. Eda lief neben ihr her. »Hat Royce heute morgen etwas zu dir gesagt?« fragte sie vorsichtig.

»Ja, allerdings.«

»Ach.«

»Ach? Eine so ausweichende Frage sieht dir gar nicht ähnlich, Mädchen«, sagte Eda verdrossen. »Wenn du wissen willst, was mit den Ketten ist, dann frag mich. Nein, frag mich nicht. Ich habe den Befehl von ihm, ganz so, wie du es erwartet hast.«

»Ja, ich habe wirklich nichts anderes erwartet.«

»Wenn dich das tröstet – er war darüber auch nicht gerade glücklicher als du.«

»Nein, das tröstet mich gar nicht.«

»Du hast dich einmal mit ihm geeinigt. Triff ein neues Abkommen mit ihm. Du hast doch Verstand, Mädchen. Nutze das, was du erreicht hast, um zu bekommen, was du haben willst.«

Endlich war es der alten Frau gelungen, ihren Zorn zu entfachen, der sich in hämischem Sarkasmus äußerte. »Wenn du das vorschlägst, stellst du dich gegen deinen Herrn. Du vergißt, wie wenig man mir trauen kann. Es steht zu erwarten, daß ich am hellichten Tag fliehe.«

»Ach, du hörst ja doch nicht auf mich. Du hast noch nie auf mich gehört. Was weiß denn ich? Schließlich kenne ich diesen Mann ja nur von Kind an. Ich habe …«

»Gott steh mir bei!« fauchte Kristen verärgert. »Wenn du nicht aufhörst, an mir herumzunörgeln, Alte, dann werde ich …«

»Gott steh dir bei?« erkundigte sich Royce hinter ihrem Rücken. »Von welchem Gott sprichst du?«

Sie wirbelte herum und war zu erbost, um sein Erstaunen zu bemerken. »Was willst du, Sachse? Kannst du nicht auf die Jagd gehen oder dein Heer trainieren? Hast du denn überhaupt nichts zu tun? Ich hasse es, wenn du dich von hinten an mich heranschleichst.«

Er wußte, warum sie so wütend war. Er hatte vorhergesehen, daß es nicht einfach werden würde, ihr die Ketten wieder anzulegen. Deshalb war er hier. Er wollte dafür sorgen, daß sie sich nicht allzu ungefügig gebärdete. Doch sie hatte ihn mit einem Ausruf verblüfft, den nur ein Christ getan hätte.

»Welchen Gott rufst du an?« wiederholte er.

Sie kniff verbissen die Lippen zusammen. Sie wollte ihm nicht antworten. Er packte ihren Arm und schüttelte sie, bis sie ihn wutentbrannt von sich stieß.

»Wenn du mich noch einmal derart durchschüttelst, Sachse, dann schwöre ich dir, daß ich dir einen Fausthieb ins Gesicht verpasse.«

Er hätte jetzt eigentlich auch in Wut geraten und explodieren müssen. Statt dessen lachte er. »Ich habe dir doch nur eine simple Frage gestellt, Kristen. Warum wehrst du dich so sehr dagegen?«

Sein Lachen wirkte Wunder. Warum wollte sie dieses Geheimnis denn immer noch für sich behalten? Anfangs hatte es Gründe dafür gegeben, aber die gab es inzwischen längst nicht mehr.

Kristen lächelte über ihre eigene Übellaunigkeit. Eda wandte sich kopfschüttelnd ab und wunderte sich über die Plötzlichkeit dieser Stimmungsumschwünge. Royce war ebenso verblüfft. Es war gespenstisch, wie schnell sie ihre Gefühlsaufwallungen immer wieder beherrschen konnte.

»Verzeih mir«, sagte Kristen, aber sie wirkte keineswegs zerknirscht. »Ich wollte dich gar nicht so heftig von mir stoßen. Doch, ich wollte es schon, aber es tut mir leid.«

»Was aber nicht heißt, daß es nicht wieder vorkommt.«

»Das ist wahr.« Ihre Augen lachten ihn an.

Royce grinste kopfschüttelnd. »Beantwortest du mir jetzt meine Frage?«

Sie zuckte die Achseln. »Ich bete zu dem Gott meiner Mutter.«

»Warum nennst du ihn dann nicht bei seinem Namen?«

»Das habe ich doch getan.« Als er die Augenbrauen hochzog, erklärte sie. »Der Gott meiner Mutter ist euer Gott.«

Er zuckte zusammen und wurde ernst. »Wie ist das möglich?«

»Das ist ganz einfach. Die Wikinger haben viele, viele Jahre lang andere Länder überfallen. Von diesen Raubzügen brachten sie christliche Gefangene mit nach Hause. Darunter war auch meine Mutter. Die Mutter meines Vaters war auch eine Christin. Mein Vater und meine Brüder«, sagte sie lächelnd, »wollen kein Risiko eingehen und beten alle Götter an.«

»Und du?«

»Ich glaube an den einen wahren Gott.«

Er runzelte die Stirn. »Du hast mir gegenüber die Absicht deiner Freunde verteidigt, ein Kloster zu plündern.«

Sie sah in finster an. »Ich habe sie nicht verteidigt. Ich kann sie verstehen, und das ist mehr als alles, wozu du bereit bist. Ich habe dir doch erzählt, daß mein Bruder mir nicht sagen wollte, was sie vorhatten. Ich habe dir nicht gesagt, warum er es mir verschweigen wollte, aber der Grund war der, daß er wußte, daß ich von ganzem Herzen darum gekämpft hätte, ihn davon abzubringen. Deshalb hat er es mir nicht gesagt. Dann ist er hier an Land gegangen und gestorben. Ich weiß in meinem tiefsten Innern, daß es Gottes Wille war, aber die Hälfte meines Blutes ist Wikingerblut, und mein Herz schreit nach Rache. Willst du behaupten, daß christliche Sachsen den Tod eines geliebten Menschen nicht rächen?«

Das konnte er nicht behaupten. Die Kirche verabscheute Blutfehden, aber sie konnte sie nicht verhindern.

»Warum hast du mir nie gesagt, daß du Christin bist?« erkundigte er sich.

»Was hätte das geändert? Deine anderen Sklaven sind auch Christen, und du hältst sie trotzdem als Sklaven.«

»Es ändert einiges, Kristen. Auf gewisse Weise verbindet uns das, und es gibt mir das Mittel in die Hand, das mir gefehlt hat, um mich mit dir zu einigen. Jetzt habe ich etwas, worauf ich vertrauen kann.«

Sie kniff argwöhnisch die Augen zusammen. »Was willst du damit sagen, Sachse?«

»Wenn du im Namen Gottes schwörst, kann ich auf dein Wort vertrauen. Schwöre mir, daß du nie versuchen wirst, von hier zu fliehen, und ich gestehe dir die selben Freiheiten zu, wie sie die anderen Dienstboten haben.«

»Keine Ketten mehr?« fragte sie ungläubig.

»Nein, keine.«

»Dann schwöre ich ...«

Sie unterbrach sich. Es war zu schnell gegangen. Sie verpflichtete sich zu etwas, ohne vorher darüber nachzudenken.

»Kristen?«

»Mein Gott!« fauchte sie. »Laß mir einen Moment Zeit!«

Nie, hatte er gesagt. Nie hieß für alle Zeiten. Was würde geschehen, wenn er sie nicht mehr haben wollte, wenn er eine Frau hatte, die sich seiner Bedürfnisse annahm? Dann würde ihr das Leben hier verhaßt sein, und zweifellos würde sie auch lernen, ihn zu hassen. Dann war sie durch ihr Wort gebunden, hierzubleiben und weiterhin in seinem Haus zu dienen – für alle Zeiten.

Sie sah ihn gelassen an. Das hätte ihm so gepaßt. Was kümmerten ihn schon ihre Gefühle? Aber irgendetwas mußte er sich aus ihr machen, denn sonst wäre er nicht bereit gewesen, ihr diese Abmachung vorzuschlagen.

»Gut, ich schwöre bei Gott, daß ich nicht versuchen werde, aus Wyndhurst zu fliehen – bis zu dem Zeitpunkt deiner Hochzeit.«

Er kniff die Augen zusammen, und sie fügte sachlich hinzu: »Ich sage das nur ungern, aber ich mag deine Verlobte nicht. Ich glaube nicht, daß ich es ertragen könnte, hier zu bleiben, wenn sie erst die Hausherrin ist.«

»Abgemacht«, zischte er.

»Ist das dein Ernst?« fragte sie überrascht. »Du akzeptierst meine Bedingungen?«

»Ja. Das heißt doch nur, daß du dann wieder angekettet wirst.«

Sie biß verdrossen die Zähne zusammen. »Dann soll es eben so sein. Aber das ist alles, was ich zu schwören bereit bin.«

»Nein, du wirst außerdem schwören, deinen Freunden nicht zur Flucht zu verhelfen.« Er legte einen Finger auf ihre Lippen, um ihren zornigen Aufschrei zum verstummen zu bringen. »Bis zu dem Zeitpunkt meiner Hochzeit.«

»Abgemacht!« gab sie erbittert zurück. »Aber ich werde meiner Rache nicht abschwören.«

»Nein, das weiß ich«, sagte er traurig. »Alden ist wieder bei Kräften und kann sich selbst verteidigen. Ich vertraue auf sein Können, solange du ihn nicht im Schlaf angreifst.«

»Ich will Rache und keinen Mord«, erwiderte sie verächtlich.

»Gut. Dann muß ich dich nur noch warnen und dir sagen, daß ich gezwungen bin, dich mit dem Leben bezahlen zu lassen, wenn du Alden tötest.«

Das waren seine letzten Worte. Er ging und ließ sie niedergeschlagen zurück. Sie konnte es sich nicht erklären, aber sie hatte nicht das Gefühl, mit diesem Abkommen etwas gewonnen zu haben.

35

Als Royce am späten Nachmittag nach den Truppenübungen mit
seinen Männern ins Haus zurückkehrte, sah er Darrelle in der Halle sitzen. Sie hatte kaum noch ein Wort an ihn gerichtet, seit ihr
klar war, daß er mit Kristen schlief. Ihre Mißbilligung äußerte sich
in einer Form von schmollender Verdrossenheit, die ihn gewöhnlich überhaupt nicht berührt hätte, doch Royce stellte immer häu-
figer fest, daß er Darrelle mit Kristen verglich, die nicht schmollte
und ihren Mißmut nicht herunterschluckte, sondern ihm deutlichen Ausdruck verlieh. Es war seltsam, aber ihre Unverblümtheit
erboste ihn weniger als die zahllosen beleidigten Blicke, die er im
Laufe der Wochen eingesteckt hatte.

Vielleicht sollte er einen Ehemann für Darrelle suchen, obwohl
sie darauf beharrte, nicht heiraten zu wollen.

»Hat deine Schwester einem unserer abgereisten Gäste spezielle
Aufmerksamkeit geschenkt?« fragt Royce Alden.

Sie saßen am Spieltisch und spielten ein strategisches Spiel. Alden schenkte der Frage wenig Beachtung, da er gerade am Zug
war.

»Darüber habe ich mir keine Gedanken gemacht.«

»Dann tue es.«

Alden blickte jetzt auf, und ein breites Grinsen trat auf seine Lippen. »Ich versichere dir, daß dir in der letzten Zeit die seltsamsten
Dinge durch den Kopf gehen. Da du davon anfängst fällt mir wieder ein, daß sie lebhafter gewirkt hat, wenn Wilburt in ihrer Nähe
war.«

»Corliss' Bruder?« Royce war überrascht, aber als er die Information verdaut hatte, fragte er weiter. »Glaubst du, sie hätte ihn
gern zum Mann?«

Alden stieß einen leisen Pfiff aus. »Weiß sie, daß du dir solche
Gedanken machst?«

»Wie kann sie wissen, was ich mir denke, wenn sie nicht mit mir
redet?«

»Ja, sie ist gar nicht zufrieden mit dir, aber würdest du sie deshalb verheiraten?«

»Es wäre mir zwar lieber, wenn ihr Schmollen auf das Konto eines anderen ginge, aber meinst du nicht auch, daß es an der Zeit
ist, sie zu verheiraten?«

»Ja, längst. Aber sie ist nicht bereit, vor dir zu heiraten.«

»Was soll das miteinander zu tun haben?« fragte Royce.

»Jetzt komm schon, Cousin, was glaubst du wohl, warum sie sich seit Jahren weigert, sich von dir verheiraten zu lassen? Sie fürchtet, daß das Haus herunterkommt und schmählich vernachlässigt wird, wenn es keine Hausherrin gibt, und damit hat sie zweifellos recht.«

Royce knurrte. »Wenn du gewußt hast, daß das ihre Gründe sind, dann hättest du es mir eher sagen sollen.«

»Damit sie mir grollt, weil ich ihre Geheimnisse ausplaudere? Das muß ein Scherz sein, Cousin. Aber da wir gerade von Hochzeiten sprechen: Wann hast du vor zu heiraten?«

»Wenn ich Zeit dafür habe«, sagte Royce bissig. »Und erzähl mir nicht, ich hätte im Moment die Zeit, denn ich sage dir, daß ich sie nicht habe.«

Alden schüttelte den Kopf. »Wenn du sie nicht heiraten willst …«

»Ich wollte sie nie heiraten, Alden. Es erschien mir nur angebracht, nachdem … nun ja, es schien mir schicklich.«

»Dann löse die Verlobung.«

»Ja, das kann ein Außenstehender leicht sagen«, bemerkte Royce mürrisch.

Alden lachte vielsagend. »Das Leben war wesentlich einfacher hier, bis die Wikinger gekommen sind.« Dafür handelte er sich einen finsteren Blick ein, der ihn nur noch lauter lachen ließ.

Die Aufmerksamkeit beider Männer wandte sich abrupt der Eingangstür zu. Zwei von Royce' Gefolgsleuten waren gerade mit einem Fremden eingetreten. Der Mann war außergewöhnlich groß und mußte von seinem Aussehen her ein Kelte sein. Beides machte ihn interessant, insbesondere letzteres, da sie erst kürzlich Schwierigkeiten mit den Kelten aus Cornwall gehabt hatten.

Er wurde Royce vorgeführt, und man berichtete ihm, daß sie ihn westlich von hier auf dem Grund und Boden von Wyndhurst gefunden hatten. Weit und breit war alles durchsucht worden, um zu erkunden, ob er wirklich allein unterwegs war, wie er behauptete, und man war auf keine weiteren Kelten gestoßen. Er hatte einen klapprigen Gaul geritten, dem man schon vor langer Zeit den Gnadenschuß hätte geben sollen. Er trug bis auf ein altes, verrostetes Schwert, dessen Heft alte keltische Verzierungen aufwies, keine Habe bei sich.

Royce hörte sich all das an, während er den Mann versonnen

musterte. Er hatte noch nie einen so gutaussehenden Mann gesehen, und das trotz seines ungepflegten zerzausten Äußeren. Sein Haar war zu lang und mit einem Lederband zurückgebunden. Er war nicht besser gekleidet als der ärmlichste Dienstbote. Sein langärmliges Hemd war mit einem ausgefransten Seil gegürtet, und er trug fadenscheinige Beinkleider mit Löchern.

Und doch war seine Haltung alles andere als unterwürfig. Dunkelgraue Augen sahen Royce fest an. Der Mann wirkte nicht kriegerisch, nicht wachsam, nicht verschlagen und noch nicht einmal verkrampft. Er sah ihm in die Augen, wie Royce es nur von einem Gleichgestellten gewohnt war, und das weckte seine Neugier.

»Wer bist du?«

»Ich kann Sie nicht verstehen.«

Royce zuckte zusammen, als er die keltische Sprache hörte. Die meisten Kelten im Westen sprachen die sächsische Sprache, da sie mit den Sachsen zusammenlebten. Nicht so die Kelten aus Cornwall, die sein Land so oft überfielen.

Er wiederholte die Frage in der Sprache des Fremden.

»Man nennt mich Gaelan.«

»Aus Cornwall?«

»Aus Devon.«

»Du bist ein freier Mann?«

»Ja.«

Royce runzelte die Stirn. Viel redete er von sich aus nicht gerade, dieser freie Mann aus Devon. »Woher weiß ich, daß du die Wahrheit sagst?«

»Warum sollte ich lügen?«

»Ja, warum wohl«, sagte Royce mürrisch. »Du bist fern von deiner Heimat. Wohin willst du, wenn dich dein Weg über mein Land führt?«

»Ich bin auf der Suche nach einem Herrn, dem ich dienen will, einem Herrn, der gegen die Dänen kämpfen wird. Habe ich ihn hier gefunden?«

Alden lachte, als er in Royce' überraschtes Gesicht blickte. »Mit nichts hättest du weniger gerechnet, stimmt's, Cousin?«

Royce sah ihn finster an und musterte dann den Kelten. »Es gibt zwischen hier und Devon viele Herren, die gegen die Dänen kämpfen werden. Warum bist du so weit in den Osten gekommen?«

»Keiner von ihnen trifft ernsthafte Vorbereitungen. Ich will die Gewißheit haben, daß ich eine wahre Schlacht erlebe.«

»Warum?«

»Es reicht den Dänen noch nicht, daß sie das Land im Norden an sich gebracht haben, um sich dort niederzulassen. Sie fallen immer noch vom Meer aus ein. Ich habe in einem Fischerdorf an der Südküste gelebt. Es ist bei einem Wikingerüberfall zerstört worden. Ich habe meine Frau, meine beiden Söhne, meine Familie und meine Freunde verloren. Niemand hat es überlebt.«

»Außer dir. Wie kommt das?«

»Ich war weiter landeinwärts auf der Jagd. Als ich zurückkam, habe ich gerade noch gesehen, wie das Schiff losgesegelt ist.«

Auf seiner Suche hatte Gaelan diese Geschichte immer wieder erzählt. Bei diesen Sachsenherrschern war sie ihm von Nutzen. Die beiden, die vor ihm saßen, reagierten darauf aufgewühlter als die meisten anderen. Sollte seine Suche etwa endlich beendet sein?

»Wann war das?« fragte Royce.

»Zu Sommerbeginn.«

»Wie kannst du behaupten, daß es die Dänen waren, die euer Dorf überfallen haben?«

»Wer sonst fällt schon so lange über dieses Land her?« Royce und Alden sahen einander an, ehe Royce auf seine Hand hinabsah, die sich auf dem Tisch zur Faust geballt hatte.

Die Frage blieb unbeantwortet.

Alden sagte zu Gaelan: »Wenn die Dänen wieder die Grenze von Wessex überschreiten, sind wir bereit, sie aufzuhalten. Du hast den Willen, mit uns zu kämpfen, aber beherrscht du die Kampftechniken?«

»Ich ... ich werde eine Ausbildung brauchen.«

»Wenn sich mein Cousin bereit erklärt, dich auszubilden – was kannst du ihm als Gegenleistung bieten?«

»Ich könnte ihm als persönliche Leibwache dienen – aufgrund meiner Statur.«

»Selbst wenn du kämpfen könntest – sieh mich an«, warf Royce ein. »Sehe ich etwa so aus, als müßte man mich beschützen?«

Die grauen Augen verzogen sich, als ein mattes Lächeln um Gaelans Mundwinkel spielte. »Die anderen Herren, bei denen ich vorgesprochen habe, waren nicht so gut gebaut wie Sie. Milord. Ich bin bereit zu dienen, wie sie es nur wünschen, wenn sie meine Dienste annehmen.«

Alden fragte Royce in seiner Muttersprache: »Nun, Cousin? Wir können immer Männer gebrauchen, und ein Mann mit dieser Statur ist mit der richtigen Ausbildung ein sehr nützlicher Mann.«

»Mir gefällt das nicht«, erwiderte Royce.

»Du glaubst, er wird seine Rachegelüste gleich befriedigen, wenn er deine Gefangenen sieht?«

»Das kommt noch dazu.«

»Aber du läßt sie so gut bewachen, daß er ihnen nicht zu nahe kommen kann.«

»Kristen wird weniger gut bewacht«, sagte Royce kurzangebunden.

Alden verdrehte die Augen und richtete sie gen Himmel. »Natürlich wird sie jetzt gar nicht mehr bewacht und kann sich frei auf Wyndhurst bewegen. Du könntest ihren Bewegungsspielraum immer noch auf das Haus beschränken und ihm den Zutritt versagen.«

»Ich habe ein Abkommen mit ihr geschlossen. Daran kann ich jetzt nichts mehr ändern.«

»Ich habe nur Spaß gemacht, Royce. Aber er wird ihr nichts zufügen, wenn er halbwegs vernünftig ist. Er will Wikingerblut sehen, nicht das Blut einer Frau. Wenn du daran zweifelst, kannst du ihn auf die Probe stellen. Aber schick ihn nicht wegen einer so unwahrscheinlichen Möglichkeit fort. Du würdest deine Vorsichtsmaßnahmen zuweit treiben, vor allem, wenn man bedenkt, daß es keine Frau auf Erden geben kann, die sich so gut selbst verteidigen kann wie dieses Mädchen. Und wenn dir das nicht genügt, habt ihr beide dasselbe Anliegen, und doch hast du ihr nichts getan.«

Royce zog abschätzig die Mundwinkel herunter. All das stimmte. Er warf noch einen Blick auf den Kelten, der wie die verkörperte Geduld dastand.

»Wir sind im letzten Sommer auch von den Wikingern überfallen worden«, sagte Royce und ließ den Mann nicht aus den Augen. »Wir hatten mehr Glück als ihr und konnten sie besiegen.«

»Ihr habt sie alle getötet?«

Selbst Alden zog die Augenbrauen hoch, als er hörte, mit welcher Heftigkeit diese Worte ausgestoßen wurden. »Es ist unwahrscheinlich, daß es dieselben Wikinger waren. Bei uns waren es Norweger, die auf Reichtümer aus waren. Es steht zu bezweifeln, daß sie ein Fischerdorf überfallen haben, in dem nicht viel Beute zu machen ist.«

»Aber ihr habt sie getötet?«

»Nicht alle. Die anderen halten wir gefangen. Sie arbeiten gezwungenermaßen an unseren Befestigungswällen.«

»Im übrigen stehen sie unter meinem persönlichen Schutz«, fügte Royce hinzu, dem gar nicht gefiel, daß der Mann sichtlich erleichtert wirkte, als Alden ihre Gefangenen erwähnt hatte.

Gaelan hörte die Drohung heraus und antwortete entsprechen. »Wenn Sie diese Wikinger versklavt haben, ist der Gerechtigkeit Genüge getan. Sie werden niemanden mehr überfallen. Ich will die haben, die noch frei im Norden herumlaufen, denn dorthin ist das Schiff, das mein Dorf überfallen hat am ehesten gesegelt.«

»Wenn ich deine Dienste annehmen, Gaelan von Devon, wirst du dann gemeinsam mit den Gefangenen an meinen Befestigungsanlagen arbeiten?«

Der Mann zuckte sichtlich zusammen. »Ich werde keine Rache an ihnen nehmen. Milord aber bitten Sie mich nicht, an ihrer Seite zu arbeiten.«

»O doch. Das ist zur Zeit die einzige Arbeit, die ich für einen Mann von deiner Statur habe. Du hast gesagt, du seist bereit, alles zu tun, was von dir gefordert wird.«

»Ja, das habe ich gesagt.« Ein langes Schweigen trat ein. Dann sagte er. »Es ist mir recht.«

»Du kannst der Versuchung widerstehen?«, fragte Royce beharrlich weiter.

»Ich sagte doch, daß ich nicht das Blut versklavter Männer sehen will.«

»Dann bist du uns willkommen. Du kannst morgen früh mit deiner Arbeit beginnen. Am Nachmittag wirst du mit meinen Männern trainieren. Seldon, kümmere dich um ihn.«

»Bist du dir deiner Sache sicher?« fragte Alden flüsternd, als Seldon den Mann mitnahm, um ihm einen Humpen Met anzubieten.

Royce zog eine Augenbraue hoch. »Das fragst du mich, nachdem du dich für diesen Mann verwandt hast. Ja, ich bin sicher.« Doch dann fügte er finster hinzu: »Sicher genug, um ihn beobachten zu lassen, bis ich mir meiner Sache noch sicherer bin.«

36

Als Kristen am späteren Nachmittag mit Eda in die Halle zurückkehrte, nachdem sie die Gästezimmer aufgeräumt hatten, fragte sie
sich immer noch, wie sie sich an Alden rächen konnte, ohne ihr eigenes Leben zu verwirken. Den ganzen Tag lang hatte sie darüber
nachgedacht. Sie hatte für sich die vielen Möglichkeiten durchge-
spielt, ihn zu verwunden – oder noch besser, ihn für alle Zeit zum
Krüppel zu machen, weil sie hoffte, er könne tiefen Depressionen
anheimfallen und sich selbst das Leben nehmen. Das einzige Problem bestand darin, was sie machen sollte, wenn er bereit war, als
Krüppel weiterzuleben. Wie hätte ein Mann, der ansonsten so
sorglos und fröhlich war, auf Depressionen reagiert?

Sie zog gar nicht erst in Erwägung, ihre Pläne aufzugeben und
Alden am Leben zu lassen. Ganz im Gegenteil. Je länger sie grübel-
te, desto öfter dachte sie an ihren Bruder, und das festigte ihren
Entschluß.

Ihre erste Reaktion auf den Fremden in der Halle war vielleicht
nur so heftig, weil sie so intensiv an Selig gedacht hatte. Er saß mit
dem Rücken zu ihr, und doch wurde sie leichenblaß. Sie bekam
keine Luft mehr, spürte ihre Knie weich werden und sah, wie alles
vor ihren Augen verschwamm, als ihr einen Moment lang das
Herz stehen blieb, weil sie glaubte, ihr Bruder sei von den Toten
wiederauferstanden.

Kristen stieß mit Eda zusammen und wurde aus ihrer Benommenheit aufgerüttelt. »Mein Gott, Frau! Paß doch auf! Hast du
denn keine Augen im Kopf?«

»Ich?« fragte Eda entgeistert. »Ich? Wer ist denn hier wie erstarrt
stehen geblieben? Das frage ich dich.«

Kristen sah sie nur finster an und stolzierte in die Küche. Sowie
sie dort angekommen war, fielen ihre Blicke immer wieder auf den
Fremden. Es lag an seinem verfluchten Haar, das so pechschwarz
war. Es lag an seinen verflucht breiten Schultern, die genau die
richtige Breite hatten. Es lag an seinem verfluchten muskulösen
Rücken, der dem so ähnelte, auf dem sie Huckepack gesessen hatte, als sie wesentlich kleiner war. Es war kein Wunder, daß sie geglaubt hatte, sie stünde Selig gegenüber, obwohl ihr jeder Funken
Verstand sagte, daß das unmöglich war. Von hinten war der Fremde sein Doppelgänger.

Sie konnte ihn einfach nicht aus den Augen lassen. Nicht ein einziges Mal drehte er sich um. Er saß zwischen Seldon und Hunfrith und ließ sich mit Met vollaufen, und ab und zu hörte sie einen der Männer lachen, die sich leise miteinander unterhielten, aber zu weit weg saßen, als daß sie ihre Stimmen hören konnte.

Als Royce das Haus betrat, fiel ein Teil der Anspannung von Kristen ab. Nur er hatte diese Macht über sie, aber sie nahm ihm immer noch die Drohung übel, die er ausgestoßen hatte und wandte sich nach einem flüchtigen Blick ab. Alden war bei ihm, und sie bedachte Royce' Cousin mit einem mordlustigen Blick, der ihn zum Lachen brachte. Keine zehn Sekunden später hatte der Fremde ihre Blicke wieder auf sich gelenkt. Wer mochte er bloß sein?

»Er heißt Gaelan.«

»Was?« Kristen drehte sich um und sah, daß Edrea grinste. »Gaelan«, wiederholte Edrea. »Ein Kelte aus Devon. Mir ist aufgefallen, daß auch du ihn ständig ansiehst.«

»Auch?«

Jetzt kicherte Edrea. »Sieh dich doch um.« Sie wies auf die Nähecke, in der die Damen saßen. »Sogar Lady Darrelle starrt den Mann an.«

»Warum?«

»Das soll wohl ein Scherz sein, Kristen. Er hat ein überirdisch schönes Gesicht. Warum sonst starrst du ihn an?«

»Ich habe mich nur gefragt, wer er ist und was er hier zu suchen hat«, sagte Kristen gereizt. »Ich dachte, vorläufig kämen keine Fremden mehr.«

»Er ist hier, weil Milord ihn in seine Dienste aufgenommen hat. Er wird mit den anderen am Wall arbeiten.«

»Ja, er hat die richtige Statur für diese Form von Arbeit.«

»Allerdings«, sagte Edrea seufzend.

»Ich dachte, du hättest eine Schwäche für Bjarni.«

»Ja, das stimmt.« Edrea lächelte errötend. »Aber wenn dieser Kelte ein Auge auf mich hätte …« Wieder seufzte sie schmachtend. »Aber mit ihm hätte ich dasselbe Problem. Er spricht unsere Sprache nicht; hier gibt es viele Menschen, die seine Sprache sprechen, aber ich gehöre nicht dazu.«

Eda trat hinzu, um die Mädchen zu schimpfen. »Edrea, eil dich und hilf Aethel beim Tischdecken. Ihr steht da und schwatzt, und die Arbeit bleibt liegen. Und du, Kristen, sieh zu, daß du endlich die letzten Erbsen aus den Schoten pellst.«

Kristen hielt die alte Frau am Arm fest, ehe sie sich wieder abwenden konnte. »Eda, ist dir der Kelte aufgefallen?«

Eda warf einen Blick auf Gaelan. »Ja. Der ist so groß, daß er einem unwillkürlich auffällt.«

»Ja, aber ich dachte, nur die Kelten aus Cornwall seien solche Riesen, und du hast gesagt, sie seien Royce' Feinde.«

»Das stimmt auch, aber der da kommt nicht von der Küste Cornwalls. Und was die Größe der Menschen betrifft, gibt es überall Ausnahmen. Sieh dir doch Lord Royce im Vergleich zu den anderen Sachsen an, und er ist trotzdem ein echter Sachse.«

»Ja, das ist wohl richtig.«

Eda kniff die Augen zusammen. »Wie ich sehe, interessiert er dich, und du bist gut beraten, wenn du dieses Interesse augenblicklich unterdrückst. Milord würde das gar nicht gefallen.«

»Royce hat keine ...« Kristen grinste, und die Worte *Ansprüche auf mich* blieben in ihrer Kehle stecken. Royce hatte eben doch Ansprüche auf sie, und sie richtete sich doch besser danach, was ihm paßte und was nicht – solange sie es so haben wollte. Aber sie interessierte sich gar nicht wirklich für den Kelten, nicht so, wie Eda es meinte. Sie wollte lediglich sein Gesicht sehen.

»Ich nehme mir deine Warnung zu Herzen, Eda.«

»Gut so. Und jetzt mach dich an die Erbsen, weil sie sonst nicht rechtzeitig gar sind.«

Keine fünf Sekunden später zog Kristen den schweren Kessel mit den Erbsen, die sie schon aus ihren Schoten gepellt hatte, bewußt an die Tischkante. Eine halbe Sekunde lang wankte er bedrohlich, und als er mit einem lauten Knall auf den Boden fiel und die Erbsen sich wie ein grüner Teppich ausbreiteten und zum Herd kullerten, sah sie sich nicht nach dem Unheil um, das sie hervorgerufen hatte, sondern behielt den Kelten fest im Auge.

Sein Kopf war nicht der einzige, der sich bei diesem lauten Aufprall umdrehte, doch Kristen sah nur ihn.

»Meine Güte, Mädchen!« rief Eda hinter ihrem Rücken aus. »Was ist denn mit dir los? Warum bist du heute bloß so ungeschickt?«

Kristen hörte kein Wort. Sie sah in graue Augen, von denen sie geglaubt hatte, sie nie wiederzusehen. Ein erstickter Laut löste sich aus ihrer Kehle und drang durch die Hand, die sie sich vor den Mund gehalten hatte. Ihre andere Hand preßte sich auf ihre Brust, denn ihr Herz schlug so heftig, daß es schmerzte. Es konnte nicht wahr sein! Sollte Gott ihr beistehen! *Selig! Und am Leben!*

Sie stand von ihrem Hocker auf und ging auf ihn zu. Er erhob sich von seinem Stuhl, um ihr entgegenzukommen. In genau demselben Moment waren beide wieder bei Sinnen und blieben abrupt stehen.

Kristen wirbelte herum, und ihre Hände klammerten sich um die Tischplatte. Am Leben! Sie schloß die Augen. Wirklich am Leben! Sie atmete tief ein, um ihren Drang zu unterdrücken, laut zu schreien, zu lachen und zu weinen.

Sie konnte nicht zu ihm gehen. Sollte Gott ihr beistehen, aber sie konnte ihn nicht in ihre Arme ziehen. Wenn sie das getan hätte, wäre er gemeinsam mit den anderen eingesperrt worden. Und doch glaubte sie, vor Freude zu bersten.

Endlich bemerkte sie Eda, die dastand und sie bestürzt anstarrte. Impulsiv machte sie einen Satz nach vorn, packte die alte Frau, hob sie hoch und wirbelte sie im Kreis herum und lachte über ihre schrillen Schreie. Darüber durfte sie lachen. Sie brauchte einen Vorwand, um lachen zu können. O Gott, ihr Bruder war am Leben!

»Du bist verrückt, Mädchen! Laß mich runter!«

»Ich wollte mich nur bei dir entschuldigen!« Kristen lächelte sie strahlend an. »Für all deine Ratschläge, die ich mir nicht zu Herzen genommen habe. Ich gebe zu, daß du eine sehr weise alte Frau bist, Eda. O Eda, ich mag dich so sehr!«

Kristen wirbelte die alte Frau noch einmal herum, ehe sie sie wieder hinstellte und die übelsten Beschimpfungen und ein arges Murren über sich ergehen ließ, schlimmer als alles, was sie je zu hören bekommen hatte. All das nahm sie lächelnd hin, während sie eilig die Erbsen aufsammelte. Sie wagte es nicht, ihn noch einmal anzusehen.

Doch auch Selig lächelte jetzt. Seine Suche war wirklich an ihrem Ende angelangt. Er hatte Kristen gefunden, und sie war gesund und munter und stellte Dummheiten an, um nicht in seine Arme zu stürzen. Er kannte ihren Überschwang. Mehr als einmal hatte sie ihn der Länge nach auf den Boden gestreckt, wenn er von einer seiner Schiffsreisen zurückgekommen war und sie sich zur Begrüßung in seine Arme geworfen hatte. Es war ein Wunder, daß sie jetzt diese Selbstbeherrschung aufbrachte, aber zugleich war es auch eine Warnung, die er ohnehin nicht gebraucht hätte. Er konnte nicht auf sie zugehen, nicht zeigen, daß er sie kannte. Im Laufe seiner langen Suche hatte ihm immer wieder der Gedanke gequält, sie könne tot sein. Aber sie war am Leben.

»Wie erklärst du dir das, Royce?« wollte Alden wissen.

Beide hatten Kristens höchst ungewöhnliches Benehmen beobachtet. »Was soll ich dazu sagen? Sie kann die merkwürdigsten Dinge tun, und mich wundert gar nichts mehr. Doch, sie überrascht mich immer noch sehr oft, aber ich bin es inzwischen gewohnt.«

»Es ist doch wirklich seltsam, daß sie verschüttete Erbsen derart komisch findet.«

Royce lachte über Aldens mürrischen Tonfall. Selig, der nur wenige Meter von ihnen entfernt saß, zuckte zusammen, als er sah, daß die Hausherren Kristen beobachteten.

Er versetzte seinem Tischnachbarn Seldon einen Rippenstoß. »Worüber reden die beiden?«

»Über das Wikingermädchen.«

»Wird sie hier auch als Gefangene gehalten?«

»Ja, aber treffender könnte man sie als Lord Royces persönliche Sklavin bezeichnen, wenn du verstehst, was ich meine.« Seldon kicherte in sich hinein. »Dieses Wikingermädchen hat er wahrhaft gezähmt.«

Selig schloß die Augen. Seine Hände ballten sich unter dem Tisch zu Fäusten. Er hatte nur gefürchtet, sie könne tot sein. Nicht einmal war ihm der Gedanke gekommen, sie könnte von diesen Sachsen geschändet worden sein.

Langsam schlug er die Augen wieder auf, in denen sich ein finsterer und heftiger Sturm zusammenbraute. Er würde diesen Sachsenherrscher töten müssen.

37

Kristen ging auf Royce zu, sobald er sein Zimmer betrat. Sie schlang ihm die Arme um den Hals, ohne ihn an sich zu drücken, und ihre Finger spielten mit dem Haar auf seinem Nacken. Er zog forschend die Augenbrauen hoch und wunderte sich über diese ungewohnt freundliche Begrüßung.

»Alden hat mir erzählt, du hättest ihm vorhin einen Blick zugeworfen, der einen Mann in die Knie zwingen kann, und keine zwei Stunden später hättest du ihn angelächelt.«

»Ja, das stimmt. Ich habe meinen Haß versprüht, bis auf den

letzten Rest, ehe ich ihn endgültig begraben habe.« Sie lachte, als er die Stirn runzelte und sie zweifelnd musterte. »Ich habe mir deine Warnung zu Herzen genommen. Findest du das so befremdlich?«

»Ja, von dir schon.«

»Mit der Zeit wirst du es selbst sehen.«

Ein Finger beschrieb Kreise um sein Ohr. Ihr Blick war sanft und einladend, doch ihre Gedanken waren nicht bei der Sache. Sie überlegte sich, daß er es seltsam finden mußte, wenn sie gar keine Neugier für seinen neuen Gefolgsmann an den Tag legte.

Beiläufig sagte sie: »Mir ist aufgefallen, daß du einen neuen Mann im Haus hast. Ist es üblich, daß du die Dienste Fremder annimmst?«

Ihre Frage hatte nicht die Wirkung, die sie sich erhofft hatte. Ganz im Gegenteil. Augenblicklich erwachte sein Argwohn. »Du zeigst keine Spur von Interesse an dem König von ganz Wessex und an seinem Gefolge, doch nach diesem Kelten erkundigst du dich. Was hat das zu bedeuten?«

»Es war reine Neugierde. Alle Frauen reden nur noch über ihn.«

»Sollen sie doch reden«, sagte er barsch. »Aber du wirst ihm nicht zu nahe kommen. Er haßt alle Wikinger genauso sehr wie ich.«

Es war an der Zeit, seinen Gedankengängen eine andere Wendung zu geben. Mit halb geschlossenen Lidern ließ sie ihren Finger über seinen Backenknochen auf sein Kinn gleiten und strich dann über seine Unterlippe.

»Wirklich, Sachse?« murmelte sie mit belegter Stimme. »Haßt du immer noch *alle* Wikinger?«

Anstelle einer Antwort preßte er sie stöhnend an sich. Jetzt war Kristen mit ihrer ungeteilten Aufmerksamkeit bei der Sache, doch die Freude darüber, daß ihr Bruder von den Toten auferstanden war, bestimmte alles, was sie tat. Genau, wie sie vorhin Eda hochgehoben und herumgewirbelt hatte, um ihre Freude mit jemandem zu teilen, um nicht zu bersten, teilte sie sie in dieser Nacht mit Royce.

Sie war verspielt und leidenschaftlich, scheu und aggressiv. Abwechselnd war sie die Verführerin, die Jungfrau und die unbändige Range. Sie war ihm alles, bis Royce endlich aufhörte, sich über die Wandlungen zu wundern. Ihr kehliges Lachen, das er nie zuvor in seinem Bett gehört hatte, ließ sein Blut kochen und sieden. Er nahm sie wieder und immer wieder und staunte nur am Rande darüber, daß ihm das möglich war. Doch als sie flüsterte, sie wolle noch mehr von ihm, führte sie seine Seele in Versuchung. Sie wrang ihn restlos aus, und als er endlich einschlief, schlief er wie ein Toter.

Auch Kristen schlief ein, doch da sie emotional immer noch unter einer großen Anspannung stand, schlief sie unruhig und brachte es daher fertig, früh wach zu werden, lange vor Tagesanbruch.

Sie ließ sich nur einen Moment Zeit, um das Gefühl auszukosten, in Royce' Armen zu liegen. Dann löste sie sich behutsam und zog sich leise im Dunkeln an.

Ihre Intuition sagte ihr, daß Selig sie erwartete. So war es auch. Er stand direkt unter der Treppe. Er hatte die ganze Nacht auf sie gewartet, sich mit dem Rücken zur Wand hingesetzt, um die Treppe im Auge zu haben, und nur zwischendurch kurz und einen so leichten Schlaf geschlafen, daß jeder Laut ihn hatte wecken können. Daher hatte er ihre leisen Schritte gehört und stand schon da, als sie die Treppe herunterkam. Er war auch auf die Wucht vorbereitet, mit der sie sich auf ihn stürzen würde, und genauso sollte es kommen.

Lange und beseligt hielten sie einander umklammert. Dann lehnte sich Kristen zurück, um sein geliebtes Gesicht zu streicheln. Sie konnte ihn nicht sehen. Sämtliche Fackeln waren ausgegangen, und nur der sanfte Mondschein drang durch die offenen Fenster. Sie brauchte ihn nicht zu sehen.

»Ich dachte, du seist tot, Selig.« Er konnte die Tränen, die in ihren Augen standen, aus ihrer Stimme heraushören.

»Und ich dachte, du könntest tot sein.« Seine Hand strich über ihr Haar, ehe er sie wieder an sich zog und ihren Kopf an seine Schulter preßte. »Für einen Mann schickt sich das Weinen nicht.«

»Ich weiß.« Sie schniefte und glaubte, daß er von ihren Tränen sprach, bis eine seiner Tränen auf ihre Wange fiel. »Komm. Es ist zu gefährlich, hier miteinander zu reden.« Kristen nahm ihn an der Hand und führte ihn an der Treppe vorbei und zur Hintertür. Die Tür war ebensowenig verschlossen wie die Fenster. Selig zögerte, als sie ins Freie traten, denn er rechnete damit, einen Wachtposten vorzufinden. Kristen bemerkte seine Vorsicht. »Ich glaube nicht, daß hier Wachen aufgestellt sind. Ich bin schon einmal nachts draußen gewesen und habe keinen Wächter gesehen. Aber es sieht diesen Sachsen gar nicht ähnlich, so unvorsichtig zu sein. Vielleicht gibt es Patrouillen außerhalb der Mauern.«

»Mit denen befassen wir uns, wenn wir auf sie stoßen. Laß uns verschwinden, Kristen.«

Sie stemmte sich gegen ihn, als er sie aus dem Schatten der Mauer zerren wollte. »Selig, ich kann nicht fortgehen.«

»Du kannst nicht fortgehen?«

»Ich habe mein Wort darauf gegeben.«

»Bei Odin! Warum nur?«

Sein Tonfall ließ sie zusammenzucken. »Damit ich nicht wieder angekettet werde.«

Eine Zeitlang herrschte Schweigen, und dann sagte er leise: »Wieder?«

»Seit unserer Gefangennahme war ich angekettet wie die anderen. Meine …«

»Wer ist noch am Leben, Kristen?« unterbrach er sie.

Sie nannte ihm jeden einzelnen Namen und wartete, während er an diejenigen dachte, die gestorben waren. Während sie ihm Zeit ließ, spürte sie den Wind, der ihr Haar zerzauste. Sie hörte die Laute der nächtlichen Insekten. Sie empfand den Schmerz, den er empfand, aber sie wußte, daß es schlimmer hätte kommen können, denn schließlich hatte er damit gerechnet, daß sie alle tot waren.

Schließlich sagte er: »Sprich weiter.«

»Mir sind die Ketten erst Anfang dieser Woche abgenommen worden, als der König der Sachsen mit seinem Gefolge hier war. Ein paar seiner Adeligen haben mich belästigt, und Royce hat mir die Ketten abgenommen, damit ich mich verteidigen kann, wenn er nicht da ist. Aber sie sind heute morgen abgereist – oder genauer gesagt gestern morgen –, und ich hätte meine Bewegungsfreiheit wieder verloren, wenn ich nicht geschworen hätte, keinen Fluchtversuch zu unternehmen.«

Große Enttäuschung sprach aus seinen Worten. »Du hast dich freiwillig dazu verdammt, nie von hier fortzugehen?«

»Nein, ich habe mich auf einen Kompromiß geeinigt. Wenn Royce heiratet, bin ich nicht länger an mein Wort gebunden.«

»Und wann wird das sein?«

»Bald.«

Er wirkte etwas gelassener, als er diese Nachricht verdaut hatte. Sie spürte, daß sich der Griff, mit dem er ihre Hand festhielt, lockerte.

Sie sagte: »Und jetzt erzähl mir, was passiert ist, ehe ich vor

Neugier platze. Wie bist du entkommen? Ich habe gesehen, daß du verwundet worden bist.«

»Du hast es gesehen?«

»Psst!« zischte sie, als er die Stimme erhob. »Natürlich habe ich es gesehen. Ich konnte unmöglich auf dem Schiff bleiben, als ich die Kampfgeräusche gehört habe. Ich mußte euch helfen.«

»Du und uns helfen?«

Sie reagierte nicht auf seinen hämischen Tonfall. »Dann konnte ich euch eben nicht allzu sehr helfen. Aber zumindest habe ich den Sachsen niedergestreckt, der dich verwundet hat.«

»*Du* warst das!«

»Selig!«

»Bei Odin! Du könntest tot sein!«

»Ja, aber ich bin es nicht. Er leider auch nicht. Ich habe ihn nur verwundet. Er hat sich von seiner Wunde erholt und hat mich von da an gut behandelt, aber ich hatte trotzdem weiterhin versucht, ihn zu töten. Jetzt bin ich froh, daß es nicht sein muß.« Selig sah sie kopfschüttelnd an, und sie fügte ungeduldig hinzu: »Und jetzt erzähl schon. Als ich dich das letzte Mal gesehen habe, hast du in deinem eigenen Blut regungslos am Boden gelegen.«

»Ja, es war eine schlimme Wunde. Ich bin wieder zu mir gekommen, als die Wagen abgefahren sind und die Gefangenen fortgebracht waren. Man hat mich bei den Toten liegenlassen, und da man uns alle für tot gehalten hat, wurde kein Wächter zurückgelassen. Aber ich konnte nicht wissen, ob sie zurückkommen, um die Toten zu begraben, oder nicht, und daher habe ich mich mühsam weitergeschleppt, um nicht in diesem Blutbad liegen zu bleiben und noch dort zu sein, wenn sie doch zurückgekommen wären. Ich hatte eigentlich vor, mich nur ein paar Stunden lang in diesem Wald zu verstecken und euch dann zu folgen, weil ich wissen wollte, wohin sie euch gebracht haben. Aber wie ich schon sagte, war ich schwer verwundet.

Ich verlor wieder das Bewußtsein und wachte erst in der Nacht wieder auf. Ich mußte feststellen, daß ich zu schwach war, um auch nur aufzustehen. Ich weiß nicht, wie lange ich dort gelegen habe. Die verdammte Wunde hat geeitert. Ein Fieber hat in mir gewütet, aber ich kann mich kaum an diese Zeit erinnern. Ich weiß, daß ich mein Versteck irgendwann verlassen haben muß. Ich kann mich noch daran erinnern, daß ich durch die Gegend gelaufen bin und die Sachsen gesucht habe.«

»Als ob du uns viel genutzt hättest, wenn sie dich gefunden hätten!« schalt sie ihn.

»Mein Verstand hat nicht logisch und vernünftig funktioniert.« Er sah sie lächelnd an. »Ich weiß nur, daß ich ständig in Bewegung geblieben bin, daß ich versucht habe, dich und die anderen zu finden, ehe es zu spät wäre.«

»Zu spät?«

»Ich hätte nicht gedacht, daß man auch nur einen von euch am Leben läßt. Ich dachte, man würde euch dem Herrscher dieser Sachsen vorführen, die uns in den Hinterhalt gelockt haben, damit er sich eurer entledigen kann.«

»Beinah hätte er das auch getan«, gestand Kristen leise. »Dieser Ort, Wyndhurst, ist schon einmal von Wikingern überfallen worden. Bei diesem Überfall hat er fast seine ganze Familie verloren, und seit da an haßt er die Wikinger.«

Selig lachte. »Kein Wunder, daß er mich in seine Dienste genommen hat. Ich habe ihm erzählt, genau das sei mir zugestoßen. Er muß Mitgefühl mit mir gehabt haben.«

»Wie konntest du ihm bloß eine solche Geschichte erzählen?« fragte sie bitter. »Bei Gott! Er wird dich in Stücke reißen, wenn er herausfindet, wer du wirklich bist. Wenn ich mir vorstelle, daß mir nur Sorgen gemacht hat, er könnte dich anketten und gemeinsam mit den anderen einsperren, wenn er es erfährt!«

Er grinste über ihren argen Verdruß. »Er wird es nicht herausfinden. Ohthere und die anderen sind nicht so dumm, mich freudig zu begrüßen, wenn sie mich sehen.«

»Wenn sie nicht vor Schreck ohnmächtig werden. Mir wäre es beinah so ergangen«, gab sie zurück.

»Ich habe bemerkt, wie schnell du dich von deinem Schrecken erholt hast«, sagte er lachend.

Kristen schlug mit einer Faust auf seine Brust. »Wirst du mir jetzt vielleicht erzählen, wie es weiterging?«

Selig unterdrückte ein neuerliches Lachen. »Du hast deinen Sinn für Humor eingebüßt, Kris.« Er gab nach, als sie ihm den nächsten Hieb versetzte. »Nun gut. Ich sagte schon, daß ich ziellos durch die Gegend gelaufen bin. Selbst jetzt weiß ich noch nicht, wie lange, und ich weiß auch nicht, wie lange ich halbtot dagelegen habe, als mir die Sinne ein letztes Mal geschwunden sind. Ich bin in der Hütte einer alten Keltin wieder zu mir gekommen. Sie und ihre Tochter hatten mich auf dem Heimweg vom Markt in Wimborne gefunden. Sie haben mich einen Tagesritt südlich von ihrem Haus gefunden.«

»Wo ist das?«

Er zuckte die Achseln. »Ich glaube nicht, daß ich diese Menschen jemals wiederfände. Loki hat seine Scherze mit mir getrieben. Du kannst dir gar nicht vorstellen, wie sehr ich mich verirrt habe.«

»Du hättest doch nur den Fluß suchen müssen«, hob sie hervor.

»Ja, das dachte ich auch«, sagte er voller Abscheu. »Ich war fast zwei Wochen lange bei der alten Frau. Sie hat mir wegen meiner Kleidung nicht getraut, und außerdem habe ich in einer fremden Sprache wirres Zeug geredet, als ich im Fieberwahn lag. Da ich aber auch die Sprache unserer Mutter spreche, hat sie mich gesundgepflegt und mich sogar zu einem Kaufmann gebracht, der meinen Gürtel und meine goldenen Armreifen gegen diese Kleider, die du jetzt siehst, und gegen den alten Klappergaul eingetauscht hat. Sie hat mir sogar den Weg zum nächsten Fluß gewiesen.«

»Und?«

»Dieser Fluß verlief jedenfalls soweit westlich von hier, daß ich nahezu ans Ende des Landes gekommen bin. Das Problem bestand darin, daß ich nicht wußte, in welche Richtung ich gelaufen war oder ob es mir gelungen war, den Fluß in meinen Fieberfantasien in irgendeiner Form zu überqueren. Ich konnte absolut nicht wissen, ob die Sachsen, die ich gesucht habe, östlich oder westlich von mir waren. Und als die Frau mich nach Westen geführt hat, bin ich davon ausgegangen, daß ich nach Osten gelaufen sein mußte. Daher habe ich mich nach Westen gewandt und viel wertvolle Zeit vergeudet.«

»Und als du diesen Fluß gefunden hast, wußtest du, daß du die falsche Richtung eingeschlagen hattest?«

»Ja. Aber ich wußte andererseits nicht, wie weit vom Fluß entfernt ich suchen mußte und wohin man dich und die anderen gebracht haben könnte, und daher war ich gezwungen, auf dem Weg in jeder befestigten Burganlage Halt zu machen. Jedem der Burgherren habe ich dieselbe Geschichte erzählt, und sie hat mir immer viel genutzt. Aber ich bin weitergezogen, sowie ich mich vergewissert habe, daß man dort nichts über Wikinger wußte, die auf dem Seeweg gekommen waren. Als ich hierher gekommen bin, wußte ich nicht, daß ich den richtigen Ort gefunden habe, bis der Hausherr mir gestanden hat, daß auch hier in diesem Sommer ein Überfall stattgefunden hat.«

»Und deine Wunde ist ganz verheilt?«

»Ja, sie macht mir keine Schwierigkeiten mehr.«

»Es ist jedenfalls dein Glück, daß du gesagt hast, du kämest aus Devon und nicht aus Cornwall, denn sonst hätte man dich hier nicht willkommen geheißen.«

Er lachte wieder. »Ich habe schon in der ersten Burg, in der ich vorgesprochen habe, von der Feindseligkeit zwischen den Kelten aus Cornwall und den Sachsen erfahren und wäre dort fast in Ketten gelegt worden, aber du weißt, wie gewandt ich mich aus allem herausreden kann.«

»Ja, das weiß ich wirklich. O Selig, ich bin jetzt so froh ...«

Seine Finger auf ihren Lippen hielten den überschwenglichen Wortschwall zurück. »Mach mich genauso glücklich, Kris. Sag mir, daß du von diesen Sachsen nicht geschändet worden bist.«

»Geschändet? Nein, keineswegs.« Sie gab ihm gar nicht erst die Gelegenheit, seine Erleichterung zu zeigen. »Aber Lord Royce hat mich in sein Bett geholt.« Sie hörte die Luft, die er durch die Zähne ausstieß, doch jetzt legte sie eilig ihre Finger auf seine Lippen. »Sag nichts, was nur dazu führt, daß es mir leid tut, offen mit dir geredet zu haben, Selig. Ich glaube, daß ich den Sachsen liebe. Ganz sicher bin ich, daß ich ihn begehre. Ich wollte ihn vom ersten Moment an ... na ja, vielleicht doch nicht ganz so schnell. Aber er hat mich von Anfang an fasziniert, als er auf den Platz geritten ist, auf dem wir alle angekettet saßen, und uns so voller Abscheu angesehen hat. Er hat befohlen, daß wir alle sterben sollen. Aber am nächsten Tag hatte er es sich anders überlegt und kam hinaus, um uns zu sagen, er würde uns zur Arbeit an seinem Steinwall einsetzen.«

»Uns? Er hat dich eine solche Arbeit übernehmen lassen?« Sie lachte. »Ja. Thorolf und die anderen haben mir geholfen, mich zu verkleiden. Man hat mich für einen Jungen gehalten, und etwa eine Woche lang ist es gutgegangen. Aber die Männer konnten sich nicht an diese Vorstellung gewöhnen. Sie haben mir immer wieder geholfen, und ich glaube, das hat mich verraten oder zumindest zuviel Aufmerksamkeit auf mich gelenkt. Der Sachse hat daraus geschlossen, daß sie mich nur beschützen, weil ich ihr Anführer bin. Jedenfalls hat dieser Glaube dazu geführt, daß er herausgefunden hat, daß ich eine Frau bin, und dann bin ich im Haus untergebracht worden.«

»Und im Bett des Sachsen?«

Sie versetzte ihm dafür einen beachtlichen Hieb in die Magengrube. Er klappte zusammen, und die Luft blieb ihm weg.

»Bei Thor, Kristen! Hab' Erbarmen!«

»Dann wähle du deinen Tonfall sorgfältig«, warnte sie ihn verärgert. »Ich bin eine erwachsene Frau. Ich bin dir für das, was ich tue keine Rechenschaft schuldig. Und ich bin nicht sofort in seinem Bett gelandet.« Sie hatte nicht vor, ihm all das zu erzählen, was sie Thorolf erzählt hatte. »Um die Wahrheit zu sagen: Er hat mir widerstanden.«

»Was?«

Er war so verblüfft, daß sie grinste, obwohl sie immer noch böse auf ihn war. »Bei Gott, es ist die Wahrheit. Ich wußte, daß er mich begehrt, aber er hat dagegen angekämpft. Bis dahin hat mir noch nie ein Mann wiederstanden.«

»Das weiß ich selbst. Wie viele Köpfe habe ich schon zusammengeschlagen, weil sie nicht widerstehen konnten?«

Sie kicherte. »Aber der Sachse hat dagegen angekämpft, daß er sich von mir angezogen fühlt, und je mehr er sich dagegen gewehrt hat, desto mehr habe ich ihn begehrt. Ich habe ihn absichtlich verführt, Selig.« Es war schwer, das einem Bruder gegenüber zuzugeben, aber sie wollte nicht, daß er Royce die Schuld daran gab und behauptete, er hätte sie verführt, wenn es in Wirklichkeit umgekehrt gewesen war. »Vor zwei Wochen habe ich den Sieg errungen – er hat mich in sein Bett geholt. Seit damals schlafe ich in seinem Zimmer. Von dort komme ich auch jetzt gerade.«

»Du liebst ihn wirklich, Kris?«

»Es muß wohl so sein. Mir paßt keineswegs alles, was er tut. Ich war schon oft wütend auf ihn. Aber ich konnte ihn nicht hassen, noch nicht einmal dafür, daß er mich angekettet hat, und das, obwohl ich diese Kette mehr als alles andere auf dieser Welt gehaßt habe.«

»Und was empfindet er für dich?«

»Ich weiß es nicht. Ich stehe unter seinem persönlichen Schutz. Er hat mir gezeigt, daß er sich Sorgen um mich macht. Aber das ist nicht mehr Aufmerksamkeit als die, die er allen seinen Besitztümer entgegenbrächte, und doch hat er mir nichts getan, als ich versuchte habe, von hier zu fliehen. Ich weiß daß es ihm eigentlich nicht gepaßt hat, mich anketten zu müssen. Mehr weiß ich nicht«, sagte sie abschließend.

»Begehrt er dich immer noch?«

»Ja, daran hat sich nichts geändert.«

»Dann …«

»Er wird eine andere heiraten.«

»Ja, stimmt, das hast du schon erwähnt«, sagte er, ehe er plötzlich explodierte. »Bei Odin, nein! Er wird dich heiraten!«

Sie schüttelte den Kopf. »Ich bin seine Sklavin, Selig. Warum sollte er mich heiraten, wenn ich ihm seiner Meinung nach ohnehin schon gehörte?«

Er ächzte. »Vater könnte ihm dazu einiges erzählen.«

Ein Lachen funkelte in ihren Augen. »Ja allerdings, aber er ist nicht hier.«

»Dann könnte ich …«

»Aber du wirst es nicht tun, weil Royce nicht erfahren soll, das du mein Bruder bist und zwar um keinen Preis.«

»Und was wirst du tun, Kris?«

Sie reckte ihr Kinn vor. »Ich werde diesen Mann genießen, solange ich kann. Wenn er heiratet, werde ich von hier fortgehen.«

»Einfach so? Obwohl du ihn liebst?«

»Was bleibt mir denn sonst übrig? Zumindest bist du jetzt hier und kannst mir bei der Flucht helfen, wenn ich erst soweit bin. Und wenn du den anderen eher zur Flucht verhelfen kannst, dann tu es. Du kannst zurückkommen und mich holen.«

»Einverstanden.«

Sie nahm sein Gesicht in ihre Hände und küßte ihn. »Ich danke dir, Selig. Dafür, daß du nicht mit mir geschimpft hast.«

Er preßte sie an sich. »Wie du schon gesagt hast, bist du mir keine Rechenschaft schuldig. Aber Odin steh dir bei, wenn du versuchst, all das unserem Vater zu erklären.«

»Oh, es ist ungerecht von dir, mich jetzt daran zu erinnern!« rief sie aus.

Er gab ihr einen Klaps auf den Hintern. »Komm, wir waren schon viel zu lange draußen.«

Der Himmel hellte sich schon auf. »Ja.« Sie trat in die Tür, blieb dort zögernd stehen und legte noch einmal eine Hand auf seine Wange. »Ich werde eine Zeitlang nicht mehr mit dir reden. Und wundere dich nicht, wenn ich im Haus so tue, als seist du gar nicht da. Er hat mich bereits gewarnt und gesagt, ich sollte dir nicht zu nahe kommen.«

Selig lachte. »Wahrscheinlich glaubt er, daß ich dir etwas antue, wenn ich erfahre, daß du ein blutrünstiges Wikingermädchen bist.«

»Welche Gründe er auch haben mag – sein Zorn ist unangenehm. Sei daher vorsichtig, Bruder.«

Sie bemühte sich, extrem leise zu sein, als sie das Haus betraten, doch das war umsonst. Royce stand da und weckte einige seiner Männer mit zornigen Fußtritten. Er hörte auf, als er sie sah. Und dann zogen sich seine Augen gefährlich zusammen, als er Selig neben ihr stehen sah.

»Wir waren im Freien, um frische Luft zu schnappen«, flüsterte sie schnell Selig zu, als Royce auf sie zukam. »Wir haben uns erst beim Betreten des Hauses getroffen.«

»Wird er das glauben?«

»Es wird ihm nichts anderes übrig bleiben.«

Royce stellte jedoch überhaupt keine Fragen, als er schließlich vor beiden stand. Er packte Kristen am Handgelenk und zerrte sie zur Treppe. Dabei rief er Selig über die Schulter zu: »Bleib stehen, und rühr dich nicht.«

Kristen versuchte, ihre Hand loszureißen. »Du verfluchter Sachse!« schrie sie ihn an, als es ihr mißlang. »Ich kann dir nur raten, gute Gründe dafür zu haben, daß du mich so behandelst!«

Er antwortete nicht. Er stieß sie in sein Zimmer und schloß die Tür ab. Sie starrte entgeistert die Tür an und vergewisserte sich, daß sie auch wirklich abgeschlossen war, ehe sie in ihrem Zorn mit der geballten Faust dagegenschlug.

»Oh!«

Royce bedeutete Selig mit einer Kopfbewegung, daß er ihm folgen solle. Er führte ihn vor das Haus und schloß die Tür hinter sich. Selig drehte sich zu ihm um, und Royces Faust versetzte ihm einen Kinnhacken, der ihn der Länge nach hinfallen ließ.

Royce ragte mit erbittertem Gesicht über ihm auf. »Ich werde dir den Zutritt zum Haus nicht verbieten, Gaelan, aber ich verbiete dir, dieser Frau jemals wieder zu nahe zu kommen. Sie gehört mir, und ich passe gut auf meinen Besitz auf.«

Mit diesen Worten betrat Royce wieder das Haus. Er ließ die Türen offen. Selig hätte ihm wieder ins Haus folgen können, aber er tat es nicht. Er blieb auf dem Boden sitzen, betastete seinen Kiefer und grinste breit. Schließlich lachte er in sich hinein.

Von dem Fenster im oberen Geschoß aus, von dem man den

Platz vor dem Haus überblicke konnte, hatte Kristen den gesamten Vorfall beobachtet. Ihre Hände umklammerten das Fenstersims, bis sie dieses zufriedene Glucksen hörte. Dann wandte sie sich kopfschüttelnd ab und kam zu dem Schluß, daß Männer im großen und ganzen furchtbar waren.

38

Ein Handspiegel flog ihm an den Kopf, als Royce seine Zimmertür öffnete. Ein Silberteller folgte. Er entdeckte Kristen am anderen Ende des Raumes. Sie wühlte in seiner Truhe nach Gegenständen, die sie nach ihm werfen konnte.

»Anscheinend bist du nicht wütend, denn sonst würdest du mit Waffen werfen.«

»Führe mich nicht in Versuchung, Sachse!«

Er hatte sie den ganzen Tag in seinem Zimmer eingeschlossen. Sie hatte nichts gegessen. Sie hatte mit keinem Menschen geredet. Ihre Geduld war schon seit langem am Ende.

»Warum hast du mich eingesperrt?« fragte sie erbost.

»Als ich heute morgen wach geworden bin, warst du fort. Ich habe dich unten gesucht, und da warst du auch nicht. Ich dachte, du hättest dein Wort gebrochen.«

»Du sperrst mich hier für nichts ein, was ich getan habe, sondern für Dinge, die du mir unterstellst?« brauste sie auf. »Aber du weißt doch längst, daß ich mein Wort nicht gebrochen habe, und ich werde es auch nicht tun! Warum also?«

»Was du mit dem Kelten getan hast, ist eine andere Frage«, sagte er grob.

»Ach ja?« höhnte sie. »Und was habe ich deiner Meinung nach mit ihm getan?«

»Genau das will ich von dir wissen, Kristen.«

»Dann fragst du ihn am besten selbst, weil ich zu wütend auf dich bin, um dir auch nur irgend etwas zu erzählen!«

»Sag mir, daß du dich nicht für diesen Mann interessierst.«

»Der Teufel soll dich holen!«

»Sag es mir!«

»Ich interessiere mich nicht für ihn!«

»Was hattest du dann mit ihm im Freien zu suchen?«

Kristen riß die Augen auf. Ungläubig fragte sie: »Bist du eifersüchtig, Sachse? Hast du ihn deshalb geschlagen?«

Er sah zum Fenster, und ihm wurde klar, woher sie das wußte. Aber sie konnte nicht verstanden haben, was er zu dem Kelten gesagt hatte. Seine Miene war immer noch finster, als er sie wieder ansah.

»Ich hüte lediglich meinen Besitz, Kristen. Kein anderer Mann wird dich berühren, solange du mir gehörst.«

»Und wenn du heiratest und ich von hier fortgehe, gehöre ich dir nicht mehr.«

Er packte ihre Arme und schüttelte sie grob. »Du wirst nicht von mir fortgehen, du Luder, niemals. Und jetzt erzähl mir, was du mit diesem Kelten getan hast!«

Die Wut war aus ihr gewichen, als sie erkannt hatte, daß er wirklich eifersüchtig war. Sie konnte ihn eifersüchtig machen. Was für ein außerordentlicher Gedanke!

Sie verlegte sich auf ein paar kleine Notlügen, von denen sie hoffte, daß sie ihn beschwichtigen würde. »Ich habe gar nichts getan, Royce. Ich konnte nicht schlafen, und deshalb habe ich einen Spaziergang gemacht und den Sonnenaufgang erwartet. Als ich gemerkt habe, daß ich nicht allein bin, bin ich wieder ins Haus gegangen. Der Mann ist mir ins Haus gefolgt. Als ich in der Tür stand, hatte er ein paar Worte zu mir gesagt, aber ich konnte ihn nicht verstehen. Ich weiß nicht, was er im Freien zu suchen hatte. Das wirst du ihn selbst fragen müssen. Aber wahrscheinlich steckt nichts weiter dahinter. Ich nehme an, daß er auch nur frische Luft schnappen wollte.«

Weniger barsch, aber immer noch brummig, ordnete er an: »Ich will nicht, daß du dich nachts im Freien aufhältst, Kristen.«

»Du hattest es mir nicht verboten.«

»Dann verbiete ich es dir jetzt.«

»Dann werde ich eben das nächste Mal, wenn ich nicht schlafen kann, unten in der Halle herumlaufen und alle anderen wecken«, erwiderte sie sarkastisch.

Endlich lächelte er. »Du kannst mich statt dessen wecken, und dann sorge ich dafür, daß du etwas Besseres zu tun hast, als herumzulaufen.«

Sie hätte ihm eine freche Antwort gegeben, wenn nicht genau in dem Moment ein zaghaftes Klopfen zu vernehmen gewesen wäre. Meghan lugte durch einen Türspalt, nachdem Royce unwirsch »Herein« gerufen hatte.

»Alden meint, ich soll dir sagen, daß Wut Wut hervorruft und Brutalität Elend nach sich zieht. Was meint er damit, Royce?«

Kristen lachte laut los, als sie den Ausdruck des Erstaunens auf Royce' Gesicht wahrnahm. »Oh, er ist wirklich geschickt dein Cousin. Glaubt er etwa, du wolltest mich schlagen oder ich könnte mich auf dich stürzen?« Sie lachte noch lauter, als seine grünen Augen sie erdolchten. »Und er schickt deine Schwester ... Ja, er ist schon sehr geschickt. Komm rein, Süßes. Dein Cousin Alden hat dir nur einen dummen Streich gespielt, damit du herkommst, aber du kannst gern bleiben.«

Meghan stellte sich dicht neben Kristen und flüsterte: »Ich dachte, Royce sei wütend.«

»Und du bist trotzdem gekommen, um ihm auszurichten, was Alden ihm bestellt? Wie tapfer du doch bist!«

Mit einem unwilligen Knurren wandte sich Royce von den beiden ab. Meghan riß entsetzt die Augen auf. Kristen hätte ihm einen Tritt verpassen können, weil er das Kind erschreckt hatte.

»Kümmere dich gar nicht um ihn, Meghan, wenn er brummig ist. Das sind die meisten Männer. Das hat gar nichts zu bedeuten.«

»Kristen ...« setzte Royce in einem warnenden Tonfall an und warf ihr einen bitterbösen Blick zu.

»Sei ruhig«, gab sie zurück. »Ich erteile deiner Schwester eine wertvolle Lektion. Siehst du, meine Süße, du brauchst dich vor den Männern nicht zu fürchten, wenn sie wütend sind. Sie sind doch nur ein bißchen größer als du, und das ist schon alles.« Meghans Blicke glitten über Royce' hochaufgeschossener Gestalt, und Kristen grinste. »Na ja, es gibt ein paar Ausnahmen. Nimm zum Beispiel deinen Bruder. Er war wütend, und ich war es auch. Er hat mich angeschrien. Ich habe zurückgeschrien. Und deshalb fühlen wir uns jetzt beide wohler.«

»Aber er ist immer noch wütend.« Meghan schmiegte ihren Kopf schutzsuchend an Kristen.

»Er ist nur mürrisch, und so sind die Männer eben. Natürlich wird es manchmal wirklich ernst, und dann ist es das Beste, einem Mann aus dem Weg zu gehen, der richtig wütend ist. Mit der Zeit wirst du es lernen, den Unterschied zu erkennen. Aber dein Bruder ... Hast du je gesehen, daß er einer Frau etwas getan hat?« Sie betete stumm, das Mädchen möge die richtige Antwort geben. Dem war aber nicht so.

»Er hat dich auspeitschen lassen.«

»Damals wußte er noch nicht, daß ich eine Frau bin.«

»Er hat dich angekettet, und deine Füße haben geblutet.«

Kristen seufzte. »Habe ich dir nicht selbst gesagt, daß das nur ein kleiner Kratzer war, den ich gar nicht gespürt habe? Und im übrigen war es nicht seine Schuld, Süßes. Er hat mir extra noch gesagt, ich solle mir unter den Eisenketten Tücher um die Knöchel wickeln. Ich war diejenige, die einfach nicht daran gedacht hat.«

»Nein, dann nicht«, räumte Meghan ein. »Dann hat er keiner Frau wehgetan.«

»Und warum? Weil nämlich unter seiner rauhen Schale und seiner groben Art ein guter, freundlicher Mensch steckt. Und wenn er selbst im Zorn einer Frau nie etwas antäte, dann tut er doch ganz bestimmt keinem Kind weh. Und du kannst vollkommen sicher sein, daß er seiner eigenen Schwester nichts tun will. Du, mein Süßes, kämst sogar damit davon.« Kristen stellt sich neben Royce und trat ihm kräftig gegen das Schienbein.

»Und er würde dir nichts tun.«

Royce blieb stehen, denn Meghan kicherte jetzt. Er verbannte jegliche Empfindung aus seinem Gesicht, solange sie ihn ansah.

»Tätest du mir wirklich nichts, Royce?«

Er lächelte sie an. »Nein, Kleines, niemals.«

Sie lief auf ihn zu und schlang ihr Arme um seine Taille. Dann tat sie bei Kristen dasselbe.

Strahlend sagte Meghan: »Danke, Kristen«, ehe sie aus dem Zimmer lief.

»Ich danke dir auch«, sagte Royce, der sich hinter Kristen gestellt hatte. »Es ist mir nie gelungen, ihr klar zu machen, daß sie keine Angst vor mir zu haben braucht. Aber was diesen Tritt angeht, du Luder ...«

Er legte seinen Arm um ihre Taille und zog sie von den Füßen. Dann trug er sie zu seinem Bett und legte sie über das Knie.

»Royce, nein!« Sie konnte es einfach nicht glauben. »Ich wollte doch nur etwas beweisen!«

»Das hättest du auch mit anderen Mitteln fertiggebracht, Mädchen. Und solange mein Schienbein wehtut, wirst du dein Hinterteil spüren.«

Kristen nahm das Abendessen im Stehen zu sich, doch auf ihren Lippen stand ein verstohlenes Lächeln. Sie war zwar versohlt worden, weil sie in ihrer Kühnheit zu weit gegangen war, doch ihr Sachse hatte es gleich anschließend wieder gutgemacht.

39

Kristen beklagte die Ironie des Schicksals, als Royce ihr am kommenden Morgen anbot, mit ihr auszureiten, denn gerade jetzt war ihr Hinterteil nicht in der geeigneten Verfassung. Sie ging trotzdem darauf ein. Wie hätte sie auch widerstehen können, wenn er ein eigenes Pferd für sie bereitstellte und ihr ein Wettrennen vorschlug? Ob sie diesen Mann wohl je verstehen würde.

Sie verlor das Wettrennen, aber es machte trotzdem Spaß. Unbeschwerte Erinnerungen an ihre Ausritte auf Torden durch Feld und Wald wurden wieder wach. Das Pferd, das sie jetzt ritt, war weniger gut, doch dafür entschädigte sie ihr Begleiter.

Am späten Vormittag machten sie Rast, um die Pferde an einem Bach zu tränken. Strahlende Sommerfarben beherrschten die Landschaft, satte Grün-, Gelb- und Rottöne. Der Himmel war ausnahmsweise klar, und die Sonne brannte heiß herunter. Sie ließen sich im Schatten eines Baumes nieder.

Royce setzte sich, lehnte sich an den Baumstamm und bedeutete Kristen, zu ihm zu kommen. Sie ging nicht darauf ein, sondern setzte sich zu seinen Füßen hin. Sie rupfte einen Grashalm und steckte ihn zwischen ihre Zähne. Mit sanftem Blick sah sie ihn an.

Royce seufzte. Selbst, wenn sie sich ihm in der letzten Nacht ganz und gar hingegeben hatte, leugnete sie jetzt wieder ihre Bereitwilligkeit. Wenn er sie nicht gewaltsam in seine Arme zog, würde sie nicht zu ihm kommen.

»Ich danke dir für den Ausritt.«

Er tat seine Großzügigkeit mit einem Achselzucken ab. »Thorolf hat recht gehabt. Du bist eine geübte Reiterin. Du machst deine Sache gut.«

»Ich kann einiges gut, aber Thorolf weiß von vielem nichts.«

»Was zum Beispiel?«

Sie streckte die Beine aus, legte sich die Hände ins Genick und sah zum Himmel auf, als sie antwortete: »Thorolf weiß nicht, daß ich mit Waffen umgehen kann. Keiner von ihnen weiß es. Nur du.«

»Ich wünschte, ich wüßte es nicht«, murrte er.

Kristen grinste. »Genau diese Einstellung hat mir mein Geheimnis bewahrt, bis ich mein Können anwenden mußte.«

»Wer von ihnen hat es dir denn beigebracht?« fragte er vorsichtig. »Doch gewiß nicht dein Vater?«

Sie schüttelte den Kopf. »Nein, ganz gewiß nicht. Meine Mutter hat es mir beigebracht.«

»Deine …« Er konnte den Satz nicht beenden, weil er plötzlich laut lachen mußte.

Kristen lächelte nachsichtig. »Lach ruhig darüber, aber es ist wahr.«

»Daran hege ich nicht den geringsten Zweifel.« Er kicherte immer noch. »Und was hat deine kriegerische Mutter dir sonst noch beigebracht?«

Jetzt lachte Kristen. Sie sah ihre schöne, zarte Mutter vor sich. Kriegerisch? Um Gottes Willen! Weit und breit gab es niemanden, der weniger kriegerisch aussah als sie.

»Meine Mutter hat zwar die Nase gerümpft, wenn es darum ging, zu kochen oder zu nähen, denn daran hat sie nie Spaß gehabt, aber sie ist keine kriegerische Frau. Und sie hat mich noch eine andere wertvolle Lektion gelehrt. Sie hat mir beigebracht, keine Scham zu empfinden, wenn ich einen Mann begehre.«

Royce hörte augenblicklich auf zu lachen. Sie hätte ebenso gut mit ihren Händen seinen Körper streicheln können. Diese Worte hatten dieselbe Wirkung.

»Und du empfindest keine Scham?«

»Nein.«

»Und du begehrst mich, Kristen?«

»Nein.«

Er grinste noch breiter als sie. »Du Lügnerin. Du hast es schon einmal zugegeben. Warum tust du es kein zweites Mal?«

»Ich habe dir doch gesagt, daß du das nie mehr von mir hörst, und dabei bleibt es.«

»Das hast du mir in einer Auseinandersetzung über deine eingeschränkte Bewegungsfreiheit gesagt. Du trägst keine Ketten mehr!«

»Ich bitte dich, genauer zu unterscheiden«, erwiderte sie ruhig, und ihre gute Laune war verflogen. »Du hast mich jetzt durch mein Wort gebunden, und das ist genauso wirksam. Du hättest mich schlicht und einfach bitten können hierzubleiben. Statt dessen mußtest du wieder mit mir handeln.«

»Um Gottes Willen! Versuch nicht, mir einzureden, du bliebest hier, weil ich dich darum bitte.«

»Du wirst es nie erfahren, stimmt's Royce?«

»Kristen …«

Er wollte sich vorbeugen, doch der Pfeil der in seine Schulter drang, schleuderte ihn gegen den Baumstamm zurück. Die Pfeilspitze durchbohrte seinen Rücken und grub sich in den Stamm. Er versuchte sich loszureißen. Als es ihm nicht gelang, schoß die Erinnerung an den Angriff der Dänen durch seinen Kopf. Rhona, die um Hilfe schrie, während er ihr nicht beistehen konnte, weil er an die Wand gespießt war.

Sein Blut gerann, als er Kristen aufspringen sah. »Nimm mein Pferd, und reite fort! Eil dich!«

Sie setzte sich statt dessen rittlings auf seinen Schoß, als der nächste Pfeil über ihren Köpfen in dem Baumstamm stecken blieb. Eilig brach sie dicht an seiner Haut das Pfeilende ab.

»Ich reiße dich vom Baum los, aber du mußt mir helfen«, sagte sie eindringlich.

»Lauf weg, Kristen«, drängte er sie. »Bitte. Du mußte von hier verschwinden.«

»Stoß dich ab!«

Sie zog mit einer solchen Kraft, daß er ihr nicht zu helfen brauchte. Er fiel vornüber auf die Knie. Blutflecken bildeten sich auf seinem Hemd und wurden immer größer. Sie biß sich auf die Lippen und glaubte, sie müsse ihn jetzt auf die Füße ziehen. Doch er konnte allein aufstehen. Noch war er nicht geschwächt. Und außerdem war er wütend auf sie.

»Wenn du jetzt nicht sofort auf dieses Pferd steigt, Frau, und dich in Sicherheit bringst …«

»Nur, wenn du mitkommst«, schnitt sie ihm das Wort ab, und ihr Tonfall war feuriger denn je.

Sie hatte ihre Chance verpaßt. Hinter Bäumen und Büschen tauchten bewaffnete Männer auf. Kristen zählte sie. Bisher waren fünf Männer zu sehen.

»Stell dich hinter mich, Kristen«, befahl Royce, als er sein Schwert zog.

Sie schnappte entgeistert nach Luft. »Du willst doch nicht im Ernst gegen sie alle kämpfen! Doch nicht trotz deiner Wunde!«

»Sie bekommen dich nicht, nicht solange ich am Leben bin.«

»Wie löblich«, höhnte eine Stimme hinter ihnen, und Lord Eldred kam hinter dem Baum hervor, unter dem sie standen. Zwei weitere Männer standen neben ihm. »Aber wir werden sie bekommen, und dich auch.«

Eldred packte Kristen. Sie entwand sich seinem Griff, doch seine beiden Männer halfen sofort nach. Plötzlich spürte sie eine Klinge auf ihrer Kehle und hörte auf, sich zu wehren.

Eldreds Lächeln war ekelerregend. »Und jetzt gib mir dein Schwert, Royce, oder du weißt, was mit ihr geschehen wird.«

Das Schwert fiel auf den Boden. Eldred erteilte seinen Männern Befehle. Kristen zuckte zusammen, als ihre Hände vor ihrem Körper zusammengebunden wurden. Sie sah hilflos zu, als sie mit Royce genauso verfuhren.

Eldred zeigte seine Schadenfreude, als sie zu ihren Pferden gezerrt wurden. »Ich muß mich wirklich bei dir dafür bedanken, Royce, daß du mir über den Weg gelaufen bist und das Mädchen mitgebracht hast. Es ist mir ein unerwartetes Vergnügen, nachdem ich schon dachte, ich müßte meine Zeit in deinen Wäldern vergeuden und warten, bis ich dich allein erwische. Und jetzt habe ich eine noch wertvollere Beute ergattert.«

Für den Rest des Tages ritten sie nach Norden. Als der Abend hereinbrach, erreichten sie ihr Ziel: eine Burg, die weit kleiner als Wyndhurst, aber gut befestigt war.

Royce konnte noch allein von seinem Pferd steigen, aber seine Beine trugen ihn nur noch mit Mühe. Kristen biß sich auf die Lippen, um nicht zu weinen, als sie die Blutmengen sah, die sich auf seinem Hemd zeigten. Sie nahm an, daß dies Eldreds Burg war, aber sie konnte nicht ahnen, daß er nicht der Hausherr war, bis Royce versuchte, Eldred zur Vernunft zu bringen.

»Dein Vater …«

»Der wird dir auch nicht helfen«, fiel Eldred ihm erbittert ins Wort. »Er ist fort, weil er Alfred bitten will, es sich noch einmal zu überlegen und mich doch wieder an den Hof zurückkehren zu lassen. Mein Vater will mich nämlich nicht im Haus haben. Er sagt, daß ich alle seine Sklavinnen schwängere und daß ihn neun Monate nach meiner Ankunft niemand mehr bedienen wird.« Dann sagte er zornig zu seinen Männern: »Bringt ihn in die Vorratskammer, und kettet ihn an die Wand.«

»Aber seine Wunde …« setzte Kristen an, doch Eldred schnitt auch ihr das Wort ab.

»Wird bluten, wie auch du bluten wirst, wenn ich mit dir fertig bin«

Als er das hörte, fing Royce an, sich zu wehren, doch einer der Männer schlug ihn mit dem Griff seines Schwertes bewußtlos. Kristen mußte zusehen, wie er fortgezerrt wurde. Dann wurde sie mit einer Schwertspitze im Rücken ins Haus getrieben.

Es war ein heruntergekommenes Haus, das ganz aus Holz erbaut war und nur ein Stockwerk hatte. Die Binsen, über die sie lief, waren schmutzig. Die Dienstboten, die sie sah, waren verängstigte Geschöpfe, die es nicht einmal wagten, sie oder die Männer anzusehen, die sie ans hintere Endes des Raumes trieben.

Dort wurde sie in eine winzige fensterlose Kammer gestoßen. Die Tür wurde hinter ihr zugeschlagen, und sie blieb im Dunklen zurück. Sie sparte sich die Mühe, nachzusehen, ob die Tür verschlossen war, denn sie hörte einen hölzernen Türriegel einschnappen. Außerdem hörte sie Gelächter durch die Tür, als die Männer sich entfernten.

Sie hatte ein Bett gesehen, ehe die Tür hinter ihr geschlossen worden war. Sie tastete sich langsam voran und setzt sich. Sie hatte nicht vor, hysterisch zu werden. All das hatte sie schon einmal durchgemacht. Man hatte sie gefangen genommen, und sie hatte nicht gewußt, was als nächstes mit ihr geschehen würde. Diesmal konnte sie sich allerdings vorstellen, was ihr als nächste bevorstand.

Ein Schauer durchzuckte sie, als sie an Eldred dachte. Er haßte Royce. Er wollte ihm etwas antun, ihn leiden sehen, vielleicht sogar ... O Gott, warum sonst hätte er ihn hierher bringen sollen, wenn nicht um ihn zu töten, und zwar vermutlich langsam und qualvoll?

Jetzt setzte die Hysterie ein.

40

Kristen konnte Lord Eldred in der Halle hören. Er speiste und trank; er feierte. Doch solange sie ihn hörte, konnte sie hoffen, daß Royce noch nichts zugestoßen war, denn sie sagte sich, daß Eldred in seinem Haß bestimmt dabei sein wollte, wenn das mit Royce geschah, was er befahl, was immer das auch sein mochte, oder daß er es selbst tun wollte.

Diese Überlegung ermöglichte es ihr, ruhiger zu werden und Pläne zu schmieden. Sie mußte es fertigbringen, diesen Raum zu verlassen, sowie die Tür geöffnet wurde. Sie mußte es bis zu dem Lager schaffen, in das man ihn gebracht hatte. Sie mußte ihn losbinden und dann die Pferde holen ... Sollte Gott ihr beistehen, aber wie sollte sie das packen, wenn sie von so vielen Menschen umgeben waren?

Mit den Händen tastete sie den Raum ab und verfluchte die Dunkelheit, die ihr Vorhaben so zeitraubend werden ließ. Aber sie hatte Zeit. Niemand kam und störte sie. Doch ihre Suche ließ sie auf nicht stoßen, was sie als Waffe verwenden konnte. Sie hatte auch nicht wirklich damit gerechnet, aber sie hatte sich vergewissern müssen.

Somit war sie ganz auf sich selbst und ihren Verstand angewiesen. Sie bezweifelte, daß Eldred sich allzu leicht übertölpeln ließ, aber vielleicht konnte sie ihn überrumpeln, wenn er zuviel getrunken hatte und allein kam. Als er endlich kam, war er allein und hatte einiges getrunken, aber er wirkte keineswegs betrunken.

Er hatte eine Kerze mitgebracht, die er auf ein leeres Wandregal stellte, nachdem er die Tür geschlossen hatte. Kristen sah jetzt, daß der Raum bis auf das Bett vollkommen leer war, aber sie sah es nur aus dem Augenwinkel, da sie es nicht wagte, Eldred zu lange aus den Augen zu lassen.

Er strahlte Vorfreude aus. Er lächelte sie sogar an. Sein Schwert hing noch an seinem Gürtel, aber jetzt hatte er dort auch eine kurze Peitsche hängen, die aus zahlreichen dünnen Lederstreifen bestand.

»Was haben Sie mit Royce gemacht?« flüsterte sie.

»Ich habe mich bisher noch nicht mit ihm befaßt«, teilte ihr Eldred beiläufig mit. »Ich habe mich entschlossen, mich erst mit dir abzugeben, damit ich ihm dann alles ganz genau berichten kann. Lord Alden schien zu glauben, daß Royce sich etwas aus dir macht. Das werden wir ja sehen.«

»Sie irren sich«, versicherte sie ihm eilig. »Er hat eine Verlobte.«

»Was hat das damit zu tun, wen er in sein Bett mitnimmt?«

Diese Beleidigung ließ Kristen zusammenzucken. Ja, was wohl?

»Warum hassen Sie ihn so sehr?«

»Er ist ein Heiliger. Er kann nichts falsch machen – oder zumindest glaubt es Alfred, und er hat es schon immer geglaubt.«

»Neid?« Ihr Blick glitt verächtlich über ihn. »Aus kleinlichem Neid tun Sie das?«

»Was weißt du denn schon?« fauchte er. »Du weißt nicht, was es heißt, ständig im Wettstreit zu liegen und immer den Kürzeren zu ziehen.«

»Nein, das weiß ich wirklich nicht. Aber was ich weiß, ist, daß

Sie damit nicht davonkommen. Zu viele Leute haben gesehen, daß Sie uns hierhergebracht haben.«

Er lachte. »Meine Leute würden es nicht wagen, ein Wort gegen mich zu sagen. Im Gegensatz zu dir, Dirne, parieren sie.«

»Es sind die Leute Ihres Vaters«, höhnt sie. »Er wird dahinterkommen.«

Er sprang mit einem Satz nach vorn und gab ihr eine Ohrfeige. Ihr Gesicht rötete sich, aber ihr Körper rührte sich nicht. Das versetzte Eldred einen Moment lang in Erstaunen. Er war es gewohnt, daß Frauen hinfielen, wenn er kräftig zuschlug, und dann furchtsam vor ihm kauerten, doch diese Frau war genauso groß wie er. Und sie kauerte sich nicht zusammen. Blut rann aus ihrem Mundwinkel, doch ihre Augen blitzten vor Wut, als sie ihn wieder ansah.

Eldred trat einen Schritt zurück. Diese Frau machte ihn nervös, und gerade das ließ ihn in Wut geraten – sein Mißtrauen gegenüber einer Frau. Er zog die Peitsche aus dem Gürtel. Sie würde vor ihm kauern, ehe er mit ihr fertig war, bei Gott – sie würde vor ihm kauern und ihn auf Knien anflehen.

Er holte mit der Peitsche aus und setzte mit seiner gesamten Kraft zu einem ersten Hieb an. Sie versuchte, ihm auszuweichen, doch die Peitsche traf ihren bloßen Arm und ihren Rücken. Befriedigung durchströmte ihn, als er hörte, daß sie nach Luft schnappte. Er holte wieder mit der Peitsche aus. In dem Moment stürzte sie sich auf ihn und warf ihn zu Boden.

Ihm blieb die Luft aus, als sich ihr volles Gewicht auf ihn preßte, doch er hielt die Peitsche fest, weil er glaubte, sie könne versuchen, sie ihm zu entreißen. Darin bestand sein Fehler. Sie hatte es auf sein Schwert abgesehen, und er blieb schockiert liegen, als er die Schwertspitze auf seiner Kehle spürte.

»Bei der geringsten Bewegung nagele ich dich damit auf den Boden.« Ihre Warnung war um so erschreckender durch die Ruhe, mit der sie ausgesprochen wurde. »Für das, was du getan hast, könnte ich es sowieso tun.«

Das waren die letzten Worte, die Eldred hörte, denn dann schmetterte sie den Schwertgriff gegen seine Schläfe.

Kristen durchschnitt eilig ihre Fesseln und achtete dabei sorgsam darauf, sie nahe am Knoten durchzuschneiden, damit sie sie wiederverwenden und Eldred fesseln konnte. Genauso flink drehte sie ihn um und band ihm die Hände auf den Rücken. Auch darin hat einer seiner Fehler bestanden. Er hatte ihre Hände vor ihr zusammengebunden und sie damit nicht ganz außer Gefecht gesetzt. Doch sein größter Fehler hatte darin bestanden, zu glauben, sie würde still stehenbleiben und sich von ihm auspeitschen lassen.

Er war nicht tot. *Eigentlich ein Jammer,* dachte sie. *Ich hätte ihn umbringen sollen.* Sie dachte immer noch darüber nach, als sie das Bettzeug in Streifen schnitt, um seine Füße zu fesseln und ihn zu knebeln. Aber schließlich konnte sie sich doch nicht dazu durchringen, einen hilflosen Mann zu töten.

So bald sie keinen Laut mehr hörte, verließ sie die winzige Kammer. Nur eine Fackel brannte in der Halle. Sämtliche Dienstboten schliefen und hatten ihre Strohsäcke an den Wänden aufgereiht. Kristen lief mit angehaltenem Atem und pochendem Herzen direkt auf die Haustür zu. Niemand erwachte und schlug Alarm, doch vor der Tür stand ein Wächter, einer der Männer, die sie gefangen genommen hatten.

Ihr Anblick überraschte den Mann so sehr, daß er sein Schwert noch nicht gezogen hatte, als sie schon zustach. Sie hatte keine Zeit zu verlieren. Auch der Wächter vor dem Lagerraum bekam den Griff ihres Schwertes an der Schläfe zu spüren und sackte in sich zusammen.

Royce war wirklich an die Wand gekettet, und seine Hände waren gerade so hoch über seinem Kopf befestigt, daß sie sein gesamtes Gewicht trugen. Seine Wunde hatte noch mehr geblutet. Das Blut war inzwischen an einem Hosenbein heruntergeronnen. Sein Kopf lag auf seiner Schulter, und sie war wirklich nicht sicher, ob er noch lebte.

Sie lief auf ihn zu, nahm seinen Kopf in ihre Hände und tätschelte seine Wange. Sie schlug fester und immer fester zu, bis er die Augen aufschlug. Gelähmt vor Erleichterung stand sie da.

»Wie?«

Das war seine einzige Frage, doch sie reichte aus, und Kristen war plötzlich wieder bei Sinnen. Sie lief wieder zu dem Wächter und suchte den Schlüssel zu seinen Ketten.

Über die Schulter sagte sie: »Ich habe einen Mann verwundet, ihn vielleicht sogar getötet. Wird euer sächsisches Gesetz mich dafür bestrafen?«

Royce sah sie kopfschüttelnd an. »Ist das deine einzige Sorge?«

»Ich kenne mich mit euren Gesetzen nicht aus«, erwiderte sie angespannt. »Ich weiß nur, daß ich nach eurer Rechtsprechung falsch gehandelt habe, als ich mich das letzte Mal verteidigt und in Notwehr gehandelt habe. Ist es auch diesmal unrecht, wenn ich versuche, diesen Ort mit allen Mitteln zu verlassen?«

Er fing an zu lachen, doch das Lachen blieb ihm vor Schmerz in der Kehle stecken. »Nein, du hast mehr erreicht, als ich zu hoffen gewagt hätte.«

»Gut.« Sie lächelte ihn an und schloß die Ketten auf. »Und jetzt laß uns von hier verschwinden.«

Royce ging in die Knie, als sie ihn von den Ketten befreit hatte. Als sie sah, wie schwach er war, riß Kristen eilig den Saum ihres Kleides ab, teilte ihn in zwei Streifen und steckte sie in sein Hemd. Sie würden zügig reiten müssen, und er konnte es sich nicht leisten, noch mehr Blut zu verlieren, aber sie konnte ihn auch jetzt nicht ordentlich verbinden. Sie konnte nur beten, daß er sich im Sattel halten konnte.

Da sie Royce stützen mußte, erreichten sie nur langsam den Stall. Royce war so groß, daß es selbst Kristen schwerfiel, ihm zu helfen. Dann mußte sie ihn loslassen, um sich mit den Wachen im Stall zu befassen.

Royce lag flach auf dem Boden, als sie zurückkam. Sie hätte am liebsten geweint, aber sie zwang sich, vernünftig zu bleiben. Gewaltsam brachte sie ihn dazu, aufzustehen und seine letzte Kraft aufzubieten, um auf sein Pferd zu steigen.

»Wie sollen wir durch das Tor kommen – was schlägst du vor?«

»Überlaß das mir«, antwortete sie.

Sie war reichlich besorgt. Sie führte die beiden Pferde zu Fuß über den stillen Hof. Es war ein hohes, hölzernes Tor, das mit einem langen schweren Riegel versperrt war, seitlich darüber befand sich ein kleiner Vorbau, und dort lehnte ein Wächter mit dem Rücken an der Wand und schlief. Kristen stieg behutsam die Leiter zu ihm hinauf und sorgte dafür, daß er so schnell nicht erwachte. Dann eilte sie die Leiter wieder hinunter und versuchte, den schweren Riegel mit ihrer ganzen Kraft nach oben zu stemmen.

Er war wirklich sehr schwer. Es würde ihr nicht gelingen, ihn sacht auf den Boden sinken zu lassen. Sie ließ ihn fallen, denn ihr blieb nichts anderes übrig. Der Lärm war ohrenbetäubend.

Sie sah sich um und rechnete damit, daß eine Legion bewaffneter Männer auf sie stürzen würde. Ihr Herz blieb fast stehen, als sie einen einzigen Mann, einen Leibeigenen, aus dem Stall kommen sah. Er gähnte und verschwand wieder im Stall. Ein anderer stand in der Tür eines weiteren Gebäudes. Er blieb still stehen und sah ihnen zu.

Erleichterung durchflutete sie, als sie erkannte, daß niemand Alarm schlagen würde. Diese Männer waren apathisch und unbeteiligt und hatten nicht die Absicht, für ihren Herrn auch nur einen Finger zu rühren. Für sie und Royce war es ein unerwarteter Glücksfall, daß in Lord Eldreds Haushalt eine derartige Loyalität herrschte.

Kristen hätte über diesen Gedanken fast laut gelacht, als sie das Tor öffnete und dann die Zügel von Royce' Pferd packte, ehe sie sich auf ihr eigenes schwang. Sie ritten eilig durch die späte Nacht.

41

Kristen war erschöpft und außer sich vor Sorge. Royce brauchte seine letzte Kraft, um sich auf dem Pferd zu halten. Sie hatte einmal angehalten, um die Lappen fester auf seine Schulter zu pressen, doch er hatte sehr viel Blut verloren, zuviel Blut. Er war jetzt auf dem Pferd zusammengesackt und kaum noch bei Bewußtsein.

Nicht einmal der Anblick der Mauern von Wyndhurst konnte ihren Kummer lindern. Die Dämmerung hellte den Himmel schon auf, und ihre Ankunft war bemerkt worden. Das Tor wurde geöffnet; Männer eilten hinaus. Eine Gruppe von Reitern hatte sie entdeckt und kam aus den Wäldern. Bald konnte Royce sich ausruhen und ordentlich verbunden und gepflegt werden. Und doch ließ sie die bohrende Angst nicht los, es könne nichts mehr nutzen, sie könne ihm so unzureichend geholfen haben, daß er trotz allem sterben würde.

Sie schrie auf, als er von seinem Pferd fiel. Sie sprang selbst vom Pferd und rannte zu ihm, nahm seinen Kopf zwischen ihre Hände. Seine Augen waren offen, aber er wirkte benommen.

»Muß wohl ... eingeschlafen sein.«

O Gott, er wußte nicht einmal mehr, was er redete. Ihr Herz blutete, als sie ihn so schwach und hilflos sah. Ihr war nicht bewußt, daß Tränen über ihre Wangen strömten.

»Sei still, Royce. Du mußt ganz still halten. Sie werden jeden Moment hier sein, um dir zu helfen.«

Seine Augen richteten sich auf ihr Gesicht. »Wirst du endlich zugeben, daß du mich begehrst, Kristen?«

Um Gottes willen! Wie konnte er jetzt daran denken, während er sein Blut und sein Leben verströmte?

»Kristen?«

»Ja, ich begehre dich, ich schwöre es dir.«

»Und hast du mich lieben gelernt – ein klein wenig?«

Sie zögerte keine Moment lang. »Ja, auch das.«

Eine Hand legte sich auf ihren Nacken und zog ihr Gesicht auf seines herunter. Seine Lippen lagen warm und trocken auf ihrem Mund und kosten ihn sachte, aber dabei blieb es nicht. Inmitten ihres Elends dämmerte ihr die Erkenntnis, daß zuviel Kraft in dieser Hand steckte, die sie festhielt, und daß sein Kuß zu leidenschaftlich war.

Sie wich zurück und kniff die Augen zusammen, als sie feststellte, daß er sie angrinste. »Du liegst ja gar nicht im Sterben!«

»Dachtest du das etwa?«

»Oh, wie ungerecht!«

Fast hätte sie ihn geschlagen, als er auch noch anfing zu lachen. Statt dessen stand sie auf und stolzierte davon.

Eine Verletzung, die Royce derart schwächen konnte, war keine harmlose Wunde. Er blieb dennoch nur vier Tage im Bett. Nach einer Woche ging er wieder all seinen Pflichten nach. Zwei Wochen später zwickte ihn die Wunde nur noch ab und zu.

Er hatte mit Eldred nicht so abrechnen können, wie es ihm behagt hätte, sondern sich danach gerichtet, was Alfreds derzeitige Strategie diktierte. Er hatte den König ganz einfach über Eldreds Perfidie unterrichtet. Der Sommer neigte sich schon dem Ende zu, als er erfuhr, daß Eldred in Panik geraten war, weil er Vergeltungsmaßnahmen fürchtete, und daß er in den Norden geflohen war, um bei den Dänen Zuflucht zu suchen. Seine Leiche war seinem Vater überbracht worden.

Als Royce Kristen davon berichtete, hatte sie ganz einfach die Achseln gezuckt und geäußert, es läge nur nahe, daß ein so armseliger Kerl ein böses Ende fand. Sie hatte die Angelegenheit völlig unbeteiligt abgehandelt.

Sie war wütend auf Royce gewesen, und das erst recht, als ihr klar wurde, daß er ihr bewußt nicht bei der gemeinsamen Flucht geholfen hatte. In unmißverständlichen Worten teilte sie ihm mit, was sie von diesem Täuschungsmanöver hielt, und doch tat es ihm nicht leid, daß er die Gelegenheit genutzt hatte, um sie auf die Probe zu stellen. Sie hätte ihn auf dem Heimweg jederzeit irgendwo zurücklassen können. Statt dessen hatte sie ihn in Sicherheit gebracht. Das bedeutete ihm mehr, als er ausdrücken konnte.

Kristen blieb auch nicht lange verärgert. Sie behandelte ihn zart und verspielt, während er wieder zu Kräften kam, und sie hielt ihn davon ab, ständig über seine geschwächte Verfassung zu klagen. Fast hätte er sich weitere Wunden gewünscht, damit sie sich noch mehr unnötige Umstände machte. Das war das genaue Gegenteil dessen, was er empfunden hätte, wenn Darrelle ihn gesund gepflegt hätte.

Je mehr sich der Sommer seinem Ende zuneigte, desto melancholischer wurde Kristen, und so oft Royce sie auch fragte, sie wollte nicht zugeben, daß ihr etwas fehlte. Er ging oft mit ihr schwimmen, er ritt mit ihr aus, und sie lächelte ihn an und lachte mit ihm. Doch immer dann, wenn sie nicht merkte, daß er sie beobachtete, sah er die Traurigkeit in ihren Augen.

Er sorgte dafür, daß sie nur noch halb soviel Arbeit hatte. Als sie das nicht glücklich machte, verdoppelte er ihre Arbeitslast. Auch das half nicht. Er gab ihr sogar ihre eigenen Kleider zurück und erlaubte ihr, sie zu tragen, doch sie weigerte sich, sie anzuziehen, und wirkte nur noch deprimierter, nachdem sie das dunkelgrüne Samtkleid gesehen hatte.

Royce wußte nicht, was er sonst noch tun sollte, doch an dem Tag, an dem Kristen ihn wieder einmal fragte, wann er heiraten würde, fürchtete er, die Antwort gefunden zu haben und zu wissen, was sie bedrückte. Sie wollte ihn nach wie vor verlassen. Deshalb fühlte sie sich so elend. Sie zählte die Tage bis zu seiner Hochzeit, die sie von ihrem Ehrenwort entband. Aber er wollte sie nicht fortgehen lassen, und daher blieb ihm nur noch eins übrig.

Er wäre erstaunt gewesen, wenn er gewußt hätte, was Kristen wirklich bedrückte. Es lag an der Jahreszeit, dem Ende des Sommers, denn jetzt wären sie und Selig und die anderen von den Marktstädten zurückgekehrt – wenn sie wirklich dort hingefahren wären. Ihre Eltern mußten sich den ganzen Sommer über um sie gesorgt haben, doch bisher hatten sie die Sicherheit gehabt, daß sie zurückkommen würde. Aber jetzt, zum Sommerende, würde die echte Angst einsetzen, und täglich würden sie das Schiff erwarten.

Und mit jedem weiteren Tag, an dem das Schiff nicht kam, würde ihre Angst zunehmen. Wie konnte sie hier glücklich sein, wenn sie wußte, was ihre Eltern gleichzeitig durchmachen mußten?

Es war ihr gelungen, noch einmal mit Selig zu sprechen. Sie hatte ihn angefleht abzureisen, irgendwie nach Hause zu gelangen und ihren Eltern wenigstens zu sagen, daß sie nicht in Gefahr war. Er hatte sich nicht nur geweigert, weil er sie hier nicht allein lassen wollte, sondern auch, weil er sicher war, daß Garrick ihn in Stücke reißen würde, wenn er ohne sie nach Hause kam.

Royce bemühte sich sehr, sie aufzuheitern. Dafür liebte sie ihn nur um so mehr. Aber sie konnte ihm nicht sagen, was ihr fehlte, denn er hätte nichts anderes für sie tun können, als sie fortgehen zu lassen, und sie hatte große Angst davor, daß er sogar das getan hätte. Sie war so oder so zum Unglück verdammt. Es hätte sie umgebracht, Royce jetzt zu verlassen, und doch verzehrte sie sich danach, ihre Eltern wissen zu lassen, daß es ihr gut ging. Sie konnte einfach nicht aufhören, an sie zu denken.

Zum ersten Mal in diesem Sommer verließ Royce Wyndhurst. Er war zwei Tage lang fort. Niemand wußte, wohin er sich begeben hatte, doch bei seiner Rückkehr unterrichtete er Darrelle davon, daß er ihre Hochzeit arrangiert hatte. Sie brach in Tränen aus, weil er ihr nicht sagen wollte, wer der Mann war, und ihr nur versprach, daß sie seine Wahl billigen würde.

Ein einziges Mal konnte Kristen Darrelle nicht vorwerfen, daß sie weinte. Sie wußte, daß sie eine solche Geheimniskrämerei in so wichtigen Angelegenheiten nicht mitgemacht hätte. Und doch beharrte Royce darauf, Darrelle brauche Zeit, um sich an die Vorstellung zu gewöhnen, daß sie verheiratet wurde, ehe sie erfahren sollte, mit wem.

In derselben Nacht sagte sie im Bett zu Royce: »Ich finde es unfair, daß du deine Cousine derart in der Luft hängen läßt.« Er lachte und war nicht ihrer Meinung. »Du kennst Darrelle nicht. Jetzt, in diesem Augenblick, wird sie mit ihrer Zofe dasitzen und eine Liste aller Männer anfertigen, die sie kennt, und sie werden sich fragen, welcher von ihnen ihr Gemahl wird. Statt sich Sorgen zu machen, weil sie von hier fortgehen wird, wird sie sich aufgeregt fragen, wohin sie wohl gehen wird.«

»Du glaubst nicht, daß sie deine Wahl fürchtet?«

»Ich habe ihr gesagt, daß sie meine Wahl billigen wird, und sie weiß, daß sie darauf vertrauen kann. Sie ist jetzt rasend ungeduldig. Bist du auch ungeduldig, wenn ich dir sage, daß ich für dich auch eine Überraschung parat habe?«

Kristen zog eine Augenbraue hoch. »Eine Überraschung, die du mir auch nicht erzählen willst?« Zur Antwort grinste er nur. »Ich kann geduldig warten, glaube ich, wenn du mir sagst, wann du mir Näheres erzählen wirst.«

»Alles zu seiner Zeit.«

Kristen schlief in jener Nacht wesentlich unbeschwerter ein als schon seit langer Zeit. Wenn Royce mit seinen Geheimnissen etwas erreicht hatte, dann nur, daß es ihm gelungen war, sie von ihrem Kummer abzulenken.

42

Ein böser Stich weckte Royce aus seinem Schlummer. Er wollte das lästige Insekt von seinem Hals verjagen. Seine Finger trafen statt dessen auf kalten Stahl; die scharfe Spitze des Dolches preßte sich noch fester auf seinen Hals und ließ ihn die Hand zurückziehen.

Es war kein Traum. Er spürte Kristen, die sich dicht an seine linke Seite schmiegte und eine Hand auf seine Brust gelegt hatte. Der Stich, der von rechts kam, war zu real. Er konnte seinen Angreifer im Dunkeln nicht sehen, aber es war dem Mann gelungen, sich klammheimlich in sein Zimmer zu schleichen und ihm nach dem Leben zu trachten. Da niemand in Wyndhurst auf diesen Gedanken gekommen wäre, mußte er zu dem naheliegendsten Schluß kommen: Die Wikinger waren entkommen. Und wenn sie in sein Zimmer gelangen konnten, waren dann unten längst alle tot?

Kristen hatte geschworen, es käme zu keinem Gemetzel, sie würden einfach fliehen, wenn sich ihnen die Gelegenheit bot. Waren sie vielleicht nur da, um sie zu holen? Er würde nicht zulassen, daß sie sie mitnahmen. Vorher mußten sie ihn umbringen. Ihm wurde klar, daß das nicht allzu schwierig wäre, so, wie die Dinge standen.

»Kannst du verstehen, was ich sage?«

Seine Brust schnürte sich zusammen. Allerdings konnte er das heisere Flüstern verstehen. Es war keine Wikingersprache, sondern eine keltische. Gaelan? Nein, die Stimme war nicht tief genug. Dann waren die Wikinger wohl doch nicht entkommen, aber die

Kelten überfielen sie wieder, und das war auch nicht besser. Und diesmal wagten sie es, sein Haus zu betreten.

»Antworte, Sachse!« Es war immer noch ein Flüstern, doch jetzt klang es zorniger.

»Ja, ich verstehe dich.«

»Gut.«

Der Druck des Dolches ließ nach, und dann lag die Klinge auf seinem Hals und hätte bei der kleinsten Bewegung seine Halsschlagader verletzt. Er konnte sich nicht rühren. Er mußte liegenbleiben und alles weitere über sich ergehen lassen. Diese Wehrlosigkeit erboste ihn.

»Nenne deine Forderungen!« zischte er.

»Ganz ruhig, Sachse«, warnte ihn das Flüstern. »Ich will Antworten haben, solange sie sich noch miteinander streiten. Ich urteile nicht vorschnell, ehe ich alle Fakten kenne.«

Royce runzelte im Dunkeln die Stirn. Er konnte sich aus dem soeben Gehörten nichts zusammenreimen. Er hörte keine Laute, die auf einen Streit oder auf einen Kampf schließen ließen. Er hörte im Grunde genommen nichts als den Atem von drei Personen. Im Haus war es so still, wie man es mitten in der Nacht nicht anders erwartet hätte. Entweder es schliefen noch alle, oder sie waren tot.

»Wer …«

Die Klinge ritzte seine Haut auf und brachte ihn zum Schweigen. Kristen bewegte sich unruhig neben ihm. Er versuchte, den Arm, auf dem sie lag, zu entspannen. Er wollte nicht, daß sie jetzt erwachte und das mitanhören mußte.

»Hier stelle ich die Fragen, Sachse. Du wirst mir wahrheitsgemäß antworten, wenn dir dein Leben lieb ist.«

Es wurde immer verworrener. Was hätte er wissen können, wofür sich ein Kelte interessiert hätte? Und wer lag miteinander im Streit?

Royce sagte leise: »Ich sage dir alles, was du wissen willst, wenn du die Frau verschonst.«

»Sie verschonen?« Obwohl die Stimme überrascht klang, war Royce nicht auf das vorbereitet, was der Kelte als nächstes sagen sollte. »Die Frau an deiner Seite ist meine Tochter. Gibt deine sächsische Kirche dir das Recht dazu?«

Royce schloß die Augen. Er mußte sich verhört haben. Es konnte nicht sein. Kristens Vater war kein Kelte.

Ungeduldig fuhr die Stimme fort: »Diese Frage erfordert kein

Nachdenken, Sachse. Entweder gibt dir deine Kirche das Recht dazu oder nicht.«

»Sie gibt es mir nicht.«

»Hat meine Tochter dir das Recht dazu gegeben?«

Royce fand all das so unglaublich, daß ihm plötzlich danach zumute war, laut zu lachen. »Ich glaube, hier liegt ein Irrtum vor. Die Frau, mit der ich schlafe, ist keine Keltin.«

Die Klinge preßte sich wieder gegen seinen Hals. »Ich habe nicht viel Zeit, um die Wahrheit zu erkunden, und daher solltest du sie nicht mit Ausflüchten vergeuden. Kristen ist meine Tochter, und darin, wer du bist, irre ich mich nicht.« Es war kein Flüstern mehr. Sie sprach mit einer deutlichen, heiseren Stimme – eine Frau.

Royce sagte ungläubig: »Sie sind ihre Mutter?«

»Gott behüte, für wen hast du mich denn sonst gehalten?«

»Jedenfalls nicht für eine Frau!« brummte er.

Jetzt war Kristen wach geworden. »Royce, was …«

»Sei still, Liebes, oder die Klinge, die ich an seinen Hals halte, gleitet tiefer in seine Haut.«

»Mutter! O Gott, du bist es wirklich? Wie …«

»Sei still, Kristen!« warnte jetzt auch Royce, als sie sich aufsetzte und mehr Blut über seinen Hals rann, weil das Bett gewackelt hatte.

»Welche Klinge?« fragte Kristen und rief dann entsetzt aus: »O nein, Mutter, tu ihm nichts an!«

»Ich soll ihm nichts antun?« Brenna zog den Dolch zurück und gestikulierte matt. »Ich soll ihm nichts antun, und das nach allem, was er dir angetan hat? Ohthere hat es uns erzählt. Er hat dich ausgepeitscht!«

»Das war ein Versehen«, sagte Kristen und stieß Royce auf sein Kissen zurück, als er sich aufsetzen wollte. »Hat Thorolf euch das nicht gesagt?«

Brenna überlegte. »Vielleicht hätte er es getan, aber dein Onkel Hugh hat ihm seine Faust ins Gesicht geschlagen, als er angefangen hat, den Sachsen zu verteidigen. Ich glaube, er ist noch nicht wieder zu sich gekommen.«

»Onkel Hugh ist auch hier?«

Royce hielt Kristens Arme fest und setzte sich trotz ihrer Bemühungen, es zu verhindern, auf. »Du hast mich belogen«, sagte er kühl. »Du hast gesagt du könntest Gaelan nicht verstehen, und doch sprichst du mit deiner Mutter in derselben keltischen Sprache.«

»Ja, natürlich. Wir haben sie doch beide von ihr gelernt. Gaelan ist mein Bruder.«

»Selig?«

»Ja.«

»Dann hast du gelogen, als du behauptet hast, er sei tot!«

»Nein! Ich habe ihn wirklich für tot gehalten. Es hat lange gedauert, bis er sich von seinen Verletzungen erholt und mich gefunden hat. Aber ich konnte dir nicht sagen, wer er ist. Du hättest ihn gemeinsam mit den anderen in Ketten gelegt, wenn du gewußt hättest, daß er ein Wikinger ist.«

Sein Griff auf ihren Schultern lockerte sich, als ihm wieder ihr seltsames Verhalten an dem Tag einfiel, an dem Gaelan – oder besser: Selig – aufgetaucht war. Er legte eine Hand auf ihre Wange, und seine Finger streichelten sie sachte, als er sich zu ihr beugte und flüchtig ihre Lippen küßte.

»Es tut mir leid«, sagte er schlicht.

»Wie reizend«, höhnte Brenna. »Wenn ihr beide eure Streitigkeiten und eure Wiedergutmachungen hinter euch gebracht habt, wäre noch eine ernste Angelegenheit zu klären. Dein Vater will das Blut des Sachsen, Kristen.«

»Nein!«

»So einfach ist das nicht«, sagte Brenna streng. »Ich konnte mich nur davonschleichen und hierherkommen, weil sie sich jetzt miteinander streiten – Garrick, Hugh und dein Bruder –, und zwar nicht darüber, ob sie ihn töten sollen, sondern darüber, wem dieses Vergnügen zusteht.«

»Selig doch nicht«, beharrte Kristen. »Er weiß, was ich empfinde.«

»Das mag sein. Aber als er erst gehört hat, daß du ausgepeitscht worden bist ...«

»Das schon wieder!« rief Kristen unwillig aus. »Das war nicht der Rede wert – zwei schwache Hiebe. Das hat er angeordnet, als er mich noch für einen Jungen gehalten hat und die Wahrheit herausfinden wollte. Er hat damit aufgehört, sowie er gesehen hat, daß ich eine Frau bin.«

»Das hättest du Selig erklären sollen, statt zuzulassen, daß er es von Ohthere hört, der ganz bestimmt nicht mehr verstanden hat, als er mit seinen eigenen Augen sehen konnte.«

»Ich habe es Royce nie vorgeworfen. Wie können sie es also tun? Thorolf weiß das. Ach, dieser verfluchte Onkel Hugh, der so schnell aufbraust und ihn niederschlagen mußte.«

»Sie sind alle wütend, Liebling. Hast du mit etwas anderem gerechnet, wenn wir alle hierherkommen und feststellen, daß du versklavt worden bist und gezwungenermaßen mit dem das Bett teilst, der dich gefangengenommen hat?«

»Ich bringe Selig um!« schrie Kristen. »Er weiß, daß mich niemand gezwungen hat. Warum hat er das nicht gesagt?«

Brenna lachte über ihre stürmische Tochter. »Vielleicht hat er das in seinem Zorn aus den Augen verloren. Aber mich freut es, das zu hören. Und jetzt beruhige dich, Liebling. Wenn du jetzt auch noch wütend wirst, ist damit niemandem gedient.«

Royce fragte bemüht ruhig: »Kann ich davon ausgehen, daß Sie meine Gefangenen befreit haben?«

»Ja«, erwiderte Brenna. »Das war ein Kinderspiel. Dein Burghof wird nicht allzu gut bewacht, Sachse.«

»Die Wachposten in den Wäldern?«

»Wir haben sie überwältigt.«

»Sie meinen, getötet.«

»Einige, das ließ sich nicht ändern. Den Wachposten auf dem Tor ebenfalls. Der einzige Grund, aus dem wir außerhalb deiner Wälle geblieben sind, statt deine Burg einzunehmen, ist der, daß du Kristen im Haus hast. Solange du sie in der Hand hast, hast du die besseren Karten. Aber sie werden nicht fortgehen, Sachse.«

»Ich heiße Royce«, sagte er barsch.

»Und ich heiße Brenna. Und wenn wir uns schon mit den Vornamen anreden dann laß dir noch eins von mir sagen: Ich hätte dich töten können, während du geschlafen hast, und ich hätte meine Tochter mitnehmen und in Sicherheit bringen können.«

»Eure Männer wollen offensichtlich mein Blut sehen«, gab er zornig zurück. »Warum nicht auch du?«

»Ich habe mit dem Gedanken gespielt.«

»Mutter!« protestierte Kristen.

»Es ist wahr, Liebling. Gott ist mein Zeuge, aber ich wollte ihn und sein gesamtes Volk tot sehen. Nach all diesen Jahren habe ich endlich verstanden, was dein Großvater empfunden hat und warum er sich an meinem Volk für etwas rächen wollte, was deinem Vater angetan worden ist, als er bei einem Überfall gefangengenommen worden ist. Ich bin selbst hierhergekommen, weil ich Rache wollte, genauso wie Anselm damals, als er mich gefangengenommen hat.«

»Aber woher habt ihr gewußt, wo ihr uns findet?«

»Von Ivarrs Frau. Du weißt, wie leicht sie sich Sorgen macht. Ivarr hatte ihr von den Plänen der Männer erzählt, und schon lange, bevor wir mit der Rückkehr des Schiffes rechnen konnten, ist sie zu Garrick gekommen und hat ihm alles gestanden. Aber wir dachten schon, wir seien umsonst gekommen, als wir von dem Kloster von Jurro nur noch eine Ruine vorgefunden haben. Wir dachten, den Männern sei der Überfall gelungen und wir seien verfrüht von zu Hause aufgebrochen. Wir dachten, daß ihr inzwischen wahrscheinlich längst zu Hause seid. Wir waren auf dem Rückweg zu den Schiffen …«

»Mehr als ein Schiff?« fiel ihr Royce ins Wort.

»Drei«, erwiderte Brenna. »Falls du also mit dem Gedanken gespielt hast, gegen uns zu kämpfen, dann laß es bleiben. Wir sind auf einen Kampf vorbereitet gewesen und haben mehr als hundert Männer mitgebracht.«

Kristen suchte Royce' Hand. »Du würdest doch nicht gegen meinen Vater kämpfen, oder?«

Anstelle einer Antwort brummte er nur mürrisch. Brenna gab einen sehr ähnlichen Laut von sich. »Es kann gut sein, daß er keine andere Wahl hat, Kristen.«

»Nein, es wird zu keinem Kampf kommen«, beharrte Kristen stur. Sie kletterte aus dem Bett und zog die Decke mit sich. »Mutter, ich – o Gott! Ich will dich sehen, Mutter. Bleib, wo du bist.« Sie griff nach einer Kerze und verließ das Zimmer, um sie an einer Fackel anzuzünden.

Royce griff nach seinen Kleidern und begann sich anzuziehen. »Du hast mir gesagt, warum du mich töten wolltest, Brenna. Jetzt sag mir, warum du es nicht getan hast.«

»Weil ich selbst einmal gefangengenommen und versklavt worden bin, und doch habe ich den Mann lieben gelernt, dem man mich als Sklavin geschenkt hat. Garrick ist heute mein Ehemann. Er ist nicht als Wikinger gekommen, sondern als Vater. Und du wirst dich mit ihm als Vater auseinandersetzen müssen.«

»Ich könnte dich jetzt überrumpeln«, sagte er versonnen, als er sich sein Schwert umschnallte. »Dann hätte ich zwei Geiseln, für die ich einen Austausch fordern kann.«

Er hörte ein leises Lachen vom anderen Ende des Zimmers. »Das würde ich an deiner Stelle nicht versuchen.«

Er sagte kein Wort, als ein Lichtschein auf die Tür zukam. Im nächsten Moment tauchte Kristen auf. Sie hatte die Decke um ihre

Schultern gelegt und um ihren Körper geschlungen und hielt eine Kerze in der Hand.

»O Mutter, steck das endlich weg«, schalt Kristen. »Er greift dich nicht an.«

Im Licht sah Royce jetzt eine gefährlich aussehende Armbrust, die auf seine Brust gerichtet war, und sie gehörte nicht einmal zu seiner Waffensammlung. Brenna hatte ihre eigene Armbrust mitgebracht.

Er fing an, über seine eigene Dummheit zu lachen. Diese Frau hatte er unterschätzt. Ihm hätte eine gewaltige Überraschung bevorgestanden, wenn er versucht hätte, sie im Dunkeln zu entwaffnen.

Kristen sah ihn finster an, als sie merkte, daß seine Hand auf dem Griff seines Schwertes lag. Er grinste und hob ergeben beide Hände hoch. Dann sah er zu, wie Mutter und Tochter einander wiederfanden und Kristen in Brennas ausgebreitete Arme flog. Kristen war weit größer als ihre Mutter.

Royce schüttelte erstaunt den Kopf. Wie konnte diese Frau Kristens Mutter sein? Sie war so klein, so zierlich und so schmal, und ihre schlanke Gestalt steckte in einem schwarzen Seidenkleid. Das lange rabenschwarze Haar war auf ihrem Rücken geflochten, und zärtliche graue Augen glitten über Kristens Gesicht, als sie es zwischen ihre Hände nahm. Sie hatte den Teint und die Haare des Bruders, und daher konnte Royce nur vermuten, daß Kristen ihrem Vater nachgeschlagen war. Und doch war ihr Gesicht dem Kristens so ähnlich. Aber, bei Gott, sie sah nicht alt genug aus, um Mutter zu sein. Sie war eine wunderschöne Frau.

»Du hast mir noch nicht erklärt, wie ihr uns hier gefunden habt«, sagte Kristen gerade.

»Perrin hat diese Gegend durchstreift und heute diese Burg gefunden, und er hat die Männer bei der Arbeit gesehen. Wir haben uns in den Wald zurückgezogen, um die Nacht abzuwarten.«

»O Mutter, du kannst dir gar nicht vorstellen, wie froh ich bin, dich zu sehen«, sagte Kristen, die sie immer noch fest an sich drückte. »Ich habe mich in der letzten Zeit so elend gefühlt, weil ich wußte, daß ihr jetzt, da der Winter näherrückt, täglich auf die Rückkehr des Schiffes wartet, und weil ich wußte, wie aufgebracht ihr sein müßt, wenn es nicht kommt.«

»Warst du *deshalb* so niedergeschlagen?« fragte Royce ungläubig.

Kirsten warf einen Blick auf das Bett und sah ihn recht verschämt an. »Ja. Es tut mir leid, daß ich dir das nicht gesagt habe, Royce; aber du hättest ja doch nichts daran ändern können.«

»Ich dachte … na ja, schon gut«, sagte er gereizt. »Das nächste Mal wirst du es mir sagen und mir die Entscheidung überlassen, ob ich dir helfen kann oder nicht.«

»Euch bleibt keine Zeit mehr, eure eigenen Angelegenheiten zu klären, Kinder«, sagte Brenna beiläufig. »Ihr müßt mir meine Fragen beantworten, und zwar schnell: Wirst du meine Tochter heiraten, Royce?«

»Mutter!« schrie Kristen. »Das kannst du ihn nicht fragen!«

»Ich muß es wissen«, beharrte Brenna. »Ich muß etwas in der Hand haben, womit ich deinen Vater beschwichtigen kann, obgleich es vielleicht schon zu spät ist und nichts mehr nützt.«

»Ich bin nicht zu einer erzwungenen Heirat bereit«, sagte Kristen steif. »Und außerdem hat er schon eine Verlobte. Er kann mich gar nicht heiraten.«

Brenna sah Royce mit hochgezogenen Augenbrauen an. Er lächelte. »Die Verlobung, von der sie spricht, ist gelöst worden.«

»Was!« keuchte Kristen. »Wann?«

»Als ich jetzt zwei Tage fort war, bin ich nach Raedwood gegangen, um mit Corliss' Vater zu sprechen. Er war nicht allzu sehr darüber enttäuscht, daß ich seine Tochter nicht haben will, als ich ihm Darrelle als Frau für seinen Sohn Wilbert angeboten habe.«

»Hast du davon gesprochen, als du gesagt hast, du hättest eine Überraschung für mich?«

»Nein, die Überraschung sollte deine eigene Hochzeit sein – wenn ich auch nicht sicher war, daß du einwilligst. Nur mit einem Trick habe ich dich dazu gebracht, mir deine Liebe einzugestehen, und seit damals habe ich nichts dergleichen mehr von dir gehört.«

»Du hattest wirklich vor, *mich* zu heiraten?«

»Ja.«

»O Royce!« Sie warf sich ihm so heftig an den Hals, daß er auf das Bett zurückfiel.

»Dann liebst du meine Tochter also wirklich?« mischte sich Brenna ein, als die beiden sich küßten.

»Mutter!« Kristen rollte sich auf die Seite. »Bei Gott! Ich habe nichts dergleichen je zu hören bekommen, und jetzt muß ich es mir in deiner Gegenwart anhören, und dann noch unter Zwang? Kann man so ...«

»Sei still, Liebling. Ich habe keine Zeit, auf deine Empfindsamkeit Rücksicht zu nehmen. Es ist nicht meine Schuld, wenn er es dir bisher nicht gesagt hat, aber ich will es aus seinem eigenen Mund hören.«

Royce sprach es aus. »Ich liebe sie.«

»Das hat nichts zu bedeuten, wenn du gezwungen bist, es zu sagen«, murrte Kristen.

Er nahm ihr Kinn und sah ihr in die Augen. »Glaubst du wirklich, man könnte mich zwingen, das zu sagen, du Luder? Ich liebe dich.«

Brenna lachte. »Dein Vater hat auch so lange gebraucht, bis er es eingestanden hat, Kristen.«

Kristen lächelte versonnen. Sie hörte gar nicht, was ihre Mutter gesagt hatte, aber Royce konnte Brennas Gegenwart nicht übersehen, so sehr er sich in diesem Augenblick auch wünschte, sie sei nicht da.

Ernüchtert sagte er: »Und was jetzt?«

»Da ich die Antworten auf meine Fragen bekommen habe, werde ich so klammheimlich verschwinden, wie ich gekommen bin, und ich hoffe nur, daß ich die Männer zur Vernunft ...«

»Brenna!«

Royce sah, daß bei dem Klang der volltönenden Stimme vor dem Fenster beide Frauen zusammenzuckten. Die Haare in seinem Nacken stellten sich auf.

»Gott behüte, ich wußte doch, daß es zuviel verlangt war, er könnte mein Verschwinden nicht bemerken.«

»Antworte, Brenna!«

»Dein Vater?« fragte Royce vorsichtig.

»Ja.«

»Und er spricht auch Keltisch?«

»Ich habe dir doch erzählt, daß seine Mutter eine Christin ist. Sie war eine Keltin, die ...«

Brenna schnitt ihr das Wort ab. »Du solltest schnell nach unten kommen, Royce. Garrick hat deine Männer zweifellos geweckt. Sorge dafür, daß sie das Haus nur unbewaffnet verlassen, denn sonst werden sie niedergemetzelt.« Sie wartete nicht ab, um zu sehen, ob er ihre Anordnung befolgte, sondern eilte ans Fenster und rief herunter: »Um Gottes willen, Wikinger, du brauchst nicht so zu schreien, daß das Haus wackelt. Ich bin hier, und mir fehlt nichts, und Kristen ist bei mir. Nein! Du wirst nicht heraufkommen, Garrick! Ich komme zu dir herunter.«

Kristen, die neben ihre Mutter getreten war, sah mehr als einhundert Wikinger mit Helmen, Schwertern und Äxten, die bereitstanden, um die Burg zu stürmen. Sie konnte nur beten, daß Royce seine Männer nicht in den Kampf schickte. Sie hätten nicht die geringste Chance gehabt.

43

»Nein! Nein, Thorolf, das kann doch nicht dein Ernst sein! Laß mich mit ihm reden.«

Es war noch früh am Morgen, und es war still im Haus. Die Frauen weinten leise und beteten. Die Männer schärften feierlich ihre Waffen.

Brenna war wieder zu Garrick gegangen, aber er hatte ihr nicht gestattet, wieder ins Haus zu gehen. Thorolf war statt dessen geschickt worden, um mitzuteilen, was entschieden worden war. Die Wikinger hatten sich wieder aus dem Burghof zurückgezogen und warteten außerhalb der Wälle. Kristen und Royce hatten alles Mögliche erwartet, einen Angriff oder ein Ultimatum, aber nicht das, was Thorolf ihnen jetzt statt dessen übermittelte.

Kristen stand neben Royce in der Tür. Thorolf war beim ersten Tageslicht unbewaffnet hier erschienen. Sein Kinn war doppelt so groß wie sonst und bezeugte deutlich die Gereiztheit ihres Onkels Hugh. Thorolf hatte nur mit Kristen gesprochen und es ihr überlassen, seine Worte für Royce zu übersetzen. Sie hatte es bis jetzt noch nicht getan.

»Du kannst jetzt mit mir kommen, wenn du ihn sehen willst«, sagte Thorolf ganz offen zu ihr. »Aber wenn du sein Haus verläßt, verliert dein Sachse sein einziges Pfand. Ich glaube nicht, daß du das willst.«

»Dann bring ihn zu mir.«

Thorolf schüttelte den Kopf. »Er kommt nicht her. Er traut keinem Sachsen.«

»Aber du bist doch auch gekommen!«

»Ja.« Er grinste sie an. »Aber ich vertraue auf deine Fähigkeiten, deinen Mann davon abzuhalten, daß er mir die Kehle aufschlitzt. Dein Vater hat noch nicht selbst gesehen, welche Macht du über ihn hast. Ich schon.«

Sie war so wütend, daß sie sagte: »Vielleicht, wenn es um Kleinigkeiten geht, aber nicht, wenn es um die Sicherheit seines Volkes geht.«

Thorolf ließ sich nicht einschüchtern. Wenn er erschlagen werden sollte, wäre das längst geschehen. Doch der Sachse stand nur einfach mit unergründlicher Miene neben ihnen. Er schien es noch nicht einmal eilig zu haben, endlich zu erfahren, worüber sie diskutierten.

»Wirst du es ihm sagen?« fragte Thorolf. »Wenn ich es ihm erklären muß, kann es sein, daß er mich nicht richtig versteht.«

»Bitte, Thorolf! Es darf einfach nicht sein. Ich liebe sie alle beide. Für mich kann es keinen Sieger geben!«

»Ich glaube nicht, daß jemand darauf Rücksicht nimmt. Sechzehn von uns sind versklavt worden und waren gezwungen, für diese Sachsen zu arbeiten. Nicht alle wollen sich dafür rächen. Einige würden sogar gern hier bleiben und sich dauerhaft niederlassen, wenn man ihnen als freie Männer diese Möglichkeit gäbe. Aber die, die keine Rache wollen, haben es jetzt mit ihren Brüdern und Vätern zu tun, die hergekommen sind, um sie zu rächen.«

»Oh, wie ungerecht!« rief sie aus. »Dieses Risiko haben sie auf sich genommen, als sie hergekommen sind, um das Kloster zu plündern.«

»So sehen sie es nicht.«

»Mein Gott! Hat meine Mutter denn gar nicht mit meinem Vater geredet?«

»Sie haben lange miteinander gesprochen – oder besser gesagt: gestritten. Erst hinterher ist die Entscheidung gefallen.«

»Hat meine Mutter die Entscheidung gebilligt?«

»Nein, ganz und gar nicht, aber sie hatte genauso wenig zu sagen wie du. Deinem Onkel sind alle unterstellt, weil er der Jarl ist. Er hat das letzte Wort, und er war einverstanden. Dein Vater ist einstimmig gewählt worden, weil alle das Gefühl hatten, daß er die schlimmste Feindseligkeit gegen den Sachsen hegt, da du in die Geschichte verwickelt bist. Und jetzt sag es ihm, Kristen. Der Zeitpunkt rückt immer näher.«

Sie sah Royce an. Ihr Gesicht war starr und blutleer. Tiefstes Elend stand in ihren Augen. Wie konnte sie es ihm beibringen? Sie mußte es ihm sagen. Sollte Gott ihr beistehen, aber dieser Tag würde sie für alle Zeiten ins Unglück stürzen.

Ihre Stimme klang hohl. »Du bist zum Duell herausgefordert worden. Sie haben deinen Gegner aufgestellt, und du wirst nur gegen ihn kämpfen. Wenn du ihn schlägst, ziehen sie ab.«

Royce trat ihre Gefühle mit Füßen, als er sie anlächelte. »Das ist doch besser als alles, worauf ich hoffen konnte, Kristen. Warum schaust du so? Fürchtest du, ich könnte verlieren?«

»Es könnte sein«, sagte sie kläglich.

»Nun gut. Und was passiert, wenn ich geschlagen werde?»

Er strahlte Zuversicht aus. Sie konnte ihm nicht in die Augen sehen. »Dann hat Alden immer noch mich als Geisel. Die Männer sind meinem Onkel Hugh unterstellt. Er glaubt nicht, daß du mich tötest, aber bei allen anderen Sachsen ist er sich nicht so sicher. Hugh wird mein Leben nicht aufs Spiel setzen. Sie werden fortgehen, wenn ich ihnen ausgeliefert werde. Dein Volk ist so oder so in Sicherheit.«

»Dann grollen sie also nur mir persönlich?«

»Ja. Ein Wikinger würde lieber auf dem Schlachtfeld sterben, als sich versklaven zu lassen, denn es ist keine Ehre, gefangengenommen zu werden. Du hast ihnen das aufgezwungen, was sie mehr als alles andere hassen.«

»Und doch geben sie sich zufrieden, wenn ich gewinne?«

»Sie sind Kämpfer, Royce. Sie kämpfen zum Zeitvertreib oder wegen der kleinsten Beleidigung. Die Gründe spielen keine Rolle. Bei unseren Festen sterben Männer wegen Nichtigkeiten, die als unbedeutender Streit beginnen. Freunde kämpfen gegen Freunde – sie genießen einfach jede Herausforderung. Aber der Sieger wird immer als der bessere Mann geehrt und geachtet. Sie schicken dir ihren besten Mann. Sie glauben nicht, daß du ihn schlagen kannst, aber wenn du es schaffst, hast du deine Kraft unter Beweis gestellt und wirst respektiert.«

Er legte einen Finger unter ihr Kinn und zwang sie, ihn anzusehen. »Und doch macht es dir Kummer? Willst du, daß ich die Herausforderung nicht annehme?«

Sie stöhnte. »Das kannst du nicht tun. Meine Mutter muß ihnen gesagt haben, daß du mir nichts antun wirst. Mein Onkel ist, wie ich schon sagte, davon überzeugt. Wenn du dich nicht auf den Kampf einläßt, Royce, werden sie deine Burg einnehmen. Du hast keine Wahl, wenn du dein Volk verschonen willst.«

»Dann könnten sie mich doch gleich angreifen, aber statt dessen werde ich zu einem Duell herausgefordert. Das ist sehr fair, Kristen. Mach dir nicht so viele Sorgen. Ich kann gar nicht verlieren.«

Sie japste, wandte sich ab und stürmte die Treppe hinauf. Royce sah ihr stirnrunzelnd nach, bis sie im oberen Stockwerk verschwunden war. Dann musterte er Thorolf durchdringend.

»Was hast du zu Kristen gesagt? Warum ist sie so fassungslos?«

Thorolf schwirrte der Kopf von der Anstrengung, ihrer schnell geführten Unterhaltung zu folgen. Er hatte den Versuch erst aufgegeben, als er sicher war, daß der Sachse die Herausforderung verstanden hatte. Doch er mußte selbst erkennen, warum Kristen außer sich war und daß das nur normal war. Er schien von etwas anderem zu sprechen.

Thorolf zuckte die Achseln. »Garrick wütend auf Selig ... Schiff verloren ... Kirsten hierher gebracht. Wird blind um sich schlagen.«

Royce runzelte immer noch die Stirn. Konnte sie aus Sorge um ihren Bruder vor Entsetzen außer sich sein? Vielleicht ja, wenn das noch zu ihrer Sorge um den Ausgang des Kampfes zwischen ihm und seinem Gegner hinzukam. »Wann kommt euer Mann?« fragte er.

»Gerade noch Zeit für Vorbereitungen.«

»Kommt er vollständig bewaffnet?«

»Ja.«

Royce schickte Thorolf mit einem kurzen Nicken fort. Er sandte einen Mann in sein Zimmer, damit er ihm die Rüstung holte, während er Alden darüber unterrichtete, was vor sich gehen würde, und ihm Anweisungen für den unwahrscheinlichen Fall erteilte, daß er besiegt werden sollte. Kurz darauf trug er schon seinen Helm und sein Kettenhemd. Alden wetzte sein Schwert, als der Ruf von draußen ertönte.

Royce trat vor die Tür. Er hielt sein Schwert in einer Hand, den Schild in der anderen. Sämtliche Wikinger standen jetzt auf dem Burghof, doch sie reihten sich an den Wällen auf und hatten zum Zeichen, daß sie nur Zuschauer waren, ihre Schilde und Schwerter vor ihren Füßen liegen. Als sie das sahen, kamen Royce' Männer der Reihe nach aus dem Haus, und er befahl ihnen, ebenfalls ihre Waffen abzulegen. Er sah Kristens Mutter, die den Arm eines riesigen Mannes mit breiter Brust umklammerte, der neben ihr stand. Kristens Vater?

Royce hatte nicht viel Zeit für solche Überlegungen, denn seine Aufmerksamkeit wurde auf seinen Gegner gelenkt, der nur wenige Meter vor ihm stand. Er war groß, vielleicht sogar ein paar Zentimeter größer als Royce. Seine kräftigen Beine in den Ledergamaschen waren gespreizt, und im übrigen trug er nur den konischen Helm mit dem langen Nasenschutz, der sein Gesicht weitgehend verbarg. Muskeln spielten auf der breiten Brust und spannten sich auf dem flachen Bauch. Die Arme waren wie fleischige Keulen. Breite goldene Armreifen mit Drachenornamenten hingen um seine Handgelenke. Sein gewaltiger Schild war mit Leder bezogen und hatte in der Mitte einen fünf Zentimeter langen Dorn. Sein zweischneidiges Schwert war eine der besten Schmiedearbeiten, die Royce je gesehen hatte. Sein Heft war reich verziert und mit Gold und Silber eingelegt.

Royce sah all das auf einen Blick. Die entblößte Brust des Mannes war ein Zeichen der Verachtung, das er nicht übersehen konnte. Er rief Alden zu sich, damit er ihm aus dem Kettenhemd half.

»Bist du verrückt? wollte Alden wissen.

»Nein, wenn mir die Last zu schwer wird und ihm nicht, ist er im Vorteil. Ich glaube nicht, daß das ein kurzer Kampf wird, Cousin. Ich habe nicht vor, ihm einen Vorteil einzuräumen.«

Die Wikinger johlten beifällig, als Royce seine Brust entblößte. Sein Gegner war stehengeblieben und hatte es zugelassen. Alden reichte ihm jetzt wieder sein Schwert und seinen Schild, und Royce ging auf den Mann zu, den er töten mußte. Dann blieb er erstarrt stehen, als er die aquamarinblauen Augen sah, die ihn unter den Augenklappen des Helmes ansahen. Er fluchte heftig und trat einen Schritt zurück. Dann fluchte er noch einmal und warf sein Schwert zwischen ihnen auf den Boden.

Garrick senkte sein eigenes Schwert. »Bei Thor, sie hat es dir doch nicht gesagt, oder?«

»Ich kann nicht gegen dich kämpfen!« fauchte Royce zornig. »Es würde sie ins Unglück stürzen!«

»Ist das der einzige Grund, aus dem du nicht kämpfen willst?«

Der Tonfall war so beleidigend, daß Royce den Anwurf der Feigheit nicht verkennen konnte. Fast hätte er sein Schwert wieder aufgehoben, doch Kristens gequältes Gesicht stand vor seinem geistigen Auge, und er ballte seine Hände zu Fäusten, um diesem Impuls zu widerstehen.

»Schick mir einen anderen Gegner«, preßte Royce durch die

Zähne hervor. »Schick mir diesen Bären, der neben deiner Frau steht.«

»Nein, mein Bruder ist nicht in Form für einen Kampf mit einem Mann deiner Statur und deiner Jugend, obwohl er es nie zugeben würde. Du kämpfst gegen mich oder gegen niemanden. Oder hat meine Tochter es auch unterlassen, dir zu sagen, was geschieht, wenn du dich weigerst, gegen mich zu kämpfen?«

»Das hat sie mir gesagt!«

»Dann heb dein Schwert auf, Sachse. Du weißt, daß du keine andere Wahl hast.«

»Bist du auch sicher, daß du nicht selbst zu alt für einen solchen Kampf bist, Wikinger?« höhnte Royce. »Ich trainiere täglich mit meinen Männern, um sie auf den Krieg gegen eure Brüder, die Dänen vorzubereiten. Du bist, soweit ich weiß, nichts anderes als ein Kaufmann.«

»Oho!« höhnte Garrick. »Jetzt bin ich endlich wahrhaft herausgefordert worden. Du hast eine Sekunde Zeit, ehe ich anfange, dich in Stücke zu hacken, Kind.«

Royce riß sein Schwert an sich, wälzte sich damit herum und stürzte sich von der linken Seite auf Garrick. Ihm blieb nur die versprochene Sekunde, ehe der erste Hieb von seinem Schild abgefangen wurde. Ein zweiter folgte, ehe er einen festen Stand gefunden hatte.

Brenna hatte recht gehabt. Kristens Vater wollte sein Blut fließen sehen. Er ließ keinen Moment lang vom Angriff ab und ließ Hieb über Hieb auf ihn herabregnen und trieb Royce immer weiter zurück. Kein Däne, gegen den Royce je gekämpft hatte, war so gnadenlos vorgegangen. Aber es hatte auch kein Däne diese Motivation gehabt. Er kämpfte in allererster Linie mit einem erbosten Vater und erst an zweiter Stelle gegen einen Wikinger. Er sollte jetzt für jedes einzelne Mal, das er Kristen in sein Bett geholt hatte, zahlen.

Kristen stand wie eine Statue am Fenster von Royce' Zimmer im oberen Stock und sah dem Kampf zu. Es war qualvoll, das mit ansehen zu müssen, und doch konnte sie ihre Blicke nicht losreißen. Ein halbes Dutzend Male war ihr das Herz bereits nach unten gesackt, wenn es so aussah, als könnte Royce seinen Schild nicht mehr rechtzeitig heben, oder wenn er ausglitt und die Klinge ihres Vaters ihm zu nahe gekommen war – aber auch, als er endlich begann, den Schild ihres Vaters zu durchlöchern.

Sie standen jetzt da wie Bollwerke und hieben aufeinander ein. Schlag folgte auf Schlag. Kristens Lippen bluteten, weil sie ständig zu fest darauf biß, um nicht laut aufzuschreien. Wie lange konnte es noch so weitergehen? Wie lange konnte es noch dauern, bis …

Die Wucht des letzten Hiebes schlug Royce auf den Boden. Garrick sprang rechts neben ihn, stolperte über Royce' Füße und fiel auch flach hin. Royce konnte schneller aufspringen, und er hätte dem Wikinger den Todesstoß versetzen können. Er tat es nicht, sondern bohrte sein Schwert statt dessen in den Boden und riß sich den Helm herunter.

»Mir reicht es!« fauchte er. »Ich hätte dich gerade töten können!«

Garrick erhob sich nur langsam. Er hielt seine Schwertspitze auf Royce' Brust, verharrte für qualvolle Augenblicke in dieser Haltung und grub dann auch sein Schwert in den Boden. Auch er riß sich den Helm herunter und schüttelte seine dichte goldene Mähne.

»Ja, wir wären beide töricht, wenn wir weitermachten. Ich kann dich schließlich auch nicht töten. Aber das kann ich bedenkenlos tun.«

Dabei versetzte er Royce einen Kinnhaken, der ihn schon wieder flach auf den Boden streckte. Royce wälzte sich eilig herum und bohrte beim Aufspringen mit aller Wucht seine Schulter in Garricks Magen. Sie kämpften immer noch ernsthaft gegeneinander, doch jetzt mit ihren Fäusten und nicht mehr mit Schwertern.

Kristen fing vor Erleichterung an zu weinen. Brenna wandte sich ab, um ihre Tränen nicht zu zeigen. Beide Frauen lächelten, da sie jetzt sicher sein konnten, daß ihre Männer diesen Kampf überleben würden. Den Wikingern machte es nicht allzuviel aus, daß sich die Kampfmethoden geändert hatten. Sie feuerten ihren Mann immer noch an, und die Sachsen, die ihnen gegenüberstanden, johlten, wenn Royce einen Treffer landete.

Als der Kampf lange Zeit später beendet war, konnte Royce den Kopf nicht mehr heben. Garrick, der noch kniete, wurde als Sieger bejubelt, ehe er über Royce zusammenbrach. Dann trat Stille auf dem Platz ein. Die Möglichkeit, daß beide Männer überlebten, hatte niemand in Betracht gezogen.

Kristen ließ ihnen gar nicht erst die Zeit, sich Gedanken darüber zu machen. Sie rannte auf die matten Kämpfer zu und erteilte Anweisungen, sie beide ins Haus zu tragen. Als sich kein Sachse von der Stelle rührte, um ihr zu gehorchen, durchbohrte sie Alden mit einem wütenden Blick.

»Laß mich nicht doch noch bereuen, daß ich dir verziehen habe, Sachse. Mach ihnen Beine!«

Er tat es, und Kristen hob eilig eins der Schwerter auf, als ihr Onkel und die meisten anderen Wikinger auf sie zukamen. Sie schwang es drohend, als er vor ihr stand.

»Es ist vorbei, Onkel Hugh«, warnte sie ihn zornig. »Ich werde diesen Sachsen jetzt heiraten, und wehe dem, der es wagt, mich daran zu hindern. Er hat um das Recht gekämpft, Frieden fördern zu können. Gib ihm, was ihm zusteht!«

Hugh warf den Kopf ins Genick und lachte schallend. Er klatschte Brenna so fest auf den Rücken, daß sie taumelte. »Wie die Mutter, so die Tochter, was, Brenna? Möge Odin uns allen beistehen, wenn das der neue Frauenschlag ist, den wir an unseren Küsten züchten.«

Brenna drehte sich um und funkelte ihren Schwager wütend an. »Du Hornochse! Und wie hätte sie das hier überlebt, wenn ich ihr nicht alles beigebracht hätte, was sie braucht? Gib ihr die Antwort, auf die sie wartet, Hugh.« Er sah seine Nichte lächelnd an.

»Ja, dein Mann hat sich im Kampf gut gehalten. Er kann seinen Frieden haben.«

»Und ihr reist alle wieder ab?«

»Nicht ehe wir eine anständige Hochzeit gefeiert haben.«

Kristen grinste, dann brach auch sie in freudiges Gelächter aus und warf sich in die starken Arme ihres Onkels.

44

Royce tat endlich nicht mehr jeder Knochen weh, doch er hatte immer noch nicht das Gefühl, sich auch nur auf allen Vieren aus dem Bett schleppen zu können. Drei Tage waren vergangen, und seine Verfassung besserte sich allmählich, aber er hatte sich in seinem ganzen Leben noch nicht so elend gefühlt. Eine Zeitlang war es ihm vorgekommen, als hätte er keinen heilen Knochen mehr im Leib. Einige waren auch wirklich gebrochen, und Kristen hatte einen festen Verband um seine Brust geschnürt, damit die Rippen wieder zusammenwachsen konnten.

Es war auch gar nicht nötig, daß er sein Bett verließ. Er wußte auch so, was sich im Haus abspielte. Es schien ihm, als seien sämtliche Bewohner und Besucher von Wyndhurst früher oder später in seinem Zimmer aufgetaucht. Seine Leuten waren gekommen, um zu sehen, wie es ihm ging, und Kristens Leute, um den Mann kennenzulernen, der ihre hellhäutige norwegische Schönheit heiraten würde.

Darrelle kam besonders häufig, denn mit so vielen Wikingern in ihrem Haus war sie in einer Verfassung, die an Hysterie grenzte. Alden amüsierte sich königlich über diesen Trubel. Und Meghan, dieses erstaunliche Kind, war von den Besuchern beeindruckt und begeistert und war sogar zu Royce gekommen, um ihm ganz aufgeregt zu erzählen, daß Kristens Onkel Hugh ihr versprochen hatte, ihr sein Wikingerschiff zu zeigen. Die Veränderung, die sich dank Kristen mit seiner Schwester vollzogen hatte, war als wahres Wunder zu bezeichnen. Aber schließlich hatte dieses Mädchen auch ihn selbst verändert.

Manchmal fragte er sich, ob die Schicksalsmächte ihren Irrtum nicht korrigiert hatten und ihm dafür, daß sie ihm bei einem Wikingerüberfall seine erste Liebe genommen hatten, bei einem weiteren Überfall Kristen geschickt hatten. Sie hatte die Leere, mit der er so viele Jahre gelebt hatte, vollkommen ausgefüllt und ihn geheilt. Er dachte kaum noch an Rhona. Wenn er versuchte, sie vor sich zu sehen, standen aquamarienblaue Augen und strohblondes wallendes Haar vor ihm. Und Kristen liebte ihn. Nach allem, was er ihr angetan hatte, liebte sie ihn wahrhaftig. Darüber würde er sich immer wundern.

Der einzige, der ihn nicht in seinem Zimmer aufgesucht hatte, war Kristens Vater. Brenna hatte ihm mit einem schiefen Lächeln erzählt, Garrick sei auch noch nicht in der Verfassung, sein Bett zu verlassen. Nach diesem Eingeständnis war der Tag für ihn gerettet, denn er hoffte inständig, daß der alte Mann ebenso litt wie er. Dieser Mann hatte sein Blut sehen wollen, und Royce hatte viel Blut gespuckt. Er spürte kein Verlangen, diesem gnadenlosen Wikinger vor dem jüngsten Tag noch einmal gegenüberzutreten.

Drei Tage später brach der Jüngste Tag an, oder zumindest kam es Royce so vor. Kristen stürzte in sein Zimmer, um ihn zu warnen. In wenigen Sekunden würde ihr Vater bei ihm erscheinen. Royce hielt sich das Kopfkissen vor sein Gesicht. Kristen kicherte und riß es ihm weg. Dann tauchte Garrick Haardrad in der Tür auf und füllte den Türrahmen fast aus.

Er hatte diesen prachtvollen Körper in Aktion erlebt, aber jetzt bot sich Royce erstmals die Gelegenheit, den Mann wirklich zu betrachten. Er wirkte nicht alt genug, um einen Sohn zu haben, der nur fünf oder sechs Jahre jünger als Royce war.

Es paßte Royce gar nicht, gewaltig von einem Mann vertrimmt worden zu sein, der fast zwei Jahrzehnte älter war als er und noch dazu Kaufmann. Von einem Mann, der mit dem fortschreitenden Alter das Nachlassen seiner Kräfte erlebt haben mußte. Noch schlimmer war, daß er schon vor ihm wieder auf den Füßen war. Royce konnte seine eigenen Kräfte durchaus einschätzen, und ein Mann in Garricks Alter hätte mindestens zwei Wochen lang bettlägrig sein müssen.

Und doch stand er jetzt da, aufrecht und ungebeugt, und nur wenige Anzeichen bezeugten ihren Kampf: Schorf auf der Lippe, eine Platzwunde auf einer Wange und eine leichte Verfärbung unter einem Auge, Royce wünschte, er hätte das Auge sehen können, als es richtig blau angeschwollen war. Bei Gott, er nahm dem Wikinger seine schnelle Heilung übel.

Garrick trug eine ärmellose Lederweste zu seinen langen, enganliegenden Beinkleidern. Seine Stiefel aus weichem Leder waren mit Gold besetzt und reichten bis an seine Knie. Auch seine Weste war mit goldenen Ketten geschnürt. Er war tatsächlich ein wandelndes Vermögen, wenn man die faustgroße goldene Schnalle seines Gürtels ansah, das Gold mit den kostbaren Edelsteinen, das an seinen Fingern blinkte, das massivgoldene Medaillon auf der Brust und die vielen goldenen Armreifen an den Handgelenken.

Royce stellte bestürzt fest, daß er eingeschüchtert war, und zwar nicht von dem Reichtum und der Kraft, die dieser Mann von Kopf bis Fuß ausstrahlte, sondern von Garricks grimmiger Miene. Der Mann, der vor ihm stand, war Kristens Vater. Ein Wort aus seinem Mund, und Royce konnte sie verlieren.

Es mochte wahr sein, daß das Hochzeitsfest bereits im Gange war und daß man die Bräuche mißachtete und bereits vor der Hochzeit und ohne das glückliche Brautpaar mit den Feierlichkeiten begonnen hatte. Es hatte sogar schon am Tag ihres Kampfes angefangen, denn Hugh Haardrad hatte angekündigt, sie müßten nach Hause segeln, ehe der Winter die Rückfahrt zu sehr erschwerte, und sie könnten es sich nicht leisten, zu warten, bis Royce wieder bei Kräften war. Daher fing die Feier weit vor der vollzogenen Eheschließung an, denn die Feste der Wikinger waren ausgedehnte Gelage, die sich über längere Zeit hinzogen. Andernfalls hätten Kristen nicht das Gefühl gehabt, eine ordentliche Hochzeit erlebt zu haben. Das behauptete zumindest Hugh.

Das hatte Royce das Gefühl gegeben, die Dinge seien geklärt, doch wenn er jetzt Kristens Vater ansah, wußte er, daß noch gar nichts feststand. Er brauchte immer noch die Zustimmung dieses Mannes, und im Moment sah Garrick nicht so aus, als gäbe er seine Einwilligung.

Der Umstand, daß Kristen lächelte, dämpfte die Panik, die in Royce aufstieg, ein wenig. Wenn sie fand, daß die strenge Miene ihres Vaters nichts Böses befürchten ließ, war Royce' Reaktion vielleicht doch übertrieben. Schließlich kannte er den Mann nicht. Möglicherweise wirkte er immer so bedrohlich.

Brenna tauchte hinter Garrick auf und stieß ins sachte ins Zimmer. Sie trat an die Bettkante und setzte sich neben Kristen. Auch sie machte einen finsteren Eindruck, als ihre grauen Augen über Royce glitten, der starr im Bett lag.

»Ich sehe, daß du es ausgekostet hast, von meiner Tochter verhätschelt zu werden, Royce, aber was genug ist, ist genug«, sagte Brenna mißbilligend zu ihm. »Wenn mein Mann schon wieder auf den Beinen ist, müßte dir das auch möglich sein. Ich will Kristen heute noch verheiratet sehen.«

Smaragdgrüne Augen sahen den Wikinger augenblicklich an, weil sie erkennen wollten, ob er etwas gegen diese Äußerung einzuwenden hatte. Als die nicht kam, fiel die Spannung von Royce ab. Sofort kehrte sein früherer Groll gegen diesen Mann zurück.

Es gelang ihm, sich aufzusetzen, ohne das Gesicht vor Schmerzen zu verziehen. »Ich wollte lediglich höflich sein und deinen Mann nicht zwingen sein Bett zu verlassen, solange es ihm nicht möglich ist. Deshalb haben wir mit der Heirat bis jetzt gewartet.«

»Royce!« keuchte Kristen.

Brenna grinste und wollte darauf erwidern, doch ihr Mann kam ihr zuvor.

Garrick warf den Kopf ins Genick und lachte. »Ist das dein Ernst, Sachse? Wenn ich das gewußt hätte, hätte ich mich nicht so lange von meiner Frau verwöhnen lassen.«

Jetzt schnappte Brenna nach Luft, und Kristen kicherte. »Ihr seid zwei kecke Lügner. Was fangen wir bloß mit den beiden an, Mutter?«

»Ich weiß nicht, was du tust«, gab Brenna zurück, »Aber wenn dein Vater seine Zunge nicht hütet, liegt er bald wieder im Bett.«

»Da kommen wir doch gerade her, Frau«, erwiderte Garrick und grinste hämisch. »Aber wenn du gleich weitermachen willst …«

Kristen sah ihre Mutter erröten und schalt Garrick. »Bitte, Vater. Royce ist nicht klar, daß ihr Scherze macht. Ihr habt ihn schockiert.«

»Wenn ich ihn wirklich schockiert habe, muß ich mich für die Prügel entschuldigen, die ich ihm verpaßt habe. Aber ich hätte schwören können, daß ich gehört hätte, du hättest diesen ganzen Sommer in seinem Bett verbracht.«

Wenn Royce bis dahin nicht schockiert war, dann war er es jetzt. Er sah Kristen erröten und spürte die Glut in seine eigenen Wangen steigen. Garricks Humor war verflogen, der Mann war plötzlich viel zu ernst. Jetzt wußte Royce, woher Kristen ihre Sprunghaftigkeit hatte.

»Du hast schon einmal versucht, mich dafür umzubringen«, sagte Royce gehässig zu Garrick. »Wenn du es immer noch vorhast …«

»Sei nicht so dämlich«, schnitt ihm Garrick das Wort ab. »Ich konnte dich nicht töten, nachdem Brenna mir gesagt hat, was unsere Tochter für dich empfindet.«

»Das hätte Thorolf mir wahrhaft sagen können!« rief Kristen aus.

»Damit du es ihm sagst?« Garrick schüttelte den Kopf. »Nein, Kris, um alle zufriedenzustellen, mußte es genauso sein, wie es war. Und außerdem hat er die Schläge verdient.«

Brenna seufzte. »Dein Vater vergißt seine eigene Jugend, Liebling.« Sie warf Garrick einen vielsagenden Blick zu, ehe sie Kristen anlächelte. »Aber schließlich ist er unvernünftig, wenn es um dich geht.« Sie stand zwar auf und stellte sich neben Garrick, um seine Hand zu halten, sprach jedoch immer noch mit Kristen. »Es geht weniger darum, daß er mit dir geschlafen hat, sondern eher darum, daß ihr nicht vorher geheiratet habt. Das gefällt uns beiden nicht, und daher werden wir dafür sorgen, daß sich nachträglich alles wieder einrenkt.«

Royce brauchte trotzdem eine Bestätigung von Kristens Vater. Er mußte es aus seinem eigenen Munde hören. »Habe ich deinen Segen?« wandte er sich an ihn.

Brenna versetzte Garrick einen Rippenstoß, als er nicht sofort antwortete. »Ja!« platzt er heraus.

Royce fing an zu lachen, als er sah, daß Garrick vor Schmerz zusammenzuckte. Doch dann stöhnte er ebenfalls vor Schmerzen, und jetzt lachte Garrick.

»Wenigstens brauche ich heute nacht keine Beweise zu erbringen«, sagte Garrick boshaft. Royces finsteres Gesicht brachte ihn noch mehr zum Lachen, und damit handelte er sich einen weiteren Rippenstoß seiner Frau ein.

Brenna wandte sich an ihre Tochter. »Seine Cousins haben sämtliche Vorbereitungen getroffen. Ich werde deinen Vater nach unten bringen, wenn du Royce so weit vorbereitet hast, daß wir beginnen können.« Sie schubste Garrick, der immer noch in sich hineinkicherte, aus dem Zimmer.

Kristen schloß die Tür hinter ihren Eltern und wandte sich dann mit einem zaghaften Lächeln Royce zu. »Sie sind gewöhnungsbedürftig«, sagte sie behutsam.

Er sah, daß sie sich sehr bemühen mußte, nicht laut zu lachen. Seit der Ankunft ihrer Eltern sprudelte sie vor Fröhlichkeit über. Sie war von ihrer Familie und ihren Freunden umgeben und hätte gar nicht glücklicher sein können, und es widerstrebte ihm, ihr die gute Laune zu verderben, indem er sich über ihren Vater beklagte.

Zögernd fragte er: »Du wirst sie vermissen, wenn sie fort sind?«

Sie lächelte immer noch, doch sie war ernster, als sie auf ihn zukam. Sie stellte sich zwischen seine Knie und legte ihre Arme auf seine Schultern.

»Ja, aber Vater hat versprochen, uns wieder zu besuchen. Es ist keine so weite Reise, und sie können im Sommer wiederkommen.«

Royce hätte am liebsten gestöhnt. »Ich nehme an, sie werden nicht allzu oft kommen?« fragte er hoffnungsvoll.

»Vielleicht jeden zweiten Sommer.«

Er verbarg seinen Schrecken, indem er sein Gesicht zwischen ihre Brüste preßte. Dann brach ihr Duft berauschend über ihn herein und er hatte ihre Eltern auf der Stelle vergeben.

Seine Arm schlangen sich um ihre Taille, und sein Kinn lag in dem tiefen V-Ausschnitt ihres grünen Samtkleides, als er zu ihr aufblickte. Seit dem Tag, an dem er eingestanden hatte, daß er sie liebte, trug sie nur noch ihre eigenen Kleider. Ihren bisherigen Status hatten sie nicht auch nur mit einem Wort erwähnt. Sie hatte die Sklaverei so mühelos hinter sich gelassen, wie sie sich ihr gebeugt hatte, und daran hatte er erkannt, daß sie nie wirklich eine Sklavin gewesen war.

Das dunkelgrüne Gewand ließ ihre Augen eine Nuance dunkler und noch türkiser wirken. Grenzenlose Liebe und Zärtlichkeit standen in seinen Augen.

»Schon seit fast einer Woche warten sie auf diese Hochzeit.« Seine Lippen preßten sich wieder auf ihre Haut, ehe er hinzufügte: »Wagen wir es, sie noch ein wenig länger warten zu lassen?«

»Das soll wohl ein Scherz sein.« Sie nahm sein Gesicht zwischen ihre Hände, ehe sie sich herunterbeugte, um ihre Zunge langsam und sinnlich über seine Lippen gleiten zu lassen. »Du willst doch bestimmt nicht vorschlagen …«

Sie kicherte, als er sie auf seinen Schoß zog. »Ja, es war ein Scherz, du Luder. Aber du könntest erreichen, daß ich es mir anders überlege.«

»So, kann ich das?« Ihre Hand, die in seinem Genick lag, zog seinen Mund wieder auf ihre Lippen. »Vielleicht tue ich es sogar. Ja, doch, das könnte sein …«

Geheime
Leidenschaft

Für Großmutter Rosie,
die ich ganz besonders liebe

1

London 1844

Die schweren Regenwolken über ihr am Himmel kündigten schon den nächsten Frühjahrsschauer an, doch Katherine St. John schien sie kaum zu bemerken. Versunken in ihre Beschäftigung schritt sie durch den Garten und schnitt rosa und rote Rosen. Später würde sie diese zu schönen Sträußen anordnen und ihr eigenes und das Zimmer ihrer Schwester Elisabeth damit schmücken. Ihr Bruder Warren zog es mal wieder vor, seinen Vergnügungen außer Haus nachzugehen und es war überflüssig, sein Zimmer, in dem er nur selten schlief, zu verschönern. Der Vater aber konnte Rosen nicht leiden.

»Gebt mir Lilien und Iris, oder auch Gänseblümchen, doch verschont mich mit diesen widerlichen Rosen.«

Katherine achtete die Wünsche ihres Vaters, darin konnte sie sich anpassen. Daher wurde jeden Morgen ein Diener mit dem Auftrag losgeschickt, Gänseblümchen für den Earl of Strafford zu bringen, ungeachtet dessen, daß sie in der Stadt gar nicht so leicht zu finden waren.

»Kate, mein Liebling, du bist wunderbar«, pflegte ihr Vater zu sagen, und Katherine wußte, daß ihr dieses Kompliment gebührte.

Nicht, daß sie auf Lob aus gewesen wäre, davon war sie weit entfernt. Ihre Aufgaben erfüllten sie mit Stolz und Selbstachtung. Sie liebte es, gebraucht zu werden, und sie wurde gebraucht. George St. John war zwar das Familienoberhaupt, aber tatsächlich war es Katherine, die die Verantwortung im Haus trug. Ihr Vater ließ ihr in allen Dingen freie Hand. Holden House hier in London am Cavendish Square und Brockley Hall, der Landsitz des Earls, waren ihr Reich. Sie war ihrem Vater Gastgeberin, Wirtschafterin und Verwalterin und hielt alle häuslichen Angelegenheiten und Schwierigkeiten mit den Pächtern von ihm fern. Der Earl brauchte sich um nichts zu kümmern und war frei, sich nach Herzenslust seiner Leidenschaft, der Politik, zu widmen.

»Guten Morgen, Kit. Willst du nicht mit mir frühstücken?«

Katherine blickte nach oben und sah Elisabeth sich gefährlich weit aus ihrem Schlafzimmerfenster beugen, das zum Garten herausging. »Ich habe schon vor Stunden gefrühstückt, mein Liebes«, gab Katherine mit kaum erhobener Stimme zurück. Es war ihr fremd zu schreien, wenn es nicht nötig war.

»Aber komm doch wenigstens auf einen Kaffee, bitte«, bat Elisabeth. »Ich muß mit dir sprechen.«

Katherine lächelte zustimmend und begab sich mit ihrem Korb voller Rosen ins Haus. Tatsächlich hatte sie geduldig darauf gewartet, daß ihre Schwester aufwachen würde, denn auch sie wollte mit ihr sprechen. Zweifelsohne beschäftigte sie beide das gleiche, denn am vergangenen Abend hatte der Earl sie getrennt zu einer Unterredung in sein Studierzimmer rufen lassen. Der Gegenstand des Gesprächs aber war derselbe gewesen – Lord William Seymour.

Lord Seymour war ein eleganter junger Mann, der verteufelt gut aussah und das Herz der jungen, unschuldigen Elisabeth im Sturm gewonnen hatte. Sie hatten sich zu Beginn der diesjährigen Ballsaison kennengelernt – für Beth war es die erste überhaupt – und das arme Mädchen hatte seitdem nur noch Augen für ihn. Beide waren sie verliebt ineinander, und dieses alles umfassende Gefühl machte ja selbst aus den vernünftigsten Menschen Narren. Doch hatte sie, Katherine, eigentlich das Recht, darüber zu spotten, auch wenn sie dieses Gefühl für albern und vergeudete Energie hielt, die man doch viel sinnvoller einsetzen könnte? Sie freute sich für ihre jüngere Schwester – zumindest war es bis zum gestrigen Abend so gewesen.

Auf dem Weg durch die Halle zur Treppe trieb sie die Dienerschaft mit ihren Anweisungen zur Eile an: ein Frühstückstablett sollte nach oben und die Post in ihr Büro gebracht werden, der Earl mußte an seine Verabredung mit Lord Seldon erinnert werden, der in einer halben Stunde erwartet würde, zwei Mädchen sollten im Studierzimmer des Earl nachsehen, ob dort alles für den Empfang eines Gastes bereit sei (ihr Vater war kein Muster an Ordentlichkeit) und sie bräuchte Vasen mit Wasser für den Salon ihrer Schwester. Dort würde sie die Rosen arrangieren, während sie sich unterhielten.

Wäre Katherine ein Mensch, der unangenehme Dinge lieber beiseite schiebt, dann hätte sie ihre Schwester jetzt wie die Pest gemieden. Doch das war nicht ihre Art. Noch war sie sich nicht ganz im klaren, was ihrer Schwester im einzelnen zu sagen war, aber sicher würde sie ganz im Sinne ihres Vaters sprechen.

»Du bist die einzige, Kate, auf die sie hört«, hatte ihr der Vater letzte Nacht gesagt. »Du mußt Beth deutlich machen, daß ich nicht nur leere Drohungen ausgesprochen habe. Ich wünsche nicht, daß meine Familie mit diesem Kerl in Verbindung gebracht wird.«

Damit hatte er ihr die ganze bedrückende Geschichte aufgebürdet, doch ihr ruhiges »Ja, natürlich, Vater« hatte nur bewirkt, daß er seine Entscheidung noch heftiger vertrat.

»Du weißt, es ist nicht meine Art, hier als unumschränkter Herrscher aufzutreten. Ich überlasse das alles dir, Kate.« Bei diesen Worten mußten sie beide lächeln. Katherine konnte durchaus gebieterisch sein, nur war es selten nötig, da jeder bemüht war, ihr alles recht zu machen. »Ich will, daß meine Töchter glücklich sind«, verteidigte sich George St. John weiter. »Es geht mir nicht, wie anderen Vätern, darum, alles bestimmen zu wollen.«

»Du bist immer sehr verständnisvoll.«

»Das möchte ich auch sein.«

Es stimmte. Er mischte sich in das Leben seiner Kinder nicht ein, was nicht hieß, daß sie ihn nicht interessierten. Ganz im Gegenteil. Aber wenn eines von ihnen in Schwierigkeiten kam – genauer gesagt, wenn Warren in Schwierigkeiten kam –, überließ er es Katherine, wieder Ordnung in das Durcheinander zu bringen. Jeder verließ sich darauf, daß sie alles regeln würde.

»Aber ich frage dich, Kate, was bleibt mir denn übrig? Beth glaubt, daß sie in diesen Burschen verliebt ist. Wahrscheinlich stimmt das ja. Aber es ändert nichts. Ich weiß aus verläßlicher Quelle, daß Seymour nicht das ist, was er vorgibt zu sein. Mit einem Bein steht er schon im Schuldgefängnis. Und dieses Mädchen hat nichts anderes dazu zu sagen als: ›Das ist mir egal. Wenn es sein muß, geh' ich mit William auf und davon.‹ Unerhört, diese Frechheit.« Und dann etwas ruhiger, mit einer Spur Unsicherheit. »Was meinst du, Kate, sie würde doch nicht wirklich durchbrennen?«

»Aber nein, Vater, Beth war nur aufgeregt«, hatte ihn Katherine beruhigt. »In ihrem Schmerz und ihrer Enttäuschung mußte sie so etwas sagen.«

Elisabeth war in Tränen aufgelöst zu Bett gegangen. Katherine hatte viel Mitgefühl für ihre Schwester, aber ihr gesunder Menschenverstand ließ es nicht zu, sich durch diese Wende der Dinge niederdrücken zu lassen. Sie fühlte sich mitverantwortlich, denn sie war die Anstandsdame ihrer Schwester und hatte die wachsende Neigung der beiden jungen Menschen zueinander noch gefördert. Doch davon durfte sie sich jetzt nicht beeinflussen lassen. Man mußte das Ganze realistisch sehen. Unter diesen Umständen konnte Beth Lord Seymour nicht heiraten. Sie mußte das einsehen und akzeptieren. Das Leben ging weiter.

Katherine klopfte kurz an und öffnete die Tür zu Elisabeths Schlafzimmer. Das junge Mädchen saß, noch im Negligé, vor dem Toilettentisch, und eine Zofe bürstete ihr das lange, blonde Haar. Der rosafarbene Morgenmantel aus Seide über dem weißen Leinennachthemd unterstrich die melancholische Schönheit Elisabeth St. Johns. Sie bot einen wunderbaren Anblick, der auch nicht beeinträchtigt wurde durch die jetzt herabgezogenen Mundwinkel ihres sanft geschwungenen Mundes.

Die beiden Schwestern ähnelten sich nur in der Größe und in der Farbe ihrer Augen, einer feinen Mischung aus grün und blau. Alle St. Johns hatten diese hellen, türkisen Augen, umgeben von einem dunklen, blau-grünen Ring. Die Diener schworen darauf, daß Katherines Augen schrecklich aufleuchteten, wenn ihr etwas mißfiel. Doch das stimmte nicht. Es war nur so, daß die Augen der einzige wirkliche Pluspunkt an Katherines Aussehen waren und in ihrer Helligkeit leicht ihre Gesichtszüge überstrahlten.

Bei Elisabeth bildeten die türkisen Augen einen lieblichen Gegensatz zu ihrem hellblonden Haar, den goldblonden Brauen und den weichen Linien ihres Gesichtes. Sie hatte die klassische Schönheit ihrer Mutter geerbt. Katherine und Warren schlugen mehr nach dem Vater, mit dunkelbraunem Haar, einer stolzen, aristokratischen Nase, einem kräftigen, eigenwilligen Kinn, hohen, vornehmen Wangenknochen und vollen, großzügigen Lippen. Warren verliehen diese Züge ein stattliches Aussehen, bei Katherine hingegen wirkten sie zu ernst. Als besonders hübsch konnte man sie nicht bezeichnen.

Doch den Mangel an Schönheit machte Katherine mit ihrem Charakter wett. Sie war eine warmherzige, freigebige Frau mit einer facettenreichen Persönlichkeit. Bei ihrer Vielseitigkeit würde sie gut auf die Bühne passen, pflegte Warren sie zu necken. Mit ihrer natürlichen Anpassungsfähigkeit meisterte sie jede Situation, egal, ob es darum ging, Verantwortung zu übernehmen oder sich bescheiden und hilfsbereit einzufügen. Nicht alle diese Charakterzüge hatte sie von vornherein besessen, vieles davon sich in dem einen Jahr als Hofdame bei Königin Viktoria angeeignet. Gewandtheit und Diplomatie lernte man wirklich am besten bei Hof.

Das war vor zwei Jahren gewesen, nach ihrer ersten Ballsaison, die ein nachhaltiger Mißerfolg gewesen war. Jetzt, mit einundzwanzig, bald zweiundzwanzig Jahren galt sie als Mauerblümchen, als alte Jungfer. Auch wenn die anderen hinter vorgehaltener Hand über sie tuschelten, empfand sie selbst doch ganz anders. Eines Tages würde sie heiraten, das wußte sie, einen gesetzten, verläßlichen älteren Mann, nicht häßlich, aber doch auch nicht so gutaussehend und forsch, wie ihn sich all die jungen Debütantinnen wünschten. Keiner ihrer Bekannten zweifelte daran, daß sie eine vorzügliche Ehefrau abgeben würde, aber sie war noch nicht bereit dafür. Ihr Vater benötigte sie noch, auch ihre Schwester, ja selbst Warren brauchte sie, denn ohne ihre Tatkraft müßte er seine Pflichten als Erbe des Earl übernehmen, und dazu hatte er im Augenblick nicht die geringste Lust.

Elisabeth winkte ihrer jungen Zofe hinauszugehen; ihr Blick suchte Katherines Augen im Spiegel des Toilettentisches. »Kit, hat Vater dir gesagt, was er gemacht hat?«

Was für ein jammervoller Ton! In Beths Augen glitzerte es schon wieder verdächtig. Katherine hatte Mitleid, aber nur weil es ihre Schwester war, die sie da so leiden sah. Nein, sie konnte wirklich nicht verstehen, warum die Menschen ihre Gefühle an diese dumme Verliebtheit verschwendeten.

»O ja, ich weiß es. Und ich bin sicher, du hast dir deswegen schier die Augen ausgeweint. Reiß dich jetzt zusammen und hör bitte mit der Heulerei auf.«

Katherine hatte es nicht so herzlos gemeint, wie es klang. Sie wünschte, sie würde mehr davon verstehen. Natürlich war sie zu nüchtern und wußte auch, daß sie mit einer solchen Haltung gar nichts bewirken würde. Wenn man alle Mittel erschöpft hatte und doch nicht gewinnen konnte, dann muß man aufgeben und die Sache mit anderen Augen betrachten, davon war sie fest überzeugt. Niemand konnte ihr nachsagen, daß sie mit dem Kopf durch die Wand wollte.

Beth drehte sich ruckartig auf ihrem kleinen Samthocker um, und da rannen auch schon zwei dicke Tränen über ihre weichen Wangen. »Du hast es leicht, Kit, so zu reden. Deinen Verlobten hat Vater ja nicht abgelehnt und ihm die Tür gewiesen.«

»Verlobten?«

»Ja. William hatte um meine Hand angehalten, bevor er um Vaters Segen bat und ich habe ja gesagt.«

»Ach, ich verstehe.«

»Oh, bitte, sprich nicht in diesem Ton mit mir!« Beth weinte. »Ich bin nicht einer unserer Diener, über den du ungehalten bist!«

Katherine war bestürzt über diesen heftigen Angriff. Mein Gott, war sie wirklich so herablassend?

»Beth, es tut mir leid«, sagte sie aufrichtig. »Ich weiß, ich war noch nie in so einer Lage, und es ist gar nicht so einfach für mich, das zu versteh –«

»Bist du noch nie wenigstens mal ein bißchen verliebt gewesen, wirklich nicht?« Hoffnung schwang in Beths Stimme. Niemand außer Katherine konnte den Vater umstimmen, aber wenn sie nicht verstand, wie wichtig es war ...

»Ehrlich, Beth. Du weißt doch, ich kann nicht glauben, daß ... Also, was ich meine ist ...«

Dieser flehende Ausdruck auf dem Gesicht der jüngeren Schwester machte alles so schwierig. Die Zofe mit dem Frühstückstablett enthob sie einer Antwort. In Wahrheit schätzte sie sich nämlich sehr glücklich, daß sie zu den wenigen Frauen ihrer Zeit gehörte, die die Liebe von der praktischen Seite betrachteten. Liebe war in ihren Augen ein albernes und nutzloses Gefühl. Man ging durch Hochs und Tiefs, und das ganze Leben geriet in Unordnung. An der armen Beth konnte man es ja jetzt sehen. Aber die wollte natürlich nichts davon hören, daß ihre augenblicklichen Gefühle nur lächerlich waren. Nein, was sie brauchte war Mitgefühl, keinen Spott.

Katherine nahm der Zofe die dampfende Tasse Kaffee ab und ging ans Fenster. Sie wartete, bis sich die Tür hinter dem Dienstmädchen geschlossen hatte und drehte sich dann zu ihrer Schwester um, die das Tablett gar nicht beachtete.

»Es gab einmal einen jungen Mann, von dem dachte ich, er wäre es«, begann Katherine lahm.

»Hat er dich geliebt?«

»Für ihn habe ich überhaupt nicht existiert.« Katherine erinnerte sich an den jungen Lord, der ihr so gut gefallen hatte. »Wir sahen uns während der ganzen Ballsaison, aber jedesmal, wenn wir miteinander sprachen, schien mir, als würde er durch mich hindurchblicken, so als wäre ich gar nicht da. Er scharwenzelte lieber um die hübscheren jungen Ladies herum.«

»Hat es dir sehr weh getan?«

»Nein, es – es tut mir leid, Liebes, aber weißt du, ich habe das ganz nüchtern betrachtet. Mein junger Mann sah viel zu gut aus, als daß er sich für mich interessiert hätte. Dabei war er nicht sehr wohlhabend, und ich bin eine gute Partie. Ich wußte, daß ich keine Chance hatte, ihn zu bekommen, deswegen hat es mir auch nichts ausgemacht.«

»Dann hast du ihn nicht wirklich geliebt«, seufzte Beth.

Katherine zögerte, aber dann schüttelte sie den Kopf. »Liebe kommt und geht mit schöner Regelmäßigkeit, Beth. Schau deine Freundin Marie an. Wie oft war sie schon verliebt, seit du sie kennst? Doch mindestens ein halbes Dutzend Mal.«

»Das ist keine Liebe, sondern Verliebtheit. Marie ist noch nicht alt genug für die wirkliche Liebe.«

»Und du bist das, mit deinen achtzehn Jahren?«

»Ja!« Beth sagte es sehr entschieden. »Oh, Kit, warum kannst du das nicht verstehen? Ich liebe William!«

Es war an der Zeit, wieder auf den Boden der Tatsachen zu kommen und die Wahrheit, auch wenn sie hart war, auszusprechen. Offensichtlich hatte sich Beth die Worte des Vaters nicht zu Herzen genommen. »Lord Seymour ist ein Mitgiftjäger. Er hat sein Erbe verspielt, seine Besitzungen verpfändet und muß jetzt des Geldes wegen heiraten. Und du Beth, bedeutest für ihn Geld.«

»Ich glaube das nicht! Nie werde ich das glauben!«

»Vater würde dir nie die Unwahrheit sagen in so einer Angelegenheit. Und wenn Lord Seymour dir etwas anderes erzählt hat, dann ist er es, der lügt.«

»Das ist mir egal. Ich werde ihn auf jeden Fall heiraten.«

»Ich kann das nicht zulassen«, sagte Katherine bestimmt. »Vater war es ernst mit dem, was er sagte. Er wird dich enterben. Wie die Bettler werdet ihr beide auf der Straße sitzen. Ich will nicht, daß du dein Leben für diesen Schuft ruinierst.«

»Oh, wie konnte ich nur glauben, daß du mir helfen würdest?« Beth weinte. »Du verstehst nichts. Wie solltest du auch. Du bist ein vertrockneter, alter Blaustrumpf!«

Dann, nach einer kurzen Pause. »O Gott, Kit, ich hab' das nicht so gemeint!«

Dennoch, diese Anschuldigung traf. »Ich weiß, Beth.« Krampfhaft versuchte sie zu lächeln, es gelang ihr nicht.

Ein Dienstmädchen brachte die zwei Vasen mit Wasser. Katherine schickte sie in ihren Salon, nahm den Korb mit den Rosen und wollte ebenfalls den Raum verlassen.

An der Tür hielt sie inne. »Im Augenblick gibt es zu der Angelegenheit nichts mehr zu sagen. Ich will nur dein Bestes, aber du kannst das wohl gerade nicht sehen.«

Ein paar Sekunden rang Elisabeth verzweifelt die Hände, dann sprang sie auf und folgte Katherine durch die Halle. Noch nie hatte sie ihre Schwester so betroffen gesehen. Für einen Moment war William vergessen. Sie mußte das wieder gutmachen.

Beth scheuchte das Dienstmädchen aus dem großen Raum mit den hübschen Deckchen auf den Chippendale Möbeln, die Katherine selbst gestickt hatte. Sie machte ein paar Schritte auf dem dicken, rautengemusterten Teppich, der den ganzen Boden bedeckte. Katherine ignorierte sie und begann die Rosen anzuordnen.

»Du bist gar nicht vertrocknet«, stieß Beth hastig hervor. »Und alt bis du natürlich auch nicht.«

Katherine schaute auf, doch ein Lächeln brachte sie noch nicht fertig. »Aber hin und wieder bin ich ein Blaustrumpf?«

»Nein, kein Blaustrumpf, nur so – so förmlich und korrekt, aber so bist du einfach.«

Nun huschte doch ein Lächeln über Katherines Gesicht. »Bei Hofe mußte ich all diese alten spanischen und deutschen Gesandten unterhalten, da habe ich das gelernt. Sehr schnell konnte ich beide Sprachen fließend sprechen und dann hat es mir nie an Tischpartnern gemangelt.«

»Wie langweilig!« Beth war voller Mitgefühl.

»Nein, sag das nicht. Es war faszinierend, so viel über diese Länder aus erster Hand zu erfahren, fast so interessant wie Reisen, was Vater mir ja nie erlaubt hat.«

»Sicher hast du dich auch mit charmanten Franzosen unterhalten. Du sprichst Französisch wie eine Einheimische.«

»Aber Liebes, das können wir doch alle.«

»Stimmt schon.« Beth ging im Zimmer auf und ab. Ihr mußte noch was einfallen. Kit hatte zwar gelächelt, aber ihre Augen blickten noch immer traurig. Oh, diese abscheulichen, gemeinen Worte! Wenn sie doch nur Kits Selbstbeherrschung hätte. Nie würde sie so unüberlegt mit etwas herausplatzen.

Sie wandte sich um, dabei fiel ihr Blick durch das Fenster auf die Straße. Die Kutsche, die gerade vorfuhr, kam ihr bekannt vor.

»Erwartet Vater Lord Seldon?«

»Ja, ist er angekommen?«

Beth nickte und wandte sich vom Fenster ab. »Ich habe diesen aufgeblasenen, alten Bock nie leiden können. Kannst du dich erinnern, als wir noch Kinder waren und du dem alten Knaben einen Krug Wasser auf den Kopf geschüttet hast? Ich habe mich gekugelt vor Lachen –«

Beth hielt inne, als sie sah, wie es in Kits Augen schelmisch aufblitzte. Meine Güte, wie lange war es her, daß sie so geschaut hatte. »Nein, das kannst du doch nicht machen!«

Katherine nahm die zweite Blumenvase und ging langsam hinüber zum Fenster. Ein livrierter Diener war gerade dabei, Lord Seldon beim Aussteigen behilflich zu sein.

»Kit, das geht doch nicht«, warnte Beth, aber auch sie grinste dabei von einem Ohr zum anderen. »Vater hat einen Anfall bekommen beim letzten Mal und wir die Rute.«

Katherine sagte nichts und wartete, bis der ahnungslose Lord Seldon die Tür direkt unter ihrem Fenster erreicht hatte. Dann kippte sie die Vase um. Schnell zog sie sich zurück und brach gleich darauf in Gelächter aus.

»Lieber Himmel, hast du sein Gesicht gesehen?« stieß sie prustend hervor. »Er hat geschaut wie ein toter Fisch.« Beth konnte nicht gleich antworten, denn sie hatte ihre Arme um Kit geschlungen und schüttelte sich vor Lachen.

Aber dann: »Was um Himmels willen wirst du Vater sagen? Er wird außer sich sein.«

»Ja, zweifellos. Und ich werde ihm versichern, daß ich den ungeschickten Diener, dem das Malheur passiert ist, entlassen werde.«

»Das glaubt er dir nie.« Beth kicherte.

»Aber sicher wird er das. Er merkt doch gar nicht, ob einer mehr oder weniger da ist. Mit den Hausangestellten hat er nie was zu tun. Und jetzt muß ich mich um Lord Seldon kümmern, er tropft mir noch das ganze Foyer naß. Halt mir die Daumen, daß ich dabei ernst bleiben kann.«

Lady Katherine St. John segelte aus dem Raum, um den Lord zu besänftigen und die Angelegenheit wieder in Ordnung zu bringen; schließlich war das ihre Stärke. Es war ihr ja auch gelungen, die Spannung zwischen ihr und ihrer Schwester aufzulösen.

2

»*Grandmère*, jetzt kommt er!«

Wie ein Wirbelwind aus Spitzen und Seide flog die junge Frau durch den Raum. Sie achtete gar nicht auf ihre Großmutter, sondern lief quer durch das ganze Zimmer auf das Fenster zu, von dem aus sie den Zug eleganter Kutschen sehen konnte, der schnell über die lange Auffahrt näher kam. Ein kleiner Tropfen Blut quoll aus ihrer Unterlippe, so fest biß sie sich darauf. Sie klammerte sich an das Fensterbrett, daß ihr die Knöchel weiß wurden. In den weit aufgerissenen, dunkelbraunen Augen lag aufrichtige Angst.

»Oh, mein Gott, was soll ich bloß machen?« weinte sie. »Er wird mich schlagen.«

Mit einem Seufzer schloß Leonore Cudworth, die Herzogwitwe von Albemarle, die Augen. Sie war zu alt für derartig theatralische Szenen. Das heißt, so alt war sie nun auch wieder nicht, aber solche Aufregungen mußten einfach nicht mehr sein. Ihre Enkelin hätte sich das vorher überlegen sollen, bevor sie diese Schande über sich brachte.

»Fasse dich, Anastasia«, sagte Leonore ruhig. »Wenn dein Bruder dich wirklich schlägt, was ich doch stark bezweifle, dann ist es nur das, was du verdienst. Das mußt selbst du zugeben.«

Prinzessin Anastasia drehte sich ruckartig um, stand starr und rang verzweifelt die Hände. »Ja, aber – aber er wird mich *töten!* Du machst dir ja keine Vorstellung, *Grandmère*, du hast ihn noch nie wütend erlebt. Er ist dann völlig außer sich. Sicher hat er nicht die Absicht mich umzubringen, aber er merkt gar nicht mehr, was er tut!«

Leonore zögerte, dachte an Dimitri Alexandrow, wie sie ihn zuletzt vor vier Jahren gesehen hatte. Schon damals war er, gerade vierundzwanzig Jahre alt, ein imposanter Mann gewesen, mehr als ein Meter achtzig groß, die Muskeln im Dienste der russischen Armee gestählt. Stark war er gewiß und sicherlich konnte er einen Menschen mit bloßen Händen töten. Aber seine Schwester? Nein, egal was sie angestellt hatte, dazu würde es nicht kommen.

Energisch schüttelte Leonore den Kopf. »Dein Bruder wird sehr erzürnt über dich sein und das mit Recht, aber sicher nicht gewalttätig.«

»Oh, *Grandmère*, bitte, hör' mir doch zu!« Anastasia weinte. »Dimitri hat nie bei dir gelebt, so wie ich. Du hast ihn in seinem ganzen Leben vielleicht ein halbes Dutzend Mal gesehen und immer nur für kurze Zeit. Aber ich lebe mit ihm. Er ist jetzt mein Vormund. Niemand kennt ihn so gut wie ich.«

»Du hast jetzt ein Jahr bei mir gewohnt und Dimitri in der ganzen Zeit nicht ein einziges Mal geschrieben«, erinnerte Leonore sie.

»Und du meinst, er wäre nicht mehr der gleiche, innerhalb von einem Jahr soll er sich geändert haben? Nein, ein Mann wie Dimitri ändert sich nie. Er ist Russe –«

»Immerhin zur Hälfte auch Engländer.«

»Er ist in Rußland aufgewachsen!« Anastasia war hartnäckig.

»Er unternimmt ausgedehnte Reisen und verbringt höchstens die Hälfte des Jahres in Rußland, wenn überhaupt.«

»Aber erst, seit er nicht mehr bei der Armee ist!«

Was Dimitris Persönlichkeit betraf, würden sie wohl nie einer Meinung sein. Für seine Schwester war er ein Tyrann, wie Zar Nikolaus. Leonore wußte, daß dies nicht stimmte. Ihre Tochter Anne hatte seinen Charakter mit beeinflußt. Pjotr Alexandrow hatte die Erziehung seines Sohnes nicht allein in der Hand gehabt.

»Es ist besser, du beruhigst dich, bevor er kommt«, empfahl Leonore. »Ich bin sicher, er schätzt diese hysterischen Anfälle genausowenig wie ich.«

Anastasia blickte über die Schulter aus dem Fenster und sah, daß gerade die erste Kutsche vor dem mächtigen Herrenhaus hielt. Sie stieß einen kleinen Schrei aus, eilte durch das Zimmer und kniete vor Leonore nieder.

»Bitte, *Grandmère*, bitte. Sprich du mit ihm. Du mußt für mich eintreten. Er wird gar nicht so verärgert sein über das, was ich gemacht habe. Er ist schließlich kein Heuchler. Das Schlimme ist nur, daß er wegen mir seine Pläne ändern mußte. Weißt du, er steckt sich immer Ziele und plant weit im voraus. Er kann dir jetzt schon sagen, wo er heute in einem Jahr sein wird. Aber wenn ihm etwas dazwischenkommt, dann kann man es mit ihm nicht mehr aushalten. Du hast nach ihm gesandt. Du hast ihn veranlaßt, alles stehen und liegen zu lassen und hierher zu kommen. Du mußt mir jetzt helfen.«

Leonore verstand plötzlich den Grund für das ganze Theater. *Und sie wartet damit bis zum letzten Augenblick, damit ich keine Zeit habe, es mir zu überlegen.* Ausgesprochen raffiniert. Aber Anastasia Petrowna Alexandrow war nun einmal eine intelligente junge Frau. Verzogen, verwöhnt, außerordentlich launisch, aber intelligent.

Also sie sollte jetzt das wilde Tier besänftigen? Und dabei einfach darüber hinwegsehen, daß dieser Fratz bei jeder sich bietenden Gelegenheit ungehorsam war, die Anstandsregeln verletzt und nur nach dem eigenen Kopf gelebt hatte? Anastasia hatte sich sogar geweigert, nach Rußland zurückzukehren, nachdem der letzte Skandal bekannt geworden war. Und nur aus diesem Grund hatte Leonore nach Dimitri gesandt.

Sie blickte hinab auf das feine Gesicht, in dem Angst geschrieben stand. Ihre Anne war hübsch gewesen, aber diese Alexandrows waren außerordentlich gutaussehende Menschen. Nur einmal war sie nach Rußland gereist, damals, als Anne nach Pjotrs Tod ihren Beistand brauchte. Dabei hatte sie Pjotrs gesamte Nachkommenschaft kennengelernt, seine drei Kinder aus erster Ehe, aber auch die vielen unehelichen Kinder. Alle waren sie außergewöhnlich schön. Aber die zwei, die ihre Enkelkinder waren, die liebte sie. Es waren ihre einzigen Enkelkinder. Ihr Sohn, der jetzige Duke von Albemarle, hatte seine Frau verloren, bevor sie ihm Kinder schenken konnte. Er war keine zweite Ehe eingegangen und es gab keinerlei Anzeichen dafür, daß er es noch zu tun beabsichtigte. Tatsächlich hatte er Dimitri als seinen Erben eingesetzt.

Leonore seufzte. Dieses kleine Ding konnte sie um den Finger wickeln. Anastasia mußte England verlassen, bis ihre jüngsten Skandalgeschichten vergessen waren, aber Leonore wußte, sie würde das Mädchen wieder einladen. Das Leben mit ihr war zwar sehr anstrengend, aber es wurde einem nie langweilig.

»Geh schon, geh auf dein Zimmer, Kind«, sagte Leonore jetzt. »Ich werde mit dem Burschen reden. Aber ich kann dir nichts versprechen, wohlgemerkt!«

Anastasia sprang auf und umarmte ihre Großmutter. »Vielen Dank. Und es tut mir so leid, *Grandmère*, ich weiß, ich bin eine Strapaze für dich –«

»Nun, besser für mich als für deinen Bruder, wenn es stimmt, daß mit ihm so schwer auszukommen ist. Jetzt geh aber, bevor man ihn hereinführt.«

Die Prinzessin eilte zur Tür hinaus – gerade noch rechtzeitig. Eine Minute später meldete der Butler Prinz Dimitri Petrowitsch Alexandrow. Zumindest versuchte der arme Mann ihn zu melden. Dimitri wartete diese Förmlichkeit gar nicht erst ab, sondern betrat den Raum, sowie die Tür geöffnet war, und füllte ihn im Nu mit seiner Gegenwart.

Seine Erscheinung gab Leonore zu denken. Meine Güte, war das möglich? Er sah doch tatsächlich noch besser aus als vor vier Jahren. Das goldblonde Haar, der durchdringende Blick aus den tiefbraunen Augen, die dunklen, buschigen Brauen, all das hatte sich nicht verändert. Doch mit vierundzwanzig war er immer noch ein bißchen jungenhaft gewesen. Jetzt aber war er ein Mann. In den ganzen neunundsechzig Jahren ihres Lebens war ihr kein solcher Mann begegnet. Er übertraf selbst seinen Vater und dabei hatte sie geglaubt, daß diesem kein anderer Mann das Wasser reichen könnte.

Schnell durchquerte er mit großen Schritten den Raum und verbeugte sich dann ganz formell vor ihr. Sein Benehmen war immerhin besser geworden, aber diese gebieterische Haltung – war das wirklich ihr Enkel? Doch dann breitete sich ein einnehmendes Lächeln über seinem Gesicht aus, und er packte sie an den Schultern. Sie verzog das Gesicht, als er sie ganz aus ihrem Sessel hob und ihr einen schallenden Kuß gab.

»Laß mich runter, du Schlingel«, rief die Herzogin. »Ein bißchen mehr Achtung vor meinem Alter, wenn ich bitten darf.«

Sie war verwirrt. Welch eine Kraft! Anastasia hatte allen Grund nervös zu sein. Wenn dieser Hüne sich entschloß, ihr die Prügel zu verabreichen, die sie mehr als verdient hatte ...

»J'en suis au regret.«

»Laß doch diesen französischen Unsinn!« fuhr sie ihn an. »Kannst du kein Englisch mehr? Nun, in meinem Haus wirst du es dir bitte wieder angewöhnen.«

Dimitri schüttelte seine Löwenmähne und lachte, ein tiefes, warmes, sehr männliches Lachen. Immer noch verschmitzt lächelnd setzte er Leonore in ihren Sessel zurück.

»Ich wollte ja nur sagen, daß es mir leid tut, Babuschka, aber du hast meine Entschuldigung völlig zunichte gemacht. Du bist so munter wie eh und je. Ich hab' dich vermißt. Warum kommst du nicht mit nach Rußland?«

»Du weißt recht gut, daß meine Knochen nicht einen Winter bei euch überstehen würden.«

»Dann werde ich öfter hierher kommen. Zu lange habe ich dich nicht gesehen, Babuschka.«

»Ach, Dimitri, setz dich bitte. Mir tut der Nacken weh, wenn ich immer nach oben schauen muß. Und zudem hast du dich verspätet.« Er hatte sie so aus der Fassung gebracht, daß sie nicht widerstehen konnte, ihn in die Defensive zu drängen.

»Dein Brief konnte mich vor der Frühjahrsschmelze auf der Neva nicht erreichen.« Er nahm sich einen Stuhl und zog ihn näher zu ihr heran.

»Ja, ich weiß«, antwortete sie. »Aber ich weiß auch, daß dein Schiff schon vor drei Tagen in London angelegt hat. Wir haben dich gestern erwartet.«

»Nach den vielen Wochen auf dem Schiff mußte ich mich erst etwas erholen.«

»Lieber Gott, so nett hat das noch niemand gesagt. War sie hübsch?«

»Unbeschreiblich.«

Wenn sie gehofft hatte, ihn mit ihrer Direktheit zu entwaffnen, so war ihr das jedenfalls nicht geglückt. Kein Erröten, keine Entschuldigung, nur ein ruhiges Lächeln. Sie hätte ihn besser kennen müssen. Laut seiner Tante Sonja, mit der sich Leonore schrieb, fehlte es Dimitri nie an weiblicher Gesellschaft, und die Hälfte aller Frauen war verheiratet. Anastasia hatte recht. Er wäre ein Heuchler, wenn er ihr die paar wenigen Affären zum Vorwurf machen würde, wo seine doch in die Hunderte gingen.

»Was beabsichtigst du mit deiner Schwester zu unternehmen?« Leonore wagte den Vorstoß, solange er bei guter Laune war.

»Wo ist sie?«

»In ihrem Zimmer. Sie ist nicht gerade glücklich darüber, daß du hier bist. Sie befürchtet wohl, daß du nicht sehr sanft mit ihr umgehen wirst, nachdem du extra kommen mußtest, um sie nach Hause zu holen.«

Dimitri zuckte die Achseln. »Ich gebe zu, ich war zunächst verärgert. Es kam mir ungelegen, ausgerechnet jetzt aus Rußland weg zu müssen.«

»Es tut mir leid, Dimitri. All das wäre gar nicht nötig gewesen, wenn diese dumme Frau nicht eine solche Szene gemacht hätte, als sie Anastasia im Bett ihres Mannes überraschte. Aber auf diesem Fest waren mindestens hundert Gäste und gut die Hälfte eilte zu Hilfe, als sie die Schreie der Frau hörten. Und Anastasia, das dumme Mädchen, war nicht geistesgegenwärtig genug, sich unter der Decke zu verstecken, damit niemand sie erkennt. Nein, im Unterhemd stand sie da und stritt mit der Frau.«

»Schade, daß Anastasia nicht taktvoller gewesen ist, aber versteh' mich dabei nicht falsch, *Babuschka*. Wir Alexandrows haben uns noch nie durch die Meinung der anderen in unseren Handlungen beeinflussen lassen. Nein, was ich meiner Schwester vorwerfe ist, daß sie deinen Anordnungen nicht folgte.«

»Sie war nur dickköpfig und wollte sich nicht beaufsichtigen lassen. Auch das ist euch Alexandrows gemein, Dimitri.«

»Du verteidigst sie zu sehr, Herzogin.«

»Dann beruhige mich und versprich mir, daß du sie nicht schlagen wirst.«

Es dauerte einen Augenblick, bis sich der höfliche Ausdruck auf Dimitris Gesicht änderte, aber mit einem Mal brach er in schallendes Gelächter aus. »Was *hat* dir dieses Mädchen über mich erzählt?«

Leonore war so anständig zu erröten »Ganz offensichtlich Unsinn«, sagte sie widerwillig.

Er lachte weiter in sich hinein. »Sie ist zu alt, als daß man sie noch verhauen könnte, obwohl mir dieser Gedanke auch schon gekommen ist. Nein, ich werde sie ganz einfach mit nach Hause nehmen und dort einen Ehemann für sie suchen. Sie braucht jemanden, der besser auf sie aufpassen kann, als mir das möglich ist.«

»Sie wird sich dagegen sträuben, mein Junge. Mir hat sie gesagt, daß die Ehe nichts für sie sei und diese Einstellung habe sie von dir übernommen.«

»Nun, vielleicht ändert sie ihre Meinung, wenn sie hört, daß ich beabsichtige, noch in diesem Jahr zu heiraten.«

»Ist das wahr, Dimitri?« Leonore war überrascht.

»Gewiß«, antwortete er. »Ich ging bereits auf Freiersfüßen, als mir diese Reise dazwischenkam.«

3

Katherine legte sich eine neue kalte Kompresse auf die Stirn und lehnte ihren Kopf auf die Chaiselongue zurück. Nach dem morgendlichen Treffen mit den Dienern, bei dem die Aufgaben verteilt wurden, hatte sie sich auf ihr Zimmer zurückgezogen. Und diese scheußlichen Kopfschmerzen ließen einfach nicht nach. Wahrscheinlich hatte sie heute nacht auf dem Ball zu viel Champagner getrunken. Das war ganz untypisch für sie. Normalerweise trank sie auf Gesellschaften kaum Alkohol und schon überhaupt nicht, wenn sie selbst Gastgeberin war. Lucy, ihre Zofe, ging hinüber ins

Schlafzimmer, um es in Ordnung zu bringen. Das Frühstückstablett stand noch unberührt da, so wie sie es gebracht hatte. Im Moment konnte Katherine nicht einmal den Gedanken an Essen ertragen.

Sie seufzte tief. Gott sei Dank war der Ball letzte Nacht trotz ihres kleinen Schwipses ein Erfolg gewesen. Sogar Warren hatte sich eingefunden. Der Abend an sich hatte mit ihrem Kopfweh jetzt nichts zu tun. Elisabeth war der Grund dafür und die Nachricht, die ihre Zofe ihr überbracht hatte, gerade als die ersten Gäste eintrafen: Weil William nicht eingeladen war, würde auch sie an dem Ball nicht teilnehmen. Es war unglaublich. Die ganze Woche seit ihrem Gespräch hatte sie von Beth kein Wort über die ganze Geschichte zu hören bekommen, keinen Seufzer, keine Träne. Katherine hatte ernsthaft angenommen, daß Beth die Situation akzeptiert hatte, und sie war so stolz auf sie gewesen, wie sie mit ihrem Liebeskummer fertig wurde. Und dann, aus heiterem Himmel diese Wende, diese Nachricht, die mehr als deutlich zeigte, daß Beth William keineswegs aufgegeben hatte – dann wären wohl auch mehr Tränen geflossen, mußte sich Katherine im nachhinein eingestehen.

Was zum Teufel sollte sie von all dem halten? Oh, mit diesem Pochen im Kopf konnte sie überhaupt nicht klar denken.

Ihr Gesicht verzog sich, als laut an die Tür geklopft wurde. Elisabeth kam herein in einem hübschen Kleid aus moosgrüner Moireseide. Es sah ganz danach aus, als wollte sie ausgehen. Den Seidenhut hielt sie an den Bändern in der Hand, und unter ihrem Arm klemmte ein Sonnenschirm aus Spitze.

»Martha hat mir gesagt, daß du dich nicht wohl fühlst, Kit.«

Kein Ton über ihre Abwesenheit gestern abend, nicht einmal ein schuldbewußter Blick. Und das nach all den Mühen, die sich Katherine wegen des Balls gemacht hatte. Nur wirklich geeignete junge Männer hatte sie eingeladen, in der Hoffnung, daß einer von ihnen Beths Aufmerksamkeit gewinnen konnte. Nun, so ein Ball bedeutete an sich keine besondere Anstrengung für Katherine. Es war eine Kleinigkeit, zweihundert Menschen zu unterhalten, wenn man die Zügel geschickt in der Hand hielt.

»Ich fürchte, mein Liebes, ich habe heute nacht etwas zu viel getrunken«, bemerkte Katherine wahrheitsgemäß. »Es ist nicht weiter schlimm, bis zum Nachmittag geht es mir wieder gut.«

»Das ist fein.«

Beth wirkte zerstreut. Warum? Katherine wunderte sich. Und wohin wollte sie?

Sie war jetzt nicht in der Verfassung, das Gespräch wieder auf Lord Seymour zu bringen, aber sie mußte wissen, was Beth vorhatte. Eine dunkle Vorahnung stieg in ihr hoch.

»Du gehst aus?«

»Ja.«

»Dann mußt du John bitten, daß er dich fährt. Henry ist seit gestern krank.«

»Das – das ist nicht nötig, Kit. Ich gehe nur ein bißchen, äh – spazieren.«

»Spazieren?« fragte Katherine irritiert.

»Ja. Falls du es noch nicht bemerkt haben solltest, es ist ein wunderbarer Tag heute, ideal für einen Spaziergang.«

»Ist mir nicht aufgefallen. Du weißt doch, daß ich selten auf das Wetter achte.« Großer Gott, ein Spaziergang? Beth ging nie zu Fuß. Sie hatte einen so hohen Spann, daß ihr schon nach wenigen Schritten die Füße weh taten. Und was hatte diese Unsicherheit, diese zögernde Antwort zu bedeuten? »Wie lange wirst du weg sein, Liebes?«

»Oh, ich weiß noch nicht«, antwortete Beth ausweichend. »Vielleicht wage ich mich auf die Regent Street und gehe in ein paar Geschäfte, bevor es zu voll wird. Du weißt ja selber, was dort zwischen zwei und vier los ist.«

Katherine war sprachlos und bevor sie sich wieder gefangen hatte, winkte ihr Beth zu und schloß die Tür. Aber dann blitzte es in Katherines Augen auf, ein schrecklicher Gedanke schoß ihr durch den Kopf, und die Kopfschmerzen waren vergessen. *Mein Gott, sie wird doch nicht so töricht sein?* Aber dieses ungewöhnliche Verhalten, ihre alberne Erklärung, daß sie einen Spaziergang machen wolle, die noch viel absurdere Idee einkaufen zu gehen – ohne Wagen für die Päckchen. Sie würde William treffen! Und dieses ganze Getue konnte eigentlich nur bedeuten, daß sie heimlich heiraten wollten! Er hatte mehr als genug Zeit gehabt eine Heiratserlaubnis einzuholen. Und Kirchen gab es in der Stadt genug.

»Lucy!«

Die rothaarige Zofe erschien augenblicklich in dem Durchgang zum Schlafzimmer. »Lady Katherine?«

»Schnell, ruf meine Schwester zurück!«

Das Mädchen, erschreckt durch den gehetzten Ton in der Stimme ihrer Herrin, flog geradezu aus dem Zimmer. Sie holte Lady Elisabeth auf der Treppe ein, und beide kehrten in Katherines Salon zurück.

»Ja, Kit?«

Wütend bemerkte Katherine, daß Beth jetzt wirklich schuldbewußt aussah. Die Gedanken überschlugen sich in ihrem Kopf. »Sei so lieb, Beth, und besprich das Abendessen für mich mit der Köchin. Mir ist jetzt gar nicht danach, irgendwelche Entscheidungen zu treffen.«

Spürbare Erleichterung. »Aber natürlich, Kit.«

Elisabeth schloß die Tür hinter sich, während Lucy Katherine verwirrt ansah. »Haben Sie nicht bereits –«

Katherine erhob sich von der Couch. »Ja, ja, aber sie wird ein paar Minuten aufgehalten, wenn sie erst noch in die Küche geht und in der Zwischenzeit kann ich mich umziehen. Hoffentlich sagt bloß die Köchin nichts, daß ich schon mit ihr gesprochen habe. Es wäre ja gelacht, wenn ich das nicht hinkriegen würde.«

»Ich verstehe nicht, Lady Katherine.«

»Natürlich nicht. Das habe ich auch gar nicht erwartet. Ich muß eine Tragödie verhindern. Meine Schwester ist im Begriff, mit ihrem Geliebten durchzubrennen!«

Lucy blieb bei diesen Worten der Mund offenstehen. Sie hatte den Klatsch unter den Dienstboten auch gehört, von Lady Elisabeth und dem jungen Lord Seymour und was der Earl angedroht hatte, wenn sie gegen seinen Willen heirateten.

»Sollten Sie sie nicht lieber aufhalten, Gnädigste?«

»Sei kein Dummkopf. Wie soll ich das machen ohne einen Beweis für ihr Vorhaben«, antwortete Katherine ungeduldig und nestelte an ihren Knöpfen. »Geschwind, Lucy, ich brauch' dein Kleid!« Sie griff ihren vorigen Gedanken wieder auf. »Sie würde bei der ersten besten Gelegenheit wieder entschlüpfen. Und ich kann sie auch schlecht in ihrem Zimmer einsperren. Ich muß ihnen in die Kirche folgen und dort eingreifen. Beeil' dich, Lucy. Dann werde ich sie nach Brockley Hall bringen, wo ich leichter ein Auge auf sie haben kann.«

Die Zofe verstand immer noch nichts, aber sie zog sich rasch das schwarze, baumwollene Dienstmädchenkleid aus und gab es Katherine. »Aber wozu brauchen Sie –«

»Komm, Lucy, hilf mir es anzuziehen. Wenn ich weg bin, kannst du mein Kleid nehmen. Weil ich in deinem nicht erkannt werde«, beantwortete sie die Frage der Zofe. »Wenn sie sieht, daß ich ihr folge, wird sie sich nicht mit Lord Seymour treffen und dann habe ich keinen Beweis und kann nichts unternehmen, bis sie es wieder versucht. Verstehst du?«

»Ja, nein, oh, Lady Katherine, Sie wollen doch nicht im Ernst in diesem Aufzug auf die Straße gehen?« rief Lucy aus, während sie ihr half, das steife Kleid zuzuknöpfen.

»Genau das will ich, in dieser Verkleidung. Selbst wenn Beth mich sieht, wird sie mich so nicht erkennen«, sagte Katherine und versuchte das Kleid über ihre vielen Unterröcke zu ziehen. An der Taille ging es nicht weiter. Lucys Gewand war schmaler geschnitten, sie trug nur zwei Unterröcke. »Das geht so nicht. Ich muß ein paar ausziehen, vor allem diesen sperrigen Roßhaarpetticoat. So, jetzt ist es besser.«

Vier Unterröcke fielen zu Boden, und das schwarze Kleid glitt leicht über ihre Hüften. Es war ein bißchen zu lang, denn Lucy war ein paar Zentimeter größer als sie. Aber das machte jetzt nichts.

»Diese lange Schürze trägst du nicht, wenn du hinausgehst, Lucy, oder?«

»Nein.«

»Das habe ich mir schon gedacht, aber ich war nicht ganz sicher. Wie steht's mit einem Sonnenschirm?«

»Nein, Mylady, nur das Retikül, in der Tasche –«

»Dies hier?« Katherine zog ein kleines Kamelhaartäschchen mit langen, festen Kordeln hervor. »Perfekt. Es macht dir doch nichts aus, wenn ich es benütze, oder? Gut, ich möchte echt aussehen. Die Ringe sollte ich wohl auch abnehmen«, fügte sie hinzu und zog sich einen großen Rubinsolitär und einen Perlenring von den Fingern. »Jetzt noch eine Haube, schnell. Am besten einen Kiepenhut, der wird mein Gesicht verbergen.«

Das Mädchen eilte in seinen Petticoats zur Garderobe und kehrte mit Katherines ältestem Hut zurück. »Der ist immer noch zu hübsch, Mylady.«

Katherine griff danach und riß rasch alle Verzierungen ab.

»Gut so?«

»Wie Sie selbst sagen, Mylady, einfach perfekt. Sie sehen gar nicht mehr aus wie eine –«

Katherine lächelte, als Lucy errötete und den Satz nicht zu Ende sprach. »Eine Dame?« vollendete sie und lachte in sich hinein, als sich die Röte des jungen Mädchens vertiefte. »Schon gut, Lucy. Darum geht es ja.«

»Oh, Mylady, ich – ich mache mir Sorgen. Die Männer auf der Straße sind manchmal schrecklich frech. Sie müssen ein paar von den Lakaien mit –«

»Lieber Himmel, nein!« rief Katherine aus. »Beth würde jeden erkennen.«

»Aber –«

»Nein, Kindchen, ich mach das schon.«

»Aber –«

»Ich muß gehen!«

Lucy rang verzweifelt die Hände, als sich die Tür hinter ihrer Herrin schloß. Was ging hier vor? Noch nie in ihrem Leben hatte Lady Katherine so etwas getan. Sie wußte ja gar nicht, auf was sie sich da eingelassen hatte. Gerade vorige Woche erst war sie, Lucy, von einem groben Kerl, nur zwei Blocks von hier entfernt, angesprochen worden, und sie hatte ausgerechnet dieses Kleid getragen. Wer weiß, wie es ihr ergangen wäre ohne den Herrn in der feinen Kutsche, der ihr zu Hilfe kam. Doch dieser Kerl war nicht der erste gewesen, der ihr unzüchtige Angebote gemacht hatte. Ein Dienstmädchen hatte in der Öffentlichkeit keinen Schutz. Und Lady Katherine war im Aufzug eines Dienstmädchens aus dem Haus gegangen.

Ganz wie ein Dienstmädchen sah Katherine aber doch nicht aus. Die Aufmachung stimmte zwar, aber ihre Haltung widersprach dem. Sie war immer die Tochter eines Earls, egal welche Kleidung sie trug. Selbst wenn sie wollte, konnte sie sich nicht wie eine Dienerin benehmen. Sie versuchte es gar nicht. Das war nicht nötig. Wichtig war nur, daß Elisabeth sie nicht erkannte, wenn sie sich umschauen sollte. Und das tat sie. Alle paar Minuten blickte sie zurück und bestätigte damit Katherines Vermutung, daß sie Angst davor hatte, es könne ihr jemand folgen. Katherine mußte jedesmal schnell den Kopf senken. Aber es ging alles gut.

Sie folgte ihrer Schwester bis zur Oxford Street, in die Beth links einbog. Katherine hielt genügend Abstand, denn den grünen Seidenhut vor sich konnte sie gut im Auge behalten, auch als die Gehsteige belebter wurden.

Beth ging tatsächlich in Richtung Regent Street, die nur mehr einen Block entfernt war. Doch das zerstreute Katherines Verdacht keineswegs. Dieser Ort war so gut wie jeder andere, um William zu treffen. Um diese Zeit war noch nicht so viel los wie am Nachmittag, aber es wimmelte trotzdem von Angestellten, die zur Arbeit eilten, Dienern, die für ihre Herrschaft einkaufen gingen, und Lieferfuhrwerken. Regent Street war eine Hauptverkehrsstraße und es drängten sich Equipagen, Kutschen und Anzeigenwagen, diese schrecklichen Fahrzeuge, die am Nachmittag so viele Verkehrsstaus verursachten.

Katherine verlor Beth aus den Augen, als diese in die Regent Street einbog und sie beeilte sich, an die Straßenecke zu kommen. Doch dort hielt sie inne. Beth betrachtete die Auslagen eines Geschäftes, nur drei Häuser weiter unten. Katherine traute sich nicht näher heran und so blieb sie stehen, ungeduldig mit dem Fuß auf den Boden klopfend. Es war eine belebte Ecke, doch sie ignorierte die Menschen, die an ihr vorübergingen.

»Hallo, Süße.«

Katherine beachtete ihn nicht, denn es wäre ihr nicht im Traum eingefallen, daß der Kerl sie meinte.

»Trägst dein Näschen aber weit oben.« Er packte sie am Arm, damit sie ihn anschaute.

»Pardon.« Sie blickte ihn von oben herab an, was nicht so gut gelang, da er einen halben Kopf größer war als sie.

Er ließ nicht ab von ihr. »Ganz schön eingebildet, was? Aber ich mag das.«

Er trug einen Anzug und hatte auch einen Spazierstock, aber seine Manieren ließen viel zu wünschen übrig. Es spielte für Katherine keine Rolle, daß er nicht einmal schlecht aussah. Noch nie in ihrem Leben hatte ein Fremder es gewagt, sie zu berühren. Immer waren Diener oder Lakaien um sie gewesen, die so etwas von ihr fernhielten. Sie war in Verlegenheit, wie sie sich verhalten sollte, aber instinktiv riß sie ihren Arm zurück. Sein Griff war stärker.

»Gehen Sie weiter, mein Herr! Ich wünsche nicht belästigt zu werden.«

»Tu bloß nicht so vornehm, Süße.« Er grinste sie an, ihm gefiel die unvermutete Abwehr. »Du stehst doch hier und wartest auf nichts anderes. Es wird dein Schaden nicht sein, wenn du nett zu mir bist.«

Katherine war entsetzt. Sollte sie sich auf ein Streitgespräch mit ihm einlassen? Kam nicht in Frage. Sie hatte ihren Standpunkt schon vertreten.

Sie holte mit der Hand aus, die Kordel von Lucys stabilem, kleinen Täschchen festhaltend, und ging damit auf ihn los. Der Kerl ließ sie frei und sprang zurück. Er wollte nicht getroffen werden, prallte dabei aber gegen einen anderen Mann, der darauf wartete, die Straße zu überqueren. Dieser stieß ihn mit einem kräftigen Fluch beiseite, der Katherine schmerzhaft in den Ohren klang und ihr eine lebhafte Röte ins Gesicht trieb.

Der Freier brachte sich wieder in Ordnung und starrte sie wütend an. »Miststück. Sag doch einfach nein, wenn du nicht willst.«

Katherines Nasenflügel bebten vor Wut. Sie war nahe daran, ihm zu sagen, was sie von seiner Empörung hielt. Doch ihre gute Kinderstube hielt sie davon ab. So drehte sie ihm nur den Rücken zu; dann stöhnte sie leise auf, als sie sah, daß Elisabeth unterdessen weitergegangen war und schon fast einen halben Block entfernt war.

4

Anastasia war gereizt über die Verzögerung. Es kam ihr vor, als steckte die Kutsche schon eine halbe Stunde an dieser stark befahrenen Kreuzung fest. Wann endlich würde der Verkehrsstrom auf der Regent Street einmal abreißen, so daß sie die Straße überqueren und ihren Weg fortsetzen könnten? Das Stadthaus ihres Onkels lag nur noch ein paar Häuserblocks entfernt. Zu Fuß wäre sie sicher schneller dort gewesen.

»Ich hasse diese Stadt«, jammerte Anastasia. »Die Straßen sind so eng und immer verstopft, ganz anders als in Petersburg. Und kein Mensch beeilt sich hier.«

Dimitri sagte nichts, er erinnerte sie auch nicht daran, daß sie unbedingt hier bleiben wollte. Er saß nur da und starrte aus dem Fenster. Was erwartete sie? Auf der ganzen Fahrt nach London hatte er kaum zwei Worte mit ihr gesprochen. Auf dem Landsitz des Herzogs hatte er allerdings vor ihrer Abreise mehr als genug gesagt.

Anastasia zitterte, wenn sie an seinen Zorn dachte. Geschlagen hatte er sie nicht. Fast wünschte sie, er hätte es getan. Sein Ärger zerrte an ihren Nerven.

Nachdem er getobt und sie alles mögliche geheißen hatte, war seine Stimme schneidend geworden. »Was du mit wem und in welchem Bett treibst, geht mich nichts an. Ich habe dir die gleiche Freiheit zugestanden, die ich mir nehme. Aber deswegen, Natascha, bin ich nicht hier. Sondern weil du die Stirn hattest, *Grandmères* Wünsche zu mißachten.«

»Aber es war unbillig von ihr, mich wegen einer solchen Bagatelle nach Hause zu schicken.«

»Schweig. Was du als Bagatelle bezeichnest, ist für die Engländer noch lange keine. Wir sind hier nicht in Rußland!«

»Nein, in Rußland überwacht Tante Sonja jeden meiner Schritte. Ich habe dort keine Freiheit.«

»Nun, dann tue ich ganz recht daran, dich der Obhut eines Ehemannes zu übergeben, der vielleicht mehr Nachsicht hat.«

»Dimitri, nein!«

Es gab keine Diskussion über das Thema. Seine Entscheidung war gefallen. Doch das war noch nicht der eigentliche Vergeltungsschlag für die Unannehmlichkeiten, die sie ihm bereitet hatte. Der kam, kurz bevor er sie verließ.

»Du kannst zu Gott beten, daß meine Pläne durch diese unnötige Reise nicht zerstört wurden, Natascha«, hatte er ihr hart gesagt. »Wenn dem aber so ist, dann kannst du sicher sein, daß der Ehemann, den ich für dich finden werde, dir alles andere als gefallen wird.«

Die nächsten vier Tage, die sie noch zu Besuch bei der Herzogin verbrachten, war er ausgesprochen freundlich gewesen.

Aber Anastasia konnte nicht vergessen, was ihr für die Zukunft drohte. Es war ihr klar, daß er nicht nur im Zorn gesprochen hatte, sondern alles ernst gemeint hatte. Ein Ehemann war ja nicht so schlimm, wenn er ihr genug Freiheit ließ und ihre kleinen Abenteuer ignorierte. Immerhin würde sie das von Tante Sonjas strenger Aufsicht befreien. Aber ein Mann, der Treue verlangte, der ihr gefühllos seine Wünsche aufzwingen würde, dessen Diener ihr nachspionieren sollten, der sie schlagen würde, wenn sie ihm trotzte, das war etwas ganz anderes, aber genau das, was ihr Bruder ihr angedroht hatte.

Noch nie hatte sie unter seinem Zorn zu leiden gehabt. Sie hatte erlebt, wie es anderen damit erging, aber ihr gegenüber war er immer nachsichtig und liebevoll gewesen. Das zeigte nur, wie sehr sie ihn in diesem Fall erzürnt hatte. Sie hatte gewußt, daß er außer sich sein würde. Sie hatte gewußt, daß sie zu weit gegangen war in ihrem Ungehorsam gegenüber der Herzogin. Und Dimitris kaltes

Schweigen, seit sie die ländliche Gegend verlassen hatten, war der beste Beweis dafür, daß er ihr nicht verziehen hatte.

Außer ihnen beiden war niemand in der Kutsche, das machte das Schweigen noch unerträglicher. Ihre vielen Diener waren auf die Kutschen verteilt, die nach ihnen kamen. Außerdem begleiteten sie die acht berittenen Kosacken, die Dimitri wegen seiner vielen Wertsachen immer um sich hatte, wenn er Rußland verließ. In England wirkten sie merkwürdig, diese grimmig blickenden Krieger mit ihren herabhängenden Schnauzbärten, gekleidet in russische Uniformen mit Pelzhüten und bis an die Zähne bewaffnet. Sie erregten überall großes Aufsehen, aber ihr Anblick ließ auch niemanden auf die Idee kommen, den Prinzen zu belästigen.

Oh, sie wünschte sich so sehr, daß die Kutsche endlich weiterfuhr. Wenn sie schon nach Hause mußte, dann wollte sie es bald hinter sich haben.

»Können deine Männer nicht den Weg für uns frei machen, Mitja?« bat sie schließlich. »Diese Kreuzung ist wirklich zu lästig.«

»Wir haben Zeit.« Er blickte sie nicht an. »Wir segeln nicht vor morgen, und heute abend werden wir das Haus nicht verlassen. Der Zar besucht die Queen diesen Sommer und er soll nicht mit Skandalgeschichten empfangen werden.«

Sie war wütend über diese Warnung, die ausschließlich auf sie gemünzt war. Es war neu für sie, daß Zar Nikolaus vor hatte, nach England zu kommen. Und für den Abend hatte sie sich tatsächlich vorgenommen, noch einmal auszugehen, möglicherweise war das ihre letzte Nacht in Freiheit für eine lange Zeit.

»Ach, Mitja, es ist so stickig in der Kutsche. Wir sitzen hier schon –«

»Noch nicht mal fünf Minuten«, schnitt er ihr kurzerhand das Wort ab. »Hör auf zu jammern.«

Sie funkelte ihn an und bemerkte plötzlich mit Erstaunen, daß er leise lachte. Aber er starrte immer noch aus dem Fenster, so war sie nicht beleidigt, sondern nur wütend.

»Es freut mich, daß du deinen Spaß an dieser langweiligen Fahrt hast«, stichelte sie ironisch. Doch als sie keine Antwort bekam, fragte sie bissig: »Nun, was ist denn so komisch?«

»Diese Dirne da, die ihren Freier abwehrt. Das ist ein wildes kleines Ding.«

Sie interessierte Dimitri, obwohl er nicht genau wußte warum. Ihre Figur war ansprechend, aber nichts Besonderes. Volle Brüste preßten sich gegen das allzu enge Mieder, eine schlanke Taille, ziemlich schmale Hüften, das alles steckte in einem unvorteilhaften, schwarzen Kleid. Das Gesicht sah er nur einen Sekundenbruchteil, denn sie stand an der gegenüberliegenden Ecke der Kreuzung. Sie war keine Schönheit, aber sie strahlte etwas Besonderes aus: große Augen in einem schmalen Gesicht und ein festes, kleines Kinn.

Er hätte sie überhaupt nie wahrgenommen, wäre da nicht das fliegende Täschchen gewesen. Sie war nicht der Typ von Frau, für den er sich normalerweise interessierte. Dafür war sie zu zierlich, bis auf die drängenden Brüste wirkte sie fast wie ein Kind. Aber sie amüsierte ihn. Soviel hochmütige Entrüstung in so einem kleinen Persönchen. Und wann hatte ihn eine Frau zum letzten Mal wirklich amüsiert?

Einem plötzlichen Impuls folgend rief er Wladimir an sein Fenster. Er war sein unentbehrliches Faktotum. Wladimir kümmerte sich um das Wohlbefinden Dimitris, stellte niemals Fragen, urteilte nicht. Jede Anordnung befolgte er getreulich.

Dimitri warf dem vertrauten Diener ein paar Worte zu, und Wladimir verschwand. Kurz darauf fuhr die Kutsche weiter.

»Ich kann's nicht glauben«, bemerkte Anastasia aus der anderen Ecke der Kutsche, wohlwissend, was er soeben getan hatte.

»Besorgst du dir die Huren jetzt schon direkt von der Straße? Sie muß wirklich außerordentlich hübsch sein.«

Dimitri ignorierte die Boshaftigkeit in ihrer Stimme. »Nicht besonders. Sagen wir, meine Eitelkeit regt sich. Was anderen mißlingt, da möchte ich Erfolg haben.«

»Aber so von der Straße, Mitja? Und wenn sie nun krank ist, oder noch schlimmeres?«

»Dir würde das doch gefallen, meine Liebe, oder nicht?« erwiderte er trocken.

»Im Moment auf jeden Fall.«

Für ihren Groll hatte er nur ein mildes Lächeln übrig.

Auf der anderen Straßenseite mußte Wladimir das Problem lösen, sich eine Kutsche zu sichern und dabei die kleine, schwarze Gestalt nicht aus den Augen zu verlieren, die sich auf der Regent Street immer weiter entfernte. In der Nähe gab es keinen Droschkenplatz, außerdem sprach er nicht sehr gut Englisch, und sein Französisch war schwer verständlich. Doch die meisten Probleme können mit Geld gelöst werden und so war es auch hier. Nach ein paar Fehlschlägen gelang es ihm schließlich, den Fahrer einer kleinen Privatkutsche zu überreden, seinen Posten zu verlassen, an dem er auf seinen Herrn wartete. Für einen Lohn von fast einem Jahresgehalt konnte man schon riskieren, seine Stellung zu verlieren.

Jetzt ging es darum, die Frau einzuholen. Es war klar, auf so einer belebten Straße war die Kutsche nicht schnell genug. Wladimir wies den Fahrer an, ihm so dicht wie möglich zu folgen. Der Fahrer schüttelte nur den Kopf über die exzentrischen Einfälle der Reichen – denn dafür hielt er Wladimir –, die erst eine Kutsche mieten und sie dann nicht benützten. Aber was kümmerte ihn das, bei dem schönen Batzen Geld in seiner Tasche?

Kurz vor dem Ende der Straße erreichte Wladimir die Frau, doch nur, weil sie ohne ersichtlichen Grund stehengeblieben war. Sie stand einfach in der Mitte des Bürgersteigs und blickte geradeaus.

»*Mademoiselle?*«

»*Oui?*« antwortete sie zerstreut, beachtete ihn jedoch kaum.

Hervorragend. Sie sprach Französisch. Das einfache Volk in England war dieser Sprache meistens nicht mächtig und er hatte schon befürchtet, es könnte schwierig sein, mit ihr zu reden.

»Würden Sie bitte mit mir kommen, Miss. Mein Herr, Prinz Alexandrow, möchte gerne Ihre Dienste für den Abend in Anspruch nehmen.«

Für gewöhnlich genügte schon die Erwähnung von Dimitris Titel, um einen Handel wie diesen abzuschließen. Deshalb überraschte es Wladimir, daß die Frau ihn nur verärgert anblickte. Und noch größer war sein Erstaunen, als er ihr Gesicht sah. Sie entsprach überhaupt nicht Dimitris Geschmack. Was hatte sich der Prinz bloß dabei gedacht, daß er ausgerechnet diese kleine Dirne in seinem Bett haben wollte?

Katherine war tatsächlich sehr unmutig, daß sie schon wieder belästigt wurde und ausgerechnet als Bedienstete sollte sie angeheuert werden, wohl für eine Gesellschaft oder eine Versammlung, für die man zusätzliche Diener brauchte. Aber es war schon ungewöhnlich, sie von der Straße weg zu verdingen. Sie hatte noch nie von so etwas gehört. Doch man mußte bedenken, daß der Mann ein Fremder war.

Sie ließ ihn auch nicht so deutlich abblitzen wie den anderen Kerl. Der Fehler hatte bei ihr gelegen. Man hielt sie für ein Dienstmädchen. Wenigstens versuchen mußte sie, der Rolle gerecht zu werden. Mit ihrem gedankenlosen Angriff vorhin hätte sie beinahe zu viel Wirbel veranstaltet, das sah sie jetzt ein. Wie leicht könnte sie von jemandem erkannt werden, wenn sie sich so auffällig benahm. Das durfte auf keinen Fall geschehen.

Katherine hätte es nie geduldet, daß ihr Name von einem Skandal befleckt würde. Sie war stolz auf ihr einwandfreies Verhalten, das über jeden Tadel erhaben war. Was, um Himmels willen, hatte sie eigentlich hier zu suchen? Sie konnte es nur auf dieses scheußliche Kopfweh schieben, daß ihr eine so verrückte Idee gekommen war. Mit einem klaren Kopf wäre ihr sicher ein besserer Plan eingefallen, als sich ausgerechnet als Dienerin zu verkleiden.

Der Mann wartete auf ihre Antwort. Er mußte ein außerordentlich gut bezahlter Diener sein, denn seine Kleidung war von hervorragender Qualität. Er war groß, mittleren Alters und sah nicht schlecht aus, mit seinem braunen Haar und den hellblauen Augen. Was hätte Lucy ihm wohl erwidert? Das Mädchen würde wohl ein bißchen mit ihm flirten, und damit ihre Absage geschickt verpakken. Katherine konnte so etwas nicht über sich bringen.

Sie behielt Elisabeth im Auge, die die Straße überquert hatte, aber nicht weitergegangen war und sagte zu ihm: »Es tut mir leid, mein Herr, aber ich nehme keine zusätzliche Arbeit an.«

»Der Prinz ist außerordentlich großzügig, wenn es das ist.«

»Ich brauche kein Geld.«

Wladimir wurde es mulmig. Der Titel des Prinzen hatte sie nicht beeindruckt und sie schien nicht im entferntesten an der Ehre interessiert, die ihr da widerfuhr. Sollte sie sich tatsächlich weigern? Nein, das war ausgeschlossen.

»Zehn Pfund«, bot er ihr an.

Wenn er geglaubt hatte, damit wäre der Handel abgeschlossen, irrte er sich gewaltig. Katherine starrte ihn ungläubig an. War er verrückt, solch einen Lohn anzubieten? Oder kannte er die gängigen Preise für Dienstboten nicht? Die einzige andere Erklärung war, daß er sich in einer verzweifelten Situation befand. Unangenehm wurde ihr bewußt, daß es wohl in ganz England kein Mädchen gab, das nicht seinen Dienst gekündigt hätte für eine so gut bezahlte Nacht. Nur konnte sie natürlich unmöglich annehmen. Zweifellos würde er *sie* für verrückt halten.

»Es tut mir leid –«

»Zwanzig Pfund.«

»Das ist absurd«, fuhr Katherine ihn an. Langsam wurde ihr der

Mann unheimlich. Er *war* verrückt. »Sie können schon um weniger eine ganze Legion Dienstmädchen anheuern. Entschuldigen Sie mich jetzt.« Sie wandte ihm den Rücken zu und betete, daß er wegginge.

Wladimir seufzte. Dieses ganze lächerliche Hin und Her beruhte auf einem Irrtum. Ein Dienstmädchen? Sie hatte ihn vollkommen mißverstanden.

»Verzeihen Sie mir, Miss, daß ich nicht von Anfang an klarer gesprochen habe. Mein Herr braucht Sie nicht als Dienstmädchen. Er hat Sie gesehen und möchte den Abend in Ihrer Gesellschaft verbringen, wofür Sie auch großzügig entlohnt werden. Wenn ich noch deutlicher werden muß –«

»Nein!« Katherine blickte ihn noch einmal an, ihre Wangen glühten. »Ich … äh, verstehe jetzt vollkommen.« Guter Gott, wie war sie nur in diese schreckliche Lage gekommen? Am liebsten hätte sie ihm ins Gesicht geschlagen. Es war eine ungeheuerliche Beleidigung. Aber Lucy wäre nicht gekränkt, Lucy wäre aufgeregt.

»Ich fühle mich natürlich geschmeichelt, aber ich habe kein Interesse.«

»Dreißig Pfund.«

»Nein«, schnappte sie. »Um keinen Preis. Lassen Sie mich jetzt in Ruhe –«

Die Stimme eines Mannes unterbrach sie. »Ich hab's geschafft, Chef, wenn Sie jetzt bereit sind?«

Wladimir blickte sich um und sah die Kutsche nur ein paar Schritte hinter sich stehen. »Gut, du wirst uns hier um den Block fahren. Ich sage dir, wo du halten sollst.«

Mit diesen Worten preßte er seine Hand auf den Mund der Frau und zerrte sie in die Kutsche. »Eine ausgerissene Dienerin«, erklärte er dem gaffenden Fahrer.

»Weggelaufen? Also Chef, wenn die nich für Sie arbeitn will, isses doch ihre Sache, oder nich? Sie können sie nich zwingen –« Doch ein paar Pfundnoten, die in seine Hand glitten, änderten seine Stimmung. »Wie Sie meinen.«

Katherines Schrei wurde abrupt erstickt. Hatte jemand außer dem Fahrer die Entführung beobachtet? Aber niemand rief: Halt. Stehenbleiben. Alles war so rasch gegangen, in Sekundenschnelle hatte der Mann sie in die Kutsche geschoben, so daß es zweifelhaft war, daß irgend jemand etwas bemerkt hatte.

Sofort wurde sie mit Gesicht und Oberkörper in den Sitz gestoßen. Als die Kutsche losfuhr, wurde ihr der Hut abgerissen und ein Taschentuch über den Mund gebunden. Ein harter Ellbogen in ihrem Rücken machte jeden Widerstand unmöglich. Dann wurden ihr die Arme nach hinten gezogen und gleichzeitig fest nach oben gedrückt, so daß sie sich nicht mehr aufrichten konnte. Der Mann drehte sie auf die Seite und legte noch ein Bein über sie, um sie ganz ruhig zu halten.

Ihre Arme konnte er leicht mit einer Hand halten, die er nach kurzer Zeit wechselte. Er bedeckte sie mit seinem Mantel. Ja natürlich, die Fenster! Die Kutsche war zwar abgeschlossen und innen dunkel, aber sobald sie hielt, konnte jeder Vorübergehende hineinblicken.

Sie hatte ganz recht gehabt, daß ihr der Kerl verdächtig gewesen war. Er war wirklich verrückt. So etwas wie das hier passierte einer Katherine St. John einfach nicht. Aber sobald sie ihm sagte, wer sie in Wirklichkeit war, mußte er sie doch freilassen. Das mußte er einfach, oder?

Er beugte sich über sie und seine Stimme drang gedämpft durch den Stoff des Mantels. »Es tut mir leid, Kleine, aber Sie haben mir keine andere Wahl gelassen. Die Anordnungen des Prinzen müssen befolgt werden. Er hat nicht damit gerechnet, daß Sie sich seiner Bitte widersetzen könnten. Noch nie hat sich eine Frau ihm verweigert. Die schönsten Frauen Rußlands kämpfen um diese Auszeichnung. Sie werden das verstehen, wenn er zu Ihnen kommt. So einen Mann wie Prinz Dimitri gibt es nicht noch einmal.«

Katherine hätte ihm liebend gerne gesagt, was ihr diese Auszeichnung wert war. Allerdings war das ein einmaliger Mann, dieser Prinz! Von ihr aus könnte er der attraktivste aller Männer sein, was ging sie das an? Wenn man diesem Mann hier zuhörte, könnte man glauben, daß sie auch noch dankbar sein müßte für die Entführung. So ein Irrsinn!

Die Kutsche hielt an. Sie mußte diesem Wahnsinnigen entkommen. Doch er gab ihr keine Gelegenheit. Sein Mantel umschloß sie wie ein Sack, band ihre Arme fest an den Körper. Er hob sie auf und ging mit ihr los. Ein Arm lag fest unter ihren Knien, preßte sie an seine Brust, so daß sie sich überhaupt nicht bewegen konnte. Der Mantel bedeckte auch ihr Gesicht und ihre Augen.

Plötzlich stieg ihr jedoch der Geruch von Essen in die Nase. Eine Küche? Also brachte er sie zum Hintereingang herein. Das machte ihr Hoffnung. Er wollte nicht daß sein Prinz bemerkte, was er getan hatte. Dieser Dimitri hatte nicht damit gerechnet, daß sie sich weigern könnte, hatte er gesagt. Ein Prinz würde niemals solche Methoden anwenden, um eine Frau zu gewinnen. Sie würde sich gar nicht der peinlichen Lage aussetzen müssen zu erklären, wer sie eigentlich sei. Ein paar Worte zu dem Prinzen, die ihm zu verstehen gaben, daß sie kein Interesse hatte, würden genügen, daß man sie sofort freiließ.

Seine Knie berührten ihren Rücken bei jeder Stufe, die er jetzt nach oben stieg. Und es nahm überhaupt kein Ende. Wo war sie? Die Kutsche war nicht lange gefahren, so weit ungefähr hätte sie auch bis zu sich nach Hause gebraucht. Lieber Gott, war das hier vielleicht eines der Häuser am Cavendish Square, ganz in der Nähe ihres eigenen? Welche Ironie! Doch ihr war kein Prinz bekannt, der in ihre Nachbarschaft gezogen war. Aber gab es ihn überhaupt, diesen Prinzen? Oder war sie einem gemeinen Kerl in die Hände gefallen, der junge Frauen raubte, um sich an ihnen zu vergnügen und nur irgendwelche abenteuerlichen Geschichten erzählte, damit sie nicht so viele Schwierigkeiten machten?

Ihr Entführer redete wieder, doch sie verstand kein Wort, dabei war sie mit nahezu allen europäischen Sprachen vertraut. Eine Frau antwortete in denselben fremdartigen Lauten …

Russen! Er hatte Rußland erwähnt. Es waren *Russen*, diese nordischen Barbaren! Ja, natürlich, in diesem Land gab es jede Menge Prinzen. Trugen dort nicht alle alten Adelsfamilien diesen Titel?

Eine Tür wurde geöffnet. Noch ein paar Stufen, dann wurde sie vorsichtig auf die Füße gestellt und der Mantel entfernt. Katherine riß sich sogleich das Taschentuch vom Mund herunter. Am liebsten hätte sie dem Kerl, der jetzt einfach nur dastand und sie so merkwürdig anschaute, ihre Wut ins Gesicht geschleudert. Es kostete sie einiges an Beherrschung, diesem Impuls nicht nachzugeben.

»Reiß dich zusammen, Katherine. Er ist nur ein Barbar, mit einem barbarischen Wesen. Wahrscheinlich ist ihm überhaupt nicht bewußt, daß es kriminell ist, was er mit dir gemacht hat«, sagte sie mit halblauter Stimme.

»Wir sind keine Barbaren«, sagte er auf französisch.

»Sie sprechen Englisch?«

»Nur ein paar Worte. Aber ›Barbar‹ kenne ich. Schon andere

Engländer haben mich so genannt. Den Rest aber habe ich nicht verstanden.«

»Das macht nichts. Ich habe ein Selbstgespräch geführt. Das ist so eine Angewohnheit von mir.«

»Sie sehen viel hübscher aus, wenn Ihr Haar offen ist. Dem Prinzen wird das gefallen.«

Ach, deswegen starrte er sie so an. Ihr Knoten war aufgegangen, als er ihr das Mundtuch umgebunden hatte. Doch die Haare hatten sich nicht ganz gelöst, und die Enden ringelten sich in Locken um ihr Gesicht.

»Ihre Schmeicheleien bringen Ihnen gar nichts, Sir.«

»Ich bitte um Verzeihung.« Es verdroß ihn, als er sich bei einer leichten, ehrerbietigen Verbeugung ertappte, mit der er seine Worte begleitete. Sie war verdammt hochnäsig für eine Dienerin. Aber schließlich war sie Engländerin, das mußte man dabei auch bedenken. »Ich heiße Wladimir Kirow. Ich sage Ihnen das, denn wir müssen besprechen –«

»Gar nichts habe ich mit Ihnen noch zu besprechen, Mister Kirow. Wenn Sie jetzt bitte so freundlich wären und Ihrem Herrn bestellen, daß ich da bin. Ich möchte mit ihm reden.«

»Er kommt nicht vor heute abend.«

»Holen Sie ihn!« Sie erschrak darüber, wie schrill ihre Stimme klang, aber er schüttelte nur den Kopf. »Ich bin nahe daran, mich zu vergessen, Mister Kirow«, warnte sie ihn in einem Ton, den sie unter diesen Umständen für angebracht hielt. »Sie haben mich beleidigt, entführt und trotz allem bewahre ich immer noch meine Fassung. Ich bin nicht irgendein Dummchen, das gleich zusammenbricht, wenn ihr ein Unglück zustößt. Aber nun reicht es mir. Ich bin um keinen Preis zu haben. Kein noch so hoher Betrag wird daran etwas ändern. Sie können mich genausogut gleich freilassen.«

»Sie sind halsstarrig, aber das ändert gar nichts. Sie werden bleiben – nein.« Er hob die Hand, als sie den Mund öffnete. »Ich dulde kein Schreien. Vor der Tür stehen zwei Wachen, die werden Sie auf der Stelle zum Schweigen bringen. Das wäre Ihnen gar nicht angenehm, und so unnötig. Sie haben jetzt ein paar Stunden Zeit, sich zu bedenken.«

Katherine hatte nicht einen Augenblick an die Wachen geglaubt, doch als er die Tür öffnete um zu gehen, sah sie die beiden grimmig blickenden Männer. Ihre Uniformen waren völlig gleich: lange Tunikas, weite Hosen steckten in hohen Stiefeln, an den Hüften hingen mächtige Schwerter. Unglaublich. War denn der ganze Haushalt in dieses Verbrechen verwickelt? Der Prinz war die einzige Hoffnung, die ihr noch blieb.

5

»Was soll ich bloß machen, Maruscha?« fragte Wladimir seine Frau. »Er will sie. Sie weigert sich, mit ihm das Bett zu teilen. Noch nie bin ich in einem solchen Dilemma gewesen.«

»Dann besorg' ihm doch eine andere Frau«, antwortete sie beiläufig und hielt die Angelegenheit damit für erledigt.

»Du weißt genau, was passieren wird, wenn die Nacht für ihn enttäuschend ist. Die ganze Heimfahrt wird es kein Vergnügen für ihn geben. Hätte ihn seine Großmutter für seine übermäßige Hurerei nicht so gescholten, wäre alles halb so schlimm. Aber sie hat ihn von ihren Zofen ferngehalten und aus Achtung vor ihr hat er sich gefügt. Seit wir angelegt haben gab es keinerlei sexuelle Möglichkeiten für ihn, das ist eine fürchterlich lange Zeit der Enthaltsamkeit für den Prinzen. Er braucht heute nacht eine Frau, bevor wir absegeln, oder wir werden unter seiner Enttäuschung zu leiden haben. Es wird zehnmal so schlimm sein wie auf der Herfahrt, als diese dumme Komtess im letzten Moment ihre Meinung geändert hat und nicht mit ihm gereist ist.«

Wladimir kannte das alles. Sein Problem war nicht nur, daß er den Prinzen noch niemals im Stich gelassen hatte. Es ging auch darum, ihnen allen eine angenehme Überfahrt zu sichern, andernfalls müßten sie wochenlang mit einem schlechtgelaunten Dimitri zusammenleben. Wenn die Umstände es nötig machten, so wie eben bei der Herfahrt, konnte der Prinz durchaus ohne Frau auskommen. Aber wenn es wie heute nacht keinen Grund dafür gab, war die Hölle los, wenn er nicht bekam, was er wollte. Und wenn Dimitri selbst nicht glücklich war, konnte niemand in diesem Haushalt glücklich sein.

Wladimir goß sich noch einen Schluck Wodka ein und stürzte ihn hinunter. Maruscha füllte weiter die Gans für Dimitris Abendessen mit *Kascha*. Für sie war die Sache abgetan. Ihr Mann hatte ihr ja nur erzählt, daß ihm die Frau, die er für den Prinzen besorgt hatte, Ärger bereitete.

»Maruscha, warum ist eine Frau – und sie ist schließlich keine Dame, sondern ein einfaches Mädchen, eine Dienerin – warum ist sie nicht entzückt, wenn ein Prinz sie begehrenswert findet?«

»Sicher ist sie geschmeichelt. Es gibt keine Frau, die nicht wenigstens ein bißchen geschmeichelt wäre, selbst wenn sie nicht mit ihm schlafen will. Zeig ihr ein Bild von ihm. Sie wird sich dann schon eines anderen besinnen.«

»Ja, das werde ich, aber – aber ich glaube, daß es diesmal nichts bewirken wird. Sie war nicht geschmeichelt, Maruscha, sie war beleidigt. Ich habe es ihr angesehen. Ich verstehe das nicht. Keine Frau hat sich ihm je verweigert; Jungfrauen, Ehefrauen, Prinzessinnen, Gräfinnen, selbst eine Königin –«

»Welche Königin? Nie hast du mir das erzählt!«

»Schon gut«, erwiderte er scharf. »Das ist nichts für Klatschmäuler und ich weiß, daß du, liebe Frau, den Klatsch über alles liebst.«

»Also, jeder Mann sollte doch wenigstens einmal abgewiesen werden. Das tut ihm gut.«

»Maruscha!«

Sie lachte vergnügt: »Ich hab' nur Spaß gemacht, mein Lieber. Jeder Mann außer unserem Prinzen. Hör jetzt auf, dich zu sorgen. Geh und besorg ihm eine andere Frau, das hab' ich dir doch schon gesagt.«

Wladimir schaute düster in sein leeres Glas und füllte es nochmal. »Das geht nicht. Er hat nicht gesagt, ›Ich will eine Frau für heute nacht. Bring mir eine.‹ Er zeigte auf diese Kleine und sagte: ›Diese da. Erledige das.‹ Sie ist nicht einmal hübsch, Maruscha, bis auf ihre Augen. Ich könnte ihm bis zum Abend ein Dutzend Frauen bringen, die seinem Geschmack weit mehr entsprechen. Aber er will diese. Er muß sie haben.«

»Sie wird verliebt sein«, meinte Maruscha nachdenklich. »Nur aus diesem Grund weist eine Frau von niederem Stand eine solche Ehre zurück. In Rußland würde keine –«

»Wir sind hier in England«, erinnerte er sie. »Vielleicht denken sie hier anders.«

»Wir waren doch schon öfter hier, Wladimir. Und niemals hast du solche Schwierigkeiten gehabt. Ich sag' dir, sie ist verliebt. Aber es gibt Drogen, unter denen sie alles vergißt, die ihre Erinnerungen verschwimmen lassen und sie bereitwilliger machen –«

»Er wird sie für betrunken halten«, erwiderte er streng. »Das wird ihm überhaupt nicht gefallen.«

»Aber wenigstens wird er sie haben.«

»Und wenn es nicht wirkt? Wenn sie sich noch genügend erinnert, um sich zu wehren?«

Maruscha runzelte die Stirn. »Nein, das wäre nichts. Er würde wild werden. Er hat es nicht nötig, eine Frau gewaltsam zu nehmen. Das würde er nicht tun. Sie streiten ja darum, sich ihm an den Hals zu werfen. Jede Frau, die er nur will, kann er haben.«

»Und er will diese, die nichts von ihm wissen will.«

Sie warf ihm einen entrüsteten Blick zu. »Du regst mich langsam auf. Soll ich mal mit ihr reden? Vielleicht kann ich herausfinden, was sie dagegen hat.«

»Versuch es nur«, willigte er ein. Er war in dieser Sache zu allem bereit.

Sie nickte. »Red du doch inzwischen mal mit Bulawin. Vielleicht stimmt es ja nicht, aber er hat letzte Woche damit geprahlt, daß er wüßte, wie er eine Frau dazu bringen könnte, ihn anzuflehen, mit ihr zu schlafen. Und zwar jede Frau. Vielleicht hat er einen Zaubertrank.« Sie grinste.

»So ein Quatsch«, spottete er.

»Man kann nie wissen«, reizte sie ihn. »Die Kosaken haben immer in der Nähe der Türken gelebt. Hast du vielleicht jemals von einem Sultan gehört, der Schwierigkeiten mit seinen Sklavenmädchen gehabt hätte, von denen doch die meisten unschuldige Gefangene sind?«

Mit einer Handbewegung und einem verärgerten Blick tat er dieses Gerede ab, aber dennoch, er würde mit Bulawin sprechen.

So verzweifelt war er im Augenblick.

Katherine konnte nicht still sitzen. Sie drehte Kreise im Zimmer, alle paar Minuten wütend auf den riesigen Schrank starrend, den die zwei Wächter vor das einzige Fenster geschoben hatten. Obwohl er leer war, konnte sie ihn mit ihrem Fliegengewicht nicht von der Stelle rücken. Eine halbe Stunde lang hatte sie es erfolglos versucht.

Es war ein ziemlich großes, wohl unbenutztes Schlafzimmer, in dem man sie gefangenhielt. Selbst der mächtige Schreibtisch war leer. Eine rosa und grün gemusterte Tapete bedeckte die Wände (die Königin schätzte diese Farbkombination besonders). Die Einrichtung zeugte von Reichtum: Schwere Möbel im Hope-Stil mit seinen griechisch und ägyptisch inspirierten Schmuckelementen, eine teure grüne Satindecke auf dem Bett. Cavendish Square. Da war sie ganz sicher. Wenn sie nur aus diesem Zimmer gelangen könnte, sie wäre im Nu zu Hause – aber was half es? Elisabeth, die sie zuletzt alleine wartend an der Ecke gesehen hatte, würde William jetzt schon getroffen haben. *Sie wird verheiratet sein, bevor ich nach Hause komme.* Diese dumme Verkleidung, diese schreckliche Vorahnung, und das alles für nichts. Elisabeth mit einem lumpigen Mitgiftjäger verheiratet. Das, nur das, machte Katherine so wütend auf diese Russen. Dieser Barbar, dieser borniert Idiot, der sie hierher gebracht hatte – seinetwegen war Beths Leben jetzt zerstört. Nein, nicht wegen ihm. Er hatte nur seine Anordnungen befolgt. Sein Prinz war der eigentlich Verantwortliche. Was zum Teufel bildete er sich eigentlich ein, ihr aus so einem obszönen Grund einen Diener hinterherzuschicken? Welche Arroganz!

Dem werd' ich was erzählen, der wird mich kennenlernen. Ich sollte ihn ins Gefängnis werfen lassen. Ich weiß, wie er heißt. Dimitri Alexandrow – oder Alexandrow Dimitri? Egal. So viele russische Prinzen kann es in London gar nicht geben. Es wird nicht schwer sein, ihn zu finden.

Das war zwar eine angenehme Vorstellung, aber sie wußte auch, sie würde es nicht tun. Der Skandal wäre schlimmer als das Verbrechen. Das hätte ihr gerade noch gefehlt, wenn der Name St. John durch den Schmutz gezogen würde.

»Aber wenn Beth nicht da ist, wenn ich nach Hause komme, und ich sie nicht mehr unverheiratet vorfinde, dann, bei Gott, dann werde ich es tun.«

Eine kleine Hoffnung bestand noch, daß Elisabeth William heute nur getroffen hatte, um Pläne zu schmieden. Mit aller Kraft klammerte sie sich an diesen Gedanken. Dann wäre noch nichts verloren und diese ärgerliche Erfahrung hier würde sie am besten ganz schnell vergessen.

»Hier bringe ich Ihnen was zu essen, Miss, und noch eine Lampe. Das Zimmer ist ja so dunkel mit dem zugestellten Fenster. Sie sprechen doch Französisch, oder? Ich kann es sehr gut, denn bei uns sprechen alle Herrschaften so. Manche können nicht einmal Russisch.«

Mit diesem Wortschwall eilte eine Frau ins Zimmer und setzte ein schweres Tablett auf einen kleinen runden Tisch zwischen zwei Sesseln. Sie war einen halben Kopf größer als Katherine, mittleren Alters, mit braunem Haar, das sie zu einem festen Knoten gesteckt trug, und freundlichen, blauen Augen. Geklopft hatte sie nicht. Eine der Wachen hatte ihr die Tür geöffnet und sie hinter ihr wieder geschlossen.

Sie rückte die Sachen auf dem Tablett zurecht. Eine schmale Vase mit einer Rose war umgefallen. Zum Glück enthielt sie kein Wasser. Die Lampe stellte sie auf den Marmorkamin. Sie brannte bereits und das zusätzliche Licht war angenehm. Dann ging sie wieder hinüber zu dem Tablett und fing an, die Deckel zu heben.

»*Katuschki*«, erklärte sie, indem sie eine Platte mit Fischbällchen in Weißweinsauce aufdeckte. »Ich bin die Köchin und ich bin sicher, daß es Ihnen schmecken wird. Ich heiße Maruscha.«

Wie eine Köchin sah sie nicht gerade aus, dafür war sie ein bißchen zu dünn, fand Katherine, als sie nach dem Essen schielte. Neben den *Katuschki* lag ein kleiner Laib Roggenbrot. Außerdem gab es Chicoréesalat mit Früchten, zum Nachtisch ein Stück Kuchen und eine Flasche Wein. Ein wirklich leckeres Mittagessen. Die *Katuschki* rochen köstlich. Und Katherine hatte nicht gefrühstückt. Es war ein Jammer, daß sie es nicht über sich brachte, etwas zu essen.

»Danke, Maruscha, aber Sie können das wieder mitnehmen. Ich werde in diesem Haus nichts annehmen, auch kein Essen.«

»Das ist nicht gut, wenn Sie nichts essen. Sie sind so schmächtig«, sagte Maruscha respektvoll.

»Ich bin so dünn, weil … ich eben dünn bin«, sagte Katherine steif. »Das hat mit Essen überhaupt nichts zu tun.«

»Aber der Prinz, der ist ein Hüne. Sehen Sie nur!«

Sie hielt Katherine ein kleines Bild unter die Nase, daß diese gar nicht anders konnte, als einen Blick darauf zu werfen. Der Mann auf der Miniatur war … unmöglich! Kein Mensch konnte in Wirklichkeit so aussehen.

Katherine schob die Hand der Frau beiseite. »Ausgesprochen amüsant. Mit Hilfe dieses kleinen Tricks soll ich wohl meine Meinung ändern? Selbst wenn das wirklich euer Prinz Alexandrow ist, bleibe ich bei meinem Nein.«

»Sind Sie verheiratet?«

»Nein–«

»Dann haben Sie einen Geliebten, den Sie sehr lieben?«

»Liebe ist etwas für Schwachsinnige. Ich bin nicht schwachsinnig.«

Maruscha runzelte die Stirn. »Dann sagen Sie mir doch bitte den Grund für Ihr Nein. Das ist wirklich mein Prinz.« Sie tippte auf das Bild. »Warum sollte ich lügen? Sie werden ihn ja heute nacht kennenlernen. Das Bild wird ihm noch nicht einmal gerecht. Er ist ein Mann voller Leben, Energie und Charme. Und vor allem ist er zu Frauen sehr liebenswür –«

»Schluß jetzt!« fuhr Katherine sie unbeherrscht an. »Mein Gott, was seid ihr bloß für schreckliche Menschen. Erst dieser Rohling, der mich entführt hat und jetzt Sie! Kann sich euer Prinz seine Frauen nicht selber aussuchen? Merkt ihr denn nicht, wie widerlich eure Kuppelei ist? Ich bin kein käufliches Mädchen und meine Zuneigung ist nicht mit Geld zu erringen.«

»Wenn Sie das mit dem Geld so stört, dann stellen Sie sich doch einfach vor, daß da ein Mann und eine Frau sind, die die gegenseitige Gesellschaft schätzen. Außerdem wirbt mein Herr für gewöhnlich selbst um die Frauen, die er begehrt. Nur war heute keine Zeit dafür. Er ist im Hafen und sieht auf dem Schiff nach dem Rechten. Wir segeln nämlich morgen wieder nach Rußland zurück.«

»Ich bin hocherfreut, das zu hören«, sagte Katherine trocken. »Meine Antwort ist und bleibt nein.«

Wladimir hatte recht. Dieses Frauenzimmer war entsetzlich störrisch. Sie war einfach unmöglich. Jesus Maria, hochmütig wie eine Prinzessin, aber dumm wie die letzte Küchenmagd. Keine Frau, die bei Verstand war, würde eine Nacht mit Dimitri Alexandrow ausschlagen. Es gab genug, die für diese Gunst sogar bezahlen würden.

»Sie haben noch immer nicht gesagt, warum Sie sich weigern«, erinnerte sie Maruscha.

»Ihr habt einen Fehler gemacht, das ist alles. Ich gehöre nicht zu der Sorte Frau, die auch nur im entferntesten daran dächte, mit einem völlig Fremden ins Bett zu gehen. Ich habe einfach kein Interesse.«

Maruscha verließ kopfschüttelnd und auf russisch vor sich hinmurmelnd das Zimmer. In der Halle traf sie ihren Mann, der ihr erwartungsvoll entgegensah. Es tat ihr so leid, ihn enttäuschen zu müssen, aber was blieb ihr anderes übrig?

»Es hat keinen Sinn, Wladimir. Entweder hat sie Angst vor Männern oder sie haßt sie. Anders kann ich es mir nicht erklären. Aber ihre Meinung wird sie sicher nicht ändern, das schwöre ich dir. Du kannst sie genausogut gehen lassen und Prinz Dimitri Bescheid geben, damit er seine Pläne für den Abend umdisponieren kann.«

»Nein, er hat seine Wahl bereits getroffen«, beharrte Wladimir und gab ihr einen kleinen, zusammengebundenen Beutel. »Misch ihr davon was ins Abendessen.«

»Was ist das?«

»Bulawins Zaubermittel. Nach dem was er gesagt hat, wird der Prinz zufrieden sein.«

6

Am späten Nachmittag – oder war es schon früher Abend? – wurde ihr das Bad gebracht. In dem Zimmer gab es keine Uhr. Und Katherines kleine Taschenuhr, die sie ansonsten immer bei sich hatte, war in dem Kleid, das sie Lucy hingeworfen hatte, aber das war nun schon so viele Stunden her.

Argwöhnisch hatte sie das Kommen und Gehen der drei Diener beobachtet. Sie hatten eine Porzellanwanne hereingetragen, sie mit heißem Wasser gefüllt und aus einem kleinen Fläschchen Rosenöl hinzugegeben, dessen Duft sich im ganzen Zimmer verbreitete. Niemand hatte sie gefragt, ob sie ein Bad nehmen wollte. Und sie wollte das auch nicht. Nicht ein Kleidungsstück würde sie in diesem Haus ausziehen.

Aber jetzt betrat Wladimir Kirow den Raum. Er prüfte das Wasser, lächelte. Sie saß steif in einem Sessel und trommelte mit den Fingern ärgerlich auf die Armlehnen.

Er pflanzte sich gebieterisch vor ihr auf und herrschte sie an: »Sie werden baden.«

Katherine schaute langsam zu ihm hinauf und wendete ihren Blick gleich darauf verächtlich wieder ab. »Sie hätten besser gefragt, bevor ihr euch so viele Umstände macht. Ich bade nicht in fremden Häusern.«

Wladimir hatte genug von ihrer Arroganz. »Das war keine Bitte sondern ein Befehl. Wenn Sie nicht freiwillig baden, werden Ihnen die Männer da draußen helfen. Denen macht das sicher Spaß, aber ich glaube kaum, daß Ihnen das gefallen würde.«

Befriedigt bemerkte er, wie sie ihm ihre Aufmerksamkeit schnell wieder zuwandte. Ihre großen, ovalen Augen funkelten. Mit ihrer herrlichen Farbe waren sie bei weitem das attraktivste an ihr. Ihre außergewöhnliche Schönheit beherrschte das schmale Gesicht und verlieh ihm einen Ausdruck malerischer Unschuld. War es das gewesen, was Dimitri angezogen hatte? Aber nein, auf diese Entfernung hatte er ihre Augen gar nicht bemerken können.

Das unvorteilhafte Kleid mußte verschwinden. Das strenge Schwarz nahm ihr alle Farbe und ließ ihr Gesicht fahl und blaß erscheinen. Die leichte Röte, die ihre Wangen jetzt überzog, stand ihr ausgezeichnet, aber sie würde wieder vergehen. Sie hatte einen glatten, makellosen, fast durchsichtigen Teint, aber etwas Rouge wäre vielleicht nicht schlecht. Gerne hätte er sie ein bißchen zurecht machen lassen, aber er befürchtete, daß sie sich wehren würde und man sie festhalten müßte. Das wollte er vermeiden, denn blaue Flecken schätzte der Prinz nicht.

Nur das sanfte Licht und die limonengrüne Bettwäsche würden ihre Erscheinung unterstreichen. Wladimir war zufrieden. Soweit war alles in Ordnung. Die Frau würde parfümiert aus dem Wasser steigen, das Abendessen mit dem beigemischten Mittel gleich kommen und ohne ihre Kleider würde sie völlig ungeschützt sein.

»Sie sollten das Bad nehmen, solange das Wasser heiß ist«, fuhr Wladimir mit seinen Anordnungen fort. »Ich werde Ihnen ein Mädchen schicken, das Ihnen behilflich ist. Das Abendessen kommt auch gleich und wenn Sie wieder nicht essen wollen, werden wir nachhelfen. Wir wollen nicht, daß Sie Hunger leiden, solange Sie hier sind.«

»Und wie lange muß ich hier noch bleiben?« fragte Katherine gepreßt.

»Wenn der Prinz Sie verlassen hat, können Sie bestimmen, wohin Sie gebracht werden wollen. Sicher wird er nicht länger als ein paar Stunden in Ihrer Gesellschaft verweilen.«

»Es würde nur ein paar Minuten dauern, bis sie dem Lüstling die Sache klargemacht hätte«, dachte Katherine wild, und dann könnte sie gehen. »Wann wird er kommen?«

Wladimir zuckte die Schultern. »Wenn er ins Bett gehen will.«

Katherine senkte die Augen, als sie spürte, wie ihr das Blut wieder ins Gesicht stieg. Sie hatte an diesem Tag mehr Gespräche über die körperliche Liebe gehört als in ihrem ganzen bisherigen Leben. Und die natürliche Ungezwungenheit, mit der diese Menschen darüber sprachen, war ihr sehr fremd. Die Diener der Alexandrows arrangierten so etwas wohl recht häufig und besaßen daher überhaupt kein Schamgefühl mehr. Sie hatte den Eindruck, als fänden sie absolut nichts Unrechtes daran, unschuldige Frauen von der Straße weg zu entführen, damit sie ihrem Herrn zu Willen seien.

»Es ist Ihnen doch klar, daß Ihr Handeln kriminell ist oder etwa nicht?« fragte Katherine ruhig.

»Aber Sie werden ja eine Entschädigung erhalten für diesen kleinen Verstoß.«

Katherine verschlug es die Sprache, doch bevor sie noch etwas hinzufügen konnte, war er schon gegangen. Sie bildeten sich tatsächlich ein, über dem Gesetz zu stehen! Nein, wahrscheinlich stimmte das gar nicht. Sie hielten *sie* einfach für eine Frau aus der Unterschicht und das Recht war wohl in Rußland, genau wie hier, auf der Seite der Begüterten. In ihren Augen wog die Entführung nicht schwer, denn was könnte sie schon gegen den mächtigen Prinzen unternehmen? Aber sie hatte sie über das Mißverständnis nicht aufgeklärt. Niemand wußte, wer sie in Wirklichkeit war, und die Tochter eines Earls zu entführen war schon etwas anderes.

Wahrscheinlich hätte sie es offen eingestehen sollen. Doch der Gedanke war ihr sehr unangenehm, sich zu diesem dummen Verkleidungsspiel bekennen zu müssen. Und sie würde ihre Freiheit ja auch wiedererlangen, wenn sie dem Prinzen ihre Abneigung deutlich machte.

Ein junges Mädchen kam herein, um ihr beim Baden behilflich zu sein. Katherine wollte keine Hilfe, aber das Mädchen sprach offensichtlich nur Russisch, denn es beachtete Katherines Einwände gar nicht. Es plapperte in seiner Muttersprache vor sich hin, während es die Kleidungsstücke zusammenfaltete, die Katherine einfach auf den Boden fallen ließ. Sie hatte es sehr eilig, die Tortur so schnell wie möglich hinter sich zu bringen. Und dann, als Katherine gerade in die Wanne stieg, verließ das Mädchen mit sämtlichen Kleidungsstücken den Raum. Sogar die Schuhe nahm es mit.

Verdammt! Sie dachten wirklich an alles! Und außer dem Bettzeug gab es nichts in dem Zimmer, womit sie sich bedecken konnte. Das war der Tropfen, der das Faß zum Überlaufen brachte! Sie hatte versucht ruhig zu bleiben. Sie hatte sich bemüht, über die Kränkungen hinwegzugehen und die ganze Geschichte einfach als einen Irrtum anzusehen. Ganz höflich hätte sie dem Prinzen die Anmaßung seiner Diener klargemacht. Aber jetzt reichte es. Bei Gott, er würde ihren Zorn zu spüren bekommen.

Katherine schrubbte sich mit einer Besessenheit, bis ihr ganzer

Körper rosa glühte. Sie mußte unbedingt ein bißchen Dampf ablassen. Bevor sie noch fertig war, brachte Maruscha das Abendessen.

»Ich will meine Kleider wieder haben!« verlangte Katherine sofort, als sich die Tür öffnete.

»Alles zu seiner Zeit«, antwortete die Frau gelassen.

»Auf der Stelle will ich sie!«

»Ich warne Sie, mein Täubchen werden Sie nicht laut. Die Wachen haben ihre Anordnungen –«

»Zum Teufel mit Ihnen und euch allen! Ach, es ist sinnlos.«

Katherine sprang aus der Wanne, schlang sich ein Handtuch um und ging stracks zum Bett. Sie befürchtete, daß man ihr ansonsten auch noch die letzte Möglichkeit sich zu bedecken nehmen würde. Die schwere Decke war zu dick und unhandlich, deswegen schlug sie sie zurück, zog das obere Laken ab und hüllte sich hinein wie in einen Umhang. Der grüne Satin sog die Feuchtigkeit der Haut schnell auf.

Maruscha war ziemlich verblüfft. Was für ein Energiebündel. Ihre Haut glänzte vom Baden rosig. Die Augen funkelten vor Ärger, die Wangen glühten und ihr Körper ... welch eine Vollkommenheit hatte sich doch in dem häßlichen schwarzen Gewand verborgen. Der Prinz würde nichts auszusetzen haben.

»Sie werden jetzt essen und danach haben Sie vielleicht noch Zeit, ein wenig zu schlafen, bevor –«

»Kein Wort mehr!« unterbrach Katherine sie scharf. »Lassen Sie mich allein, ich möchte mit niemandem außer Alexandrow sprechen.«

Maruscha war klug genug das Zimmer zu verlassen. Es gab ohnehin nichts mehr zu tun, außer zu warten und zu hoffen, daß Bulawin nicht nur aufgeschnitten hatte.

Die Vorstellung, daß die stämmigen Wachen sie festhielten und sie zum Essen zwangen, trieb Katherine an den Tisch. Der nagende Hunger, den sie seit drei Stunden verspürte, hätte sie nicht dazu gebracht. Dennoch, das Essen war köstlich: Hühnchen in Sahnesauce, gekochte Kartoffeln und Karotten, kleine Honigkuchen. Auch der Weißwein schmeckte hervorragend, aber sie war zu durstig, als daß sie ihn hätte wirklich genießen können. Den ganzen Tag hatte sie nichts getrunken und bevor noch die Zofe mit einem weiteren Tablett hereinkam, hatte sie schon zwei Gläser hinuntergestürzt. Das Eiswasser kam zu spät, ihr Durst war gestillt. Aber außerdem befanden sich auf dem Tablett noch eine große Karaffe Brandy und zwei Gläser. Das Mädchen stellte dies neben das Bett.

Sollte der Zeitpunkt endlich gekommen sein, zu dem sich der große Prinz persönlich zeigte? Es hatte ganz den Anschein. Gut, es war ihr recht, gerade jetzt, wo ihre Wut am stärksten war. Doch er kam nicht und die Zeit verstrich erneut so langsam wie am Nachmittag.

Katherine beendete ihre Mahlzeit und nahm ihre Wanderung durch das Zimmer wieder auf. Aber nachdem sie ein gutes Dutzend mal hin und her gegangen war, jeden Moment erwartend, daß sich die Tür öffnete und der geheimnisvolle Prinz eintrat, spürte sie, wie ihre Haut, da wo der Satin sie berührte, anfing zu kribbeln. Die Nerven! Wie war das möglich? Sie, die immer fest wie ein Fels in der Brandung stand, spürte ihre Nerven.

Bei der Brandykaraffe machte sie halt und goß sich ein Glas ein. Brandy war ein gutes Stärkungsmittel. Es war töricht, es auf einen Satz hinunterzugießen, aber sie hatte keine Zeit zu verlieren. Jede Minute konnte er hereinkommen und sie mußte entspannt sein, sich in der Hand haben. Sie setzte sich hin und befahl sich Ruhe. Aber ohne Erfolg. Das Prickeln hielt an, ja, es wurde noch schlimmer.

Katherine sprang auf und goß sich noch einen Brandy ein. Dieses Mal trank sie ihn schlückchenweise. Nein, so dumm war sie nicht, daß sie sich betrinken würde, nur weil ihr die Nerven flatterten. Und wieder drehte sie ihre Runden im Zimmer, aber dieser Satin, dieses verdammte Satinlaken machte sie verrückt, wenn es ihre Beine streifte. Nur, sie konnte doch dem starken Drang, es abzuwerfen, nicht nachgeben! Ihr Schamgefühl ließ das nicht zu.

Mitten im Zimmer blieb sie stehen, hielt sich vollkommen bewegungslos. Auch das wirkte nicht. In ihr brannte eine Energie, die sie trieb, sich zu bewegen, irgend etwas zu machen. Es war ihr unmöglich, sich stillzuhalten.

Nervös drehte und streckte sie sich – o Gott, noch nie in ihrem Leben hatte sie sich so rastlos gefühlt. Aber da war noch etwas. Es war ihr, als könnte sie tatsächlich das Blut in ihren Adern spüren. Das gab es doch nicht, sie fühlte sich so seltsam und – heiß.

Die Tür öffnete sich, aber es war nur das junge Dienstmädchen, das gekommen war, um das Tablett zu holen. Es war sinnlos mit ihm zu sprechen, da es nur Russisch konnte. Sie brauchte unbedingt noch einen Drink. Sobald das Mädchen gegangen war, wollte sie sich nochmal einschenken, aber dann gebot sie sich Einhalt. Sie traute sich nicht, denn schon jetzt war sie etwas benommen, und sie mußte doch einen klaren Kopf behalten.

Sie setzte sich auf das Bett und stöhnte laut auf. Ihre Augen wurden weit vor Schreck bei diesem Ton. Was war bloß los mit ihr? Es lag wohl an diesem verfluchten Laken. Wenigstens für einen Augenblick mußte sie es loswerden.

Katherine ließ das Laken fallen. Sie erbebte, als es über ihre Arme und den Rücken glitt und sich um ihre Hüften legte. Instinktiv kreuzte sie die Arme über ihre bloße Brüste. Wie ein Stromstoß durchfuhr es ihren Körper, bis in die Zehenspitzen. Sie rang nach Luft. Noch nie waren ihre Brüste so empfindlich gewesen. Und dabei war es ihr durchaus angenehm. Auch das war völlig neu für sie.

Sie schaute an sich herunter und war erstaunt. Die Hitze, die sie innerlich spürte, ließ ihre Haut sanft erglühen. Ihre Brustwarzen waren ganz hart und prickelten, oh, dieses Prickeln im ganzen Körper! Sie rieb sich die Arme und stöhnte wieder auf. Auch ihre Haut war überall so empfindsam. Irgend etwas war ganz entschieden nicht in Ordnung. Sie hatte Schmerzen, nein, keine Schmerzen – sie wußte nicht, was das war, aber es durchströmte sie in Wellen und floß in ihrem Schoß zusammen.

Ohne daß es ihr bewußt wurde, fiel Katherine auf das Bett zurück und warf sich ruhelos hin und her. Sie war krank. Sie war sicher krank. Das Essen. Und dann wurde ihr plötzlich voller Entsetzen klar, daß sie ihr etwas ins Essen getan haben mußten.

»O Gott, was haben die mit mir gemacht?«

Aber es konnte doch nicht ihre Absicht sein, sie krank zu machen. Sie hatte wohl eine heftige Reaktion auf weiß der Himmel was für eine Droge, die sie ihr verabreicht hatten. Es war schon fast komisch. Denn dieses Fieber hatten sie sicher nicht bewirken wollen. Aber woher sollte sonst diese Hitze rühren, diese schreckliche Unruhe, die so stark war, daß sie die Bewegungen ihres Körpers schier nicht mehr beherrschen konnte?

Einen Moment lang rollte sie sich auf dem Bett zusammen, in entsetzlicher Hoffnungslosigkeit. Das Laken kühlte ihre brennende Haut. Sie legte sich auf den Bauch, und ein paar wunderbare Augenblicke lang spürte sie etwas Erleichterung. Eine angenehme Mattigkeit hüllte sie ein und sie fing schon an zu hoffen, daß der Anfall vorüber sei – aber es hielt nicht an. Wieder stiegen die heißen Wellen in ihr auf, immer heftiger, und sie spürte ein drängendes Pulsieren in ihrem Schoß, fast einen Schmerz. *O Gott!*

Sie rollte sich in die Mitte des Bettes, auf den Rücken, die Arme von sich gestreckt. Ihr Kopf wurde heftig hin und her geworfen, der Atem ging stoßweise, keuchend. Sie hatte jegliche Kontrolle verloren, ihr Körper wand und drehte sich, bäumte sich auf und sie merkte überhaupt nicht, was sie tat. Das Zeitempfinden war ihr verlorengegangen. Ihre Nacktheit, die Situation, in der sie sich befand, all das ging unter in dem rasenden Fieber.

Als Prinz Alexandrow zwanzig Minuten später das Zimmer betrat, war Katherine in einem Zustand, der ihr jedes Denken unmöglich machte; nichts mehr empfand sie außer der brennenden Hitze in ihrem Körper. Sie bemerkte sein Eintreten nicht. Sie wußte nicht, daß er dastand und sie beobachtete, mit dunklen, samtigen Augen, die von ihren Bewegungen fasziniert waren.

Dimitri war wie gebannt von dem erotischen Anblick, den sie bot. Ihr Körper schien sich in sexueller Leidenschaft auf dem Bett zu winden und zu drehen. Er kannte das von einigen seiner leidenschaftlicheren Bettgenossinnen, hatte es unter sich gespürt und genossen, aber noch nie hatte er so etwas mit Abstand gesehen. Es wirkte sofort. Er konnte spüren, wie sich seine Männlichkeit mit aller Kraft unter dem losen Gewand regte, das er trug.

Was *hatte* diese kleine englische Rose nur mit sich angestellt, das sie in eine solch fieberhafte Ekstase versetzte? Welch eine Überraschung bot sich ihm dar! Und dabei hatte er schon den ganzen Abend die plötzliche Eingebung bereut, die ihn veranlaßt hatte, ihr Wladimir hinterher zu schicken. Denn an ihr war wirklich nichts, das seine Leidenschaft wecken konnte. Zumindest hatte er das bis zu diesem Augenblick geglaubt.

Katherine wurde seiner erst gewahr, als er am Fußende des Bettes stand, lässig an den Bettpfosten gelehnt. Dieses Bild ... Adonis war lebendig geworden. Ausgeschlossen. Das war unwirklich – sie mußte im Delirium liegen. Aber nein, er war aus Fleisch und Blut.

»Helfen Sie mir. Ich – ich brauche –« Ihre Kehle war von der Hitze so ausgedörrt, daß sie kaum sprechen konnte. Sie fuhr sich mit der Zunge langsam über die Lippen. »Einen Arzt.« Dimitri gefror das Lächeln. Der Blick in ihre Augen hatte ihn fasziniert. Was für eine Farbe und welch glühende Leidenschaft in ihnen. Er war so sicher gewesen, daß sie nach ihm verlangte. Einen Arzt!

»Sie sind – krank?«

»Ja ... ein Fieber. Mir ist so heiß.«

Sein Blick verfinsterte sich zusehends. Krank! Verflucht! Und das, nachdem sie ihn dazu gebracht hatte, daß er sie begehrte.

Heftiger Zorn stieg in ihm hoch. Er ging auf die Tür zu. Wladimir würde das büßen müssen. Ihre Stimme hielt ihn auf.

»Bitte ... Wasser.«

Die klägliche Bitte ließ Mitleid in ihm aufkommen. Normalerweise hätte er sie der Obhut seiner Diener überlassen. Aber er war nun einmal gerade da und ihr das Wasser zu geben, war Sache eines Augenblicks. Sie konnte nichts dafür, daß sie krank war. Wladimir hätte ihm Bescheid sagen müssen, bevor er hierher kam. Man mußte sie sofort zu einem Arzt bringen.

Die Gefahr einer möglichen Ansteckung beachtete er gar nicht, auch nicht, daß sich dadurch vielleicht seine Abreise verzögern könnte. Er goß Wasser ein und hob ihren Kopf, damit sie trinken konnte. Sie nahm ein paar Schluck, drückte ihre Wange an sein Handgelenk und rieb sich daran. Gleich darauf drehte sie sich mit ihrem ganzen Körper zu ihm hin, wie magisch angezogen durch die Berührung. Er ließ sie los und sie stöhnte, als er ihr seine kühle Haut entzog. »Nein ... so heiß ... bitte.«

Sie zitterte. Vor Kälte? Er wunderte sich. Ihre Wange hatte sich nicht heiß angefühlt. Er legte ihr die Hand auf die Stirn; sie war kühl. Aber ihr ganzes Verhalten war, als würde sie von einem Fieber verzehrt werden. Was für eine Krankheit war das? Und verdammt noch mal, er begehrte sie immer noch!

Sein Ärger kehrte zurück, er stürzte zur Tür hinaus und brüllte nach Wladimir. Der Diener erschien auf der Stelle. »Mein Prinz?«

Dimitri hatte nie aus Wut einen Diener geschlagen. Für ihn wäre das der Gipfel der Ungerechtigkeit, denn seine Diener waren sein Eigentum. Sie konnten sich nicht rächen, konnten das Dienstverhältnis nicht aufkündigen, konnten sich in keiner Weise schützen. Aber seine momentane Enttäuschung war so groß, daß er solche Bedenken beinahe vergessen hätte.

»Der Teufel soll dich holen, Wladimir, die Frau ist krank! Wieso weißt du davon nichts?«

Wladimir hatte das vorausgesehen, wußte, daß er seinem Herrn eine Erklärung schuldig war. Aber lieber jetzt, da die Dosis ihre Wirkung zeigte, als vorher, als noch etwas hätte schiefgehen können.

»Sie ist nicht krank«, sagte er schnell. »Sie hat die Spanische Fliege bekommen.«

Überrascht trat Dimitri einen Schritt zurück. Warum hatte er nicht selbst erkannt, was der Frau fehlte? Schon einmal, während seines Aufenthaltes im Kaukasus, hatte er eine Frau gesehen, der man dieses starke Aphrodisiakum verabreicht hatte. Sie war unersättlich gewesen. Fünfzehn Soldaten hatten sie nicht befriedigen können. Die Wirkung hatte stundenlang angehalten und sie nach immer mehr Männern verlangen lassen.

Dimitri war empört. Er wußte, daß er alleine die Begierde dieser Frau nicht stillen konnte. Es würden ihm wohl seine Wachen dabei helfen müssen, der Frau Erleichterung von ihrem Leiden zu verschaffen, denn ein Leiden war es tatsächlich. Sie brannte nach einem Mann zwischen ihren Beinen, brannte in schmerzhafter Not. Doch in ihm regte sich nicht nur Widerwillen, sondern auch seine Männlichkeit pulsierte in freudiger Erwartung. Er würde sie haben und sie würde betteln, noch mehr zu bekommen. Die Situation war außergewöhnlich und erweckte zahlreiche lustvolle Vorstellungen in ihm.

»Aber warum, Wladimir? Eigentlich wollte ich einen entspannten Abend verbringen. Auf ein sexuelles Marathon war ich nicht eingestellt.«

Die Krise war vorüber. Wladimir wußte jetzt, daß der Prinz den Einfall akzeptiert hatte, auch wenn er nicht seiner Vorstellung entsprach. Aber er würde sehr zufrieden sein, und das allein zählte.

»Es war schwierig, sie zu überreden und alles Geld nützte nichts. Sie wollte partout nicht mit einem Fremden ins Bett gehen.«

»Heißt das, daß sie mich tatsächlich ablehnte?« Der Gedanke amüsierte Dimitri. »Hast du ihr nicht gesagt, wer ich bin?«

»Doch, natürlich. Aber diese englischen Dienstboten haben eine hohe Meinung von sich. Ich glaube, sie hat erwartet, daß Sie ihr zunächst den Hof machen. Ich habe ihr erklärt, daß dafür keine Zeit war und nicht, daß Sie es gar nicht nötig haben, sich um jemanden wie sie zu bemühen«, fügte er etwas abfällig hinzu. »Verzeihen Sie mir, Prinz Dimitri, aber ich habe mir nicht anders zu helfen gewußt.«

»Wieviel habt ihr ihr gegeben von der Droge?«

»Wir wußten nicht genau, wieviel man braucht.«

»Die Wirkung kann also stundenlang oder die ganze Nacht anhalten?«

»Solange, wie Sie sich vergnügen wollen, Herr«, war die Antwort.

Dimitri ächzte und winkte Wladimir zu gehen. Er ging in das Zimmer zurück, über sich selbst erstaunt, wie begierig er darauf war, die Frau wieder zu sehen. Immer noch warf sie sich auf dem Bett hin und her und stöhnte jetzt recht hörbar. Als er sich neben sie setzte, richtete sie ihren Blick auf ihn. Sie beruhigte sich etwas, aber ihren Körper konnte sie nicht stillhalten.

»Kommt der Arzt?«

»Nein, mein Täubchen, es tut mir leid, aber ein Arzt kann dir hierbei nicht helfen.«

»Muß ich sterben?«

Er lächelte sanft. Sie hatte tatsächlich keine Ahnung, was mit ihr los war, wußte auch nicht, daß es nur eine Behandlung gab, die ihr Erleichterung verschaffen würde. Aber er schätzte sich glücklich, es ihr zu zeigen.

Er beugte sich über sie und streifte ihre Lippen mit den seinen. Weit öffneten sich ihre Augen vor Überraschung. Dimitri konnte nicht anders, er mußte lachen. Was für eine Mischung aus Unschuld und sexueller Verlockung. Er fand sie bezaubernd.

»Gefällt es dir nicht?«

»Nein, ich … oh, warum ist mir bloß so seltsam?«

»Mein Diener hat es in die Hand genommen, deine Scheu zu überwinden, und dir ein Aphrodisiakum gegeben. Weißt du was das ist?«

»Nein, aber es … es macht mich krank.«

»Aber nein, Kleines, nicht krank. Es bewirkt nur das, wozu es da ist – es steigert deine sexuelle Begierde ins Unerträgliche.«

Einen Augenblick brauchte sie, bis sie ganz sicher war, ihn richtig verstanden zu haben. »Neiiin!« brach es aus ihr heraus.

»Schhh«, besänftigte Dimitri sie und streichelte ihr behutsam über die Wange. Sofort schmiegte sich ihr Gesicht wieder in seine Hand. »Ich wünsche das keiner Frau, aber was geschehen ist, ist geschehen und wenn du es erlaubst, kann ich dir helfen.«

»Wie?«

Sie war argwöhnisch. Er konnte das Mißtrauen in ihren Augen sehen. Wladimir hatte recht. Sie wollte tatsächlich nichts von ihm. Ohne die Droge hätte er genausowenig eine Chance bei ihr gehabt, wie der Rüpel auf der Straße. Faszinierend! Ein untrügliches Gefühl sagte ihm, daß er auch mit all seinem Charme bei ihr nichts erreicht hätte. Welch eine Herausforderung! Wenn nur die Zeit nicht so drängen würde …

Doch immerhin wirkte jetzt die Droge. Die Spanische Fliege half da weiter, wo menschliche Anstrengungen vergeblich blieben. Er würde sie besitzen. Sie hatte ihn bei seiner Eitelkeit gepackt und er würde die Situation voll ausnützen, würde diese kleine englische Blume brechen.

Dimitri gab keine Antwort auf ihre Frage. Er liebkoste weiter ihre Wange, die wie ihr ganzer Körper in einem zarten Rosa schimmerte.

»Wie heißt du, mein Schatz?«

»Kit – nein, Kate – ich meine, ich heiße Katherine.«

»So, so, Kit und Kate für Katherine.« Er lächelte. »Ein königlicher Name. Hast du schon mal von unserer Katharina, der Kaiserin von Rußland, gehört?«

»Ja.«

»Und einen Nachnamen hast du nicht?«

Sie drehte ihren Kopf weg. »Nein.«

»Ein Geheimnis?« Er lachte in sich hinein. »Oh ja, kleine Katja, ich wußte, daß du mich amüsieren würdest. Aber was spielen Nachnamen schon für eine Rolle. Wir können sie ja gar nicht brauchen, so nahe, wie wir uns sein werden.« Während er sprach, glitt seine freie Hand auf ihre Brüste. Durchdringend und gequält brach ein Schrei aus ihr heraus. »So empfindlich? Du brauchst sofort Erleichterung, nicht wahr?« Seine Hand glitt tiefer zu dem dunklen, gekräuselten Dreieck zwischen ihren Beinen.

»Nein, nicht! Bitte nicht!« protestierte sie, aber ihr Körper straffte ihre Worte Lügen und ihre Hüften bogen sich seinen Fingern entgegen.

»Es geht nicht anders, Katja«, seine tiefe Stimme beruhigte sie. »Du weißt das nur noch nicht.«

Katherine stöhnte auf, denn seine Berührung ließ das Toben immer heftiger werden. Ihr Verstand sträubte sich, aber sie war machtlos, das Spiel seiner Finger zu beenden, genauso wie sie nicht die Kraft gehabt hätte, sich zu bedecken, als er das Zimmer betrat. Sie brauchte diese kühle, wohltuende Hand. Sie brauchte …

»Oh, o Gott!« schrie sie, als die Wellen der Lust über ihr zusammenbrachen, sie erbeben ließen, sie immer aufs neue durchströmten, ihre Sinne überfluteten, diese unerträgliche Hitze fortspülten.

Katherine glitt in einen See wonnevoller Mattigkeit. Befreit von dem Druck lag sie da, zufrieden und unendlich entspannt.

»Siehst du, Katja?« Seine Stimme brach in ihren Frieden ein. »Das war die einzige Möglichkeit.«

Katherines Augen flogen auf. Sie hatte ihn vollkommen vergessen. Wie konnte sie nur? Er war es gewesen, der sie von der glühenden Hitze erlöst hatte. O Gott, was hatte sie nur mit sich machen lassen? Und da saß er und beobachtete sie, in ihrer ganzen Blöße!

Sie richtete sich halb auf und suchte verzweifelt nach dem Laken. Aber das war schon vor langer Zeit weggerutscht und lag außer Reichweite auf dem Boden. Sie wollte nach der Decke am Fußende des Bettes greifen, doch er kam ihrer Absicht zuvor, legte schnell seinen Arm um ihren Körper und hielt sie neben sich fest.

»Vergeude nicht sinnlos deine Energie, du hast nur ein paar Minuten zur Erholung. Es wird gleich wieder losgehen, Kleines. Spar dir deine Kräfte auf und entspann dich, solange es noch geht.«

»Sie lügen!« Tiefer Schrecken lag in Katherines Stimme. »Es – es kann doch nicht wiederkommen. Oh, bitte, lassen Sie mich doch gehen! Sie haben kein Recht mich hier festzuhalten!«

»Du kannst jederzeit gehen«, sagte er großmütig, aber er war sich ziemlich sicher, daß sie nicht einmal vom Bett hochkommen würde. »Niemand hält dich zurück.«

»Und ob sie es getan haben!« Ihre ganze Wut stieg wieder hoch, schwoll an und brach heraus. »Dieser Barbar – dieser Kirow, er hat mich entführt und den ganzen Tag wie eine Gefangene in diesem Zimmer eingesperrt!«

Ihr Zorn entzückte ihn. Dimitri wurde überwältigt von dem Wunsch, sie in den Arm zu nehmen, sie zu küssen. Was für eine Kraft die Kleine hatte. Eine köstliche Überraschung! Er war verrückt nach ihr, wollte sie haben, nachdem er ihr zugesehen hatte, wie sie ihren Höhepunkt erreichte. Aber er mußte sich gedulden, brauchte sich nicht nehmen, was sie ihm schon bald wieder freiwillig geben würde.

»Es tut mir leid, Katja. Meine Leute gehen manchmal zu weit in ihrem Bemühen, mich zufriedenzustellen. Wie kann ich das denn wieder gutmachen?«

»Einfach – einfach – oh, nein, nein!«

Das Fieber kam wieder, floß warm durch ihre Adern, wurde rasch heißer. Sie blickte ihn einen Augenblick in tiefster Verzweiflung an, dann wendete sie sich stöhnend ab. So plötzlich war es wiedergekommen. Er hatte nicht gelogen. Und jetzt wußte sie, was sie brauchte, wonach ihr Körper verlangte. Moral, Scham, Stolz, all das löste sich in nichts auf.

»Bitte!« Sie krümmte sich, suchte den Blick seiner samtenen Augen. »Hilf mir!«

»Wie denn, Katja?«

»Faß mich an … so wie vorhin.«

»Das kann ich nicht.«

»Oh, bitte –«

»Hör mir mal zu.« Er nahm ihr Gesicht in seine Hände, um es ruhig zu halten. »Du weißt, was geschehen muß.«

»Ich versteh' das nicht. Du hast gesagt, du würdest mir helfen! Warum willst du mir nicht helfen?«

So naiv konnte sie doch nicht sein, oder? »Ich will schon, aber du mußt mir auch helfen. Ich brauche ebenfalls Erleichterung. Sieh mich an.«

Er öffnete sein Gewand. Darunter war er nackt. Katherine holte tief Luft, als sie seine prall aufgerichtete Männlichkeit sah. Langsam dämmerte es ihr und sie lief purpurrot an.

»Nein … nur das nicht«, flüsterte sie mit gebrochener Stimme.

»Doch. Das ist es, was du in Wirklichkeit brauchst, Katja – mich in dir. Ich bin für dich da. Nimm mich!«

Noch nie hatte sich Dimitri einer Frau gegenüber so verhalten. Sein Drängen zeigte, wie sehr er sich nach ihr sehnte – er konnte sich nicht erinnern, je eine Frau so sehr begehrt zu haben. Und die ganze Diskussion mit ihr war so überflüssig. Lange würde sie nicht widerstehen können, dafür sorgte die Droge.

Er sprach nicht weiter. Wartete, berührte sie nicht, beobachtete, wie sie sich in ihrer qualvollen Not herumwälzte. Es war fast schmerzhaft, ihr sinnloses Leiden zu sehen. Sie brauchte nur um Erleichterung zu bitten. Aber sie war hartnäckig, wehrte sich gegen die Droge, wollte die Abhilfe nicht. War es Stolz? Konnte sie so töricht sein?

Dimitri war nahe dran – ungeachtet ihrer Proteste – die Sache selbst in die Hand zu nehmen, da drehte sie sich zu ihm um. Flehentlich bittende Augen, verführerisch geöffnete Lippen, wirres Haar, bebend vor Lust. Himmel, war sie schön, so unbeschreiblich sinnlich.

»Ich ertrage es nicht mehr, Alexandrow, mach, was du willst, bitte, egal was – aber jetzt gleich.«

Dimitri lächelte verblüfft. Dieses Frauenzimmer hatte es tatsächlich geschafft, aus seiner Bitte eine Anweisung zu machen. Doch es war ein Befehl, dem er nur zu gern Folge leistete.

Er warf sein Gewand ab, streckte sich auf dem Bett neben ihr aus und zog sie nahe zu sich heran. Sie seufzte bei der Berührung mit seinem kühlen Körper, aber das Seufzen ging schnell in ein Wimmern über. Zu lange hatte sie gewartet. Ihre ganze Haut, vor allem aber die Brüste waren schon wieder hochempfindlich. Verdammt! Ihren wunderbaren Körper wollte er unter seinen Händen spüren und jetzt mußte er sich zurückhalten.

»Warte beim nächsten Mal nicht wieder so lange, Katja.« Seine Stimme klang hart vor Enttäuschung.

Ihre Augen weiteten sich. »Nächstes Mal?«

»Es wird noch Stunden anhalten, aber du bräuchtest nicht eine Minute davon zu leiden. Verstehst du? Weis mich nicht noch einmal zurück.«

»Nein – werde ich nicht – nur bitte, Alexandrow, mach schnell!«

Er lachte. Keine Frau hatte ihn je Alexandrow genannt, wenigstens nicht im Bett. »Dimitri«, stellte er richtig. »Oder Euer Hoheit«, neckte er sie. Verlangend trommelte sie mit ihren kleinen Fäusten auf ihn ein. »Schon gut, Kleines. Sachte, sachte. Beruhige dich.«

Er konnte nicht länger warten. Ihre Hüften drängten sich wild an ihn heran, brachten seine Leidenschaft zum Sieden. Er rollte sich auf sie, gestützt auf seine langen Oberarme, hielt er seinen mächtigen Brustkorb von ihr fern. Die Süße ihrer halbgeöffneten Lippen wollte er kosten und beugte sich hinab zu ihr. Mein Gott, sie waren süß, süß und erregend, aber die heftigen Bewegungen ihres Unterleibs ließen ihn nicht vergessen, was vorrangig war.

Er ließ von ihren Lippen ab und nahm ihr Gesicht in seine großen Hände. Ihre Lust wollte er sehen, wollte sehen, wie sich die Ekstase in ihren Augen spiegelte. Tief drang er in sie ein – und sie schrie auf. Aber es war zu spät. Ihr Jungfernhäutchen war zerrissen.

»Lieber Gott!« zischte Dimitri. »Warum hast du mir das nicht gesagt?«

Sie gab keine Antwort. Eine einzelne Träne rann aus ihren geschlossenen Augen. Dimitri fluchte lautlos. Sie war doch kein junges Mädchen mehr, sondern eine Frau! Was zum Teufel hatte ihre Jungfernschaft zu bedeuten? Bei Dienstboten spielte so etwas normalerweise keine Rolle. Nur in der Oberschicht war es von Nutzen, wenn es darum ging, bedeutende Heiraten zu arrangieren.

»Wie alt bist du, Katherine?« fragte er jetzt sanft und wischte ihr die feuchten Augen.

»Einundzwanzig«, murmelte sie.

»Und du hast es geschafft, so lange Jungfrau zu bleiben? Unglaublich. In dem Haushalt, in dem du arbeitest, muß es ja schwer an Männern mangeln.«

»Mmmm.«

Dimitri lachte. Sie hörte ihm gar nicht mehr zu, sondern konzentrierte sich ganz auf seinen harten Schaft, der tief in ihr vergraben war, wiegte sich aufreizend, zog ihn noch tiefer in sich hinein – es war wunderbar. Er stöhnte, biß die Zähne zusammen, ließ sie so lange machen wie möglich, aber es kam ihr rasch. Und obwohl er seine Lust gerne noch verlängert hätte, war es ihm unmöglich, dem erregenden Pulsieren in ihr zu widerstehen. Er fiel ein in ihren Orgasmus, stieß heftig in sie, hörte ihren Lustschrei, mit dem sie noch einmal explodierte.

Dimitri erhob sich und setzte sich an den Bettrand. Sein Herz klopfte noch wie verrückt. Er goß sich einen Brandy ein. Katherine bot er auch einen an, aber sie schüttelte nur den Kopf, ohne ihn anzublicken. Er würde ihr die Flecken ihrer verlorenen Unschuld abwaschen, aber erst, wenn sie empfänglich dafür war. Lächelnd sann er darüber nach. Schon ahnte er, wie er sie zu einem weiteren Höhepunkt bringen konnte.

Er lehnte sich seitlich zurück, stützte den Arm hinter ihr auf. Immer noch schaute sie ihn nicht an, bis er anfing, mit dem kühlen, runden Unterteil des Brandyglases eine ihrer aufgerichteten Brustwarzen zu umkreisen. Es machte ihm Spaß, wie ihre Augen funkelten und er lachte leise.

»Du wirst mir das zugestehen müssen, Katja. Ich spiele gern mit meinen Frauen.«

»Ich bin keine deiner Frauen.«

»Aber ja doch – für diese Nacht schon«, beharrte er, denn ihr Groll machte ihm Spaß.

Er beugte sich vor und leckte mit seiner Zungenspitze an ihrer anderen Brustwarze. Katherine zuckte zusammen, dann stöhnte sie auf, als er ihre Brust ganz in den Mund nahm. Unwillkürlich fuhr sie ihm in die Haare, um ihn wegzuziehen. Ihr Widerstand bewirkte nur, daß er seine Zähne sanft um ihre Brustwarze schloß, bis sie nachgab und ihm erlaubte zu tun, was er wollte. Bald schon war sie wieder bereit für ihn.

Dimitri stand auf griff nach dem Waschlappen und tauchte ihn in das kalte Wasser der Wanne. Zunächst legte er ihn ihr auf den Körper, dann, als ihre innere Hitze schon fast in Ekstase umschlug, tränkte er den Lappen mit dem Eiswasser aus der Karaffe und preßte ihn zwischen ihre Beine.

Die zweifache Lust trieb Katherine fast zur Raserei. Die Kälte des Eises löschte die Hitze und stimulierte sie gleichzeitig, da wo sie es am meisten brauchte. Fast unmittelbar darauf kam sie und die Wellen der Lust gingen erst wieder zurück, als er schließlich von ihr abließ.

Noch einmal ging er weg, um sich selbst zu waschen. Als er wiederkam, machte er es sich zwischen ihren Beinen bequem und saugte an ihren Brüsten. Sie hatte nicht den Willen, dagegen zu protestieren. Sie brauchte ihn. Das stand ohne allen Zweifel fest. Wenn er darauf bestand, zwischen jeder Krise mit ihr zu ›spielen‹, gut, dann mußte sie das eben ertragen. Tatsächlich aber verschaffte ihr auch das Lust, sie hatte also gar keinen Grund, sich zu beklagen.

Katherine erreichte einen weiteren Höhepunkt, indem sie sich an seinem Becken rieb, während er weiter ihre Brüste liebkoste. Und erneut nahm er seine Finger, indes seine Zunge jeden Winkel ihres Mundes erforschte. Diese doppelte Erregung trieb ihre Lust jedesmal zu fast unerträglichen Gipfeln. Doch war das nichts gegen die vollkommene Befriedigung, wenn er sich ihr schließlich ganz hingab. Sein tiefes Eindringen erfüllte sie noch viel inniger, hinterließ eine selige Zufriedenheit.

Und so ging es die ganze Nacht weiter. Seine Worte bewahrheiteten sich. Kein einziges Mal mehr mußte sie leiden. So lange sie seinen Anweisungen folgte, war er für sie da, linderte und erleichterte ihre Begierde, verschaffte ihr Stunde um Stunde mit seinen Händen, seiner Zunge, seinem Körper unvorstellbare Ekstasen. Nichts anderes wollte er dafür haben, als daß sie ihm erlaubte, mit ihr zu spielen, ihren Körper so zu streicheln, wie es ihm gefiel. Sie war überzeugt davon, daß es keine Stelle mehr an ihr gab, die ihm nicht vertraut war. Aber was machte das schon. Diese Nacht war so vollkommen unwirklich. Mit ihrem eigentlichen Leben hatte sie nichts zu tun. Am nächsten Morgen würde alles vergessen sein, aufgelöst, verflogen wie die Droge.

7

»Wladimir, wach auf. Wladimir!« Maruscha rüttelte ihn unsanft an der Schulter, bis er schließlich verschlafen ein Auge öffnete. »Es wird Zeit. Lida hat ihn in seinem Zimmer umhergehen gehört. Du solltest dich darum kümmern, daß das arme Mädchen hier weg kann.«

»Armes Mädchen? Nach all dem, was ich mit ihr durchgemacht habe?«

»Ja, aber hat sie nicht auch mit uns viel durchmachen müssen? Schau nach draußen, Mann. Es dämmert schon.«

Er blinzelte zum Fenster; tatsächlich, der Himmel färbte sich bereits violett. Schlagartig wurde er hellwach, und schlug die leichte Decke beiseite, die Maruscha über ihn gebreitet hatte, bevor sie in die Küche gegangen war, das Feuer anzufachen. Er trug immer noch die Kleidung vom Vortag. Die halbe Nacht war er aufgeblieben und hatte darauf gewartet, daß der Prinz das Zimmer der Frau verließ. Eigentlich hatte er überhaupt nicht schlafen, sondern sich nur ein paar Minuten ausruhen wollen.

»Wahrscheinlich ist er früh aufgestanden«, sagte Wladimir. »Du weißt ja, er braucht nicht viel Schlaf. Sicher ist er nicht die ganze Nacht bei ihr geblieben.«

»Egal, Lida sagt jedenfalls, daß er munter ist, und die Frau sollte wohl aus dem Haus sein, bevor er sein Zimmer verläßt. Er schätzt es doch überhaupt nicht, diesen gewöhnlichen Frauen noch einmal über den Weg zu laufen, wenn er mit ihnen fertig ist.«

Der Blick, den er ihr zuwarf, bedeutete soviel wie ›mir brauchst du das nicht sagen‹. Dann schnappte er sich ein Bündel Kleider und stieg die Treppen zum dritten Stock hinauf. Der Korridor war leer. Am vergangenen Abend hatte er die Wachen weggeschickt, bevor Dimitri kam. Er sollte keinen Argwohn schöpfen. Jetzt allerdings käme es Wladimir gar nicht ungelegen, wenn die Frau auf eigenen Faust das Haus verlassen hätte, auch wenn er ihr noch etwas schuldete für ihre Unannehmlichkeiten.

Leise öffnete er die Tür. Immerhin bestand die Möglichkeit, daß Lida sich geirrt und die Schritte von Dimitris Kammerdiener gehört hatte. Doch eigentlich sprach soviel dagegen, den Prinzen immer noch hier vorzufinden, daß Wladimir nur den Kopf schütteln konnte über seine Vorsicht. Und das Zimmer war auch leer, bis auf die Frau. *Sie* war noch da, lag friedlich schlafend unter der Satindecke.

Er ließ ihre Kleider auf einen Stuhl fallen, ging zum Bett und schüttelte sie.

»Nicht nochmal«, stöhnte sie.

Wladimir empfand einen Augenblick lang einen Anflug von Mitleid. Sie war gut und ausgiebig genommen worden. Die Dünste der Nacht hingen schwer in dem geschlossenen Raum. Er mußte jetzt zuallererst für frische Luft sorgen.

Er schob den mächtigen Schrank vom Fenster weg, dabei keuchte er vor Anstrengung und atmete dann tief die frische Morgenbrise ein, die hereinwehte.

»Danke, Wladimir«, erklang die Stimme des Prinzen hinter seinem Rücken. »Mir graute vor dem Gedanken, meine Schulter gegen dieses unförmige Stück stemmen zu müssen.«

»Mein Herr!« Wladimir wirbelte herum. »Verzeihen Sie mir. Ich wollte sie gerade wecken und –«

»Laß es.«

»Aber –«

»Laß sie schlafen. Sie hat es nötig. Und ich möchte unbedingt wissen, wie sie sich verhält, wenn sie ihre Sinne wieder beisammen hat.«

»Ich … ich würde Ihnen das nicht empfehlen«, sagte Wladimir zögernd. »Sie ist keine sehr angenehme junge Frau.«

»So? Nun, das interessiert mich erst recht, nachdem ich die ganze Nacht sehr angetan von ihr war. Ich kann mich tatsächlich nicht erinnern, wann ich mich das letzte Mal so gut vergnügt habe.«

Wladimir entspannte sich. Die Worte des Prinzen waren nicht sarkastisch gemeint, wie es manchmal seine Art war, sondern er war wirklich sehr zufrieden. Der Einsatz hatte sich gelohnt. Wenn jetzt nur nichts mehr dazwischenkam, und sie in dieser guten Stimmung reisen könnten. Aber die Frau – nein, sicherlich hatte Dimitri sie mit seinem Charme eingewickelt und sie würde heute morgen nicht so widerborstig sein.

Dimitri wandte sich dem Bett zu, wo nur ein schmaler Arm und eine blasse Wange auf dem Kissen zu sehen waren, alles andere wurde von einem Gewirr brauner Locken verdeckt. Wie unter einem Zwang hatte er in dieses Zimmer zurückkehren müssen. Er hatte vorgehabt, ein Bad zu nehmen und dann ein paar Stunden zu schlafen, bevor die hektischen Vorbereitungen der Abreise begannen. Gebadet hatte er wohl, aber er war unfähig gewesen, die Frau aus seinen Gedanken zu verbannen.

Es war wohl wahr, was er zu Wladimir gesagt hatte. Er konnte sich nicht erinnern, jemals schon eine so ungewöhnliche und dabei so herrliche Nacht verbracht zu haben. Eigentlich sollte er genauso erschöpft sein wie sie. Aber er hatte sich Einhalt geboten, seine eigene Lust zurückgehalten, und seine Kräfte absichtlich geschont, indem er ihr auf andere Weise Befriedigung verschafft hatte. Der Gedanke war ihm zuwider gewesen, ein paar seiner Männer zusammenrufen zu müssen, damit sie ihn unterstützten, weil er müde wurde. Und außerdem hatte er auch ganz einfach diese Kostbarkeit mit niemandem teilen wollen.

Kaum zu glauben, aber er war tatsächlich enttäuscht, als sie schließlich einschlief. Er war immer noch nicht müde, fühlte sich im Gegenteil sehr vital.

»Wußtest du, daß sie noch Jungfrau war, Wladimir?«

»Nein, Herr. Spielt das eine Rolle?«

»Für sie wohl schon. Wieviel wolltest du ihr bezahlen?«

Angesichts dieses neuen Sachverhalts verdoppelte Wladimir rasch den Betrag, den er im Kopf hatte. »Hundert Englische Pfund.«

Dimitri schaute ihn schräg an. »Gib ihr tausend – nein, zweitausend. Ich möchte, daß sie hemmungslos Geld für ein paar hübsche Kleider ausgeben kann. Diesen Fetzen, den sie trug, ist ja scheußlich. Haben wir eigentlich nichts Passenderes für sie, wenn sie aufwacht?«

Die Großzügigkeit des Prinzen war sprichwörtlich und Wladimir hätte sich normalerweise nicht darüber gewundert. Aber diese Frau war doch schließlich nichts anderes als ein einfaches englisches Dienstmädchen.

»Fast alle Habseligkeiten der Dienerschaft wurden gestern schon auf das Schiff gebracht, Herr.«

»Und ich glaube kaum, daß Anastasia eines ihrer Kleider hergeben würde. Nein, wie komme ich nur auf so etwas. Sie hat den ganzen Abend geschmollt, weil ich sie nicht in London habe herumtollen lassen. Wahrscheinlich kommt ihr im Augenblick jeder Anlaß wie gerufen, mir eins auszuwischen.«

Wladimir war sich unschlüssig, ob er etwas sagen sollte oder nicht. Aber wenn es doch Dimitris Wunsch war, das Frauenzimmer in besseren … nein, er brachte es nicht über sich, die Kleider der Komteß Rothkowna zu erwähnen, die mit nach England gekommen waren, auch wenn sie selbst es vorgezogen hatte, in Rußland zu bleiben. Dimitri hätte womöglich die feine Rache genossen, alle Dinge, die der Komteß gehörten, wegzugeben, denn zweifellos war er mit ihr fertig, nachdem sie ihn so enttäuscht hatte. Aber daß diese durch und durch unmögliche Person mit einer so teuren Garderobe beschenkt werden sollte – nein, das ging Wladimir gegen den Strich. Ein etwas gefälligeres Kleid, das mochte noch hingehen, aber Samt und Seide mußten es nicht sein.

»Ich werde eine der Frauen schicken, etwas Passendes zu kaufen, wenn die Geschäfte aufmachen«, schlug Wladimir vor, fügte aber hinzu: »Wenn sie dann überhaupt noch hier ist.«

»Nein, ist schon gut. Es war nur so eine Idee, und es hätte mir Spaß gemacht, diesen Lumpen wegwerfen zu lassen.« Dimitri entließ Wladimir mit einer Handbewegung. »Ich werde dir Bescheid geben, wenn Sie geht.«

Also blieb er hier bei ihr in dem Zimmer? Reizte sie ihn immer noch? Wladimir zögerte wieder. Nie zuvor hatte er seine Interessen über die seines Herrn gestellt, wie gerade eben. Noch brauchte er den Prinzen nicht zu besänftigen. Dimitri befand sich in hervorragender Stimmung. Aber Wladimir konnte die Frau einfach nicht ausstehen, nachdem sie ihm mit ihrer Dickköpfigkeit derartig viele Schwierigkeiten und Sorgen bereitet hatte, auch wenn sie Dimitri schließlich zufriedengestellt hatte. Seiner Meinung nach bekam sie sowieso schon viel zu viel. Wenn er es verhindern konnte, dann würde sie nicht noch zusätzlich etwas bekommen.

»Wie Sie wünschen, Herr.«

Wladimir verließ das Zimmer, die Türe sachte hinter sich schließend. Er ging nach unten, um Maruscha diese neueste Verrücktheit des Prinzen zu erzählen. Aber wahrscheinlich würde sie nur amüsiert sein und ihn daran erinnern, daß schon Dimitris Vater der Anziehungskraft einer Engländerin erlegen war und sie geheiratet hatte. Gott sei Dank war *dieses* Weib nicht von Adel, wie seinerzeit Lady Anne.

Im Zimmer drehte Dimitri die Lampen aus. Sie hatten die ganze Nacht über gebrannt. Dann streckte er sich auf dem Bett aus, das er erst vor wenigen Stunden verlassen hatte. Katherine lag auf dem Bauch, das Gesicht zu ihm gewendet. Er strich ihr das Haar aus dem Gesicht, um sie besser betrachten zu können. Sie rührte sich nicht.

Im Schlaf wirkten ihre strengen Züge weicher, gelöster, so wie er sie auch in ihrer Leidenschaft gesehen hatte. Dimitri konnte diese

Wollust nicht vergessen. Natürlich hatte die Droge – nicht er – das alles bewirkt. Deswegen wollte er sie auch noch einmal haben, ohne daß sie unter dem Einfluß dieses Mittels stand. Der Gedanke war verlockend zu sehen, ob er alleine die gleiche Erregung bei ihr hervorrufen könnte. Und gleichzeitig hatte er das widersinnige Bedürfnis sich zu beweisen, daß sie in Wirklichkeit nicht im mindesten so aufregend und sinnlich war wie unter der Einwirkung der Spanischen Fliege.

Im Moment jedenfalls brauchte sie ein paar Stunden Schlaf, um sich zu erholen. Es war lästig, daß er warten mußte, denn Geduld war nicht gerade seine Stärke. Aber er hatte ansonsten nichts zu tun an diesem Morgen, bevor sie lossegeln wollten.

8

Je höher die Sonne stieg, um so lebhafter wurden die Aktivitäten im Haus, denn der Prinz verließ einen Ort gerne so, wie er ihn vorgefunden hatte. Die Dienerschaft des Herzogs von Albemarie hatte bei der Ankunft des Prinzen freibekommen, da er nur seine eigenen Leute um sich haben wollte. Doch wenn sie in ein paar Stunden zurückkehrten, würden sie alles in bester Ordnung vorfinden. Nur in dem Zimmer im dritten Stock war nach wie vor alles ruhig.

In der Halle wartete Wladimir geduldig darauf, daß er gerufen würde. Wahrscheinlich war Dimitri eingeschlafen, dachte er bei sich. Bereits seit drei Stunden war er jetzt schon wieder bei der Frau. Er mußte eingeschlafen sein. Aber es war noch Zeit, ehe sie im Hafen erwartet wurden. Er konnte noch ein bißchen warten, bevor er den Prinzen stören mußte.

Dimitri war überhaupt nicht müde, sondern im Gegenteil hellwach. Seine Geduld überraschte ihn selbst, denn der Morgen verstrich höllisch langsam. Und bis jetzt hatte er es geschafft, Katherine nicht zu berührten. Doch schließlich zog er sie in seine Arme, streichelte sie sanft, damit sie aufwache. Verdrießlich wehrte sie sich.

»Noch nicht, Lucy! Geh wieder!«

Dimitri lächelte. Verschwommen tauchte die Frage in ihm auf, wer wohl diese Lucy sei. Vergangene Nacht hatte Katherine Französisch mit ihm geredet – was sie im übrigen hervorragend sprach

– da Dimitri in dieser Sprache auf sie zugekommen war. Aber Englisch paßte viel besser zu ihr und der gebieterische Tonfall war ausgesprochen amüsant. Dennoch zog er Französisch vor, es war ihm angenehmer.

»Komm, Katja, wach auf«, schmeichelte er und ließ seine Finger spielerisch über die seidenweiche Haut ihrer Schulter gleiten. »Mir ist schon ganz langweilig geworden vor lauter Warten.«

Ihre Augen öffneten sich. Er war mit seinem Gesicht dem ihren so nahe, daß sich ihre Nasen fast berührten. Sie blinzelte, aber sie schien keine Klarheit in ihren Blick zu bekommen. Weder gab sie ein Zeichen des Erkennens, noch der Überraschung, ja sie schien nicht einmal verwirrt zu sein. Es hatte den Anschein, als würde sie ihn überhaupt nicht wahrnehmen. Doch das täuschte. Ganz langsam rutschte sie zurück, bis sie auf Armeslänge von ihm entfernt lag. Ihr Blick tastete ihn von Kopf bis Fuß ab. Dimitri wurde unbehaglich zumute. Dieser Blick gab ihm das deutliche Gefühl, etwas sei nicht in Ordnung mit ihm.

Katherine glaubte ihren Augen nicht trauen zu können. Adonis, schoß ihr wieder als erster Gedanke durch den Kopf, der Märchenprinz. Sie fühlte sich unangenehm berührt. Ihr gesunder Menschenverstand zweifelte, ob sie richtig sah, denn solche Männer konnte es doch gar nicht geben.

»Lösen Sie sich Schlag Mitternacht in Luft auf?«

Dimitri brach in ein vergnügtes Lachen aus. »Wenn du damit sagen willst, Kleines, daß du mich so schnell schon vergessen hast, dann wird mir nichts lieber sein, als dein Gedächtnis wieder aufzufrischen.«

Flammendes Rot übergoß Katherine von den Haarwurzeln bis zu den Schultern. Sie setzte sich auf und preßte dabei die Decke fest an ihre Schultern. Die Erinnerung stieg in ihr hoch.

»O Gott!« stöhnte sie. Gleich drauf herrschte sie ihn an: »Warum sind Sie immer noch hier? Soviel Anstand hätten Sie doch zumindest aufbringen können, mich mit meiner Schmach alleine fertig werden zu lassen.«

»Aber warum schämst du dich denn? Du hast nichts Falsches gemacht.«

»Ja, das weiß ich«, stimmte sie bitter zu. »Das Unrecht ist an mir begangen worden. Und Sie – o Gott, so verschwinden Sie doch!«

Sie barg ihr Gesicht in den Händen, die Schultern niedergeschlagen nach vorne gebeugt. Gereizt schaukelte sie vor und zurück und bot damit Dimitri den verlockenden Anblick ihres glatten Rückens und ein Stückchen mehr.

»Du weinst doch nicht etwa?« fragte er beiläufig.

Katherine hielt inne, nahm aber die Hände nicht vom Gesicht, so daß ihre Stimme nur undeutlich zu hören war. »Ich weine nicht, aber warum gehen Sie nicht endlich?«

»Wenn du dich deswegen versteckst, kannst du es auch gleich lassen, denn ich bleibe.«

Sie ließ die Hände sinken – ihre Augen waren zu schmalen Schlitzen zusammengezogen und funkelten vor Wut. »Dann gehe ich!«

Und sie machte sich auch sogleich daran, ihre Worte in die Tat umzusetzen, doch sie bekam das Laken nicht frei, das sie sich umschlingen wollte. Dimitri lag drauf ausgestreckt und machte keine Miene sich zu rühren.

Katherine drehte sich um und schaute ihn an. »Stehen Sie auf!«

»Nein«, sagte er nur und verschränkte gelassen die Arme unter dem Nacken.

»Schluß jetzt mit dem Theater, Alexandrow«, warnte ihn Katherine eisig. »Was zum Teufel soll das bedeuten: nein?«

»Katja, bitte, ich dachte, wir könnten auch ohne Förmlichkeiten auskommen«, schalt er sie sanft.

»Muß ich Sie wirklich erinnern, daß wir uns nicht einmal vorgestellt wurden?«

»So schicklich? Na gut.« Er seufzte. »Dimitri Petrowitsch Alexandrow.«

»Sie vergessen Ihren Titel«, höhnte sie geringschätzig. »War es nicht ›Prinz‹?«

Fragend zog er eine Augenbraue hoch. »Stört dich das?«

»Es interessiert mich nicht im geringsten, weder so noch so. Aber ich würde es sehr schätzen, jetzt alleingelassen zu werden, damit ich mich anziehen und diesen Ort hier verlassen kann.«

»Aber warum denn so eilig? Ich habe reichlich Zeit –«

»Ich nicht! Großer Gott, die ganze Nacht bin ich hier festgehalten worden. Mein Vater wird außer sich vor Sorgen sein!«

»Das läßt sich schnell in Ordnung bringen. Ich werde jemanden zu ihm schicken und ihm ausrichten lassen, daß du wohlauf bist. Du mußt mir nur die Adresse geben.«

»O nein. Ich denke ja gar nicht daran, Ihnen die Möglichkeit zu geben, mich wiederzufinden. Sie werden mich gewiß nie wiedersehen, wenn ich gegangen bin.«

Er wünschte sich sehr, sie hätte das nicht gesagt. Es versetzte ihm einen Stich, den er nicht erwartet hatte. Sehr gerne hätte er die junge Frau näher kennengelernt, wenn dafür Zeit gewesen wäre, das merkte er jetzt. Sie war so rundherum erfrischend, und überhaupt die erste Frau, der er begegnet war, die sich von seinem Titel, seinem Geld und seinem Charme so offensichtlich unbeeindruckt zeigte. Und er konnte ohne Selbstüberschätzung von sich behaupten, auf Frauen körperlich sehr anziehend zu wirken. Doch das Täubchen konnte es gar nicht erwarten davonzufliegen.

Einer plötzlichen Eingebung folgend rollte sich Dimitri zu ihr herum und fragte: »Würdest du gerne Rußland kennenlernen?«

»*Das* bedarf wirklich keiner Antwort«, schnaubte sie.

»Vorsicht, Katja, sonst fange ich noch an zu glauben, du magst mich nicht!«

»Ich kenne Sie überhaupt nicht!«

»Du kennst mich sehr gut.«

»Nur weil mir Ihr Körper vertraut ist, kenne ich Sie noch lange nicht. Ich weiß, wie Sie heißen und daß Sie England heute verlassen. Das ist aber auch alles, was ich weiß – nein, das nehme ich zurück. Mir ist noch bekannt, daß Ihre Diener nicht einmal vor einem Verbrechen zurückschrecken, um Sie zufriedenzustellen!«

»Ah, jetzt kommen wir der Sache schon näher. Du hast etwas gegen die Art und Weise unserer ersten Begegnung einzuwenden. Das ist verständlich. Du hattest keine Wahl. Aber mir ging es nicht anders, Katherine. Nun, das stimmt nicht ganz. Ich hätte dich in deiner Not auch alleine lassen können.«

Sie starrte ihn bei dieser deutlichen Anspielung an. »Wenn Sie erwarten, daß ich Ihnen auch noch dankbar bin für Ihre Hilfe heute nacht, dann muß ich Sie enttäuschen. Ich bin ja nicht auf den Kopf gefallen. Ich weiß genau, warum ich diese abscheuliche Droge bekommen habe. Nur zu Ihrem Vergnügen, weil ich mich weigerte, Ihren Plänen für den Abend zuzustimmen. Und überhaupt: Ich werden Ihren Mann vor den Richter bringen. So kommt er nicht davon.«

»Nun komm schon, eigentlich ist dir doch gar nichts passiert. Sicher, du bist keine Jungfrau mehr, aber darüber solltest du dich nicht beklagten, sondern freuen.«

Wäre sie nicht Opfer dieser ganzen schrecklichen Situation gewesen, hätte Katherine eigentlich nur lachen können über diese absurden Gedanken, die er zweifellos ernst meinte. Er glaubte tatsächlich, daß sie keinen großen Verlust erlitten habe, was das ganze Ausmaß seiner Zügellosigkeit nur deutlich machte. Aber sie konnte nicht so reagieren, wie es ihr eigentlich entsprechen würde. Es hätte ihn nur verwirrt in Anbetracht dessen, für wen – oder vielmehr für was – er sie hielt. Und außerdem hatte sie das Gefühl, daß es für ihn keinen Unterschied machen würde, wenn er die Wahrheit erführe.

Sie mußte sich sehr beherrschen. »Sie machen es sich leicht und gehen einfach über die Tatsache hinweg, daß ich entführt wurde, man hat mich buchstäblich von der Straße weggeschleppt, in eine Kutsche gestoßen, geknebelt und dann heimlich in dieses Haus gebracht, wo man mich den ganzen Tag in diesem Zimmer festhielt. Ich wurde mißbraucht und bedroht –«

»Bedroht?« Dimitri runzelte die Stirn.

»Ja, bedroht. Als ich schreien wollte, wurde mir mit den Wachen vor der Tür gedroht, die ohne Zögern einschreiten würden. Ebenso hat man mich gewarnt, wenn ich nicht freiwillig äße und badete, würde man mich gewaltsam dazu zwingen.«

»Lappalien.« Dimitri tat es mit einer Handbewegung ab. »Aber tatsächlich bist du doch gar nicht verletzt worden, oder?«

»Das spielt keine Rolle! Kirow hatte kein Recht, mich gegen meinen Willen hierherzubringen und festzuhalten!«

»Du beharrst zu sehr auf diesem Punkt, Kleines, wenn man bedenkt, daß du es schließlich auch genossen hast. Laß es gut sein. Es nützt dir gar nichts, wenn du jetzt einen Wirbel machst. Und Wladimir hat Anweisungen, dich sehr großzügig zu behandeln.«

»Schon wieder Geld?« fragte sie in einem trügerisch sanften Ton.

»Ja, natürlich. Ich bezahle für mein Vergnügen –«

»O Gott!« schrie sie aufgebracht. »Wie oft muß ich das noch sagen? Ich war und bin nicht für Geld zu haben und werde es auch nie sein?«

»Du würdest zweitausend Pfund ablehnen?«

Wenn er geglaubt hatte, daß das Ausmaß seiner Großzügigkeit einen sofortigen Sinneswandel bei ihr bewirken würde, mußte er seinen Irrtum schnell einsehen. »Ich verweigere es nicht nur, sondern ich möchte Ihnen am liebsten noch sagen, wohin Sie es sich stecken können.«

»Bitte nicht«, sagte er unangenehm berührt.

»Auch mein Schweigen können sie nicht erkaufen, Sie brauchen sich weiter gar keine Mühe geben.«

»Schweigen?«

»Lieber Himmel, haben Sie mir nicht zugehört?«

»Jedem Wort habe ich gelauscht«, versicherte er ihr lächelnd. »Katja, können wir nicht aufhören damit?«

Sie wich beunruhigt zurück, als er sie berühren wollte. »Nein, nicht! Bitte!«

Der flehentliche Ton in ihrer Stimme machte sie wütend, aber sie konnte nicht anders. Nach dieser Nacht fürchtete sie sich vor ihren Reaktionen auf seine Berührung. Noch nie war ihr ein so attraktiver Mann begegnet. Sein gutes Aussehen wirkte geradezu hypnotisierend auf sie. Erstaunlich, daß er sie begehrt und die ganze Nacht geliebt hatte. Sie mußte all ihre Kraft aufbieten sich zu konzentrieren, sich mit ihrem wohlbegründeten Ärger zu schützen, und ihn nicht nur einfach anzustarren.

Ihre Abwehr ärgerte ihn gar nicht, vielmehr war er erfreut darüber. Er erkannte ihr augenblickliches Dilemma nur zu gut, denn der Umgang mit Frauen, die ihm nicht widerstehen konnten, war ihm sehr vertraut. Eigentlich sollte er seinen Vorteil ausnützen und sie in die Enge treiben, aber er zögerte. So sehr er sie auch immer noch begehrte, sie war im Moment zu aufgewühlt und es schien nicht so, als würde sich das bald legen.

Mit einem Seufzer ließ er seine Hand fallen. »Nun gut, Kleines. Ich hatte gehofft – egal.« Er setzte sich auf seiner Seite des Bettes auf, aber blickte sie über die Schulter hinweg mit seinem hinreißenden Lächeln an.

»Bist du sicher?«

Katherine stöhnte innerlich. Gerne hätte sie so getan, als verstünde sie seine Andeutungen nicht, aber es gelang ihr nicht. Sein Blick sprach für sich. Guter Gott, wie war es möglich, daß er nach den Exzessen dieser Nacht schon wieder mit ihr schlafen wollte?

»Ganz sicher«, antwortete Katherine und betete, daß er jetzt *endlich* gehen möge.

Er erhob sich, machte aber noch keine Anstalten, sie zu verlassen. Er ging zu dem Stuhl, auf dem ihre Kleider lagen, kam dann zurück zum Fußende des Bettes und gab sie ihr.

»Du solltest das Geld annehmen, Katja, auch wenn du es nicht willst.«

Voller Abscheu blickte sie auf das schwarze Kleid. Er starrte ihre Petticoats an und bemerkte bei sich, daß sie, zumindest was die Unterwäsche betraf, durchaus einen besseren Geschmack hatte.

Sanft fügte er hinzu: »Ich wollte dich durch diese hohe Summe nicht kränken, sondern habe mir gedacht, daß du vielleicht deine Garderobe damit etwas aufbessern kannst. Es soll ein Geschenk sein, mehr nicht.«

Sie hob ihre Augen, immer höher, bis sie den seinen begegnete. Warum war ihr heute nacht bloß nicht aufgefallen, wie unglaublich groß er war?

»Ich kann auch keine Geschenke von Ihnen annehmen.«

»Warum nicht?«

»Weil ich eben nicht kann.«

Jetzt war er wirklich verärgert. Sie war einfach unmöglich! Wer war sie denn eigentlich, seine Großzügigkeit zurückzuweisen?

»Du *wirst* es annehmen, und ich will nichts mehr darüber hören«, erklärte er herrisch. »Ich schicke dir jetzt ein Mädchen, das dir beim Ankleiden behilflich ist, und dann wird die Wladimir –«

»Wagen Sie es nicht, diesen Grobian noch einmal hierher zu schicken«, unterbrach sie ihn scharf. »Sie haben mir überhaupt nicht zugehört. Ich habe bereits gesagt, daß ich Kirow ins Gefängnis bringen werde.«

»Es tut mir leid, daß ich deine verletzten Gefühle nicht dadurch beschwichtigen kann. Aber ich werde es nicht zulassen, daß mein Mann zurückbleibt.«

»Es wird Ihnen gar nichts anderes übrig bleiben, so wie ich ja auch keine Wahl hatte.« Es tat ihr sehr gut, daß sie *das* sagen konnte.

Er lächelte herablassend. »Du vergißt, daß wir heute lossegeln.«

»Ihr Schiff kann aufgehalten werden«, gab sie zurück.

Seine Lippen wurden bedenklich hart. »Das gleiche gilt für dich. Wir halten dich hier fest, bis du uns keinen Ärger mehr machen kannst.«

»Nur zu«, erwiderte sie rasch. »Aber Sie unterschätzen mich, wenn Sie glauben, daß es damit abgetan ist.«

Dimitri hatte genug von dem Geplänkel. Er wunderte sich sowieso, wie lange er mitgespielt hatte. Was konnte sie schon machen? Die englischen Behörden würden es nicht wagen, ihn auf die Aussage eines Dienstmädchens hin festzuhalten. Die Vorstellung war geradezu lächerlich.

Mit einem schroffen Nicken verließ Dimitri das Zimmer. Aber bereits auf halbem Weg zur Halle hielt er inne. Er vergaß, daß sie nicht in Rußland waren. Russische Gesetze waren für den Adel gemacht. Die englischen hingegen berücksichtigten auch die Interessen der gewöhnlichen Leute. Man hielt hier etwas auf die öffentliche Meinung. Das Frauenzimmer konnte tatsächlich ein großes Geschrei verursachen, das bis zu den Ohren der Königin vordrang.

Das hatte Dimitri gerade noch gefehlt, wo doch der Zar in Kürze England einen Besuch abstatten wollte. Die allgemeine Stimmung war hier zweifelsohne sowieso schon antirussisch. Zar Alexander hatten die Engländer wegen seines Sieges über Napoleon geliebt. Aber seinen viel jüngeren Bruder Nikolaus, der ihm auf dem Thron gefolgt war, hielten sie für einen, der sich zuviel in die Angelegenheiten anderer Länder einmischte. Das stimmte sicherlich, spielte aber jetzt keine Rolle. Dimitri war nach England gekommen, um zu verhindern, daß Anastasias unverschämtes Verhalten ihren Herrscher in Verlegenheit brachte.

»Geht sie jetzt, Prinz Dimitri?«

»Was?« Er schaute auf. Vor ihm stand Wladimir. »Nein, leider nicht. Du hattest recht, mein Freund. Sie ist eine überaus unangenehme junge Frau und schafft uns ein kleines Problem mit ihrer Uneinsichtigkeit.«

»Herr?«

Dimitri lachte plötzlich. »Sie will dich in irgendeinem englischen Gefängnis verrotten lassen.«

Wladimir beunruhigte diese Nachricht nicht weiter, was nur zeigte, wie gut sich Dimitri um seine Leute kümmerte. »Und das Problem?«

»Ich glaube, daß sie selbst nach unserer Abreise nicht davon ablassen wird.«

»Aber der Besuch des Zaren –«

»Genau. Nur darum geht es. Also, was meinst du, Wladimir, hast du irgendeinen Vorschlag?«

Wladimir hatte schon eine bestimmte Idee, aber wußte, daß Dimitri nicht damit einverstanden sein würde, diese lästige Person wegzuschaffen. »Kann man sie nicht überreden –« Er stöhne innerlich, als er Dimitris hochgezogene Augenbraue sah. »Nein, ich glaube nicht. Wahrscheinlich müßte man sie einsperren.«

»Das denke ich auch«, erwiderte Dimitri, dann lächelte er plötzlich, so als würde ihm die Lösung gerade einfallen. »Ja, leider werden wir sie mit uns nehmen müssen, wenigstens für ein paar Monate. Bevor die Neva wieder zufriert, werden wir sie dann auf einem meiner Schiffe zurückschicken.«

Wladimir biß verdrossen die Zähne zusammen. Monatelang mit dieser unangenehmen Person zusammen zu sein, entsprach überhaupt nicht seinen Vorstellungen. Man könnte doch hier irgend jemand ausfindig machen, der sie in Gewahrsam nahm. Sie *mußten* sie nicht mitnehmen. Aber daß Dimitri so etwas gar nicht in Betracht zog, bedeutete, daß er immer noch Interesse an ihr hatte. Was *fand* er bloß ausgerechnet an dieser Frau? Er nahm an, daß er gar nicht mehr zu fragen brauchte, was für eine Stellung sie einnehmen würde, aber er konnte sich keine Fehler mehr erlauben. »Wie wird ihr Status sein, Herr?«

»Dienerin natürlich. Ich sehe nicht ein, ihre Fertigkeiten ungenutzt zu lassen, was auch immer es sein mag. Später werde ich das genauer festlegen. Ihr bringt sie jetzt so unauffällig wie möglich an Bord. Einer meiner Schrankkoffer wird sich gut dafür eignen, sie ist so klein, daß sie hineinpassen dürfte.

Und du wirst dich doch noch um ein paar Kleider für sie kümmern, damit sie wenigstens für die Reise ausreichend versorgt ist.« Wladimir nickte bereitwillig. Die Stellung, die das Frauenzimmer entgegen seinen Erwartungen einnehmen sollte, machte die ganze Angelegenheit für ihn viel unannehmbarer. »Sonst noch etwas, mein Prinz?«

»Ja, es darf ihr kein Leid geschehen«, erwiderte Dimitri, und in seiner Stimme schwang jetzt ein drohender Unterton mit. »Nicht einen blauen Flecken, Wladimir! Geh vorsichtig mit ihr um.«

Und wie sollte er das machen, wenn er sie in den Koffer befördern mußte? Wladimir fragte sich das, als Dimitri wegging.

Er war schon wieder verstimmt. Dienerin, in der Tat! Der Prinz war nur im Augenblick verärgert über das Frauenzimmer. Aber sie faszinierte ihn immer noch sehr.

9

»Hier hinein.« Wladimir hielt die Tür für die zwei Dienstleute auf, die den Schrankkoffer des Prinzen trugen. »Vorsicht! Um Himmels willen, laßt ihn nicht fallen. Sehr gut. Ihr könnt gehen.«

Wladimir ging zu der Truhe und starrte auf das Schloß. In seiner Tasche trug er den Schlüssel, aber er griff nicht danach. Es bestand noch gar kein Grund, die Frau jetzt schon herauszulassen. Erst in einer Stunde würden sie lossegeln. Was machte es schon aus, wenn sie blieb wo sie war, bis sie ganz sicher nicht mehr entfliehen konnte.

Aus dem Innern hörte er ein Klopfen, ohne Zweifel schlug sie mit dem Fuß gegen die Wand. Er grinste und empfand nicht das geringste Mitleid, angesichts ihrer mißlichen Lage. Sie hatte es alles andere als bequem, aber das geschah ihr nur recht für ihre Unbesonnenheit. Wollte sie ihn doch tatsächlich ins Gefängnis werfen lassen! Weswegen denn? Es ist ihr doch überhaupt nichts Schlimmes passiert.

Katherine war anderer Ansicht. Ihr Groll gegen diese barbarischen Russen hatte sich noch vergrößert. Es war unerträglich, daß man sie gebunden und in diesen Koffer gesteckt hatte, um sie aus dem Haus zu schaffen. Aber was war anders zu erwarten gewesen, nachdem sie dem Prinzen so gedankenlos von ihren Absichten erzählt hatte. Wie hatte sie nur so dumm sein können? *Nein, Katherine, du mußt dir keine Vorwürfe machen. Du konntest in seiner Gegenwart und unter dem Blick dieser Samtaugen einfach nicht klar denken.*

Sie hegte keinen Zweifel daran, daß *er* für diese letzte Beleidigung verantwortlich war. Obwohl sie ihn davor gewarnt hatte, diesen Kirow noch einmal zu ihr zu schicken, hatte dieser kurz nach dem Weggang des Prinzen das Zimmer betreten, bevor sie noch ganz angezogen war. Es hätte ihr verdächtigt sein sollen, daß er nicht allein kam. Der große Kerl, der bei ihm war – keine der Wachen vom Vorabend, sondern ein schwarz und gold livrierter Dienstmann – hatte sie umkreist, und bevor sie sich versah, gepackt, geknebelt, ihre Hände auf den Rücken gezerrt und sogar die Knöchel zusammengebunden.

Dann hatte er sie, ohne ein Wort zu sagen, hochgehoben, als hätte sie überhaupt kein Gewicht, und die Treppe hinuntergetragen. Aber er verließ nicht das Haus mit ihr, wie sie angenommen hatte, sondern brachte sie in ein Zimmer im ersten Stock. Doch bevor sie noch irgend etwas wahrnehmen konnte, wurde sie in eine Truhe gelegt, ihre Knie angewinkelt und der Deckel mit einem Krachen zugeworfen.

Ihr ganzer Körper war völlig verkrampft. Sie lag auf ihren Händen, in denen sie schon lange kein Gefühl mehr hatte, die Knie angezogen, mit dem Kopf stieß sie fast an die Kofferwand. Die andere Seite konnte sie mit den Füßen gerade noch erreichen, wenn sie vorher die Knie noch mehr an die Brust zog und dann die Füße nach unten stieß. Aber all ihr Stoßen nützte gar nichts. Offensichtlich wollten sie sie nicht herauslassen, bevor sie nicht mit allem fertig waren.

Sie hatte überhaupt keine Ahnung, wo sie sich befand. Man hatte sie mit einer Kutsche irgendwohin gebracht, das hatte sie an dem Rütteln und Stoßen erkannt, und dann war die Truhe wieder getragen worden. Aber sie konnte sich nicht vorstellen, wo man sie abgesetzt hatte, denn außer ihrem eigenen keuchenden Atem vermochte sie keinen Laut zu hören. Und das Atmen wurde immer schwerer, die Luft war heiß und stickig und der Spalt am Deckelrand winzig.

Ihr wurde plötzlich klar, daß sie ersticken konnte, wenn sie noch recht viel länger hier eingeschlossen blieb. Aber wenn sie über diese Möglichkeit länger nachdachte, geriet sie in Panik und es erschien ihr nur vernünftig, ruhig zu bleiben, damit die Luft länger reichte. Aber als die Minuten zu Stunden wurden, zog sie immer mehr in Betracht, daß dies vielleicht die Lösung der Russen für all die Probleme war, die sie aufgeworfen hatte. Wenn sie davon ausgingen, daß sie ihre Drohung wahrmachen würde, wie könnten sie sie dann gehen lassen? Das ging nicht, und diese Truhe sollte vielleicht ihr Sarg sein. Aber würde Dimitri das wirklich mit ihr machen, nachdem … nachdem – nein, sie wollte, sie konnte das nicht glauben. Doch Wladimir wäre es schon zuzutrauen. Sie hatte seine Abneigung deutlich gespürt.

Unten, in der Schiffsküche langte der Kerl, um den Katherines Gedanken kreisten, gerade nach einem fetten *Piroschki*, den kleinen Fleischpasteten, die seine Frau so hervorragend zuzubereiten wußte. Sie hielt ihn mit einem Klaps auf die Finger gerade noch davon ab.

»Du weißt doch, daß die für den Prinzen sind«, brummte sie. »Wenn du auch welche willst, dann mußt du mich schon darum bitten, daß ich sie dir mache.«

Der Schiffskoch neben Wladimir lachte. »Du mußt dich heute abend schon mit meiner Verpflegung zufrieden geben, wie jeder andere auch.« Und dann etwas leiser: »Was ist los? Ist sie böse mit dir? Dann kannst du aber noch froh sein, daß sie dir bloß die Speisen ausschlägt.«

Wladimir starrte den jovialen Mann wütend an und wandte sich dann seinen eigenen Angelegenheiten zu. Er wunderte sich. Als er

Maruscha zuvor erzählt hatte, was über die Engländerin beschlossen worden war, hatte sie gewaltig die Stirn gerunzelt und ihm entgegnet, daß keine Frau so behandelt werden dürfe. Er hatte sie daraufhingewiesen, daß der Koffer Dimitris Idee gewesen war, doch sie meinte nur, daß mit dem Prinzen irgend etwas nicht in Ordnung sein müsse, wenn er so gefühllos zu einer Frau sei. Das Stirnrunzeln war geblieben, es hatte ihm, Wladimir, gegolten.

»Schläft er immer noch?« fragte Maruscha jetzt.

»Ja, das Abendessen hat noch keine Eile.«

»Kümmere du dich nicht um sein Essen. Es ist fertig, wenn er es will.« Sie kniff die hellblauen Augen zusammen, was ihm deutlich zeigte, daß sie aus irgendeinem Grund wegen der Frau verärgert war. »Was hast du mit der kleinen Engländerin gemacht?«

Wladimir spürte den Groll gegen sich und sagte kurz angebunden: »Hab' sie in die Kabine mit den übrigen Koffern gebracht. Ich werd' ihr wohl eine Hängematte anbringen.«

»Wie hat sie reagiert?«

»Ich hab' mir gedacht, ich lasse sie erst raus, wenn wir weit genug von London weg sind.«

»Und?«

»Ich bin noch nicht dazugekommen.«

»Aber du hast Löcher in die Truhe gemacht? Du weißt doch, wie seetüchtig Dimitris Koffer sind.«

Wladimir erbleichte. An Löcher hatte er nicht gedacht – wie auch? Noch nie hatte er jemand in eine Truhe gesperrt.

Maruscha schnappte nach Luft, denn sie deutete seinen Gesichtsausdruck richtig. »Bist du verrückt? Lauf, und bete, daß es noch nicht zu spät ist! So lauf doch!«

Er rannte aus der Küche, hörte schon nicht mehr, was sie ihm nachrief. Die Worte des Prinzen kamen ihm wieder in den Sinn, hämmerten in seinem Kopf. Kein Leid sollte ihr geschehen, nicht einmal den kleinsten blauen Flecken durfte sie haben. Wenn schon wegen eines blauen Fleckens der Teufel los war, was würde dann erst über ihn hereinbrechen, wenn er mit seiner kleinen Rache die Frau getötet hatte? Er wollte gar nicht daran denken.

Maruscha folgte ihm dicht und es konnte auf dem Schiff nicht unbemerkt bleiben, wie die beiden durch die Gänge hasteten. Als sie an Dimitris Kabine vorbei stürmten, hatten sich ihnen schon fünf neugierige Diener und ein paar Leute von der Mannschaft angeschlossen. Dimitri, der ein paar Minuten zuvor erwacht war, schickte seinen Kammerdiener Maxim, um nachzusehen, was der Tumult zu bedeuten habe.

Dieser brauchte nur einen Schritt vor die Tür zu machen, um zu sehen, daß sich alle in eine Kabine weiter unten auf dem Gang drängten. »Sie sind in die Abstellkammer gegangen, Hoheit.« Der Prinz reiste mit soviel persönlichem Besitz, selbst Bettzeug und Geschirr, daß dafür allein eine eigene Kabine vonnöten war. Zweifellos war ein Koffer umgefallen. »Ich bin gleich wieder da.«

»Warte«, hielt Dimitri ihn auf. Er vermutete, daß man Katherine dort untergebracht hatte und sie die Störung verursachte. »Es wird die Engländerin sein. Bring sie zu mir.«

Maxim nickte und dachte nicht daran zu fragen, was für eine Engländerin das sei. Er war nicht wie Wladimir in alle Angelegenheiten des Prinzen eingeweiht. Aber er brauchte nur zu warten, bis Maruscha, die kein Geheimnis für sich behalten konnte, sie ihm erzählte. Nicht im Traum würde es ihm einfallen, Dimitri eine direkte Frage zu stellen. Niemand tat das.

Im Abstellraum schloß Wladimir den Koffer auf und hob den Deckel. Er war zu aufgeregt, als daß er die anderen um sich herum bemerkt hätte. Ihre Augen waren geschlossen. Sie regte sich nicht, zuckte nicht, als die Helligkeit so plötzlich über sie hereinbrach. Wladimir spürte, wie Panik in ihm hochstieg und ihm die Kehle zuschnürte. Aber dann weitete sich ihr Brustkorb, sie begann tief zu atmen, füllte keuchend ihre Lungen mit Luft.

In diesem Augenblick hätte er sie am liebsten dafür geküßt, daß sie nicht tot war. Doch das hielt nicht lange an. Als sich ihre Augen öffneten und ihr Blick auf ihn fiel, sah er eine mörderische Wut in den türkisen Augen aufflackern. Ihn überkam heftig der Wunsch, sie einfach liegenzulassen, aber Maruscha stieß ihn in die Rippen und erinnerte ihn daran, was zu tun sei.

Mit einem Knurren beugte er sich über die Truhe, hob Katherine heraus und stellte sie auf ihre Füße. Sie brach sofort zusammen und fiel gegen ihn.

»Siehst du nicht, was du in deiner Gedankenlosigkeit anstellst, Mann? Die Arme hat wahrscheinlich überhaupt kein Gefühl mehr in den Füßen.« Maruscha schloß den Truhendeckel, um eine Sitzgelegenheit zu schaffen. »Setz sie hier hin und hilf mir die Stricke loszubinden.«

Nicht nur Katherines Füße waren empfindungslos, sondern ihre ganzen Beine. Sie bemerkte das, als er sie auf die Truhe plumpsen ließ und ihre Knie zusammenschlugen, ohne daß sie etwas spürte. Auch ihre Hände waren schon lange ohne jedes Gefühl. Und sie wußte genau, was passieren würde, wenn die Taubheit nachließ. Das konnte heiter werden.

Wladimir befreite ihre Handgelenke, während sich Maruscha eifrig an ihren Füßen zu schaffen machte. Ihre Schuhe waren zurückgeblieben, sie hatte sie noch nicht angehabt, als Wladimir das Zimmer betrat. Auch für ihr Haar war keine Zeit mehr gewesen und es hing ihr lose und wirr über Schultern und Rücken. Aber am peinlichsten war der Zustand ihres Kleides. Es war vorne nur zum Teil zugeknöpft und gab den Blick frei auf das Spitzenmieder ihres weißen Hemdes, das sich von dem schwarzen Kleid abhob. Als sie die vielen Leute in der Tür bemerkte, die sie neugierig anstarrten, schoß ihr das Blut in die Wangen. Noch *nie* hatte jemand sie so leicht bekleidet gesehen und jetzt waren mehr als ein halbes Dutzend Menschen in dem kleinen Zimmer.

Wer *waren* all diese Personen? Und wo in Gottes Namen war sie? Doch dann spürte sie das Schaukeln und wußte es. Schon in der Truhe hatte sie es bemerkt, aber gebetet, daß sie sich irre. Von der Tür her hörte sie russisches Gemurmel (sie erkannte die Sprache jetzt mühelos) und begriff, daß sie sich auf einem russischen Schiff befand.

Stöhnend bewegte sie ihre befreiten Handgelenke, beugte vorsichtig Schultern und Ellenbogen. Sie spürte, daß Wladimir ihr den Knebel lösen wollte und dabei zögernd innehielt. Wie scharfsichtig von ihm. Er wußte nur zu gut, daß sie seine jüngste Missetat nicht schweigend hinnehmen würde. Von der Standpauke, die sie für ihn parat hatte, würden ihm die Ohren brennen, bevor sie noch damit fertig war. Aber er zögerte immer noch und ihre Finger waren noch zu steif, als daß sie sich den Knebel selbst hätte herunterreißen können.

Sie hörte einen Schwall russischer Worte hinter sich, worauf sich die Menschentraube an der Tür blitzschnell auflöste. Der Knebel fiel herunter, aber ihr Mund war so ausgedörrt, daß sie nur mühsam nach Wasser krächzen konnte. Maruscha ging, welches zu holen und Wladimir kam nach vorne, um Katherines Füße zu massieren. Am liebsten hätte sie ihm einen anständigen Fußtritt gegeben, aber sie konnte ihre Beine überhaupt nicht bewegen.

»Ich muß mich bei Ihnen entschuldigen«, sagte Wladimir, ohne aufzuschauen. Seine Stimme klang rauh, als müsse er die Worte einzeln aus sich herauspressen. »Ich hätte Belüftungslöcher in die Truhe machen sollen, aber daran habe ich leider nicht gedacht.«

Katherine blickte ihn ungläubig an. Was war denn damit, daß er sie überhaupt in die Truhe gesperrt hatte? Wo war da seine Reue?

»Das war nicht – ihr einziger – Fehler, Sie – Sie –«

Sie gab es auf. Das Sprechen mit der ausgetrockneten Kehle schmerzte einfach zu sehr und ihre Zunge fühlte sich an wie ein aufgeschwollener, verfaulter Fremdkörper in ihrem Mund. In ihre Beine kehrte allmählich wieder Leben zurück und die Beschwerden wurden von Sekunde zu Sekunde schlimmer. Sie biß die Zähne fest aufeinander, um nicht zu stöhnen. Wenn sie zu lange auf einer Seite gelegen hatte, war ihr schon mal ein Arm oder ein Bein eingeschlafen, aber, lieber Himmel, das war nichts gewesen im Vergleich zu dem, was sie jetzt verspürte.

Maruscha kam mit dem Wasser und hielt Katherine die Tasse an die Lippen. Gierig trank sie, keinen Gedanken an die Schicklichkeit ihres Tuns verschwendend. Es verschaffte ihr sofortige Erleichterung. Aber der Rest ihres Körpers bäumte sich auf vor Qual, Tausende von Nadeln stachen ihr in Arme und Beine, bis sie glaubte, es nicht mehr ertragen zu können. Und es wurde immer noch schlimmer. Gegen ihren Willen mußte sie stöhnen.

»Stampfen Sie mit den Füßen auf, kleine *Angliski*, das wird Ihnen helfen«, sagte die ältere Frau freundlich zu ihr. Doch Katherine litt so sehr, daß sie deren Mitgefühl kaum wahrnahm. »Ich – ich – oh, verdammt, der Teufel soll Sie holen, Kirow. Heutzutage werden Verbrecher nicht mehr gerädert und gevierteilt, aber genau das würde ich Ihnen gönnen!«

Wladimir ignorierte sie einfach und fuhr fort, ihre Knöchel und Füße kräftig zu reiben, aber Maruscha, die ihre Hände bearbeitete, mußte kichern. »Ihr Temperament ist jedenfalls nicht erstickt in der Truhe.«

»Leider«, knurrte Wladimir.

Katherine ärgerte sich noch mehr, weil sie die Unverschämtheit hatten, miteinander Russisch zu reden. »Ich spreche fünf Sprachen. Eure nicht. Wenn Ihr nicht Französisch redet, das ich verstehe, dann werde ich mich auch nicht damit abgeben euch zu erklären, warum die Flotte der Queen dieses Schiff notfalls bis nach Rußland verfolgen wird.«

»So ein Blödsinn«, spottete Wladimir. »Als nächstes werden Sie uns noch erzählen, daß Sie das Vertrauen Ihrer englischen Königin genießen.«

»Nicht nur das«, gab Katherine zurück, »sondern auch ihre Freundschaft, seit ich ihr ein Jahr lang als Hofdame gedient habe. Doch selbst wenn dem nicht so wäre, würde auch der Einfluß des Earl of Stafford genügen.«

»Ihr Arbeitgeber?«

»Laß dich nicht auf ihr Gerede ein, Maruscha«, warnte Wladimir. »Ein englischer Earl würde sich nie mit den Angelegenheiten seiner Diener abgeben. Sie gehört ihrem Herrn nicht, so wie wir.«

Katherine hörte die Geringschätzung aus seinen Worten heraus, so als wäre er stolz darauf, Eigentum von jemandem zu sein. Aber die Tatsache, daß er ihren Worten offensichtlich keinen Glauben schenkte, ging ihr gegen den Strich.

»Ihr erster und schwerwiegenster Fehler war die Annahme, daß ich eine Dienerin sei. Ich habe Sie nicht aufgeklärt, weil ich mich nicht zu erkennen geben wollte. Aber ihr seid mit all diesen Entführungen zu weit gegangen. Der Earl ist mein Vater, nicht mein Arbeitgeber. Ich bin Katherine St. John, *Lady* Katherine St. John.«

Das Ehepaar wechselte einen Blick. Katherine konnte Maruschas Gesichtsausdruck nicht sehen. Sie schien ihrem Mann sagen zu wollen: »Na bitte! Kannst du jetzt ihre herrische Arroganz und ihren Hochmut verstehen?« Aber Wladimir zeigte sich von Katherines Enthüllungen nicht im geringsten beeindruckt.

»Wer auch immer Sie sind, Sie verschwenden Ihren Zorn bloß an mich«, bemerkte er seelenruhig zu Katherine. »Ich habe diesmal nicht nach eigenem Gutdünken gehandelt, sondern nur meine Anordnungen befolgt. Und diese Anordnungen bezogen sich ausdrücklich auf die Truhe hier. Doch daß ich nicht für ausreichende Luftzufuhr gesorgt habe, war mein Fehler. Es sollte Ihnen kein Leid geschehen. Und vielleicht hätte ich Sie früher herauslassen sollen —«

»Vielleicht?« explodierte Katherine, und hätte ihm am liebsten irgend etwas über den Kopf geschlagen.

Sicher hätte sie es auch getan, wäre ihr nicht in dem Moment eine Welle lähmenden Schmerzes die Beine hinuntergelaufen, die ihre Gedanken ablenkte, und sie mit einem Stöhnen vornüberbeugen ließ. Sie entriß Maruscha ihre Hände und grub die Finger in die Oberschenkel, aber es half nichts. Mit Macht schoß das Leben in ihre Beine.

Maxim stand bereits seit fünf Minuten in der Tür und hatte gebannt die Szene beobachtet, aber schließlich erinnerte er sich wieder an seine Pflicht. »Wenn das die Engländerin ist, dann möchte der Prinz sie sofort sehen.«

Wladimir warf einen Blick über die Schulter und seine Angst kehrte zurück. »Sie ist nicht in der Verfassung –«

»Er hat gesagt *jetzt*, Wladimir.«

10

Dimitri lehnte seinen Kopf in dem hohen Sessel zurück und legte die bloßen Füße auf den Hocker vor sich. Es war ein bequemer Sessel, fest, aber dick gepolstert, und er erinnerte ihn immer daran, daß er ein Mann war, der sich ungern etwas versagte, egal ob es Frauen, Luxus oder auch Stimmungen waren. Er besaß acht solcher Sessel, die alle völlig gleich waren. Jedes Schlafzimmer in seinen Besitzungen, die über ganz Europa verstreut lagen, hatte er damit ausgestattet, und einen führte er immer auf Reisen mit sich. Wenn er etwas fand, das ihm gefiel, dann sorgte er dafür, es auch zu besitzen. So war er schon immer gewesen.

Prinzessin Tatjana war ebenfalls ein solches Ziel. Sie würde zu ihm passen. Unter all den strahlenden Schönheiten St. Petersburgs war sie das kostbarste Juwel. Und wenn er schon heiraten mußte, warum dann nicht die Schönste?

Dimitri hatte nicht mehr an Tatjana gedacht, seit er seiner Großmutter von seinen Absichten erzählt hatte. Und auch jetzt wäre sie ihm nicht in den Sinn gekommen, wenn er nicht eben aus einem unangenehmen Traum von ihr aufgewacht wäre. Er hatte sie heftig umworben, aber selbst im Traum sein Ziel nicht erreicht.

Es war nicht so, daß er von sich aus sie oder irgendeine andere Frau heiraten wollte. Ganz im Gegenteil. Wozu brauchte er eine Ehefrau, wenn es ihm nie an weiblicher Gesellschaft mangelte? Für ihn bedeutete sie nur eine zusätzliche Verantwortung zu den vielen tausend anderen, die er schon hatte. Und all diese Heiratspläne wären gar nicht nötig gewesen, wenn nicht sein älterer Bruder Michail seinen Militärdienst im Kaukasus dummerweise verlängert hätte. Die Kämpfe gegen die Türken hatten ihn derart gefesselt, daß er Jahr um Jahr dort blieb, bis ihn sein Glück schließlich verließ. Anfang vergangenen Jahres war er hinter den feindlichen Linien gefallen; und obwohl man seinen Körper nie aufgefunden hatte, gab es keine Hoffnung mehr, daß er noch am Leben war. Zu viele seiner Kameraden hatten gesehen, wie er niedergestreckt wurde.

Es war ein schwarzer Tag für Dimitri gewesen, als er die Nachricht erhielt. Nicht, daß er seinem Halbbruder aus der ersten Ehe seines Vaters allzuviel Liebe entgegengebracht hätte. Als er noch viel jünger war, hatten sie sich wohl nähergestanden. Aber der Altersunterschied von sieben Jahren hatte bewirkt, daß sie kaum gleiche Interessen hatten. Zu Lebzeiten des Vaters waren die Alexandrows eine sehr eng verbundene Familie gewesen. Doch Michail war schon immer von der Armee begeistert gewesen, und sobald er alt genug war, hatte er sie zu seinem Lebensinhalt gemacht. Dimitri hatte ihn von da ab kaum mehr gesehen, bis auf das eine Jahr, als er ebenfalls im Kaukasus gedient hatte.

Dimitri hatte nach diesem Jahr für den Rest seines Lebens genug vom Töten. Michail reizte die Gefahr, ihn nicht. Wie so viele seiner jungen Freunde in der Kaiserlichen Garde hatte er das Abenteuer gesucht und mehr als genug davon gefunden. Nicht einmal der Ruhm der Garde hatte ihn halten können. Zwar war er der jüngere Sohn, aber er hatte eine Karriere bei der Armee nicht nötig, wie das bei den meisten anderen jüngeren Söhnen des Adels der Fall war. Unabhängig von dem unermeßlichen Reichtum der Familie besaß er eigenes Vermögen. Und er wußte mit seinem Leben besseres anzufangen, als es sinnlos aufs Spiel zu setzen.

Wenn Michail nur auch so gedacht hätte. Doch selbst das wäre nicht so wichtig, wenn er die Zeit gefunden hätte, vor seinem Tod zu heiraten und einen Erben zu zeugen. Dann wäre Dimitri nicht der letzte legitime, männliche Alexandrow gewesen. Er hatte noch fünf weitere Halbbrüder, aber sie waren alle uneheliche Kinder. Und Sonja, die Schwester seines Vaters, hatte ihm unmißverständlich klargemacht, daß es nun seine *Pflicht* sei zu heiraten und für einen Erben zu sorgen, bevor auch ihm, wie Michail, etwas zustieß. Dabei spielte es für sie gar keine Rolle, daß er im Gegensatz zu Michail nicht jeden Tag sein Leben riskierte. Der Tod Michails hatte Tante Sonja so erschüttert, daß sie von einem Aufschub nichts hören wollte.

Bis zu diesem Zeitpunkt hatte Dimitri ein sorgloses Leben geführt. Michail war das Familienoberhaupt gewesen, seit der Vater der Cholera-Epidemie von 1830 zum Opfer gefallen war, und hatte alle größeren Entscheidungen gefällt. Dimitri hatte die Aufsicht über die meisten Besitzungen der Familie gehabt. Aber nur, weil Finanzangelegenheiten ihn faszinierten, ihm erlaubten, mit Risiken zu spielen, ohne sein Leben zu gefährden, hatte er sich dazu bereit erklärt. Doch jetzt lastete *alle* Verantwortung auf Dimitri, für die zahllosen Besitzungen, die Dienerschaft, die unehelichen Geschwister, selbst für das halbe Dutzend Bastarde von Michail. Und nun sollte bald auch noch eine Ehefrau dazukommen.

Hunderte von Malen hatte er seinen Bruder schon dafür verflucht, daß er gestorben war und ihm die ganze Last auf die Schultern gelegt hatte. Sein Leben schien gar nicht mehr ihm zu gehören. Der Ärger mit seiner Schwester war ein gutes Beispiel dafür. Wäre Michail noch am Leben gewesen, hätte die Gräfin sich an ihn gewendet und er wäre mit dem Problem konfrontiert gewesen, obwohl Anastasia nur seine Halbschwester war. Zweifellos hätte er Dimitri die Angelegenheit übertragen, nur mit dem Unterschied, daß Dimitri nicht auf Freiersfüßen gewandelt wäre und ihm eine Reise nach England überhaupt nichts ausgemacht hätte. Er liebte es zu reisen, doch auch diese Freude war jetzt sehr eingeschränkt. Wenigstens konnte er die Verantwortung für seine Schwester bald auf jemand anderen übertragen, wenn er sie verheiratete. Doch durch seine eigene Heirat war dieser Platz schnell wieder ausgefüllt. Wäre er bereit gewesen, von einem einmal gesteckten Ziel abzulassen, dann hätte er die schöne Prinzessin Tatjana aufgeben können.

Tatjana Iwanowa hatte ihn mit ihrer Zurückhaltung und Unnahbarkeit überrascht. Es hatte ihn viel Zeit und erhebliche Mühe gekostet, ihr den Hof zu machen, mehr als er jemals für irgendeine Frau aufgewendet hatte. Und mehr als einmal hatte ihm ihr aufreizendes Spiel seine ganze Beherrschung abverlangt. Sein Werben schmeichelte ihr zwar, aber sie war auch eine junge Frau, die wußte, wie begehrenswert sie war und daß sie jeden Mann haben konnte, den sie wollte. Sie hatte es nicht eilig, ihre Wahl unter einem Dutzend Freier zu treffen.

Aber keine Frau konnte Dimitri lange widerstehen. Er bildete sich nichts darauf ein, es war einfach so. Und gerade, als er anfing, Fortschritte bei ihr zu machen, als das Eis um ihr kühles Herz zu schmelzen schien, erreichte ihn der Brief der Gräfin. Es war ein verdammtes Pech. Trotzdem machte er sich nicht so sehr Sorgen, daß Tatjana in der Zwischenzeit einen anderen Mann gewählt hatte. Ihn störte vor allem die Verzögerung und die Tatsache, daß er in seiner Abwesenheit an Boden verloren hatte und wahrscheinlich mit seiner Werbung ganz von vorne würde beginnen müssen. Dabei wollte er die Angelegenheit einfach geregelt wissen, damit er sich wieder anderen Dingen zuwenden konnte.

Das Klopfen an der Tür war eine willkommene Ablenkung. Dimitri wollte und brauchte nicht an seinen bevorstehenden Ehestand denken, da es noch viele Wochen dauern würde, bis sie Rußland erreichten und ihm vorher die Hände gebunden waren.

Maxim trat ein und hielt die Tür weit offen für Wladimir, der ihm mit Katherine auf den Armen folgte. Auf den ersten Blick schien sie zu schlafen. Aber dann bemerkte Dimitri das Mahlen ihrer weißen Zähne auf der Unterlippe, den starren Ausdruck ihrer Augen und die verkrampfte Haltung ihrer Hände, die den Stoff des Kleides umklammert hielten.

Er schoß mit einer Schnelligkeit auf die Beine, die die beiden Diener vor Angst erstarren ließen. »Was ist hier los?« wandte sich Dimitri überaus frostig an Wladimir.

»Nichts, Hoheit, wirklich«, versicherte Wladimir hastig. »Ihr sind nur die Glieder eingeschlafen und jetzt kehrt gerade die Empfindung zurück –« Er machte eine Pause, denn Dimitris Gesicht verfinsterte sich zusehends. »Es war eine Vorsichtsmaßnahme, sie solange in der Truhe zu lassen, bis wir auf offener See sind. Auf dem Fluß hätte sie entkommen können und ans Ufer schwimmen. Ich wollte kein Risiko eingehen, wo es doch so wichtig –«

»Wir befinden uns immer noch auf der Themse und außerdem, muß ich dir wirklich sagen, daß es noch andere Möglichkeiten gibt, sie von einer Flucht abzuhalten? Willst du mir wirklich erklären, daß du sie gerade erst herausgelassen hast?«

Wladimir nickte schuldbewußt. »Um die Wahrheit zu sagen, ich hatte vergessen, wie lange es bis zur Küste dauert, und in dem ganzen Durcheinander der Abfahrt und mit der Frau hinter Schloß und Riegel habe ich – habe ich sie völlig vergessen, bis mich Maruscha an sie erinnert hat.«

Bis zu einem gewissen Grad schienen Dimitri diese Halbwahrheiten zu besänftigen. Sein Gesichtsausdruck hellte sich etwas auf. Wladimir wußte, daß der Prinz keine Unfähigkeit duldete und er hatte, seit er mit der Engländerin zu tun hatte, mehr Fehler gemacht als je zuvor. Doch Dimitri war ein einsichtiger Mensch, kein

Tyrann und er bestrafte das menschliche Versagen seiner Diener nicht.

»Du bist für sie verantwortlich, Wladimir, sei in Zukunft nicht mehr so vergeßlich, ist das klar?«

Wladimir stöhnte innerlich. Verantwortlich für diese Frau zu sein, war schon Strafe genug. »Ja, mein Prinz.«

»Nun gut, setz sie nieder.«

Dimitri ging zur Seite und wies auf den Sessel, den er freigemacht hatte. Wladimir lud seine Bürde rasch ab, machte ein paar Schritte zurück und betete, daß die Frau kein Theater mehr machen würde. Sie tat ihm diesen Gefallen nicht.

Katherine keuchte und krümmte sich nach vorne über ihre Knie. Ihr Haar fiel bis zu den Füßen herab und in dieser Stellung sprang unter dem Gewicht ihrer Brüste das Spitzenhemd auf, gab den drei Männern verlockend viel von ihrem Körper zu sehen.

»Ihre Beschwerden werden in ein paar Minuten vorbei sein, Hoheit«, sagte Wladimir schnell, als er den Unmut in Dimitri wieder aufsteigen sah.

Dimitri ignorierte ihn. Er kniete vor Katherine nieder, faßte sie sanft aber entschieden an den Schultern und zwang sie, sich aufzusetzen. Dann schlug er ihren Rock bis zu den Knien zurück, nahm eine ihrer Waden in die Hände und begann, sie zu massieren.

Am liebsten hätte sie ihn weggestoßen. Sie hatte dem Gespräch schweigend zugehört, aber nur aus Angst, daß sie schreien würde, hatte sie den Mund gehalten. Wie Wladimir vorausgesagt hatte, ließen die quälenden Stiche nach, wurden erträglicher, auch wenn sie sie immer noch unangenehm spürte. Dennoch versetzte sie ihm keinen Stoß. Sie brauchte ein besseres Ventil für ihre kochende Wut, eines, das nicht falsch ausgelegt würde. Und sie fand es. Ihre Hand klatschte schallend auf die Wange des Prinzen.

Dimitri verhielt sich regungslos. Maxim wurde vor Schreck kreidebleich. Aus Wladimir sprudelten gedankenlos Worte hervor. »Sie behauptet, eine Adelige zu sein, Hoheit – nichts Geringeres als die Tochter eines Earl.«

Immer noch herrschte Schweigen. Wladimir war sich nicht sicher, ob der Prinz seine Worte gehört hatte, und wenn, ob sie eine Rolle für ihn spielten. Er verstand selbst nicht, wieso er versucht hatte, die Ungeheuerlichkeit dieses Schlages zu erklären, noch dazu mit einer ganz offensichtlichen Lüge. Hätte er nichts gesagt, wäre das Weib vielleicht über Bord geworfen worden, etwas, wofür er ewig dankbar gewesen wäre.

Dimitri hatte sofort nach oben geschaut, doch Katherines türkis funkelnde Augen loderten wild. Dies war kein beleidigter Klaps gewesen, um ihn in seine Schranken zu weisen. Dahinter steckte ein mächtiger Zorn. Er war einen Augenblick so überrascht, daß er überhaupt nicht reagieren konnte. Und sie war noch nicht am Ende.

»Ihre Anmaßung ist bodenlos, Alexandrow! Daß Sie es wagten – daß Sie angeordnet haben, daß ich – oh!«

Wenn Blicke töten könnten ... Ihre kleinen Finger ballten sich zu Fäusten in ihrem Schoß. Mit jeder Faser ihres Seins rang sie um Beherrschung, die Nerven bis zum Zerreißen angespannt. Und er kniete einfach da, starrte sie verblüfft an!

»Der Teufel soll Sie holen. Sie werden das Schiff wenden lassen und mich nach London zurückbringen! Ich bestehe darauf – nein, *ich verlange*, daß Sie es auf der Stelle machen!«

Dimitri stand langsam auf, zwang Katherine damit, den Kopf in den Nacken zu legen, um den Blickkontakt zu halten. Geistesabwesend betastete er seine Wange, während er sie unablässig anschaute und dann blitzte plötzlich der Schalk in seinen Augen auf.

»Sie will mir Befehle erteilen, Wladimir«, sagte Dimitri, ohne den Diener anzusehen.

Die Spannung fiel von dem älteren Mann ab, als er den amüsierten Tonfall hörte. »Ja, mein Prinz«, seufzte er.

Mit einem kurzen Blick über die Schulter fragte Dimitri: »Die Tochter eines Earl, hast du gesagt?«

»Das behauptet sie.«

Die braunen Samtaugen glitten zu Katherine zurück und sie bemerkte, daß sie selbst in ihrem Zorn noch errötete, denn sein Blick blieb nicht an ihrem Gesicht hängen, sondern an dem offenen Mieder, das sie vollkommen vergessen hatte. Aber das war noch nicht genug der Dreistigkeit. Die Augen wanderten langsam weiter an ihr herunter, musterten bewundernd ihre bestrumpften Beine. Auch daran hatte sie nicht mehr gedacht. Mit einem Fauchen streifte sie den Rock wieder über die Knie und begann an der Knopfleiste ihres Kleides zu fummeln. Ihr Schamgefühl trug ihr ein breites Grinsen von dem Mann ein, der nicht einmal eine Armlänge entfernt von ihr stand.

»Schuft!« zischte sie und schaute erst wieder auf, als sie den letzten Knopf am Hals geschlossen hatte. »Sie haben die Manieren eines Gassenjungen, der nur glotzen kann, aber das sollte mich eigentlich nicht überraschen, denn es entspricht ja Ihrer verkommenen Moral.«

Wladimir verdrehte die Augen zur Decke. Maxim hatte sich von seinem ersten Schock noch nicht richtig erholt, als ihn diese Worte aufs neue erschütterten. Doch Dimitri amüsierte sich nur noch mehr.

»Das muß man dir schon lassen, Katja«, sagte er schließlich. »Du hast ein bemerkenswertes Talent.«

Einen Augenblick lang war sie überrumpelt. »Talent?«

»Ja, natürlich. Sag mal, hast du dir das erarbeiten müssen oder war es dir schon in die Wiege gelegt?«

Argwöhnisch kniff sie ihre Augen zusammen. »Wenn Sie damit sagen wollen —«

»Gar nichts will ich damit sagen«, schnitt ihr Dimitri lächelnd das Wort ab. »Ich zolle dir Beifall. Du hast dich mit dieser Vorstellung selbst übertroffen. War das eine Rolle, die du auf der Bühne gespielt hast? Das würde erklären —«

»Schweigen Sie!« schrie Katherine und sprang auf. Ihre Wangen brannten bei dieser Unterstellung. Leider bedeutete es nur einen deutlichen Nachteil für sie, neben ihm zu stehen. Es war das erste Mal und schüchterte sie geradezu ein. Er war so groß im Vergleich zu ihr, daß sie sich richtig lächerlich vorkam, denn sie reichte ihm kaum an die Schulter..

Katherine machte rasch ein paar Schritte zur Seite, bis sie aus seiner Reichweite war und drehte dann so schnell um, daß ihr Haar in einem weiten Bogen herumflog. In der sicheren Entfernung gewann sie ihre Würde zurück. Sie straffte ihre Schultern, schob das Kinn vor und warf dem Prinzen einen Blick tiefster Verachtung zu. Und doch hatte ihr Zorn an Kraft verloren. Er hatte sich nicht über sie lustig gemacht und seine Bewunderung ihres ›Talents‹ war echt gewesen. Das machte ihr Angst.

Damit, daß er ihr nicht glauben würde, hatte sie nicht gerechnet. Sie hatte ihrer Wut freien Lauf gelassen, denn nicht einen Moment hatte sie daran gezweifelt, daß er sich bemühen würde, alles an ihr wieder gutzumachen, wenn er erst einmal wußte, wer sie war. Doch nichts dergleichen geschah. Er glaubte, sie spielte Theater, und das amüsierte ihn. Lieber Gott, eine Schauspielerin! Die einzige nähere Begegnung, die sie mit einer Schauspielerin gehabt hatte, war in der Theaterloge ihres Vaters gewesen.

»Entlassen Sie ihre Lakaien, Alexandrow.« Doch gleich darauf verbesserte sie sich, da sie erkannte, daß sie es sich nicht leisten konnte, ihn gegen sich aufzubringen. »*Prinz* Alexandrow.« Der verdammte Kerl hielt alle Trümpfe in der Hand und obwohl das äußerst ärgerlich war, konnte sie sich – bis zu einem gewissen Grad – darauf einstellen. Ihr war gar nicht bewußt geworden, daß sie eine Anordnung erteilt hatte. Dimitri schon. Eine Sekunde lang bildete sich eine steile Falte auf seiner Stirn, doch dann glätte sich sein Gesicht. Er war neugierig.

Mit einer kurzen Handbewegung entließ er die beiden Männer, die hinter ihm standen, aber er sprach kein Wort, bis er die Tür ins Schloß fallen hörte. »Also, meine Liebe?«

»Ich bin Lady Katherine St. John.«

»Ja, das würde passen«, erwiderte er nachdenklich. »Ich kann mich erinnern, vor vielen Jahren bei einem Besuch in England einem St. John begegnet zu sein. Der Earl of – of – Stafford, stimmt das? Nein, Strafford. Ja, der Earl of Strafford, er ist ein sehr aktiver Reformer und steht im Brennpunkt des öffentlichen Interesses.«

Die letzten Worte betonte er bedeutungsvoll, wollte er doch damit zu verstehen geben, daß jeder in England diesen Namen kannte. Katherine biß die Zähne zusammen. Immerhin gab es ihr etwas Hoffnung, daß er ihrem Vater schon begegnet war.

»In welchem Zusammenhang haben Sie den Earl denn getroffen? Wahrscheinlich kann ich die Umgebung mindestens so gut beschreiben wie Sie, denn ich bin mit allen Freunden meines Vaters und ihren Verhältnissen vertraut.«

Er lächelte nachsichtig. »Dann beschreibe mir den Landsitz des Duke ob Albemarle.«

Katherine zuckte zusammen. Er *mußte* ja jemanden wählen, den sie noch nie getroffen hatte. »Ich kenne den Duke nicht, aber ich habe gehört –«

»Natürlich, meine Liebe, hast du das. Auch er steht sehr im Blickpunkt der Öffentlichkeit.«

Seine Haltung traf sie empfindlich. »Hören Sie mir doch zu, ich bin wirklich die Tochter des Earl. Warum wollen Sie mir nicht glauben? Was mich allerdings nicht sonderlich beeindruckt, denn die russische Adelsrangfolge ist mir nicht unbekannt.«

Dimitri lachte in sich hinein. Er hatte so etwas schon geahnt, aber jetzt hatte sie es ausgesprochen: Er war für sie nichts Besonderes. Eigentlich müßte es ihn kränken, aber es paßte so gut zu der Rolle, die sie spielte. Er hatte gleich gewußt, daß sie ihn amüsieren würde, aber nie hätte er gedacht, daß sie so voller Überraschungen steckte.

»Dann erzähl mir doch mal, Katja, was du alles weißt.«

Sie wußte, daß er sie nur auf den Arm nahm, aber sie wollte ihre Ansicht verständlich machen. »Ihr russischen Adeligen tragt alle den gleichen Titel, obwohl der alte Adel einen höheren Rang einnimmt als der neue. So ähnlich hat man mir es erklärt. Wirklich, sehr demokratisch, aber in Wahrheit ist ein russischer Prinz nichts anderes als bei uns ein Duke, Earl oder Marquis.«

»Ich bin nicht sicher, ob ich dem ›nichts anderes‹ zustimmen kann, aber worum geht es dir?«

»Wir sind einander ebenbürtig«, sagte sie mit Nachdruck

Dimitri grinste. »Ach ja? Nun, ich kann mir schon vorstellen, wann wir es sind.« Seine Augen glitten über ihren Körper und ließen keinen Zweifel daran, worauf er anspielte.

Katherine ballte verzweifelt ihre Fäuste. Die Erinnerung an das, was vergangene Nacht zwischen ihnen geschehen war, entwaffnete sie. Ihr Zorn richtete sich gegen seine anmaßende und herablassende Art, aber nicht gegen den Mann aus Fleisch und Blut, wie er vor ihr stand. Bis zu diesem Augenblick hatten ihre aufgewühlten Empfindungen sie davon abgehalten, in ihm etwas anderes zu sehen als den Gegenstand ihrer Verachtung. Aber jetzt ging ihr seine Gegenwart, genau wie am Morgen, durch und durch.

Nun erst fiel ihr seine Kleidung auf, oder vielmehr, daß er kaum etwas anhatte. Über einer weiten weißen Hose trug er eine kurze, lose gegürtete, bequeme Samtjacke. Seine Füße waren nackt. Der offene Kragen des smaragdgrünen Gewandes enthüllte die ebenfalls bloße Brust. Die goldblonden Locken, die er entgegen dem Zeitgeschmack ziemlich lang trug, waren zerzaust, als wäre er gerade aufgestanden. Sein salopper Aufzug legte diese Vermutung ebenfalls nahe.

Katherine vergaß jede Erwiderung auf seine letzte Bemerkung, als ihr klar wurde, wo sie sich befand: in seinem Schlafzimmer. Sie hatte ihrer Umgebung noch keine Beachtung geschenkt. Seit sie die Augen aufgeschlagen hatte, hatte sie nur Dimitri angesehen. Doch jetzt wagte sie es nicht, sich umzuschauen, aus Angst, da der Anblick eines zerwühlten Bettes ihr Verderben bedeutete. Er hatte Anweisung gegeben, sie *hierher* zu bringen. Und dumm wie sie war, hatte *sie* selbst darauf bestanden, daß man sie bei dieser wichtigen Auseinandersetzung alleine ließ.

Das neue Dilemma ließ ihre vorherigen Schwierigkeiten in den Hintergrund treten. Er hatte sie hier haben wollen und dafür konnte es nur einen Grund geben. Die ganze Zeit hatte er seinen Spaß an ihr gehabt, hatte seinen Charme und geschickte Anspielungen anstelle von Gewalt eingesetzt. Aber sicher würde der nächste Schritt gewalttätig sein und sie wußte, daß sie keine Chance hatte. Sie brauchte ihn nur anzuschauen und schon fühlte sie sich angesichts seiner Größe schwach und hilflos.

Die zahllosen alarmierenden Gedanken, die Katherine durch den Kopf schossen, ließen sie völlig vergessen, daß sie sich auf einem Schiff befanden und diese Kabine allen Bedürfnissen Dimitris gerecht zu werden hatte, dem Vergnügen ebenso wie dem Geschäft. Zum Glück brauchte sie auch nicht weiter darüber nachzudenken und wurde der Sorge um ihre nächste Zukunft enthoben. Denn die Tür öffnete sich und ein hellroter Wirbelwind aus Taft rauschte in das Zimmer.

Die große junge Frau mit goldblondem Haar war wunderschön. Besser gesagt überwältigend, wenigstens wirkte sie auf Katherine, die von dieser plötzlichen Erscheinung mit ihren aufregenden Fragen ganz verblüfft war. Außerdem bewirkte der unangemeldete Eintritt der Frau zweierlei, wofür Katherine außerordentlich dankbar war. Sie lenkte endlich Katherines Blick von Dimitri ab, so daß diese wieder anfangen konnte, logisch zu denken, so wie sie es gewohnt war. Und gleichzeitig zog sie Dimitris ganze Aufmerksamkeit auf sich.

Sofort, als sie eintrat, hatte sie mit klarer, wenn auch gereizter Stimme zu sprechen anhob. »Mitja, ich habe stundenlang gewartet, während du den ganzen Tag verschläfst, aber ich will nicht ... länger ... warten.«

Die beiden letzten Worte kamen mit kleinen Pausen, da sie bemerkte, daß er nicht alleine war. Sie würdigte Katherine keines Blickes, doch sie änderte ihre Haltung schlagartig, als Dimitri sich zu ihr umwandte und sie den Verdruß in seinem Gesicht sah. »Es tut mir leid«, äußerte sie rasch. »Mir war nicht klar, daß du zu tun hast.«

»Darum geht es nicht«, sagte Dimitri scharf. »Aber es wundert mich in keiner Weise, daß die Herzogin genug von dir hatte, wenn du dir jetzt auch noch ein derartig schlechtes Benehmen angeeignet hast.«

Diese Zurechtweisung vor einer Fremden drängte sie in die Verteidigung. »Es ist wichtig, ansonsten würde ich nicht −«

»Es ist mir egal, und wenn das Schiff brennt! In Zukunft wirst du dich melden lassen, bevor du mich störst, egal um welche Zeit und aus welchem Grund auch immer!«

Katherine amüsierte die Beobachtung dieses selbstherrlichen Gehabes. Dieser Mann, der sich nicht einmal von ihrer Ohrfeige aus der Ruhe hatte bringen lassen, obwohl sie all ihre Kraft hineingelegt hatte, polterte jetzt wegen einer viel geringfügigeren Störung los. Aber andererseits waren ihr bei Hofe Russen begegnet und sie hatte auch von dem englischen Botschafter in Rußland, der ein enger Freund des Earl war, viele Geschichten über die Russen gehört, über ihre launische Mentalität mit Temperamentsausbrüchen und raschen Stimmungswechseln.

Bis jetzt hatte der Prinz keine Neigung zu derartigen Launenhaftigkeiten gezeigt. Zumindest war dieser Gefühlsausbruch tröstlich, denn er entsprach weit mehr dem Bild, das sich Katherine von einem Russen machte. Mit vorhersehbaren Reaktionen war immer leichter umzugehen.

Blitzschnell schätzte Katherine ihre Möglichkeiten ab und beschloß zu spielen. Sie nahm eine unterwürfige Haltung ein, die ihr völlig fremd war und mischte sich in die Auseinandersetzung ein, die, nach dem ärgerlichen Ausdruck im Gesicht der Frau zu urteilen, auf dem besten Weg war, recht hitzig zu werden.

»Mein Herr, ich möchte gerne warten, solange die Dame da ist. Ich werde inzwischen vor die Tür gehen –«

»Du bleibst wo du bist, Katherine«, warf er ihr über die Schulter zu. »Anastasia wird gehen.«

Zwei Befehle, einen für jede von ihnen. Aber keine der Frauen beabsichtigte, widerspruchslos zu gehorchen.

»Damit kannst du mich nicht abspeisen, Mitja«, sagte Anastasia hartnäckig und stampfte dabei mit dem Fuß auf, damit er auch ja nicht übersah, wie empört sie war. »Mir geht eine meiner Zofen ab! Dieses kleine Luder ist weggelaufen!«

Bevor Dimitri darauf etwas erwidern konnte, sagte Katherine ruhig: »Meine Angelegenheiten können warten, Herr.« Bei diesen Worten war sie langsam um Dimitri herum Richtung Tür gegangen. Und ganz unangebracht fügte sie hinzu: »Wenn jemand über Bord gegangen ist –«

»Unsinn«, unterbrach Anastasia sie, ohne sich für Katherines Beistand erkenntlich zu zeigen. »Dieses verschlagene Wesen hat sich von Bord geschlichen, bevor wir ablegten. Sie und Zora waren auf der Fahrt nach England fürchterlich seekrank gewesen. Jetzt wollte sie einfach nicht noch einmal segeln. Aber ich will sie nicht verlorengeben, Mitja. Sie gehört mir und ich will sie zurückhaben.«

»Du erwartest allen Ernstes von mir, daß ich wegen einer Dienerin das Schiff wenden lasse, wo du doch genau weißt, daß ich ihnen ihre Freiheit zugesichert habe, wann immer sie es wollen? Sei nicht töricht, Anastasia. Du kannst sie doch jederzeit ersetzen.«

»Aber nicht hier und jetzt. Was soll ich bloß machen, wo Zora krank ist?«

»Du wirst mit einem meiner Diener zurechtkommen müssen, meinst du nicht auch?« Dies war keine Frage, sondern eine klare Anordnung.

Anastasia wußte, daß damit die Sache erledigt war und er seine Meinung nicht mehr ändern würde. In Wirklichkeit hatte sie gar nicht erwartet, daß er das Schiff umkehren lassen würde. Sie hatte nur eine Ausrede gebraucht, um ein wenig von ihrem Unmut über diese erzwungene Reise an ihm auszulassen. Das weggelaufene Mädchen war nur der äußere Anlaß gewesen, bei ihm um Mitgefühl zu heischen.

»Du bist schrecklich, Mitja. Meine Mädchen sind gut eingespielt. Deine Diener haben doch nicht die geringste Ahnung von den Aufgaben einer Kammerzofe. Sie wissen nur, wie sie dir zu dienen haben.«

Während die beiden über die Diener debattierten, nützte Katherine den Vorteil der Ablenkung aus und näherte sich Schritt für Schritt der Tür. Sie machte sich nicht mehr die Mühe, noch einmal zu wiederholen, daß sie draußen warten würde, bis der Prinz wieder Zeit hatte für ihr Gespräch. Leise öffnete sie die Tür, schlüpfte hinaus und schloß sie hinter sich genauso leise.

11

Die Beleuchtung in dem schmalen Korridor war gedämpft, aber ausreichend. An dem einen Ende hing eine Laterne und am anderen fiel Tageslicht durch die offene Tür die Stufen herunter, die an Deck führten. Niemand war zu sehen, ein Umstand, der Katherine zu denken gab. Es war zu einfach. Alles was sie zu tun hatte, war die Treppe nach oben an Deck zu gehen, die Reling zu erreichen und dann schnell darüberzugleiten. Aber fast eine geschlagene halbe Minute machte Katherine gar nichts, stand wie angewurzelt vor Dimitris Tür und hielt den Atem an.

Nachdem sie zwei Tage lang so vom Pech verfolgt gewesen war, konnte sie die Möglichkeit, die sich ihr hier bot, gar nicht richtig fassen. Ihr Herz fing an zu hämmern. Es bestand immer noch Gefahr. Sie konnte sich solange nicht in Sicherheit fühlen, bis sie das Ufer unter ihren Füßen spürte und das Schiff immer weiter davonsegeln sah, bis es nur mehr ein dunkler Punkt am Horizont und eine böse Erinnerung war.

Mach schon, Katherine, bevor er merkt, daß du geflohen bist, während er mit diesem prachtvollen Geschöpf diskutierte.

Wenn sie gedacht hatte, den Prinzen zur Umkehr zu überreden, dann waren ihre Hoffnungen völlig zunichte gemacht worden, als er sich weigerte, der schönen Frau diese Bitte zu erfüllen. Nicht einmal für jemanden aus seiner Familie kehrte er nach London zurück, um wieviel weniger dann erst ihretwegen, noch dazu, wo es von Anfang an seine Anordnung gewesen war, sie hier auf das Schiff zu bringen. Warum? Warum nur?

Nicht jetzt, Katherine! Frag dich das später, wenn du außer der Reichweite dieses Mannes bist.

Die ärgerlich erhobenen Stimmen in dem Zimmer waren nicht zu unterscheiden, erinnerten sie jedoch daran, daß Dimitri jeden Moment ihre Abwesenheit bemerken konnte. Sie hatte keine Zeit zu verlieren. Glücklicherweise hatte sich diese Fluchtmöglichkeit geboten, bevor das Schiff die Mündung der Themse erreichte und die Küste Englands hinter sich ließ. Einmal auf See gab es kein Entkommen mehr.

Sie gab sich einen energischen Ruck und rannte auf die Treppe zu. In ihrer Hast nahm sie die ersten beiden Stufen auf einmal. einen Augenblick lang brauchte sie, um das Gleichgewicht wiederzufinden, doch das rette sie davor, Hals über Kopf einem Mann der Besatzung in die Arme zu laufen, der gerade oben an der Treppe vorbeiging. Wie dumm von ihr zu vergessen, daß das Deck um diese Zeit nicht menschenleer sein würde. Sie wußte nicht, wieviel Uhr es war, aber es mußte später Nachmittag sein, eher schon auf den Abend zugehend. Wenn es doch nur schon Nacht und finster wäre, dann hätte sie eine Sorge weniger. Aber am Abend war ihre Chance vorüber, dann würde der Fluß schon hinter ihnen liegen. Sie mußte es riskieren, gesehen zu werden.

Ihr Herz klopfte zum Zerspringen, als sie nach oben stieg, langsam, immer nur eine Stufe auf einmal nehmend. *Bloß keine Auffälligkeiten, altes Mädchen. Benimm dich ganz natürlich, so als wolltest du nur einen kleinen Bummel an Deck machen. Das ist alles.*

Die einzige Schwierigkeit bei dieser Überlegung war, daß sie nicht wußte, ob ein Spaziergang an Deck als etwas Normales angesehen wurde oder nicht. Wenn sie eine Gefangene war, wie sie beklommen vermutete, dann war es alles andere als natürlich. Aber würde das jeder wissen? Dimitris Diener, ja, aber die Matrosen, der Kapitän? Wie konnte der Prinz bloß vor dem Kapitän dieses Schiffes ihre Entführung rechtfertigen? Das ging nicht. Wahrscheinlich hatte er vorgehabt, ihre Existenz während der ganzen Fahrt geheimzuhalten und das wäre mit Hilfe all der Diener leicht genug gewesen.

Einer dieser Diener trat in Katherines Blickfeld, als sie nervös in der Türöffnung stand. Es war die junge Zofe, die vergangene Nacht bei ihr gewesen war. Sie stand nur wenige Meter entfernt lachend und schwatzend mit einem Matrosen zusammen. Und sie sprach doch tatsächlich Französisch! Dieses falsche kleine Ding, in Katherines Gegenwart hatte sie immer nur Russisch geredet, zweifellos, damit sie keine Fragen beantworten mußte. Doch das spielte jetzt keine Rolle. Gott sei Dank war das Mädchen ganz mit seinem kleinen Flirt beschäftigt und warf keinen Blick zur Kajütstreppe.

An Deck herrschte reges Getriebe. Man hörte Rufe, Gelächter, sogar Gesang. Niemand schien Katherine zu beachten, als sie zur Reling schlenderte. Ihre ganze Aufmerksamkeit war auf die hölzernen Planken gerichtet, die die Rückkehr zur Freiheit für sie bedeuteten. Doch als sie das oberste Geländer anfaßte und endlich darüber schaute, erkannte sie mit Schrecken, wie weit sie tatsächlich vom Ufer entfernt waren. Sie hatten die Mündung der Themse erreicht, diese sich immer weiter ausdehnende Wasserfläche, die das Meer in sich aufnahm. Es sah so aus, als würden sie viele Meilen von der Freiheit trennen, die sie gedacht hatte mit ein paar Schwimmzügen erreichen zu können. Und dennoch, sie hatte keine Wahl. Wie konnte sie nach Rußland segeln, solange England noch in Sicht war?

Sie schloß die Augen und schickte ein kurzes Stoßgebet gen Himmel, denn sie wußte, daß sie sehr viel Kraft brauchen würde. Dabei verbot sie sich jeden Gedanken daran, daß sie riskierte, statt der nahen Freiheit ein Grab in den Wellen zu finden. Aber in ihrem Hinterkopf lauerte immer noch der Gedanke, der ihr schon in der Truhe gekommen war, nämlich, daß ein nasses Grab ohnehin ihr Schicksal sein würde, weil der Prinz sich ihrer auf diese Art entledigen wollte. Diese Aussicht fachte ihre Entschlossenheit, einen ihrer wesentlichen Charakterzüge, an. Entscheidungen, die sie selbst betrafen, führte sie stets auf Biegen und Brechen durch.

Ihr Herz klopfte jetzt so verrückt, daß ihr schon der ganze Brustkorb schmerzte. Noch nie in ihrem Leben hatte sie eine solche Angst gehabt. Und trotzdem schürzte sie Kleid und Unterröcke, um über die Reling zu klettern. Gerade in dem Moment, als ihr nackter Fuß an einer mittleren Strebe Halt gefunden hatte und sie sich hochziehen wollte, umfaßte sie ein Arm, und eine Hand griff unter ihr erhobenes Knie.

Eigentlich hätte sie wütend sein sollen über das Malheur, das ihre Flucht in letzter Minute vereitelte.

Doch dem war nicht so. Im Gegenteil, ihr war fast schwindelig vor Erleichterung, daß ihr die Sache aus der Hand genommen war. Später würde sie das Schicksal beklagen, das sich weiter gegen sie verschworen hatte, aber im Moment war die Angst wie weggewischt und ihr Herz schlug wieder normal.

Doch das Gefühl, gerettet und nicht gefangen zu sein, hielt nur ein paar Sekunden an. Dann blickte sie herab und sah, daß der Arm, der sie fast an den Brüsten fest umfaßt hielt, in grünem Samt gekleidet war. Und als ob das noch nicht genügen würde, ihr zu zeigen, an wessen Brustkorb ihr Rücken gepreßt wurde, sah sie auch noch die Hand, die ihren Oberschenkel so fest im Griff hatte, daß sie ihren Fuß nicht auf den Boden setzen konnte.

Diese Hand war ihr so vertraut, sie hatte sie vergangene Nacht zahllose Male geküßt, voller Lust, voller pathetischem Flehen, voller Dankbarkeit. Die Erinnerungen waren schmachvoll und doch hatte sie instinktiv gewußt, daß seine Berührung sie wieder überwältigen würde. Hatte sie nicht versucht, sich von ihm entfernt zu halten? Es war alles noch zu nahe, die Erinnerung noch zu frisch, als daß sie schon genügend gegen ihn gefeit gewesen wäre. Sie fühlte sich immer noch wie unter dem magischen Einfluß der Droge. Vielleicht war es auch so. Ja, das mußte es sein!

Nicht schlecht, Katherine. Mach dir doch nichts vor. Er ist es! Es ist sein verdammtes Gesicht, das du selbst dann vor Augen hast, wenn du ihn nicht anblickst, und dieser verdammte Körper, der besser in einem Museum stehen sollte, als herumzulaufen und alle Frauen aus der Fassung zu bringen.

Doch diese Gedanken halfen ihr wenig, als er seinen Arm ein paar Zentimeter höher schob und sie voller Scham spürte, wie ihre Brustwarzen prickelten und hart wurden. Und er berührte sie nicht nur, sondern preßte seinen Arm unter ihre Brüste! Dimitri war sich des leichten Gewichts auf seinem Arm genauso bewußt wie Katherine. Nur mühsam konnte er dem Verlangen widerstehen, seine Hände auf die weichen Hügel zu legen, wieder zu spüren, wie sie sich so wunderbar in seine Handflächen schmiegten. Aber er war sich auch dessen bewußt, daß sie nicht alleine waren, sondern Dutzende von Augen auf sie gerichtet waren. Trotzdem brachte er es noch nicht über sich, sie loszulassen. Es fühlte sich so verdammt gut an, sie wieder in den Armen zu halten. Bilder blitzten in ihm auf: die glühenden Augen, die zu einem Lustschrei geöffneten Lippen, die drängenden Hüften.

Erregung schoß in seine Lenden, viel stärker noch als in der Kabine, beim Anblick ihres offenen Mieders und der weichen Schwellungen ihrer Brüste, die aus dem Spitzenhemd quollen. Wenn er davon nicht so lustvoll erregt gewesen wäre, hätte ihn Anastasias ungelegene Störung auch nicht so erzürnt. Und wäre er über sie nicht so verärgert gewesen, hätte er schon viel früher die Flucht des kleinen Vogels bemerkt oder schon die Absicht aus ihren Worten erkannt.

Weder Dimitri noch Katherine registrierten, wie die Minuten verstrichen, ohne daß ein Wort zwischen ihnen fiel. Andere wohl. Lida war schockiert, als sie den Prinzen nachlässig gekleidet und barfuß an Deck auf die Engländerin zugehen sah. Sie hatte sie nicht einmal bemerkt, wie sie da an der Reling stand, aber sie war schließlich auch keine sehr auffällige Person.

Die Matrosen hätten dieser Meinung sicher nicht zugestimmt. Sie fanden Katherine mit ihrem langen Haar, das wild im Wind flatterte, sogar sehr bemerkenswert. Sie trug keinen Schmuck auf dem einfarbigen Oberteil ihres Kleides, der die Blicke der Männer von den hochgedrückten Brüsten hätte ablenken können. Und als der Prinz sie an der Reling berührte, ging über einige der abgehärteten Gesichter ein deutliches Grinsen, das dem pikanten Bild galt, was sie abgaben. Es war in der Tat eine sehr erotische Szene: Katherines Fuß oben auf dem Geländer, ihre Röcke bis übers Knie gerutscht, enthüllten die wohlgeformte Wade, der Prinz liebkoste verwegen das entblößte Bein, zumindest schien es so, sie lehnte sich an ihn und er hielt sie fest umfangen, sein Kinn auf ihrem Kopf.

Katherine wäre vor Scham in den Boden versunken, wenn sie sich in diesem Augenblick hätte sehen können, oder schlimmer noch, wenn sie gewußt hätte, welche wollüstigen Gedanken sie bei der Mannschaft auslöste. Ihr untadeliges Verhalten, ihr Selbstwertgefühl, ihr maßvoller Geschmack und Stil (keine gewagten Ausschnitte!) hatten ihr immer nur den Respekt der Männer aus ihrem Bekanntenkreis eingetragen. Zu Hause war sie die Autorität – aber auch da begegnete man ihr stets nur respektvoll, wenn nicht gar etwas furchtsam.

Sie machte nicht viel Aufhebens von sich, aber wenn es nötig war, könnte sie ihre Anordnungen mit der Entschiedenheit eines Generals treffen. Schüchterne Männer hatte sie bisweilen mit einem einzigen arroganten Blick verunsichert und ihnen ein deutliches Minderwertigkeitsgefühl vermittelt. Andererseits konnte sie ihnen auch ihre Befangenheit nehmen, Trost spenden, ein angeschlagenes Selbstbewußtsein wieder aufbauen. Sie war stolz darauf gewesen, jeder Situation mit einem Mann gewachsen zu sein – bis sie Dimitri begegnete. Aber niemals wäre sie auf die Idee gekommen, daß sie die Erregung eines Mannes entfachen könnte.

Das nächtliche Abenteuer mit dem Prinzen zählte für sie nicht, wegen der Droge. Die ganze Nacht erschien ihr vollkommen unwirklich, auch wenn die Erinnerungen so klar vor ihrem Auge standen. Und was im Moment geschah, war ganz einseitig – jedenfalls dachte sie das. Sie war so sehr in ihren eigenen Aufruhr verstrickt, daß sie den seinen überhaupt nicht bemerkte.

Dimitri war es, der sie wieder in die Wirklichkeit zurückholte. Er beugte den Kopf und seine Stimme klang wie eine heisere Liebkosung in ihr Ohr. »Kommst du mit mir zurück, oder soll ich dich tragen?«

Fast wünschte er, er hätte nichts gesagt. Er hatte sich nicht gefragte, warum sie die ganze Zeit kein Wort gesprochen, ja keinen Muskel bewegt hatte. Dieses stillschweigende Hinnehmen ihrer vereitelten Flucht war ganz untypisch für sie, genauso wie ihre letzte Vorstellung in der Kabine. Er hatte nur nicht darauf acht gegeben. Es war schade, daß er ihr Gesicht nicht sehen konnte, während er sie hielt, dann hätte er nämlich den Grund für ihre Ergebenheit erkannt und sich darüber gefreut, daß sie gar nicht so immun ihm gegenüber war, wie es immer den Anschein hatte. Doch als er jetzt spürte, wie sie beim Klang seiner Stimme steif wurde und versuchte von ihm wegzukommen, wurde er wieder daran erinnert, daß sie nicht irgendein dummes Weibchen war, sondern eine sehr kluge Frau, und er ordnete ihr Schweigen irgendeiner neuen List zu.

»Wenn ich nicht so abgelenkt gewesen wäre, hätten mich deine so hübsch hervorgebrachten, bescheidenen ›Herrs‹ in der Kabine gleich mißtrauisch gemacht.« Aus seiner Stimme war die Heiserkeit verschwunden, doch immer noch klang sie sehr liebevoll. »Aber jetzt, meine Kleine, bin ich nicht mehr abgelenkt. Laß dir also keine neuen Tricks einfallen.«

Katherine versuchte erneut sich aus seinem Griff zu befreien, aber es war unmöglich. »Lassen Sie mich los!«

Kein sanftes Flehen. Das war ein Befehl. Dimitri grinste. Ihm gefiel ihre überhebliche Art und es war ihm sehr recht, daß sie selbst dann nicht davon abließ, wenn es für sie ungünstig war.

»Du hast meine Frage noch nicht beantwortet«, erinnerte er sie.

»Ich ziehe es vor hier zu bleiben.«

»Das stand nicht zur Debatte.«

»Dann verlange ich den Kapitän zu sehen.«

Dimitri lachte vergnügt und drückte sie leicht, ohne daß er es merkte. »Schon wieder Befehle, meine Liebe? Wie kannst du nur glauben, daß du damit jetzt mehr Erfolg hast als vorher?«

»Sie haben Angst davor, daß er mich sieht, nicht wahr?« beschuldigte sie ihn. »Ich könnte schreien. Das ist zwar meiner unwürdig, aber durchaus angebracht.«

»Bitte nicht!« Er schüttete sich aus vor Lachen, konnte sich gar nicht mehr beherrschen. »Gut, von mir aus, Katja, du sollst deinen Willen haben. Dann brauchst du wenigstens keine Pläne zu schmieden, wie du den Mann später treffen kannst.«

Sie glaubte ihm nicht, selbst als er einem Matrosen in der Nähe etwas zurief und sie sah, wie dieser Folge leistete und davoneilte. Aber als sie einen Offizier über das Achterdeck auf sie zukommen sah, holte sie tief Luft und ihr wurde bewußt, wie sie dastand, mit dem hochgerutschten Rock und den schamlos enthüllten Petticoats.

»Auf der Stelle lassen Sie mich los«, zischte sie Dimitri zu. Er hatte selbst ganz vergessen, daß er immer noch ihr Bein hielt. Zuvor hatte er spontan danach gegriffen, obgleich er sie auch anders hätte aufhalten können. Er nahm seinen Arm weg, doch seine Hand glitt an ihrem Oberschenkel entlang, als sie den Fuß herunterstellte. Seine aufreizend lässigen Bewegungen ließen sie scharf die Luft durch die Zähne einziehen. Das löste freilich keine Reaktion bei ihm aus, auch dann nicht, als sie herumwirbelte und ihn wütend anblickte.

Eine Augenbraue unschuldig hochgezogen, doch immer noch grinsend, wandte er sich dem Mann zu, der jetzt vor ihnen stand und stellte sie einander kurz vor. Sergej Mironow war ein etwas untersetzter Mann mittlerer Größe und ging etwa auf die Fünfzig zu. Sein graubraun melierter Bart war sorgfältig gepflegt, tiefe Falten hatten sich um seine braunen Augen eingegraben. In ihnen war nicht die geringste Verwunderung zu erkennen, daß man ihn von seinen Pflichten weggerufen hatte.

Er trug eine tadellose blau-weiße Uniform und Katherine zweifelte nicht daran, daß er tatsächlich der Kapitän dieses Schiffes war. Ihr gefiel nur die ehrerbietige Haltung gegenüber Dimitri nicht.

»Kapitän Mironow, ehm, wie soll ich sagen?« Zögernd warf sie einen Blick auf Dimitri. Ihr wurde plötzlich klar, daß es gar nicht so einfach war, einen russischen Prinzen wegen eines Verbrechens anzuklagen, zumindest nicht gegenüber einem russischen Kapitän. »Es ist ein Fehler passiert. Ich – ich kann England jetzt noch nicht verlassen.«

»Du mußt langsamer sprechen, Katja. Sergej versteht zwar Französisch, aber nicht, wenn du so schnell redest.«

Sie ignoriert Dimitris Unterbrechung. »Haben Sie mich verstanden, Herr Kapitän?«

Der ältere nickte. »Ein Fehler, sagten Sie.«

»Ja, richtig.« Katherine lächelte. »Ich wäre Ihnen durchaus dankbar, wenn Sie die Freundlichkeit hätten, mich an Land zu bringen – wenn es nicht zuviel Umstände macht, natürlich.«

»Ist kein Umstand«, sagte er liebenswürdig und wandte sich dabei an Dimitri. »Hoheit?«

»Wir bleiben auf Kurs, Sergej.«

»Ja, mein Prinz.«

Der Mann entfernte sich wieder und Katherine starrte ihm mit offenem Mund nach. Dann drehte sie sich mit einer schnellen Bewegung zu Dimitri um.

»Sie Bastard –«

»Ich habe dich doch gewarnt, meine Liebe«, sagte er freundlich. »Weißt du, dieses Schiff gehört mir, mitsamt dem Kapitän und der ganzen Mannschaft.«

»Das ist barbarisch!«

»Da stimme ich zu«, sagte er achselzuckend. »Aber solange sich der Zar nicht mit dem Gedanken anfreunden kann, gegen den Willen fast des gesamten Adels die Leibeigenschaft abzuschaffen, werden Millionen Russen weiterhin ein paar wenigen Auserwählten gehören.«

Katherine schwieg. Zu gern wäre sie wegen dieser Angelegenheit über ihn hergefallen, aber sie hatte schon bei seinem Gespräch mit der schönen Anastasia gehört, daß er seinen Dienern die Freiheit angeboten hatte. Und wenn er, wie er selbst sagte, gegen die Leibeigenschaft war, dann würden sie letztendlich bei allen Argumenten, die sie anbrachte, einer Meinung sein. Das aber wollte sie keinesfalls, denn sie war nicht in der Lage, mit ihm in irgendeiner Sache übereinzustimmen. Deswegen versuchte sie etwas anderes.

»Es gibt aber etwas hier auf dem Schiff, das Ihnen nicht gehört, Alexandrow.«

Seine Mundwinkel zogen sich nach oben und in diesem Lächeln lag das Wissen, daß sie zwar im Prinzip recht hatte, ihm aber trotzdem ausgeliefert war. Er brauchte es Katherine gegenüber gar nicht auszusprechen, sie verstand es auch so. Das Problem lag darin, es zu akzeptieren.

»Komm, Katja, wir werden uns beim Abendessen in meiner Kabine weiter darüber unterhalten.«

Sie drehte ihren Arm beiseite, als er nach ihr griff. »Es gibt nichts dazu zu sagen. Entweder bringen Sie mich an Land oder Sie lassen mich von Bord springen.«

»Mir gibst du nur Befehle, aber Sergej bittest du ganz liebenswürdig. Vielleicht solltest du deine Taktik ändern.«

»Zum Teufel mit Ihnen!«

Katherine stolzierte davon, zu spät wurde ihr klar, daß sie nirgendwohin konnte. Keine Kabine stand ihr zur Verfügung, in die sie sich zurückziehen konnte. Auf dem ganzen Schiff, *seinem* Schiff, gab es keinen Ort, an dem sie allein sein konnte. Und die Zeit lief davon, mit jeder Sekunde vergrößerte sich der Abstand zu England.

An der Kajütstreppe blieb sie stehen und drehte sich zu dem Prinzen um. Dabei verlor sie das Gleichgewicht, denn er war ihr so dicht gefolgt, daß er nun gegen sie stieß. Blitzschnell packte er sie und bewahrte sie davor, kopfüber die Treppe runterzufallen. Nun befand sie sich schon wieder in der gleichen Situation wie zuvor, nur daß sie ihn diesmal anschaute.

Sie war bereit gewesen, ihren Stolz hinunterzuschlucken. Doch in diesem Augenblick war ihre sinnliche Empfindung so stark, daß sie alles andere vergaß.

»Wolltest du noch etwas sagen, Katja?«

»Was?« Er ließ sie los und trat zurück und ihre Gedanken überschlugen sich wieder. »Ja, ich –«

Lieber Gott, das war alles andere als einfach. *Warum schlägst du ihm nicht lieber gegen das Schienbein, Katherine, als daß du dich erniedrigst?*

Sie schaute auf und senkte ihren Blick sofort wieder. Die dunklen Samtaugen waren genauso machtvoll wie seine Umarmung. Wenn er ihr so nahe war, hatte sie keine Lust mehr zu kämpfen.

»Ich möchte mich entschuldigen, Prinz Alexandrow. Normalerweise bin ich nicht so aufbrausend, aber die Umstände … egal. Ich werde vernünftig sein. Ich schwöre Ihnen, wenn Sie mich an Land bringen, werde ich vergessen, daß wir uns je begegnet sind. Ich werde nicht vor Gericht gehen. Selbst meinem Vater werde ich nicht erzählen, was passiert ist. Ich möchte nur nach Hause.«

»Es tut mir leid, Katja, wirklich. Wenn Zar Nikolaus nicht diesen Sommer die Queen besuchen würde, gäbe es keinen Grund, dich aus England wegzubringen. Aber für eure englischen Zeitungen wäre es ein gefundenes Fressen, um Nikolaus Pawlowitsch anzugreifen. Ich möchte ihnen diesen Grund nicht liefern.«

»Ich schwöre –«

»Ich kann nichts riskieren.«

Katherine war jetzt so zornig, daß sie ihm in die Augen blicken konnte. »Heute morgen war ich sehr wütend, verstehen Sie? Ich habe vieles gesagt, was ich gar nicht so gemeint habe. Aber Sie wissen jetzt, wer ich bin. Sie müssen doch erkennen, daß ich es mir gar nicht leisten kann, Vergeltung zu fordern, ohne daß meine Familie in einen schrecklichen Skandal hineingezogen würde. Das aber möchte ich um jeden Preis vermeiden.«

»Wenn du tatsächlich eine St. John wärst, würde ich dir zustimmen.«

Sie gab einen Laut von sich, halb Stöhnen, halb Schrei. »Sie können das nicht machen. Was glauben Sie, was das für meine Familie bedeutet, was für Ängste sie ausstehen werden, weil sie nicht wissen, was mit mir geschehen ist. Bitte, Alexandrow!«

Sie konnte sehen, daß sich sein Gewissen regte, aber das änderte nichts. »Es tut mir leid.« Er wollte ihre Wange streicheln, ließ aber seine Hand wieder fallen, als sie ihm auswich. »Nimm es nicht so schwer, Kleines. Ich werde dich nach England zurückbringen lassen, sobald der Zar seinen Besuch beendet hat.«

Katherine versuchte es noch ein letztes Mal. »Sie werden es sich nicht noch einmal überlegen?«

»Ich kann nicht.«

Es gab nichts mehr zu sagen und jetzt machte Katherine das, was sie von Anfang an gewollt hatte: Sie holte mit dem Fuß aus und gab ihm einen kräftigen Tritt gegen das Schienbein. Unglücklicherweise hatte sie vergessen, daß Sie keine Schuhe trug. Sein Schmerzenslaut war lang nicht so befriedigend für sie, wie sie gehofft hatte und die Zehen taten ihr auch weh. Jedenfalls drehte sie ihm den Rücken zu und humpelte die Stufen hinab. Sie ließ sich auch nicht dadurch aufhalten, daß er nach Wladimir brüllte. An der Kabine des Prinzen vorbei ging sie zu dem Abstellraum und setzte sich auf die Truhe, die ihr Gefängnis gewesen war. Dort wartete sie; worauf wußte sie selbst nicht.

12

»Jesus, Maria und Josef!« Wladimir explodierte. »Was hab' ich denn gesagt? Was denn? Alles, worum ich dich gebeten habe, war, ihr die neuen Kleidungsstücke zu bringen und ihr Dimitris Einladung zum Abendessen auszurichten. Aber du schaust mich an, als hätte ich dir einen Mord angeschafft.«

Maruscha senkte den Blick, aber ihr Mund drückte ihre Sturheit aus und mit dem Messer hackte sie wie wild auf den Spinat ein, den sie als Salat zubereiten wollte. »Warum fragst du mich überhaupt? Er hat dir die Verantwortung für sie übertragen, hast du mir erzählt. Nur weil ich deine Frau bin, heißt das noch lange nicht, daß ich deine Verantwortung zu teilen habe.«

»Maruscha –«

»Nein! Ich will es nicht tun, du brauchst gar nicht mehr bitten. Das arme Ding hat genug durchgemacht.«

»*Armes* Ding! Das arme Ding fletscht die Zähne wie eine Wölfin.«

»Ach, sieh mal einer an, das ist es also. Du hast Angst ihr gegenüberzutreten, nach all dem, was du ihr angetan hast.«

Wladimir ließ sich schwer an der gegenüberliegenden Seite des

Tisches nieder. Er starrte auf den Rücken des Kochs, dessen Schultern verdächtig bebten. Seine zwei Küchenjungen, die in der Ecke Kartoffeln schälten, bemühten sich sehr so zu tun, als hätten sie keine Ohren. Dies war nicht der richtige Ort für eine Auseinandersetzung mit seiner Frau. Jeder an Bord würde noch am selben Tag darüber Bescheid wissen.

»Warum sollte sie sich denn über das, was ich ihr überbringe, nicht freuen?« fragte er eindringlich.

»Unsinn. Du weißt genau, daß sie weder die Kleider noch die Einladung annehmen wird. Trotzdem hast du deine Anweisungen, oder nicht? Also *ich* möchte nicht diejenige sein, die ihr noch mehr Leid zufügt.« Ihre Stimme senkte sich, sie war jetzt voller Selbstvorwurf. »Ich habe schon genug getan.«

Seine Augen weiteten sich. Endlich verstand er, warum sie so widerspenstig war. »Das stimmt doch gar nicht. Warum solltest du dich schuldig fühlen?«

Sie schaute auf, aus ihrem Gesicht war jede Feindseligkeit verschwunden. »Es ist alles mein Fehler. Wenn ich dir nicht geraten hätte, ihr die Droge –«

»Sei nicht närrisch, Frau. Ich habe Bulawins Prahlerei auch gehört. Wahrscheinlich wäre ich auch von alleine zu ihm gegangen.«

»Das ändert nichts daran, wie gefühllos ich war, Wladimir. Ich habe keinen Gedanken an sie verschwendet. Sie war mir gleichgültig, irgendeine von den namenlosen Frauen, derer er sich zwischen seinen vornehmeren Eroberungen bediente. Ich muß zu meiner Schande gestehen, selbst als ich sie gesehen und bemerkt hatte, wie sehr sie sich von all den anderen unterscheidet, habe ich nur daran gedacht, ihn zufriedenzustellen.«

»So sollte es auch sein.«

»Das weiß ich«, fuhr sie ihn an. »Aber das ändert nichts. Sie war immerhin noch Jungfrau!«

»Na und?«

»Na und? Sie wollte nicht, das ist alles! Würdest du mich nehmen, wenn ich nicht wollte? Nein du würdest meine Wünsche respektieren. Aber keiner hat ihre Wünsche respektiert, keiner von uns, seit du sie von der Straße weg entführt hast.«

»Er hat sie nicht gezwungen, Maruscha,« erinnerte er sie ruhig.

»Das brauchte er auch gar nicht. Das hat die Droge erledigt, und *wir* haben ihr die Droge gegeben.«

Wladimir runzelte die Stirn. »*Sie* hat über ihren Verlust nicht gejammert. Das einzige, was sie macht, ist zischen und fauchen und herumkommandieren. Und außerdem vergißt du, daß sie reichlich entschädigt wird. Sie wird als wohlhabende Frau nach England zurückkehren.«

»Aber was ist jetzt? Wird sie nicht gezwungen, mit uns zu kommen?«

»Du weißt, daß es nicht anders geht.«

Maruscha seufzte. »Ich weiß schon, aber deswegen ist es noch lange nicht richtig.«

Nach einem Augenblick des Schweigens sagte er sanft: »Du solltest Kinder haben, Maruscha. Dein Mutterinstinkt kommt durch. Es tut mir leid –«

»Nein, nicht.« Sie beugte sich über den Tisch und faßte seine Hand. »Ich liebe dich, Mann. Ich habe meine Wahl nie bereut. Nur – nur, sei nicht so grob mit ihr. Ihr Männer achtet nie auf die Gefühle einer Frau. Achte auf ihre, wenn du mit ihr zu tun hast.«

Er nickte, wenn auch mit langem Gesicht.

Wladimir zögerte, bevor er an die Tür klopfte. Schüchtern stand Lida hinter ihm, den Arm voller Päckchen. Er hatte das Mädchen tüchtig ausgeschimpft, weil sie Maruscha – und zweifelsohne jedem anderen, der es hören wollte – von dem befleckten Laken erzählt hatte. Wenn nicht die Sache mit dieser verfluchten Jungfernschaft gewesen wäre, dann hätte seine Frau nie soviel Mitleid mit dem englischen Weibsbild, davon war er überzeugt. Und ihr Schuldgefühl hatte sich schon auf ihn übertragen. Maruscha hatte es sogar geschafft, daß sie ihm leid tat. Allerdings hielt dieses Gefühl nur solange an, bis er die Tür öffnete.

Da stand sie, ein Bild hochmütiger Verachtung und vernichtenden Grolls. Auch ging sie keinen Schritt beiseite, um ihn eintreten zu lassen.

»Was gibt's?«

Er konnte sich gerade noch vor einer Verbeugung zurückhalten, so gebieterisch klang ihre Stimme. Ihre Überlegenheit war ihm vom ersten Augenblick an gegen den Strich gegangen. Keiner der Untergebenen der Alexandrows würde es wagen, ein so anmaßendes Gebaren an den Tag zu legen, selbst die in den beneideten, besseren Positionen nicht. Die Ballerinas, Opernsänger, Schiffskapitäne wie Sergej, Architekten, Schauspieler, die bei Hofe aufgetreten waren, sie alle kannten ihre Stellung. Nur nicht das Fräulein aus England. Sie erhob sich über alle.

Ihr gehörte mal ordentlich die Meinung gesagt, um ihr einen Dämpfer aufzusetzen und Wladimir hätte das am liebsten gerne übernommen. Er tat es aber nicht. Statt dessen erinnerte er sich an Maruschas inständige Bitte und wappnete sich innerlich. Wie konnte seine Frau mit diesem Miststück nur Mitleid haben? »Ich bringe Ihnen ein paar Dinge, die Sie für die Reise brauchen werden.« Er ging einen Schritt in die Kabine hinein und zwang Katherine damit, aus dem Weg zu gehen, so daß Lida die Pakete bringen konnte. »Hierher«, wies er das Mädchen an und zeigte auf eine der vielen Truhen.

Es ärgerte ihn, daß sie das Frauenzimmer zweifellos über die vielen neuen Kleider freuen würde. Er hätte selbst den Einkauf übernehmen sollen, da die vier Frauen aus der Gefolgschaft des Prinzen zu sehr damit beschäftigt waren, das Haus des Duke wieder in Ordnung zu bringen. Aber er hatte sich nicht überwinden können, für *sie* etwas zu kaufen.

Dafür hatte er Boris losgeschickt. Der konnte zumindest Katherines Größe schätzen, weil er ihm dabei geholfen hatte, sie in die Truhe zu verfrachten. Heimlich hatte er gehofft, daß der Bursche es nicht schaffen würde und mit leeren Händen nach Hause käme, und dann keine Zeit mehr war, jemand anderen zu schicken. Aber Boris war geschickter, als Wladimir ihn eingeschätzt hatte. Um nur ja keinen Fehler zu machen, hatte er Anastasias Zofe Zora beschwatzt, ihm zu helfen. Und leider war Zora es gewöhnt, für die Prinzessin einzukaufen, so daß alles, was die beiden erstanden, von besserer Qualität war, als Wladimir beabsichtigt hatte. Es waren zwar keine Königsgewänder, aber auch nicht die Kleider einer Dienerin.

»Es ist ein Kleid dabei, das schon fertig ist, und Ihnen passen müßte«, wandte sich Wladimir wieder an Katherine. Dabei vermied er es, sie anzuschauen, solange er nicht alles herausgebracht hatte, was er sagen wollte. »Die anderen sind nach Aussage des Schneiders unterschiedlich weit gediehen. Aber Lida kann Ihnen helfen, sie fertigzustellen, wenn Sie kein Geschick mit Nadel und Faden haben. Wir waren froh, in dieser kurzen Zeit überhaupt etwas zu bekommen, aber es gibt halt immer noch Sachen, die mit Geld geregelt werden können.« Er grinste in sich hinein, als er hörte, wie sie tief Luft holte; der Hieb hatte gesessen. »Sie dürfen jetzt alles haben, was Sie brauchen. Die Zofe der Prinzessin war sehr gründlich. Aber sagen Sie es mir, wenn noch etwas fehlt.«

»Sie haben doch an alles gedacht, nicht wahr? Haben Sie mir auch eine Truhe gekauft?«

»Sie können diese da benutzen, jetzt ist sie ja leer.«

Katherine blickte in die Richtung, in die er gedeutet hatte und verzog das Gesicht, als sie die Truhe erkannte, die ihr so vertraut war. »Wie haben Sie erraten, daß ich sentimental bin?«

Er konnte nicht anders. Dieser offenkundige Sarkasmus nötigte ihm ein Lächeln ab. Aber sie bemerkte es nicht, sondern starrte immer noch auf die Truhe.

Jetzt mußte er aber noch seinen letzten augenblicklichen Auftrag loswerden. »Lida wird Ihnen beim Umziehen helfen, denn es ist nicht mehr viel Zeit. Der Prinz erwartet Sie und er schätzt es gar nicht, wenn man ihn warten läßt.«

Katherine drehte sich zu ihm um und fragte ihn gleichgültig: »Weswegen?«

»Er hat Sie zum Abendessen eingeladen.«

»Kommt nicht in Frage«, erwiderte sie kurzangebunden.

»Wie bitte?«

»Sie sind nicht taub, Kirow. Überbringen Sie meinetwegen meine Entschuldigung. Drücken Sie es aus, wie Sie wollen. Die Antwort lautet unmißverständlich nein.«

»Das geht nicht«, setzte er an, aber es war als würde ihm Maruscha einen Stoß in die Rippen geben. »Nun gut, wir werden einen Kompromiß machen. Sie ziehen sich um, gehen zu seiner Kabine und sagen ihm *selbst*, daß Sie seine Einladung nicht annehmen wollen.«

Ruhig schüttelte sie den Kopf. »Sie haben das Wesentliche nicht begriffen. Ich werde auf keinen Fall in die Nähe dieses Mannes gehen.«

Wladimir konnte Maruscha guten Gewissens erzählen, daß er es versucht hatte und grinste eigentümlich.

13

Dimitri hatte gebadet und sich rasieren lassen, und trug jetzt eines seiner eleganteren Abendjackets. Als Maxim jedoch noch ein gefälteltes, weißes Halstuch brachte, winkte er ab. »Heute abend nicht, sonst denkt sie noch, ich möchte ihr imponieren.«

Der Kammerdiener nickte, warf aber einen kurzen Blick auf den für zwei Personen gedeckten Tisch mit den brennenden Kerzen, dem chinesischen Goldrandporzellan, dem funkelnden Kristall und dem Champagner im Eiskübel. Und davon sollte sie nicht beeindruckt sein? Vielleicht nicht. Wenn sie wirklich die Tochter eines Earl war – und Maxim neigte dazu, es zu glauben, nach all dem, was er bisher gesehen hatte –, dann war sie an derartigen Luxus gewöhnt.

Der Prinz allerdings war eine Sache für sich. Er war in Hochform an diesem Abend und das betraf nicht nur sein Aussehen. Maxim hatte ihn nicht oft so erlebt. Zweifellos lag das an der anregenden, neuen Herausforderung und der sexuellen Spannung. Aber da war noch etwas, das Maxim nicht beschreiben konnte. Wenn er es nicht besser wüßte, hätte er es vielleicht für Nervosität gehalten. Doch es war vielmehr eine unbeschwerte Ausgelassenheit, die der Prinz betrüblicherweise seit vielen Jahren nicht mehr an den Tag gelegt hatte. Was auch immer es war: Die dunkelbraunen Augen des Prinzen funkelten vor Erwartung wie noch nie.

Sie war glücklich zu schätzen, diese Engländerin. Selbst wenn sie die verführerische Atmosphäre in der Kabine nicht beeindruckte, der Prinz würde es jedenfalls sicher schaffen. Aber als sie ein paar Minuten später eintraf, änderte sich Maxims Meinung schlagartig. Er lernte sehr rasch, was der Prinz noch lange nicht begreifen sollte: Was auch immer man von dieser Frau erwartete, es kam immer anders.

Wladimir begleitete sie nicht. Er lieferte sie ab, gefesselt und über seine Schulter geworfen. Mit einem leicht entschuldigenden Blick in Richtung Dimitri setzte er sie ab und band ihr schnell die Hände los. Sofort riß sie den Knebel herunter, der der Grund dafür gewesen war, daß sich Dimitri ganz ohne Vorwarnung mit diesem spektakulären Eintritt konfrontiert sah. Das Tuch warf sie Wladimir vor die Füße, dann wirbelte sie zu Dimitri herum und durchbohrte ihn mit einem wuterfüllten Blick.

»Ich will das nicht. Ich will nicht!« schrie sie. »Sagen Sie Ihrem rohen Scheusal, daß er sich nicht unterstehen soll, mich noch einmal anzufassen, oder ich schwöre – ich schwöre –«

Sie brach ab. Aus dem wilden Blick, mit dem sie sich nach einer geeigneten Waffe umsah, schloß Dimitri, daß ihre Empörung einen Punkt erreicht hatte, an dem sie sich mit bloßen verbalen Drohungen nicht mehr begnügen wollte. Als ihre Augen an dem schön gedeckten Tisch hängenblieben, sprang sie hinzu. Er war nicht bereit, diesem Wutanfall, dessen Ursache er noch gar nicht kannte, das kostbare Porzellan und Kristall zu opfern. Außerdem befürchtete er Verletzungen.

Seine Arme waren wie dicke Seile, er hielt sie umklammert, ihre Arme fest an den Körper gepreßt. »Schon gut«, sagte er dicht an ihrem Ohr. »Beruhige dich und dann werden wir eine Lösung für dieses kleine Drama finden –«

»Ich verlange Genugtuung«, zischte sie.

»Wenn du darauf bestehst.« Er spürte, wie sie sich daraufhin entspannte, und schaute auf den mutmaßlichen Angeklagten.

»Wladimir?«

»Sie hat sich geweigert sich umzuziehen und zu Ihnen zu kommen, Herr. Deshalb waren Boris und ich ihr dabei behilflich.« Dimitri merkte am Aufbäumen ihres kleinen Körpers in seinen Armen, daß ihr Zorn wieder aufwallte.

»Sie haben mir mein Kleid richtiggehend vom Körper gerissen!«

»Willst du, daß sie ausgepeitscht werden?«

Katherine erstarrte. Sie blickte auf Wladimir, der nur ein paar Schritte entfernt stand. Seine Mimik zeigte keinerlei Veränderung. Er war ein stolzer Mann. Aber sie bemerkte, daß er den Atem anhielt, während er auf die Antwort wartete. Er hatte Angst. Daran zweifelte sie nicht. Und sie kostete einen Augenblick lang die Macht aus, die ihr Dimitri so unerwartet in die Hände gelegt hatte.

In ihrer Vorstellung sah sie Wladimir an den Mast gebunden, ohne Jacke und Hemd, und sie selbst hielt eine Peitsche drohend über seinem nackten Rücken. Es war nicht nur, daß sie sie wie ein kleines Kind angezogen hatten, ihre Arme in die engen Ärmel des Kleides gepreßt, die Strümpfe gewechselt, die Füße in Schuhe gesteckt. Nicht allein deswegen, weil man sie wieder gefesselt und geknebelt hatte, und er verdiente jeden ihrer rachsüchtigen Schläge.

Ein paar Augenblicke sann Katherine über dieses hübsche Bild nach, aber sie würde es nie so weit kommen lassen, egal wie sehr sie den Mann haßte. Doch daß Dimitri dazu bereit war, störte sie.

»Sie können mich loslassen, Alexandrow«, sagte sie ruhig, immer noch Wladimir anstarrend. »Ich glaube, ich habe meinen Zorn jetzt unter Kontrolle.«

Es überraschte sie nicht, daß er zögerte. Noch nie hatte sie sich so sehr gehen lassen. Es war ihr nicht peinlich, denn sie hatten es einfach zu weit getrieben.

Als Dimitri sie losließ, drehte sie sich langsam zu ihm um, eine Augenbraue fragend hochgezogen. »Ist es eine Gewohnheit von Ihnen, Ihre Diener auspeitschen zu lassen?«

»Ich bemerke einen Tadel.«

Seine plötzlich gerunzelte Stirn machte sie vorsichtig und sie log: »Überhaupt nicht. Reine Neugierde.«

»Nein. Ich habe es nie gemacht. Aber das heißt nicht, daß es keine Ausnahme geben kann.«

»Für mich? Warum?«

Er zuckte die Achseln. »Ich glaube, nach all dem, was ich gehört habe, stehe ich tief in deiner Schuld.«

»Ja, das stimmt, und noch viel tiefer, als Sie denken«, pflichtete sie ihm bei. »Aber ich habe nicht verlangt, daß Blut fließen soll.«

»Gut.« Er wandte sich an Wladimir. »Wenn ihre Wünsche in Zukunft nicht mit den meinen übereinstimmen, dann streite nicht mit ihr. Bring die Angelegenheit einfach auf mich zu.«

»Was ändert das?« fragte Katherine. »Anstelle daß er mich zwingt, irgend etwas zu tun, was ich nicht will, werden Sie das machen.«

»Nicht unbedingt.« Dimitris harter Gesichtsausdruck hellte sich endlich auf. »Wladimir befolgt meine Anordnungen aufs Wort, selbst wenn es dabei Schwierigkeiten gibt, wie du wohl weißt. Andererseits kann ich mir deine Ansicht anhören und meine Anordnungen zurücknehmen, wenn es nötig ist. Ich bin schließlich ein vernünftiger Mensch.«

»Ach, tatsächlich? Leider habe ich noch nichts erlebt, was mich davon überzeugen würde.«

Er lächelte. »Dieser Schluß ist zu voreilig. Ich habe dich zum Abendessen eingeladen, damit wir über deine Stellung bei uns sprechen können und eine Übereinkunft finden, die für uns beide annehmbar ist. Die Kämpfe werden nicht mehr notwendig sein, Katja.«

Katherine wollte, sie könnte das glauben. Sie hatte den Grund für die Einladung zum Abendessen schon geahnt und sich nur aus Angst davor geweigert, den Tatsachen ins Auge sehen zu müssen. Lieber wollte sie im ungewissen bleiben, als ihre schlimmsten Befürchtungen bestätigt sehen.

Aber nun war sie schon einmal hier und es war besser, sich in das Unvermeidliche zu schicken. »Also«, sagte Katherine mit gespieltem Gleichmut, »bin ich eine Gefangene oder ein wehrloser Gast?«

Ihre Direktheit war zwar erfrischend, aber sie paßte nicht zu den Plänen, die Dimitri für den Abend hatte. »Setz dich, Katja. Wir werden erst essen und –«

»Alexandrow –«, begann sie warnend, aber er unterbrach sie einfach mit einem entwaffnenden Lächeln.

»Ich bestehe darauf. Champagner?«

Auf eine leichte Handbewegung Dimitris hin verließen die beiden aufmerksamen Diener den Raum. Dimitri holte selbst den Champagner. Katherine beobachtete ihn mit einem Gefühl der Unwirklichkeit. Hatte er nicht gesagt, er wäre ein vernünftiger Mensch? Das war lachhaft. Er wartete nicht einmal ihre Antwort ab, sondern füllte die beiden Kristallgläser auf dem kleinen Eßtisch.

Nun gut, dann bestimmte er eben im Moment die Spielregeln. Schließlich hatte sie den ganzen Tag nichts gegessen und auch gestern nur eine Mahlzeit gehabt. Und sie heuchelte beim Essen nicht, wie so viele andere Damen ihrer Gesellschaftsschicht, die in Begleitung an den Speisen nur ein bißchen knabberten, weil ihnen die zu eng geschnürten Korsetts nichts anderes erlaubten. Sie trug ihr Korsett nicht so, daß es ihr unbequem wurde. Mit ihrer schmalen Taille hatte sie das auch nicht nötig. Und sie liebte gutes Essen. Leider befürchtete sie, diese Mahlzeit nicht genießen zu können, egal wie gut das Essen zubereitet war. Nicht mit diesem beunruhigenden Tischherrn und einer so ungewissen Zukunft vor Augen.

Sei auf der Hut, Katherine. Er will dich mit Wein und Essen gefügig, vielleicht sogar betrunken machen, so daß du allem zustimmst. Behalte deine Sinne beisammen, schau ihn nicht zu viel an, dann wirst du es schon schaffen.

Sie nahm sich den Stuhl, der am weitesten von seinem Platz entfernt war, und setzte sich. Sessel und Lehne waren mit dickem, plüschigem Samt bezogen. Sehr bequem. Ein erlesenes Spitzentischtuch. Sanftes Kerzenlicht. Es gab noch weitere Lampen in dem Raum, doch sie waren weit genug entfernt, um die intime Atmosphäre nicht zu stören. Der Raum war sehr groß. Luxuriös. Wieso hatte sie all das bisher nicht wahrgenommen? Der große weiße Fellteppich. Eine ganze Bücherwand. Das Bett. *Starr es nicht an, Katherine!* Ein hübsches Sofa, ein passender Sessel aus dunklem Kirschbaum mit weißem Brokatsatin und der große Sessel, in dem sie zuvor gesessen war, waren um einen reichverzierten Ofen gruppiert. Ein antiker Schreibtisch. Verschiedene Tischchen und

Schränkchen aus Kirschbaumholz. Noch mehr Fellteppiche. Der Raum war tatsächlich groß. Wahrscheinlich waren es ursprünglich zwei oder noch mehr Kabinen gewesen. Es war sein Schiff; vielleicht hatte er es selbst so entworfen.

Er setzte sich ihr gegenüber hin. Gott sei Dank lag der knappe Meter Tisch zwischen ihnen. Sie vermied es, ihn anzublicken, doch sie wußte, daß er sie beobachtete.

»Probier den Champagner, Katja.«

Unwillkürlich griff sie nach dem Glas, doch als sie sich dabei ertappte, zog sie die Hand schnell zurück. »Ich möchte lieber keinen.«

»Hättest du gerne etwas anderes?«

»Nein, ich –«

»Du befürchtest, es könnte etwas drin sein?«

Sie schaute ihn an, ihre Augen loderten auf. Daran hatte sie überhaupt nicht gedacht, sollte sie aber, natürlich. Wie dumm von ihr! Sie wollte doch immer einen Schritt schneller sein als er.

Sie sprang auf, aber Dimitri langte blitzschnell hinüber und packte sie am Handgelenk. Selbst mit dem Tisch zwischen ihnen befand sie sich immer noch in seiner Reichweite.

»Setz dich hin, Katherine.« Seine Stimme klang fest, es war ein Befehl. »Wenn es dich beruhigt, werde ich heute abend deinen Vorkoster spielen.« Sie rührte sich nicht von der Stelle, aber er ließ sie los. »Du mußt etwas essen. Willst du dich die ganze Reise vor dem Essen fürchten oder willst du mir vertrauen, wenn ich dir verspreche, daß dir niemand mehr etwas beimischen wird?«

Steif setzte sie sich hin. »Von Ihnen nehme ich nicht an, daß Sie es tun würden, aber Kirow hat seine eigenen Vorstellungen und –«

»Und er ist für das erste Mal entsprechend getadelt worden. Ich sage dir, es wird nicht mehr vorkommen. Glaub' mir«, fügte er sanfter hinzu.

Sie wünschte, sie hätte ihn nicht die ganze Zeit angeschaut. Jetzt konnte sie ihren Blick nicht mehr abwenden. Sein weißes Seidenhemd war am Hals geöffnet, was ihm trotz der Eleganz seines schwarzen Abendjackets ein verwegenes Aussehen verlieh. Seine Schultern waren so breit, seine Arme so muskulös. Er war wirklich groß, der Märchenprinz, so ungemein männlich an Gestalt und Aussehen.

Katherine konnte es drehen und wenden, wie sie wollte, er fesselte sie. Nur mit ärgerlichen Reaktionen konnte sie sich gegen seine Anziehungskraft wehren.

Lida kam mit dem ersten Gang und so konnte Katherine endlich ihren Blick von Dimitri abwenden. Von nun ab konzentrierte sie sich vollkommen auf das Essen und nahm nur verschwommen wahr, daß er mit ihr sprach. Er erzählte ihr ein bißchen von Rußland, Anekdoten des dortigen Hoflebens und von jemandem namens Wasili, der offenbar ein enger Freund von ihm war. Ihre Bemerkungen waren wohl passend, denn er hörte nicht auf zu reden. Sie wußte, daß er ihr ihre Befangenheit nehmen wollte. Es war nett, wie er sich bemühte. Aber niemals konnte sie in seiner Gegenwart unbefangen sein. Es war einfach nicht möglich.

»Du hast gar nicht richtig zugehört, Katja, nicht wahr?«

Er hatte etwas lauter gesprochen, um ihre Aufmerksamkeit zu erringen. Sie schaute auf und errötete leicht. In seinem Gesichtsausdruck kämpften Ärger und Belustigung. Ihr wurde klar, daß er es nicht gewöhnt war, von irgend jemandem nicht beachtet zu werden.

»Es tut mir leid, ich – ich –« Sie suchte nach einer Entschuldigung. Doch ihr fiel nichts ein außer: »Ich war am Verhungern.«

»Und sehr in Gedanken?«

»Ja, nun, unter den Umständen …«

Er legte seine Serviette beiseite und füllte sich Champagner nach. Er hatte fast die ganze Flasche alleine getrunken. Ihr Glas hingegen stand noch unberührt.

»Wollen wir uns nicht auf das Sofa setzen?«

»Ich – ich möchte lieber nicht.«

Seine Finger umfaßten das Glas fester. Zum Glücke bemerkte Katherine das nicht. »Dann sollten wir jetzt jedenfalls alles ausschließen, was dich beunruhigt, so daß du den Rest des Abends genießen kannst.«

Zu spät wurde ihr seine Gereiztheit bewußt. Und was um Himmels willen hatten seine Worte zu bedeuten? Sie hatte nicht die Absicht, länger als notwendig in dieser Kabine zu bleiben. Den Rest des Abends konnte sie nur genießen, wenn er sie alleine ließ. Doch sie zweifelte daran, daß dies in seinem Sinne war. Aber alles der Reihe nach.

»Vielleicht können Sie mir jetzt meine Frage von vorhin beantworten. Ich fühle mich wie eine Gefangene und doch laden Sie mich zum Abendessen ein wie einen Gast. Was stimmt den nun?«

»Keines von beiden, jedenfalls nicht, wenn man es ganz genau nimmt. Es besteht kein Grund, dich die ganze Reise einzusperren.

Schließlich kannst du auf See nicht fliehen. Doch die Untätigkeit macht dich nur unruhig und sie ist auch ein schlechtes Vorbild für meine Diener. Du brauchst eine Beschäftigung, solange du bei uns bist.«

Katherine faltete die Hände im Schoß. Natürlich hatte er recht, und es war mehr, als sie zu hoffen gewagt hatte. Sie kannte es gar nicht anders, als daß sie alle Hände voll zu tun hatte. Zwar gab es hier seine Bibliothek, aber so gerne sie auch las, konnte sie sich nicht vorstellen, Tag für Tag nichts anderes zu machen. Ihr Geist brauchte Anregungen. Sie mußte planen, organisieren, irgend etwas Sinnvolles machen, etwas, das sie forderte. Sie war um jeden Vorschlag dankbar, um so mehr, als sie befürchtet hatte, die ganze Reise in einer Kabine verbringen zu *müssen*.

»An was denken Sie dabei?« Ihr Eifer war nicht zu übersehen.

Dimitri starrte sie einen Augenblick überrascht an. Er hatte erwartet, daß sie sich bei dem Gedanken an Arbeit sofort sträuben würde. Dann hätte er ihr angeboten, seine Mätresse zu werden, damit sie ihr Rolle als Dame spielen konnte, soviel sie Lust hatte. Vielleicht hatte sie ihn mißverstanden. Ja, wahrscheinlich. Schließlich war ihm noch nie eine Frau begegnet, die lieber niedere Arbeiten verrichtete, als ein verwöhntes, untätiges Leben zu führen.

»Ist dir klar, daß es hier auf dem Schiff keine große Auswahl gibt?«

»Ja, durchaus.«

»Eigentlich gibt es überhaupt nur zwei Möglichkeiten für dich. Welche du wählst liegt bei dir, aber für eine von beiden mußt du dich entscheiden.«

»Ich habe Sie schon verstanden, Alexandrow«, sagte Katherine ungeduldig. »Und welche sind das?«

Hatte er ihre Direktheit wirklich jemals erfrischend finden können? Wie töricht von ihm!

»Kannst du dich an die Begegnung mit Anastasia erinnern?« fragte er knapp.

»Ja, natürlich. Ihre Frau?«

»Du nimmst an, daß ich verheiratet bin?«

»Ich nehme überhaupt nichts an. Es war pure Neugier.«

Dimitri runzelte die Stirn. Er wünschte, sie würde mehr empfinden als bloß Neugierde. Ihre Frage hatte ihn an Tatjana erinnert und er nahm sich vor, diese Frau niemals auf Reisen mitzunehmen. Der heutige Abend war schon schwierig genug gewesen, weil er die ganze Unterhaltung alleine hatte bestreiten müssen. Um wieviel schwieriger aber erst wären die Abende mit Tatjana, die jedes Gespräch an sich riß und sich selbst dabei immer zum Hauptthema machte. Aber er wußte genau, welche Gesellschaft er bevorzugt. Tatjana regte ihn nicht an. Katherine wohl. Selbst ihr lästige Direktheit änderte daran nichts. Auch nicht ihre hochmütige Gleichgültigkeit und ihr schwer einzuschätzender Charakter.

Sie hatte nichts von der äußeren Schönheit einer Tatjana, deretwegen dieser die Männer zu Füßen lagen. Aber Katherine war dennoch eine faszinierende Frau. Ihre eigenartigen Augen, die auf ihn sehr erotisch wirkten, die sinnlichen Lippen, das feste, eigensinnige Kinn, diese charakteristischen Gesichtszüge. Seit sie in den Raum gebracht worden war, hatte er seinen Blick nicht mehr von ihr wenden können.

In dem neuen Kleid sah sie viel besser aus. Es war aus blaugemustertem Organdy mit schmalen Ärmeln und einem tiefen runden Ausschnitt, der ihre Schultern freiließ. Sie hatten das gleiche zarte Weiß wie ihr wunderbarer Nacken. Lieber Gott, diese Frau wollte er haben! Aber sie verhielt sich genauso reserviert wie am Morgen. Wo war das Flehen der vergangen Nacht? Er konnte nicht anders, immer mußte er daran denken.

Er wollte sie in seinem Bett haben. Es war ihm im Augenblick egal, wie er das erreichte, solange er sie nicht körperlich zwingen mußte. Er hatte sich einen hervorragenden Plan zurechtgelegt. Eigentlich dürfte es ihr nicht schwerfallen nachzugeben. Solange sie ihre Rolle beibehielt, würde es funktionieren. Seine Verärgerung über ihre Schroffheit lag daran, daß er gehofft hatte, sie verführen zu können, doch diese Tür war ihm den ganzen Abend über verschlossen geblieben.

»Prinzessin Anastasia ist meine Schwester«, erklärte er ihr jetzt.

Sie zuckte nicht mit der Wimper, obwohl sie spüren konnte – ja, was eigentlich? Erleichterung? Wie absurd. Sie war einfach nur überrascht. Zuerst hatte sie sie für seine Geliebte gehalten, dann für seine Frau, aber auf Schwester wäre sie nie gekommen.

»So?«

»Wenn du dich an die Begegnung erinnerst, dann weißt du sicher auch noch, daß sie dringend eine neue Zofe braucht, zumindest während der Reise.«

»Kommen Sie zur Sache.«

»Das bin ich schon.«

Sie starrte ihn an. Kein Muskel verzog sich in ihrem Gesicht, sie zeigte weder Entsetzen, noch Überraschung oder Ärger. Er starrte sie an, beobachtete sie eindringlich, wartete. *Ganz ruhig, Katherine. Nur nicht wütend werden. Er will auf etwas hinaus. Er weiß, wie du auf so einen Vorschlag reagieren wirst und macht ihn trotzdem. Warum?*

»Sie haben zwei Möglichkeiten erwähnt, Alexandrow. Ist die zweite genauso genial?«

Sie hatte gehofft, unbeeindruckt zu klingen, aber der sarkastische Unterton, der sich eingeschlichen hatte, war unüberhörbar. Dimitri nahm ihn sofort wahr; er fühlte sich gleich viel entspannter, wie ein Jäger, der die sichere Beute schon vor Augen hatte. Sie würde den ersten Vorschlag ablehnen und damit blieb nur der zweite übrig.

Er erhob sich. Katherine wurde starr. Er kam um den Tisch herum neben sie. Sie blickte nicht auf, auch nicht, als sich seine Hände um ihre Oberarme schlossen und sie sanft auf die Füße stellten. Panik schnürte ihr die Kehle zu, sie konnte kaum mehr atmen. Er legte seinen Arm um sie. Mit der anderen Hand hob er ihr Kinn. Sie hielt den Blick gesenkt.

»Ich begehre dich.«

O lieber Gott, o lieber Gott! Du hast das nicht gehört, Katherine. Er hat das nicht gesagt.

»Schau mich an, Katja.« Seine Stimme klang betörend, sein Atem liebkoste ihr Lippen. »Wir sind keine Fremden. Du kennst mich ganz genau. Sag' doch, daß du mein Bett und meine Kabine mit mir teilen willst und ich werde dich auf Händen tragen. In meinen Armen wirst du nicht merken, wie die Wochen verfliegen. Schau mich an!«

Sie schloß die Augen noch fester. Seine Leidenschaftlichkeit überwältigte ihre Sinne. Im nächsten Augenblick würde er sie küssen und sie würde sterben.

»Willst du mir nicht wenigstens eine Antwort geben? Wir wissen beide, wieviel Lust du in meinen Armen gefunden hast. Laß mich wieder dein Geliebter sein, Kleines.«

Das kann nicht wirklich sein. Es ist nur Fantasie. Sie wirkt zwar echt, ist aber trotzdem nur eine Fantasie. Was kann schon passieren, wenn du dieses Spielchen mitmachst? Wenn du nicht schnell etwas tust, bist du in jedem Fall verloren.

»Was ist, wenn ich ein Kind bekomme?«

Das war zwar nicht das, was Dimitri hören wollte, aber er war nicht ungehalten über die Frage. Sie war also nicht leichtsinnig. Von ihm aus konnte sie so vorsichtig sein, wie sie wollte, solange sie nur am Schluß zustimmte. Noch nie war ihm so eine Frage gestellt worden. In Rußland betrachtete man es als selbstverständlich, daß der Vater für seine unehelichen Kinder aufkam. Es stand für ihn außer Frage, obwohl er immer sehr darauf achtete, *keine* ungewollten Nachkommen zu zeugen. Im Gegensatz zu seinem Vater und seinem Bruder wollte er nicht, daß ein Kind von ihm als Bastard abgestempelt wurde. Und doch hatte er vergangene Nacht nicht aufgepaßt. Er würde sich nicht wieder so vergessen, doch das spielte jetzt keine Rolle. Sie wollte Klarheit haben.

»Wenn aus unserer Verbindung ein Kind entstehen sollte, wird es ihm an nichts mangeln. Ich werde auch beide immer unterstützen. Oder, wenn es dir lieber ist, nehme ich das Kind zu mir und ziehe es selbst auf. Du könntest das entscheiden, Katja.«

»Das ist sehr großzügig und ich habe nichts anderes erwartet. Aber ich frage mich, warum Sie eine Heirat nicht erwähnen? Aber dann können Sie nicht mehr umhin, eine Antwort auf die Frage zu geben, ob Sie verheiratet sind oder nicht, stimmt's?«

»Was hat das damit zu tun?«

Die plötzliche Schärfe in seiner Stimme ließ das Fantasiegebilde zerplatzen. »Sie vergessen, wer ich bin.«

»Ja, ich habe vergessen, was du *vorgibst* zu sein. Eine Dame kann die Ehe erwarten, nicht wahr? Aber in diesem Fall muß ich das ablehnen, meine Liebe. Gib mir jetzt deine Antwort.«

Diese letzte Beleidigung brachte das Faß zum Überlaufen und eine wahre Sturzflut brach aus ihr heraus. »Nein, nein, nein und nochmals *nein*!« Sie stieß ihn weg und flog um den Tisch herum, brauchte diesen sicheren Abstand zwischen ihm und sich. »Nein, ich sage zu allem nein! Mein Gott, ich wußte, daß Sie mit dem ersten Vorschlag etwas beabsichtigten, aber ich habe nie gedacht, daß sie so niederträchtig sein könnten. Und ich habe noch geglaubt, daß es Ihnen ernst wäre mit der ›annehmbaren Übereinkunft‹!«

Die Enttäuschung gab Dimitri einen tiefen Stich. Sein Körper bebte vor Erregung, während sie nur erneut ihrer Wut freien Lauf ließ. Er verfluchte sie, sie und ihr ganzes Spektakel.

»Du hast die Wahl, Katherine, entscheide dich. Mir ist egal, wofür.« Im Moment stimmte das wirklich. Und wenn er sie nie wieder anschaute, würde das auch so bleiben. »Also?«

Katherine richtete sich zu voller Größe auf, ihre Finger klammerten sich an die Tischkante. Sie hatte sich wieder beruhigt, doch die Ruhe war trügerisch. Ihre Augen straften sie Lügen.

»Sie sind abscheulich, Alexandrow. Die Zofe Ihrer Schwester soll ich sein, ich, die ich nicht einen, sondern zwei Haushalte geführt habe; in den vergangenen Jahren die Besitzungen meines Vaters verwaltet habe, Ratgeberin bei seinen Geschäften war? Ich habe ihm geholfen, seine Reden zu schreiben, habe seine politischen Freunde unterhalten, seine Wertanlagen überwacht. Ich kenne mich gut in Philosophie, Politik, Mathematik und Tierhaltung aus und spreche fünf Sprachen.« Sie machte eine kurze Pause und beschloß zu spielen. »Aber wenn Ihre Schwester auch nur halb so gebildet ist wie ich, dann werde ich Ihrem absurden Vorschlag zustimmen.«

»In Rußland hält man nicht so viel davon, aus Frauen alte Jungfern zu machen, wie das in England der Fall zu sein scheint«, spottete er. »Außerdem läßt sich von dem, was du da behauptest, kaum etwas nachprüfen, nicht wahr?«

»Ich habe es nicht nötig, etwas zu beweisen. Ich weiß, wer ich bin. Überlegen Sie es sich gut, was Sie mir alles zumuten. Der Tag wird kommen, an dem Sie erkennen müssen, daß ich die Wahrheit gesprochen habe. Jetzt ignorieren Sie die Konsequenzen, das werden Sie dann nicht mehr können. Darauf gebe ich Ihnen mein Wort.«

Seine Faust knallte auf den Tisch und ließ sie zurückspringen. Die Kerzen flackerten. Sein leeres Glas fiel um. Aus ihrem, immer noch vollen Glas, schwappte der Champagner auf die hübsche Tischdecke.

»Das ist für deine Wahrheit, deine Konsequenzen und dein Wort! Du hast dich mit dem abzufinden, was hier und jetzt ist. Triff deine Entscheidung, oder ich werde das für dich übernehmen.«

»Sie würden mich in Ihr Bett zwingen?«

»Nein, aber ich werde es nicht dulden, daß deine Kräfte ungenutzt bleiben. Meine Schwester braucht dich. Du wirst ihr dienen.«

»Und wenn ich nicht will, werde ich ausgepeitscht?«

»Solche dramatischen Maßnahmen sind nicht nötig. Nach ein paar Tagen Gefangenschaft wirst du um jede Arbeit froh sein.«

»Rechnen Sie nicht darauf, Alexandrow. Ich bin auf so etwas eingestellt.«

»Auf Wasser und Brot?« reizte er sie.

Sie erstarrte, aber ihre Antwort kam mechanisch und zeigte das Ausmaß ihrer Verachtung. »Wenn es Ihnen gefällt.«

Himmel, sie hatte auf alles eine Antwort. Er hatte genug von ihrer Sturheit und dem herausfordernden Benehmen. Seine Geduld war am Ende, seine Pläne zunichte gemacht. Der Ärger gewann die Oberhand.

»Wie du willst. Wladimir!« Augenblicklich öffnete sich die Tür. »Bring sie weg.«

14

Während sie bei Dimitri gewesen war, hatte man ihre Kabine umgeräumt. Die vielen Truhen waren immer noch da, aber sie waren nach hinten an die Wände geschoben worden, so daß sie aus dem Weg waren. Man hatte ihr einen Waschtisch hineingestellt, einen Teppich ausgelegt und zwischen zwei Balken eine Hängematte befestigt. Eine Truhe war ihr Schrank, eine andere Truhe ihr Stuhl, eine dritte ihr Tisch. In der Tat eine sehr unbequeme Zelle.

Mit ihrem Gefängnis konnte sich Katherine noch abfinden, aber die Hängematte fing sie in den folgenden Tagen an zu hassen. Die erste Nacht war eine Katastrophe gewesen. Viermal war sie auf dem Boden gelandet, bis sie aufgab und dort schlief, wo sie hingeplumpst war. Aber die Knochen taten ihr daraufhin so weh, daß sei am nächsten Abend den Kampf mit dem Ungetüm wieder aufnahm. Nach zwei Anläufen schaffte sie es diesmal und konnte sich soweit entspannen, daß sie einschlief, nur um mitten in der Nacht aus tiefem Schlaf herauszufallen. Am ganzen Körper grün und blau war sie wütend genug, es immer wieder zu versuchen. Und in der vierten Nacht schaffte sie es schließlich, bis zum Morgen in dem verflixten Ding zu bleiben.

Das waren die Mißerfolge ihrer Nächte. Die Tage waren eine Sache für sich.

Seit Katherine zehn Jahre als war, hatte sie vom Reisen geträumt. Damals war sie mit ihrer Familie nach Schottland zu der Hochzeit einer entfernten Kusine gesegelt. Dabei hatte sie entdeckt, wieviel Spaß es ihr machte. Im Gegensatz zur ihrer Mutter und ihrer Schwester war sie auf dem Schiff aufgeblüht, hatte sich gesünder als je zuvor gefühlt. Mit zehn hatte sie sich schon sehr in die Studien vertieft, die ihr Vater ihr erlaubt hatte. Sie wollte all die Ländern, von denen sie las, besuchen. Doch dieser Traum ging niemals in Erfüllung. Sie hatte sogar die Heiratsanträge verschiedener ausländischer Persönlichkeiten von Rang ernsthaft erwogen, allein aus ihrem Wunsch heraus, reisen zu können. Doch dann hätte sie England für immer verlassen müssen und das getraute sie sich doch nicht.

Das waren ihre einzigen Anträge gewesen. Es wären wohl andere möglich gewesen, aber sie hatte keinen Freier ermutigt. Und so wirkte sie auf englische Männer zu übermächtig, zu tüchtig – vielleicht hatten sie Angst, mit ihr in Konkurrenz zu kommen. Es war nicht so, daß sie überhaupt nicht heiraten wollte. Aber es war einfach noch nicht so weit für sie. Sie hatte ihre eine leichtfertige Ballsaison gehabt und anschließend ein Jahr der Königin gedient. Möglicherweise hätte sie das Leben bei Hofe noch länger genossen, wenn ihre Mutter nicht gestorben wäre. Aber durch ihren Tod war Katherine an ihre Stelle in der Familie gerückt und jeder, einschließlich ihres Vaters, kam nun mit seinen Problemen zu ihr. Doch sie hatte ihre Absicht zu heiraten nie aufgegeben, auch wenn sie wußte, daß der Haushalt ohne sie in ein hoffnungsloses Durcheinander geraten würde. Nur sollte Beth erst standesgemäß verheiratet werden und Warren die Zügel soweit in die Hand nehmen, daß er einen Teil der Bürde tragen konnte. Dann würde sie sich anstrengen, einen Mann zu finden.

Jetzt allerdings würde sie, dank der verlorenen Jungfernschaft, einen Mitgiftjäger nehmen müssen. Das war trotzdem in Ordnung. Es war durchaus üblich, sich einen Ehemann zu kaufen. Wenn sie auf die große Liebe hoffte, würde sie wahrscheinlich sowieso nur enttäuscht werden. Gott sei Dank war sie zu praktisch veranlagt für solch dumme Träume.

Aber ihr einer großer Traum war Wirklichkeit geworden. Wofür sie nie Zeit gehabt hatte, wurde ihr jetzt aufgezwungen. Sie war auf Reisen. Sie segelte auf einem Schiff in ein fremdes Land. Es war nur normal, wenn sich in all ihre Gefühle auch eine freudige Erregung mischte. Rußland wäre ihr wohl bei ihren geistigen Reiseplänen nicht eingefallen, aber sie hatte sich auch nie vorgestellt, als Gefangene zu reisen.

Wenn sie ihre Situation klar betrachtete und ihre Gefühle beiseite stellte, konnte sie durchaus etwas Positives für sich erkennen.

Sie hatte sich damit abgefunden, daß sie nach Rußland segelte – es war auch nicht mehr zu ändern. Es blieb ihr nichts anderes übrig, als nun das Beste daraus zu machen. Das war ihre natürliche Reaktion auf die Umstände. Dabei standen ihr nur diese törichten Emotionen im Weg, mit denen sie zu kämpfen hatte.

Der Stolz war ihr schlimmster Feind geworden. Er wurde begleitet von dieser unvernünftigen Hartnäckigkeit, die sie nie für möglich gehalten hätte. Ungerechtigkeit ließ sie unbeweglich werden. Ihr Ärger fiel immer auf sie selbst zurück. Eigentlich würde es sie nur ein bißchen Überwindung kosten nachzugeben. Dabei brach sie sich keinen Zacken aus der Krone. Man mußte sich dem Schicksal beugen können. Zu allen Zeiten brauchten die Menschen diese Fähigkeit.

Wenn sie schon gezwungen war, etwas zu tun, warum, um Himmels willen, sollte sie dann nicht das machen, was ihr soviel Lust bereitete? Warum hatte nur der Prinz für sie entschieden? Warum hatte er die eine Möglichkeit ausgeschaltet, der sie am Ende so gerne zugestimmt hätte? Warum hatte sie sich ihm gleich verweigert? Andere Frauen nahmen sich auch einen Liebhaber. Sie nannten es eine Liebesaffäre, sexuelle Affäre wäre wohl richtiger. Das Ganze hübsch verpackt. Aber wie auch immer man es nannte, sie zeigte alle Symptome. Sie fühlte sich zu diesem Mann so hingezogen, daß sie in seiner Gegenwart nicht mehr klar denken konnte.

Und er begehrte sie. Es war ein Wachtraum, ganz und gar unvorstellbar. Dieser Märchenprinz, dieser goldene Gott begehrte sie. *Sie.* Ihr wurde beim bloßen Gedanken daran schwindlig. Es war nicht zu verstehen und nicht zu erklären. Und sie hatte nein gesagt. Wie konnte sie nur so dumm sein?

Aber du weißt doch genau, Katherine, warum du dich weigern mußtest. Es ist moralisch falsch, eine Sünde, und außerdem hast du nicht das Zeug zu einer Mätresse. Für dich ist das Familienleben heilig, so bist du erzogen worden. Und er hat dir keinen annehmbaren Antrag gemacht.

Das waren alles triftige Gründe, aber sie machten das Bett nicht warm. Doch selbst wenn sie noch einmal die Wahl gehabt hätte, wäre ihre Antwort die gleiche. Sie war und blieb trotz allem Lady Katherine St. John. Und eine Lady Katherine St. John konnte sich niemals einen Liebhaber nehmen, egal, wie sehr sie sich insgeheim danach sehnte.

Mit diesen Gedanken verbrachte sie die Tage und sie verstärkten nur ihre Niedergeschlagenheit. Und doch wußte sie, wie sie diesen Zustand beenden konnte. Sie brauchte nur die Zofe für die schöne Prinzessin spielen. Das war alles. Dann könnte sie sich frei auf dem Schiff bewegen, vielleicht einen flüchtigen Eindruck von fremden Küsten gewinnen, die Sonnenauf- und -untergänge über dem Meer beobachten, kurz, vielleicht könnte sie die Reise dann genießen.

So sehr sie auch die Vorstellung verabscheute, als Dienerin aufzutreten, wußte sie doch, daß sie sich schließlich darauf einlassen würde. Der Prinz hatte das geschickt bedacht. Es war kaum zu ertragen, die ganze Zeit allein zu sein und nichts zu tun zu haben. Selbst die Kleidungsstücke, die geändert werden mußten, hatte man anderen zur Arbeit gegeben. Unbeschäftigte Hände, ein unbeschäftigter Geist – sie langweilte sich zu Tode.

Aber noch ging sie nicht die Wände hoch. Und sie mußte auch nicht bei Wasser und Brot darben, denn Maruscha schaffte es jeden Tag, sich zu ihr hereinzuschleichen und ihr Früchte, Käse und Fleischpasteten zu bringen, ohne daß die Wachen vor der Tür es merkten. Doch nicht deswegen hielt Katherine es immer noch aus. Der Grund war vielmehr, daß die Diener sie baten nachzugeben. Es schien so, als ging es dem Prinz mit ihrer Gefangenschaft nicht besser als ihr. Und *das* spornte sie an, länger auszuhalten, als sie es ansonsten getan hätte.

Lida erzählte ihr als erste von Dimitris Gewissensbissen. Zumindest nahm Katherine an, daß es solche waren. Denn das Mädchen schwor Stein und Bein, daß sich Dimitris Stimmung heben würde, wenn sie sich nur einsichtig zeigen und auf seine Wünsche eingehen würde. Lida wußte ja nicht, was er wollte, aber so schrecklich konnte es ihrer Meinung nach auch wieder nicht sein, daß es sich lohnte, seinen Ärger hinzunehmen, unter dem sie alle zu leiden hatten.

Katherine sagte nichts dazu. Sie verteidigte sich nicht, brachte keine Gründe oder Entschuldigungen vor. Sie spottete auch nicht darüber. Schon vom ersten Tag ihrer Gefangenschaft an war ihr die Stille aufgefallen und sie wußte, daß irgend etwas absolut nicht in Ordnung war. Es war unheimlich, so als wäre sie die einzig Lebende auf dem Schiff. Und doch brauchte sie nur die Tür zu öffnen, um die zwei Wachen zu sehen, die durchaus lebendig, wenn auch völlig schweigsam dasaßen.

Etwas später am selben Tag klärte Maruscha sie weiter auf. »Ich frage gar nicht, wodurch Sie den Prinzen erzürnt haben. Wenn es nicht das eine ist, dann ist es halt was anderes. Ich weiß, daß es unvermeidlich war.«

Das machte sie zu neugierig, als daß sie sich hätte gleichgültig zeigen können. »Warum?«

»Er hat noch nie jemanden wie Sie getroffen, *Angliski*. Sie haben ein Wesen, das seinem ebenbürtig ist. Das ist, glaube ich, nicht so schlecht. An den meisten Frauen verliert er sehr schnell das Interesse, aber bei Ihnen ist das anders.«

»Dann brauche ich ihn nur dazu zu bringen, daß er sein Interesse an mir verliert? Muß ich mich nur besser beherrschen?«

Maruscha lächelte. »Wollen Sie, daß er das Interesse an Ihnen verliert? Nein, nein, ich erwarte keine Antwort. Ich würde Ihnen sowieso nicht glauben.«

Katherine protestierte dagegen. »Vielen Dank, Maruscha, für das Essen, aber ich möchte wirklich nicht über euren Prinzen reden.«

»Das habe ich mir schon gedacht. Aber was gesagt werden muß, muß gesagt werden. Denn es geht uns schließlich alle an, nicht nur Sie.«

»Das ist doch lächerlich.«

»Ach ja? Wir wissen alle genau, daß Sie die Ursache für Dimitris augenblickliche schlechte Laune sind. Wenn er zu Hause in solche Stimmungen verfällt, ist das nicht so schlimm. Er geht dann in seine Klubs oder auf Gesellschaften. Er trinkt, spielt, kämpft. Er läßt dann seine Übellaunigkeit an Fremden aus. Aber hier auf dem Schiff gibt es kein Ventil für ihn. Jeder traut sich nur mehr zu flüstern. Seine Stimmung berührt uns alle. macht uns alle traurig.«

»Er ist doch auch nur ein Mensch.«

»Für Sie ist er einfach ein Mensch wie jeder andere. Für uns ist er mehr. Im Herzen wissen wir, daß wir nichts zu befürchten haben. Er ist ein guter Mensch und wir lieben ihn. Aber jahrhundertelange Leibeigenschaft hat ihre Spuren hinterlassen. Das Wissen, daß ein Mensch über Leben und Tod entscheiden kann, daß er die Macht hat, aus einer Laune heraus Menschen furchtbar leiden zu lassen, hat zu einer tiefsitzenden Angst geführt, die man nicht einfach ignorieren kann. Dimitri ist anders, aber er ist immer noch unser Herr. Wie können wir, die wir ihm dienen, glücklich sein, wenn er es nicht ist?«

Maruscha hatte jedesmal, wenn sie kam, viel zu sagen. Und Katherine betrachtete ihre Gespräche als willkommene Unterbrechung. Aber sie war nicht bereit, Verantwortung für das zu übernehmen, was außerhalb ihrer kleinen Kabine geschah. Wenn Dimitris Diener Angst hatten, daß er seine schlechte Laune an ihnen ausließ, was hatte das mit ihr zu tun? Sie mußte auf sich selbst schauen, konnte nicht anders handeln. Wenn das den großen Prinzen aus der Fassung brachte, dann hatte sie ihre heimliche Freude daran. Es war jedoch nicht in Ordnung von ihm, seine Diener derart in Angst zu versetzen, daß sie zu ihr kamen und sie inständig baten, die Sache mit ihm wieder einzurenken. Warum sollte sie für sie eigentlich fremden Menschen von ihren Prinzipien abgehen?

Aber dann, am dritten Tag, kam Wladimir zu ihr und zwang sie, ihre Position neu zu überdenken. Er hatte sich trotz seiner Abneigung ihr gegenüber überwunden und war, wenn auch widerwillig, zu ihr gekommen. Wie konnte sie da so selbstsüchtig weiterhin an ihrem Stolz festhalten? In Wahrheit war es jedoch so, daß er ihr damit nur den Vorwand lieferte, den sie brauchte, um ein Zugeständnis machen zu können.

»Er hat unrecht gehabt, Miss. Er weiß das und deshalb richtet sich sein Ärger auch gegen ihn selbst und wird immer schlimmer statt besser. Niemals hat er vorgehabt, Sie wie eine Gefangene zu behandeln. Zweifellos ist er davon ausgegangen, daß schon die Androhung genügen würde, Sie seinem Willen zu beugen. Aber er hat Ihren Widerstand gegen seine Wünsche unterschätzt. Doch jetzt ist es eine Sache des Stolzes, verstehen Sie? Für einen Mann ist es viel schwerer nachgiebig zu sein und zuzugeben, daß er falsch gehandelt hat, als für eine Frau.«

»Für manche Frauen.«

»Vielleicht, aber war vergeben Sie sich schon, wenn Sie der Prinzessin dienen und niemand aus Ihrer Bekanntschaft es jemals erfährt?«

»Sie haben neulich nachts an der Tür gelauscht, nicht wahr?« beschuldigte sie ihn.

Er versuchte gar nicht es zu leugnen. »Es ist meine Aufgabe, die Wünsche und Bedürfnisse meines Herrn zu kennen, bevor er sie mir gegenüber ausspricht.«

»Hat er Sie hergeschickt?«

Wladimir schüttelte den Kopf. »Er hat keine zwei Worte zu mir gesagt, seit der Anordnung, daß Sie in der Kabine zu bleiben haben.«

»Woher wissen Sie dann, daß er diese Anordnung bereut?«

»Seine Stimmung verschlechtert sich mit jedem Tag mehr, den Sie in Ihrer Kabine bleiben. Bitte, überlegen Sie es sich doch noch einmal.«

Diese Bitte aus seinem Mund wirkte wie ein Zauberwort auf Katherine, aber so einfach wollte sie es ihm doch nicht machen. »Warum kann *er* es sich nicht nochmal überlegen? Warum soll *ich* diejenige sein, die nachgibt?«

»Er ist der Prinz«, bemerkte er simpel. Aber seine Geduld mit ihr war am Ende. »Lieber Himmel, wenn ich geahnt hätte, was Ihr Verhalten bei ihm auslöst, dann hätte ich sein Mißfallen in London in Kauf genommen und ihm eine andere Frau besorgt. Aber er wollte Sie und ich wollte uns genau die Bescherung ersparen, die wir jetzt haben. Das war ein Fehler. Es tut mir wirklich leid. Aber was geschehen ist, ist geschehen. Können Sie ihm denn nicht wenigstens ein bißchen entgegenkommen? Oder haben Sie Angst, daß Sie der Aufgabe nicht gewachsen sind?«

»Seien Sie doch nicht albern. Was die Prinzessin von einer Zofe erwartet, wird sich wohl nicht sehr von dem unterscheiden, was ich von meiner Zofe erwarten würde.«

»Wo liegt dann das Problem? Haben Sie nicht behauptet, der Königin gedient zu haben?«

»Das war eine Ehre.«

»Es ist eine Ehre, Prinzessin Anastasia zu dienen.«

»Das ist es überhaupt nicht! Denn ich bin ihr gleichgestellt.«

Sein Gesicht hatte sich vor Ärger gerötet. »Dann paßt Ihnen vielleicht der andere Vorschlag des Prinzen besser.«

Damit verließ er sie, und jetzt hatten sie beide hochrote Gesichter.

15

»Ich möchte Mister Kirow sprechen.« Katherine schaute abwechselnd die beiden Wachen an. Sie sahen völlig gleich aus und blickten sie verständnislos mit ausdruckslosen Gesichtern an.

Jeden Tag saßen zwei andere Wachen vor ihrer verschlossenen Tür. Heute waren es Kosaken, die offensichtlich kein Französisch verstanden. Sie wiederholte ihren Wunsch auf deutsch, dann holländisch, englisch und schließlich, schon ganz verzweifelt, auf spanisch. Nichts. Sie starrten sie einfach nur an und rührten sich nicht von ihren Hockern.

»Typisch.« Sie war so deprimiert, daß sie laut mit sich selbst sprach. »Alle wollen, daß du nachgibst, Katherine, aber machen sie es dir leicht?«

Sie sollte die Angelegenheit einfach vergessen. Wozu hatte sie die ganze Nacht mit sich um diesen Entschluß gerungen? Sie war jetzt erst den vierten Tag eingesperrt. Und auch wenn ihr Maruscha kein zusätzliches Essen mehr zusteckte, konnte sie es noch viel länger aushalten. Aber schließlich wollte sie ja nicht wegen sich selbst, sondern um der anderen willen nachgeben. Sie klammerte sich an diese Ausrede.

Lügnerin. Du willst aus der Kabine raus. Das ist alles.

Sie wollte es noch ein letztes Mal versuchen, bevor ihr Stolz wieder überhandnahm. »Ki-row.« Sie machte eine beschreibende Bewegung mit ihren Händen. »Versteht ihr? Großer Mann. Alexandrows Mann.«

In die beiden Männer kam Leben, als sie den Namen des Prinzen hörten. Ihre Gesichter verzogen sich zu einem Lächeln. Einer von ihnen stand so hastig auf, daß sein Hocker umfiel und er beinahe darüber gestolpert wäre. Er machte sich sogleich auf den Weg zu Dimitris Kabine am anderen Ende des Ganges.

Katherine geriet in Panik. »Nein! *Ihn* will ich nicht sprechen, du Dummkopf!«

Doch es war bereits zu spät. Noch bevor er die Tür zu Dimitris Kabine erreichte, öffnete sich diese und der Prinz trat heraus. Über den Kopf des Kosaken hinweg trafen sich Dimitris und ihre Augen. Gleichzeitig lauschte er dem Wortschwall des Mannes. Es war nicht Russisch, sondern eine Sprache, die Katherine noch nie gehört hatte. Am liebsten hätte sie sich in ihre Kabine geflüchtet. Mit Dimitri hatte sie auf *keinen* Fall sprechen wollen. Vielmehr wollte sie ihre Entscheidung Wladimir mitteilen und er sollte es dem Prinzen sagen, dann mußte sie sich seiner Gegenwart nicht wieder aussetzen. Er hatte gewonnen. Und sie legte keinen Wert darauf, seine Schadenfreude über diesen Sieg zu sehen.

Doch sie war kein Feigling. Sie wich nicht aus, als er zu ihr trat.

»Du wolltest Wladimir sehen?«

In ihren Augen blitzte es auf. »Oh, diese – diese –« Sie starrte die beiden Wachen an, die sich respektvoll im Hintergrund hielten. »Sie haben mich recht gut verstanden, nicht wahr?«

»Sie können ein bißchen Französisch, aber nicht genug –«

»Sie brauchen gar nichts sagen«, höhnte sie. »So wie der Kapitän, nicht wahr? Egal.«

Sein Gesichtsausdruck zeigte keinerlei Gefühle. »Vielleicht kann ich dir helfen?«

»Nein«, rutschte es ihr zu schnell heraus. »Ja. Nein.«

»Wenn du dich entscheiden könntest –«

»Also gut«, sagte sie barsch. »Ich wollte Mister Kirow meinen Entschluß mitteilen, aber wenn Sie schon hier sind, kann ich es genausogut auch Ihnen sagen. Ich nehme Ihre Bedingungen an, Alexandrow.« Er schaute sie einfach nur an. Heiße Röte stieg in ihre Wangen. »Haben Sie gehört, was ich gesagt habe?«

»Ja!« stieß er heraus. Seine Überraschung war nicht mehr zu verbergen und sein Lächeln überstrahlte alles. »Ich habe es nur nicht erwartet, … ich meine, ich hatte angefangen zu denken …«

Er verstummte. Diese Sprachlosigkeit war eine völlig neue Erfahrung für ihn. Es fiel ihm absolut nichts Vernünftiges ein. Lieber Himmel, gerade hatte er zu ihr gehen wollen, um ihr zu sagen, daß sie seine dummen Befehle vergessen sollte. Und jetzt das! Eigentlich sollte er es ihr trotzdem sagen, und auch, daß er sich unwohl dabei fühlte, wenn er versuchte sie zu irgend etwas zu zwingen. Und doch – und doch tat es ihm so gut, diesen Kampf mit ihr gewonnen zu haben. Und das, nachdem er die letzten vier Tage so mit sich, mit seinem schlechten Gewissen, mit seinem Zorn zu kämpfen gehabt hatte.

Noch nie hatte er eine Frau so rücksichtslos behandelt. Und das alles nur, weil er sie so begehrte und sie so gar kein Interesse an ihm zeigte. Trotzdem hatte sie nachgegeben, auch wenn er überzeugt davon gewesen war, daß sie es nie tun würde. Für ihn hatte es keinen Sinn mehr gehabt, weiter zu versuchen, sie seinem Willen zu beugen. Aber vielleicht durfte er sich jetzt doch noch Hoffnung machen, daß sie schließlich auch seinen ganz persönlichen Wünschen keine Abwehr mehr entgegensetzen würde.

»Habe ich dich richtig verstanden, Katja? Du bist jetzt bereit, für mich zu arbeiten?«

Nun gut, Katherine, du hast es gewußt, daß er wieder so anfangen würde. Genau aus diesem Grund wolltest du ihn auch nicht sehen – nun, zumindest war es ein Grund. Dein Herzklopfen verrät den anderen Grund.

»Ich weiß nicht, ob ich es Arbeit nennen würde«, antwortete Katherine fest. »Ich werde Ihrer Schwester zur Hand gehen, denn es sieht so aus, als bräuchte sie Hilfe. Ihrer Schwester, Alexandrow«, betonte sie, »nicht Ihnen.«

»Das ist das gleiche, denn ich komme für Ihre Unkosten auf.«

»Unkosten? Sie wollen doch nicht schon wieder von Geld anfangen?«

Genau das hatte er beabsichtigt. Bei ihm würde sie das Zehnfache dessen verdienen, was sie in England für die gleiche Arbeit erhielt. Jede andere Frau würde das genau wissen wollen. Aber ihre zu schmalen Schlitzen zusammengezogenen Augen waren ihm eine Warnung, nicht darauf zu bestehen.

»Schon gut, reden wir nicht über den Lohn«, lenkte Dimitri ein. »Aber ich bin neugierig, Katja. Warum hast du deine Meinung geändert?«

Statt einer Antwort stellte sie ihrerseits eine Frage. »Warum haben Sie in den letzten Tagen so schlechte Laune gehabt?«

»Woher weißt du – was zum Teufel spielt das für eine Rolle?«

»Wahrscheinlich gar keine. Man hat mir nur gesagt, daß ich der Grund dafür sei. Nicht, daß ich das auch nur eine Minute geglaubt hätte. Aber man hat mir auch erzählt, daß jeder an Bord betreten herumschliche und kaum mehr aufzutreten wagte. Und das alles wegen Ihrer Stimmung. Das ist wirklich ziemlich gefühllos von Ihnen, Alexandrow. Ihre Leute versuchen mit allen Kräften, Sie zufriedenzustellen, selbst wenn es für andere von Schaden ist. Und Sie merken es nicht einmal, wenn sie vor Angst schier erstarren. Oder haben Sie es gewußt und es war Ihnen gleichgültig?«

Schon bei ihren letzten Worten hatte sich seine Stirn verdüstert. »Bist du fertig mit deiner Kritik an mir?«

Sie blickte ihn in gespielter Unschuld mit großen Augen an. »Sie haben mich danach gefragt, warum ich meine Meinung geändert habe, oder nicht? Ich habe nur versucht Ihnen zu erklären …«

Da erkannte er, daß sie ihn mit Absicht verspottete. »Ach, dann hast du also wegen meiner armen Diener kapituliert? Wenn ich gewußt hätte, wie edel du bist, dann hätte ich die Bedürfnisse meiner Schwester ignoriert und darauf bestanden, daß du meine erfüllst.«

»Warum, Sie –«

»Aber, aber«, mahnte er sie. Seine Laune war wieder soweit hergestellt, daß er sie necken konnte. »Erinner' dich an dein Opfer, bevor du irgend etwas sagst, das meine schlechte Laune wieder heraufbeschwört.«

»Zum Teufel mit Ihnen!«

Er legte seinen Kopf in den Nacken und lachte vergnügt. Wie gegensätzlich doch ihr sittsames Aussehen zu ihrem Zorn war. Entzückend unschuldig sah sie in dem Kleid aus rosafarbener und weißer Moiréseide aus. Es war züchtig hochgeschlossen und ganz ohne Verzierungen. Ihr Haar trug sie wie ein junges Mädchen nur mit einer Schleife im Nacken gebunden. Doch ihre Lippen waren fest zusammengepreßt, ihre Augen sprühten vor Ärger und ihr energisches, kleines Kinn hatte sie rebellisch nach vorne geschoben. Hatte er wirklich befürchtet, ihren erfrischenden Geist mit seiner rohen Behandlung gebrochen zu haben? Er hätte es besser wissen müssen.

Dimitris Lachen ging in ein Lächeln über. Er begegnete ihrem wütenden Blick und spürte wieder einmal, wie ihn die merkwürdige Wirkung, die sie auf ihn hatte, gefangennahm. »Weißt du eigentlich, wie sehr mich dein Temperament erregt?«

»Ich kann nicht sagen, daß es mir mit Ihnen genauso geht –« begann Katherine, nur um abrupt abzubrechen, als ihr die Bedeutung seiner Worte dämmerte.

Ihr Herz schien sich zu überschlagen. Sie hielt den Atem an. Gebannt beobachtete sie seine Augen, die immer dunkler wurden. Und als seine Hand sanft unter ihr Haar am Nacken glitt und er sie langsam zu sich herzog, hatte sie keine Kraft das abzuwehren, was kommen mußte.

In dem Moment, als seine Lippen die ihren berührten, flammten all die erotischen Empfindungen, die sie unter dem Einfluß der exotischen Droge verspürt hatte, wieder in ihr auf. Ihre Glieder wurden weich wie Wachs, ihre Gedanken zerflossen. Ungehindert schlüpfte seine Zunge zwischen ihren Zähnen hindurch, erforschte ausgiebig ihren Mund, entfachte ein Feuer in ihrem Körper. Instinktiv schob sie ihre Hüften vor, ohne daß er sie dazu ermuntert hätte, denn er hielt weiterhin nur ihren Nacken. Sie war es, die ihren Körper nahe an ihn preßte, die die Berührung ersehnte, brauchte …

Dimitri war zutiefst überrascht, wie sehr sie auf ihn ansprach. Er hatte wild fuchtelnde Arme und tretende Füße erwartet. Statt dessen war ihr Körper weich und willig. Er hätte sie schon viel früher küssen sollen, statt zu versuchen, ihren Widerstand dadurch zu brechen, und sie in sein Bett zu zwingen. Wie töricht war er nur gewesen. Er hatte nicht angenommen, daß sie zu der ihm wohlbekannten Sorte von Frauen gehörte, die nein sagen, wenn sie in Wirklichkeit ja meinen. Und doch hatte Katherine nichts Geziertes an sich. Ihre leidenschaftlichen Gefühle waren nicht nur vorgespielt. Sie hatte nichts gemein mit den raffinierten, trügerischen Frauen, wie er sie gewöhnlich kannte, und das hinterließ ein quälendes Gefühl der Verwirrung in ihm, auch wenn er das augenblickliche Glück genoß.

Katherine spürte deutlich die Leere, als der Kuß zu Ende war. Dimitris Hand glitt zu ihrem Gesicht und genau wie in jener verhängnisvollen Nacht, schmiegte sie ihre Wange in seine Handfläche, ohne zu bemerken, was sie tat. Er holte tief Luft bei dieser zärtlichen Geste, und das brachte sie in die Wirklichkeit zurück. Sie stöhnte kläglich auf und es kam Bewegung in sie.

Sie drückte ihre Hände gegen Dimitris Brust und stieß ihn von sich. Er rührte sich nicht von der Stelle, aber weil er sie auch nicht abwehrte, stolperte sie durch den eigenen Schwung nach hinten in ihre Kabine. Der Abstand zwischen ihnen genügte ihr, die Fassung wiederzufinden, auch wenn ihr Herz immer noch heftig schlug.

Wütend funkelte sie ihn an und hob abwehrend eine Hand, als er einen Schritt auf sie zu machte. »Kommen Sie nicht näher, Alexandrow.«

»Warum?«

»Tun Sie es nicht. Wagen Sie es nicht noch einmal.«

»Warum?«

»Ach, Sie und Ihre verdammten *Warums*. Ich will es einfach nicht, das ist alles.«

Dimitri ging nicht weiter als bis zur Tür. Er lehnte sich gegen den Rahmen und verschränkte seine Arme über dem mächtigen Brustkorb. Dabei betrachtete er sie nachdenklich.

Sie war durcheinander und nervös, vielleicht hatte sie auch ein bißchen Angst. Wohl deswegen fühlte er eine Stärke ihr gegenüber, die er sonst in ihrer Gegenwart nicht kannte. War es denn möglich, daß sie genauso überrascht war wie er über die warme Erwiderung seines Kusses? Fürchtete sie sich jetzt davor, daß es wieder passieren könnte?

Kleiner Dummkopf. Was hatte sie bloß gegen sinnliche Freuden? Aber diese Begegnung hatte ihm etwas gezeigt, was ihn sehr befriedigte. Er war ihr überhaupt nicht gleichgültig. In dieser Frau steckte eine Leidenschaft, die kein Aphrodisiakum brauchte, um geweckt zu werden. Eine sanfte Berührung genügte, und dazu würde es noch weitere Gelegenheiten geben – dafür wollte er schon sorgen.

»Nun gut, Katja, du hast mich von deiner Abscheu vor dem Küssen überzeugt.« Lachen schwang in seiner Stimme mit, denn beide wußten sie, wie albern diese Feststellung war. »Komm mit, ich werde dich meiner Schwester vorstellen.« Und als sie sich nicht von der Stelle rührte, fügte er hinzu: »Du hast doch jetzt keine Angst vor mir, oder?«

»Nein.« Und hochfahrend fügte sie hinzu, denn er hatte sich ebenfalls noch nicht bewegt: »Aber wenn Sie möchten, daß ich mitkomme, sollten Sie doch vorangehen.«

Er lachte, aber als sie ihm den Gang hinunter folgte, meinte sie ihn sagen zu hören: »Diese Runde hast du gewonnen, Kleines, aber ich kann dir nicht versprechen, daß ich mich deinen Wünschen immer so unterwerfe.«

16

»Sie, Mitja? Glaubst du, ich habe noch nicht gehört, wer sie ist? Glaubst du, ich weiß nicht, daß sie die kleine Hure ist, die du an jenem Nachmittag in London von der Straße aufgelesen hast? *Die* willst du mir als Zofe geben?«

Mit diesen Worten begrüßte Anastasia Petrowna Alexandrowna Katherine, nachdem Dimitri sie vorgestellt und ihre Anwesenheit erklärt hatte. Die jüngere Frau hatte ihr nur einen kurzen Blick zugeworfen, sie dann ignoriert und ihren Bruder angegriffen, als hätte er ihr die schrecklichste Beleidigung zugemutet.

Dabei war Katherine diejenige, die beleidigt wurde. Doch als sie sich von dem Schock dieser Beschimpfungen erholt hatte, reagierte sie ganz ungewöhnlich auf die Geringschätzung der Prinzessin. Sie stellte sich vor Dimitri, dem anzusehen war, daß er im nächsten Augenblick die Beherrschung verlieren würde. Dann lächelte sie, denn Anastasia konnte jetzt nicht länger über sie hinwegsehen.

»Liebes Fräulein, wäre ich nicht eine Dame *und* hätte ich nicht so ein ausgeglichenes Gemüt, wäre ich sehr versucht, Sie für Ihr ausfallendes Benehmen zu ohrfeigen. Von Ihrer Geringschätzung mir gegenüber will ich dabei noch gar nicht reden. Aber da man Sie offensichtlich falsch über mich informiert hat, muß ich wohl Nachsicht üben und Ihnen vergeben. Aber eine Sache möchte ich doch klarstellen. Ich bin keine Hure, Prinzessin. Und ich werde Ihnen nicht *gegeben*, wie Sie es so arrogant ausdrückten. Ich habe mich bereit erklärt, Ihnen behilflich zu sein, da Sie offensichtlich alleine nicht zurechtkommen. Aber ich verstehe das vollkommen. Schauen Sie mich nur an. Ohne meine Zofe hier auf der Reise weiß ich mit meinem Haar nichts anzufangen und auch das Ankleiden ist ohne Hilfe äußerst ermüdend. Sie sehen, ich verstehe Ihr Dilemma, und da ich nichts Besseres zu tun habe ...«

Katherine hätte mit ihrer feinen Ironie noch lange fortfahren können, aber sie konnte das Lachen über den schockierten Gesichtsausdruck der Prinzessin kaum mehr unterdrücken und außerdem hatte sie das Wesentliche gesagt. Ob es irgend etwas bewirkt hatte, blieb abzuwarten.

Dimitri beugte sich nahe an ihr Ohr und flüsterte: »Ausgeglichenes Gemüt, Katja? Wann werde ich denn dieser Frau begegnen, die du da beschrieben hast?«

Rasch ging sie ein paar Schritte von ihm weg, drehte sich um und warf ihm das gleiche falsche Lächeln zu, das sie auch für die Prinzessin übrig gehabt hatte. »Wissen Sie, Alexandrow, ich glaube nicht, daß Ihre Schwester so hilflos ist, wie Sie mir zu verstehen gegeben haben. Sie scheint mir recht gut zu wissen –«

»Übereilen Sie nichts«, unterbrach Anastasia sie, die spürte, zu weit gegangen zu sein und jetzt befürchtete, eine tüchtige Zofe zu verlieren. Dabei benötigte sie diese ganz dringend. »Ich dachte, ich müßte Sie erst wie Mitjas Diener lange einweisen. Aber wenn Sie eine Dame sind, wie Sie sagen, dann wird das ja nicht nötig sein. Ich nehme Ihre Hilfe an. Und, Mitja ... danke, daß du an mich gedacht hast.«

Es wurmte Anastasia, was sie den beiden sagen mußte. Auf ihren Bruder war sie immer noch sehr wütend, weil er sie nach Hause zwang und ihr solche Drohungen wegen eines zukünftigen Ehemannes machte. Es ging ihr sehr gegen den Strich, ihm im Augenblick für etwas danken zu müssen. Und erst diese kleine Engländerin! Zweifellos hatte Dimitri genug von der kleinen Hure und deswegen halste er sie jetzt ihr auf. Eine Dame! Aber wahrscheinlich verstand sie mehr von den Aufgaben einer Zofe als Dimitris Diener, und könnte somit ganz nützlich sein. Doch Anastasia würde die Beleidigung nicht vergessen, die ihr dieses *Weib* zugefügt hatte.

»Ich verlasse euch jetzt, damit ihr euch besser kennenlernen könnt«, sagte Dimitri.

Anastasia lächelte, aber ihre Augen blieben hart. Katherines Gesichtsausdruck wäre sanft gewesen, ohne die feste Linie um ihren Mund. Dimitri wußte, daß mit seiner Schwester nicht unbedingt leicht auszukommen war. Und Katherines Temperament kannte er zur Genüge. Vielleicht war es ein Fehler gewesen, die beiden zusammenzubringen, aber nun war es zu spät. Wenn es nicht gut ging, gab es für Katherine ja immer noch die andere Möglichkeit.

Der Blick, den Dimitri ihr zuwarf, bevor er ging, warnte Katherine, denn sie erriet seine Gedanken. Er wünschte sich, daß sie versagte! Er freute sich darauf. Dieser Schuft! Aber den Gefallen würde sie ihm nicht tun. Und wenn es sie umbrächte, sie würde gegenüber diesem verwöhnten, ungezogenen Kind, das seine Schwester war, freundlich bleiben.

Dieser Vorsatz geriet freilich ins Wanken, als sie die lange Liste der Pflichten vernahm, die Anastasia für sie bereithielt. Sie hatte sich um das Bad, Ankleiden, Kämmen und die Mahlzeiten der Prinzessin zu kümmern. Das Mädchen wollte sie jede Minute des Tages mit Beschlag belegen, und sie sogar – und das überraschte Katherine wirklich – porträtieren. Es stellte sich heraus, daß Anastasia sich für eine begabte Künstlerin hielt und ihre Malerei war zudem das einzige, womit sie sich auf der Reise beschäftigen konnte.

»Ich werde es *Das Gänseblümchen* nennen«, sagte Anastasia und meinte das Porträt.

»Sie finden, daß ich Ähnlichkeit mit einem Gänseblümchen habe?«

Anastasia freute sich über die Möglichkeit, die sich ihr da bot, diese Frau zu erniedrigen. »Nun, eine Rose sind Sie nicht gerade. Ja, ein ziemlich sonnengebräuntes Gänseblümchen, mit diesem dunklen Haar – aber Sie haben hübsche Augen«, räumte sie ein und weidete sich an Katherines Gesichtsausdruck. In der Tat fand Anastasia, daß sie wunderschöne Augen hatte, und ein Gesicht, das zwar keine klassische Schönheit besaß, aber durchaus interessant war. Es zu malen bedeutete eine echte Herausforderung für sie. Je mehr Anastasia sie mit den Augen einer Künstlerin betrachtete, ohne daß ihr Blick vom Groll getrübt war, um so spannender wurde die Aufgabe für sie.

»Haben Sie ein gelbes Kleid?« fragte sie. »Es muß unbedingt ein gelbes Kleid sein, wegen der Gänseblümchen-Wirkung, verstehen Sie?«

Bleib ganz ruhig, Katherine. Sie will dich reizen, aber sie macht es nicht sehr geschickt. Du kannst sie ohne große Anstrengung in ihre Schranken verweisen.

»Kein gelbes Kleid, Prinzessin. Es tut mir leid, aber Sie werden improvisieren müssen, oder es sich vorstellen –«

«Nein, ich muß es sehen … aber natürlich! Sie werden eins von meinen Kleidern anziehen.«

Es war ihr ernst. »Nein, das werde ich nicht«, sagte Katherine steif.

»Aber das müssen Sie. Sie haben zugestimmt, daß ich Sie male.«

»Ich habe nicht zugestimmt, Prinzessin. Sie haben das vorausgesetzt.«

»Bitte.«

Das Wort überraschte sie beide. Anastasia schaute zur Seite, um eine verräterische Röte zu verbergen. Es erstaunte sie weniger, daß sie die Frau so inständig gebeten hatte, sondern vielmehr, daß ihr das Porträt plötzlich so wichtig geworden war. Noch nie hatte sie sich einer derartigen Aufgabe gestellt. Das war etwas anderes als die Obstschalen und Blumenwiesen, die sie bisher gemalt hatte, und bei denen ein Bild aussah wie das andere. Und auch die wenigen Porträts von ihren Freundinnen, die alle blond und hübsch waren, hatten sie nicht gefordert. Nein, hier bot sich ihr etwas ganz Einzigartiges. Sie mußte sie einfach malen.

Katherine kam sich wie eine kleinliche Krämerseele vor, als sie die Röte in Anastasias Gesicht sah. Sie verweigerte ihr ausgerechnet das, was ihr nun wirklich nichts ausmachte. Wie gehässig. Und warum? Weil die Prinzessin verzogen war und Dinge sagte, die sie wahrscheinlich gar nicht so meinte? Oder weil sie Dimitris Schwester war, und ihr ein Nein ihr gegenüber dieselbe Freude machte, als gälte es ihm?

»Gut, Prinzessin, ich werde Ihnen jeden Tag ein paar Stunden Modell sitzen«, willigte Katherine ein. »Aber ich möchte die Zeit bestimmen, wann es mir paßt.«

Mit den anderen Pflichten würde sie sich befassen, wenn sie aktuell wurden. Es hatte keinen Sinn, sich jetzt darüber auseinanderzusetzen (sie würde jedenfalls *keinen* Rücken schrubben). Sie würde die Gelegenheit nutzen, wenn Anastasia die Krallen eingezogen hatte.

17

An diesem Nachmittag erlebten sie den ersten von vielen Stürmen, die ihnen in den folgenden Wochen noch begegnen sollten. Es war kein gefährlicher Sturm, und für die meisten an Bord, vor allem für Anastasia, nur eine lästige Begleiterscheinung. Sie vertrug das Reisen auf See sehr gut, nur unter diesen Umständen hatte sie Schwierigkeiten, wie sie sogleich zugab und das Bett aufsuchte.

Katherine verließ die Kabine der Prinzessin mit dem Auftrag, sich um das Waschen verschiedener Kleidungsstücke zu kümmern. Darunter war auch das goldene Kleid, das sie für das Porträt ausgesucht hatten. Den Rest des Nachmittags würde sie für sich haben. Das Problem war, daß sie nicht die geringste Ahnung vom Wäschewaschen hatte. Aber Anastasia war nicht davon abzubringen gewesen, daß Dimitris Diener nur mit den Angelegenheiten eines Mannes vertraut waren, sich mit den Kleidungsstücken einer Frau nicht auskannten, und alles verderben würden, was sie anlangten.

»Das wird mir nicht anders gehen.«

»Mylady?«

Katherine blieb stehen, erstaunt darüber, daß sie so angeredet wurde. Und noch dazu von Maruscha? Die ältere Frau hatte sie in der Tür zu ihrer Kabine abgepaßt. Sie grinste über das ganze Gesicht und winkte Katherine, näher zu kommen. Diese folgte der Aufforderung sogleich, denn der Korridor, in dem auch Dimitris Kabine lag, schien ihr kein geeigneter Ort sich aufzuhalten. Sie wollte ihm hier nicht noch einmal begegnen.

»Weswegen rufen Sie mich?« fragte Katherine, bevor sie in ihr Zimmer trat.

Maruscha überhörte den scharfen Tonfall. »Wir wissen, wer Sie sind, Mylady. Nur der Prinz und mein Mann glauben Ihnen nicht.«

Sie fühlte große Erleichterung, daß ihr wenigstens jemand glaubte und doch änderte sich nichts, solange Dimitri nicht überzeugt war. »Warum glaubt *er* mir nicht, Maruscha? Kleider und Umstände ändern nichts daran, wer man ist.«

»Die Russen können sehr eigensinnig sein. Sie halten hartnäckig an ihrem ersten Eindruck fest. Wladimir hat auch allen Grund dazu, denn in Rußland steht die Todesstrafe auf die Entführung von Adeligen. Deshalb denkt er nicht daran, zuzugeben, daß Sie mehr sind, als er zunächst annahm.«

»Wir sind nicht in Rußland und ich bin Engländerin«, erinnerte Katherine sie.

»Aber russische Sitten und Gebräuche treten nicht einfach außer Kraft, nur weil wir gerade nicht im Land sind. Der Prinz allerdings«, – Maruscha zuckte die Achseln – »wer weiß schon, warum er nicht akzeptieren kann, was so offensichtlich ist? Vielleicht denkt er nicht darüber nach, weil er die Wahrheit nicht haben will. Genausogut ist es möglich, daß die Verlockung, die sie für ihn darstellen, seine Urteilskraft trübt.«

»Mit anderen Worten, er ist so sehr damit beschäftigt herauszufinden, wie er mich verführen kann, daß er keine Zeit mehr hat, an irgend etwas anderes zu denken.«

Der gereizte Tonfall überraschte Maruscha, aber gleich darauf konnte sie nicht anders als darüber lachen. Sie wußte inzwischen, daß die kleine Engländerin nicht mit anderen Frauen zu vergleichen war, aber sie fand es immer noch unglaublich, daß Dimitri eine Frau begegnet war, die er nicht auf der Stelle in seinen Bann schlug. Selbst Prinzessin Tatjana war schrecklich in ihn verliebt, was alle außer Dimitri wußten.

Laut Tatjana Iwanowas Dienerschaft hatte diese nur beschlossen, sich ihm gegenüber gleichgültig zu geben, damit er es mehr zu schätzen wüßte, wenn er sie erst einmal gewonnen hatte.

Maruscha wurde wieder ernsthaft, als sie bemerkte, daß Katherine ihre Fröhlichkeit nicht teilte. »Es tut mir leid, Mylady. Es ist nur weil … empfinden Sie wirklich gar nichts für den Prinzen?«

»Ganz im Gegenteil«, erwiderte Katherine ohne zu zögern. »Ich verabscheue ihn.«

»Aber meinen Sie das wirklich so, *Angliski*, oder ist es nur Ihr Ärger, der Sie dazu veranlaßt –«

»Ist meine Glaubwürdigkeit schon wieder in Frage gestellt?«

»Nein, nein, ich habe nur gedacht … egal. Aber es ist einfach zu schade, daß Sie solche Gefühle haben, denn er hat eine große Zuneigung zu Ihnen. Aber das wissen Sie ja schließlich selbst.«

»Wenn Sie damit auf seine Bemühungen, mich in sein Bett zu locken anspielen, stimme ich Ihnen zu, Maruscha, ich bin ja nicht dumm. Ein Mann kann eine Frau begehren, ohne daß er sie respektiert, ohne daß er sie kennt, ja, er muß sie nicht einmal mögen. Wenn dem nicht so wäre, würde nie jemand das Wort *Hure* gebraucht haben. Und Sie brauchen auch gar nicht so tun, als würde Sie meine Direktheit schockieren, ich würde es doch nicht glauben.«

»Das ist es nicht, Mylady«, beeilte sich Maruscha ihr zu versichern. »Es sind nur diese falschen Schlüsse, die Sie gezogen haben. Sicher, der Prinz ist genauso liebeshungrig wie alle jungen Männer in seinem Alter, und oft bedeuten ihm seine Abenteuer wenig oder gar nichts. Mit Ihnen ist es vom ersten Augenblick an anders gewesen. Glauben Sie wirklich, daß es normal für ihn ist, sich eine Fremde von der Straße in sein Bett zu holen? So etwas hat er bis dahin noch nie getan. Er hat Sie gern, Mylady. Wenn dem nicht so wäre, würde er Sie gar nicht mehr begehren. Wenn dem nicht so wäre, würde nicht alles, was mit Ihnen zu tun hat, so deutlich sichtbare Gefühle bei ihm auslösen. Haben Sie nicht die Veränderung bemerkt, seit Sie seinen Anordnungen zugestimmt haben? Deswegen bin ich auch hier. Ich möchte Ihnen im Namen von uns allen danken, für das Opfer, das Sie uns bringen.«

Katherine konnte die Veränderung hören – Stimmen, nicht mehr nur Flüstern, Rufe und Gelächter an Deck, selbst bei diesem Sturm – und es freute sie, diese Rückkehr zur Normalität bewirkt zu haben. Und sie konnte auch die kleine Erregung nicht leugnen, die sie bei Maruschas Behauptung, Dimitri habe sie gern, ergriffen hatte. Aber das gehörte nicht zur Sache und ging zudem niemanden etwas an. Und was ihr Opfer betraf – es war nicht so schwierig, mit Anastasia zurechtzukommen, solange ihr Bruder nicht in der Nähe war. Doch diese Menschen mußten einfach mal verstehen, daß sich ihre Stellung nicht geändert hatte, nur weil sie jetzt keine Jungfrau mehr war. Sie würde es nicht dulden, daß sie sich genauso darum bemühten, sie zu verkuppeln, wie sie sich angestrengt hatten, sie aus ihrer Kabine zu bekommen.

»Ich weiß nicht, wie man es in Rußland hält«, sagte Katherine, »aber in England wird einer Dame kein Antrag gemacht, außer man möchte sie heiraten. Euer Prinz beleidigt mich jedesmal, wenn er … wenn er –«

Maruscha amüsierte sich. »Hat Sie noch nie zuvor ein Mann gebeten, Ihr Liebhaber sein zu dürfen, Mylady?«

»Natürlich nicht!«

»Wie schade! Je öfter Sie gebeten werden, um so weniger klingt es wie eine Beleidigung.«

»Sie irren sich, Maruscha.«

Ein tiefer Seufzer und ein schräges Lächeln belehrten Katherine, daß Maruscha sicher nicht so schnell aufgeben würde. Aber für den Moment machte sie keinen weiteren Vorstoß. »Hat Ihnen die

Prinzessin das gegeben?« Sie deutete auf die Kleider, die Katherine auf dem Arm hielt.

»Ich soll sie waschen und bügeln.«

Maruscha mußte beinahe lachen über die Mischung aus Widerwillen und Entschlossenheit, die sich auf Katherines Zügen spiegelte. »Damit sollen Sie sich nicht beschäftigen müssen, Mylady. Ich werde sie Maxim, Dimitris Kammerdiener, geben und er wird sie Ihnen hierher zurückbringen. Anastasia braucht das nie zu erfahren.«

»Ich bin sicher, er hat schon genug zu tun.«

»Gar nicht. Er wird sich auch um Ihre eigene Kleidung kümmern. Und Sie werden nichts dagegen haben, denn er ist derjenige, der die letzten vier Tage den Prinzen bedient hat und er ist Ihnen am dankbarsten von allen, daß Sie Frieden mit Dimitri geschlossen haben. Es wird ihm ein Vergnügen sein, Ihnen, wo er nur kann, zu helfen.«

Katherine kämpfte zwei Sekunden mit ihrem Stolz, dann gab sie Maruscha die Kleider. »Das gelbe muß für meine Größe gekürzt werden.«

»Oh!«

»Die Prinzessin möchte mich darin malen.«

Maruscha grinste, um ihre Überraschung zu verbergen. Anastasia war im Moment mit der ganzen Welt böse und ließ es an jedem aus. Maruscha hätte darauf wetten mögen, daß sie zu der kleinen Engländerin besonders unfreundlich sein würde und das Ergebnis davon eine heftige Auseinandersetzung wäre.

»Sie muß wirklich Zuneigung zu Ihnen gefaßt haben«, bemerkte Maruscha, immer noch lächelnd. »Und sie malt wirklich sehr gut. Es ist ihre Leidenschaft, die einzige außer Männer.«

»Ach, jetzt verstehe ich.«

Nun lachte Maruscha wirklich. »Also hat sie Ihnen von ihren zahllosen Liebhabern erzählt?«

»Nein, nur von dem einen, dessentwegen sie aus England verbannt wurde, und wie ungerecht das doch alles sei.«

»Sie ist jung. Für sie ist alles, was ihr nicht paßt, ungerecht, vor allem ihr Bruder. Ihr ganzes Leben hat sie nur gemacht, was ihr gefällt. Und natürlich hat sie etwas dagegen, daß ihr plötzlich die Zügel angezogen werden.«

»Man hätte das schon viel früher machen sollen. In England ist solch eine Promiskuität unerhört.«

Maruscha zuckte die Achseln. »Wir Russen haben da eine andere Einstellung. Eure Königin runzelt über diese Dinge nur die Stirn. Wir hatten eine Zarin, die es sich zur Gewohnheit gemacht hatte, ihre Liebhaber vor aller Welt zur Schau zu stellen. Ihr Enkel Alexander stand ihr in nichts nach. Und Zar Nikolaus wurde am gleichen Hof erzogen. Kein Wunder, daß unsere Damen nicht so unschuldig sind wie die englischen.«

Katherine hielt den Mund und machte sich klar, daß Rußland ein ganz anderes Land war mit einer anderen Kultur, und daß es ihr nicht zustand, darüber zu urteilen. Aber, lieber Gott, sie kam sich vor wie ein kleines Kind im Sündenbabel. Sie war sprachlos vor Entsetzen gewesen, als sie Anastasias Gejammer zugehört hatte. Diese hatte sich bitter darüber beklagt, daß sie wegen einer so kleinen Affäre, wie sie es nannte, bei ihrer Großmutter derartig in Ungnade gefallen war, daß die Herzogin Dimitri gebeten hatte, sie nach Hause zu holen. Da erst war Katherine aufgegangen, wer Anastasia war: Die russische Prinzessin, über die vor ein paar Wochen so viel geklatscht worden war. Sie selbst hatte die Geschichte auch gehört. Als Dimitri ihr gegenüber den Duke von Albemarle erwähnte, hatte sie nur die Verbindung nicht hergestellt. Der Herzog war ihr Onkel mütterlicherseits. Sie waren also zur Hälfte Engländer. Eigentlich hätte es Katherine besser gehen sollen, nachdem sie das wußte. Dem war aber nicht so. Die Herkunft zählte nicht, wenn man unter Barbaren großgeworden war.

18

»Katja?«

Katherines Herz tat einen Sprung. Sie hätte es wissen sollen und nicht versuchen sollen, sich an Dimitris offener Tür vorbeizuschleichen. Verflixt, warum mußte er auch seine Tür offen lassen.

Katherine riß sich zusammen und warf einen Blick in die Kabine. Er saß an seinem Schreibtisch vor einem Stapel Papiere, neben sich ein Glas Wodka. Seine Jacke hatte er ausgezogen und das weiße Hemd stand am Hals offen. Wegen des trüben Wetters brannte die Schreibtischlampe. Das helle Licht ließ die Konturen seines Gesichtes scharf hervortreten und das Goldblond seines

Haars wirkte fast weiß. Sie zwang sich dazu, ihren Blick rasch wieder abzuwenden.

Katherines Stimme klang ungeduldig, brachte deutlich zum Ausdruck, daß sie nicht gewillt war, sich von ihm aufhalten zu lassen. »Ich wollte gerade an Deck gehen.«

»Bei dem Regen?«

»Ein bißchen Regen hat noch niemandem geschadet.«

»An Land vielleicht. Aber auf einem Schiff sind die Planken glitschig und –«

Sie blitzte ihn an. »Also, Alexandrow, entweder kann ich mich frei auf dem Schiff bewegen, wie Sie es mir versprochen haben, oder Sie können mich auch gleich wieder in der Kabine einschließen lassen. Was gilt denn nun?«

Die Hände in die Hüften gestemmt, das Kinn nach vorne geschoben, war sie zu einem Kampf bereit, ja vielleicht hoffte sie sogar darauf. Dimitri lächelte, er war nicht darauf aus, sie zu etwas zu zwingen.

»Wenn du unbedingt willst, dann geh und werd naß. Aber wenn du zurückkommst, möchte ich mit dir sprechen.«

»Worüber?«

»Wenn du zurückkommst, Katja.«

Er wandte seine Aufmerksamkeit wieder seinen Papieren zu. Damit war sie entlassen, die Angelegenheit für ihn erledigt. Katherine biß die Zähne zusammen und stolzierte davon. »Wenn du zurückkommst, Katja«, äffte sie wütend nach, während sie die Treppe nach oben stampfte. »Du brauchst es nicht vorher wissen, Katja. Nein, denn dann kannst du dich darauf einstellen, und das würdest du auch, nicht wahr? Quäl dich lieber damit herum. Was zum Teufel hat er jetzt wieder vor?«

An Deck peitschte ihr der Regen ins Gesicht, und vorläufig war Dimitris Arroganz vergessen. Sie ging zu Reling, hielt sich daran fest und betrachtete den Aufruhr der Elemente, die stürmische See, den wilden Himmel, die Natur in ihrer ganzen Ursprünglichkeit. Und beinahe hätte sie sich das entgehen lassen. Schon konnte man sehen, wie am Horizont die untergehende Sonne durch die Wolken brach. Das Schiff würde den Sturm bald hinter sich gelassen haben.

Jetzt konnte sie das genießen, wovon sie zu Hause nur hatte träumen können: durchgeblasen vom Wind und naß bis auf die Haut, ohne daß gleich jemand nach einem Mantel rennt, ohne sich darum zu kümmern, ob der Hut oder das Kleid ruiniert wird, oder ob einen jemand sehen kann. Es war ein kindisches Vergnügen, aber so erfrischend, und Lachen stieg in ihr hoch, als es ihr gelang, den Regen in den Handflächen aufzufangen und zu trinken und der Wind ihr frech unter die Röcke fuhr. Sie war immer noch gehobener Stimmung, als der kühlere Abendwind sie schließlich zwang, wieder nach unten zu gehen. Gelassen näherte sie sich Dimitris immer noch offener Tür und erinnerte sich daran, daß er sie hatte sprechen wollen. Fast zwei Stunden hatte sie ihn warten lassen. Wenn sie es geschafft hatte, ihn dadurch zu ärgern, dann war ihr das nur recht. »Möchten Sie mich noch sprechen, Alexandrow?« erkundigte sie sich liebenswürdig.

Dimitri saß immer noch hinter seinem Schreibtisch. Beim Klang seiner Stimme warf er die Feder hin und lehnte sich zurück. Es schien ihn nicht weiter zu überraschen, daß sie wie eine getaufte Maus aussah. Die Haare hingen naß an ihr herunter, ein paar Strähnen waren ihr wirr ins Gesicht gefallen, das Kleid klebte fast durchsichtig am Körper und zu ihren Füßen bildete sich sogleich eine Pfütze.

Sein Gesichtsausdruck zeigte keinen Ärger, nur seine Stimme klang unwirsch, doch nicht aus dem Grund, den Katherine erwartet hatte. »Mußt du mich denn immer so unpersönlich anreden? Meine Freunde und meine Familie nennen mit Mitja.«

»Wie nett.«

Sie konnte seinen Seufzer durch den ganzen Raum hören. »Komm herein, Katja.«

»Nein, ich glaube, das sollte ich lieber nicht tun«, fuhr sie mit der gleichen irritierenden Nonchalance fort. »Ich möchte nicht Ihren Fußboden volltropfen.«

Sie mußte niesen, und das ruinierte die ganze schöne Wirkung ihres Auftritts. In seinen Augen blitzte der Schalk auf, doch sie bemerkte es nicht, weil sie wegsah. »Wie war das, ein bißchen Regen schadet nichts?« Geh und zieh dir andere Kleider an, Katja.«

»Das werde ich auch, aber sagen Sie mir erst –«

»Zieh dich erst um.«

Sie wollte schon darauf bestehen, daß er sofort sagte, was er wollte, doch statt dessen schwieg sie. Wozu sollte es gut sein? Sie hatte ihren Auftritt gehabt. Und wie schon zuvor hatte er es wieder geschafft, sie in Rage zu bringen. Aber dieses Mal – dieses Mal ließ sie die Tür krachend hinter sich zufallen und marschierte davon. Mit Vergnügen würde sie energisch anklopfen, wenn sie wiederkam. Verflixte Tür. Warum in aller Welt ließ er sie die ganze Zeit offenstehen?

»Damit er dich aufhalten kann, was er ja auch gemacht hat. Was ist das für eine Freiheit, wenn du nicht mal an Deck gehen kannst, Katherine, nicht mal ins Speisezimmer, ohne daß er es mitbekommt?«

Lieber Himmel, nun bezog sie schon alles auf sich, wo es doch viel wahrscheinlicher war, daß ihm einfach nur heiß war und er sich ein bißchen frische Luft verschaffen wollte. Schließlich kam er aus Rußland, dem Land des ewigen Winters. Was sie als kühl empfand, war für ihn immer noch warm.

»Mach dir nichts vor, Katherine, du weißt doch genau, daß du ihm gar nicht so wichtig bist. Wahrscheinlich verschwendet er nicht einen Gedanken an dich, wenn du nicht da bist. Warum sollte er auch? Und seine Tür wird auch nicht die ganze Zeit offenstehen. Aber selbst wenn es so ist, wird er dich nicht jedesmal aufhalten.«

So vernünftig das alles klang, half es doch kaum etwas gegen die Wut, die sie empfand, wenn er sie wie ein Kind behandelte. Und was anders war es, wenn er ihr unmißverständlich klarmachte, daß sie gehen können, oder wenn er ihr anordnete, daß sie sich umzuziehen hätte, als ob sie das nicht selbst wüßte. Katherine schlug die Tür zu und machte sich daran, ihr Mieder aufzuknöpfen. Der nasse Stoff machte die Aufgabe nicht gerade leichter. Sie hätte alles darum gegeben, Lucy wenigstens für eine Minute hier zu haben. die Unerfüllbarkeit dieses Wunsches ließ sie noch wütender werden.

Sie versetzte ihrem Kleid einen Tritt, als es auf den Boden fiel, und dann gleich noch einen, einfach so. Schuhe, Petticoats und Unterwäsche flogen auf den gleichen Haufen. Da erst bemerkte sie, daß es in dem Raum zu dunkel war, um in der Truhe nach frischen Kleidern zu suchen. Sie stieß sich den Fuß an, als wie versuchte am Waschtisch nach einem Handtuch zu greifen. Das war Öl auf ihre Flammen.

»Sie sollten sich auf das Wesentliche beschränken, wenn Sie reden, verehrter Prinz, das ist alles, was ich zu sagen habe.« Ihre Stimme verschaffte ihr Erleichterung in dem dämmrigen Zimmer und als sie endlich eine Kerze angezündet hatte, spornte sie sich an: »Mich in der Ungewißheit zu halten, entspricht wohl Ihrer Vorstellung von –«

»Redest du immer mit dir selbst, Katja?«

Katherine erstarrte. Sie schloß die Augen, ihre Finger verkrampften sich in das Handtuch, das sie umgeschlungen hatte und sie glaubte ihren Ohren nicht zu trauen. *Er ist nicht hier. Nein, das würde er nicht wagen.* Sie wollte sich nicht umdrehen, selbst dann nicht, als sie Schritte hinter sich hörte. *Bitte, Herr, gewähre mir nur eine Gnade. Bedecke meine Blöße. Nur ein kleines Wunder, bitte!*

»Katja?«

»Sie können nicht hereinkommen.«

»Ich bin schon hier.«

»Dann gehen Sie, bevor ich –«

»Du redest zu viel, Kleines. Du redest ja schon mit dir selbst. Mußt du denn immer auf der Hut sein, immer in der Abwehr? Wovor hast du Angst?«

»Ich habe keine Angst«, beharrte sie schwach. »Es gibt gewisse Anstandsregeln und Ihr ungeladenes Eindringen hier entspricht denen überhaupt nicht.«

»Hättest du mich denn eingeladen?«

»Nein.«

»Siehst du, deswegen habe ich auch nicht geklopft.«

Er spielte mit ihr, nutzte seinen Vorteil aus, und sie wußte nicht, wie sie sich verhalten sollte. Nur mit einem Handtuch bedeckt strahlte sie nicht besonders viel Würde aus. Einen schönen Anblick bot sie. Wie sollte sie ihn in seine Schranken weisen, wenn sie sich nicht einmal umdrehen konnte, um ihm die Stirn zu bieten?

Sie *hatte* Angst. Er stand direkt hinter ihr. Sie konnte seinen Atem an ihrem Kopf spüren. Sein Geruch umgab sie. Ihn anzusehen, wäre ihr Untergang.

»Ich möchte, daß Sie gehen, Alexandrow.« Verwundert stellte sie fest, wie ruhig ihre Stimme klang, obwohl ihre Nerven zum Zerreißen gespannt waren. »Ich werde in ein paar Minuten zu Ihnen kommen, wenn ich –«

»Ich möchte bleiben.«

Die Worte klangen schlicht, aber sie sprachen Bände. Beide wußte sie, daß sie ihn nicht zwingen konnte zu gehen, wenn er bleiben wollte. Ihre nervöse Anspannung entlud sich in sinnloser Erbitterung, als sie ihm schließlich ihr Gesicht zuwandte.

»Warum?«

»Das ist eine dumme Frage, Katja.«

»Ach, zum Teufel! Warum ich? Und warum *jetzt*? Ich war völlig vom Regen durchnäßt. Ich sehe aus wie eine gebadete Maus. Wie kommt es, daß Sie ... warum wollen Sie –«

Dimitri lachte leise über ihre Schwierigkeiten. »Immer zerpflückst du alles mit deinen ›Wies‹ und ›Warums‹. Du willst die Wahrheit hören, Kleines? Ich saß an meinem Schreibtisch und habe mir vorgestellt, wie du deine nassen Kleider ausziehst, und das Bild war so deutlich, als stündest du vor mir. Du siehst, in meiner Erinnerung bist du genauso unwiderstehlich wie in Wirklichkeit. Wenn ich meine Augen schließe, sehe ich dich wieder umrahmt von grünem Satin –«

»Hören Sie auf!«

»Aber du wolltest doch wissen, warum ich dich begehre, oder nicht?«

Die Berührung seiner Hände enthob Katherine einer Antwort. Ihre Gedanken überschlugen sich so wild, daß sie einfach aufhörte zu denken. Sanft und weich glitt seine Hand über ihre nackten Schultern, ihren schlanken Hals.

Seine Finger umfaßten ihren Nacken, sein Daumen unter ihrem Kinn hob ihren Kopf hoch. »Ich hätte dich nicht in meiner Fantasie ausziehen sollen.« Seine Lippen streiften ihre Schläfe, ihre Wange. »Aber ich konnte nicht anders. Und jetzt brauch ich dich, Katja, ich brauche dich«, flüsterte er leidenschaftlich, bevor sich ihre Lippen trafen.

Katherines Ängste wurden Wirklichkeit, aber sie konnte und wollte sich nicht gegen seinen Kuß wehren. Wie Honig, wie zuckersüßer Wein – er schmeckte so gut, das Gefühl war so schrecklich schön ... *Aber denk an die Folgen, Katherine. Du mußt ihm widerstehen. Nimm deine Fantasie zu Hilfe, so wie er. Stell dir vor, Lord Seldon hält dich im Arm.*

Sie versuchte es, aber ihr Körper ließ sich nicht täuschen, kannte den Unterschied. Warum sollte sie standhaft bleiben? Warum? Sie konnte sich an keine Gründe mehr erinnern, wollte überhaupt nicht.

Nur ein paar Minuten ihn spüren, genießen, Katherine. Was können ein paar Minuten schon schaden?

In dem Moment, als sie ihren schlanken Körper an den seinen schmiegte, gab Dimitri seiner Leidenschaft freien Lauf. Triumph stieg in ihm auf, gab ihm ein ungekanntes Hochgefühl, denn noch nie war ihm ein Erfolg so wichtig erschienen.

Er hatte recht gehabt. Katherine war nur direkt über ihre Sinne zu gewinnen. Aber er hatte auch jenen Morgen nicht vergessen. Er wagte nicht, auch nur einen Moment von ihr abzulassen, und sei es nur, um Atem zu holen. Gleich würde sie wieder den Schild der Gleichgültigkeit zwischen Ihnen aufrichten und die einmalige Gelegenheit wäre vertan.

Aber was machte sie da mit ihm … Lieber Gott, wie sollte er sich da noch beherrschen? Er mußte alle Kraft aufwenden, sie nicht mit seiner Begierde zu erdrücken. Ihre kleinen Hände zuckten über seinen Rücken, griffen in sein Haar, drängten ihn verlangend. Ihre Zunge begegnete der seinen, nicht zögernd, sondern wild und fordernd. Er konnte sich nicht irren. Sie begehrte ihn genauso wie er sie. Aber trotzdem wollte er nichts riskieren.

Ohne den Kuß zu unterbrechen, öffnete Dimitri die Augen, um zu erspähen, wo ihr Bett stand. Er hätte gleich beim Eintreten darauf achten sollen. Doch er war zu hingerissen gewesen von ihrem Anblick, als daß er für irgend etwas anders Augen gehabt hätte. Aber als er jetzt suchend herumblickte, konnte er kein Bett entdecken. Seine Augen kehrten zu etwas zurück, was er zunächst nicht hatte wahrhaben wollen. Eine Hängematte!

Das war wie ein Schwall eiskalten Wassers. Weil kein Bett da war, sollte alles verloren sein? Unvorstellbar. Da lag der Teppich. Er war dick und – nein! Er konnte sie nicht auf dem Boden nehmen. Nicht dieses Mal. Dieses Mal mußte vollkommen sein, sollte ihm dazu dienen, sie das nächste Mal überreden zu können.

Katherine hatte sich Dimitris Leidenschaft so hingegeben, daß seine kurze Unaufmerksamkeit bei ihr wie eine Alarmglocke wirkte. Sie wußte nicht, was die Ursache war. Das spielte auch keine Rolle. Aber schlagartig kam ihr wieder zu Bewußtsein, was sie da tat – und was er tat. Er hob sie auf seine Arme und ging langsam in Richtung Tür, ohne seine Lippen von den ihren zu lösen. Aber der Kuß hatte sich verändert, seine Leidenschaft war zunehmend härter geworden, so als ob – als ob … *Er hat dich durchschaut, Katherine. Er weiß, wie er dich völlig willenlos machen kann.*

Und es war schon zu spät. Sie hatte ihre Sinne wieder beisammen, ob sie nun wollte oder nicht.

Sie drehte ihren Kopf beiseite, um seine Macht zu unterbrechen.

»Wohin bringen Sie mich?«

Er ging weiter. »In mein Zimmer.«

»Nein … Sie können mich nicht einfach so hier raustragen.«

»Niemand wird dich sehen.«

Ihre Stimme hatte unsicher geklungen. »Lassen Sie mich runter, Dimitri«, drang es jetzt scharf an sein Ohr.

Er hielt an, setzte sie aber nicht ab. Seine Arme drückten sie schmerzhaft und ihr war klar, daß er seinen Vorteil dieses Mal nicht so schnell aufgeben würde.

»Ich bin für dich dagewesen, als du Hilfe brauchtest«, erinnerte er sie. »Willst du das leugnen?«

»Nein.«

»Dann kannst du das gleiche auch für mich tun.«

»Nein.«

Sein Körper wurde steif, seine Stimme hart. »Das ist nur gerecht, Katja. Ich brauche dich jetzt, gleich. Deine lächerliche Tugendhaftigkeit ist völlig fehl am Platz.«

Das machte sie wütend. »Lächerliche Tugendhaftigkeit? Vergleichen Sie mich nicht mit ihren russischen Frauen, die ganz offensichtlich nicht einen Funken davon besitzen. Ich bin Engländerin! Meine *lächerliche Tugendhaftigkeit* ist völlig normal, vielen Dank, und sie ändert sich auch nicht durch meinen Umgang. Lassen Sie mich jetzt runter, Dimitri, auf der Stelle.«

Er war dermaßen wütend, daß er sie am liebsten einfach fallengelassen hätte. Wie konnte sie mit einer solchen Leichtigkeit von einem Extrem ins andere springen? Und warum sprach er überhaupt noch mit ihr? Er wußte doch, daß ihr Widerstand mit Worten nicht zu brechen war.

Er ließ ihre Beine zu Boden gleiten, sein Arm unter ihren Rücken rutschte ein bißchen tiefer und er preßte sie an sich. Das Handtuch hatte sich gelöst und es fiel nur nicht herunter, weil ihre Körper so dicht beisammen waren.

»Langsam glaube ich, daß du gar nicht weißt, was du willst, Katja.«

Katherine stöhnte, als seine andere Hand, in Vorbereitung auf einen neuen Angriff, ihr Kinn umfaßte. Sie würde nicht in der Lage sein, ihm zu widerstehen, nicht schon wieder und nicht jetzt. Hatte sie sich doch von dem ersten noch nicht erholt. Aber er hatte unrecht, so unrecht. Sie wußte genau, was sie wollte.

»Würden Sie es mit Gewalt versuchen, Dimitri?«

Er ließ sie so plötzlich los, daß sie ein paar Schritte zurückstolperte. »Niemals!« stieß er hervor.

Ohne es zu wissen, hatte sie ihn verletzt. Es war gar nicht so gemeint gewesen. Sie hatte nur einen letzten, verzweifelten Versuch unternommen, ein gewisses Maß an Haltung zu wahren. Wenn sie sich ihm erst einmal völlig hingab, so befürchtete sie, dann würde er sie – ihren Körper und ihren Geist – so beherrschen, daß von Katherine St. John kaum mehr etwas übrig blieb.

Hastig griff sie nach ihrem Handtuch, dann blickte sie ihn an. Seine große Enttäuschung war nicht zu übersehen. Er zerwühlte seine Haare, als wollte er sich jede Strähne seiner goldenen Locken einzeln ausreißen. Dann hielt er inne, durchbohrte sie mit einem Blick, der verwirrt und zornig zugleich war.

»Lieber Gott, in dir stecken zwei ganz verschiedene Frauen! Wohin verschwindet die wollüstige Katherine, wenn die prüde zurückkehrt?«

War er blind? Konnte er nicht sehen, daß sie immer noch zitterte vor Sehnsucht nach ihm, daß ihr Körper den seinen heiß begehrte? *Verdammt, Dimitri, sei doch nicht so ein Gentleman. Hör auf meinen Körper, nicht auf meine Worte. Nimm mich.*

Er vernahm das unausgesprochene Flehen nicht. Er sah nur die verpaßte Gelegenheit und spürte die Qual der unerfüllten Leidenschaft.

Mit einem letzten, tief erregten Blick verließ Dimitri die Kabine, die Tür wütend hinter sich zuschlagend. Draußen bereute er seinen Hohn. Katherine hatte einen Moment lang sehr betroffen gewirkt bei seinen Worten. Eine Frau, die so küßt wie sie, konnte wahrlich nicht als prüde bezeichnet werden. Sie begehrte ihn. Und wenn es das letzte wäre, was er vollbrachte, er würde es schaffen, daß sie es eingestand.

Er hätte den Teppich nicht verachten sollen, das war sein Fehler gewesen. Und dabei hatte er Frauen durchaus schon an unpassenderen Orten verführt. Einmal hatte er sich von Wasili herausfordern lassen und es in dessen Theaterloge während der Pause gemacht, obwohl die Gefahr einer Entdeckung sehr groß gewesen war. Verdammt, wie gerne würde er jetzt mit Wasili sprechen. Er hatte meist die richtige Idee, um Probleme scheinbar von selbst aufzulösen.

Es war ihm nicht gelungen, sie zu verführen. Jede direkte Annäherung war ein Fehlschlag gewesen, selbst der Appell an ihr Gerechtigkeitsempfinden hatte nichts genutzt. Sie besaß so etwas wohl gar nicht. Er mußte seine Taktik ändern. Wahrscheinlich sollte er sich ein Stück von ihrer vorgeblichen Gleichgültigkeit abschneiden. Frauen liebten es, nein zu sagen, aber sie schätzten es überhaupt nicht, wenn sie nicht beachtet wurden. Das könnte funktionieren. Natürlich verlangte das Geduld und daran mangelte es ihm leider.

Er seufzte tief, als er in seine Kabine zurückging. Wenigstens hatte sie ihn Dimitri genannt. Ein kümmerlicher Ersatz.

Am nächsten Morgen wurde ein Bett in Katherines Kabine gebracht.

19

»Welche Pläne haben Sie, wenn wir in Petersburg ankommen, Katherine?«

Katherine veränderte ihre Stellung und warf Anastasia einen durchdringenden Blick zu. Aber die junge Frau hatte die Frage, wie so viele andere auch, gestellt, ohne von der Leinwand aufzuschauen. Katherine bemerkte, daß Zora, die in einer Ecke saß und nähte, in Erwartung ihrer Antwort die Arbeit hatte sinken lassen. Die ältere Zofe hatte sich von der Seekrankheit noch nicht ganz erholt. Doch es gab Phasen, in denen es ihr so gut ging, daß sie einen Teil ihrer Pflichten wieder aufnehmen konnte.

War es möglich, daß Anastasia tatsächlich nicht davon wußte, daß Katherine eine Gefangene war? Zora wußte Bescheid. Alle Diener wußten Bescheid. Aber wenn Dimitri ihnen zu verstehen gegeben hatte, daß Anastasia nichts darüber erfahren sollte, dann richtete sich selbst ihre persönliche Zofe danach.

»Ich habe noch nicht weiter darüber nachgedacht«, log Katherine. »Vielleicht sollten Sie Ihren Bruder fragen.«

Diese ausweichende Antwort ließ Anastasia kurz aufschauen und die Stirn runzeln. »Sie haben sich bewegt. Drehen Sie ihren Kopf wieder auf die Seite, Kinn hoch – ja, so ist es gut.« Sie entspannte sich, als Katherines Pose wieder mit dem Bild auf der Leinwand übereinstimmte. »Mitja soll ich fragen? Was hat das mit ihm zu tun?« Und dann vergaß sie einen Augenblick das Bild, denn ein Gedanke schoß ihr durch den Kopf. »Sie hoffen doch nicht noch immer ... Ich meine, es ist Ihnen doch klar ... ach, herrje.«

»Was sollte mir klar sein, Prinzessin?«

Anastasia gab vor, wieder ganz mit dem Gemälde beschäftigt zu sein, um ihre Verlegenheit überspielen und keine Antwort geben zu müssen. Sie hatte nicht vorgehabt, Katherine Zuneigung entgegenzubringen. Gerne hätte sie ihren Mißmut an ihr ausgelassen, doch das gelang ihr nicht. Und sie war auch mit ihrer ursprünglichen Mal-Idee gescheitert. Dreimal hatte sie angesetzt und versucht, eine bäuerische, einfache, gewöhnliche Frau darzustellen, bis sie es schließlich aufgab und das malte, was sie sah, nicht was sie sehen wollte.

In Wirklichkeit war es so, daß Anastasia Katherine gerne mochte. Sie schätzte ihre Aufrichtigkeit und ruhige Beherrschung – wie anders war doch das russische Temperament – die stille Würde und der trockene Humor. Selbst Katherines Dickköpfigkeit, die so unähnlich ihrer eigenen nicht war, konnte sie gut leiden. Am Anfang wäre es einige Male beinahe zu Auseinandersetzungen gekommen. Ihrer beider Vorstellungen über Katherines Pflichten hatten nicht übereingestimmt. Doch Katherines eindeutige Weigerung in bestimmten Punkten, die sie auch nicht bereit war zu diskutieren, und ihre Unnachgiebigkeit hatten Anastasia Respekt und schließlich Bewunderung abverlangt. Schließlich hatte sie aufgehört, Katherine als Untergebene zu betrachten, und jetzt war sie ihr so etwas wie eine Freundin geworden.

Mit einem Mal tat ihr die Engländerin richtig leid und das machte sie ganz verlegen. Für gewöhnlich zeigte sie kein großes Einfühlungsvermögen für Frauen, die über einen verlorenen Liebhaber jammerten und klagten. Viele ihrer Freundinnen hatten das schon zu spüren bekommen. Sie kannte den Schmerz einer Zurückweisung nicht, denn so etwas war ihr noch nie widerfahren. Auch hatte noch nie ein Mann das Interesse an ihr verloren. Sie war diejenige, die Liebesgeschichten beendete, von einem zum anderen flatterte, wie es ihr gerade einfiel. Darin war sie ihrem Bruder sehr ähnlich.

Nur war Dimitri nie wirklich betroffen. Er liebte Frauen ganz allgemein, nicht eine bestimmte, und er begehrte jede, die einen Reiz auf ihn ausübte. Anastasia war da anders. Sie brauchte das Gefühl der Verliebtheit, und das recht häufig. Nur leider hielt es nie lange an. Doch das war nicht zu verwechseln mit der Melancholie von Frauen, die unter einer unerwiderten Liebe litten.

Anastasia hatte Katherine dieser Kategorie von Frauen nicht zugeordnet; sie wirkte immer so nüchtern und pragmatisch. Aber warum dachte sie, daß es Dimitri noch interessieren könnte, was sie in Rußland machte? Ihm war doch offensichtlich klar geworden, daß er einen Fehler gemacht hatte, sie mitzunehmen. Bereits nach einer knappen Woche hatte er sie Anastasia gebracht und sich seitdem nicht mehr mit ihr abgegeben. Verstand Katherine nicht, was das bedeutete?

»*Was* sollte mir klar sein, Prinzessin?«

Anastasia errötete bei der wiederholten Frage. Und die Röte vertiefte sich, als sie sah, daß Katherine ihr Unbehagen bemerkte. »Es war nichts. Ich weiß nicht, woran ich gedacht habe.«

»Das wissen Sie sehr wohl.« Katherine ließ nicht locker. »Wir sprachen über Ihren Bruder.«

»Oh, ja.« Sie bewunderte wieder einmal Katherines Hartnäckigkeit. »Ich habe gedacht, daß Sie anders sind als all die Frauen, die sich sofort in Mitja verlieben, wenn sie ihm begegnen. Sie schienen überhaupt nicht darunter zu leiden oder verärgert zu sein, daß er Ihnen keine Beachtung mehr schenkt. Aber gerade kam es mir so vor, daß Ihnen vielleicht nicht klar ist, daß er … also, daß er …« Es half nichts. Die ganze Angelegenheit war schon peinlich genug. Und für Katherine wäre es noch viel unangenehmer, wenn sie Anastasias Mitleid spürte. »Was ich denke? Ach, Sie wissen es doch selbst.«

»*Was* weiß ich?«

»Daß Mitja kein Mann für mehr als ein kurzes Abenteuer ist. Ich glaube, er ist gar nicht fähig, eine einzige Frau zu lieben. Kaum eine Frau schafft es, sein Interesse länger als vierzehn Tage zu halten. Seine paar Mätressen sind eine Ausnahme, aber er *liebt* sie nicht. Sie sind nur bequem für ihn, das ist alles. Nein, Moment … Prinzessin Tatjana ist auch eine Ausnahme. Aber sie wird er heiraten und deshalb zählt das eigentlich nicht.«

»Prinzessin –«

»Nein, nein, Sie brauchen gar nichts zu sagen. Ich wußte, daß Sie klug genug wären, sich nicht von ihm betören zu lassen. Es würde Sie sicher erstaunen zu erfahren, wie viele Frauen weniger klug sind. Aber es ist ja auch so leicht, sich in Mitja zu verlieben. Er schätzt Frauen sehr. Solange er eine Frau begehrt, gibt er sich ihr voll und ganz hin. Und niemals verspricht er etwas, das er nicht erfüllen kann. Keine kann behaupten, daß er sie getäuscht hätte.«

Katherine hörte kaum mehr hin, was Anastasia zuletzt sagte. In ihren Ohren hallte immer noch das Wort *heiraten* wider. Ihr Magen krampfte sich zusammen und ihr wurde plötzlich übel. Es war einfach lächerlich. Was ging es sie an, wenn Dimitri heiraten wollte.

Irgendwann hatte sie doch auch Anastasia für seine Frau gehalten. Warum also sollte er keine Verlobte haben?

Ach, hätte doch Anastasia diese Thema bloß nicht angeschnitten. Und jetzt saß sie da und erwartete eine Antwort. Sollte sie ihr die ganze Situation erklären, ihr sagen, was sie wirklich für Dimitri empfand? Damit würde sich das Gespräch nur in die Länge ziehen. Und als seine Schwester schenkte Anastasia ihr wahrscheinlich sowieso keinen Glauben.

»Sie hatten recht, Prinzessin«, lenkte Katherine geschickt ein. »Ich bin klug genug, mich weder in Ihren Bruder noch in irgendeinen anderen Mann zu verlieben. Es ist mir tatsächlich nur angenehm, daß er mich vollkommen vergessen hat.«

Anastasia glaubte ihr kein Wort. Zwar klang ihre Stimme gleichgültig, aber in den Worten schwang doch deutlich eine Art von Abwehr mit. Daraus schloß sie, daß Katherine immer noch in Dimitri verliebt war. Aber nachdem sie ihr jetzt die Hoffnungslosigkeit einer solchen Liebe vor Augen gehalten hatte, würde sie vielleicht anfangen, ihn zu vergessen. Anastasia fühlte sich besser, weil sie annahm, Katherine geholfen zu haben.

Es war ein Glück, daß Dimitri nicht gerade in diesem Augenblick eintrat. Als er eine Viertelstunde später kam, hatte Katherine ihren Ärger bereits hinuntergeschluckt. Sie hatte ihre widerstreitenden inneren Stimmen besänftigt und war zufrieden mit sich, weil zumindest Anastasias Enthüllungen sie nicht hatten verwirren können. Doch Dimitris Anblick jetzt, nach all den Wochen, in denen sie ihn nicht gesehen hatte, war zuviel für sie.

Katherine hatte die verheerende Wirkung, die er auf sie haben konnte, vergessen – nein, nicht eigentlich vergessen. Eher war es so, daß sie ihrer Erinnerung mißtraut hatte. Doch damit hatte sie sich etwas vorgemacht. Immer noch war er der Märchenprinz – zu schön, um Wirklichkeit zu sein.

Er war in düsteres Grau und Schwarz gekleidet, doch es spielte überhaupt keine Rolle, was er trug. War sein Haar länger? Vielleicht ein bißchen. Lag in dem kurzen Blick, den er ihr zuwarf, mehr als nur Neugierde? Wahrscheinlich nicht einmal das.

Sie hatte wohl den Nagel auf den Kopf getroffen, als sie sagte, er hätte sie vollkommen vergessen. Seit jenem längst vergangenen, stürmischen Tag in ihrer Kabine, hatte er seine Absichten aufgegeben. Und sie war erfreut darüber, tatsächlich.

Es machte die Reise immerhin erträglicher ... *Aber auch weniger spannend, Katherine. Sei ehrlich. Du vermißt die Herausforderung des Kräftemessens. Noch nie in deinem Leben hat dir etwas so geschmeichelt wie sein Interesse an dir. Auch das vermißt du ... und noch anderes.*

Sie seufzte innerlich. Es spielte auch weiterhin keine Rolle, wie sie sich fühlte. Ihre Einstellung konnte sich nicht ändern. Lady Katherine St. John würde sich keinen Liebhaber nehmen, auch nicht, wenn er so aufregend war wie Dimitri. Doch das war so hart, daß sie sich wünschte, keine Dame zu sein.

»Was ist das?«

In seiner Stimme schwang eindeutig Neugierde mit. Natürlich – woher sollte er auch wissen, daß Anastasia sie malte. Anastasia verließ die Kabine kaum und er war nie zu Besuch gekommen. Außerdem war sie sehr nachtragend. Sie hatte ihrem Bruder noch nicht verziehen und war ihm absichtlich aus dem Weg gegangen, genau wie er eine Begegnung mit Katherine vermieden hatte.

»Ach, was mag das wohl sein, Mitja?«

Diese Frage, die keine war, drückte nur ihre Gereiztheit aus. Anastasia schätzte es nicht, unterbrochen zu werden, und schon gar nicht von ihm.

Doch ihr Spott wurde einfach ignoriert. Dimitri wandte sich an Katherine, unfähig seine Überraschung zu verbergen.

»Hast du dem da zugestimmt?«

»Ach, Alexandrow, was mag das wohl sein?«

Katherine hatte nicht widerstehen können, Anastasias fragende Bemerkung zu wiederholen.

Dimitri lachte herzlich. Dabei hatte sie wirklich nicht beabsichtigt, ihn zu amüsieren.

»Hat dein Besuch einen besonderen Grund, Mitja?« fragte Anastasia und funkelte ihn dabei zornig an.

Nein, das hatte er nicht. Doch, das hatte er schon, aber er konnte es seiner Schwester nicht erklären und schon gar nicht Katherine. Er hatte am Tag zuvor beschlossen, herauszufinden, wie seine neue Taktik gewirkt hatte. Dieses Wartespiel hatte seine Geduld über die Maßen strapaziert. Jedesmal wenn der Wunsch in ihm aufgestiegen war, Katherine aufzusuchen, war er standhaft geblieben. Aber jetzt war es genug. An diesem Morgen hatte er wieder warten müssen, aus dem einfachen Grund, weil sie sich hier mit Anastasia eingesperrt hatte und ihr Modell saß. Das war wirklich das letzte gewesen, was er erwartet hatte zu sehen.

In einem Winkel seines Herzens hatte er gehofft, daß seine Leidenschaft für Katherine vielleicht in der Zwischenzeit verflogen wäre. Doch ein Blick auf sie hatte diese Vorstellung zunichte gemacht. In Rußland, mit anderen Frauen, die ihn ablenkten, hätte es vielleicht funktioniert. Aber er zweifelte selbst daran. Immer noch war sie für ihn die sinnlichste und erotischste Frau, die ihm je begegnet war. Es genügte, daß er mit ihr im gleichen Raum war und schon spürte er, wie sich seine Männlichkeit mit aller Kraft regte. Er mußte erst genug von ihr haben, sie sooft nehmen, bis sie ihn nicht mehr interessierte. Langeweile, die er bei anderen Frauen so rasch empfand, war das einzige Heilmittel. Davon war er überzeugt.

Nie hatte er geglaubt, daß einmal der Tag kommen würde, an dem er sich die Langeweile herbeisehnte. Wie oft hatte er statt dessen seine Unfähigkeit beklagt, mit einer Frau eine längerandauernde Verbindung aufzubauen. Und immer war seine Langeweile die Ursache dafür gewesen. Die Frauen in seiner Bekanntschaft waren wirklich nichts weiter als Bekannte. Es gab tatsächlich nur eine Frau, die er als Freundin bezeichnen konnte. Das war Natalie, und die Freundschaft hatte sich auch erst entwickelt, als er aufgehört hatte, mit ihr zu schlafen. Aber die Langeweile war ihm immer noch lieber als diese Leidenschaft, die ihn völlig beherrschte. Er konnte an nichts anderes mehr denken und noch nie hatte er so viele Enttäuschungen erlebt.

Dimitri hatte Anastasias Frage nicht beantwortet und beabsichtigte auch nicht es zu tun. Immer noch lächelnd wandte er sich ihr zu. Er gab vor, das Gemälde betrachten zu wollen. Doch das diente ihm nur als Ausrede, um unauffällig immer wieder Katherine anzublicken, als wollte er Original und Abbild miteinander vergleichen. Aber wie jedes Vorhaben, das mit Katherine zusammenhing, mißglückte ihm auch dieses. Er konnte seine Augen nicht mehr von dem Porträt abwenden.

Er hatte gewußt, daß seine Schwester ihr Hobby recht geschickt ausübte, aber eine derartige Begabung hatte er ihr nicht zugetraut. Doch das war es nicht einmal, was ihn derart erstarren ließ. Die Frau auf dem Bild war die gleiche, die er so sehr begehrte, und sie war es auch nicht. Die Ähnlichkeit stand außer Frage. Sie könnten Zwillinge sein. Aber dies war nicht die Frau, die ihm sein Geist widerspiegelte, sobald er die Augen schloß. In lebendigen Farben war hier das Porträt einer Aristokratin gezeichnet, vornehm, würdevoll, edel bis in die kleinste Nuance ihrer Pose, eine wahrhaft Adelige.

Mit dem goldschimmernden Gewand, die festgeflochtenen Haare über eine Schulter gelegt und dem Diadem, das wie eine Krone auf ihrem Kopf saß, sah sie aus wie eine junge Königin aus dem Mittelalter. Sie wirkte stolz, unbeugsam und schön – ja, Anastasia hatte eine Schönheit eingefangen, die nicht leicht zu erkennen war ...

Lieber Gott, wohin gingen seine Gedanken? Sie war eine Schauspielerin! Alles war nur Darstellung, Pose, Schein.

Er berührte Anastasia an der Schulter. »Hat sie das schon gesehen?«

»Nein.«

»Sie läßt mich nicht«, warf Katherine ein, die die Frage gehört hatte. »Sie bewacht es wie die Kronjuwelen. Ist es so häßlich.«

»Nein, durchaus nicht.« Er spürte, wie sich Anastasia bei dieser oberflächlichen Beurteilung ihres Meisterwerkes anspannte.

»Ach, Katherine, würdest du uns bitte ein paar Minuten alleine lassen? Ich möchte mit meiner Schwester etwas Vertrauliches besprechen.«

»Natürlich.«

Katherine fühlte sich auf den Schlips getreten. Er behandelte sie mit der gleichen nachlässigen Gleichgültigkeit, wie man sie für Lakeien übrig hat. Aber was hatte sie denn erwartet nach all der Zeit? Seine völlige Nichtbeachtung sprach für sich. Doch Anastasia war der Wahrheit gefährlich nahe gekommen. Ohne daß es ihr bewußt gewesen wäre, hatte Katherine gehofft – worauf? Sie war sich nicht sicher. Sie spürte nur, wie sich ein Abgrund von Leid in ihr auftat. Ihr Verstand sagte ihr, daß ihr seine Gleichgültigkeit nichts zu bedeuten hatte, aber all ihre Gefühle liefen dagegen Sturm.

Im Zimmer drehte sich Anastasia zu ihrem Bruder herum. Sein Blick lag unverwandt auf dem Bild. »Also?« Sie machte gar nicht erst den Versuch, ihren Unmut zu verbergen.

»Warum hast du es ihr nicht gezeigt?«

Anastasia verwirrte diese unerwartete Frage. »Warum?« Und dann, eine Spur nachdenklicher: »Warum? Weil ich einmal ein Modell hatte, die ungeduldig wurde, als sie nicht sofort eine Ähnlich erkennen konnte und sich dann weigerte, mir noch länger zu sitzen.« Sie zuckte die Achseln. »Wahrscheinlich war diese Vorsichtsmaßnahme bei Katherine gar nicht nötig. Sie versteht viel von Malerei und würde ein unfertiges Bild nicht beurteilen. Und sie ist mir ein hervorragendes Modell gewesen. Nie hat sie sich beschwert, wenn ich sie stundenlang hintereinander sitzen ließ. Dadurch bin ich sehr gut vorangekommen. Wie du siehst ist es fast fertig.«

Dimitri, immer noch das Bild betrachtend, fragte sich, was Katherine wohl in den vielen Stunden geduldigen Sitzens gedacht hatte. Waren ihre Gedanken auch zu ihm gewandert? Hatte sie sich jemals an ihre einzige Nacht miteinander erinnert? Hatte seine letzte Taktik irgend etwas bewirkt? Wohl kaum wie es ihm schien. Sie hatte ihn ja fast keines Blickes gewürdigt.

»Ich will das Porträt haben«, sagte er unvermittelt.

»*Was* willst du?

Er schaute sie ungeduldig an. »Ich brauche mich wohl nicht zu wiederholen, Nadja.«

»Schön, aber du kannst es nicht haben.«

Sie griff nach einem Pinsel und tauchte ihn in das Ockergelb. Dimitri packte sie rasch am Ellbogen. Er wollte verhindern, daß sie aus ihrem momentanen Ärger heraus das Bild zerstörte.

»Wie viel?« fragte er gebieterisch.

»Du kannst es nicht kaufen, Mitja.« Es bereitete ihr Vergnügen, ihm das abzuschlagen. »Es ist unverkäuflich. Und außerdem wollte ich es Katherine schenken. Ich habe ihre Gesellschaft auf dieser öden Reise genossen und –«

»Was willst du dann dafür?«

»Nich–« Sie hielt inne. Er meinte es ernst. Und wenn er so versessen auf das Bild war, konnte sie wahrscheinlich alles von ihm verlangen und würde es bekommen. »Warum willst du es?«

»Es ist das Beste, was du je gemalt hast«, sagte er einfach. Sie runzelte die Stirn. »Den Eindruck hatte ich nicht, als Katherine noch hier war. ›Ist es häßlich?‹ ›Nein, durchaus nicht‹«, äffte sie das Gespräch nach. Seine Antwort ärgerte sie immer noch.

»Nenne mir deinen Preis, Nadja.«

»Ich möchte zurück nach England.«

»Jetzt nicht.«

»Dann möchte ich mir meinen Ehemann selbst wählen.«

»Du bist zu jung für eine solche Entscheidung. Aber du kannst meine Wahl ablehnen, wenn deine Weigerung begründet ist. Das ist weit mehr, als Mischa dir zugestanden hätte, wenn er noch leben würde.«

Das stimmte. Ihr älterer Halbbruder hätte kaum so viele Umstände mit ihr gemacht, sondern die Hochzeit einfach arrangiert.

Wahrscheinlich hätte sie den Mann nicht einmal gekannt, zweifellos irgendeinen seiner Freunde der Armee. Und Dimitris Angebot war mehr, als sie zu hoffen gewagt hatte. Selbst wenn es die Schwierigkeiten wegen ihrer Affäre nicht gegeben hätte.

»Aber was ist, wenn dir meine Gründe nicht einleuchten?«

»Und die wäre zum Beispiel?«

»Zu alt oder zu häßlich oder zu unangenehm.«

Dimitri lächelte sie an. Zum ersten Mal seit langer Zeit strahlte er wieder die alte Wärme aus, die er nur für sie reserviert hatte. »Alles Gründe, die ich anerkenne.«

»Versprichst du mir das, Mitja?«

»Ich verspreche dir, daß du einen Mann bekommen wirst, mit dem du einverstanden bist.«

Jetzt lächelte auch Anastasia, halb entschuldigend für ihr Benehmen, halb aus Freude. »Das Porträt gehört dir.«

»Gut, aber ich möchte, daß sie es nicht zu sehen bekommt, Nadja. Jetzt nicht und auch nicht, wenn es fertig ist.«

»Aber sie erwartet —«

»Erzähl ihr, daß es umgefallen ist und durch die verschmierte Farbe ruiniert wurde.«

»Aber warum?«

»Du hast sie nicht als die gemalt, die sie ist, sondern als die, die sie vorgibt zu sein. Und ich will nicht, daß sie weiß, wie hervorragend ihr Theater tatsächlich ist.«

»Theater?«

»Sie ist keine Dame, Nadja.«

»Unsinn«, protestierte Anastasia mit einem kleinen Lachen. »Ich habe viel Zeit mit ihre verbracht, Mitja. Glaubst du wirklich, daß ich nicht den Unterschied zwischen einer Dame und einem gewöhnlichen Dienstmädchen erkennen kann? Ihr Vater ist ein englischer Earl. Sie ist hochgebildet, mehr als irgendeine Frau, die ich kenne.«

»Nikolai und Konstantin sind auch sehr gebildet, genauso wie —«

»Glaubst du, sie ist ein Bastard?« Anastasia verschlug es den Atem vor Überraschung.

»Das würde sowohl ihre Bildung, als auch ihre mangelnde gesellschaftliche Stellung erklären.«

»Nun gut, aber was soll's?« Anastasia ergriff Partei für ihre Freundin und ihre Halbbrüder. »In Rußland werden uneheliche Kinder akzeptiert —«

»Nur wenn sie anerkannt sind. Du weißt genauso gut wie ich, daß auf jeden adeligen Bastard, der wie ein Prinz erzogen wird, zehn kommen, die wie Diener aufwachsen. Und in England ist es noch viel schlimmer. Immer sind sie mit dem Makel ihrer Geburt behaftet, werden vom Adel verachtet, egal wer für sie einsteht.«

»Aber sie hat von ihrer Familie erzählt, Mitja, daß sie mit dem Earl of Strafford zusammenlebt.«

»Vielleicht ist es nur ihr Wunschdenken.«

Anastasia runzelte die Stirn. »Warum magst du sie nicht?«

»Habe ich das je behauptet?«

»Aber du glaubst ihr nicht.«

»Nein. Aber sie interessiert mich. Sie lügt sehr hartnäckig, das ist alles. Wirst du also tun, worum ich dich gebeten habe?«

Anastasia nickte, immer noch stirnrunzelnd.

20

Auf dem Schiff herrschte wieder Schweigen. Doch diesmal weigerte sich Katherine, die Verantwortung dafür auf sich zu nehmen. Zwar sah sie die stumme Bitte in den Augen von Dimitris Dienern, aber was sollte sie denn gegen seine schlechte Laune machen? Sie hatte nichts weiter getan, als seine Einladung zum Abendessen auszuschlagen. Das konnte doch unmöglich der Grund für seine Verdrießlichkeit sein. Er hatte nicht einmal sehr interessiert gewirkt, als er sie einlud, und ihre Absage schien ihm nichts auszumachen. Nein, niemand hatte das Recht, ihr die Schuld daran zu geben.

Und wenn du dich irrst, Katherine? Wenn ein kleiner Schritt von deiner Seite dazu beitragen könnte, daß die Spannung sich etwas löst? Selbst Anastasia war still und niedergeschlagen. Und du hattest doch schon lange einmal vorgehabt, dich mit ihm über seine Bibliothek zu unterhalten.

Eine Stunde später klopfte sie an seine Tür. Maxim öffnete ihr und zog sich sogleich zurück, als sie den Raum betrat. Er war überrascht, sie zu sehen, der Prinz nicht weniger. Dimitri richtete sich auf und strich sich das Haar aus der Stirn. Dann, als er sich dabei ertappte, sank er in seinen Stuhl hinter den Schreibtisch zurück. Katherine bemerkte es gar nicht. Sie starrte auf die Papiere, die auf dem Tisch verstreut lagen und fragte sich, womit Dimitri wohl die ganze Reise über beschäftigt war. Sicher hätte es sie interessiert zu wissen, daß er die Angebote verschiedener Fabriken und Mühlen im Rheinland durcharbeitete, die er zu kaufen beabsichtigte. Katherine verstand sich sehr gut darauf, solche ermüdenden Berichte auszuwerten.

Schließlich hob sie ihren Blick und schaute ihn an. Sie war enttäuscht. Sein Gesichtsausdruck war unergründlich, schön, aber ohne jedes Gefühl. Es machte sie nervös und sie verwünschte ihre Idee, ihn mit einer Bitte, und wenn sie noch so gering war, aufzusuchen.

»Ich hoffe, ich störe nicht.« Schnell wandte sie ihren Blick zur Bücherwand. »Mir ist Ihre … damals … ich wollte sagen, damals, als ich hier war, ist mir Ihre umfangreiche Büchersammlung aufgefallen –« *Lieber Himmel, Katherine, warum stotterst du denn so?* »Könnte ich mir vielleicht ein oder zwei Bücher ausleihen?«

»Leihen? Nein. Nur hier drinnen sind sie vor der Seeluft geschützt. Aber du kannst gerne hier lesen, was du möchtest.«

Sie drehte sich ein bißchen zu schnell zu ihm um, als daß sie ihre Überraschung und Unsicherheit noch hätte verbergen können.

»Hier?«

»Ich habe nichts gegen Gesellschaft, auch nicht gegen eine schweigsame – außer, du hast Angst, mit mir in einem Zimmer zu sein.«

Katherine spannte sich an. »Nein, aber –«

»Ich werde dich nicht berühren, Katja, wenn es das ist, was du befürchtest.«

Sein gleichgültiger Gesichtsausdruck machte deutlich, daß er meinte, was er sagte. Er hatte ihr ein einfaches, vernünftiges Angebot gemacht, weiter nichts. An die Seeluft hatte sie nicht gedacht, die den Büchern in der Tat schaden konnte.

Katherine nickte zustimmend und wandte sich den Bücherregalen zu. Vergeblich versuchte sie so zu tun, als wäre sie allein. Nach ein paar Minuten hatte sie ihre Wahl getroffen und ließ sich auf dem weißen Satinsofa nieder. Das Buch war eine kurze Abhandlung über Rußland, von einem französischen Grafen verfaßt, der fünf Jahre im Land gelebt hatte. Das Thema interessierte Katherine sehr. Sie wollte mehr über dieses Volk erfahren. Aber heute hätte sie genausogut blind sein können.

Nach mehr als einer Stunde hatte Katherine noch nicht einen

einzigen Satz aufnehmen können. Es war ihr unmöglich sich zu konzentrieren, solange sie im gleichen Zimmer mit Dimitri war. Sie wollte wissen, ob er sie beobachtete, doch sie war zu nervös, um aufzuschauen. Selbst ohne ihn anzublicken, konnte sie spüren, wie seine Gegenwart sie völlig beherrschte, wie sie ihre Sinne in Aufruhr versetzte. Hitzewellen überliefen sie, obgleich es in dem Raum angenehm kühl war. Ihre Nerven waren aufs äußerste angespannt. Das kleinste Geräusch beunruhigte sie und ließ ihr Herz schneller schlagen.

»Es funktioniert nicht, Katja, nicht wahr?«

Lieber Gott, war sie erleichtert, daß er dieser Tortur ein Ende machte. Sie verstand die Bedeutung seiner Frage auch ohne Erklärung. War es für ihn genauso schwer gewesen, sich zu konzentrieren, wie für sie? Nein, was für ein dummer Gedanke. Wahrscheinlich hatte er nur gespürt, wie unwohl sie sich fühlte.

»Ja, das stimmt«, antwortete sie verlegen.

Sie schloß das Buch in ihrem Schoß, bevor sie ihn anblickte. Sie hatte sich geirrt. Seine Augen enthüllten, was seine Stimme verborgen hatte. Sie kannte diesen Ausdruck, kannte die Leidenschaft, die das samtige Braun fast Schwarz wirken ließ. Tief drang sein Blick in sie ein, schien sie auszuziehen, suchte in den Tiefen ihrer Seele nach Erwiderung seiner Gefühle, die sie nicht zu geben wagte.

»Du hast keine große Wahl im Moment«, sagte er ruhig, doch in seinen Augen loderte Begehren. »Entweder kommst du jetzt in mein Bett, oder du nimmst das Buch und gehst. Aber tu was, und zwar gleich.«

Sie konnte nicht anders, sie mußte einen kurzen Blick auf das Bett werfen. Lieber Gott, dieser Mann war ein einzige, ständige Versuchung. Und sie hatte gedacht, es wäre vorüber. *Schon wieder hast du dich geirrt, Katherine.*

»Ich – ich glaube, es ist besser, ich gehe.«

»Wie … du … willst.«

Er quälte sich die Worte ab, zwang sich, sitzenzubleiben. Mit jeder Faser seines Seins wollte er aufspringen, sie davon abhalten, ihm wieder zu entfliehen. Was war er nur für ein Masochist, daß er sich immer wieder dieser Marter aussetzte. Es war hoffnungslos. Sie würde sich nicht ändern. Warum gab er es nicht auf?

Katherine lehnte sich gegen die Tür, die sie hinter sich geschlossen hatte. Ihr Herz klopfte immer noch wie verrückt und ihre

Wangen brannten. Das Buch preßte sie so fest an die Brust, daß ihr die Finger schmerzten. Sie hatte ein Gefühl, als wäre sie gerade noch einmal ihrer Hinrichtung entgangen. Dimitri bedrohte ihre Weltanschauung, ihre Prinzipien, ihre Selbstachtung. Er konnte ihren Willen zerstören, und was blieb dann noch von ihr übrig?

Doch wie heftig hatte sie sich nach seinem Bett gesehnt. Und wenn er aufgestanden wäre, wenn er auch nur einen Schritt auf sie zu gemacht hätte ... Der letzte verstohlene Blick, den sie ihm zugeworfen hatte, enthüllte ihr deutlich, was es ihn kosten mußte, sich nicht zu rühren: geballte Fäuste, angespannte Muskeln, das Gesicht zu einer Grimasse verzerrt.

Wie hatte sie nur so dumm sein können, ihn aufzusuchen. Sie wußte doch genau, daß sie mit ihm alleine nicht sicher war. Doch sie hatte geglaubt, daß sein Interesse an ihr erloschen wäre. Konnte sie sich denn auf gar nichts mehr verlassen, was ihn betraf?

Katherine entfernte sich, die Stirn in tiefe Falten gelegt. Doch die Melancholie, die sie in den letzten Tagen niedergedrückt hatte, war verflogen.

21

Die Kutsche preschte gefährlich schnell dahin und man konnte von der vorbeiziehenden Landschaft kaum mehr als einen verschwommenen Eindruck erhaschen. Katherine hatte Kopfweh bekommen bei dem Versuch, etwas mit den Augen festzuhalten, und es schließlich aufgegeben. Sie hatte auch genug damit zu tun, nicht von ihrem Sitz zu fallen.

Anastasia lachte über ihr Stöhnen und ihre krampfhaften Anstrengungen, nicht zu sehr durchgeschüttelt zu werden. »Das ist für uns völlig normal, meine Liebe, durchaus nicht gefährlich. Warten Sie ab, wenn es Winter wird, und man die Räder mit Kufen vertauscht. Dann fliegt die *Troika* dahin wie der Wind.«

»Heißt das, die Kutschen werden in Schlitten verwandelt?«

»Ja, natürlich. Das ist hier nötig, denn die meiste Zeit im Jahr sind die Straßen mit Schnee und Eis bedeckt. Ich weiß schon, in England hat man eigene Schlitten für den Winter. Wir könnten das gleiche umgekehrt machen. Aber statt daß wir die *Troika* für die wenigen Monate, in denen sie zu benützen ist, bereit halten, bauen wir sie einfach um. Das ist doch viel ökonomischer, finden Sie nicht auch?«

Katherine mußte lächeln, denn sie war sicher, daß sich Anastasia nie mit irgendwelchen Fragen der Wirtschaftlichkeit abgegeben hatte. Doch gleich darauf verging ihr das Lächeln. Die Kutsche machte plötzlich eine Kurve und sie wurde an die Seitenwand geschleudert. Zum Glück war diese dick mit weichem goldenen Samt bespannt. Sie hatte sich nicht verletzt und mußte lachen, als sie bemerkte, daß Anastasia ebenfalls nicht mehr auf ihrem Platz saß. Das junge Mädchen fiel in ihr Lachen ein. Wahrscheinlich genossen die Russen solche Fahrten. Schließlich wuchsen sie damit auf. Ein Kind fand das alles sicher sehr aufregend.

Anastasia hatte sich wieder beruhigt und sagte: »Wir sind gleich da.«

»Wo?«

»Hat Mitja Ihnen nichts davon gesagt? Er hat beschlossen mich bei unserer älteren Halbschwester Warwara und ihrer Familie zu lassen. Sie verläßt die Stadt fast nie, außer im Herbst, wenn es hier zu feucht wird. Mir ist das ganz recht, auch wenn Petersburg im August ziemlich langweilig ist. Alle Leute sind auf ihren Sommersitzen am Schwarzen Meer oder auf Reisen. Aber es bewahrt mich wenigstens noch eine Weile vor Tante Sonjas Fuchtel und das ist mir sehr angenehm.«

»Und wohin begibt sich Dimitri?«

»Auf unseren Landsitz, nach Nowo Domik, und er hat es schrecklich eilig.« Sie runzelte die Stirn. »Er will nicht einmal anhalten, um Warwara zu begrüßen. Das ist nicht sehr nett von ihm. Aber sicher will er erst dafür sorgen, daß Sie gut untergebracht sind, vielleicht bei irgendwelchen Angehörigen der englischen Botschaft. Am liebsten wäre es ihm, Sie könnten bei mir bleiben. Warwara hätte bestimmt nichts dagegen. Aber Mitja sagt, daß das im Moment schlecht geht. Haben Sie eine Ahnung, warum?«

»Es tut mir leid, aber ich habe überhaupt nicht mit ihm gesprochen.«

»Oh – nun gut, machen Sie sich keine Sorgen. Mitja weiß schon, was er tut. Aber Sie müssen mir versprechen, mich so bald wie möglich zu besuchen. Ich möchte Ihnen alles zeigen.«

»Prinzessin, da gibt es etwas, das Sie wohl wissen sollten –«

»Oh, wir sind da! Da ist ja eine meiner Nichten, schauen Sie nur. Meine Güte, wie groß sie geworden ist!«

Die Kutsche hielt vor einem riesigen Haus, das man in England wohl als Palast bezeichnen würde. Doch Katharina kam es so vor, als hätte sie bei dieser wilden Fahrt durch Petersburg überhaupt nur Hütten und Paläste gesehen. Doch sie kannte sich ganz gut aus in der russischen Geschichte, und es überraschte sie daher nicht. Sie wußte, daß Peter der Große, der dieses Juwel von einer Stadt bauen ließ, seine Adeligen gezwungen hatte, Steinhäuser zu errichten; andernfalls hätte ihnen das Exil oder die Hinrichtung gedroht.

Anastasia sprang sofort aus der Kutsche heraus, doch die vielen Lakaien in rot-silberner Livree, die die Treppe herabgeeilt kamen, sorgten dafür, daß sie nicht fiel. Katherine beobachtete, wie zwei von ihnen sie die Stufen fast hinauftrugen. Sie hielten sie untergefaßt, als wäre sie unfähig, ein paar Schritte alleine zu gehen. Und dann hing die kleine, goldblonde Nichte an ihrem Hals, verlangte stürmisch umarmt zu werden.

Eine Heimkehr. Katherine schnürte es die Kehle zusammen. Wann würde sie wieder nach Hause kommen? Sie hätte früher mit Anastasia sprechen sollen. Niemand außer dem Mädchen konnte ihr wirklich helfen. Sie war die einzige, die es wagen konnte, ihm die Stirn zu bieten. Noch war Zeit, wenn auch nur ein paar Minuten.

Katherine wollte gerade die Tür öffnen, als sie mit einem Ruck in ihren Sitz zurückgeworfen wurde. Die Kutsche war wieder angefahren. Verzweifelt lehnte sie sich aus dem Fenster hinaus, doch alles, was sie noch machen konnte, war Anastasias Winken zu erwidern. Selbst deren Abschiedsrufe konnte sie schon nicht mehr hören.

Zum ersten Mal fiel ihr jetzt auf, daß Dimitris Kosaken hinter der Kutsche herritten. Um sie zur Botschaft zu geleiten? Aus irgendeinem Grund erschien ihr das unwahrscheinlich. Verdammt! Warum hatte sie bloß so lange gewartet, Anastasia alles zu erzählen? *Weil du angefangen hast, dieses dumme Mädchen gern zu haben, deshalb. Und weil du sie nicht verletzten wolltest mit der Wahrheit über ihren Bruder. Was kannst du jetzt machen? Nichts, als abwarten, was geschehen wird. Er kann dich ganz abgesondert von anderen Menschen halten. Aber irgendwie wird es dir schon gelingen, mit jemandem zu sprechen, der dir helfen kann.*

Ermutigende Gedanken! Doch warum spornten sie sie nicht an? Weil sie heute wieder in der Kabine eingesperrt worden war. Man hatte das jedesmal gemacht, wenn das Schiff auf dieser langen Reise einen Hafen anlief, um die Vorräte zu ergänzen. Stundenlang hatte sie gewartet und geglaubt, daß es nie mehr Nacht werden würde und man sie wieder freilassen würde. Und es wurde tatsächlich nicht Nacht. Schließlich war ihr klar geworden, daß Rußland, ebenso wie andere nördliche Länder, im Sommer weiße Nächte hatte. Petersburg zumindest lag in etwa auf einer Linie mit Dänemark, Schweden und Norwegen. Es war schon spät gewesen, als Wladimir sie vom Schiff in die Kutsche zu Anastasia gebracht hatte. Aber wohin brachte man sie jetzt?

Es dauerte nicht mehr lange und die Kutsche hielt erneut vor einem Palast. Dieser war noch beeindruckender als der von Warwara. Doch niemand kam, ihr die Tür zu öffnen. Daraus schloß sie, daß sie noch nicht am Ziel ihrer Reise angelangt war. Sie hatte recht. Etwa eine Minute später öffnete sich das Portal und Dimitri erschien. Er kam die breite Treppe herunter direkt auf die Kutsche zu.

Katherine war zu angespannt, als daß sie ihn hätte freundlich begrüßen können. Er setzte sich auf den Platz ihr gegenüber.

»Ich schätze es überhaupt nicht, mitten in der Nacht von einem verrückten Fahrer durch eine Stadt gekarrt zu werden, die ich nicht kenne, und überhaupt –«

»Was hat sie gesagt, als du es ihr erzählt hast?«

Sie warf ihm einen finsteren Blick zu, weil er sie unterbrochen hatte. »Wem soll ich was gesagt haben?«

»Tu nicht so, als ob du das nicht wüßtest, Katja«, seufzte er. »Nadja, natürlich. Hast du ihr deine traurige Geschichte nicht erzählt?«

»Oh – nein.«

Er zog seine Augenbrauen scharf in die Höhe. «Nein? Warum nicht?«

»Es war keine Zeit dafür«, erwiderte sie steif.

»Du hast wochenlang Zeit –«

»Ach, schweigen Sie doch, Dimitri. Glauben Sie nur nicht, daß ich es ihr nicht erzählen wollte. Ihre Schwester sollte wissen, was für ein Schurke Sie sind. Und ich war gerade dabei es ihr zu sagen, als wir am Haus Ihrer Schwester ankamen. Anastasia hat so gefreut und ist ganz schnell ausgestiegen ... Unterstehen Sie sich zu lachen!«

Er konnte nicht anders. Seit dem Beginn der Reise hatte er sie nicht mehr so erlebt. Diese Feuer in den wunderschönen blau-grünen Augen! Er hatte ganz vergessen, wie herrlich wütend sie sein konnte. Und seine Sorge hatte sich als unbegründet erwiesen. Anastasia hätte ein Problem werden können, falls sie sich entschlossen hätte, für Katherine einzutreten. Er war zu nachlässig geworden, hatte gedacht, daß Katherine jetzt auch nicht mehr reden würde. Doch dabei hatte er nicht bedacht, daß die letzten Minuten genau der richtige Zeitpunkt für eine Bitte um Hilfe waren. Hätte er früher daran gedacht, wären die beiden Frauen sicher nicht gemeinsam in einer Kutsche gefahren. Doch Katherine hatte geschwiegen, absichtlich? Lieber Gott, wie gerne würde er daran glauben.

»Es ist gut, daß du ihr nichts mehr sagen konntest, Katja«, bemerkte er und lehnte sich bequem in seinem Sitz zurück.

»Gut für Sie«, war die prompte Erwiderung.

»Ja, es macht die Dinge einfacher.«

»Und was geschieht jetzt?«

»Du wirst noch eine Weile bei mir bleiben.«

Am Nachmittag hatte er in der Stadt die dringendsten Angelegenheiten erledigt. Ein paar Diener hatte er vorausgeschickt, Tante Sonja von seiner Ankunft und baldigen Heimkehr zu informieren. Andere hatten den Auftrag bekommen, herauszufinden, wo sich Wasili gerade aufhielt, und natürlich Tatjana. Noch wollte er nicht daran denken, daß er bald seine Werbung um sie wieder aufnehmen mußte. Im Augenblick dachte er nur an Katherine und an die Woche, die vor ihm lag. Er würde sie endlich für sich haben, da er Anastasia in der Stadt zurückgelassen hatte. Und wer konnte sagen, was sich da für Möglichkeiten ergaben.

»Können Sie mich nicht jetzt gleich wieder nach Hause schicken?«

Sehnsucht schwang in Katherines Stimme. Das irritierte Dimitri, doch er wollte sich davon nicht beeindrucken lassen. »Nicht, solange ich nicht weiß, ob der Zar seinen Besuch in England beendet hat. Aber laß das jetzt. Sicher möchtest du etwas von Rußland sehen, so lange du hier bist. Die Fahrt nach Nowi Domik wird dir gefallen. Es liegt ungefähr zweihundertfünfzig Meilen östlich von hier in der Provinz Wologda.«

»Dimitri! Das ist eine Entfernung, fast so groß wie England lang ist! Wollen Sie mich nach Sibirien bringen?«

Er lächelte über ihre Unwissenheit. »Sibirien liegt hinter dem Ural, und der ist tausend Meilen entfernt. Hast du wirklich keine Vorstellung, wie groß meine Heimat ist?«

»Anscheinend nicht«, murmelte sie.

»Wahrscheinlich würde England hundert Mal in Rußland hineinpassen. Im Vergleich dazu ist es nach Nowi Domik wirklich nicht weit. Wir werden nicht mal eine Woche dorthin brauchen. Noch dazu, wo es jetzt so lange hell ist und man viele Stunden mehr fahren kann.«

»Muß ich mitkommen? Kann ich nicht hier bleiben?«

»Doch schon, wenn du lieber einen Monat oder mehr in einem Haus eingesperrt zubringen möchtest. Auf dem Land, Katja, gibt es keine Engländer.« Er mußte ihr die Bedeutung seiner Worte nicht erklären. »In Nowi Domik hast du viel mehr Freiheit und kannst dich ganz anders betätigen. Du hast erzählt, daß du gut rechnen kannst. Meine Buchhalter sind während meiner Abwesenheit sicher sehr nachlässig gewesen.«

»Sie würden mir Ihre Geschäftsbücher anvertrauen?«

»Warum nicht?«

»Nun, schließlich – ach, verdammt, Dimitri! Sie glauben immer noch, daß Sie aus der ganzen Geschichte ohne Folgen wieder herauskommen, nicht wahr? Sie halten mich für ein furchtsames Dummerchen, die keine Genugtuung verlangt, die nichts unternehmen wird, das Ihnen schaden könnte. Sie haben nie begriffen, was Sie mir *und* meiner Familie angetan haben, oder vielmehr, es interessiert Sie überhaupt nicht. Mein Ruf ist ruiniert, weil Sie mich ohne Anstandsdame hierher verschleppt haben. Wenn ich heiraten möchte, muß ich mir einen Ehemann buchstäblich kaufen. Ich kann es mit meiner Ehre nicht vereinbaren, zu verheimlichen, daß ich – dank Ihnen – keine Jungfrau mehr bin. Wahrscheinlich ist auch das Leben meiner Schwester zerstört. Und auch daran tragen Sie die Schuld, denn ich war nicht da, um zu verhindern, daß sie mit einem Mitgiftjäger durchbrennt. Mein Bruder ist noch gar nicht bereit gewesen für die Verantwortung, die er jetzt zweifellos durch meine Abwesenheit übernehmen mußte. Und mein Vater –«

Katherines Wortschwall wurde abrupt unterbrochen. Dimitri lehnte sich vor, faßte sie an den Schultern und zog sie hinüber auf seinen Schoß. »So, ich habe dir also Unrecht zugefügt. Ich gestehe das ohne weiteres zu. Aber deine Situation ist nicht so schlimm, wie du es darstellst, Katja. Ich werde dir eine Anstandsdame kaufen. Sie wird selbst unter Todesgefahr schwören und nicht davon abgehen, daß sie jede Minute bei dir gewesen ist. Und was deine verlorene Ehre angeht, werde ich dir die Möglichkeit geben, den Ehemann zu kaufen, der dir gefällt. Aber vielleicht bestehst du auch gar nicht auf einer Heirat. Ich kann dir ein vollkommen unabhängiges Leben ermöglichen, bei dem du keinem Mann verpflichtet bist, wenn dir das mehr zusagt. Deine Schwester kann ich ohne Probleme zur Witwe machen, wenn sie, wie du annimmst, diesen Kerl geheiratet hat. Und dein Bruder ... wie alt ist er?«

»Dreiundzwanzig«, antwortete sie völlig überrumpelt, ohne nachzudenken.

»Dreiundzwanzig, und du traust ihm nicht ein bißchen Verantwortung zu? Gib dem Jungen eine Chance, Katja. Und über deinen Vater will ich gar nicht reden. Wenn er dich vermißt, wird er dich nach deiner Rückkehr noch mehr schätzen. Laß dir lieber erzählen, was ich alles für dich getan habe.«

»Nein, nicht!«

»O doch, darauf bestehe ich.« Er lachte leise, als sie erfolglos versuchte, von ihrem neuen Platz wieder wegzukommen. »Ich habe dich gezwungen, Ferien zu machen. Und wenn auch nur die Hälfte von dem stimmt, was du erzählst, dann hast du das dringend nötig gehabt. Ich habe dir ein Abenteuer verschafft, neue Freunde, neue Umgebungen, sogar eine neue Sprache – ja, Maruscha hat mir erzählt, wie schnell du mit ihrer Hilfe das Russische erlernt hast.« Seine Stimme wurde um ein paar Nuancen tiefer. »Ich habe dich auch zu neuen, wunderbaren Empfindungen gebracht. Ich habe dir die Leidenschaft eröffnet.«

»Hören Sie auf!« Ihre Augen funkelten vor Wut und sie stemmte sich gegen seine Brust, damit er sie nicht noch näher an sich ziehen konnte. »Sie glauben, auf alles eine Erwiderung zu haben, aber das stimmt nicht. Außerdem hilft mir eine Anstandsdame überhaupt nicht, weil mein plötzliches Verschwinden Bände spricht. Und Ihr Geld werde ich sicher nicht annehmen, das habe ich Ihnen schon oft genug gesagt. Mein Vater ist reich, außerordentlich reich. Ich könnte allein von meiner Mitgift den Rest meines Lebens sehr gut auskommen. Wenn Sie jemand ein Vermögen vermachen wollen, dann geben Sie es Lord Seymour, er kann es brauchen – ich nicht. Und auf keinen Fall werde ich zulassen, daß Sie ihn töten, egal wieviel Elend er über meine Schwester bringt.«

Bevor sie noch ein weiteres Wort sagen konnte, küßte er sie. Es war kein brennend heißer Kuß, doch er hinderte sie am Weiterreden. Aber es war nur der Anfang. Die nächsten Küsse waren tiefer, leidenschaftlicher, sie waren wie eine Droge für Katherine, die sie dahinschmelzen ließ. Dimitri stöhnte auf.

»Lieber Gott!« Und dann senkten sich seine dunklen, hypnotischen Augen in die ihren. »Wir brauchen kein Bett. Sag doch, daß wir kein Bett brauchen, Katja.«

Seine Finger stahlen sich, während er sprach, unter ihren Rock. Sie hielt ihn mit ihrer Hand auf.

»Nein!«

»Katja –«

»Nein, Dimitri!«

Er lehnte sich zurück und schloß die Augen. »Das bekomme ich dafür, wenn ich frage.«

Katherine erwiderte nichts darauf. Sie war so aufgewühlt, daß sie es kaum schaffte, sich auf ihren Platz zurückzusetzen, als er sie losließ.

»Ich wäre gerne mit dir in einer Kutsche gefahren, aber das war wohl keine so gute Idee, nicht wahr?« fuhr er fort. »Es würde nur damit enden, daß ich über dich herfalle, bevor wir eine Meile gefahren sind.«

»Das würden Sie nicht.«

Er öffnete erst ein Auge, die Braue herausfordernd hochgezogen, dann mit einem Seufzer das andere. »Nein, aber für dich wäre jeder Annäherungsversuch ein Überfall, nicht wahr, Kleines? Und weil ich nicht dafür garantieren kann, daß ich meine Hände bei mir lasse, ist es wohl das beste, wenn ich gehe.« Er wartete einen Moment, in der Hoffnung, sie würde ihm widersprechen. Dann seufzte er noch einmal, lang und laut, als sie keine Anstalten dazu machte. »Nun gut. Aber ich warne dich, Katja. Irgendwann kommt der Augenblick, da kannst du nicht mehr so mit mir umspringen. Du kannst nur hoffen, daß du dann schon wieder auf dem Heimweg nach England bist.«

22

Aus einem ganz anderen Grund war Katherine später, wenn sie sich an die Fahrt nach Nowi Domik erinnerte, froh, daß Dimitri nicht unmittelbar mit ihr gefahren war. Maruscha und Wladimir hatten ihr statt seiner Gesellschaft geleistet und sie hatte dabei viel

Neues gelernt. In Dimitris Gegenwart hätte sie nur Augen für ihn gehabt und sonst nichts wahrgenommen. Aber mit Maruscha konnte sie sich entspannen und daran änderte auch die Anwesenheit des mürrischen Wladimir nichts. Und auch Maruscha ließ sich von seinem hartnäckigen Schweigen nicht beirren. Die ganze Fahrt über erklärte und erzählte sie viel und unterhielt Katherine.

So erfuhr Katherine mehr über Land und Leute – und auch über Dimitri. Auf manches hätte sie dabei ganz gut verzichten können. Doch Maruscha war nicht so leicht von einem Thema wieder abzubringen, wenn sie in Fahrt kam.

Die Landschaft war atemberaubend schön, leuchtete in den strahlenden Farben des Sommers: bunte Wiesenblumen, hohe, silberne Birken, goldene Weizenfelder und das intensive Grün der Nadelbäume. Am malerischsten aber waren die Dörfer mit ihren blau oder rosa gestrichenen Häuschen, die alle eine rote Veranda hatten. Katherine hielt das für eine Kuriosität, bis sie erfuhr, daß diese ordentlichen Dörfer in Wirklichkeit militärische Siedlungen waren. Einmal fuhr die Kutsche sehr nahe an einer vorbei und sie konnte sehen, daß selbst die Kinder Uniformen trugen.

Maruscha mißfielen diese militärischen Siedlungen sehr und sie berichtete Katherine ausführlich darüber. Zar Alexander hatte sie vor dreißig Jahren gegründet. Die Provinzen Nowgorod, Mogilew, Kherson, Ekaterinoslaw und Slobodsko-Ukrainski beherbergten bald darauf in diesen neuen Lagern ein Drittel der gesamten Armee. Der Vorgang war einfach. Man verlegte ein Regiment in einen Distrikt und automatisch wurden dort alle Bewohner Soldaten der Reserve in der Einheit, die auf ihrem Boden stationiert war. Die alten Dörfer wurden niedergerissen und durch die neuen, geometrisch angeordneten Siedlungen ersetzt. Alle Angelegenheiten wurden militärisch geregelt, selbst die Felder mußte in Uniform zum Takt einer Trommel gepflügt werden.

»Was ist mit den Frauen?« wollte Katherine wissen.

»Die Idee des Zaren war, daß die Soldaten bei ihren Familien leben sollten, wenn er sie nicht zum Kriegführen brauchte. Außerdem aber wollte er sich ihre Arbeitskraft zunutze machen. Er machte die Menschen zu militärisch ausgebildeten Leibeigenen. Die Frauen spielen daher in diesen Kolonien eine bedeutende Rolle. Die Militärbehörden entscheiden, wer wen heiratet. Dabei wird keine Witwe und keine alte Jungfer übersehen und niemand kann sich dagegen wehren. Die Frauen müssen den Mann heiraten, der ihnen zugeordnet wird, und vor allem Kinder in die Welt setzen. Wenn sie nicht oft genug gebären, müssen sie eine Strafe zahlen.«

»Und die Kinder?«

»Sie werden mit sechs Jahren in die Armee aufgenommen und von klein auf gedrillt. Alle Lebensbereiche sind durch genaue Regeln festgelegt: die Versorgung des Viehs, das Schrubben der Böden, das Polieren der Kupferknöpfe, alles, sogar das Stillen der Kinder. Für den geringsten Verstoß gibt es die Peitsche.«

Katherine konnte es kaum glauben. »Und die Menschen machen da alle mit?«

»Die *Menschen* sind Leibeigene. Sie haben nur die Herrschaft gewechselt. Aber trotzdem haben sich viele aufgelehnt, Gesuche eingereicht, sind geflohen und haben sich in den Wäldern versteckt. In der Kolonie Tschugujew war der Aufstand so gewaltig, daß ein Militärgericht viele Todesurteile aussprach. Doch die Verurteilten wurden nicht erschossen, sondern man veranstaltete ein tödliches Spießrutenlaufen mit ihnen: Zwölfmal mußten sie durch die Reihen eines tausend Mann starken Bataillons laufen. Mehr als hundertfünfzig Mann starben unter den Schlägen.«

Katherine blickte Wladimir an, ob er diese entsetzliche Geschichte bestätigen könnte. Doch er ignorierte die beiden Frauen weiterhin geflissentlich und betrachtete den Gegenstand ihrer Unterhaltung wohl als denkbar ungeeignetes Thema für sie.

Seine Frau hingegen war in ihrem Element wenn sie schwatzen konnte, vor allem bei einer so begierigen Zuhörerin. Und sie hatte einen Hang zum Dramatischen. Er konnte es nicht übers Herz bringen, ihr einen Dämpfer aufzusetzen.

»Zar Alexander liebte seine Kolonien«, fuhr Maruscha fort. »Auch Zar Nikolaus liebt sie. Aber schließlich ist er ja auch noch mehr ein Mann des Militärs als sein Bruder. Er legt größten Wert auf Ordnung, Sauberkeit und Regelmäßigkeit und fühlt sich naturgemäß am wohlsten im Kreise seiner Offiziere. Der Prinz sagt, der Zar schläft sogar im Palast auf einem Feldbett und auch wenn er seine Truppen und Einrichtungen inspiziert. Prinz Dimitri hat ihn viele Male auf diesen Inspektionsreisen begleiten müssen, als er noch bei der Kaiserlichen Garde war.«

Katherine wußte nichts über diese Eliteeinheit, oder darüber, daß Dimitri ihr angehört hatte. Doch Maruscha beeilte sich, das zu ändern. So kam das Gespräch auf Dimitri, und Katherines Interesse wurde noch größer. Wladimir jedoch fand ihre Gesprächsthemen immer unpassender. Wenn seine Frau mit den anderen Dienern über den Prinzen sprach, so war das nicht schlimm, denn sie waren Dimitri alle treu ergeben. Doch daß sie so bereitwillig mit einer völlig Fremden über ihn redete – und ausgerechnet noch mit dieser –, das war ihm überhaupt nicht recht.

Maruscha beschrieb Katherine Dimitris kurze, aber glänzende Militärkarriere in allen Einzelheiten. Dann schilderte sie stolz seine Ahnenreihe und schwor, daß sie bis auf Rurik, den verehrten Gründer des russischen Reiches, zurückgeführt werden könnte. »Rurik gehörte zu den schwedischen Warägern, die sich im neunten Jahrhundert am Ufer des Dnjepr ansiedelten. Diese übernahmen die Herrschaft über die bereits dort lebenden slawischen Räuberbanden.«

»Sie meinen die Wikinger?« Katherine stellte jetzt die Verbindung her und wunderte sich nur, daß sie nicht schon früher darauf gekommen war. Dimitri erinnerte tatsächlich an einen Wikinger. »Aber natürlich, daran hätte ich denken können. Die Größe, die Haarfarbe –«

»Wikinger, Waräger, ja, ja, die waren miteinander verwandt. Aber in Rußland gibt es nicht viele, die so groß sind wie unser Prinz. Ausgenommen die königliche Familie natürlich. Der Zar ist über einen Meter achtzig groß.«

In den folgenden Tagen, die sie miteinander in der Kutsche verbringen mußten, gab es kaum etwas, worüber sie nicht gesprochen hätten. Katherine erfuhr eine Menge über die restliche Familie: Da gab es den älteren Bruder Michail, der gestorben war, und zwei Schwestern mit ihren Familien, eine davon war Warwara. Maruscha erzählte ihr von den vielen illegitimen Kindern, die den legitimen völlig gleichgestellt waren. Und sie berichtete über Dimitris Tante Sonja, die sie als weiblichen Tyrannen schilderte. Kein Thema war tabu, nicht einmal die finanziellen Verhältnisse Alexandrows. Die Familie besaß Webereien, eine Glasmanufaktur, Kupferminen, große Ländereien im Ural mit mehr als zwanzigtausend Leibeigene, einen Sommersitz an der Schwarzmeerküste, einen Palast auf der Fontaka in Petersburg, einen weiteren in Moskau, Nowi Domik – und das war bei weitem nicht alles.

Zudem hatte Dimitri eine beträchtliches Vermögen von seiner Mutter geerbt und besaß viele Unternehmen in ganz Europa. Doch darüber wußte Maruscha nicht genau Bescheid. Wladimir hätte schon weiterhelfen können, doch er war zu keiner Auskunft bereit.

So konnte Maruscha nur die wenigen Dinge aufzählen, die ihr bekannt waren: die Schiffe – nicht eins, sondern fünf –, ein Schloß in Florenz, eine Villa in Fiesole und ein großes Landhaus in England. Auch erwähnte sie, daß Dimitri nach Michails Tod mehr Zeit auf Reisen als in Rußland verbracht hatte.

Als sie über die Diener sprachen, stellte Katherine fest, daß die Züchtigung mit dem Stock durchaus nicht nur in den Militärkolonnen üblich war. Manche Landadelige verwendeten sogar eiserne Halsbänder mit Dornen, um ihre Leibeigenen zum Gehorsam zu zwingen. Außerdem begann sie zu verstehen, warum die Diener der Alexandrows der Familie so außerordentlich treu ergeben waren und gar nicht frei gelassen werden wollten: In den Städten mußten die Menschen unter erbärmlichen Bedingungen für einen Hungerlohn arbeiten.

»Wißt ihr denn, in welchem Jahr wir leben?«

Maruscha lachte. Sie verstand Katherines Spott auch ohne Erklärung. »Die Zaren haben davon geredet, die Leibeigenschaft abzuschaffen. Alexander wollte es, Nikolaus auch. Sie sehen schließlich auch, wie rückständig wir im Vergleich zu anderen Ländern leben. Aber immer haben sie Gründe, warum es noch nicht geht, warum nicht die richtige Zeit dafür ist – so viele Gründe.«

»Sie meinen, daß sie dem Druck der Großgrundbesitzer nachgeben, die sich weigern, von der Sklavenhalterei abzulassen«, warf Katherine voller Verachtung ein.

Maruscha zuckte mit den Achsel. »Die *Aristos* … So leben sie halt. Die Menschen haben Angst vor Veränderungen.«

»Aber Dimitri ist anders«, stellte Katherine nachdenklich fest. »Er ist kein typischer Russe, nicht wahr?«

»Nein, dafür hat seine Mutter gesorgt. Sie hatte in seiner Kindheit viel Einfluß auf ihn, wenigstens solange, bis die Schwester seines Vaters, Tante Sonja, sich bei ihnen einquartierte. Von da ab zog ihn seine sehr russische Tante in die eine Richtung und seine sehr englische Mutter in die andere. Und die beiden Frauen haßten sich, was die ganze Sache noch schlimmer machte. Der Prinz ist zwar in Rußland großgeworden, aber er hat die Lehren seiner Mutter nie vergessen, vor allem was die Unwürdigkeit der Leibeigenschaft betraf. Auf der einen Seite versucht Rußland den Anschluß an den Westen zu bekommen, aber auf der anderen Seite hält es an so alten Sitten wie der Sklaverei fest. Dabei war es gar nicht immer so. Zwar gab es von jeher Kleinbauern, aber erst Iwan der Schreckliche zwang sie zur unbedingten Seßhaftigkeit und nahm ihnen die Freiheit zu gehen, wohin sie wollten.«

Katherine hatte viel zu denken auf dieser Fahrt. Sie fand Rußland sehr schön, solange man nicht die Grausamkeiten und Ungerechtigkeiten hinter den Kulissen sah. Es war unfaßbar, daß in der Zeit, in der sie lebten, immer noch so viel Macht in den Händen so weniger lag, und daß die breite Mehrheit diese Unterjochung ertrug. Lieber Himmel, das wäre etwas für ihren Vater, er würde für Reformen kämpfen. So viel müßte geändert werden, zu viel für einen einzigen Menschen – doch nein, das stimmte nicht. Der Zar war der unumschränkte Herrscher. Wenn einer Tausende zu Sklaven machen konnte, konnte ein anderer sie auch wieder befreien.

Ihre Gedanken über Rußland bereiteten Katherine viel Kopfzerbrechen. Wenn dies ihr Land wäre, würde es sie verrückt machen, an den Zuständen nichts ändern zu können. Aber wenn es ihr Land wäre, hätte sie wahrscheinlich eine andere Einstellung dazu. Zum Glück würde sie nicht lange hier bleiben. Sie fragte sich ohnehin immer öfter, wozu ihr Aufenthalt hier nötig war. Nur weil Dimitri es so festgelegt hatte? Ha!

An der ersten Poststation, an der man zum Pferdewechsel hielt, wog Katherine ihre Chancen ab, unbemerkt davonzuschlüpfen. Doch sie merkte ziemlich schnell, daß es keine gab. Offenbar war Wladimir dafür verantwortlich, sie im Auge zu behalten und sie so wenig wie möglich in Kontakt mit anderen Menschen kommen zu lassen. Und er nahm seine Aufgabe sehr ernst. Befand er sich mal nicht in der Nähe, waren Maruscha oder Lida oder irgendwelche andere Diener um sie herum.

Noch geringer waren ihre Fluchtmöglichkeiten, wenn sie für die Nacht auf einem Landsitz einkehrten, der jemandem aus Dimitris Bekanntenkreis gehörte. Dort mußte Katherine im Dienstbotentrakt mit einem halben Dutzend anderer Frauen auf einem harten Strohsack am Boden schlafen. Sie hätte auch ein bequemes Bett im Haupthaus haben können – aber wohl kaum allein. Dimitri hatte ihr ein entsprechendes Angebot gemacht. Aber nachdem sie erfahren hatte, wie miserabel die Stellung russischer Diener war, verspürte sie einen ganz neuen, ungezügelten Zorn auf Dimitri. Er setzte sie mit diesen Menschen gleich, und das machte sie erst recht starrsinnig. Warum sollte er mit ihr eine Ausnahme machen, wenn sie auch nichts Besseres als die anderen Diener war? Nein, das wollte sie nicht! Wenn er sie nicht so behandelte, wie es ihr gebührte, dann aber konsequent! Keine halben Sachen mehr. Sie war zu stolz, als daß sie die Brosamen seiner Großzügigkeit hätte annehmen können.

Es tat ihr gut, sich Dimitri entgegenzustellen und ihren Willen durchzusetzen. Dieser hochwohlgeborene Prinz konnte nicht *alles* bestimmen. Er mochte sie aus ihrer Heimat entführen und sie hier als Gefangene halten, aber über ihr Verhalten hatte er keine Macht. Immer noch war sie Katherine St. John, die ihren eigenen Kopf durchzusetzen verstand, und nicht irgendeine Untergebene, die Angst davor hatte, ihm zu mißfallen.

23

Nowi Domik, was soviel hieß wie Neues Haus, war eine angenehme Überraschung für Katherine. Es ähnelte den Landhäusern, die sie während der Fahrt gesehen hatten, nur war es weitaus größer. Sie hatte eigentlich ein mächtiges Gebäude erwartet, nach all dem, was sie über den Reichtum der Alexandrows gehört hatte. Doch der Landsitz war überhaupt nicht protzig. Das ausladende, zweistöckige Haus mit den langgestreckten Seitenflügeln lag halb versteckt in einem Wäldchen. Die Veranda und der Balkon wurden von starken, weißen Säulen gestützt. Typisch russisch war das Gitterwerk am Dachgesims und an den Fensterläden, doch die Schnitzereien hier waren schöner als alles, was Katherine bis dahin gesehen hatte.

Als sie sich dem Haus näherten, entdeckte sie eine Lindenallee, die zu einem Obstgarten mit Apfel-, Birn- und Kirschbäumen führte. Näher am Haus lag der Blumengarten, der in der vollen Pracht der Spätsommerfarben stand. Auf der Rückseite, die sich ihrem Blick entzog, gab es einen Gemüsegarten, der das Haupthaus von einer Reihe von Nebengebäuden abtrennte. Bis zum Dorf war es nicht mal eine halbe Meile.

Dimitri war nicht vorausgeritten, obwohl er fast die ganze Reise zu Pferd zurückgelegt hatte und die Ankunft zu Hause ersehnte. Die letzten paar Meilen war er neben Katherines Kutsche hergeritten. Seit sie Petersburg verlassen hatten, war es das erste Mal, daß sie ihn mehr als nur für einen kurzen Augenblick sah. Sogar an den Poststationen hatte er es vermieden, ihr zu begegnen. Ihr machte das nichts aus. Auf dem Schiff hatte sie sich schon daran gewöhnt, ihn nicht zu Gesicht zu bekommen. Und außerdem konnte sie ganz gut auf das Herzklopfen verzichten, das ihr sein Anblick bereitete.

War er immer noch verärgert, weil sie vergangene Nacht im Haus seines Freundes Alexej wieder darauf bestanden hatte, bei der Dienerschaft zu schlafen? Ja, sicher war er das. Man konnte, wenn er verstimmt war, in seinem Gesicht lesen wie in einem Buch: Mit zusammengepreßten Zähnen blickte er finster vor sich hin, an seiner Wange zuckte ein Muskel, weil die Zähne aufeinandermahlten und wenn er zu ihr herüberschaute, sah er aus, als würde er ihr am liebsten den Hals umdrehen.

Kein Wunder, daß sich die Diener vor ihm fürchteten, wenn er solcher Stimmung war. Katherine hingegen hatte keine Angst, es amüsierte sie eher. Dimitri wirkte in seinem Mißmut wie ein kleiner Junge. Er erinnerte sie oft an ihren Bruder Warren, der als Kind sehr wütend werden konnte, wenn er seinen Willen nicht bekam. Warren hatte man dieses Verhalten durch Nichtbeachtung abgewöhnen können. Doch Dimitri nicht zu beachten, war ziemlich schwierig. Tatsächlich war es unmöglich, diesen Mann zu ignorieren. Immer war sie sich seiner Gegenwart bewußt, sehr lebendig bewußt. Selbst wenn sie ihn nicht sehen konnte, spürte sie seine Nähe.

Sie erreichten das Haus und Katherine wurde es sehr unbehaglich, als sie sah, wie viele Menschen da zum Empfang ihres Herrn warteten. Und von allen vier Kutschen mußte ausgerechnet die ihre direkt vor dem Portal halten. Und, was noch schlimmer war, Dimitri nahm von niemandem Notiz, nicht einmal von seiner Tante, die auf der Veranda stand. Er öffnete die Kutsche, zog sie heraus, die Stufen hoch bis ins Haus. Diese Demütigung mußte sie jetzt erdulden, weil sie seine Laune nicht ernstgenommen hatte.

In der großen Eingangshalle drehte Dimitri Katherine zu sich herum, bevor er ihr Handgelenk losließ. »Nicht einen Ton, Katja!« Er ließ sie nicht zu Wort kommen, als sie ansetze, sich über sein merkwürdiges Benehmen zu beschweren. »Nicht einen Ton will ich von dir hören. Ich habe genug von deinem Starrsinn, genug von deiner Aufsässigkeit und vor allem genug von den Debatten mit dir. Hier wirst du schlafen, wo ich es bestimme, nicht wo du willst, nicht bei den Dienern, sondern wo ich es anordne. Wladimir!« rief er über die Schulter. »Das weiße Zimmer, und paß auf, daß sie dort bleibt!«

Katherine starrte ihn ungläubig an. Aber er drehte ihr einfach den Rücken zu und ging seine Tante begrüßen. Entlassen! Wieder hatte er sie wie ein Kind behandelt – ja, schlimmer noch!

»Wie können –«

»Lieber Himmel, nicht jetzt«, zischte ihr Wladimir ins Ohr.

»Seine Stimmung wird sich bessern, jetzt nachdem er sich Luft gemacht hat, aber nicht, wenn Sie ihn erneut herausfordern.«

»Alles, was ich tue, macht ihn immer wütend«, zischte Katherine zurück. »So kann er nicht mit mir umspringen.«

»Ach, warum nicht?«

Sie wollte ihm schon etwas erwidern, doch sie unterließ es. Natürlich konnte Dimitri sie herumkommandieren. Solange sie sich in seiner Gewalt befand, konnte er mit ihr machen, was er wollte. Und hier draußen auf dem Land, umgeben von seinen Leuten, war sie erst recht in seiner Gewalt. Es war unerträglich, zutiefst deprimierend. Aber was sollte sie machen?

Ignorier' ihn, Katherine. Sein Verhalten ist sowieso unter aller Kritik und keiner Reaktion wert. Geduld. Deine Zeit wird kommen und dann wird Dimitri Alexandrow den Tag verwünschen, an dem er dir begegnet ist.

Dimitri verwünschte den Tag schon jetzt, an dem er Katherine begegnet war. Noch nie hatte ihn eine Frau so auf die Palme gebracht und er konnte nichts dagegen unternehmen. Auch zweifelte er kaum daran, daß sie es mit Absicht machte, ein Vergnügen dabei empfand, ihn zu erzürnen und zu schikanieren. Und es gelang ihr hervorragend. Undankbares Frauenzimmer. Aber er war es müde, das hinzunehmen, war es müde, bei allem, was sie betraf, seinen gesunden Menschenverstand und seine Beherrschung zu verlieren. Er brauchte sich ja nur seine Leute anzuschauen, um zu erkennen, was für einen Narren er aus sich machte.

Aber unabsichtlich hatte er noch weit mehr getan. Ein Blick auf Maruschas mißbilligendes Gesicht sagte ihm, daß er Katherine in den Augen der anderen herabgesetzt hatte. Im Moment war ihm das egal. Er fand das sogar gar nicht schlecht. Es war an der Zeit, mit dem ganzen Theater Schluß zu machen. Maruscha und die anderen behandelten sie zu respektvoll. Sie bestärkten sie nur in der Annahme, daß sie ihr Spiel ewig so weitertreiben könnte. Es hatte ja auch nichts genützt, daß er es geduldet hatte. Aber jetzt war es wirklich genug.

Der verwirrte Gesichtsausdruck seiner Tante erinnerte Dimitri daran, daß er ohne ein Wort zu sagen an ihr vorbeigegangen war. Er begrüßte sie jetzt angemessen. Doch Sonja Alexandrowna Rimski war dafür bekannt, daß sie sich kein Blatt vor den Mund nahm.

»Wer ist das, Mitja?«

Er folgte Sonjas Blick und sah Katherine hinter Wladimir die Treppe nach oben steigen. Sie ging hocherhobenen Hauptes, die Schultern gestrafft und die Röcke nur ganz leicht gehoben. Es irritierte ihn maßlos, daß selbst ihr Gang so ausgesprochen damenhaft war.

»Sie ist nicht wichtig, nur eine Engländerin, die mit uns zurückgekehrt ist.«

»Aber sie wohnt in deinen Privatgemächern –«

»Vorerst«, unterbrach er sie kurzangebunden. »Du brauchst dich nicht darum kümmern, Tante Sonja. Ich werde eine Aufgabe für sie finden, solange sie hier ist.«

Sonja lagen die Einwände schon auf der Zunge, aber sie hielt sie zurück. Sie war eine hagere, große Frau von fast einem Meter achtzig. Nach weniger als einem Jahr Ehe war sie bereits Witwe geworden, doch der Tod ihres herrischen Gatten hatte sie nicht sehr betrübt. Nie wieder wollte sie die Erniedrigungen des ehelichen Bettes ertragen und so hatte sie sich geweigert wieder zu heiraten. Ihr Leben war eine Enttäuschung nach der anderen gewesen und sie zeigte wenig Verständnis für die elementaren Triebe und Bedürfnisse der Menschen. Ihr eigener Bruder hatte sich dazu hinreißen lassen, eine Engländerin zu heiraten, nur weil er sie anders nicht bekommen konnte. Damit war die Blutlinie der Alexandrows für immer befleckt. Warum war Mischa bloß gestorben, warum hatte er nicht wenigstens einen Erben, einen legitimen Erben hinterlassen können …

Abscheu verdunkelte einen Augenblick lang Sonjas Gesichtsausdruck, als sie ihre eigenen Schlüsse bezüglich Dimitris Begleiterin zog. Jetzt brachte er die Huren also schon ins Haus. Konnte er nicht wenigstens so diskret sein wie sein Vater und sein Bruder, und sich ab und zu eine willige Dienerin nehmen? Nein, er mußte sich eine aus England mitbringen! Was dachte er sich eigentlich dabei? Aber sie fragte ihn nicht. Seine knappe Art ließ sie vermuten, daß seine Stimmung für eine solche Frage denkbar ungeeignet war. Und sie wollte keine weiteren peinlichen Szenen vor der Dienerschaft.

Sie wartete, während Dimitri freundliche Worte mit den Menschen wechselte, die ihn zu begrüßen gekommen waren. Es war einfach albern, mit wieviel Achtung er den Dienern begegnete. Diese merkwürdigen Angewohnheiten hatte er von seiner Mutter und jetzt war er zu alt, als daß man ihn noch ändern konnte. Aber Tatjana würde einen guten Einfluß auf ihn haben. Wenigstens gab es an Dimitris Brautwahl für Sonja nichts auszusetzen. Doch seine lange Abwesenheit war nicht günstig gewesen. Er dürfte keine Zeit mehr vergeuden, und schon gar nicht mit diesem englischen Weib.

Jetzt erst fiel Sonja die Abwesenheit ihrer Nichte auf. »Ist Nadja nicht mit dir zurückgekommen?«

»Doch, aber ich habe sie für eine Weile zu Warwara auf Besuch geschickt.« In Wahrheit hatte sie ihm zu viel Zuneigung zu Katherine gezeigt, was schließlich nur zu endlosen Problemen geführt hätte, die er überhaupt nicht brauchen konnte.

«Ist das klug, Mitja? Obwohl Petersburg um diese Jahreszeit recht verlassen ist, gibt es immer noch genügend gesellschaftliche Begegnungen. Oder habe ich deine Nachricht falsch verstanden, als du aufbrachst, um das Mädchen nach Hause zu holen?«

»Du hast ganz richtig verstanden. Aber du brauchst dir keine Sorgen mehr zu machen. Sie hat sich bereit erklärt zu heiraten, sobald wir einen passenden Mann für sie gefunden haben.«

Sonjas blaue Augen wurden groß vor Überraschung. »Du läßt sie selbst wählen?«

»Sie ist meine Schwester, Tante Sonja. Ich möchte, daß sie in ihrer Ehe glücklich wird. Du durftest nicht wählen, und schau, was dabei herausgekommen ist.«

Sonja richtete sich kerzengerade auf. »Darüber brauchen wir uns nicht zu unterhalten. Nadja kann von Glück reden, daß du so nachsichtig bist. Aber nur ein außergewöhnlicher Mann wird mit ihrem Eigensinn zurechtkommen. Sicher hat sie wieder die verrücktesten Ideen aus England mitgebracht. Doch man hätte ihr sowieso nie erlauben dürfen, dorthin zu reisen. Du weißt, wie ich darüber denke.«

»Ja, Tante«, seufzte er.

Er wußte es nur zu gut. Sie war heftigst dagegen gewesen, daß ihr einziger Bruder eine Ausländerin heiraten wollte und hatte ihre Widerstände nie aufgegeben. Niemals hatte sie Pjotr das vergeben können. Und als sie nach dem Tod ihres Mannes gezwungen war, wieder nach Hause zurückzukehren, war sofort ein heftiger

Kampf zwischen den beiden Frauen ausgebrochen. Vor lauter Mißgunst hatte sie nichts Gutes an Anne finden können. In Sonjas Augen war alles, was Anne machte, falsch, ihre Ansichten fremdländisch. Nach Annes Tod übertrug sie diese Empfindungen auf alles, was Englisch war. Dimitri war überzeugt davon, daß sie den Briefwechsel mit der Herzogin nur aufrecht erhielt, um immer wieder Dimitris und Anastasias Fehler zu bemängeln. Und natürlich war daran einzig und allein deren Mutter schuld, obwohl sie *das* der Herzogin gegenüber nie erwähnte.

»Nun gut, Gott sei Dank ist Nadjas jüngste Skandalgeschichte nicht bis nach Hause gedrungen, was auch immer es gewesen sein mag«, bemerkte Sonja, während sie in den Salon gingen. »Sie kann hier eine gute Partie machen. Ach, apropos heiraten, hast du Tatjana Iwanowa schon gesehen?«

Immer hatte sie dasselbe im Kopf. Dimitri war nur überrascht, daß sie nicht schon früher danach gefragt hatte.

»Wir sind gerade erst angekommen, Tante Sonja, und ich bin direkt vom Schiff hierher gefahren. Aber ich habe meine Leute beauftragt, herauszufinden, wo sie sich gerade aufhält.«

»Du hättest nur mich fragen brauchen. Zur Zeit ist sie bei ihrer verheirateten Schwester in Moskau zu Besuch. Aber sie ist während deiner Abwesenheit nicht gerade vor Gram vergangen. Mir ist zu Ohren gekommen, daß sofort nach deiner Abreise Graf Gregori Lisenko begonnen hat, ihr den Hof zu machen. Und man sagt, daß sie ihm gewogen ist.«

Dimitri zuckte mit den Achsel, es berührte ihn nicht sehr. Er hatte Lisenko nie besonders leiden können. Vor allem nicht, seit sie in derselben Einheit im Kaukasus stationiert gewesen waren. Damals hatte ausgerechnet er dem Grafen das Leben gerettet und selbst eine kleinere Wunde davongetragen. Er hätte den Vorfall längst vergessen, wäre Lisenko nicht so voller Groll und Ablehnung gegen ihn gewesen. Von da an hatte der Graf alles daran gesetzt, ihm zu beweisen, daß er der bessere Schütze war, der bessere Jäger, überhaupt in allem der Bessere war. Es überraschte ihn deshalb nicht, daß Lisenko ein Auge auf die schöne Tatjana geworfen hatte. Aber es beunruhigte ihn nicht weiter. Lisenko machte ja doch immer nur einen Narren aus sich.

»Ich werde ihr eine Nachricht schicken, daß ich wieder da bin.«
»Solltest du nicht besser selbst bei ihr vorsprechen, Mitja?«
»Um übereifrig zu wirken?«

»Sie würde sich geschmeichelt fühlen.«

»Es würde sie belustigen«, entgegnete er. Langsam begann ihn ihre Zielstrebigkeit zu ärgern. »Meine ständige Anwesenheit bevor ich weggefahren bin, hat sie nicht sehr geneigt gemacht. Es wird ihr nichts schaden, wenn sie sich eine Weile fragt, ob ich überhaupt noch Interesse an ihr habe.«

»Aber –«

»Kein Aber!« fuhr er sie an. »Wenn du mich für unfähig hältst, die hübsche Dame alleine zu gewinnen, dann sollte ich es wohl besser gleich lassen.«

Sonja verstand die einfache, knappe Warnung, und, die Lippen fest zusammengepreßt, drehte sie sich um und verließ das Zimmer.

Dimitri ging zur Hausbar und goß sich Wodka in ein Glas. Seine Tante war die letzte, die ihm erzählen mußte, daß er seine Werbung sofort wieder aufnehmen sollte. Doch er hatte jetzt nicht die Geduld dafür, würde sie auch nicht haben, solange ihn seine sexuelle Hochspannung so leicht aufbrausen ließ. Es gabe eine Menge Frauen hier, mit denen er seine angestauten Bedürfnisse befriedigen konnte, Doch so sehr er auch litt, nach all den Wochen auf See, wollte er doch nicht irgendeine. Er wollte Katherine. Verdammt, immer wieder sie!

Wütend schleuderte er sein volles Glas in den Kamin und verließ mit großen Schritten den Raum. Er fand Katherine im weißen Zimmer. Sie starrte desinteressiert aus dem Fenster. Boris, der gerade ihre Truhe hereinbrachte, beeilte sich wieder herauszukommen, als er sah, daß Dimitri mit ihr sprechen wollte.

»Ich frage dich gar nicht, ob dir das Zimmer genehm ist. Sag einfach nein, und dann –«

»Dann werden Sie wieder einen Ihrer Wutanfälle bekommen«, vollendete Katherine seinen Satz und drehte sich langsam zu ihm um. »Wissen Sie Dimitri, das wird mit der Zeit auch langweilig.«

»Wutanfälle!«

»Ist das schon wieder der Anfang von einem?« fragte sie ihn mit unschuldig aufgerissenen Augen.

Er war sprachlos. Sie provozierte ihn tatsächlich absichtlich, so daß er nicht mehr denken konnte, nicht mehr wußte, warum er sie ursprünglich aufgesucht hatte. Aber dieses Mal würde ihm das nicht passieren. Was sie konnte, konnte er schon lange.

»Du hast vergessen, deine eigenen Wutausbrüche zu erwähnen.«

»Ich? Und Wutausbrüche?«

»Nein, natürlich nicht«, höhnte er. »Du schreist und tobst, weil das eine gute Übung für die Lungen ist.«

Einen Augenblick starrte sie ihn ungläubig an, dann fing sie an zu lachen. Es war ein warmes, offenes Lachen, das den Raum erfüllte und Dimitri bezauberte. Er hatte sie nie zuvor lachen gehört – nicht so jedenfalls. Er erkannte, daß es eine Seite an ihr gab, die er bisher übersehen hatte: Sie war humorvoll, oder vielmehr schelmisch. Wenn er zurückdachte, dann waren vielleicht viele Dinge, die sie zu ihm gesagt hatte und über die er sich so ärgerte, nichts anderes als ein sanftes Necken gewesen.

»O Gott«, stöhnte Katherine und wischte sich ein paar Tränen aus den Augen. »Sie sind unbezahlbar, Dimitri. Eine Übung für meine Lungen – ich werde mich daran erinnern, wenn sich mein Bruder mal wieder beschwert, was für ein Tyrann ich bin. Hin und wieder verliere ich nämlich mit ihm die Geduld.«

Er wollte ihre Laune nicht zerstören. »Mit mir auch.«

»Aber sicher.«

Doch sie lächelte bei diesen Worten und er spürte eine seltsame Freude. Warum war er gekommen? Um neue Anordnungen zu geben. Zum Teufel damit! Er wollte sie doch gar nicht ändern oder ihr ihr Spielchen wegnehmen, das sie offensichtlich so sehr genoß. Wenn er bloß nicht so empfindlich wäre gegenüber allem, was von ihr kam. Aber wenn auch nur die Hälfte davon Neckereien gewesen waren …

»Es muß doch einen Weg geben, wie wir unseren Streit beilegen«, sagte Dimitri und trat wie zufällig näher.

»Streit beilegen?«

»Ja! Du bist ungeduldig, ich bin ungeduldig und immer sind wir wütend aufeinander. Es heißt doch, daß Liebende nie Zeit für Diskussionen haben.«

»Sind wir wieder bei diesem Thema gelandet?«

»Wir sind nie weit davon entfernt.«

Argwöhnisch trat Katherine ein paar Schritte zurück, als er ihr zu nahe kam. »Also ich habe gehört, daß die Diskussionen unter Liebenden die schlimmsten sind.«

»Vielleicht ist da bei manchen so, aber sicher nicht oft. Und außerdem können sie sich auf wunderschöne Art wieder versöhnen. Soll ich dir sagen wie?«

»Ich kann es –« Weiter kam sie nicht bei ihrem Rückzug. Sie stieß an die Wand. »Mir denken«, seufzte sie.

»Warum versöhnen wir uns dann nicht, damit jetzt alles anders wird?« Sie mußte ihre Hände gegen seine Brust pressen, um ihn fern zu halten. *Konzentriere dich, Katherine. du mußt ihn ablenken. Denk dir was aus!*

»Dimitri, wollten Sie irgend etwas Bestimmtes von mir?«

Er mußte lächeln über ihr Bemühen und umfaßte ihre Hände mit den seinen. »Wenn du mal einen Augenblick still bist, Kleines, kann ich zur Sache kommen.«

Sie ging ganz in seinem Lächeln auf und in dem Kuß, der folgte. Das war kein wilder Angriff, um sie zu überwältigen. Seine Leidenschaft hatte sich während ihres Gesprächs gemildert, war aber trotzdem vorhanden. Seine Lippen, seine Zunge berauschten sie wie noch nie. Er teilte sich ihr mit, gab sich ihr hin und einen wunderbaren Augenblick lang nahm Katherine alles, was er ihr anzubieten hatte – bis er deutlicher wurde und sie die harte Schwellung, die sich an ihren Bauch preßte, nicht länger ignorieren konnte.

Sie drehte ihren Mund weg, atemlos, nervös. »Dimitri –«

»Katja, du begehrst mich.« Seine Stimme klang so heiser, schien in ihr nachzuhallen. »Warum widerstehst du?«

»Weil – weil … Nein, ich begehre Sie nicht. Nein.«

Sein skeptischer Blick machte deutlich, daß er sie für eine Lügnerin hielt. Sie hielt ihn nicht zum Narren, auch nicht sich selbst. Oh, warum konnte er ihren Standpunkt nur nicht verstehen? Wie konnte er nur annehmen, daß sie sich ihm wieder hingeben würde, nur weil sie eine Nacht mitsammen verbrachte hatte? Natürlich begehrte sie ihn – was sonst? Aber es war undenkbar, daß sie dieser Sehnsucht nachgab. Einer von ihnen mußte vernünftig bleiben, mußte die Konsequenzen bedenken. Er tat das ganz offensichtlich nicht, oder es war ihm egal.

»Dimitri, was kann ich nur machen, daß sie mich verstehen? Ihr Kuß ist angenehm, aber für mich ist dann Schluß. Für Sie endet das Ganze im Bett.«

»Und was soll daran falsch sein?« verteidigte er sich.

»Ich bin keine Hure. Ich war noch Jungfrau, bis ich Ihnen begegnet bin. Und egal wie oft Sie mich küssen, egal wie sehr es mir vielleicht … gefällt, es darf nicht weitergehen. Für mich ist da Schluß. Deswegen –«

»Da Schluß!« unterbrach er sie heftig. »Ein Handkuß oder ein Kuß auf die Wange, ja, da mag dann schon Schluß sein. Aber wenn du deinen Körper so an mich preßt, mein Gott, das ist eine Einladung zur Liebe.«

Das Blut stieg Katherine in die Wangen, als ihr klar wurde, daß sie genau das getan hatte. »So lassen Sie mich doch zu Ende reden. Ich wollte Ihnen gerade vorschlagen, daß es nur vernünftig wäre, wenn Sie Abstand davon nähmen, mich zu küssen. Dann könnten wir uns diese unangenehmen Diskussionen sparen.«

»Ich *will* dich küssen!«

»Sie wollen mehr als das, Dimitri.«

»Ja! Im Gegensatz zu dir habe ich das nie abgeleugnet. Ich begehre dich, Katja. Ich möchte mit dir ins Bett gehen. Dein Vorschlag, dieses Verlangen zu unterdrücken, ist absurd.«

Sie blickte zur Seite. Sein Zorn war nur eine andere Form seiner Leidenschaft. Es war zu stark für sie, wo sie doch selbst so in Aufruhr war.

»Was ich dabei nicht verstehe, Dimitri, ist, daß Sie es sich so sehr wünschen. Ist Ihnen klar, daß wir uns nie unterhalten haben, einfach nur unterhalten, um uns und unsere Vorlieben und Abneigungen kennenzulernen? Alles, was ich über Sie weiß, habe ich von den Dienern oder von Ihrer Schwester erfahren. Und Sie wissen noch viel, viel weniger über mich. Warum können wir uns nicht einmal ohne diese Spannungen, die immer im Weg sind, unterhalten?«

»Sei nicht naiv, Katja,« sagte er bitter. »Unterhalten? Ich kann nicht einmal denken, wenn du bei mir bist. Du möchtest dich unterhalten? Verdammt noch mal, dann schreib mir doch einen Brief.«

Als sie aufblickte, war er gegangen. Das große Zimmer kam ihr plötzlich eng und klein vor. War sie im Unrecht? Konnte es für sie eine Zukunft mit so einem Mann geben? Würde sein Interesse nicht verschwinden, wenn sie nachgab? Seine Schwester hatte ihr das eindringlich prophezeit. Warum also sollte sie sich einem Verhältnis öffnen, mit all den gefühlsmäßigen Verwicklungen, wenn es doch nicht von Dauer sein konnte?

Warum machst du dir denn etwas vor, Katherine? Du steckst doch schon bis über beide Ohren in der Sache drin. Du begehrst den Mann. Bei ihm hast du nie gekannte Empfindungen, glaubst an Dinge, die du immer verspottet hast. Weshalb hältst du deinen Widerstand aufrecht?

Sie wußte es selbst nicht mehr genau. Und nach jeder Begegnung mit Dimitri wußte sie es weniger.

24

Der erste Tag auf Nowi Domik verlief quälend langsam für Katherine. Nachdem Dimitri gegangen war, fühlte sie sich sehr depressiv und sie konnte sich davon auch nicht befreien. Natürlich hätte sie auf Entdeckungsreise im Haus gehen können, um sich abzulenken. Niemand hatte ihr das verboten. Dimitris Anordnung Wladimir gegenüber: ›Das weiße Zimmer und paß auf, daß sie dort bleibt!‹ schreckte sie nicht ab. Aber sie ärgerte sich immer noch über die Szene bei der Ankunft. Am liebsten hätte sie sich irgendwo verkrochen und sie konnte nicht einfach so tun, als wäre nichts geschehen. Außerdem wollte sie auch nicht Gefahr laufen, Dimitri zu begegnen, jetzt wo sie so nahe daran war, all ihre Vorsätze aufzugeben.

Lieber Gott, warum wurde denn alles immer schwieriger und nicht besser, die Versuchung immer verlockender?

Wenn sie innerlich Abstand nahm und versuchte, die ganze Angelegenheit objektiv zu betrachten, meinte sie, verrückt werden zu müssen. Hier war sie auf dem Land, in einem so überaus luxuriösen Zimmer, daß es jeder Beschreibung spottete und der wunderbarste Mann auf Erden begehrte sie. Es war einfach traumhaft. Welche Frau, die nur irgendwie bei Verstand war, würde ein Schicksal beklagen, das Fantasien Wirklichkeit werden läßt?

Aber Katherine konnte es einfach nicht hinnehmen. Und sie suchte danach, irgend jemandem die Schuld an ihrer mißlichen Lage zuschieben zu können, denn sie hatte genug von den Selbstvorwürfen. Da war ihre Schwester, die sie durch ihr heimlichtuerisches Verhalten gezwungen hatte, ihr zu folgen. Lord Seymour war schuld, weil er sein Erbe verloren hatte und deshalb eine ganz und gar unpassende Partie war. Selbst an ihrem Vater fand sie etwas auszusetzen. Er hätte Lord Seymour akzeptieren und ihm wieder auf die Beine helfen können. Dann war da noch Anastasia, derer Skandalgeschichten wegen Dimitri nach England gereist war. Auch der Herzogwitwe von Albemarle konnte sie etwas am Zeug flicken. Schließlich hätte sie ja auch mit Anastasia alleine fertig werden können, ohne nach Dimitri zu schicken. Doch die meiste Schuld traf natürlich Wladimir, der sie einfach so entführt hatte. Jeder dieser Menschen hätte genausogut anders handeln können, dann wäre sie nie in diese fatale Situation gekommen.

Und es war so unerträglich wie noch nie. Katherines klares Weltbild geriet ins Wanken. Sie war schon nahe daran, ihre Prinzipien aufzugeben, den niedrigsten aller Motivationen zu erliegen. Sie wußte, daß es nur noch eine Frage der Zeit war, bis sie nachgab. Das war der Grund für ihre Niedergeschlagenheit. Sie wollte nicht nur eine weitere Eroberung Dimitris sein. Sie wollte nicht nur ein paar Wochen Zuneigung. Sie wollte mehr. Ihr Stolz verlangte mehr.

Katherine wußte, daß ihr Zustand kläglich war, als sie das Tablett mit dem Abendessen bemerkte. Sie konnte sich nicht erinnern, wann es hereingebracht worden war. Verärgert darüber, daß sie den halben Tag mit Selbstmitleid vergeudet hatte, schüttelte sie energisch die trüben Gedanken ab. Noch nicht einmal ausgepackt hatte sie. Das war allerdings nicht so schlimm, schließlich hatte sie die ganze Zeit aus dem Koffer gelebt. Aber sie hätte irgend etwas Sinnvolles machen können. Dimitri hatte seine Abrechnungen erwähnt. Wladimir hätte sie ihr bringen können. Sie hatte sich noch nicht einmal in ihrer neuen Wohnung umgesehen.

Nach dem Abendessen, während ihr Bad bereitet wurde, holte sie das nach. Viele Diener standen ihr zur Verfügung, stellte sie fest und wunderte sich darüber. Aber wahrscheinlich gab es genug hier auf Nowi Domik, daß man gut ein paar erübrigen konnte.

Sie verhielten sich ihr gegenüber zurückhaltend und wortkarg. Fast hatte es den Anschein, als hegten sie einen Groll gegen sie. Doch vielleicht war das ihr normales Verhalten. Katherine war ihnen nicht böse. In England konnten die Diener kündigen, wenn ihnen ihre Herrschaft nicht paßte. Diesen Menschen hier war das verwehrt.

Das Zimmer war prachtvoll eingerichtet, seinen Namen trug es ganz zu recht: weiße Teppiche, weiße Vorhänge, weiße Tapeten. Die Tapeten hatten ein ganz feines, goldenes Muster, wodurch sich die schweren Brokatvorhänge gut davon abhoben. Weiß mit goldenem Filigran waren auch die Möbel: die Tische, das Bettgestell, Schrank und Toilettentisch; selbst der Kaminsims war aus weißem Marmor. In hübschem Kontrast dazu standen das Gold und Taubenblau des Sofas und der Sessel; auch der Bettüberwurf war in diesen Tönen gehalten.

Alles in allem war dieses Zimmer ganz auf die Bedürfnisse und die Bequemlichkeit einer Frau abgestimmt: der Toilettentisch, die niedlichen Nippesgegenstände, die Bilder an den Wänden, Öle und Parfüms in dem kleinen, anschließenden Badezimmer. Katherine war sehr froh, daß Dimitri darauf bestanden hatte, ihr dieses Zimmer zu geben. Bis sie eine Tür öffnete. Es war eine Verbindungstür und sie führte direkt in sein Zimmer.

Katherine warf die Tür wieder zu, als sie Maxim sah, der mit Dimitris Kleidung beschäftigt war. Flammende Röte stieg ihr ins Gesicht. Sie vertiefte sich noch mehr, als sie die blasierten Blicke der zwei Mädchen auffing, die gerade das Bett aufdeckten. Lieber Gott, und der ganze Haushalt wußte, daß er sie hier, direkt neben sich, einquartiert hatte. Es war ganz offensichtlich das Zimmer für die Frau des Hauses oder – wie in ihrem Fall – für die Mätresse! Selbst seine Tante wußte Bescheid. Was mußte die arme Frau denken? Wie sollte sie überhaupt etwas anderes denken?

»Es ist nicht wahr«, sagte Katherine auf russisch, damit die beiden Dienstmädchen sie verstehen konnten. Aber sie erntete nur ein Kichern von der Jüngeren und ein blödes Grinsen von der anderen, was sie noch mehr reizte. »Raus mit euch! Alle beide! Ich habe inzwischen gelernt, mir selbst zu helfen. Ich brauche euch nicht. Raus!«

Während sie einfach nur dumm und verdattert über ihren Zornesausbruch dastanden, stolzierte Katherine in das Badezimmer und warf noch eine Tür zu. Sie zog ihre Kleider aus, ungeachtet irgendwelcher Knöpfe, die nicht schnell genug aufgingen und betete, daß das Bad sie entspannen möge. Doch das war nicht der Fall.

Wie konnte er sich unterstehen, ihr das anzutun? Wie konnte er sich unterstehen, jedermann glauben zu machen, sie wäre seine Mätresse? Warum mußte er seine Anordnung, wo sie schlafen sollte, in einer Lautstärke treffen, daß selbst ein Tauber sie verstanden hätte? Er hätte Wladimir auch gleich sagen können, daß sie in seinem Zimmer wohnen werde!

Sie war zu aufgebracht, als daß sie es lange in der Porzellanwanne ausgehalten hätte. Ohne sich abzutrocknen warf sie sich das Seidengewand über, das ausgebreitet dalag, fragte sich nicht einmal, wessen Gewand es wohl war. Der aprikosenfarbene Stoff klebte ihr am Körper, aber sie achtete gar nicht darauf.

So ging das nicht weiter. Sie wollte sofort mit ihm reden. Und sie würde nicht *eine* Nacht in dem weißen Zimmer bleiben. Lieber schlief sie auf einem Haufen Stroh in einem Stall, oder auf einer Matratze am Boden, selbst eine Hängematte wäre ihr willkommener, wenn es nur nicht in der Nähe von Dimitris Schlafzimmer war.

Die Dienstmädchen waren gegangen, als sie das Badezimmer

genauso lautstark verließ, wie sie es betreten hatte. Das Schlafzimmer war leer, das Tablett abgeräumt. Im Kamin brannte ein kleines Feuer. Eine kühle Brise, die zum Fenster hereinkam, ließ die Glut Funken sprühen und die schwachen Lampen flackern.

Katherine starrte einen Moment auf den dünnen Rauchfaden einer verloschenen Kerze. Sie versuchte sich zu konzentrieren, sich zu beruhigen. Doch ihre Anstrengungen führten zu nichts. Sie mußte das mit Dimitri austragen – jetzt gleich. Sie riß die Verbindungstür auf, in der Absicht Maxim zu bitten, Dimitri zu holen. Doch der Kammerdiener war gegangen. Statt dessen saß *er* an einem kleinen Tisch und beendete grade ein spätes Abendessen.

Einen Augenblick lang war Katherine verwirrt, lang genug, um automatisch »Verzeihung« zu sagen. Doch sogleich stieg die Empörung wieder in ihr hoch und sie verbesserte sich: »Nein, es tut mir nicht leid. Dieses Mal sind Sie zu weit gegangen, Alexandrow.« Sie deutete zurück. »Ich werde nicht in diesem Zimmer bleiben!«

»Warum nicht?«

»Weil es direkt neben Ihrem liegt!«

Dimitri senkte Messer und Gabel, lehnte sich zurück und schaute sie an. »Du denkst wohl, ich würde ungebeten in dein Zimmer kommen. Aber habe ich dazu nicht die ganze Zeit Gelegenheit gehabt?«

»Nein, das habe ich gar nicht gedacht. Ich will nur einfach dieses Zimmer nicht.«

»Du hast mir immer noch nicht gesagt warum.«

»Das habe ich wohl. Sie haben mir nur nicht zugehört.« Sie begann mit verschränkten Armen vor der Tür auf und ab zu gehen, bei jeder Kehrtwendung flogen ihre Haare schwungvoll herum. »Gut, wenn ich es noch deutlicher sagen muß. Dieses Zimmer gehört zur Suite des Hausherrn und damit habe ich nichts zu tun. Ich kann diesen Zusammenhang nicht dulden, und Sie wissen *genau*, was ich meine!«

»Ach, ja?«

Sie streifte ihn mit einem kurzen Blick bei dieser gleichmütigen Reaktion. »Ich bin nicht Ihre Mätresse! Ich werde auch nicht Ihre Mätresse sein und ich will nicht, daß die Leute etwas anderes denken!«

Anstatt ihr zu antworten schaute er sie einfach nur an. Er war zu gelassen. Wo war der Ärger, der ansonsten in ihm hochstieg, wenn sie sich seinen Wünschen widersetzte? Er hatte gewollt, daß sie in dem weißen Zimmer wohnte. Warum diskutierte er nicht mit ihr darüber? Und überhaupt, was hatte ihn seit ihrer letzten Begegnung so beruhigt? Für gewöhnlich war er nach ihren heftigeren Auseinandersetzungen noch tagelang schlechter Laune. Hier stand sie, wollte ihren Strauß mit ihm ausfechten, ihr Blut kochte und er tat ihr diesen Gefallen nicht.

»Nun?« forderte sie ihn gebieterisch auf.

»Für heute ist es zu spät, als daß ein Umzug noch in Betracht käme.«

»Unsinn –«

»Glaub mir, Katja, es ist zu spät.«

Er spielte auf irgend etwas an und sie mußte wissen, was das war. Sie hielt inne und richtete ihre Augen scharf auf ihn. Seine unklare Ausdrucksweise steigerte ihren Zorn nur noch mehr. Merkte er nicht, daß sie nicht in der Verfassung war, irgendwelche Spielchen mit ihm zu machen? Sie war so zornig, daß sie kaum mehr denken konnte, geschweige denn still stehen. Sie war so zornig, daß sie die Hitze spürte, die von ihr ausging. Ihr Herzschlag dröhnte in ihrem Kopf, das Blut pulsierte in ihren Adern. Und er saß einfach nur da, schaute sie an, wartete, als ob sie wie durch ein Wunder plötzlich etwas verstehen würde.

Und so war es auch. Als sie versuchte sich ruhig zu halten, merkte sie, daß es unmöglich war. Sie konnte nicht anders, sie mußte sich bewegen. Schon einmal hatte sie das gespürt, und Ärger war nicht die Ursache für dieses Verhalten gewesen – genausowenig wie jetzt.

Entsetzt machte Katherine einen Schritt auf Dimitri zu, nur um gleich darauf wieder zurückzuspringen. Sie wußte, sie durfte ihm jetzt nicht zu nahe kommen. O Gott, wie sehr wünschte sie sich, nichts zu ahnen, nicht zu wissen, was jetzt gleich geschehen mußte. Aber sie wußte es, wußte, daß sie nichts machen konnte gegen den Sturm, der sich in ihr zusammenbraute. Nicht mehr lange und sie würde nicht mehr Herr über sich selbst sein.

Katherine schauderte bei diesen Gedanken. Zorn brach aus ihr heraus. »Verflucht, Dimitri, das geht auf Ihr Konto, nicht wahr?«

»Es tut mir so leid, Kleines.«

Das stimmte. Sein Gesichtsausdruck zeigte Reue und Selbstvorwürfe. Doch das besänftigte sie keineswegs, machte sie eher noch wütender.

»Oh, Sie verdammter, gemeiner Kerl!« schrie sie ihn an. »Sie haben gesagt, daß ich nie wieder diese teuflische Droge bekommen würde! Sie haben gesagt, ich solle Ihnen vertrauen! So also soll ich Ihnen trauen? Wie konnten Sie mir das nur antun!«

Jedes einzelne Wort traf Dimitri wie ein Dolchstoß. Er hatte sich schon das Hirn zermartert wegen der gleichen Frage. Solange er noch wütend auf sie gewesen war, hatte er genug Antworten gefunden. Dann hatte er sich betrunken, weil seine Antworten bei nüchterner Betrachtung nichts taugten.

»Ich habe die Anweisung im Zorn gegeben, Katja, und dann bin ich weggeritten, zu Alexej, wo wir die letzte Nacht verbracht haben. Ich habe mich betrunken, bis ich umgefallen bin. Hätte nicht ein Diener ein Tablett fallen lassen vor dem Zimmer, in dem ich meinen Rausch ausschlief, ich wäre jetzt noch nicht hier.«

»Mir ist es verdammt gleichgültig, ob Sie hier sind oder nicht!«

Ihre Verachtung ließ ihn zurückzucken. »Du willst das lieber alleine durchstehen? Ich werde niemanden zu dir lassen«, warnte er sie.

»Natürlich würden Sie das nicht. Das ginge ja auch völlig am Zweck der Sache vorbei, nicht wahr?«

»Ich habe versucht, rechtzeitig wieder da zu sein, um die Anordnung rückgängig zu machen. Aber als ich die Treppe heraufkam, wurde dein Tablett gerade abgetragen.«

»Ersparen Sie mir Ihre Entschuldigungen und Lügen. Es gibt nichts mehr für Sie zu sagen —«

Katherine hielt inne, als eine Hitzewelle in ihr hochstieg, die ihre Nerven vibrieren ließ. Sie beugte sich vor, drückte ihre Arme in den Bauch, als könnte sie damit den Aufruhr in ihrem Innern zurückhalten. Sie stöhnte, wußte, daß es keinen Sinn hatte.

Als sie hörte, daß Dimitri besorgt aufstand, hob sie ihren Kopf und durchbohrte ihn mit einem so verachtungsvollen Blick, daß er stehenblieb. »Ich hasse Sie dafür!«

»Dann haß mich«, erwiderte er ruhig, voller Kummer. »Aber heute nacht — heute nacht wirst du mich lieben.«

»Sie sind vollkommen verrückt«, keuchte sie, und ging langsam rückwärts zur Tür. »Ich werde alleine damit fertigwerden ... ohne ... Ihren ... Beistand.«

»Das schaffst du nicht, Katja. Das weißt du auch, und deswegen bist du so wütend.«

»Bleiben Sie mir bloß vom Leibe!«

Minutenlang starrte Dimitri auf die zugefallene Tür, dann löste sich die Wucht seiner zurückgehaltenen Gefühle und er stieß mit aller Kraft gegen den Tisch. Sein Abendessen flog durch das ganze Zimmer. Doch der Ausbruch verschaffte ihm keine Erleichterung.

Er wollte nicht wahrhaben, was er ihr angetan hatte. Nie würde sie es ihm verzeihen. Sollte ihm das nichts ausmachen – lieber Himmel, wie denn? Auspeitschen müßte man ihn dafür. Mit einem Fingerschnipsen konnte er eine Frau bekommen. Es gab keine Entschuldigung, daß er diese hatte zwingen wollen, auch wenn er sich so sicher war, daß sie ihn begehrte und daß sie nur mehr einen kleinen Anstoß brauchte. Und auch jetzt konnte er ihrer Bitte nicht folgen und sie alleine lassen. Wie könnte er? Es war undenkbar, sie unnötig leiden zu lassen. Aber er selbst würde sich kein Vergnügen gönnen. Genau das war es, was er verdient hatte. Er würde sie sehen, in ihrer ununterbrochenen Erregung, und nichts unternehmen, sein eigenes Verlangen zu stillen. Sie war willig und er würde entsagen.

Dimitri zog sich rasch aus und betrat ihr Zimmer, wild entschlossen, von seiner Entscheidung nicht abzulassen und wenn es ihn umbrächte. Sie lag bereits auf dem Bett, das Gewand abgestreift. In diesem Zustand der Erregung konnte sie nicht die geringste Berührung mehr ertragen, außer der einen, die ihr Erlösung brachte. Zuckende Wellen bebten durch ihren Körper. Nur die fehlenden grünen Satinlaken unterschieden diese Szene von jener ersten Nacht in London.

Seine Füße trugen ihn wie von selbst zum Bett, die Augen wie gebannt auf ihre Schenkel geheftet, auf die straffe Wölbung ihrer Brust, ihr Bauch wandte sich ihm entgegen, dann die sanfte Rundung ihres Rückens. Sie war die aufregendste, die sinnlichste Frau, die ihm je begegnet war, und er verlangte nach ihr mit jeder Faser seines Körpers. Seit er gesehen hatte, daß das leere Tablett aus ihrem Zimmer getragen wurde, hatte er sich in einem Zustand äußerster Erregung befunden. Zwar verachtete er sich für seine Handlungsweise, aber sein Körper reagierte vor allem mit Erwartung auf das Kommende. Und jetzt, jetzt mußte er durch diese Qual hindurch, ohne Hoffnung auf Erleichterung. Er brannte, noch nie hatte er eine Frau so sehr begehrt. Und er konnte sie nicht haben. Er hatte sich diese Strafe selbst auferlegt.

»Dimitri, bitte!«

Sie hatte ihn bemerkt. Sein Blick flog zu ihr hin, er stöhnte auf, als er ihre wilde Lust sah. Schon hatte sie ihren Stolz vergessen. Auch ihm blieb nichts anderes übrig.

»Schh, Kleines, bitte. Sag nichts. Es ist alles gut, ich schwör es dir. Du mußt mich nicht mit dir schlafen lassen, heute nacht. Ich will dir nur helfen.«

Während er sprach, ließ er sich sachte auf dem Bett nieder, vorsichtig darauf bedacht, sie nicht zu berühren. Seine Augen ruhten fest auf den ihren und seine Hand glitt zwischen ihre Schenkel, dem Zentrum ihrer Qual. Sofort kam sie zum Höhepunkt: Ihre Hüften wölbten sich weit nach oben, der Kopf fiel zurück und von ihren Lippen drang ein durchdringender Schrei – halb Schmerz, halb Ekstase.

Dimitri schloß die Augen und öffnete sie erst wieder, als er spürte, wie die Spannung in ihr nachließ. Sie schaute ihn mit unergründlichen Augen an, ihre Gesichtszüge waren jetzt so entspannt, als würde sie schlafen. Er wußte, daß sie ganz klar und bei vollem Bewußtsein war. Im Moment war sie frei von der Gewalt der Droge. Sie war fähig zu reagieren, ganz normal zu reagieren, so wie es ihrem Charakter entsprach. Tatsächlich erwartete er einen weiteren verletzenden Wortschwall und nicht die ruhige Frage, die sie ihm schließlich stellte.

»Was hast du damit gemeint, daß ich dich nicht mit mir schlafen lassen muß?«

»Genau das.«

Er lehnte neben ihr und sie brauchte nur einen Blick nach unten zu werfen, um zu sehen, in was für einem Zustand der Erregung er sich befand. »Du willst das alles ungenutzt lassen?« Dimitri schnürte es die Kehle zu, als er sah, wo ihre Augen hängengeblieben waren. »Es wäre nicht zum ersten Mal.«

»Aber es ist dieses Mal nicht notwendig. Ich kämpfe nicht mehr dagegen.«

»Das macht die Droge. Ich will mir diesen Umstand nicht zunutze machen.«

»Dimitri –«

»Katja, bitte! Ich kann mich nur gerade so beherrschen und diese Diskussion führt zu gar nichts.«

Sie seufzte ärgerlich. Er hörte ihr nicht zu. Er war so darauf fixiert, ihr zu helfen, ohne daß es ihm Vergnügen bereitete, daß er überhaupt nicht hörte, was sie eigentlich sagte. Ihre Hingabe hatte nichts mit der Droge zu tun. Die Spanischen Fliegen war ihr nur zuvorgekommen. Sie wollte, daß er es ausnutzte. *Sie* wollte es ausnutzen. Warum mußte er ausgerechnet *jetzt* seine edle Seite hervorkehren?

Es war keine Zeit mehr, ihn zu überzeugen, daß sie ihn begehrte – ob mit oder ohne Droge. Es fing wieder an. Das Feuer brannte in ihren Adern, die Qual in ihren Lenden.

»Dimitri, nimm mich«, weinte sie.

»O Gott.«

Er küßte sie, damit sie still war, küßte sie so wunderbar und voller Leidenschaft, aber er nahm sie nicht. Jedesmal, wenn sie versuchte, ihn näher an sich heranzuziehen, widerstand er ihren Bemühungen. Er berührte sie nur mit dem Mund und mit den Händen, seinen magischen Händen. Sie kam schnell und heftig, aber es fehlte etwas, es war keine echte Befriedigung.

Als sich ihr Herzschlag beruhigt hatte und ihr Atem wieder normal ging, faßte Katherine energisch den Entschluß, keine halben Sachen mehr zu machen. Es war verrückt, stundenlang diese Qual mitzumachen. Und noch schlimmer war Dimitris entschlossener Verzicht, zumal sein Bedürfnis doch so offensichtlich war. Es stimmte, sie war sehr wütend auf ihn gewesen. Sie konnte es nicht leiden, wenn man über sie bestimmte. Aber sie verstand seine Beweggründe. Daß er zu solchen Mitteln griff, um sie zu besitzen, tat ihr sogar gut.

»Dimitri?«

Er stöhnte. Sein Körper lag halb auf der Seite, die Stirn preßte er gegen seinen Arm, die Augen hatte er fest geschlossen. Er sah aus, als krümmte er sich unter schrecklichen Schmerzen. Katherine lächelte, schüttelte innerlich den Kopf.

»Dimitri, schau mich an.«

»Nein – warte einen Augenblick, bis ich –«

Er konnte nicht weitersprechen. Katherine sah, wie die Muskeln an seinem Nacken hervortraten, sich seine Hände zu Fäusten ballten. Sein vor Anstrengung glühender Körper war schweißgebadet. Mit aller Kraft kämpfte er gegen seine Sinne. Es würde ihr wohl kaum anders gehen, wenn die Droge nicht jeden Widerstand unmöglich machen würde.

Sie drehte sich ganz zu ihm hin und sagte bedächtig: »Wenn du mich nicht nimmst, Dimitri Alexandrow, dann, ich schwöre es dir, dann vergewaltige ich dich.«

Sein Kopf schnellte hoch. »*Was* wirst du?«

»Du hast mich schon richtig verstanden.«

»Sei nicht albern, Katja. Das ist unmöglich.«

»Wirklich?«

Sie berührte seine Schulter, ließ ihre Finger an seinem Arm entlang gleiten. Er packte sie augenblicklich fest am Handgelenk, damit sie in nicht mehr anfassen konnte.

»Laß daß!«

Sein scharfer Tonfall beeindruckte sie nicht. »Meine Hand kannst du festhalten, aber meinen Körper?«

Katherine legte ein Bein über seine Hüften. Dimitri sprang aus dem Bett. Einen Augenblick war Katherine völlig verwirrt beim Anblick seines herrlichen ebenmäßigen und muskulösen, nackten Körpers.

»Hör auf damit.« Er blickte finster drein, wie sie so jeden Zentimeter seines Körpers mit den Augen verschlang.

Sie blickte auf, in ihren Augen blitzte der Schalk. »Willst du mir auch die Augen verbinden? Und mich vielleicht noch fesseln? Wie willst du denn dein Versprechen halten, daß du mir hilfst, wenn du mir nicht mehr nahekommen willst? Und ich verspreche dir nicht, dich nicht zu berühren.«

»Verdammt, Frau. Ich will nicht, daß du mich wieder haßt.«

»Aber das tue ich doch gar nicht«, sagte sie überrascht. »Ich könnte es nicht.«

»Du weißt nicht, was du jetzt redest«, beharrte er. »Morgen –«

»Vergiß morgen! Lieber Gott, ich glaube nicht, daß ich darüber mit dir streiten werde. Du mußt keine Bedenken haben, Dimitri, nicht im geringsten. Oder willst du mich bestrafen, weil ich so lange –«

»Lieber Gott, nein!«

»Dann laß mich doch nicht bet ... O Gott, es geht wieder los. Dimitri, hör auf damit! Du mußt mich nehmen. Du mußt!«

Er kam zu ihr ins Bett und nahm sie fest in seine Arme. »O Gott, Katja, vergib mir. Ich dachte –«

»Du denkst viel«, flüsterte sie und schlang ihre Arme um seinen Hals, sich mit jeder Faser ihres Körpers nach ihm sehnend.

Seine Lippen bestürmten sie, er küßte sie. Tief versank seine erbarmungslos fordernde Zunge in ihrem Mund. Die ganze Kraft seiner Leidenschaft explodierte in wildem Begehren. Es war Wonne, die reine Wonne, als er Sekunden später in sie eindrang, ihr Brennen löschte. Ja, das brauchte sie, das wollte sie, daß er sie vollkommen besaß. Und das wunderbare Pulsieren, das gleich darauf folgte, war um so schöner, weil er gleichzeitig mit ihr kam.

Doch das war erst der Anfang. Dimitris Fantasien, von denen er solange geträumt hatte, waren Wirklichkeit geworden: Sie wollte ihn, begehrte ihn mit der gleichen Leidenschaft wie er sie. Und er war nicht mehr zu bremsen, jetzt, nachdem die Mauer seiner Selbstkasteiung durchbrochen war. Während er noch benommen von der Wut ihres Höhepunkts dalag, glitten sein Mund und seine Hände zärtlich über sie hin. Nicht einen Augenblick konnte er aufhören, sie zu lieben.

Katherine lächelte. Sie spürte das warme, sanfte Ziehen an ihren Brüsten, die starken Finger, die ihre Haut zärtlich liebkosten. Wohl war sie im Moment erschöpft, aber ihr Verstand arbeitete klar.

Und in diesem Augenblick begriff Katherine, daß sie ihn liebte.

25

Die Morgensonne tauchte das weiße Zimmer in strahlendes Licht. Durch das offene Fenster fiel die Sonne auf den Teppich, doch das Bett erreichte sie noch nicht ganz. Kleine Staubkörnchen tanzten bei jedem Luftzug im hellen Licht auf und ab.

Wohlig räkelte sich Katherine in dem großen Bett, wurde langsam immer munterer. Irgend etwas war geschehen – ach, ja, die Nacht! Sie lächelte, die Erinnerung stieg in ihr hoch. Mit einem glücklichen Seufzer öffnete sie die Augen.

Sie war alleine. Ein kurzer Blick durchs Zimmer. Ja, sie war alleine. Mit einem Achselzucken sank sie zurück in die Kissen.

Was erwartest du denn, du Dummerchen? Nur weil er damals bei dir war, als du aufgewacht bist, heißt das doch nicht, daß er immer da sein wird. Er hat viel zu tun, muß sich um seine Leute kümmern. Schließlich sind wir gestern erst angekommen und er war den ganzen Tag nicht da, wie er erzählt hat. Sicher gibt es eine Unmenge für ihn zu erledigen.

Doch zweifellos wäre es sehr schön gewesen neben Dimitri aufzuwachen. Sie brannte darauf, ihm zu sagen, daß sie sich an alles erinnerte, was sie vergangene Nacht zu ihm gesagt hatte, und daß alles der Wahrheit entspräche. Und wenn er jetzt hier wäre, könnte sie ihm sagen – ja, es gab keinen Grund es geheimzuhalten – könnte sie ihm sagen, daß sie ihn liebte.

Beim bloßen Gedanken daran stieg ein warmes Gefühl in ihr hoch und sie lächelte. Sie konnte es immer noch nicht ganz glauben. Sie war diesem albernen Gefühl zum Opfer gefallen. Sie? Unglaublich. Aber Liebe war überhaupt nicht albern. Sie war sehr wirklich, machtvoll, herrlich. Wie gerne gab sie zu, daß sie sich immer geirrt hatte.

Mehr als eine Stunde lag sie im Bett und sann über dieses neue Gefühl nach. Doch dann sprang sie plötzlich auf, konnte nicht länger liegen bleiben. Sie mußte Dimitri finden und ihm ihre Gedanken anvertrauen. Insgeheim wollte sie vor allem auch hören, ob er ihre Gefühle erwiderte.

Hastig zog sie sich an und warf nur einen kurzen Blick in den Spiegel des Toilettentisches, um sich zu versichern, daß alle Knöpfe richtig zu waren. Lange schon hatte sie es aufgegeben, irgend etwas mit ihrem Haar zu unternehmen. Nie hatte sie gelernt, sich darum zu kümmern und selbst als es notwendig wurde, schaffte sie das nicht. Solange es ordentlich von einem Band zurückgehalten wurde, so wie sie es auf dem Schiff getragen hatte, war sie zufrieden.

Der wahrscheinlichste Ort, Dimitri zu finden, war sein Zimmer. Sie klopfte an die Verbindungstür und als sie keine Antwort bekam, öffnete sie sie einfach. Sie dachte gar nicht daran, daß sie gestern noch ein solches Vorgehen als sehr frech empfunden hatte. Dimitri war ihr Liebhaber und das gab ihr Vorrechte, die sie ansonsten nicht im Traum in Anspruch genommen hätte. Leider saß er nicht an seinem Schreibtisch, wie sie gehofft hatte. Er war gar nicht im Zimmer. Und auch Maxim, der ihr hätte weiterhelfen können, war nicht da.

Anstatt durch ihr eigenes zu gehen, durchquerte Katherine ungeduldig Dimitris Zimmer, um auf den Korridor zu gelangen. Überrascht stand sie vor Dimitris Tante, als sie die Tür öffnete.

Sonja hatte gerade klopfen wollen. Sie erschrak darüber, daß Katherine aus Dimitris Zimmer kam. Dimitris Stimme klang ihr noch in den Ohren, wie er befohlen hatte, daß sie in dem weißen Zimmer zu bleiben hatte. Wenn sie noch irgendeinen Beweis gebraucht hatte, warum die Frau hier war, dann hatte sie ihn jetzt. Und ihr unziemliches Aussehen verwies nur zu deutlich auf ihren liederlichen Beruf. Eine Frau trug ihr Haar niemals offen, außer im Schlafgemach. Daß diese hier mit wallendem Haar nach draußen gehen wollte, bestärkte Sonja nur in ihrer moralischen Entrüstung.

Katherine fing sich als erste wieder. Sie trat einen Schritt zurück, um die imposante Frau besser anschauen zu können. Das Lächeln, zu dem sie angesetzt hatte, gefror ihr. Statt dessen stieg ihr eine heiße Röte ins Gesicht, als sie den Tadel in den kalten, blauen Augen der Älteren wahrnahm. Lieber Gott, *das* hatte sie in ihrem jungen Glück nicht bedacht, aber jetzt stand es ihr deutlich vor Augen: Ihre neue Beziehung zu Dimitri war ein Skandal.

Sie wäre die erste, die das so sehen würde, wäre sie nicht selbst daran beteiligt. Für jeden anderen konnte es keinen Zweifel geben. Und doch, sie hatte ihre Entscheidung gefällt, oder vielmehr, sie war für sie getroffen worden. Sie liebte den Mann. Und sie war sich sicher, daß er genauso für sie empfand. Gut, sie trug keinen Ring am Finger – noch nicht. Aber sie machte sich große Hoffnungen, daß die Angelegenheit in Ordnung kommen würde. Schließlich war das keine Schulmädchen-Verliebtheit, der sie erlegen war. Für sie war es eine Bindung für immer. Sie hatte zu lange dagegen angekämpft, als daß sie jetzt nicht alles dafür einsetzen würde.

Unbewußt richtete sich Katherine sehr gerade auf, nahm damit die ihr innewohnende vornehme Haltung ein. Sonja hielt das für Arroganz und es brachte sie sehr auf.

»Ich suche meinen Neffen.«

»Ich auch«, erwiderte Katherine höflich. »Wenn Sie mich also bitte entschuldigen wollen …«

»Einen Augenblick, Fräulein«, sagte Sonja mit befehlender Stimme. Das ›Fräulein‹ klang sehr abfällig. »Was machen Sie denn in Dimitris Zimmer alleine, wenn er gar nicht da ist?«

»Wie ich schon sagte, ich suche ihn.«

»Oder Sie wollten vielleicht die günstige Gelegenheit wahrnehmen und ihn bestehlen.«

Diese Anschuldigung war so widersinnig, daß Katherine sie gar nicht ernst nehmen konnte. »Bei allem Respekt, Madame, ich stehle nicht.«

»Ich soll mich auf Ihr Wort verlassen? Seien Sie nicht albern. Die Engländer mögen so leichtgläubig sein, wir Russen nicht. Man wird Sie durchsuchen.«

»Ich bitte um Verzeihung –«

»Dazu werden Sie auch allen Grund haben, wenn wir irgendwelche Wertsachen bei Ihnen finden.«

»Was zum –«, keuchte Katherine, als Sonja begann, sie in die Halle zu ziehen.

Sie versuchte, den Griff der Frau abzuschütteln, aber es war, als hätte sie sich mit Klauen in ihren Arm gekrallt. Sonja war fast dreißig Zentimeter größer als sie und in der hageren Gestalt steckten ungeahnte Kräfte. Katherine mußte sich die Treppe hinunterziehen lassen. In der Halle liefen die Diener zusammen, um zu sehen, was für ein Theater es jetzt wieder mit ihr gab.

Verlier nicht die Beherrschung, Katherine. Dimitri wird das in Ordnung bringen. Schließlich hast du nichts Verbotenes getan. Seine Tante ist einfach gehässig. Hat Maruscha dich nicht vorgewarnt, daß sie ein Drachen ist? Hat sie dir nicht erzählt, daß Dimitris persönliche Diener ihr aus dem Weg gehen, wo es nur möglich ist?

In der großen Eingangshalle wurde Katherine grob dem nächsten Diener übergeben. Er war älter als die anderen und von dicklicher Statur. Verlegen rätselte er, was er denn mit ihr anfangen sollte.

Sonja stellte das sehr schnell klar. »Untersuch sie nach Wertsachen, aber gründlich. Sie wurde unbeaufsichtigt im Zimmer des Prinzen angetroffen.«

»Moment mal«, sagte Katherine betont ruhig. »Dimitri wird das gar nicht schätzen, Madame, und ich glaube, Sie wissen das. Ich verlange, daß man nach ihm schickt.«

»Verlange? Verlange!«

»Sie hören außerordentlich gut«, fuhr Katherine sarkastisch dazwischen.

Wahrscheinlich hätte sie sich diese höhnische Bemerkung sparen sollen, aber sie wurde jetzt wirklich zornig und stellte jegliche Diplomatie beiseite. Die Hexe hatte kein Recht, sie so zu beschuldigen. Und es ging eindeutig zu weit, daß sie sich erdreistete, sie wie eine Dienerin zu behandeln.

Für Sonja war Katherines Sarkasmus der Tropfen, der das Faß zum Überlaufen brachte. Noch nie hatte jemand so respektlos mit ihr geredet, und noch dazu vor der Dienerschaft. Das konnte sie nicht dulden.

»Ich werde Sie –« begann Sonja zu schreien. Doch dann schien sie sich wieder zu fassen, obwohl ihr Gesicht rot vor Zorn war. »Nein, ich werde das Dimitri erledigen lassen, dann werden Sie schon sehen, daß Sie ihm nichts bedeuten. Wo ist der Prinz?« Sie blickte in den Kreis der Diener, die die Szene gespannt beobachteten. »Also, was ist denn, irgend jemand muß ihn doch heute morgen schon gesehen haben. Wo ist er?«

»Er ist nicht hier, Prinzessin.«

»Wer hat das gesagt?«

Das Mädchen wagte sich kaum vor. Es war nicht sehr klug, die Aufmerksamkeit der Herrin auf sich zu lenken, wenn sie in dieser Stimmung war. Aber nun hatte sie schon was gesagt, hatte sich bereits zu weit vorgewagt. Schlimmer konnte es nicht mehr kommen, wenn sie alles sagte.

Auf den ersten Blick hielt Katherine das Mädchen für Lida.

Aber sie war jünger und hatte auch nicht Lidas Dreistigkeit, im Gegenteil, sie schien sich zu fürchten. Wovor hatte *sie* denn Angst? Katherine war es doch, die in der Patsche saß. »Meine Schwester hat mich vor dem Morgengrauen geweckt, um mir auf Wiedersehen zu sagen, Prinzessin«, erklärte das Mädchen mit gesenktem Blick. »Sie war sehr in Eile, denn der Prinz war bereits abgereist, und sie und der Rest seines Gefolges mußten sich beeilen, ihn einzuholen.«

»Das ganze Drumherum interessiert mich nicht!« fuhr Sonja sie an. »Wohin ist er gefahren?«

»Nach Moskau.«

Einen Moment herrschte Schweigen, dann verzog sich langsam Sonjas Mund, während sie ihren kalten Blick auf Katherine heftete. »Er nimmt also seine Pflichten trotz allem ernst. Ich hätte nicht an ihm zweifeln sollen. Ich hätte wissen müssen, daß er sich beeilen würde, seine Werbung um Prinzessin Tatjana wieder aufzunehmen. Aber ich muß mich jetzt mit Ihnen rumschlagen. Ich sollte Sie einfach vor die Tür setzen.«

»Eine hervorragende Idee«, sagte Katherine scharf.

Sie war so verärgert, daß es ihr selbst bei diese überraschenden Nachricht die Sprache nicht verschlug. Dimitri abgereist? Einfach so? Um sich zu verloben? Nein, das waren Vermutungen seiner Tante, aber keine Tatsachen. *Zieh keine falschen Schlüsse, Katherine. Wahrscheinlich gibt es einen ganz einfachen Grund, warum er ohne ein Wort abgereist ist. Und er wird zurückkommen. Dann wirst du Antworten bekommen, wahre Antworten, und du wirst lachen, wie du auch nur einen Augenblick an ihm hast zweifeln können.*

»Also, Sie wollen Ihrer Wege gehen?« brach Sonja unvermittelt in ihre Gedanken ein. Ihre bessere Stimmung war schon wieder verflogen. »Dann, meine ich, ist es wohl besser, Sie hier zu behalten. Ja, es mag schon sein, daß Dimitri Ihre Anwesenheit bereits vergessen hat. Aber Wladimir ist nicht so nachlässig. Er war heute morgen wahrscheinlich nur so in Eile, daß er übersehen hat, Anweisungen zu hinterlassen, was mit Ihnen geschehen soll. Doch irgendeinen Grund muß es dafür geben, daß Sie zurückgelassen wurden. Ich muß mich deshalb wohl darum kümmern, daß Sie noch hier sind, wenn sie zurückkommen. Obwohl es mir anders viel lieber wäre.«

»Ich kann Ihnen genau sagen, warum ich hier bin«, gab Katherine empört zurück.

»Bemühen Sie sich nicht. Was eine wie Sie sagt, kann man sowieso nicht glauben.«

»Eine wie ich?« Katherine schrie beinahe.

Sonja ging überhaupt nicht darauf ein. Der Ausdruck, mit dem sie Katherine von oben bis unten musterte, sagte alles. Sie war wieder ganz die Herrscherin, hatte ihren Ärger unter Kontrolle, war mit jeder Faser die Tyrannin, die Maruscha beschrieben hatte.

»Da Sie hier auf Nowi Domik bleiben werden, ist es an der Zeit, Ihnen gebührliches Verhalten beizubringen. Respektlosigkeit wird hier nicht geduldet.«

»Dann würden Ihnen ein paar Lektionen in Höflichkeit auch nicht schaden, Madame. Denn wenn ich mich recht erinnere, habe ich mich Ihnen gegenüber durchaus höflich verhalten, bis Sie Ihre unbegründeten Anschuldigungen machten. Sie hingegen haben mich von Anfang an beleidigt.«

»Das reicht!« schrie Sonja. »Wir werden sehen, ob sich Ihre Anmaßungen nicht durch einen Besuch im Holzhaus zügeln läßt. Semen, bring sie sofort dorthin!«

Katherine mußte fast lachen. Wenn die Hexe glaubte, daß sie irgend etwas erreichen konnte, indem sie sie im Holzhaus einsperrte, hatte sie sich aber gründlich getäuscht. Endlose Wochen hatte sie auf dem Schiff in Gefangenschaft zugebracht. Ein paar Tage mehr, bis Dimitri zurück kam, machten ihr überhaupt nichts aus. Und sie konnte sich die Zeit damit vertreiben, sich auszumalen, wie wütend Dimitri auf die Tyrannei seiner Tante sein würde.

Selbst die Diener konnten sich das vorstellen, dachte Katherine ziemlich selbstgefällig. Der Kerl, der sie festhielt – Semen hieß er wohl –, hatte ganze fünf Sekunden gezögert, bevor er sie zur Rückseite des Hauses schleppte. Die anderen, die der ganzen Szene beigewohnt hatten, zeigten Erstaunen, Schrecken oder richtiggehend Angst.

Katherine wurde nach draußen gebracht zu einem der Nebengebäude, die sie bei ihrer Ankunft wahrgenommen hatte. Von dort aus sah sie zum ersten Mal das Dorf in einiger Entfernung liegen, umgeben von endlosen Weizenfeldern, die im Morgenlicht golden leuchteten. Erstaunlich, daß sie die herrliche Landschaft genießen konnte, wo sie doch gleich eingesperrt werden sollte. Aber es war so. Denn all das Neue, das ihr begegnete, befriedigte eine tiefe Sehnsucht, die Abenteuerlust, in ihr.

Das Holzhaus war eine kleine Hütte, in der die Holzscheite gestapelt wurden. Ein erster Blick in den fensterlosen Schuppen, ohne festen Boden, ließ Katherines Selbstgefälligkeit etwas brüchig werden.

Kopf hoch, Katherine. Es wird also nicht sehr angenehm werden. Um so ausgiebiger wird Dimitris Wiedergutmachung sein, wenn alles vorüber ist. Er wird alles wettmachen, du wirst schon sehen.

Auf einen Wink von Sonja waren außer Semen noch ein paar muskulöse Diener mit ihnen gekommen. Sonja selbst war auch da. Vier der Männer waren jetzt in der Hütte. Es fiel genügend Sonnenlicht durch die offene Tür, um den stickigen Raum zu erhellen. Katherine hatte erwartet, daß man sie jetzt hier allein ließ. Statt dessen wurde sie einem jüngeren, muskulöseren Mann übergeben, der ihre Handgelenke packte und festhielt.

»Soll ich auch noch gefesselt werden?« höhne Katherine. »Wie komisch.«

»Stricke sind nicht nötig«, sagte Sonja herablassend. »Rodian ist durchaus fähig, Sie festzuhalten, solange es dauern wird.«

»Was wird wie lange dauern?«

»Sie werden solange mit dem Stock gezüchtigt werden, bis Sie bereits sind, sich für Ihre Unverschämtheit bei mir zu entschuldigen.«

Katherine wich alles Blut aus dem Gesicht. Das also bedeutete ein Gang zum Holzhaus! Lieber Gott, das war ja wie im tiefsten Mittelalter!

»Sie sind verrückt«, sagte Katherine langsam, jedes Wort betonend. Dabei drehte sie ihren Kopf um zu der älteren Frau, die jetzt hinter ihr stand. »Das können Sie sich nicht erlauben. Ich gehöre dem englischen Hochadel an, ich bin Lady Katherine St. John.«

Sonja stutzte einen Augenblick, aber auch nicht länger. Sie hatte sich ihre Meinung über Katherine bereits gebildet. Und die Diener waren nicht die einzigen, die hartnäckig an ihrem ersten Eindruck festhielten. Die Frau war ohne jede Bedeutung. Dimitris Behandlung hatte das ja bewiesen. Es war Sonjas Pflicht, diese Anmaßung zu brechen, bevor sie sich auf die anderen Diener übertrug.

»Egal, wer Sie sind«, sagte Sonja kalt, »Sie müssen erst einmal Manieren lernen. Sie können selbst bestimmen, wie lange die Behandlung dauern wird. Wenn Sie sich jetzt entschuldigen –«

»Niemals!« fauchte Katherine. »Achtung zeige ich nur vor jemand, der es verdient. Für Sie, Madame, habe ich nur Mitleid.«

»Fang an!« kreischte Sonja, rot vor Wut.

Katherines Kopf fuhr herum, ihr Blick durchbohrte den Diener, dessen Griff sich bei dem Befehl noch verstärkt hatte. »Lassen Sie mich augenblicklich los.«

In ihrer Stimme lag soviel Autorität, daß Rodian tatsächlich den Griff lockerte. Aber die Prinzessin stand direkt daneben. Katherine erkannte das Dilemma des Mannes. Unentschlossenheit und Angst spiegelten sich auf seinem zerfurchten Gesicht. Da wußte sie, daß Sonja für den Augenblick gewonnen hatte.

»Sie sollten darum beten, nicht in der Nähe zu sein, wenn Dimitri herausfindet, was –«

Katherine redete nicht weiter. Sie wappnete sich, hörte das schreckliche Sausen des Stocks, bevor er sie traf. Der Schmerz war schlimmer als alles, was sie sich bis dahin hatte vorstellen können. Der Atem pfiff ihr durch die Zähne, sie schrie innerlich auf. Der erste Schlag zwang sie in die Knie.

»Sagen Sie ihr, was sie hören will, Fräulein«, flüsterte Rodian flehentlich.

Er war der einzige, der ihr Gesicht sehen konnte, als der Stock sie traf. Dann kam der zweite Schlag, schlimmer noch als der erste, traf sie an derselben Stelle. Und dann der dritte, auf den unteren Rücken. Ihre Hände zuckten. Blut perlte von den Lippen, in dies sich ihre Zähne fest hineinbissen. Sie war so dünn, so zart, keine kräftige Bäuerin, deren Körper durch schwere Arbeit gegen solche Strafen abgehärtet war. Ein paar Stockschläge waren für einen Diener nicht weiter schlimm. Aber die hier war keine Dienerin. Und egal was oder wer sie war, diese Art der Züchtigung konnte sie nicht aushalten.

»Laß mich frei«, war alles, was Katherine auf sein Flehen erwiderte.

»Heilige Maria, ich kann nicht, Fräulein«, sagte er kläglich, während Semen schon zu nächsten Schlag ausholte.

»Dann laß ... mich ... nicht ... fallen.«

»Ach, sagen Sie ihr doch –«

»Ich kann nicht«, keuchte sie, taumelte unter dem nächsten Schlag nach vorne. »Der Stolz der St. Johns ... verstehen Sie.« Rodian hörte ihre Worte ungläubig. Stolz? Und es war ihr ernst damit! Nur die Adeligen wurden in ihren Handlungen vom Stolz bestimmt. Heilige Maria, was mußte er hier mitmachen? Hatte sie die Wahrheit über ihre Herkunft gesagt?

Er war sehr erleichtert, als er einen Augenblick später sagen konnte: »Sie ist ohnmächtig geworden, Prinzessin.«

»Soll ich sie wiederbeleben?« fragte Semen.

»Nein«, sagte Sonja gereizt. »Törichtes Weib. Es hat wohl keinen Sinn, noch länger auf eine Entschuldigung von ihr zu warten. Aber verabreiche ihr noch ein paar tüchtige Schläge zusätzlich, Semen.«

Semen selbst war es, der gegen diesen Befehl protestierte.

»Aber sie ist bewußtlos, Prinzessin.«

»So? Nun, sie wird es jetzt nicht spüren, erst wenn sie aufwacht.«

Rodian zuckte bei jedem der nun folgenden, abscheulichen Stockschläge zusammen, wünschte, er könnte die Züchtigung für sie erdulden. Aber wenigstens hielt er sie, unter den Armen gefaßt aufrecht. Sie fiel nicht, wie sie es gewollt hatte, auch wenn er den Sinn dieses Wunsches nicht verstand.

»Durchsuch sie«, war Sonja letzter Befehl.

Semen beugte sich vor, nur um sich einige Augenblicke später kopfschüttelnd wieder aufzurichten. »Nichts, Prinzessin.«

»Nun gut, es kann nicht schaden, sich zu vergewissern.«

Rodian und Semen wechselten bei diesen Worten einen Blick. Rodian war sehr verschlossen, als er die Frau aus dem Holzhaus trug. In ihm brannte all die Machtlosigkeit und Wut, die nur jemand kannte, der unter dem Joch der Leibeigenschaft litt. ›Kann nicht schaden‹! Die Engländerin dachte sicher anders darüber.

26

Katherine schnellte hoch, als ihr klar wurde, wo sie sich befand. Die Anstrengung ließ sie laut aufstöhnen. Sie krümmte sich, außer Atem, starrte entsetzt auf ihre Unterlage.

»Ein Ofen! Sie haben dich auf einen Ofen gelegt, Katherine! Sie sind verrückt. Jeder einzelne von ihnen ist verrückt!«

»*Sdrawstwui, Gosboscha.*«

»Verdammt noch mal, das ist alles andere als ein guter Morgen!« fuhr Katherine die Frau an, die lautlos hinter sie getreten war. »Habt ihr vor, mich zum Abendessen zu servieren?«

Die Frau fing an zu lächeln, als ihr die Bedeutung von Katherines Worten aufging. »Im Ofen brennt kein Feuer«, versicherte sie ihr. »Im Winter ist er ein schönes, warmes Bett für die Kinder und die Alten. Deswegen ist er auch so groß. Aber im Sommer ist es zu heiß und wir backen draußen.«

Katherine betrachtete den Ofen immer noch furchtsam. Er war riesig, man konnte sich tatsächlich vorstellen, daß mehrere Menschen darauf schliefen. Doch wenn er gar nicht an war, wieso hatte sie dann das Gefühl zu verbrennen?«

»Sie sollten sich nicht so viel bewegen, Fräulein«, sagte die Frau jetzt ernster.

»Sollte ich?«

»Außer Sie fühlen sich in der Lage dazu, natürlich.«

»Natürlich.«

Katherine wiederholte gereizt diese Worte, weil sie auf eine ausführlichere Erklärung wartete. Dabei zuckte sie ungeduldig mit den Achseln. Ein jäher Schmerz durchfuhr sie. Die Augen weit aufgerissen holte sie tief Luft, dann drückte sie sie zu, während sie pfeifend ausatmete. Dummerweise spannte sie dabei ihren Rücken an, der wie Feuer brannte. Sie stöhnte erbärmlich, konnte gar nicht anders. Es war ihr völlig egal, ob jemand sie hörte.

»Diese … verdammte … Hexe!« zischte sie zwischen den Zähnen hindurch. Sie wand sich vor Schmerzen. »Sie hat tatsächlich … unglaublich! Wie kann sie so etwas wagen?«

»Wenn Sie die Tante des Prinzen meinen, die herrscht hier in seiner Abwesenheit, und –«

»Was soll das für eine Entschuldigung sein?« fuhr Katherine auf?

»Jeder weiß, was Sie gemacht haben, Fräulein. Der Fehler lag bei Ihnen. Wir haben schon vor langer Zeit gelernt, welche Haltung wir ihr gegenüber einzunehmen haben. Sie ist noch vom alten Schlag, müssen Sie wissen, und verlangt vollkommene Unterwürfigkeit. Zeigt man ein bißchen Angst und äußersten Respekt, dann ist sie mehr als wohlwollend. Hier wird niemand mehr mit Stockschlägen gezüchtigt – Sie waren eine Ausnahme. Sie müssen nur wissen, wie man sie behandelt.«

Katherine konnte sich durchaus die ihrer Meinung nach richtige Behandlung vorstellen. Aber sie sagte nichts. Sie mußte ihre ganze Willenskraft aufbieten, sich nicht von den Schmerzen übermannen zu lassen. Am geringsten war die Qual, wenn sie sich absolut still hielt.

»Wie schlimm ist es?« fragte sie zögernd.

Sie trug nicht ihre eigenen Kleider, irgend jemand mußte sie umgezogen haben, wahrscheinlich diese Frau. Das Gewand, das sie trug, war aus grober Baumwolle, kühl aber sehr kratzig. Es war wohl eine Gabe dieses weiblichen Tyrannen, der sich Prinzessin nannte. Dieser Frau hier konnte es jedenfalls nicht gehören, denn sie war recht beleibt, und das Kleid war zwar unangenehm, aber es paßte wenigstens.

»Bekommen Sie leicht blaue Flecken?«

»Ja«, erwiderte Katherine.

»Dann ist es, glaube ich, nicht so schlimm. Sie haben viele Striemen und Quetschungen, aber wenigstens ist die Haut nicht aufgerissen und keine Rippen gebrochen.«

»Sind Sie sicher?«

»Bei den Rippen nicht. Das können Sie selbst besser beurteilen. Man hat keinen Arzt kommen lassen, selbst als Sie hohes Fieber hatten nicht.«

»Ich hatte Fieber?«

»Ja, eineinhalb Tage. Deswegen sind Sie auch hier. Ich kenne mich mit Fieber aus.«

»Wo bin ich hier? Ach, ich weiß Ihren Namen gar nicht. Ich heiße übrigens Katherine.«

»Jekaterina?« Die Frau lächelte. »Das ist ein schöner Name, ein königlicher Name –«

»Ja, das wurde mir schon gesagt«, unterbrach Katherine sie, »und wie heißen Sie?«

»Parascha. Sie sind hier im Dorf, in meinem Haus. Rodian hat Sie gestern hierher gebracht. Er war sehr besorgt. Anscheinend hat die Prinzessin angeordnet, daß niemand nach Ihnen schauen sollte, obwohl sie wußte, daß Sie Fieber haben. Nachdem sich die Prinzessin so offensichtlich nicht kümmerte, traute sich auch kein anderer, etwas für Sie zu tun. Sie stehen in Ungnade bei ihr und jeder hat Angst, damit in Verbindung gebracht zu werden.«

»Ich verstehe«, sagte Katherine knapp. »Ich hätte also sterben können?«

»Um Himmels willen, nein!« erwiderte Parascha. »Ihr Fieber kam von den Schlägen. Das ist kein gefährliches Fieber. Rodian wußte das jedoch nicht. Wie ich schon sagte, er war sehr besorgt. Er scheint zu glauben, daß der Prinz sehr ungehalten sein wird, wenn er das erfährt.«

Wenigstens hatte irgend etwas von dem, was sie gesagt hatte, einen Eindruck bei dem Mann hinterlassen. Aber sie hatte Dimitris Zorn vor allem deswegen prophezeit, um die drohenden Schläge noch abzuwehren. Und sie nahm nur an, daß er außer sich sein würde. Und wenn nicht? Wenn es ihn viel weniger kümmerte?

Bei dem Gedanken an diese Möglichkeit spürte sie einen dicken Knoten im Hals. Sie mußte ihre ganze Kraft zusammennehmen, an etwas anderes zu denken. »Leben Sie alleine hier, Parascha?«

Die Frage schien die Frau zu überraschen. »In so einem großen Haus? Nein, nein, hier wohnen noch mein Mann Sawa, seine Eltern, unsere drei Kinder und es wäre noch Platz für mehr.«

Es war ein großes Haus, ganz aus Holz gebaut, das es ja hier im Überfluß gab. Zwar hatte es nur ein Stockwerk, schien aber dennoch größer zu sein als die Häuser, die Katherine unterwegs in den Dörfern gesehen hatte. Sie hatte angenommen, daß die Blockhäuser nur aus einem Raum bestanden, doch dieses hier hatte mehrere Zimmer. Durch die offene Küchentür konnte sie in einen weiteren Raum blicken. Die Küche selbst war geräumig, nichts Überflüssiges befand sich darin. Ein großer Tisch war der Mittelpunkt und auch der mächtige Ofen nahm viel Platz ein. In einem wunderschön geschnitzten Regal – hübscher als alles, was Katherine bis dahin gesehen hatte – wurden eine Reihe hölzerner Küchengegenstände aufbewahrt.

Im Haus war es still, nichts wies darauf hin, daß noch jemand da war. »Arbeiten die anderen alle auf dem Feld?«

Parascha lächelte nachsichtig. »Bis zur Ernte, die bald da sein wird, ist kaum etwas zu tun auf den Feldern. Es gibt schon auch jetzt Arbeit, natürlich. Die Gemüsebeete müssen gejätet und die Schafe geschoren werden. Es wird geschlachtet und wir treffen Vorbereitungen für den Winter. Aber das ist alles nichts im Vergleich zum Frühjahr und zum Herbst, wo gesät und geerntet wird. Dann sind wir schon froh, wenn wir nur sechzehn Stunden am Tag arbeiten müssen. Aber heute ist Samstag.«

Sie sagte das so, als müsse Katherine wissen, was das zu bedeuten hatte. Und dank der langen Unterhaltungen mit Maruscha auf der Fahrt nach Nowi Domik, wußte sie es tatsächlich. Samstags versammelte man sich in allen russischen Dörfern im Badehaus zum Dampfbad. Der Dampf wurde erzeugt, indem man Wasser über einen großen Backsteinofen leitete. Die Menschen ließen sich auf Bänken nieder, die übereinander an den Wänden angebracht waren. Je höher man lag, um so heißer war es. Manche schlugen sich gegenseitig mit Birkenzweigen, um die Wirkung noch zu steigern, und zum Schluß sprang man in den kalten Fluß oder rollte sich im Winter nackt im Schnee. Maruscha hatte ihr versichert, daß das Ganze sehr belebend sei, und sie sollte nicht vorschnell darüber urteilen, bevor sie es nicht selbst versucht hatte.

»Sie verpassen jetzt das Dampfbad, nicht wahr?« bemerkte Katherine.

»Ach, ja, aber ich konnte Sie doch nicht alleine hier lassen. Heute nacht ist das Fieber heruntergegangen und ich wußte, daß Sie irgendwann aufwachen würden. Gerne hätte ich gehabt, daß Sawa Sie ins Badehaus trägt, denn der Dampf würde Ihnen guttun. Aber vergangene Nacht wurde Nikolai, der Bruder des Prinzen, gesehen, der seine Mutter hier im Dorf besuchte. Er hat die Nacht bei ihr verbracht und ist wahrscheinlich auch im Bad. Ich habe mir gedacht, daß es Ihnen sicher unangenehm ist, gleich von ihm belästigt zu werden, wenn Sie wieder zu sich kommen.«

»Warum sollte er mich belästigen?«

»Weil er das mit allen Frauen macht.« Parascha lachte in sich hinein. »Was Frauen anbelangt tritt er ganz in die Fußstapfen seines Bruders. Aber er ist nicht so wählerisch wie der Prinz. Jede und alle ist sein Motto.«

Katherine wußte nicht, ob sie sich beleidigt fühlen sollte oder nicht. Schließlich erwiderte sie aber nichts. Sie wußte wer Nikolai war; Nikolai Baranow, der illegitime Sohn Pjotr Alexandrows und einer Leibeigenen aus dem Dorf. Bei der Geburt Nikolais wurde seiner Mutter die Freiheit gegeben, doch sie machte nie davon Gebrauch, sondern blieb in Nowi Domik und heiratete schließlich einen Mann aus dem Dorf. Nikolai aber wuchs, wie alle illegitimen Kinder der Alexandrows, im Schoß der Familie auf, mit einer ganzen Schar Diener, die ihn bedienten und verwöhnten.

Katherine konnte nicht verstehen, wie Lady Anne, eine stolze

Engländerin, einen so offensichtlichen Beweis der Untreue ihres Mannes hatte dulden können. Nikolai war schließlich sieben Monate jünger als Dimitri. Und doch schien sich Lady Anne, was Maruscha erzählte, nie beklagt zu haben. Sie hatte Pjotr bis zu seinem Tod treu geliebt.

Sie würde nicht so verständnisvoll sein, das wußte Katherine. Doch sie betrachtete die Dinge auch realistisch. Sie wußte, daß Männer von den Bedürfnissen ihres Körpers bestimmt wurden, daß selbst die hingebungsvollsten Ehemänner hin und wieder einen Seitensprung brauchten. So war das nun mal im Leben. Sie hatte zuviel gesehen und gehört, als daß sie sich noch Illusionen gemacht hätte. Ihre Maxime war: ›Was man nicht weiß, macht einen nicht heiß.‹ Und wenn sie einmal heiratete, würde sie die kleinen Abenteuer ihres Gatten gerne übersehen, solange sie ihr nicht zu Ohren kamen.

So hatte sie sich das jedenfalls immer vorgestellt. Jetzt war sie sich nicht mehr so sicher. Sie hatte nicht damit gerechnet, daß sie wirklich einen Mann lieben würde. Sie war sich gar nicht sicher, daß sie über irgend etwas hinwegsehen konnte, was Dimitri tat. Und sie mußte annehmen, daß er ihr untreu wurde, wenn sie nicht bei ihm war. Diese Aussicht tat ihr weh. Die Gewißheit würde alles zerstören. Wie sollte sie damit fertigwerden, wenn sie verheiratet waren? Wie sollte sie jetzt damit umgehen?

Er war weggefahren, angeblich, um einer anderen Frau den Hof zu machen. Sie glaubte das nicht einen Augenblick, aber er war immerhin in Moskau, wo es viele begehrenswerte Frauen gab. Natürlich nahm sie an, daß er noch an sie dachte. Sie nahm sehr viel an.

Ach, warum mußte Parascha sie bloß an die Vorliebe der männlichen Alexandrows erinnern, hinter den Frauen her zu sein und Bastarde zu zeugen? Maruscha hat nie von illegitimen Kindern Dimitris erzählt, aber das hieß nicht, daß es keine gab oder in Zukunft geben könnte. Man mußte nur Mischa anschauen. Er war fünfunddreißig, als er starb, und sein ältestes illegitimes Kind war jetzt achtzehn.

Sie sollte Dimitri vergessen. Er war zu attraktiv, zu schnell von Frauen gefesselt, was Anastasia erzählt hatte. Er konnte einer einzigen Frau gar nicht treu sein, selbst wenn er sie liebte. Mußte sie sich das antun? Sicher nicht! Sie mußte von ihm weggehen, bevor ihre Gefühle für ihn so mächtig wurden, daß ihr alles egal war, solange er ihr ein bißchen Zuneigung zeigte. Und wenn sie schon ging, dann war jetzt sicher der beste Zeitpunkt, da er nicht in der Nähe war und Wladimir sie nicht überwachen konnte.

27

Katherine hockte sich in den Schatten neben dem Haus und verschnaufte einen Augenblick, um den Schmerz zu bewältigen, den ihr jede Bewegung verursachte. Sie hatte einen Sack mit Essen bei sich, das sie in aller Eile zusammengerafft hatte. Ganz sicher würde sie sich nicht von etwas so Nebensächlichem wie ihrem schmerzenden Körper aufhalten lassen.

Ungeduldig hatte sie an diesem Morgen gewartet, während sich Parascha und ihre Familie für den Kirchgang fertig machten. Einen Moment lang war sie in Panik geraten, als die freundliche Frau darauf bestehen wollte, daß Sawa sie in die Kirche trüge. Für diese Menschen war es unvorstellbar, den Gottesdienst zu versäumen. Aber Katherine hatte so laut gestöhnt und geächzt, als Parascha ihr von dem Ofen helfen wollte, der immer noch ihr Bett war, daß sie es schließlich aufgaben.

Am vergangenen Abend hatte Katherine noch den Rest der Familie kennengelernt. Bis in die Nacht hinein hatten sie in den höchsten Tönen den Prinzen und die ganze Familie gelobt, die sie als Teil ihrer selbst empfanden. Katherine war dabei klar geworden, wie vollkommen Glück und Wohlergehen der Untergebenen von dem Charakter und Vermögen des Herren abhingen. Unter einem guten Herrn hatten sie ein Zuhause und waren gegen allerlei Unbill geschützt, noch genauso wie in feudalistischen Zeiten. Unter einem schlechten Herrn war das Leben die Hölle auf Erden: Schläge, Zwangsarbeit und die beständige Drohung (oder auch Hoffnung) verkauft oder beim Spiel verloren zu werden, oder, was das schlimmste war, für die nächsten fünfundzwanzig Jahre in die Militärkolonie zu müssen.

Dimitris Untergebene waren alle sehr zufrieden und sich voll und ganz bewußt, wieviel Glück sie hatten. Der Gedanke an Freiheit war ihnen zuwider, denn sie würden dann den Schutz und die Großzügigkeit verlieren, die es ihnen erlaubte, im Wohlstand auf ihrem eigenen Grund und Boden zu leben. Dimitri verkaufte in ihrem Namen die Gegenstände, die sie in den langen Wintermonaten anfertigten. In Europa waren dafür viel bessere Preise zu erzielen als in Rußland. Das spiegelte sich in dem hohen Lebensstandard hier in Nowi Domik wider.

Am Sonntag, zum Kirchgang, zog man feine Kleider an. Die Männer trugen farbige Hemden, am liebsten rote, statt der weiten, nur durch einen Gürtel zusammengehaltenen Kittel, die die Alltagskleidung waren. Die Hosen waren aus besserem Tuch, aber genauso weit wie sonst auch. Dieser Stil war ein Relikt aus der Zeit der Tataren. Man trug hohe Stiefel von guter Qualität. Unter der Woche liefen die Bauern barfuß herum oder trugen Schuhe aus Birkenrinde. Hohe Filzhüte vervollständigten den feinen Aufzug; manche trugen noch ein langes Übergewand, den Kaftan.

Auch die Frauen machten sich schön. Statt dem für die *Kokoschniks* allgemein üblichen Kopftuch trugen sie einen reich geschmückten Kopfputz, dessen Verzierungen ganz individuelle Bedeutungen hatten. Parascha hatte Perlen und goldene Ornamente auf ihrem. Das Festtagskleid, der *Sarafan*, war ein ärmelloses Gewand aus weichem, buntem Stoff. Katherine sah viele verschiedene Farben, als die Frauen vor dem Fenster vorbeigingen.

Ein Sonntag hier unterschied sich kaum von einem Sonntag in England. Es war ein Tag der Geruhsamkeit nach einem langen Gottesdienst. Katherine rechnete damit, daß die Messe mindestens zwei Stunden dauern würde, wie ihr jemand erzählt hatte. Danach kamen die jungen Menschen zu Spielen zusammen, das hatte sie von den Kindern gehört. Die älteren machten Besuche und tauschten die neuesten Geschichten aus. Aber Katherine hatte nicht die Absicht, die Festlichkeiten zu beobachten oder daran teilzunehmen. Sie hoffte, schon weit weg zu sein, bevor man ihr Verschwinden entdeckte.

Es wäre viel einfacher und weniger schmerzhaft gewesen, wenn sie noch ein paar Tage zur Erholung gehabt hätte vor ihrer Flucht. Aber als sie eines der Dorfpferde im Stall neben dem Haus entdeckte, wußte sie, wie sie fliehen konnte. Sonntag war der einzig mögliche Tag zur Flucht, denn sie hatte erfahren, daß außer den Kranken keine Menschenseele den Gottesdienst versäumte. Und sie wollte auf keinen Fall eine ganze Woche bis zum nächsten Sonntag warten, da es möglich war, daß Dimitri in der Zwischenzeit heimkehrte.

Parascha hatte ihr erzählt, daß es nach Moskau genauso weit

war wie nach Petersburg, obwohl Nowi Domik weit im Osten lag. Dimitri war schon drei Tage weg, den heutigen Tag nicht gerechnet. Und er hatte auch nicht auf die Kutschen mit den Dienern gewartet, die für eine Fahrt sicherlich fünf Tage brauchten. Er war vorausgeritten und wenn er wirklich in Eile war, konnte er die Reisedauer beträchtlich abkürzen. Sie wollte keine Gefahr eingehen.

Auch war es möglich, daß sich Sonja daran erinnerte, versprochen zu haben, Katherine bis zu Dimitris Rückkehr festzuhalten. In Anbetracht ihres Zustandes hielt man wohl im Moment eine Flucht für ausgeschlossen. Zweifellos hatte sie deswegen auch keinen Bewacher. Wenn sie sich erst einmal ein paar Tage erholt hatte, konnte es gut sein, daß man jemanden schickte, auf sie aufzupassen. Oder, was noch schlimmer wäre, man brachte sie zurück ins Herrenhaus, sperrte sie womöglich sogar ein. Dann wäre jede Möglichkeit vertan.

Jetzt war ihre Chance, möglicherweise die einzige überhaupt. Das Dorf lag verlassen, alle hatten sich in der kleinen Kirche versammelt und niemand kannte die wahren Umstände, wußte, daß Dimitri sie den Sommer über als Gefangene auf Nowi Domik festhalten wollte. Das war ihre Trumpfkarte: Bis jetzt hatte niemand eine Ahnung, warum sie hier war. Und seine Tante war wahrscheinlich froh, sie los zu sein, wenn sie ihr Verschwinden erfuhr.

Vorsichtig, immer mit einem Auge die Kirche am Ende der Straße im Auge behaltend, schlich sie sich zu dem kleinen Stall. Von den anderen Häusern des Dorfes unterschied sich die Kirche nur durch den Glockenturm mit der großen, blauen, zwiebelförmigen Kuppel. Dieses Aussehen war sehr charakteristisch für russische Kirchen, nur daß größere sieben oder sogar neun Zwiebeltürme hatten, in leuchtenden Farben gestrichen, oder mit Schnitzwerk und Schindeln verziert.

Das gleichmäßige Murmeln der Gebete würde, so hoffte Katherine, jedes mögliche Geräusch des Pferdes übertönen. Von jetzt ab war alles Glückssache: ohne gesehen zu werden mußte sie von hier fort kommen, den Wege zurück nach Petersburg finden, niemand durfte ihr folgen, und es mußte ihr gelingen, sich in der englischen Gemeinde von Petersburg zu verstecken, bevor Dimitri etwas merkte.

Es würde ihr nichts ausmachen, ihn wiederzusehen, wenn sie nur erst einmal nicht mehr in seiner Gewalt war und ihm endlich ebenbürtig begegnen konnte. Aber im Moment hatte sie nur eine

Sehnsucht: nach Hause zu kommen und anzufangen, ihn zu vergessen. Das war sicher das Beste. Das war es doch, oder? Ja, natürlich war es das.

Lügnerin! Was du in Wirklichkeit willst, ist, daß er dir nachkommt, daß er dich bittet hierzubleiben, daß er dir seine Liebe schwört und dich heiraten will. Und du würdest sofort ja sagen, du Dummerchen, egal wie viele gute, vernünftige Gründe dagegensprächen.

Katherine war direkt dankbar für die quälenden Schmerzen, während sie das Pferd sattelte und bestieg, denn sie lenkten sie von ihren Gedanken ab. Im Moment war nichts wichtig, außer hier wegzukommen. Sie wollte, daß Dimitri sie als seinesgleichen anerkannte, und dazu mußte sie beweisen können, wer sie war. Hier aber war das unmöglich. Später würde sie sich Gedanken über seine Reaktion auf ihre Flucht machen.

Als sie langsam mit dem Pferd davontrabte, bekam sie einen Vorgeschmack davon, was dieser Ritt bedeuten würde. Am liebsten hätte sie nur geschrieen, so furchtbar waren die Schmerzen. Noch nie hatte sie etwas Derartiges erlitten. Hätte sie ein Gewehr, würde sie nicht von Nowi Domik wegreiten, sondern geradeaus dorthin. Denn im Augenblick wollte sie nichts lieber, als diesen Hund von Semen finden und ihn niederschießen. Er hätte auch weniger hart zuschlagen, seine Kraft zurücknehmen können, statt jeden Schlag mit voller Wucht auszuführen. Aber nein, er hatte gut dastehen wollen vor der Prinzessin, ihre Anordnungen aufs Wort erfüllen. Katherine wunderte sich, daß er ihr nicht jeden Knochen einzeln gebrochen hatte.

Sie mußte einen Bogen um das Herrenhaus schlagen, wenn sie die Straße erreichen wollte. Sie ritt in großem Abstand daran vorbei und versuchte, die Strecke so rasch wie möglich hinter sich zu bringen. Einmal auf der Straße, ließ sie das Pferd in Galopp fallen, was ihr viel weniger Schmerzen bereitete als die bisherige langsamere Gangart. Ihr Stöhnen und Zucken hielt sie jetzt nicht mehr zurück, da kein Grund mehr bestand, leise zu sein. Sie behielt die einmal eingeschlagene Geschwindigkeit bei. Es mochten wohl vier Stunden vergangen sein – genau konnte sie es nicht wissen, da sie keine Uhr hatte – als sie an dem Haus vorbei kam, das ihre letzte Station vor Nowi Domik gewesen war. Hierher war Dimitri am nächsten Tag zurückgekehrt und hatte sich betrunken.

Sie hatte vor, an den anderen Stationen ihrer Herfahrt haltzumachen, denn sie hatte kein Geld und würde Nahrung brauchen. Die

Diener kannten sie und würden ihr wohl kaum eine Mahlzeit verweigern, auch wenn es merkwürdig war, daß sie alleine unterwegs war. Irgendeine glaubwürdige Geschichte fiel ihr sicher ein. Doch keinesfalls würde sie in einem der Güter übernachten. Zu leicht säße sie in der Falle, wenn ihr jemand folgen sollte. Doch es gab ja genügend Wälder, wo sie sich abseits von der Straße und sicher vor Verfolgern ein paar Stunden schlafen legen konnte.

Doch im Moment dachte sie noch nicht daran anzuhalten. Sie hatte genug Essen für einen ganzen Tag und sie wollte soviel Meilen wie nur möglich zwischen sich und Nowi Domik bringen. Außerdem hatte sie Angst abzusteigen, Angst davor, nicht mehr den Willen zum Weiterreiten aufzubringen, Angst, gar nicht mehr auf das Pferd hinauf zu kommen. Sie wollte warten, bis es dunkel würde und sich dann ein bißchen ausruhen und erholen, bevor sie einen weiteren Tag endloser Qualen ins Auge blicken mußte.

Doch plötzlich dämmerte Katherine, was sie bei ihrem perfekten Plan übersehen hatte. Nacht! Sie hatte völlig vergessen, daß es hier um diese Jahreszeit so gut wie keine Nacht gab. Aber sie kam nicht darum herum: Irgendwann würde sie nicht mehr weiterreiten können, auch ohne einen verletzten Rücken. Ohne den Schutz der Dunkelheit würde sie wesentlich weiter in den Wald müssen, weg von der Straße, um ein sicheres Versteck zu finden. Eine große Zeitverschwendung, aber was blieb ihr anderes übrig?

Viele Stunden später verließ sie schließlich die Straße. Sie fand ein geschütztes Fleckchen, wo sie niedersinken konnte. Und in der Tat hatte sie nicht mehr die Kraft abzusteigen, sondern fiel einfach vom Pferd. Sie blieb liegen, wie sie gefallen war, unfähig auch nur mehr einen Muskel zu rühren, um ihre gequälten Glieder bequemer zu betten. Nur die Zügel behielt sie fest in der Hand, festbinden konnte sie das Tier nicht mehr. Dann schwanden ihr die Sinne.

28

»So, so, hier haben wir ja das entflogene Täubchen.«

Diese Worte wurden von einem Stoß gegen Katherines Fuß begleitet, damit sie sie auch hörte. Sie öffnete die Augen, wußte nicht gleich, wo sie war. Da stand er zu ihren Füßen, die Hände arrogant in die Hüften gestemmt: ihr goldener Hüne. Hier? So bald schon? Ihr Herz fing heftig zu schlagen an.

»Dimitri?«

»Ah, du bist es also wirklich.« Er grinste auf sie herab. »Ich war mir nicht ganz sicher. Du siehst nicht so aus, wie ich es von einer – Bekanntschaft Dimitris erwartet hätte.« Ihr Herzschlag beruhigte sich. Das war nicht Dimitri, obgleich er ein Zwillingsbruder hätte sein können. Nun, vielleicht nicht ganz. Sie hatten die gleiche Statur und Größe, das schon, und das gleiche goldblonde Haar, das gleiche gute Aussehen. Aber die Stirn dieses Mannes hier war etwas breiter, das Kinn ein bißchen eckiger, doch das Entscheidende waren die Augen. Sie hätte es sofort bemerken sollen: Diese hier waren blau, leuchtend blau und zwinkerten fröhlich, hatten nicht das dunkle Samtbraun, das ihr so vertraut war.

»Nikolai?«

»Stets zu Euren Diensten!«

Seine gute Laune war entnervend unter diesen Umständen. »Was machen Sie hier?«

»Diese Frage sollte ich besser dir stellen, oder?«

»Nein. Ich habe meine Gründe hier zu sein. Sie nicht, außer – man hat Sie mir hinterhergeschickt.«

»Genau so ist es.«

Ihre Augen schlossen sich zu schmalen Schlitzen. »Sie verschwenden nur Ihre Zeit. Ich werde nicht zurückgehen.«

Katherine begann sich aufzurichten. Zu seinen Füßen am Boden liegend war nicht die geeignete Position für einen Streit. Und sie war bereit, für ihren Willen zu kämpfen. Doch sie hatte ihren Zustand vergessen. Kaum daß sie die Schultern aufgerichtet hatte, stöhnte sie laut, Tränen sprangen ihr aus den Augen.

»Das hat du nun davon, wenn du unbedingt auf dem harten Boden schlafen willst, statt in einem weichen Bett«, tadelte Nikolai sie sanft. Dabei faßte er sie am Handgelenk und zog sie auf die Beine. Ihr qualvoller Schrei erschreckte ihn zutiefst und er ließ sie auf der Stelle los. »Lieber Himmel, was ist los mit dir? Bist du vom Pferd gefallen?«

»Sie Idiot!« keuchte Katherine. Sie war gleichzeitig wütend und versuchte sich ganz ruhigzuhalten. »Tun Sie doch nicht so, als ob Sie nichts wüßten. Jeder in Nowi Domik weiß Bescheid, und Sie waren doch dort.«

»Wenn es alle wissen, dann haben sie geschafft, es von mir fernzuhalten, was auch immer es sein mag.«

Ihre Augen funkelten jetzt mehr grün als blau und sie schaute ihn durchdringend an. Er sah blaß aus, wirkte betroffen. Er log nicht.

»Es tut mir leid«, sagte sie seufzend, »daß ich Sie einen Idioten genannt habe. Ich bin ein bißchen empfindlich und verletzt, im Moment« – sie mußte über sich selbst lächeln, was für Worte sie wählte. »Es ist nur, weil ich mit dem Stock gezüchtigt worden bin.«

»Mitja würde das nie machen!« Nikolai war offensichtlich entsetzt und wollte ihren Worten kaum glauben.

»Nein, natürlich würde er das nicht, Sie –« Beinahe hätte sie ihn schon wieder einen Idioten geheißen, aber sie hatte einfach keine Geduld mehr. »Er weiß überhaupt nichts davon, aber wenn er es erfährt, wird der Teufel los sein. Ihre verfluchte Tante hat mir das angetan.«

»Das kann ich nicht glauben«, schnaubte Nikolai. »Sonja? Die liebe, nette Sonja?«

»Ich will Ihnen mal was sagen. Mir reicht es für den Rest meines Lebens, daß seit Monaten alles, was ich sage, angezweifelt wird. Aber dieses Mal sind die Wunden auf meinem Rücken wohl Beweis genug für meine Worte. Und Ihre *liebe, nette* Tante wird mir für jeden blauen Fleck bezahlen müssen, wenn ich erst einmal in der Englischen Botschaft bin. Der Botschafter ist ein guter Freund meines Vaters, dem Earl of Strafford. Dimitri hat mich entführt, aber diese letzte Ungeheuerlichkeit hat das Faß zum Überlaufen gebracht. Ich habe nicht übel Lust, Ihre Tante nach Sibirien verbannen zu lassen! Und hören Sie endlich auf, mich anzustarren, als wäre ich ein weißes Kaninchen«, fügte sie noch gereizt hinzu. »Ich bin nicht verrückt.«

Nikolai hatte es die Sprache verschlagen und sein Gesicht rötete sich leicht. Noch nie hatte jemand gewagt, so mit ihm zu reden, zumindest keine Frau. Dimitri war ihm gelegentlich schon so gekommen – lieber Himmel, die paßten zusammen, die beiden. Was für ein Temperament! Ob sie wohl mit seinem Bruder auch so umging? Dann konnte er verstehen, was Dimitri an ihr so reizte, denn ansonsten war sie überhaupt nicht sein Typ. Nikolai war fasziniert.

Er grinste jungenhaft. »Du kannst vielleicht reden, Täubchen.

Und was für ein Feuer in so einem kleinen Persönchen.« Ihr vernichtender Blick ließ ihn nur noch mehr lachen. »Aber so klein auch wieder nicht, was? Ganz ausgewachsen und sehr hübsch gebaut, wirklich sehr hübsch.« Seine warmen, blauen Augen musterten sie anerkennend. »Wie günstig, daß du dieses heimelige, abgeschiedene Plätzchen hier gefunden hast. Wir könnten –«

»Nein, können wir nicht«, unterbrach sie ihn scharf, unschwer seine Gedanken erratend.

Er blieb unbeeindruckt. »Aber natürlich können wir.«

»Nein, wir können nicht!«

Parascha hatte recht gehabt. Sie schaute furchtbar aus, trug ein unmögliches Gewand, schlimmer noch als Lucys schwarzes Kleid. Ihr Haar hing in Strähnen herab, war voller Kiefernnadeln. Das Kopftuch, das sie sich von Parascha geborgt hatte, um in ihrem bäuerischen Aufzug nicht verdächtig zu wirken (wieder einmal wollte sie die Verkleidung perfekt machen), war ihr während des Schlafens in den Nacken gerutscht. Was sie nicht wußte war, daß auf ihrem Gesicht eine feine Staubschicht lag, durchzogen von Bahnen aus Schweiß und Tränen. Und dieser Mann, dieser Kerl begehrte sie, wollte sie hier im Wald, mitten am Tag nehmen. Dabei waren sie sich vollkommen fremd. Unvorstellbar.

»Bist du dir sicher, kleine Taube?«

»Ganz sicher.«

»Und du wirst es mir sagen, wenn du deine Meinung änderst?«

»Zweifellos.«

»Ganz schön keß!« Er grinste.

Katherine war erleichtert, daß er offensichtlich nicht im mindesten böse war über ihre Weigerung, sich mit ihm ins Gras zu legen. Wie anders war doch sein Bruder!

»Ich nehme an, du bist in Mitja verliebt«, fuhr er seufzend fort. »Es ist immer das gleiche, mußt du wissen. Sie sehen ihn, und ich« – er schnipste mit den Fingern – »bin Luft für sie. Du kannst dir sicher vorstellen, wie deprimierend es ist, gemeinsam mit ihm auf einer Einladung oder einem Ball zu sein. Die Frauen haben nur Augen für ihn und liegen ihm schon zu Füßen. Wenn sie mich anschauen ist es immer, als wollten sie mir lächelnd über den Kopf streichen. Niemand nimmt mich ernst.«

»Vielleicht, weil Sie gar nicht wollen, daß man Sie ernst nimmt?«

Er grinste noch breiter, seine Augen blitzten vor Vergnügen.

»Wie klug du bist, mein Täubchen. Normalerweise gereicht mir dieses kleine Bekenntnis zum Vorteil.«

»Was nur beweist, was für ein unverbesserlicher Schurke Sie sind.«

»Ja, das bin ich. Und wenn du mich schon durchschaut hast, dann können wir ja jetzt auch losreiten.«

»Wir werden nirgendwohin zusammen reiten!«

»Mach keine Schwierigkeiten, Täubchen. Zum einen würde ich dich hier niemals alleine lassen und zum andern hab' ich meine Anweisungen von der alten Dame. Normalerweise ist es ja nicht schwer, ihre Anordnungen zu umgehen, aber wenn Mitja nicht da ist, hat sie die Finanzen unter sich, und dann möchte ich mich lieber gut stellen mit ihr. Und sie war sehr aufgebracht über dein Verschwinden.«

»Zweifellos«, erwiderte Katherine. »Aber wegen mir kann sie sich grün und blau ärgern. Ich werde nicht zurückgehen und mich ihrer Tyrannei aufs neue aussetzen. Dimitri hat mich nicht zurückgelassen, damit ich mißhandelt werde.«

»Natürlich nicht. Und es wird dir auch nichts mehr geschehen und wenn ich dich eigenhändig schützen muß. Wirklich, Täubchen, du hast nichts zu befürchten auf Nowi Domik.«

Er konnte es immer noch nicht glauben, daß die gute alte Sonja jemanden hatte züchtigen lassen. Es war unvorstellbar. Die Frau war wahrscheinlich gefallen und hatte sich verletzt. Aus irgendeinem Grund wollte sie Sonja die Schuld an ihren Schmerzen geben und war intelligent genug, sich eine passende Geschichte auszudenken. Jedenfalls war er losgeschickt worden, sie zurückzubringen. Er hatte sie gefunden und es gab in seinen Augen keinen Grund, den Auftrag nicht zu Ende zu bringen. Außerdem hatte sie Sawas Pferd. Was sollte der Mann denken, wenn er ihm sagte, daß er sie damit habe weiterziehen lassen? Sicher würde er nicht glauben, daß Nikolai sie nicht hatte finden können. Und Sonja genausowenig. Die ganze Geschichte würde damit enden, daß er das Pferd ersetzen mußte und die alte Dame böse mit ihm war.

»Weißt du, Jekaterina – du heißt doch Jekate –«

»Nein, bei Gott, ich heiße Katherine, schön englisch Katherine, oder auch Kate oder Kit – oh, mein Gott, ich möchte mal wieder hören, daß mich jemand Kit nennt.«

»Also gut, Kit.« Er lächelte nachsichtig, aber mit seinem französisch-russischen Akzent klang der Name ganz fremd. »Mitja wird dieses Mißverständnis klären, wenn er kommt, oder nicht?«

»Würde ich dann nach Petersburg wollen? Außerdem kann es Wochen dauern, bis Dimitri zurückkommt. Nein, es kommt nicht in Frage. Aber –« sagte sie nachdenklich und spielte in Gedanken ihre Chancen durch, da es schwierig war, ihn zu überzeugen. »Da Dimitri tatsächlich als einziger das Mißverständnis klären kann, wie Sie es nennen, warum bringen Sie mich dann nicht gleich nach Moskau zu ihm? Da hätte ich nichts dagegen.«

Nikolai lachte vergnügt. »Eine glänzende Idee, Kittylein, solange du dir überlegst, was es bedeutet, eine so weite Reise mit mir alleine zu machen.«

»Ich versichere Ihnen, mein Ansehen kann gar nicht noch mehr ruiniert werden.«

»Und ich versichere dir, daß ich unmöglich die ganze Reise nach Moskau mit dir machen kann, ohne dich in mein Bett zu holen, ich kann gar nicht anders. *Das* habe ich vorhin gemeint. Bis Nowi Domik kann ich mich beherrschen, das ist nicht weit.«

»Und ob es das ist«, erwiderte sie wütend, weil er mit ihr spielte. »Ich bin gestern mindestens fünfzig Meilen geritten.« –

»Nicht mehr als zwanzig, Täubchen, und es war nicht gestern, sondern heute morgen.«

»Heißt das –«

»Es geht erst auf den Abend zu. Wir können bis zum Essen zurück sein, wenn du endlich aufhörst, soviel Wirbel zu machen.«

»In Ordnung!« tobte sie. »Gut! Aber wenn diese Hexe mich noch umbringt, dann ist das ganz alleine *Ihre* Schuld, Sie – Sie lüsterner Frauenheld, Sie! Und ich werde Ihnen noch als Geist keine Ruhe lassen, das heißt, wenn ich überhaupt dazu komme. Denn Dimitri wird Sie auf der Stelle töten, wenn er erfährt, was Sie damit zu tun haben!«

Sie hatte noch viel zu sagen, doch sie drehte ihm jetzt den Rücken zu, um aufzusitzen. Sie hätte ihm die Augen ausgekratzt, wenn er ihr Hilfe angeboten hätte. Und es war alles andere als leicht. Himmel, jede Bewegung war eine Qual! Aber mit Hilfe eines großen Felsens schaffte sie es alleine. Und er stand nur da und sah sie erstaunt an. Er fühlte sich ein bißchen schuldig, nein, sogar mehr als nur ein bißchen, als er hie und da ein Wort aufschnappte.

»Sie können sich nicht wie ein Gentleman verhalten, nein, das wäre ja schon zuviel verlangt, nicht wahr? Das ist in dieser Familie schlichtweg nicht üblich, wie ich zu meinem Leidwesen hab' feststellen müssen. Entführt bin ich worden, man hat mir Drogen gegeben, mich mißbraucht und eingesperrt, aber das sind nur gewöhnliche Nettigkeiten bei den Alexandrows. Gott bewahre, daß sich bei einem von ihnen mal das Gewissen regt!«

Einen Augenblick schloß sie gequält die Augen. Sie würde sich nicht unterkriegen lassen von den Schmerzen. Nein, sie nicht.

»Warum? Warum ich?« Nikolai hörte das deutlich. »Warum mußte er mich den weiten Weg bis nach Rußland mitschleppen? Warum mußte er solange hinter mir her sein, bis … bis … Lieber Gott, wenn ich eine atemberaubende Schönheit wäre, aber mein Äußeres ist ganz durchschnittlich. Warum war es für ihn so wichtig –«

Nikolai hätte viel darum gegeben, den Rest auch noch zu hören, aber sie vollendete den Satz nicht. Stöhnend, offensichtlich unter großen Schmerzen, trieb sie das Pferd an. Nikolai war sich sehr unschlüssig, doch nicht darüber, ob sie den Ritt aushalten würde, sondern was sie Dimitri eigentlich bedeutete.

»Kit, Täubchen, vielleicht –«

»Kein Wort mehr will ich von Ihresgleichen hören«, sagte sie mit einer solchen Verachtung, daß Nikolai zusammenzuckte. »Ich gehe zurück und werde dieser Hexe gegenübertreten. Aber Ihr Geschwätz bin ich nicht gewillt noch länger zu ertragen.«

Sie ritt von dannen und er mußte sich beeilen hinterherzukommen. Er holte sie erst an den niedergetretenen Büschen an der Straße ein, die ihm zuvor den Weg zu ihr gewiesen hatten. Er befand sich in einem Dilemma, was er tun sollte. Auf der einen Seite wollte er Tante Sonja nicht verärgern, andererseits aber wollte er auch Dimitris Zorn nicht auf sich laden. Und mit dieser streitbaren Frau war auch nicht mehr zu reden. Aber letztlich kam er zu dem Schluß, daß es das Beste war, sie wieder nach Nowi Domik mitzunehmen. Wenn sie Dimitri wirklich etwas bedeutete, dann wollte er sie sicher da vorfinden, wo er sie zurückgelassen hatte und sie nicht in Petersburg suchen müssen. Das heißt, wenn er sie überhaupt finden wollte. Lieber Himmel, er hätte viel darum gegeben zu wissen, was hier vor sich ging.

29

Dimitri schaute sich in dem leeren Zimmer um: Das Bett war ordentlich gemacht, alles stand an seinem Platz, unberührt, wie ein weißes Grab. Er hatte das Gefühl, daß es schon seit Tagen hier so aussah, eilte zum Kleiderschrank und riß die Türen auf. Alle ihre Kleidungsstücke waren da, selbst das schwarze Stofftäschchen, mit dem sie den aufdringlichen Kerl hatte verjagen wollen, damals, als er sie zum ersten Mal sah.

Er stieß den Atem aus, hatte gar nicht gemerkt, daß er ihn angehalten hatte. Katherine würde nicht ohne das Täschchen verschwinden, oder doch? Das war das einzige, was tatsächlich ihr gehörte. Aber wo war sie?

Verwirrung machte sich in ihm breit. Er hatte sich gewappnet für die Begegnung mit ihr. Die letzten Stunden, als er in rasendem Galopp nach Nowi Domik geeilt war, hatte er sich in einem Zustand geistiger Betäubung gefühlt. Er würde alles akzeptieren, was sie zu ihm sagte und er war auf das Schlimmste gefaßt. Jetzt kam er sich vor wie ein Verurteilter, dem man einen kurzen Aufschub gewährt hatte, wo er doch nichts anderes wollte, als die Hinrichtung hinter sich zu bringen.

Er hatte erwartet, sie in dem weißen Zimmer vorzufinden, vielleicht mit einem Buch oder vor dem Toilettentisch oder auch zusammengerollt auf dem Bett mit einer Schachtel Pralinen. *So* hatte er Natalia immer vorgefunden, wenn er sich herabgelassen hatte, sie zu besuchen. Er hätte sich auch vorstellen können, daß Katherine von Langeweile getrieben im Zimmer auf und ab ging. So vieles hatte er erwartet.

Es war früher Abend gewesen, als er ins Haus geeilt war und ohne ein Wort zu sagen die Treppe nach oben gestürmt war. Die zwei Lakaien in der Eingangshalle hatten ihm verwundert nachgeblickt. Eine Zofe, die ihm im oberen Korridor begegnete, hatte nur nach Luft geschnappt, als sie ihn sah. Normalerweise hatte Dimitri seine Ankunft immer angekündigt. Doch in der letzten Zeit hatte er mit vielen Gewohnheiten gebrochen. Er war sogar ohne Diener zurückgekehrt. Er hatte sie weit hinter sich gelassen bei seinem verrückten Ritt nach Moskau. Und als er anderthalb Tage vor der Stadt umgedreht war, weil er mit Katherine sprechen mußte, war er ihnen auf halbem Weg begegnet. Aber da Moskau trotz allem auf der Tagesordnung bei ihm stand, hatte er sie dorthin weiter geschickt. Er mußte schließlich seinen Besuch bei Tatjana absolvieren. Selbst die beiden Kosaken, die er als einzige bei sich hatte, konnten heute mit seinem Tempo nicht mehr Schritt halten und waren zurückgefallen.

Eigentlich war diese Hetze ganz untypisch für Dimitri. Seine wilde Jagd Richtung Moskau entsprang sicher nicht dem Verlangen, seine zukünftige Braut zu sehen. Die Gedanken an sie lagen ihm sehr fern. Sie diente ihm nur als Vorwand. Er hätte genausogut ganz woanders hinreiten können bei seiner feigen Flucht. Denn genau dafür hielt er seinen überstürzten Aufbruch, nachdem er wieder klar denken konnte. Er hatte weg sein wollen, weit weg sein wollen, bevor Katherine nach ihrer gemeinsamen Nacht aufwachte. Er hatte ihrer Verachtung und ihrem Ekel entgehen wollen, die sie zweifellos empfand, auch wenn sie in der Nacht etwas anderes gesagt hatte. Aber da war sie unter dem Einfluß der Droge gestanden.

Auf halbem Weg nach Moskau war er zur Besinnung gekommen. Er hatte einen Fehler gemacht. Das war nicht das erste Mal, aber diesmal war es ein schlimmer Fehler gewesen. Es würde länger dauern als sonst, Katherines Zorn zu besänftigen. Sie war schon öfter wütend auf ihn gewesen, und immer noch hatte er sie wieder beruhigen können, oder vielmehr hatte sie sich selbst wieder beruhigt. Sie war eine vernünftige Frau und nicht nachtragend. Das gefiel ihm auch so gut an ihr, neben ihrem Geist, ihrem Trotz, ihrer Leidenschaft und einem Dutzend anderer Eigenschaften.

Sein Gemütszustand hatte sich wesentlich verbessert, befriedigt durch die Vorstellung, daß alles halb so schlimm wäre. Dann hatte er angefangen sich zu fragen, ob er es nicht schaffen könnte, Katherine zu überreden in Rußland zu bleiben. Er würde ihr ein Haus kaufen und sie sollte viele Diener haben, er würde sie mit Juwelen überschütten und ihr die teuersten Kleider schenken. Tatjana war für den Erben, Katherine für die Liebe. Er malte sich dieses Bild in seiner Fantasie so glühend aus, daß er fast schon sicher war, alles würde sich so entwickeln.

Und dann war ihm wieder eingefallen, daß er ohne ein Wort von ihr weggegangen war. Er hatte sich nicht einmal darum gekümmert, daß sie auch sicher noch da war, wenn er zurückkehrte. Denn er war überzeugt gewesen, daß sie es nicht wagen würde, in einem fremden Land auf eigene Faust unterwegs zu sein. Aber wenn sie wütend genug war, war ihr alles zuzutrauen. Und wenn sie sich langweilte, war das Öl auf die Flammen ihres Ärgers.

Als er mit seinen Überlegungen an diesem Punkt angekommen war, hatte er auf der Stelle kehrt gemacht. Tatjana konnte warten. Er mußte erst zu Hause die Dinge in Ordnung bringen. Selbst wenn das bedeutete, daß er Katherine gegenübertreten mußte, ohne daß sie sich bereits beruhigt hatte.

Er wollte jetzt das Schlimmste hinter sich bringen, damit er wußte, woran er war. Außerdem brannte er darauf, sie einfach nur zu sehen, zu wissen, ob seine Leidenschaft für sie endlich abgekühlt war. Fünf Tage war er weg gewesen. Wenn das erste, was er bei ihrem Anblick empfand der Wunsch war, mit ihr ins Bett zu gehen, dann war er wieder ganz am Anfang. Dann hätte er sich die dumme Sache mit dem Aphrodisiakum sparen können.

Dimitri verließ das weiße Zimmer und ging mit großen Schritten zurück in die Halle. Die Zofe, die ihm zuvor begegnet war, konnte er nicht mehr sehen, aber eine andere kam gerade die Stufen hoch. Sie trug ein Tablett voller Speisen, die ohne Zweifel für ihn bestimmt waren. Die Neuigkeit seiner unerwarteten Heimkehr hatte sich schnell herumgesprochen.

»Wo ist sie?« fragte er das Mädchen barsch.

»Wer, Herr?«

»Die Engländerin«, erwiderte er ungeduldig. Sie wirkte sehr eingeschüchtert. »Ich – ich weiß es nicht.«

Er ging an ihr vorbei, weiter die Treppe hinunter und rief einem Lakaien zu: »Wo ist die Engländerin?«

»Ich habe sie nicht gesehen, mein Prinz.«

»Und du?«

Semen, der Dimitri von klein auf kannte und wußte, daß die meisten seiner Wutanfälle nur Strohfeuer waren, konnte plötzlich vor Angst keinen Ton hervorbringen. Nicht, weil der Prinz als erstes ins weiße Zimmer gestürmt war, wie Ludmilla, die herumeilte, die Nachricht seiner Heimkehr zu verbreiten, ihm zugeflüstert hatte. Und auch nicht, weil er die Frau suchte, da er sie dort nicht vorfand, wo er sie vermutete. Sondern die große Sorge im Gesicht des Prinzen machte ihm angst und er erinnerte sich an die leisen Worte zu Rodian, die er gehört hatte: »Sie sollten darum beten, nicht in der Nähe zu sein, wenn Dimitri herausfindet, was –« Sie hatte den Satz nicht mehr beenden können. Er hatte ihr das Wort mit dem ersten Stockschlag abgeschnitten. *Er* hatte das gemacht.

»Bist du stumm geworden, Semen?« unterbrach Dimitris scharfe Stimme seine Gedanken.

»Ich – glaube, sie wurde in der Küche gesehen – vor einiger Zeit!« Dimitri stand Semen jetzt in der Halle direkt gegenüber und der Diener schien augenblicklich in den Boden versinken zu wollen. »Im Moment –« Er mußte sich erst zweimal räuspern. »Im Moment weiß ich nicht, wo sie ist, Herr.«

»Wer weiß es denn?« Als Antwort erhielt Dimitri nur ein Achselzucken. Er stellte sich dumm? Seit wann stellten sich seine Leute dumm ihm gegenüber? Was zum Teufel ging hier vor sich?

Er blickte die Männer finster an, dann ging er in Richtung der Wirtschaftsräume, brüllte: »Katherine!«

»Warum schreist du denn so, Mitja?« Es war Sonja, die ihn das fragte. Sie kam aus dem Salon, gerade als er daran vorbeistürmte. »Du mußt wirklich nicht so laut sein, um uns wissen zu lassen, daß du wieder da bist, auch wenn wir noch gar nicht damit gerechnet –«

Er drehte sich zu seiner Tante um. »Wo ist sie? Und wenn dir was an Ruhe und Frieden liegt, dann frag nicht, *wen* ich meine. Du weißt das ganz genau.«

»Die Engländerin natürlich«, erwiderte Sonja ruhig. »Wir haben sie nicht weggejagt, obwohl sie einmal weggelaufen ist und das Pferd eines Dörflers gestohlen hat. Gott sei Dank war Nikolai gerade da und hat sie zurückgeholt.«

Die unterschiedlichsten Gefühle überfluteten Dimitri, als er das hörte. Überraschung, daß Katherine tatsächlich versucht hatte zu fliehen, was seine schlimmste Befürchtung gewesen war. Erleichterung, weil sie irgendwo hier sein mußte, auch wenn es schwierig zu sein schien, ihren Aufenthaltsort herauszufinden. Und Eifersucht, deutlich brannte dieses absurde Gefühl in ihm, weil einer seiner gutaussehenden, verführerischen Halbbrüder – und ausgerechnet Nikolai – seiner Katherine begegnet war.

»Wo ist er?« fragte er scharf.

»Ich wünschte, du würdest dich ein bißchen klarer ausdrücken, mein Lieber. Wenn du Nikolai meinst, der ist nicht lange geblieben. Er wollte dich willkommen heißen, als er von deiner Heimkehr hörte, und mit der gleichen Absicht ist er nach Moskau weitergereist. Offensichtlich habt ihr euch auf der Straße verfehlt.«

Dimitri ging an ihr vorbei in den Salon, direkt auf die Hausbar zu. Besitzdenken war eine neue Erfahrung für ihn. Es mißfiel ihm sehr. Einen Moment lang hätte er seinen Bruder am liebsten geohrfeigt dafür, daß er ihm Katherine zurückgeholt hat – nein, nicht dafür. Sondern dafür, daß er alleine mit ihr unterwegs gewesen war, und dabei Gelegenheit hatte, genau das zu tun, was er am besten konnte. Wenn Nikolai auch nur den leisesten Versuch gemacht hatte, sie zu berühren …

»Ich nehme an, du bist müde, Mitja, und benimmst dich deswegen so ungehobelt. Warum schläfst du dich nicht so richtig aus, und wir unterhalten uns morgen darüber, warum du so bald wieder nach Hause gekommen bist?«

Er kippte einen kleinen Wodka und blickte sie dann durchdringend aus seinen dunklen Augen an.»Tante Sonja, wenn ich nicht auf der Stelle ein paar Antworten bekomme, dann wirst du bald mein augenblickliches Benehmen für das eines Heiligen halten. Ich bin zurückgekommen, um Katherine zu sehen, aus keinem anderen Grund. Also, wo zum Teufel ist sie?«

Sonja hatte sich hinsetzen müssen nach diesen harten Worten. Doch ihre Stimme klang ganz ruhig, man merkte ihr nicht an, wie aufgewühlt sie innerlich war. »Ich nehme an, sie hat sich schon schlafen gelegt.«

»Ich war in ihrem Zimmer. Wo schläft sie?«

»Bei den Dienern.«

Dimitri schloß die Augen. Also *diese* Taktik wieder. Er sollte sich also wieder schuldig fühlen für alles, was er ihr angetan hatte. Und noch etwas wollte sie ihm wohl klar zu verstehen geben: Das schäbigste Bett war ihr lieber als das seine. »Verdammt, ich hätte es mir denken können, daß sie wieder so etwas aufziehen wird, sobald ich weg bin!«

Sonja blinzelte überrascht. Auf die Frau also war er wütend, nicht auf sie? Das war mehr, als sie zu hoffen gewagt hatte, denn in dem Moment, als sie ihn nach ihr rufen hörte, war ihr aufgegangen, daß sie sich geirrt hatte. Vielleicht könnte sie diesen Ärger noch schüren.

»Sie ist die arroganteste, beleidigendste Frau, die mir je begegnet ist, Mitja. Ich habe sie den Boden schrubben lassen, um sie ein bißchen von ihrem hohen Roß zu holen, aber mir scheint, es ist alles umsonst.«

»Sie hat eingewilligt?« fragte Dimitri überrascht.

Sonja spürte, wie ihr die Röte ins Gesicht stieg. Eingewilligt? Eingewilligt! Er hätte eine Weigerung geduldet? Hat er ihr denn nicht zugehört? Sie war beleidigt worden. Was dachte er sich dabei, diese Person so zu verwöhnen?

»Sie hatte nichts dagegen einzuwenden.«

»Dann habe ich wohl nur meine Zeit verschwendet, hierher zurückzukommen«, sagte Dimitri bitter und schaute seine Tante nicht einmal an. »Also will sie jetzt Böden schrubben! Nun gut, wenn sie meint, daß ich mich wegen dem bißchen Arbeit noch schuldiger fühle, dann hat sie sich aber getäuscht.«

Er schnappte sich noch eine Flasche Wodka, bevor er wütend das Zimmer verließ. Semen und der andere Lakai stoben schnell von der Tür weg, wo sie gelauscht hatten, als er aus dem Zimmer heraus und die Treppe hinauf stürmte.

Sonja hatte sich ein Glas Sherry eingeschenkt und nahm lächelnd einen Schluck. Dimitris letzte Bemerkung hatte sie nicht verstanden, aber das spielte keine Rolle. Er würde nach Moskau und zu Tatjana zurückkehren und wahrscheinlich monatelang wegbleiben und in der Zwischenzeit die Engländerin vergessen.

30

Natascha Federowna beobachtete die Engländerin heimlich. In ihren schmalen, blauen Augen glommen Groll und Abscheu. Und je länger sie sie beobachtete, wie sie mit ihrer Bürste den Küchenboden bearbeitete, desto größer wurde ihr Groll. Die Fremde sprach mit niemandem ein Wort, als ob sie sich zu fein wäre, sich mit den Dienern abzugeben.

Wer war sie denn? Ein Niemand. Sie war so dünn, daß man sie gut und gern für ein Kind halten könnte. Natascha mit ihrer üppigen Figur hingegen sah jeder an, daß sie eine Frau war. Das Haar dieser Frau hatte eine langweilige, braune Farbe, Nataschas dagegen war feuerrot, glänzend und dicht, es war bei weitem das attraktivste an ihr. Das einzig Besondere an der Engländerin waren ihre Augen. Aber ansonsten hatte sie nichts aufzuweisen, was auf einen Mann wie Dimitri Alexandrow anziehend wirken konnte. Was also fand er bloß an ihr, was niemand anders bemerkte?

Es waren nicht nur Nataschas Vorurteile, die ihr diese Gedanken eingaben. Alle schon hatten sich die gleiche Frage gestellt. Aber bei Natascha war noch mehr im Spiel, denn nach einer einzigen herrlichen Nacht mit dem Prinzen vor vielen Jahren, hatte sie ihn nicht wieder bezaubern können.

Darüber war sie nie hinweggekommen. Dabei hatte sie so wunderbare Pläne geschmiedet: Sie würde dem Prinzen einen Sohn gebären, dadurch ihren Status enorm verbessern und ein bequemes Leben führen können.

Sie hatte in dieser einen Nacht kein Kind von ihm empfangen. Man munkelte damals, der Prinz wäre zeugungsunfähig, was sie durchaus für möglich hielt. Doch sie war raffiniert genug zu erkennen, daß sie ein Kind für seines ausgeben konnte, wenn sie nur schnell genug schwanger würde. Mit ein bißchen Hilfe einiger lüsterner Lakaien gelang ihr das auch. Sie war so glücklich und stolz darauf, daß sie vor ihrer Schwester damit prahlte. Diese jedoch verriet es dem Vater und der schlug sie so heftig, weil sie den Prinzen hatte hintergehen wollen, daß sie das Kind verlor. Seit dem Mißlingen ihres Plans war sie daher voller Bitterkeit.

Und jetzt war diese Fremde hier, dieser häßliche Eindringling, die mit Dimitri angekommen war und die er im weißen Zimmer untergebracht hatte. Im weißen Zimmer! Und sie wollte allen vormachen, daß Dimitri mehr für sie übrig hatte, daß er sie nicht nur ab und zu im Bett haben wollte.

Natascha hatte gelacht, als sie hörte, daß Prinzessin Sonja sie für ihre Überheblichkeit züchtigen ließ. Es hatte sie gefreut, daß man sie in die Küche steckte und die niedrigsten Arbeiten verrichten ließ. Jetzt war sie nicht mehr so arrogant. Und der Prinz war auch nicht gekommen, sie von der Schinderei zu erlösen. Obwohl die Hälfte der Leute so dumm gewesen war zu glauben, daß er mit dem Vorgehen seiner Tante nicht einverstanden sein würde. Dennoch, er *hatte* sie hierher gebracht. Und er schickte sie auch nicht fort, nachdem er kein Interesse mehr an ihr hatte. Und vergangene Nacht war er direkt ins weiße Zimmer geeilt, nach ihr zu sehen. Wütend hatte Natascha diese Neuigkeit gehört. Später wurde dann erzählt, daß er jetzt zornig auf die Frau sei, zweifellos, weil sie seine Tante so respektlos behandelt hatte.

Niemand hatte der Engländerin erzählt, daß der Prinz zurückgekehrt war. Die anderen Diener hielten diese Nachricht sogar absichtlich von ihr fern, weil sie ihre Gefühle schonen wollten. Wie lächerlich! Sie bemerkte das Flüstern und die mitleidigen Blicke ja gar nicht, beachtete überhaupt nicht, was um sie herum vorging. Es würde ihr recht geschehen, wenn sie von der Anwesenheit des

Prinzen erst dann erfuhr, nachdem er wieder weg war. Aber Natascha hielt es nicht so aus, so lange zu warten. Niemand hatte ihr verboten, darüber zu reden. Und die Frau sollte ruhig wissen, daß sie niemanden hatte täuschen können mit ihren Lügengeschichten über den Prinzen.

Natascha war nur erstaunt, daß Prinzessin Sonja nicht diejenige war, die es ihr sagte. Gestern morgen wäre es der Prinzessin offensichtlich lieber gewesen – und Natascha auch – wenn sich die Frau geweigert hätte, den Boden zu schrubben. Das wäre ein willkommener Grund gewesen, sie wieder zu züchtigen.

Wenigstens hatte Natascha die gestrige Demütigung miterlebt. Und sie hatte es sich auch nicht nehmen lassen, die Frau darüber aufzuklären, daß sie noch einmal mit einem blauen Auge davongekommen wäre. Schließlich war sie weggelaufen, hatte ein Pferd gestohlen und Nikolai die Mühe gemacht, sie wieder zurückzubringen. Darauf stand eigentlich der Stock. Doch dieses Weib hatte auf ihre hilfreichen Aufklärungen nichts anderes zu erwidern gehabt als:

»Ich bin keine Dienerin, du Dummkopf. Ich bin eine Gefangene. Für einen Gefangenen ist es ganz normal, daß er versucht zu entfliehen. Man kann gar nichts anderes erwarten.«

Wie unverschämt! Wie undankbar! Wie eingebildet! Sie hielt sich wohl für etwas Besseres als die anderen, glaubte, daß sie weder durch Worte, noch durch Taten gedemütigt werden könnte. Aber Natascha wußte schon, wie sie ihr einen Dämpfer aufsetzen konnte. Und wenn niemand sonst den Schneid dazu hatte, würde sie es eben machen.

Nataschas gehässige Blicke hätten Katherine warnen sollen, daß sie etwas im Schilde führte. Aber sie hatte nicht erwartet, daß das Mädchen so bösartig sein würde, an ihr vorbeizugehen und mit Absicht eine volle Schüssel feuchter Frühstücksabfälle fallen zu lassen. Dabei tat sie so, als wäre sie gestolpert. Wenn Katherine nicht blitzschnell ausgewichen wäre, hätte sie den Abfall nicht nur über Arme und Beine, sondern direkt in den Schoß bekommen.

»Wie ungeschickt von mir!« rief Natascha laut aus. Dann ließ sie sich auf die Knie nieder, damit es so aussah, als wolle sie den Haufen aus Mehl, verrotteten Tomaten, saurer Sahne und Eiresten, Zwiebeln, Pilzen und Kaviar zusammenkehren. (Die Russen liebten Kaviar zu ihren *Blinis*, den kleinen Pfannkuchen, die es jeden Morgen auf Nowi Domik gab.)

Katherine setzte sich zurück und wartete ab, ob das Mädchen den Dreck wirklich selbst wieder wegräumen würde. Doch sie tat nichts anderes, als Katherine die leere Schüssel hinzuschieben.

»Es ist dumm, daß du dauernd den Boden schrubben mußt, wo er doch schon so sauber ist«, murmelte Natascha höhnisch. »Ich habe mir gedacht, ich verschaffe dir eine sinnvollere Arbeit.«

Sie tat nicht weiter so, als wäre es ein Mißgeschick gewesen. »Wie gütig von dir«, erwiderte Katherine ausdruckslos.

»Gütig?«

»Verzeih mir. Manchmal beachte ich meine Worte nicht, wenn ich mit Ignoranten spreche.«

Natascha wußte genausowenig, was *Ignoranten* bedeutete, aber sie merkte sehr wohl die feine Spitze. »Du hältst dich wohl für besonders klug mit deinen komischen Wörtern, hä? Also gut, Fräulein Siebengescheit, was hältst du denn von Prinzen Dimitris Rückkehr und daß er dich meidet?«

Katherine stand die Überraschung deutlich im Gesicht geschrieben. »Dimitri ist zurück? Seit wann?«

»Gestern am frühen Abend ist er gekommen.«

Gestern am frühen Abend war Katherine todmüde gewesen nach den zwölf Stunden Plackerei. Das Haus hätte über ihr zusammenfallen können, sie hätte nichts gehört und auch nicht wenn Dimitri Himmel und Hölle in Bewegung gesetzt hätte, um sie zu beschützen. Aber warum hatte er sie nicht aufgesucht? Es war bereits heller Tag. Warum mußte sie immer noch hier sein?

»Du lügst.«

Natascha verzog den Mund spöttisch. »Ich habe keinen Grund zu lügen. Frag Ludmilla. Alle wollten sie es vor dir geheimhalten, weil du doch so überzeugt warst, daß er über das Geschehene sehr wütend sein würde. Nun er war schon wütend, du kleines Dummerchen, aber auf dich.«

»Dann hat ihm seine Tante nicht die Wahrheit gesagt.«

»Glaub' was du willst, ich weiß was anderes. Jemand hat das Gespräch gehört. Sonja hat ihm alles erzählt. Er weiß, daß du hier den Boden schrubbst, und es interessiert ihn gar nicht. Törichtes Weibsbild«, fauchte Natascha. »Hast du wirklich geglaubt, daß er sich für dich einsetzen und sich gegen seine Tante stellen würde? Er ist schon seit Stunden wach und trifft Vorbereitungen für seine erneute Abreise noch heute. Das zeigt dir doch, wie begierig er ist, dich zu sehen.«

Katherine glaubte ihr nicht. Sie konnte es nicht. Natascha war ein bösartiges, gehässiges Mädchen, obwohl Katherine gar nicht wußte, aus welchem Grund sie so feindselig war. In dem Moment trat Rodian in die Küche und umriß die Situation mit einem Blick. Mit einem heftigen Ruck zog er Natascha in die Höhe. Er würde Katherine nicht anlügen. Seit Nikolai sie zurückgebracht hatte, war er sehr freundlich zu ihr gewesen.

»Was hast du getan, Natascha?« fragte er streng.

Das Mädchen lachte nur, riß ihre Hand los und ging hüftschwenkend in ihre Ecke der Küche zurück. Rodian beugte sich sofort hinunter und half Katherine, den Abfallhaufen in die Schüssel zurückzuschaufeln. Sie sagte nichts, bis sie damit fertig waren. Dann fragte sie ihn schlicht: »Rodian, ist Dimitri wirklich da?«

Er schaute nicht auf. »Ja.«

Es verging eine ganze Minute. »Und er weiß, wo er mich finden kann?«

»Ja.«

Jetzt schaute er sie an, doch er bereute es sogleich. Heilige Jungfrau Maria, noch nie hatte er Augen so voll trostlosen Schmerzes gesehen. Die Schläge hatten nicht bewirkt, was Natascha mit ein paar häßlichen Worten geschafft hatte.

»Es tut mir leid«, sagte er.

Sie schien ihn gar nicht zu hören. Ihr Kopf hing herab und sie begann mechanisch die Bürste auf dem Boden hin und her zu schieben. Rodian stand auf und blickte sich in dem Raum um. Aber jeder schien plötzlich ungewöhnlich beschäftigt, niemand wagte auch nur einen Blick zu ihnen herüber – außer Natascha. Sie grinste hämisch. Rodian drehte sich um und ging steif hinaus.

Katherine schrubbte weiter und immer weiter an einer Stelle herum. Sonja würde sich sicher sehr ärgern, wenn sie wüßte, wie gut ihr diese Arbeit tat. Zunächst war Katherine sehr wütend gewesen, daß ihr keine Wahl gelassen wurde, sondern sie sich den Anordnungen dieser Hexe hatte fügen müssen. Sie hatte sofort erkannt, daß Sonja nur auf ihre Weigerung wartete. Doch diese Freude hatte sie ihr nicht gegönnt. Sie würde den Boden schrubben, ohne daß ein Ton der Klage über ihre Lippen drang, und wenn es sie umbringen würde.

Aber statt daß die körperliche Arbeit ihrem wunden Rücken

noch mehr zusetzte, verbesserte sich ihr Zustand. Die gleichmäßigen, langsamen Bewegungen massierten ihre Muskeln, verringerten die Spannungen und ließen die Schwellungen zurückgehen. Und nachdem sie gestern den ganzen Tag den Boden bearbeitet hatte, war sie einfach nur erschöpft gewesen von der Arbeit. Sie hatte wohl ihren unteren Rücken gespürt und die Arme und Hände taten ihr weh, doch das war nichts. Inzwischen fielen ihr alle Bewegungen leichter, nur ab und zu fühlte sie ein schwaches Stechen irgendwo. Sie spürte die Folgen der Schläge nur noch, wenn sie an ihren Rücken kam.

Doch jetzt konnte sie die Tränen nicht mehr zurückhalten. *Du bist verrückt gewesen, dir so den Kopf zu zermartern. Wann hast du das letzte Mal geweint, ohne daß Schmerzen dir die Tränen in die Augen getrieben haben? Jetzt hast du keine Schmerzen, also auch keinen Grund, du dummes Ding. Hör auf damit! Du wußtest doch die ganze Zeit, daß du ihm egal bist. Schau nur, wie er ohne einen Ton weggeritten ist, ohne daß er sich um deine Sicherheit gekümmert hätte. Ein paar Worte zu seiner Tante hätten dich vor dieser mittelalterlichen Züchtigung bewahrt.*

O Gott, es tat so weh, sie konnte kaum atmen, so schnürte es ihr die Kehle zusammen. Wie konnte er sie einfach hierlassen? Er war nicht einmal gekommen, um zu schauen, ob ihr nichts Ernstliches fehlte, nach diesen brutalen Schlägen. Es war ihm egal. Das war das Schlimmste.

Er hatte die Nacht hier verbracht, war zu Bett gegangen, obwohl er wußte, daß seine Tante sie zu Sklavenarbeit in der Küche verdammt hatte. Er hatte nichts unternommen, diesen Zustand zu ändern. Keine Entschuldigung. Keine Fürsprache. Und er war schon wieder dabei abzureisen. Stellte er sich so ihren Aufenthalt hier vor? Oh, dieser widerliche Kerl.

Und du nichtswürdige Närrin, du hast dich in ihn verliebt, dabei wußtest du genau, was für eine Eselei das war. Nun gut, du hast bekommen, was du verdienst. Immer schon hast du gewußt, daß Liebe ein Wahnsinn ist. Das ist nur die Bestätigung.

Es war sinnlos. Für Ärger war kein Platz in ihr. Alles war ausgefüllt von diesem lähmenden Schmerz, bis schließlich nichts mehr übrig blieb als eine dumpfe Leere.

31

»Die Stiefel, Mann!« knurrte Dimitri ungeduldig. »Ich will nicht zum Tanzen gehen und am Ende des Tages werden sie wieder voller Staub sein.«

Semen eilte mit den halbpolierten Stiefeln herbei. Warum nur hatte ausgerechnet er an der Treppe stehen müssen, als der Prinz einen Kammerdiener brauchte, der den abwesenden Maxim ersetzte? Er war nur mehr ein Nervenbündel, denn jeden Augenblick erwartete er, daß die Engländerin erschien und Dimitri alles erzählte, was die Prinzessin mit ihren Halbwahrheiten ausgelassen hatte. Aber eigentlich wußte sie ja gar nicht, daß der Prinz zurück war. Warum sollte sie die Küche verlassen? Doch darauf konnte er sich nicht verlassen. Erst wenn Dimitri weg war, würde er sich wieder entspannen können. Gott sei Dank schien es bald soweit zu sein.

Dimitri warf zufällig einen Blick in den Spiegel und war erstaunt über das drohende Gesicht, das ihm entgegenstarrte. Kein Wunder, daß Semen so nervös war. Hatte er den ganzen Morgen schon diesen zornigen Blick gehabt? Wie sollte er das wissen? Er war immer noch zu betrunken, um die Wahrheit zu sagen. Zwei Flaschen Wodka hatten nicht bewirken können, daß er in Schlaf fiel. Seine Gedanken waren im Laufe der Nacht nur immer wirrer geworden. Und doch war er nicht müde nach dieser schlaflosen Nacht. Lieber Gott, was würde er für ein bißchen Schlaf geben, damit er wenigstens für kurze Zeit nicht mehr an die ganze Sache denken mußte.

»Wollen Sie das große Schwert, Herr?«

»Wahrscheinlich soll ich auch noch meine Orden tragen auf der Straße«, fuhr Dimitri den Diener an, doch gleich darauf entschuldigte er sich für seine Gereiztheit.

Er trug eine seiner alten Uniformen, einfach deswegen, weil er dazu Lust hatte. Aber all das Zubehör, das dazugehörte, wollte er nicht haben. Die scharlachrote Jacke befand sich immer noch in bestem Zustand, die enge Hose war makellos weiß, die kniehohen Stiefel steif, als hätte er sie noch nie getragen. Wenn es nach dem Zaren ging, würden alle Menschen in seinem Land Uniform tragen, sowohl das Militär, als auch die Zivilisten. Im Gegensatz zu anderen Ländern wurden in Rußland die Uniformen nicht ausrangiert, wenn man nicht mehr im aktiven Militärdienst war. Bei Hofe sah man kaum andere Kleider.

Auf das Klopfen an der Tür ertönte ein scharfes »Herein«, bevor Semen noch dazu kam zu öffnen.

Rodian trat ein und fühlte sich sehr unbehaglich, als er Dimitris finsteren Gesichtsausdruck bemerkte. Er hatte sich vorgenommen, der Frau zu helfen und die Vorgänge klarzustellen. Doch bei Dimitris Anblick mußte er all seinen Mut zusammennehmen.

Semen wurde aschfahl, denn er erriet Rodians Absicht. In der Nacht, als die Frau nach den Schlägen im Fieber lag, hatte Rodian sich betrunken. Er war es gewesen, der sie zu Parascha gebracht hatte. Er hatte dem Küchenpersonal nahegelegt, sie in Ruhe zu lassen. Und doch war er genau wie Semen an der Tortur beteiligt gewesen, selbst wenn sie beide gar keine Wahl gehabt hatten. Wie konnte er das vergessen?

»Nun?« bellte Dimitri.

»Ich – ich glaube, da gibt es noch etwas – was Sie über die Engländerin wissen sollten, – bevor Sie abreisen, Herr.«

»Katherine, sie heißt Katherine«, stieß Dimitri wütend hervor. »Und es gibt nichts mehr zu sagen über sie, was mich noch überraschen könnte. Also halt mich nicht auf. Kein Wort mehr will ich über sie hören!«

»Ja, Herr.« Rodian wandte sich zum Gehen, gleichzeitig erleichtert und enttäuscht.

Semen atmete gerade auf und sein Gesicht bekam wieder etwas Farbe, als der Prinz Rodian zurückrief.

»Es tut mir leid, Rodian«, seufzte Dimitri. »Ich mein' das alles gar nicht so. Was wolltest du mir über Katherine erzählen?«

»Nur, daß –« Rodian wechselte einen Blick mit Semen, dann gab er sich einen Ruck und platzte heraus. »Ihre Tante hat sie mit dem Stock schlagen lassen, Herr, so schlimm, daß sie fast zwei Tage bewußtlos war. Sie arbeitet jetzt in der Küche, aber nicht freiwillig. Wenn sie sich geweigert hätte, wäre sie wieder geschlagen worden.«

Dimitri sagte kein Wort. Ein paar Sekunden stand er nur da und starrte Rodian an. Dann stürmte er so rasch aus dem Zimmer, daß Rodian beiseitespringen mußte, um nicht umgerannt zu werden.

»Warum hast du das machen müssen, du Narr?« fragte Semen herausfordernd. »Hast du seinen Blick gesehen?«

Rodian tat es nicht im geringsten leid. »Sie hatte recht, Semen. Und es wäre alles nur viel schlimmer geworden, wenn er es später irgendwann herausgefunden hätte, und niemand ihm etwas gesagt hätte, solange er hier war. Aber er ist gerecht. Er wird uns nicht dafür verantwortlich mache, daß wir die Anordnungen der Prinzessin ausgeführt haben. Es wird ihn nicht interessieren, wer den Stock geführt hat, sondern warum es überhaupt geschehen ist. Und das muß ihm seine Tante erklären, wenn sie kann.«

Von unten konnte man das Krachen der Küchentür durch das ganze Haus hören. Gleich darauf folgten drei weitere, nicht ganz so laute Geräusche, weil ein paar Frauen in der Küche so erschraken, daß sie fallenließen, was sie gerade in den Händen hielten.

Alle Augen waren auf den Prinzen gerichtet, der im Türrahmen stand. Die Tür war aus den Angeln gerissen. Alle Augen, bis auf Katherines. Sie bemühte sich, nicht aufzublicken, als er so dramatisch erschien, auch nicht, als er die Küche durchquerte und vor ihr stand, auch nicht, als er sich neben ihr auf die Knie ließ. Sie wußte, er war da. Seine Anwesenheit war für sie immer unmißverständlich spürbar gewesen, selbst wenn sie in nicht sah. Aber jetzt war es ihr egal. Wenn er vergangene Nacht gekommen wäre, hätte sie sich wohl an seiner Schulter ausgeweint. Jetzt konnte er von ihr aus zum Teufel gehen. Zu spät war zu spät.

»Katja?«

»Geh weg, Alexandrow.«

»Katja, bitte – ich wußte es nicht.«

»Was wußtest du nicht? Daß ich hier bin? Da hat man mir was anderes erzählt. Und man hat mir auch gesagt, daß diese Hexe von Tante dir alles berichtet hat.«

Immer noch schaute sie ihn nicht an. Ihr loses Haar fiel unter dem Kopftuch hervor über ihre Schultern und verbarg zum Teil ihr Gesicht. Sie hörte nicht auf, den Boden zu bearbeiten. Das Kleid, das sie am Leibe hatte, gehörte ihr nicht und es starrte vor Dreck. Dimitri tobte innerlich, er hätte seine Tante umbringen können dafür, aber zuerst mußte er sich um Katherine kümmern.

»Sie hat mir erzählt, daß du bei den Dienern schläfst, und *nicht*, daß sie selbst das angeordnet hat. Ich dachte, du hättest das von dir aus so gewollt, wie schon früher einmal. Ich glaubte, du wolltest wieder jede Annehmlichkeit zurückweisen, die ich dir anbiete. Sie sagte mir, du seist weggelaufen und sie hätte dir Arbeit hier gegeben, die du nach ihren Worten nicht verweigert hast. Und wieder habe ich geglaubt, es sei deine Entscheidung gewesen.«

»Das zeigt nur, daß Denken totale Zeitverschwendung für dich ist.«

»Schau mich wenigstens an, wenn du mich beleidigst.«

»Zum Teufel mit dir.«

»Katja, ich habe nicht von den Schlägen gewußt!« sagt er aufgebracht.

»Schon vergessen.«

»Muß ich dich ausziehen, um mich selbst zu überzeugen?«

»Na gut, ich habe ein paar blaue Flecken. Es tut schon nicht mehr weh. Dein Mitgefühl kommt etwas spät und erscheint mir ohnehin fragwürdig.«

»Glaubst du, daß ich das alles gewollt habe?«

»Ich denke, daß es genug aussagt, daß du dich nicht einmal bemüßigt gefühlt hast, deiner Tante ein paar erklärende Worte zu sagen. *Das* war deutlich, Alexandrow.«

»Schau mich an!«

Sie warf ihren Kopf zurück, blickte ihn mit hellen, glasigen Augen, die sie beinahe verrieten, durchdringend an. »Bist du nun glücklich? Laß es mich wissen, wenn du genug gesehen hast. Ich habe zu tun.«

»Du wirst mit mir kommen, Katja.«

»Nein, um nichts auf der Welt.« Aber Katherine drehte sich nicht schnell genug von ihm weg. Dimitri zog sie hoch und hatte sie auch schon auf dem Arm. »Mein Rücken, du Grobian. Faß mich bloß nicht am Rücken an!«

»Dann halt' dich an meinem Nacken fest, Kleines, denn ich werde dich nicht mehr herunterlassen.«

Sie funkelte ihn an, aber es half nichts. Zuviel Leid hatte sie durchgemacht, als daß sie jetzt ohne Grund noch mehr hätte ertragen können. Sie schlang die Arme um seinen Nacken und sofort glitt sein Arm hinunter zu ihren Hüften, hielt sie fest und sicher.

»Glaub nur ja nicht, daß das etwas zu bedeuten hat«, zischte sie, während er sie durch die Küche trug. »Wenn ich nicht Angst hätte, mir weh zu tun, würdest du meine Fäuste schon zu spüren bekommen.«

»Wenn es dir wieder besser geht, werde ich dich daran erinnern. Ich werde dir eine Peitsche bringen lassen und ganz still halten. Das ist das mindeste, was ich verdiene.«

»Ach, sei still, sei doch still –«

Katherine redete nicht weiter. Die Tränen kamen ihr wieder hoch und sie preßte ihr Gesicht fest an Dimitris Hals. An der kaputten Tür machte er halt. Seine Stimme klang völlig anders, als er polternd zwei Mädchen befahl: »Badewasser und Brandy in mein Zimmer, und zwar sofort.«

Katherine war noch beteiligt genug, dagegen zu protestieren. »Nur über meine Leiche bringst du mich in dein Zimmer. Wenn diese Sachen für mich sein sollen, dann –«

»Ins weiße Zimmer«, korrigierte sich Dimitri scharf. »Und einen Arzt, aber schnell. Du und du« – sagte er mit hartem Blick zu zwei Mädchen – »ihr kommt mit und helft ihr.«

»Ich komme alleine zurecht, Dimitri. Das mache ich jetzt schon so lange, daß ich mich daran gewöhnt habe, danke.«

Er beachtete ihre Widerrede gar nicht und die Mädchen sprangen davon, seine Anordnungen zu befolgen. In der Küche gab es ein allgemeines Aufseufzen, als der Prinz gegangen war. Vielen Gesichtern sah man das ›Ich hab's ja immer gesagt‹ deutlich an. Das waren jene, die geneigt gewesen waren, der Engländerin zu glauben. Natascha gehörte nicht zu ihnen. Sie ruinierte den Teig, den sie gerade geknetet hatte, doch das brachte ihr nur eine Rüge vom Koch ein. Die Szene, der sie eben beigewohnt hatte, brannte tief in ihr. Sie gab dem Koch eine patzige Antwort, worauf er sie ohrfeigte. Die meisten anderen waren im stillen damit einverstanden, denn keiner hatte Mitleid mit der mürrischen Natascha.

Oben im weißen Zimmer setzte Dimitri Katherine vorsichtig auf dem Bett ab. Er erwartete keinen Dank dafür. Die Mädchen eilten hin und her und bereiteten das Bad. Katherine hatte nichts dagegen, denn seit jenem Morgen, als Dimitri weggeritten war, hatte sie sich nicht mehr richtig waschen können. Den Brandy aber verweigerte sie, schob das Glas zornig beiseite.

»Ich weiß nicht, was du mit all dieser Aufmerksamkeit erreichen willst. Alexandrow. Lieber wäre mir, du hättest mich gelassen, wo ich war. Küchenarbeit ist schließlich nur eine weitere neue Erfahrung für mich. Und du hast ja einmal sehr schön darauf hingewiesen, daß ich dir all die neuen Erfahrungen zu verdanken habe. Ich weiß es wirklich sehr zu schätzen.«

Dimitri zuckte zusammen. Es war ihm klar, daß es keinen Sinn hatte, mit ihr reden zu wollen, solange sie in dieser sarkastischen Stimmung war. Er hätte ihr sagen können, daß er aus Feigheit geflohen war, weil er ihr nach dieser Nacht nicht hatte begegnen wollen. Aber diese Nacht war das letzte, woran er sich jetzt erinnern wollte. Das würde ihren Zorn nur noch mehr schüren.

»Das Bad ist fertig, Herr«, bot Ludmilla zögernd an.

»Gut, dann kümmere dich darum, daß sie diesen Lumpen loswird, den sie trägt und –«

»Nicht, solange du hier bist!« unterbrach ihn Katherine hitzig.

»Schon gut, ich gehe. Aber du wirst zulassen, daß der Doktor dich untersucht, sobald er da ist.«

»Das ist nicht nötig.«

»Katja!«

»Schön, dann soll er halt kommen. Aber du brauchst dich nicht noch einmal herbemühen. Ich habe dir nichts mehr zu sagen.«

Dimitri ging durch die Verbindungstür in sein Zimmer. Gerade als er sie zumachen wollte, ließ ihn ein unterdrückter Aufschrei von einem der Mädchen noch einmal zurückblicken. Katherines Kleid war bis zur Taille herabgeglitten. Er schmeckte Galle in seiner Kehle. Ihr Rücken war über und über blau, braun und gelb, durchzogen von dicken roten Striemen, wo der Stock sie getroffen hatte.

Er schloß die Tür und lehnte seine Stirn dagegen, die Augen fest zusammengepreßt. Kein Wunder, daß sie sich geweigert hatte, mit ihm zu reden. Was für Leiden hatte sie erdulden müssen, nur wegen seiner Nachlässigkeit! Und sie ließ ihn einfach so gehen, hatte ihn nicht einmal angeschrien. O Gott, er wünschte, sie hätte ihn angeschrien. Dann hätte er wenigstens eine Chance gehabt, ihr wieder nahezukommen, ihr zu zeigen, daß er das Ganze ungeschehen machen wollte. Nie im Leben hatte er sie verletzen wollen. Herr im Himmel, er liebte sie doch. Nun war er in ihren Augen so tief gesunken, daß sie nicht einmal mehr Haß für ihn übrig hatte.

Dimitri fand seine Tante in der Bibliothek. Sie stand am Fenster und schaute in den Obstgarten. Ihr Rücken war gestrafft, die Hände hielt sie fest ineinander verschränkt. Sie hatte ihn erwartet. In diesem Haus entging nichts ihrer Aufmerksamkeit und er wußte, daß man ihr wahrscheinlich Wort für Wort seine Begegnung mit Katherine in der Küche geschildert hatte. Sie war auf das Schlimmste gefaßt. Aber Dimitris Ärger ging tief, war gegen sich selbst gerichtet. Nur ein Bruchteil davon galt seiner Tante.

Leise trat er neben sie und starrte auf den gleichen Ausblick, doch ohne etwas wahrzunehmen. Die Müdigkeit, auf die er zuvor vergeblich gehofft hatte, fiel jetzt über ihn her, drückte seine Schultern nach unten.

»Ich lasse eine Frau in der Sicherheit meines Heims zurück.

Und wenn ich wiederkomme, muß ich feststellen, daß sie durch die Hölle gegangen ist. Warum, Tante Sonja? Katherine kann nichts getan haben, was eine solche Behandlung rechtfertigen würde.«

Sonja entspannte sich etwas, als er so sanft mit ihr sprach. Wahrscheinlich war er gar nicht so wütend, wie man ihr berichtet hatte. »Du hast mir selbst gesagt, Mitja, daß sie nicht so wichtig ist«, erinnerte sie ihn.

Er seufzte. »Ja, ich habe das gesagt, aus meinem Ärger heraus. Aber gibt dir das ein Recht, sie zu mißhandeln? Ich habe dir auch gesagt, daß du dich nicht um sie zu kümmern brauchst. Warum in Gottes Namen hast du dich eingemischt?«

»Ich bin ihr begegnet, wie sie gerade aus deinem Zimmer kam. Da habe ich vermutet, daß sie dich bestohlen hat.«

Er wandte sich ihr ungläubig zu. »Bestohlen? Mich? Lieber Gott! Mich bestohlen! Sie hat nichts von dem angenommen, was ich ihr schenken wollte. Sie pfeift auf meinen Reichtum.«

»Woher sollte ich das wissen? Ich wollte nur, daß man sie durchsucht. Damit wäre die Sache erledigt gewesen, wenn sie nicht so aggressiv geworden wäre. Wie hätte ich vor den Dienern diese Unverschämtheit übergehen können?«

»Sie ist eine freie Frau, eine Engländerin. Sie hat nichts zu tun mit den mittelalterlichen Sitten und Gebräuchen dieses Landes.«

»Wer ist sie, Mitja?« wollte Sonja wissen. »Was ist sie, außer daß sie deine Mätresse ist?«

»Sie ist nicht meine Mätresse. Ich wünschte, sie wäre es, aber dem ist nicht so. Ich weiß selbst nicht genau, wer sie ist, wahrscheinlich das uneheliche Kind von irgendeinem englischen Lord. Aber das spielt auch keine Rolle. Sie gibt sich als Dame aus und ich toleriere das. Deswegen hatte sie auch keinen Grund anzunehmen, daß sie ihr Verhalten hier ändern müßte, auch dir gegenüber nicht. Aber das Entscheidende ist, daß sie unter meinem Schutz steht. Lieber Gott, Tante Sonja, sie ist eine so schmale, zarte Frau. Ist dir denn nie der Gedanke gekommen, daß solche Schläge sie für immer hätten schädigen, sie zum Krüppel hätten machen können?«

»Vielleicht wäre er mir schon gekommen, wenn man ihr auch nur einen Funken Zartheit angemerkt hätte. Aber schon drei Tage nach den Schlägen ist sie auf einem Pferd durch die Gegend geritten.«

»Das war eine Verzweiflungstat.«

»Unsinn, Mitja. Die Schläge waren nicht schlimm. Wenn sie wirklich verletzt gewesen wäre, hätte sie gar nicht in der Lage sein können –«

»Nicht verletzt!« explodierte Dimitri und zeigte damit Sonja einen Schimmer seiner wirklichen Gefühle. »Komm mit mir!«

Er packte sie an der Hand und zog sie hinter sich her die Treppe hoch und ins weiße Zimmer. Dort riß er die Badezimmertür auf. Katherine schrie auf und sank tiefer ins Wasser. Dimitri jedoch ging direkt auf die Wanne zu, hob Katherine fast heraus und präsentierte Sonja ihren Rücken. Er bekam einen seifigen Waschlappen um die Ohren und vor die Brust für diese Störung.

»Verflucht, Alexandrow –«

»Es tut mir leid, Kleines, aber meine Tante hat sich eingebildet, du seist gar nicht verletzt worden.«

Er ließ sie zurück ins Wasser gleiten und schloß schnell die Tür hinter sich, konnte aber dennoch Katherines wütendes Dementi hören. »Es geht mir schon wieder gut, du Grobian! Das hab' ich dir doch schon gesagt! Glaubst du, eine St. John könnte nicht ein bißchen Schmerz ertragen?«

Es war überflüssig, noch ein Wort in dieser Angelegenheit mit Sonja zu wechseln. Sie war erbleicht, als sie das Ergebnis ihres Befehls erblickte. Er faßte sie unter den Ellbogen und führte sie aus dem Zimmer. Oben an der Treppe hielt er inne. »Ich hatte vor, Katherine ein paar Wochen auf Nowi Domik zu lassen, bis – nun, der Grund spielt keine Rolle. Aber ich möchte das immer noch. Unter den gegebenen Umständen denke ich, es ist das Beste, wenn du für eine Weile eine deiner Nichten besuchst.«

»Ja, ich werde noch heute abreisen … Mitja, mir war nicht klar … Sie wirkte so robust, trotz … Ich weiß, das ist keine Entschuldigung –« Sie eilte davon, unfähig den Satz zu vollenden, unfähig, Dimitris Mißbill noch länger zu ertragen.

Sie war wie viele Aristokraten der alten Schule. Sie begingen in einem Anfall von Jähzorn irgendeine Untat und bereuten es dann hinterher, wenn es zu spät war.

»Nein, das ist keine Entschuldigung, Tante Sonja«, murmelte Dimitri bitter vor sich hin. »Es gibt keine Entschuldigung.«

32

Montag

Euer Gnaden, erlauchter Prinz!

Gleich nachdem Sie in Richtung Moskau abgereist sind, hat das Fräulein das Bett verlassen und wollte unter keinen Umständen wieder hineingehen (ihre Worte, Herr). Den Rest des Tages hat sie im Garten verbracht mit Sträucher ausschneiden, Unkraut jäten und Blumen pflücken. In jedem Zimmer stehen jetzt Blumen und im Garten sind keine mehr übrig.

Ihr Verhalten hat sich nicht geändert. Sie weigert sich, mit mir zu sprechen. Mit den Mädchen redet sie nur, um ihnen zu sagen, daß sie sie alleine lassen sollen. Auch Maruscha ist es noch nicht gelungen, sie in ein Gespräch zu ziehen. Sie ist überhaupt nicht in die Nähe der Rechnungsbücher gegangen, die Sie für sie bereitgelegt haben.

Euer Diener, Wladimir Kirow

Dienstag

Euer Gnaden, erlauchter Prinz!

Noch keine Veränderung, außer, daß sie heute das ganze Haus besichtigt hat. Dabei hat sie keine Fragen gestellt, nicht einmal als sie die Familienporträts in der Bibliothek entdeckte. Am Nachmittag machte sie einen Spaziergang ins Dorf, doch es war verlassen, denn die Ernte hat begonnen. Sie weigerte sich, eines unserer Pferde für den Ausflug zu nehmen. Rodian hat sie begleitet und es scheint so, als wäre sie ihm gegenüber weniger feindselig als zu uns anderen. Der Grund ihres Besuches war, daß sie sich bei Sawa und Parascha entschuldigen wollte, daß sie ihr Pferd genommen hatte.

Euer Diener, Wladimir Kirow

Mittwoch

Euer Gnaden, erlauchter Prinz!

Heute morgen hat sich das Fräulein zwei Bücher aus der Bibliothek geholt und den Rest des Tages lesend in ihrem Zimmer verbracht. Maruscha kann sie immer noch nicht zum Reden bewegen und durch mich schaut sie einfach hindurch.

Euer Diener, Wladimir Kirow

Euer Gnaden, erlauchter Prinz!

Sie ist den ganzen Tag in ihrem Zimmer geblieben und hat gelesen. Nicht einmal zum Essen ist sie herausgekommen. Maruscha, die ihr die Mahlzeiten brachte, berichtete, daß sie weniger aufgewühlt wirkte als die anderen Tage.

Euer Diener, Wladimir Kirow

Freitag

Euer Gnaden, erlauchter Prinz!

Heute hat das Fräulein den ganzen Haushalt durcheinandergebracht mit ihren Fragen. Jeder Diener mußte ihr vorgeführt werden und ihr erklären, was seine Aufgaben seien. Als sie fertig war, erklärte sie mir, daß auf Nowi Domik zu viel überflüssiges Personal beschäftigt wird und ich solle für einige andere, sinnvolle Aufgaben finden.

Ihr Verhalten hat sich deutlich verbessert, wenn man die Rückkehr zu ihrem Naturell als Besserung bezeichnen will. Maruscha schwört, daß ihre Depressionen endgültig vorüber sind. Selbst die Eigenart Selbstgespräche zu führen, hat sie wieder aufgenommen.

Euer Diener, Wladimir Kirow

Samstag

Euer Gnaden, erlauchter Prinz!

Das Fräulein hat fast den ganzen Tag auf dem Feld verbracht und den Bauern bei der Arbeit zugesehen. Sie wollte sogar mithelfen, unterließ es aber, als sie merkte, daß sie nur im Weg war. Paraschas Einladung ins Badehaus nahm sie nicht an. Doch zu Hause benutzte sie unser Dampfbad und ließ sich sogar hinterher mit kaltem Wasser überschütten. Ihr Gelächter über diese neue Erfahrung wirkte sehr ansteckend auf alle anderen und die Stimmung im Haus war fröhlich.

Euer Diener, Wladimir Kirow

Sonntag

Euer Gnaden, erlauchter Prinz!

Nach der Kirche bat das Fräulein um die Rechnungsbücher. Sie wurden in ihr Zimmer gebracht. Sie hatten recht, Herr. Dieser Herausforderung hatte sie nicht lange widerstehen können.

Wladimir Kirow

Euer Gnaden, erlauchter Prinz!

Es tut mir leid, Ihnen mitteilen zu müssen, daß meine Frau die irrige Vorstellung hatte, das Fräulein würde sich freuen, über meine täglichen Berichte an Sie zu hören. Das war nicht der Fall. Sie hat mir deutlich zu verstehen gegeben, was sie von meiner ›Spionagetätigkeit‹ hält. Und mehr noch. Da sie weiß, daß ich mit dem Schreiben nicht aufhören werde, läßt sie durch mich eine Botschaft übermitteln. Sie sagte, wenn ich Ihnen heute abend schreibe, sollte ich Ihnen ihre ersten Ergebnisse mitteilen. Sie hat zwar noch keine genauen Zahlen, meint aber, beim ersten Durchsehen der Rechnungsbücher entdeckt zu haben, daß von Ihren Geschäften vier völlig unrentabel seien, daß sie nur Kapital schluckten, aber nichts erwirtschafteten. Das sind ihre Worte, Herr, nicht meine. Wenn Sie mich fragen, dann ist es unmöglich, daß sie in dieser kurzen Zeit zu derartigen Schlußfolgerungen kommen kann, wenn sie überhaupt weiß, wovon sie spricht.

Euer Diener, Wladimir Kirow

Dimitri mußte kurz auflachen, als er diesen Brief zu Ende gelesen hatte. Zwei der schlechtgehenden Projekte, die Katherine herausgefunden hatte, waren zweifellos die Fabriken, die er als Wohlfahrtseinrichtung betrachtete. Jedes Jahr standen sie kurz vor dem völligen Zusammenbruch. Doch in beiden wurden sehr viele Menschen beschäftigt und er konnte sich nie dazu durchringen, sie zu schließen und die Leute arbeitslos zu machen. Er hatte immer vorgehabt, die notwendigen Veränderungen vorzunehmen, so daß die Werke wieder ohne Subventionen laufen konnten und auch noch Profit abwarfen. Dazu mußte er auch die Produkte wechseln, die hergestellt wurden. Doch er hatte nie die Zeit gefunden, die ein derartiges Unterfangen kostete.

Es war ihm klar gewesen, daß Katherine diese Verlustgeschäfte rasch herausfinden würde, wenn sie so geschickt war, wie sie sagte. Aber die anderen beiden? Er fragte sich, ob er ihr schreiben sollte, ihm Näheres mitzuteilen. Würde sie einen Brief von ihm überhaupt lesen? Nur weil sie sich nach anfänglicher Weigerung bereit gefunden hatte, die Rechnungsbücher durchzugehen, hieß das noch lange nicht, daß sie auch willens war, ihm zu vergeben. Sie hatte ihm vor seiner Abreise mehr als deutlich genug zu verstehen gegeben, daß sie ein für alle Mal genug von ihm hatte.

»Also hier spüre ich dich auf. Ich bin in jedem Klub gewesen, in jedem Restaurant, auf jeder Gesellschaft, die gerade im Gange ist. Aber daß ich dich zu Hause finde, hätte ich nie gedacht –«

»Wasja!«

»–, und über der Korrespondenz noch dazu«, redete Wasili grinsend zu Ende. Dabei kam er heran und umarmte Dimitri herzlich. Dimitri war erfreut über diese Überraschung. Seit Anfang März hatte er seinen Freund nicht mehr gesehen. Bevor er nach England abgereist war, hatte ihn die Werbung um Tatjana so in Anspruch genommen, daß er kaum Zeit für Wasili gehabt hatte. Das war ein Fehler gewesen, der ihm nicht wieder unterlaufen würde. Von allen seinen Freunden stand ihm Wasili am nächsten, verstand er sich mit ihm am besten. Er war nicht ganz so groß wie Dimitri, hatte kohlschwarzes Haar und strahlend blaue Augen – eine umwerfende Kombination, fanden die Damen. Wasili Daschkow war ein Charmeur, ein Luftikus, das genaue Gegenteil von Dimitri. Doch sie paßten gut zusammen und es gab nur selten Mißverständnisse zwischen ihnen.

»Warum hast du dich so lange nicht gerührt? Ich bin schon fast einen Monat wieder zurück.«

»Dein Mann hatte etwas Probleme, mich ausfindig zu machen. Ich war mit einer gewissen Komteß auf deren Landsitz und wollte nicht, daß jemand weiß, wo ich bin. Ihrem Mann sollte schließlich nichts zu Ohren kommen!«

»Ja, klar«, sagte Dimitri ernsthaft und setzte sich wieder auf einen Stuhl.

Wasili schmunzelte und machte es sich auf einer Ecke von Dimitris Schreibtisch bequem. »Jedenfalls machte ich zuerst auf Nowi Domik Station, weil ich dich dort vermutete. Sag mal, was zum Teufel ist mit Wladimir los? Er hat mich nicht einmal ins Haus gelassen, mir nur gesagt, daß ich dich hier finden würde und mich dann weitergeschickt. Und was macht er denn überhaupt dort, wenn du hier bist? Er ist doch sonst immer in deiner Nähe.«

»Er hat ein Auge auf etwas, das ich nicht unbewacht wissen will.«

»Ach, jetzt werde ich aber neugierig. Wer ist sie?«

»Keine, die du kennst, Wasja.«

»Immerhin ein Schatz, den du von deinem zuverlässigsten Mann bewachen läßt.« Wasilis Augen weiteten sich. »Erzähl mir bloß nicht, daß du einem anderen seine Frau geraubt hast.«

»Ich denke, das ist eher deine Spezialität.«

»Ja, stimmt. Also gut, erzähl' schon. Du weißt doch genau, daß ich nicht lockerlassen werde.«

Dimitri wollte gar nicht ausweichen. Er wollte mit Wasili über Katherine sprechen. Er wußte nur nicht, wo er anfangen sollte, wieviel er erklären mußte.

»Es ist nicht das, was du denkst, Wasja ... Nun, eigentlich schon, aber ... Nein, die ganze Geschichte ist zu verrückt.«

»Laß es mich wissen, wenn es dir wieder einfällt.«

Dimitri lehnte sich zurück und sah seinen Freund ergeben an.

»Ich bin voller Leidenschaft für diese Frau, und sie will nichts mit mir zu tun haben. Mehr noch, sie haßt mich.«

»Das ist tatsächlich verrückt und kaum zu glauben«, spottete Wasili. »Die Frauen hassen dich nicht, Mitja. Vielleicht werden sie mal wütend auf dich, aber sie hassen dich nicht. Was hast du denn falsch gemacht bei ihr?«

»Du hörst mir nicht zu. Zwar habe ich wirklich alles getan, um mir ihre Feindschaft zuzuziehen, aber sie wollte schon von Anfang an nichts von mir wissen.«

»Sprichst du im Ernst?«

»Man könnte sagen, daß wir uns unter den denkbar ungünstigsten Umständen begegnet sind«, erwiderte Dimitri.

Wasili wartete darauf, daß er fortfahre, aber Dimitri war in Gedanken versunken, gab sich seinen Erinnerungen hin, so daß Wasili explodierte: »Sag mal, soll ich dir jedes Wort einzeln aus der Nase ziehen?«

Dimitri schaute beiseite. Die Rolle, die er in der ganzen Angelegenheit spielte, war nicht gerade rühmlich. »Also, kurz gesagt, ich sah sie in London auf der Straße und wollte sie haben. Ich dachte, sie wäre ein käufliches Mädchen und schickte ihr Waldimir hinterher. Von da an lief alles falsch. Sie war nicht um Geld zu haben.«

»Himmel, ich sehe es direkt vor mir. Der findige Wladimir hat sie dir trotzdem beschafft, nicht wahr?«

»Ja, und er gab ihr ein Aphrodisiakum ins Essen. Zu guter Letzt hielt ich die erotischste, sinnlichste Jungfrau in den Armen, die Gott je erschaffen hat. Ich werde diese Liebesnacht nie vergessen. Aber am nächsten Morgen, als sie wieder im Vollbesitz ihrer Kräfte war, wollte sie Wladimirs Kopf dafür, daß er sie entführt hatte.«

»Sie gab nicht dir die Schuld?«

»Nein, sie konnte es gar nicht erwarten, so schnell wie möglich von mir wegzukommen. Das Unangenehme war nur, daß sie drohte, Wladimir anzuzeigen. Aber der Zar hatte doch die Absicht, nach England zu kommen und so hielt ich es für vernünftiger, sie für eine Weile von dort zu entfernen.«

Wasili sah ihn mit einem schiefen Lächeln an. »Ich nehme an, daß sie von diesem Plan nicht sehr begeistert war.«

»Sie hat ein unglaubliches Temperament, das ich schon etliche Male zu spüren bekommen habe.«

»Dann hältst du also das hübsche Kind immer noch verborgen und sie will immer noch nichts mit dir zu tun haben. Ist das schon alles?«

»Nicht ganz«, erwiderte Dimitri still. »Ich habe den Fehler gemacht, Katherine auf Nowi Domik zurückzulassen und als ich wiederkam, mußte ich feststellen, daß meine Tante sie mißhandelt hatte. Wenn sie mich zuvor nicht gehaßt hatte, dann tat sie es jetzt.«

»Aber dieses Mal gab sie dir die Schuld?«

»Mit gutem Grund. Ich habe mich nicht um ihre Sicherheit gekümmert, was ich hätte tun sollen. Ich war sehr übereilt abgereist, aus Gründen, die ich mich schäme zu erzählen.«

»Sag nicht, daß du … Nein, vergewaltigt hast du sie nicht. Das ist nicht deine Art. Dann mußt du ihr wieder eine Droge gegeben haben.«

Dimitri sah seinen Freund voller Selbstekel an, daß er ihn so durchschaute. »Ich war wütend.«

»Natürlich.« Wasili schmunzelte. »Noch nie ist dir eine Frau begegnet, die du nicht hättest verführen können. Das ist sicher eine große Versuchung.«

»Spar dir deinen Sarkasmus, Wasja. Ich möchte nicht wissen, wie du in einer ähnlichen Situation handeln würdest. Keine Frau ist so hartnäckig, so anmaßend, so wortschnell wie Katherine. Und doch kann ich nicht im gleichen Zimmer mit ihr sein, ohne sie sofort ins nächste Bett ziehen zu wollen. Und das verwirrendste, das frustrierendste daran ist, ich weiß, daß sie nicht völlig immun gegen mich ist. Es gab ein paar kurze Momente, da hat sie meine Leidenschaft erwidert. Aber jedesmal hat sie ganz schnell wieder ihre gewohnte Haltung eingenommen, bevor ich mich weiter vorwagen konnte.«

»Also, du machst ganz offensichtlich etwas falsch. Glaubst du, daß sie auf eine Heirat spekuliert?«

»Heirat? Nein, natürlich nicht. Sie muß wissen, daß das unmöglich ist –« Dimitri hielt einen Augenblick stirnrunzelnd inne. »Andererseits, bei ihrer Einbildungskraft wäre es vielleicht schon möglich.«

»Was bildet sie sich ein?«

»Hab' ich noch nicht erwähnt, daß sie standhaft behauptet, Lady Katherine St. John zu sein, die Tochter des Earl of Strafford?«

»Nein, aber wieso meinst du, daß es nicht stimmt?«

»Sie lief in ganz gewöhnlichen Kleidern die Straße entlang, ohne Begleitung. Was würdest du daraus schließen, Wasja?«

»Ja, jetzt verstehe ich«, sagte Wasili nachdenklich. »Aber warum behauptet sie dann so etwas?«

»Weil sie genügend Bescheid weiß über die Familie, daß sie damit durchkommen könnte. Wahrscheinlich ist sie eine uneheliche Tochter des Earl, aber deswegen kann ich sie immer noch nicht heiraten.«

»Also, wenn eine Heirat nicht in Frage kommt, was kann sie dann wollen?«

»Nichts. Sie will absolut nichts von mir annehmen.«

»Ach geh', Mitja, jede Frau will *irgend etwas.* Und mir scheint es so, als wolle diese hier eben, wie eine Dame behandelt werden. Wahrscheinlich würde sie dann nachgeben.«

»Du meinst, ich sollte so tun, als würde ich ihr glauben?«

»So weit würde ich nicht gehen, aber –«

»Du hast recht! Ich werde sie hierher in die Stadt holen, mit ihr auf Gesellschaften gehen, ihr Begleiter sein –«

»Mitja! Habe ich dich falsch verstanden, oder bist du hier in Moskau, weil Tatjana Iwanowa in Moskau ist?«

»Verdammt!« Dimitri ließ sich wieder auf seinen Stuhl fallen.

»Das habe ich mir schon gedacht. Solltest du dich nicht erst um das Ja-Wort der Prinzessin Tatjana bemühen, bevor du eine andere Frau umwirbst? Man erwartet zwar, daß du dir Mätressen halten wirst, aber doch nicht solange du deiner zukünftigen Braut den Hof machst. Ich kann mir nicht vorstellen, daß Tatjana sehr freundlich darauf reagieren wird. Was machst du überhaupt zu Hause, wenn sie heute abend auf der Gesellschaft der Andrejews ist – mit deinem alten Freund Lisenko? Was will sie denn noch von ihm, jetzt, wo du wieder da bist?«

»Ich muß gestehen, ich habe mich noch gar nicht darum bemüht, sie zu sehen«, erwiderte Dimitri.

»Wie lange bist du schon da?«

»Acht Tage.«

Wasili verdrehte die Augen zur Decke. »Er zählt die Tage einzeln! Um Himmels willen, Mitja, wenn du deine Katherine so sehr vermißt, dann laß sie herbringen, halte sie verborgen, bis dir Tatjanas Antwort sicher ist.«

Dimitri schüttelte den Kopf. »Nein, wenn Katherine in der Nähe ist, kann ich nur an sie denken.«

»Mir scheint so, du kannst sowieso nur an sie denken, ob sie nun da ist oder nicht. Aber du verschleppst alles nur, Mitja.«

»Ich bin keine sehr angenehme Gesellschaft im Moment, ich weiß, Wasja. Aber du hast schon recht. Zuerst muß ich diese Heiratsangelegenheit in Ordnung bringen, bevor ich mich mit Katja irgendwie einige.«

33

»Gregori, ist das nicht Prinz Dimitri, der da eben hereinkommt?« fragte Tatjana, während eines Walzers.

Gregori Lisenko erstarrte und drehte Tatjana herum, so daß er den Eingang sehen konnte. »Tatsächlich, er ist es«, erwiderte er angespannt. »Ich nehme an, jetzt wo Alexandrow wieder da ist, werden Sie bald nicht mehr frei sein?«

»Wieso sagen Sie das so?« Sie lächelte ihn unschuldig an.

»Sie haben meinen Heiratsantrag nicht angenommen, meine Liebe. Und man sagt, daß Sie nur auf Alexandrows Rückkehr gewartet hätten.«

»Ach, ja?« Ohne es zu bemerken runzelte sie die Stirn.

»Aber es ist gar nicht aufmerksam von ihm, daß er Sie noch nicht einmal besucht hat, wo doch alle Welt weiß, daß er schon eine Woche in Moskau weilt«, fügte Gregori boshaft hinzu.

Tatjana ergrimmte innerlich. Sie brauchte keine Hinweise von anderen, wußte selbst gut genug Bescheid. Ihre eigene Schwester hatte ihr klar gemacht, daß Dimitris offensichtliches Desinteresse eine grobe Beleidigung war. Tatjana war äußerst wütend gewesen. Und jetzt fing Gregori auch noch davon an.

»Man fragt sich schon, ob er seine Werbung wohl aufgegeben hat.«

»Nun, und wenn schon. Glauben Sie, daß mir das wirklich etwas ausmacht?«

Aber es machte ihr sehr viel aus. Viel zuviel. Sie hatte Dimitri eine Zeitlang ganz für sich alleine haben wollen, und damit konnte sie nur rechnen, solange er um sie warb. Waren sie erst einmal verheiratet, würde er schnell das Interesse an ihr verlieren und wie alle Ehemänner seine eigenen Wege gehen.

Es würde andere Frauen geben, mit denen er viel mehr Zeit verbrächte als mit ihr. Denn sie war dann die Frau, die er bereits gewonnen hatte, die zu Hause saß und darauf wartete, ob er käme oder nicht. Den Jagdtrieb aber würde er woanders ausleben.

Es kam ihr gar nicht in den Sinn, daß sie ja das Leben zu Hause so reizvoll gestalten könnte, daß er gar keine Lust mehr auf andere Abenteuer verspürte. Tatjana war der Meinung, daß alle Männer gleich seien, eine Ansicht, die sie im übrigen mit vielen Frauen teilte. Außerdem war sie sehr egozentrisch, wenn es um ihre Interessen ging. Sie hatte sich nie Gedanken darüber gemacht, wie enttäuschend es für Dimitri sein mußte, daß sie ihn so lange hinhielt und mit ihm spielte.

Doch jetzt war sie sich nicht mehr so sicher, ob ihre Taktik die richtige gewesen war. War es zuviel verlangt, Dimitris Aufmerksamkeit ein paar Monate lang ungeteilt genießen zu wollen? Hatte sie ihn zu lange warten lassen? Sie würde wie eine Närrin dastehen, wenn er tatsächlich das Interesse an ihr verloren hatte. Um so mehr, als sie von allen Frauen beneidet worden war.

Soweit durfte es nicht kommen. Die Menschen würden hinter ihrem Rücken tuscheln, Mitleid mit ihr haben oder, was am schlimmsten wäre, schadenfroh denken, daß ihr schon recht geschähe. Es war allgemein bekannt, daß Dimitri um ihre Hand angehalten hatte, dafür hatte sie gesorgt. Jeder wußte, daß sie ihn mit ihrer Antwort hinhielt. Ihm würden sie die Schuld nicht daran geben, wenn er seinen Antrag zurückzöge. Monatelang hatte sie sich umwerben lassen. Es würde ihr Fehler sein, ganz allein ihr Fehler.

Natürlich gab es noch Gregori und ein halbes Dutzend andere Verehrer, die ihr zu Füßen lagen. Doch sie waren kein Trost, wenn Dimitri sie nicht mehr begehrte.

Tatjana wartete, wartete, daß Dimitri sie bemerkte, wartete, daß er den Tanz mit Gregori unterbrechen würde. Er machte keine Anstalten. Zwar hatte er sie gesehen und ihr zugenickt, doch er unterhielt sich weiter mit Daschkow und einigen anderen Männern, die ihn bei seinem Erscheinen begrüßt hatten.

Sobald der Tanz zu Ende war neigte sich Tatjana näher zu ihrem Partner und flüsterte ihm zu: »Gregori, würden Sie mich hinübergeleiten zu ihm?«

»Sie verlangen zu viel, Prinzessin.« Gregori konnte seine Enttäuschung nicht mehr verbergen. »Ich bin kein großzügiger Verlierer.«

»Bitte, Gregori, glauben Sie mir, es wird Sie freuen, was ich ihm zu sagen habe.«

Er starrte sie einen Augenblick an, bemerkte ihre Ängstlichkeit, ihre zarte Röte im Gesicht, das entschlossene Funkeln ihrer Augen. Sie war hinreißend schön und anmutig. Eigentlich hatte er sie nur gewinnen wollen, damit Alexandrow sie nicht bekäme, doch dabei hatte er sich unversehens in sie verliebt. Was konnte sie seinem Rivalen sagen, das ihm gefallen würde? Oder benutzte sie ihn bloß? Er mußte es wissen, so oder so.

Er nickte knapp, faßte sie unter den Arm und führte sie zu der Gruppe von Männern. Diese verstreuten sich nach allen Seiten, als sie sahen, wer da auf sie zukam. Nur Daschkow, Alexandrows bester Freund blieb grinsend stehen. Er machte nicht die leisesten Anstalten, sein Interesse an dieser Begegnung zu verbergen.

»Mitja, wie schön Sie wiederzusehen.« Tatjana blickte lächelnd zu Dimitri auf.

»Tatjana, bezaubernd wie immer«, erwiderte Dimitri und küßte die ihm dargebotene Hand.

Sie wartete, wartete wieder, daß er irgendein Zeichen gab, irgendeine Bemerkung machte, die erkennen ließ, daß er sie immer noch heiraten wollte. Er sagte nichts. Keine Entschuldigung, daß er sie noch nicht aufgesucht hatte, nicht, daß er sie vermißt hatte. Nicht, daß er sich freute, sie wiederzusehen. Er ließ ihr keine Wahl.

»Ich glaube, Sie kennen Graf Gregori, meinen Verlobten?«

»Verlobten?« wiederholte Dimitri und zog dabei eine Augenbraue ganz leicht in die Höhe.

Tatjana rückte näher zu Gregori, der schnell reagierte und bestätigend den Arm um ihre Taille legte. »Ja, ich hoffe, Sie sind nicht allzu sehr enttäuscht, Mitja. Aber nachdem Sie so plötzlich abgereist waren und mir nur eine kurze Nachricht übermittelt hatten, daß Sie nicht wüßten, wann Sie wiederkämen, war ich ganz verunsichert. Man kann von einer Dame nicht erwarten, daß sie ewig wartet.«

Dimitri konnte kaum ernst bleiben bei diesen Worten, aber er wollte die Dame nicht beleidigen. »Dann bleibt mir wohl nichts anderes übrig, als Ihnen beiden zu gratulieren.«

Er bot Gregori die Hand, so etwas war unter diesen Umständen Ehrensache, doch der Graf konnte nicht widerstehen zu sagen: »Pech gehabt, Alexandrow. Der bessere Mann gewinnt eben, hä?«

»Wie Sie meinen, Lisenko.«

Das war alles, mußte Tatjana feststellen. Kein Zorn. Keine Eifersucht. Sie hatte richtig gehandelt. Er hätte nicht mehr um ihre Hand angehalten. Sie hatte ihn schon verloren, bevor er nach Rußland zurückgekehrt war. Aber auf diese Art hatte sie wenigstens ihr Gesicht gewahrt, obwohl sie sich damit einem Mann versprochen hatte, den sie nicht liebte. Aber schließlich konnte sie ja dieses Versprechen später wieder lösen.

»Ich bin froh, daß Sie Verständnis haben, Mitja«, waren Tatjanas letzte Worte, bevor sie Gregori wegzog.

»Du weißt, daß du das hättest verhindern können, nicht wahr?« sagte Wasili empört neben Dimitri.

»Meinst du?«

»Mitja, bitte! Sie stand da und wartete nur auf irgendeine Gefühlsäußerung von dir. Du weißt verdammt gut, daß sie bis zu diesem Augenblick Gregoris Antrag nicht angenommen hatte. Du hast es selbst gesehen, wie überrascht er war. Es war für ihn genauso eine Neuigkeit, wie für dich.«

»Mag schon sein.«

Wasili packte Dimitri an den Schultern und drehte ihn zu sich herum. »Ich kann es nicht glauben. Bist du erleichtert?«

»Und wie!« Dimitri grinste.

»Ich kann es nicht glauben«, wiederholte Wasili. »Vor sechs Monaten hast du mir noch erzählt, daß du diese Frau noch vor Ende des Jahres heiraten würdest und nächstes Jahr bereits einen Erben hättest. Nichts würde dich davon abhalten können, sagtest du. Du hast Himmel und Hölle in Bewegung gesetzt, sie zu gewinnen und bist furchtbar wütend gewesen, weil du keine eindeutige Antwort von ihr bekamst. Ihr Wankelmut hat dich ganz wild gemacht. Hab' ich recht oder nicht?«

»Du mußt mir das nicht auseinandersetzen, Wasja.«

»Könntest du mir dann vielleicht erklären, warum du so erfreut bist, daß sie deine Absichten durchkreuzt hat? Und erzähl' mir bloß nicht, daß es etwas mit dem Frauenzimmer zu tun hat, nach dem du verschmachtest. Heiraten hat nichts mit Liebe zu tun. Tatjana war eine äußerst passende Partie für dich. Du brauchtest sie ja nicht zu lieben. Lieber Himmel, sie ist die schönste Frau in Rußland! Selbst mit einem Spatzengehirn wäre sie noch begehrenswert. Und ihre Blutlinie ist tadellos. Sie war wie für dich gemacht. Deine Tante war der gleichen Ansicht.«

»Genug, Wasja. Du benimmst dich, als hättest *du* sie verloren.«

»Ach, verdammt, wenn du schon heiraten mußt, dann sollst du auch die Beste bekommen. Das wolltest du doch auch, dachte ich. Oder ist es nicht mehr so dringend, daß du heiratest und einen Erben zeugst? Hast du vielleicht etwas von Mischa gehört, daß –«

»Erzähl mir nicht, daß du immer noch auf das Unmögliche hoffst. Mischa ist tot, Wasja. Nach so langer Zeit ist es gar nicht mehr anders denkbar. Nein, nichts hat sich geändert. Ich brauche nach wie vor eine Frau. Nur muß es nicht unbedingt diese sein. Um die Wahrheit zu sagen, ich habe mich aus dieser Werbung zurückgezogen, weil ich keine Lust hatte, alles wieder von vorne anzufangen. Monatelang wieder nur Ausflüchte und Verzögerungen, einer einfachen Antwort wegen. Dauernd um die Dame herumtanzen zu müssen, während sie mich warten läßt, nein. Ich habe Wichtigeres zu tun, als meine Zeit derart zu verschwenden.«

»Aber –«

»Wasja, wenn sie dir so kostbar erscheint, dann heirate sie doch selbst. Ich persönlich möchte nicht an eine Frau gebunden sein, die nicht weiß, was sie will. Ich habe entdeckt, wie erfrischend Offenheit sein kann.«

»Schon wieder deine Engländerin?« verspottete ihn Wasili. Doch im nächsten Atemzug stöhnte er: »Du denkst doch nicht etwa daran –«

»Nein, ich bin durchaus nicht unvernünftig, obwohl ich zugeben muß, daß es mir gar nichts ausmachen würde, an sie gebunden zu sein.« Dimitri grinste, dann seufzte er: »Aber es gibt genug passende Frauen, die noch frei sind. Solche, die ohne ein Zögern ja sagen, damit ich die Angelegenheit hinter mich bringen kann. Hast du irgendwelche Vorschläge?«

»Ich weiß keine, an der du nicht irgendeinen Fehler finden würdest, da bin ich sicher.«

»Vielleicht hat Natalia eine Idee. Sie ist eine unverbesserliche Kupplerin und immer auf dem laufenden.«

»Hervorragend. Die Mätresse sucht die Ehefrau aus«, sagte Wasili trocken.

»Ich glaube, dieser Gedanke ist sogar genial«, meinte Dimitri schmunzelnd. »Schließlich kennt Natalia meine Vorlieben und Abneigungen sehr gut. Sie würde mir keine vorschlagen, mit der ich nicht auskommen könnte. Sie wird mir diese Aufgabe sehr erleichtern.«

»Du weißt ja nicht einmal, wo sie sich im Moment aufhält«, warf Wasili ein.

»Nun, ich werde sie aufspüren lassen. Wirklich, Wasja, ich möchte die Geschichte erledigt wissen, aber so eilig habe ich es nun auch wieder nicht. Ich habe genügend zu tun, was mich in der Zwischenzeit beschäftigt.«

Als Dimitri nach Hause kam, fand er einen Brief von seiner Schwester vor, der ihm gar nicht willkommen war.

Mitja!
Du mußt sofort kommen und dein Versprechen halten. Ich habe den Mann getroffen, den ich heiraten möchte.

Anastasia

Welches Versprechen? Er hatte nie versprochen, auf der Stelle ihre Wahl gutzuheißen. Aber wenn er das nicht tat, würde das kleine Biest sicher Mittel und Wege finden, ohne seine Erlaubnis zu heiraten. Warum diese Eile?

Verdammt! Gerade hatte er geglaubt, alles so geregelt zu haben, daß ihm mehr Zeit für Katherine blieb, bevor er sie nach Hause schicken, oder ihr das zumindest anbieten mußte. Je mehr er darüber nachdachte, um so mehr wünschte er sich, einen einleuchtenden Grund zu finden, sie noch länger hier zu behalten. Er hatte sich doch schon Gründe zurechtgelegt, warum er nicht gleich wieder auf Freiersfüßen gehen konnte. Konnte ihm nicht auch etwas einfallen, das Katherine davon abhielt, aus seinem Leben zu segeln?

34

»Gnädige Frau?« Maruscha steckte ihren Kopf zur Tür herein. »Endlich ist ein Bote vom Prinzen gekommen. Wir sollen sofort aufbrechen und zu ihm in die Stadt kommen.«

»Nach Moskau?«

»Nein, nach Petersburg.«

»Komm herein, Maruscha, und schließ die Tür. Es zieht«, sagte Katherine und zog sich den Schal enger um die Schultern. »Aber warum Petersburg? Ich dachte, Dimitri wäre immer noch in Moskau?«

»Nein, da ist er schon eine Weile nicht mehr. Er war geschäftlich in Österreich und ist gerade erst zurückgekommen.«

Typisch, dachte Katherine. Warum sollte man es ihr auch sagen, wenn er außer Landes ist? Warum sollte man ihr überhaupt etwas sagen? Er hatte sie hier auf dem Land untergebracht und dann einfach vergessen.

»Hat der Zar seinen Englandbesuch beendet? Ist das der Grund, warum wir nach Petersburg fahren?«

»Ich weiß es nicht, gnädige Frau. Der Bote sagte nur, wir sollten uns beeilen.«

»Warum? Maruscha, ich rühr' mich nicht von der Stelle, solange ich nicht weiß, was das bedeuten soll«, sagte Katherine gereizt.

»Ich nehme an, wenn der Zar zurück ist und der Prinz vor hat, Sie nach Hause zu schicken, daß es bald geschehen muß. Sonst friert die Newa zu und der Hafen wird dann geschlossen.«

»Oh.« Katherine ließ sich wieder in ihren Sessel am Feuer fallen. »Ja, das würde die Eile erklären«, fügte sie leise hinzu. Was sollte sie nur machen? Zu Hause ankommen, mit einem Baby im Bauch und keinen Ehemann dafür? Nein, ohne Erklärung ging das nicht. Das konnte sie ihrem Vater nicht antun. Sie konnte nicht ein halbes Jahr spurlos verschwunden sein und dann mit einem noch schlimmeren Skandal heimkehren. Nein, nein und nochmals nein.

Sie hatte vorgehabt, Dimitri von ihrem Zustand zu erzählen, wenn er nach Nowi Domik zurückkehrte. Sie hatte vorgehabt, von ihm zu verlangen, daß er sie heiratete. Aber jetzt war es schon fast drei Monate her, seit sie ihn zum letzten Mal gesehen hatte. Der Sommer war schnell vorüber gewesen. Auch der Herbst. Sie hatte nicht beabsichtigt, den Winter in Rußland zu verbringen, aber ohne Ehemann würde sie auf keinen Fall nach Hause fahren. Wenn

Dimitri sich einbildete, er könnte sie einfach auf ein Schiff verfrachten und damit wäre die Sache erledigt, hatte er sich getäuscht.

»Gut, Maruscha, ich bin bis morgen soweit, daß wir fahren können«, willigte Katherine ein. »Aber das mit der Eile könnt ihr vergessen. Ich mache die Raserei nicht noch einmal mit, nein danke. Sag das auch deinem Mann.«

»Wir würden sowieso mehr Zeit brauchen als auf der Herfahrt, denn die Nächte sind jetzt länger.«

»Das ist nicht zu ändern. Was ich meine, bezieht sich auf die Geschwindigkeit bei Tage. Nicht mehr als zwanzig oder fünfundzwanzig Meilen pro Tag! Ich möchte sicher sein, daß die Reise einigermaßen bequem ist.«

»Aber dann brauchen wir doppelt so lange.«

»Ich werde mich darüber auf keine Diskussion einlassen, Maruscha. Der Fluß kann auch noch ein paar Tage warten, bevor er zufriert.« Sie hoffte genau das Gegenteil, denn das war schließlich der Grund, warum sie die Ankunft in Petersburg zu verzögern trachtete. Außerdem wollte sie nicht, daß ihr Kind von den verrückten russischen Kutschern durchgeschüttelt wurde.

Dimitri bekam einen Anfall, als er Wladimirs Nachricht erhielt. Katherine bestand darauf, im Schneckentempo zu reisen. Vor einer Woche waren sie kaum zu erwarten. Verdammt, damit hatte er nicht gerechnet.

Seine Idee, das Wetter als Vorwand zu benutzen und sie in Rußland festzuhalten, hatte von Anfang an ihre Schattenseiten gehabt. Vor allem hatte es bedeutet, daß er sie monatelang, bis zum Winteranfang nicht sehen konnte. Doch es war ihm klar gewesen, daß sie, wenn der Sommer erst einmal vorüber war, darauf pochen würde, endlich nach Hause zu können. Deswegen hatte er ihr und ihren Fragen aus dem Weg gehen müssen, bis der Herbst vorüber war. Er hatte darum gebetet, daß der Wintereinbruch in diesem Jahr sehr zeitig käme.

Es war ein lange, deprimierende Wartezeit für ihn gewesen, vor allem während des feuchtkalten Herbstes. Und er hatte sich nicht einmal mit den Hochzeitsvorbereitungen für seine Schwester beschäftigen können. Sobald er angekommen war, hatte sie ihm mitgeteilt, daß *dieser* bestimmte junge Mann auf keinen Fall der Richtige für sie wäre. Dimitri blieb nichts anderes übrig, als sich um seine normalen Geschäfte zu kümmern, die er einige Zeit vernachlässigt hatte. Die Geschäftsbücher, die Katherine ihm hatte schikken lassen, bewiesen das deutlich: nicht vier, sondern fünf Unternehmen standen kurz vor dem Ruin. Ein paar Freunde gab es auch, die er besuchen konnte, aber die meisten vermieden den Herbst in der Stadt genauso wie den Sommer und kamen erst jetzt zur Wintersaison zurück. Natalie hatte sich vergangene Woche endlich blicken lassen und ihm versprochen, sofort darüber nachzudenken, welche Frau für ihn in Frage käme. Er selbst verschwendete keinen Gedanken daran.

Was ihn am meisten irritierte, depremierte und wütend machte war die Tatsache, daß er zu keiner Frau ging während der ganzen Zeit in der er sich absichtlich von Katherine fernhielt. Ausgerechnet er, der ohne Grund keine drei Nächte ohne eine Frau verbrachte. Und es gab keinen Grund. Wo immer er hinkam, gab es Frauen, die ihm deutlich zu verstehen gaben, daß er sie haben könnte. Aber sie alle waren nicht Katherine und in ihm brannte immer noch heftig die Leidenschaft für seine kleine englische Rose. Und solange das der Fall war, interessierte er sich für niemanden sonst.

In dem Moment, als das Eis auf der Newa anfing zu gefrieren, schickte er nach ihr. Nach dieser langen Zeit brannte er darauf, sie endlich zu sehen. Und was machte sie? Verzögerte die Ankunft mit Absicht. Das sah ihr ähnlich. Immer mußte sie sich ihm widersetzen und ihn verärgern. Wladimir hatte recht gehabt. Sie war voll und ganz zu ihrer normalen Widerspenstigkeit zurückgekehrt. Doch das war immer noch besser als die schweigende Verachtung, mit der sie ihn behandelt hatte, bevor er von Nowi Domik abgereist war. Alles war besser als das.

Also wartete Dimitri weiter, aber er nutzte die Zeit, sich die Ausreden noch besser zurechtzulegen, warum sie jetzt Rußland nicht mehr verlassen konnte. Sie würde wütend sein, aber er hoffte, daß es nicht zu lange dauern würde, bis sie sich in das Unvermeidliche schickte.

Katherine dachte genau das gleiche, als die Kutschen sechs Tage später durch die Prachtstraßen Petersburgs rollten. Dimitri würde mit Recht wütend auf sie sein, weil sie das Schiff verpaßt hatte. Angriff war die beste Verteidigung bei ihm, das hatte sie schon herausgefunden. Sie hatte genügend Argumente parat, die ihr zwar alle nichts mehr bedeuteten, sich aber gut als Angriffswaffen eigneten.

Das großzügig angelegte Petersburg war beeindruckend für jemanden, der die engen Straßen Londons gewohnt war. Katherine genoß ihren ersten wirklichen Eindruck von Rußlands Fenster zum Westen. Auf der wilden Fahrt vor ein paar Monaten hatte sie ja kaum etwas wahrgenommen.

Alles wirkte so gewaltig in dieser Prachtstadt. Das Eindrucksvollste war vielleicht der Winterpalast, ein Gebäude im russischen Barock mit mehreren hundert Zimmern. Aber es gab noch weit mehr Paläste und mächtige Häuser und viele öffentliche Plätze. Der nahezu drei Meilen lange Newski-Prospekt war die Hauptstraße der Stadt, mit vielen Geschäften und Restaurants. Einen kurzen Blick konnte sie auch auf die Peter-Pauls-Festung werfen, auf der anderen Seite des Flusses. Es war das Gefängnis, in dem Peter der Große seinen eigenen Sohn zum Tode verurteilt hatte.

Als sie an dem Marktplatz vorbeikamen, gab es für Katherine so viel zu sehen, daß sie für einen Augenblick alles andere vergaß. Auf großen Schlitten wurde Berge von gefrorenen Tieren aus dem ganzen Land hierher transportiert. Man benutzte alle möglichen gefrorenen Gegenstände dazu, um Kühe, Schafe, Schweine, Geflügel, Butter, Eier und Fisch frischzuhalten.

Am meisten aber begeisterten sie die vielen, ganz unterschiedlichen Menschen. Da gab es Kaufleute in weiten, erdfarbenen Kaftanen mit ihren Frauen in farbenfrohen Brokatkitteln und langen bunten Kopfbedeckungen, die fast bis auf den Boden reichten. Pelzgekleidete Baschkieren. Tartaren mit Turbanen. Heilige Männer in knöchellangen Tunikas und langwallenden Bärten. Einige der vielen verschiedenen russischen Volksgruppen konnte Katherine unterscheiden.

Hausfrauen zogen ihre Einkäufe auf kleinen Schlitten und Straßenmusikanten in langen Mänteln und Pelzhüten spielten *Gusli* oder *Dudka*. Fliegende Händler boten um ein paar Kopeken *Kalachis*, gebogene Brotlaibe aus feinstem Mehl, an.

Von diesem Rußland hatte sie bisher kaum etwas gesehen: Die Menschen, die Unterschiede, die Schönheit verschiedenartiger Kulturen, die sich hier vermischten. Katherine nahm sich vor, Dimitri zu bitten, mit ihr hierher zu gehen, damit sie sich alles genauer anschauen konnte, als es von der Kutsche aus möglich war. Doch das erinnerte sie auch wieder daran, daß sie gleich am Ziel ihrer Reise sein würde.

Wahrscheinlich hätte sie Dimitris Palast wiedererkannt, als sie näherkamen. Doch das war überflüssig. Er stand draußen auf den

Treppenstufen, von denen der Schnee sauber weggefegt war. Im gleichen Augenblick, als die Kutsche anhielt, war er auch schon da, öffnete die Tür und reichte ihr die Hand. Während der letzten Reiseetappe, als sie sich der Stadt näherten, war Katherine außerordentlich nervös geworden. Schließlich war sie bei ihrer letzten Begegnung sehr unfreundlich gewesen, nicht willens ihm zu vergeben, und hatte jedes Gespräch mit Dimitri verweigert. Aus ihrer Verletztheit heraus hatte sie eine so nachtragende Haltung eingenommen, wie noch nie zuvor in ihrem Leben. Ihre Nervosität ließ sie von vornherein in Abwehrhaltung gehen. Zwar war sie von seinem Anblick überwältigt, so blendend sah er in seiner prächtigen, russischen Uniform aus, und ihr Herz schlug gleich doppelt so schnell. Aber schließlich durfte sie nicht mehr nur an sich selbst denken. Ihre Sinne waren wir berauscht, aber ihr Verstand arbeitete klar und war bereit zum Kampf.

Er hob sie aus der Kutsche und stellte sie auf den Boden. »Willkommen in Petersburg.«

»Ich war schon einmal hier, Dimitri.«

»Ja, aber nur ganz kurz.«

»Du hast recht. Wenn man gezwungen wird, in Hast und Eile durch die Stadt zu rasen, wird man sie kaum kennenlernen. Meine langsame, beschauliche Ankunft war viel angenehmer als meine Abreise.«

»Soll ich mich dafür auch entschuldigen, wo du mir doch so viel zu vergeben hast?«

»Oh? Willst du damit sagen, *du* hättest irgend etwas getan, wofür du dich entschuldigen müßtest? Nein, du doch nicht!«

»Katja, bitte, wenn du mich schon vierteilen willst, warte doch, bis wir im Haus sind. Wenn du es nicht bemerkt haben solltest, es schneit.«

Wie sollte sie es nicht bemerken, wo ihre Augen doch fasziniert jede Flocke beobachteten, die auf seinem Gesicht schmolz? Und warum war er nicht böse mit ihr, daß sie sich so viel Zeit gelassen hatte, hierher zu kommen? Er schien sich große Mühe zu geben, freundlich zu sein. Zu freundlich, fand sie, wo sie doch mit dem Schlimmsten gerechnet hatte. War der Fluß noch nicht zugefroren? War sie trotz allem zu früh?

»Natürlich, Dimitri, geh doch voran. Ich stehe dir wie gewöhnlich zur Verfügung.«

Dimitri zuckte zusammen. Katherines Stimmung war schlechter, als er erwartet hatte und sie wußte doch noch gar nicht, daß sie nicht heimreisen konnte. Was erwartete ihn wohl, wenn sie das erfuhr?

Er faßte sie unter und führte sie die Treppe hinauf. Die großen Doppeltüren öffneten sich, als sie sie erreichten und schloßen sich augenblicklich wieder hinter ihnen. Das gleiche geschah einen Augenblick später erneut, als Wladimir mit dem Gepäck kam. Dieses Öffnen und Schließen der Türen, als ob man selbst keine Hände hätte, hatte Katherine am Anfang geärgert. Doch als der Winter kam, hatte sie es schätzen gelernt, denn die schnellen Lakaien hielten die kalte Zugluft weitgehend draußen.

Katherine, die sich an die stille Eleganz von Nowi Domik gewöhnt hatte, blickte sich einen Augenblick erstaunt um. Dimitris Stadtpalast war üppig und reich ausgestattet: Glänzendes Parkett, weiße Marmortreppen mit dicken Teppichen darauf, Gemälde in vergoldeten Rahmen, in der Mitte dieses großartigen Zimmers hing ein riesiger Kristallüster. Und dabei war das nur die Eingangshalle.

Katherine sagte nichts, sondern wartete, bis Dimitri sie in ein anderes Zimmer von gleichfalls gewaltigen Ausmaßen führte. Es war der Salon. Er war mit Möbeln aus Marmor, Rosenholz und Mahagoni eingerichtet, die Sessel und Sofas mit Samt und Seide in verschiedenen Rosé- und Goldtönen gepolstert, was ausgezeichnet zu den Perserteppichen paßte.

Im Kamin brannte ein großes Feuer, das den ganzen Raum erwärmte. Katherine setzte sich in einen Sessel, der nur groß genug für eine Person war. Dimitri registrierte das sofort als Schutzmaßnahme. Im Sitzen öffnete sie das schwere Cape, das Maruscha ihr geliehen hatte, und ließ es über die Sessellehne fallen. Unter den Sachen, die Dimitri in England für sie hatte kaufen lassen, war nichts Geeignetes für einen russischen Winter gewesen. Doch das würde sich bald ändern. Ihre Wintergarderobe war schon bestellt und demnächst fertig. Eine Dienerin war auch schon beauftragt worden, eines ihrer Kleider zum Schneider zu bringen, sobald das Gepäck da war, damit die Maße genau stimmten.

»Möchtest du einen Brandy zum Aufwärmen?« fragte Dimitri und setzte sich ihr gegenüber.

»Ist das ein russisches Allheilmittel?«

»Im allgemeinen wird Wodka bevorzugt.«

»Ich habe euren Wodka probiert, danke, ich verspüre keine besondere Lust darauf. Ich hätte gerne Tee, wenn es dir nichts ausmacht.«

Dimitri machte eine Handbewegung und als Katherine aufschaute sah sie, daß einer der beiden Lakaien an der Tür sich umdrehte und das Zimmer verließ.

»Wie nett«, sagte sie steif, »daß du auf einmal die Anstandsregeln beachtest. Ein bißchen spät, meinst du nicht auch?«

Dimitri winkte noch einmal und die Tür schloß sich. Sie waren alleine. »Die Diener sind immer überall, nach einer Weile bemerkt man sie überhaupt nicht mehr.«

»Offensichtlich bin ich dafür noch nicht lange genug hier.«

Damit lenkte Katherine das Gespräch in die Richtung, die ihnen beiden am Herzen lag. Aber dann verließ sie doch der Mut und sie fragte belanglos: »Also, Dimitri, wie ist es dir ergangen?«

»Ich habe dich vermißt, Katja.«

In *diese* Richtung sollte das Gespräch eigentlich nicht gehen. »Soll ich das wirklich glauben, nachdem du drei Monate wie vom Erdboden verschwunden warst?«

»Ich hatte Geschäfte –«

»Ja, in Österreich«, unterbrach sie ihn knapp. »Man hat es mir erzählt, aber erst als du nach mir schicken ließest. Davor wußte ich nichts über dich. Du hättest genausogut tot sein können.«

O Gott, ihre Verstimmung über seine Vernachlässigung war offenkundig. Sie hatte ihm nicht zeigen wollen, wie sehr auch sie ihn vermißt hatte.

Der Tee wurde gebracht. Ganz offensichtlich war er schon vorbereitet gewesen. Katherine wurde davor bewahrt, sich noch weiter zu verraten und gewann Zeit, ihre Gedanken wieder zu ordnen. Sie schenkte sich selbst ein und ließ sich Zeit bei diesem Ritual. Für Dimitri war Brandy gebracht worden, doch er rührte ihn nicht an.

Katherine nippte schweigend an ihrem Tee und Dimitri nahm das für ein Zeichen, daß sie ihn im Moment nicht weiter ins Gebet nehmen wollte. Aber er wollte das Schlimmste hinter sich bringen.

»Du hast recht«, sagte er sanft. Sie wandte ihm ihren Blick zu. »Ich hätte dir ein paar Zeilen schreiben sollen, bevor ich nach Österreich aufbrach. Aber wie ich schon sagte, ich habe für vieles Abbitte zu leisten. Auch hätte ich früher zurückkommen sollen, doch die Geschäfte dauerten leider länger als erwartet … Katja, es tut mit leid, aber der Hafen ist bereits geschlossen. Vor dem Frühjahr ist an eine Seereise von hier aus nicht zu denken.«

»Dann kann ich nicht nach Hause?«

Er wartete auf ihren Einwurf, daß unmöglich das ganze Land von der Außenwelt abgeschlossen sein konnte. Und so war es ja auch nicht. Dimitri hatte sich schon passende Ausreden zurechtgelegt, warum die offenen Häfen für sie nicht in Betracht kämen. Ihre einfache Frage brachte ihn jedoch aus dem Konzept.

»Warum bist du nicht wütend?« wollte er wissen.

Katherine erkannte ihren Fehler. »Natürlich bin ich wütend, aber als es auf dem Weg hierher anfing zu schneien, habe ich das bereits befürchtet. Ich hatte schon ein paar Tage Zeit, mich damit abzufinden.«

Dimitri war so erfreut über ihre Reaktion, daß er beinahe gelächelt hätte. Seine Zerknirschung wäre dann natürlich nicht sehr glaubhaft gewesen. »Natürlich sind die südlichen Häfen offen, aber sie liegen tausend Meilen entfernt und das ist um diese Jahreszeit selbst für einen Russen, der an das Wetter gewöhnt ist, eine sehr strapaziöse Reise.«

»Nun, das kommt für mich überhaupt nicht in Frage«, erwiderte Katherine rasch. »Ich bin schon auf der Fahrt hierher fast erfroren.«

»Ich würde es dir auch nicht empfehlen«, versicherte Dimitri. »Es gibt noch den Landweg nach Frankreich.« Die vielen offenen Häfen zwischen Rußland und Frankreich erwähnte er nicht, rechnete aber damit, daß Katherine auch nicht daran denken würde. »Aber diese Reiseroute ist für den Winter denkbar ungeeignet.«

»Das meine ich auch«, stimmte Katherine zu. »Wenn sogar Napoleons unschlagbare Truppen vor dem russischen Winter kapitulieren mußten, welche Chance hätte dann ich? Was bleibt mir also übrig?«

»Obwohl es meine Schuld ist – schließlich habe ich dir versprochen, daß du auf einem Schiff nach England zurückkehren könntest, bevor der Fluß zufriert –, kann ich nur hoffen, daß du meine Gastfreundschaft annimmst, bis das Eis im Frühjahr wieder schmilzt.«

»Mit dem gleichen Status?« erkundigte sie sich. »Als Gefangene?«

»Nein, Kleines. Du bist frei zu kommen und zu gehen, wie es dir gefällt, und kannst machen, was du willst. Du wärst mein Gast, nichts anderes.«

»Dann habe ich wohl keine andere Wahl als zu akzeptieren«, sagte sie seufzend. »Aber hast du keine Angst, wenn ich nicht mehr bewacht und beobachtet werde, daß ich dem Erstbesten von meiner Entführung erzähle?«

Dimitri war verblüfft. Es ging ihm alles zu einfach. Stundenlang hatte er sich seinen Plan zurechtgelegt und dabei alle ihre möglichen Reaktionen mit einkalkuliert, aber diese schnelle Einwilligung hätte er nie erwartet.

Doch warum sollte er sein Glück beklagen?

Er grinste sie an. »Das gibt eine sehr romantische Geschichte, findest du nicht auch?«

Katherine errötete. Als Dimitri die Wärme in ihrem Gesicht sah, erinnerte er sich an andere Situationen als sie so ausgesehen hatte und in einer empfänglichen Stimmung gewesen war. Es berührte ihn so, daß er seinen Vorsatz, dieses Mal nichts zu übereilen, völlig vergaß. Er erhob sich und ging zu ihr hin. Katherines Rückzug in den kleinen Sessel ignorierte er einfach. Er hob sie hoch, setzte sich selbst hin und zog sie sanft auf seinen Schoß.

»Dimitri!«

»Schhh. Du weißt doch gar nicht, was ich vorhabe.«

»Deine Absichten sind noch immer ungehörig gewesen«, erwiderte sie.

»Siehst du, wie gut wir zusammenpassen, Kleines? Du kennst mich schon so gut.«

Er neckte sie und sie wußte nicht genau, wie sie reagieren sollte. Doch seine Umarmung war alles andere als ein Necken. Sie war fest und vertraut, mit einem Arm preßte er sie an seine Brust, der andere lag über ihrem Schoß und die Hand streichelte kühn ihre Hüften. Ein warmer Schauer durchrieselte sie. Seit Monaten hatte sie sich nicht so lebendig gefühlt. Immer schon hatte er dieses Gefühl in ihr wachgerufen, ihre Sinne entfacht ...

»Du solltest mich besser wieder loslassen, Dimitri.«

»Warum?«

»Die Diener könnten kommen«, meinte sie lahm.

»Wenn das der einzige Grund ist, dann laß' ich dich sicher nicht los. Nur unter Todesgefahr wird jemand diese Tür öffnen.«

»Sei doch ernst.«

»Ich meine das ernst, mein Herz, ganz ernst. Wir werden sicher nicht gestört werden, du mußt dir schon einen anderen Grund einfallen lassen, oder lieber nicht. Laß mich dich einfach ein bißchen halten – Himmel!« keuchte er. »Wackel doch nicht so viel herum, Katja!«

»Tut mir leid, hab' ich dir wehgetan?«

Er stöhnte und sie setzte sich auf eine weniger empfindliche Stelle. »Es ist nichts, das du nicht ändern könntest, wenn du nur wolltest.«

»Dimitri!«

»Verzeih mir.« Er grinste, als ihre Wangen sich wieder röteten. »Das war plump von mir, nicht wahr? Aber ich habe noch nie sehr klar denken können, wenn du in meiner Nähe warst, und jetzt geht es mir auch nicht anders. Warum schaust du so überrascht? Hast du wirklich geglaubt, ich würde dich nicht mehr begehren, nur weil ich drei Monate weg war?«

»Um die Wahrheit zu sagen –«

Dimitri konnte sich nicht mehr zurückhalten. Solange saß sie jetzt schon auf seinem Schoß, das ermutigte ihn ungeheuer. Er war nahe daran, ihr die Kleider vom Leib zu reißen. Er küßte sie so innig, so intensiv, daß abzusehen war, wohin das führte. Seine Hand rutschte höher, um ihre Brust zu streicheln. Er stöhnte, als er die kleine, harte Spitze unter dem Stoff spürte.

Ihr Stöhnen ging in seinem Mund unter. O Gott, wie sehr hatte sie ihn vermißt, und seine Küsse. Sie hatte seine Hände vermißt, die sie in Brand setzten und die Art wie er sie mit einem Blick erschauern ließ. Und erst seinen wunderbaren, festen, aufregenden Körper. Es gab keinen Grund mehr, das abzuleugnen. Sie sehnte sich danach, daß er sie nahm. Jetzt.

»Dim-Dim-Dimitri! Laß mich Luft holen.«

»Nein, dieses Mal nicht.«

Er fuhr fort, sie wie wild zu küssen. Und Katherine spürte seine Wärme, die ihr durch und durch ging. Dieser kraftvolle, starke Mann hatte Angst, hatte Angst, daß sie ihn aufhalten wollte. Sie nahm sein Gesicht sanft in ihre Hände, ihre Augen lächelten ihn an.

»Trag mich zum Sofa, Dimitri.«

»Zum Sofa?«

»Der Sessel ist nicht sehr passend im Moment, findest du nicht auch?«

Als ihm langsam dämmerte, was sie meinte, erstrahlte sein Gesicht derart vor Erstaunen und Freude, daß sie beinahe geweint hätte. Er stand so schnell auf, daß sie fürchtete zu Boden zu fallen.

Doch er hielt sie fest im Arm und einen Augenblick später lag sie auf dem Samtsofa, das so bequem wie ein Bett war.

Er kniete vor ihr, kämpfte bereits mit den Knöpfen ihrer Jacke. Einen Moment hielt er inne. »Bist du sicher, Katja – nein, nein, sag nichts.«

Er küßte sie, bevor sie etwas sagen konnte, und Katherine schlang als Antwort die Arme um seinen Nacken und erwiderte hingebungsvoll. Sie wußte genau, was sie tat, brauchte keine Drogen, um ihrer Leidenschaft freien Lauf zu lassen. Dimitri allein genügte. Er war der Mann, den sie liebte, trotz aller Zweifel. Er war der Vater ihres ungeborenen Kindes, der Mann, den sie heiraten würde. Die Einzelheiten waren jetzt nicht wichtig. So viel lag noch vor ihnen. Jetzt zählte nur, daß sie wieder beisammen waren.

35

Vor den Fenstern wirbelten die Schneeflocken. Das Feuer in dem mächtigen Kamin gab seine Wärme direkt auf das Sofa ab. In dem großen Salon herrschte eine gemütliche Atmosphäre. Die Uhr auf dem Kamin zeigte an, daß es schon später Nachmittag war. In der Ferne hörte man eine Katze miauen, irgendwo im Haus schlug eine Tür, auf der Straße fuhr eine Kutsche vorbei. Doch drinnen, in dem behaglichen Zimmer waren das Prasseln der Scheite und Dimitris Herzschlag die einzigen Geräusche.

Katherine wollte die Intimität des Augenblicks solange wie möglich auskosten. Sie lag halb auf der Sofakante, halb auf Dimitri. Es war nicht mehr viel Platz, aber sie hatte keine Angst zu fallen. Dimitris Arm hielt sie warm und fest umfangen, drückte sie nahe an sich heran.

Verspielt ließ Katherine ihre Finger durch die weiche Matte goldblonden Haars auf Dimitris Brust gleiten. Er nahm ihre Hand und küßte jeden Finger einzeln, knabberte und saugte an ihnen. Katherine beobachtete ihn mit halbgeschlossenen Augen, fasziniert davon, was für Empfindungen seine Zunge und Lippen in ihren sensiblen Fingerspitzen erweckten.

»Wenn du nicht aufhörst, Kleines, will ich dich gleich wieder haben«, flüsterte Dimitri mit heiserer Stimme.

»Ich? Was mach' ich denn?«

»Du schaust mich mit deinen sinnlichen Augen an. Mehr braucht es gar nicht, weißt du.«

»Unsinn«, spottete Katherine, mußte aber dabei lächeln. »Und was ist mit dir, was machst du? Wenn du nicht aufhörst –« sagte sie warnend, »– muß ich dich –«

»Versprochen?«

Katherine lachte. »Du bist unverbesserlich.«

»Hast du etwas anderes erwartet, wo ich monatelang kein Vergnügen gehabt habe?«

»Und das soll ich dir glauben?« fragte Katherine überrascht.

»Ja, es ist die Wahrheit … habe ich dir in den letzten Stunden nicht bewiesen, wie ausgehungert ich war? Hab' ich das oder brauchst du noch mehr Beweise?«

»Dimitri!« Sie kicherte, als er sich über sie rollte. Doch als er schnell und tief in sie eindrang, spürte sie, daß das kein Necken mehr war. »Dimitri«, seufzte sie nun, dann kam sie seinem Kuß entgegen.

Eine Weile später, als Katherine wieder ruhig atmen konnte, wollte sie ihn gerade wegen seiner Unersättlichkeit hochnehmen, aber er kam ihr zuvor.

»Du bringst mich noch um, Frau.«

»Du übertreibst schon wieder«, erwiderte sie lachend. »Ich kann mich aber sehr gut an zwei Ereignisse erinnern, bei denen du wirklich von bemerkenswerter Vitalität warst.«

Erstaunt blickte er sie an. »Und hat es dir gefallen?«

»In der Situation sicher. Aber das heißt nicht, daß ich diese Erlebnisse unbedingt gebraucht hätte. Ich ziehe es schon vor, selbst zu entscheiden, wann ich Lust habe.«

Er traute seinen Ohren kaum. *Sie* hatte von den Drogen angefangen und zeigte nicht den geringsten Ärger darüber. Sie hatte ihm verziehen. Und sie gab zu, daß es dieses Mal freiwillig gewesen war. Sie gab zu, daß sie ihn begehrte.

Lieber Gott, wie oft hatte er sich in seiner Fantasie ein solches Bekenntnis von ihr ausgemalt. »Katja, weißt du, wie glücklich du mich damit machst?«

Jetzt war Katherine an der Reihe, überrascht zu sein, er klang so ernst. »Ja?«

»So lange schon habe ich mir gewünscht, dich in meinen Armen zu halten, dich zu küssen.« Er küßte sie. »Ich habe mich so schmerzlich danach gesehnt, dich zu berühren, Katja, dich zu lieben. Hierher gehörst du, Katja, hier in meine Arme. Und ich werde alles tun, was in meiner Macht steht, daß du hier in Rußland bleibst. Du gehörst zu mir, das mußt du mir glauben.«

»Ist – ist das ein Antrag?« flüsterte Katherine zögernd, ungläubig.

»Ich will, daß du immer bei mir bleibst.«

»Aber, ist das ein Antrag, Dimitri!« fragte sie jetzt bestimmter.

Verdammt! »Katja, du weißt, daß ich dich nicht heiraten kann. Du weißt, worum ich dich bitte.«

Katherine verkrampfte sich, ihr war, als würde ihr der Boden entzogen. Doch in dieser intimen Stellung, in der sie lagen, konnte sie ihrem Unmut keinen Ausdruck geben.

»Laß mich los, Dimitri.«

»Katja, bitte –«

»Himmel, laß mich los!«

Sie drückte so fest gegen ihn, daß es ihr gelang, unter ihm durchzuschlüpfen und sich hinzusetzen. Ihr Haar fegte ihm über das Gesicht, als sie herumwirbelte um ihn anzublicken. Ihre Nacktheit und Verwundbarkeit berührten sie nicht im geringsten.

»Dimitri, ich will, daß meine Kinder einen Vater haben«, sagte sie ohne Einleitung.

»Ich werde für deine Kinder sorgen.«

»Das ist nicht das gleiche, und du weißt das genau. Als Mätresse bin ich dir gut genug, aber nicht als Ehefrau, habe ich recht? Ist dir klar, wie beleidigend das für mich ist?«

»Beleidigend? Wenn mich die Ehefrau überhaupt nicht interessiert, außer daß sie mir einen Erben gebiert und ich meine Verpflichtungen erfüllen kann? Du hingegen bist die Frau, die Teil meines Lebens ist.«

Sie starrte ihn an, doch ihr Ärger löste sich auf. Lieber Gott, er wußte, was sie im Innersten berührte. Sie liebte ihn. Sie wollte das gleich wie er: Ihrer beiden Leben gehörten zusammen. Seine Gefühllosigkeit, was eine Ehefrau betraf, war … nun gut, ihr würde diese Frau sehr leid tun – wenn sie es nicht selbst werden würde. Sie gab nicht auf. Fünf Monate hatte sie jetzt, bis zum Frühling. In dieser Zeit würde sie ihm so wichtig werden, würde er sie so sehr lieben, daß er sogar mit den Gesellschaftsregeln brach, die eine Ehe zwischen einem Adeligen und einer gewöhnlichen Frau nicht duldeten. Wie überrascht würde er später sein, wenn er feststellen mußte, daß sie ihm ebenbürtig war.

Sie streckte ihre Hand aus, um seine Wange zu berühren. Er
küßte ihre Handfläche. »Es tut mir leid«, kam sie ihm sanft entgegen. »Ich habe deine Verpflichtungen vergessen. Aber wenn mein
erstes Kind unterwegs ist, bestehe ich darauf zu heiraten. Wenn
nicht dich, dann einen anderen.«

»Nein.«

»Nein?«

»Nein!« sagte er mit Entschiedenheit und zog sie näher zu sich
heran. »Du wirst überhaupt nicht heiraten.«

Katherine sagte gar nichts zu seinen heftigen Besitzansprüchen.
Sie lächelte nur und war froh, daß sie ihm von dem Kind noch
nichts gesagt hatte. Doch er würde es ohnehin bald selbst bemerken. Aber dann würde sie ihn an ihre Worte erinnern. So oder so
wollte sie einen Ehemann. Ein hübscher Bluff, aber er würde das
nicht wissen.

36

Das Ballkleid war so erlesen, wie Katherine selbst es niemals für
sich ausgesucht hätte. Glänzender, dunkeltürkiser Satin mit einem
Spitzeneinsatz am Mieder und Hunderten von Perlen, die in Bahnen über den weiten, glockenförmigen Rock verliefen. Es war
wirklich ein extravagantes Kleid. Der tiefe Ausschnitt ließ die
Schultern frei und die Spitze fiel über kleine Puffärmel. Katherine
fühlte sich darin wie eine Märchenprinzessin

Ihr Haar war in der Mitte gescheitelt und zurückgesteckt. Es war
mit Perlen geschmückt und fiel – ganz so wie man es gerade trug
– zu beiden Seiten in Locken herab. Jedes Accessoire stimmte: die
langen weißen Handschuhe, die Satinschuhe in dem gleichen
schimmernden Türkis, und das weiße Spitzentäschchen an ihrem
Handgelenk. Dimitri war zuvor dagewesen und hatte ihr einen
Schmuckkasten überreicht. Sie trug das Halsband aus Perlen und
Diamanten, Ohrringe und einen Ring. Die andere Kollektion aus
Saphiren und Smaragden zur Auswahl, hatte er gemeint. Er nannte das Kleinigkeiten. Genauso bezeichnete er auch ihre Wintergarderobe. Mit dem Ballkleid waren heute noch etliche andere Gewänder gekommen und der Rest sollte demnächst geliefert
werden.

Er behandelte sie bereits wie eine Mätresse, bemerkte sie, aber es störte sie nicht. Nicht mehr lange, und keines der bestellten Kleider würde mehr passen. Der Gedanke, wie er sie dann behandeln würde, amüsierte sie schon jetzt. Sie drehte sich vor dem Spiegel, in dem sie sich in voller Größe betrachten konnte, und achtete besonders auf ihre Taille. Noch war sie schlank wie immer und Katherine war ganz froh, erst im dritten Monat zu sein. Nur ihre Brüste waren etwas voller geworden. Doch das war noch kaum zu bemerken. Nichts hätte Dimitri jetzt schon alarmieren können, daß das erste der Kinder, für die er sorgen wollte, bereits unterwegs war.

Oh, auf dich wartet eine Überraschung, mein lieber Prinz. Bald wirst du wissen, warum sich meine Haltung so drastisch geändert hat.

Zu Hause in England hätte sie ihre Situation sicher nicht so gleichmütig betrachtet. Aber das wäre sowieso eine ganz andere Geschichte. Doch warum sollte sie nicht alles genießen, solange sie hier war? Schließlich mußte sie jetzt auch nicht mehr befürchten, schwanger zu werden.

Katherine lächelte sich zu. Bevor sie hinausging, ließ sie ihren Blick noch einmal durch das neue Schlafzimmer schweifen.

Auch hier hatte sie wieder das Zimmer bekommen, das normalerweise für die Frau des Hauses gedacht war. Es war luxuriös bis ins Detail. Doch vergangene Nacht hatte sie nicht darin geschlafen. Ihr Lächeln wurde stärker. Sie zweifelte daran, daß sie die kommende Nacht hier verbringen würde.

Ach, es war der Himmel auf Erden gewesen, die ganze Nacht mit Dimitri zu verbringen. Sie war in seinen Armen eingeschlafen und als sie aufwachte, lag er immer noch neben ihr. Und begrüßt zu werden mit seinem hinreißenden Lächeln und einem Kuß, der zu weiterem geführt hatte ... Sie zweifelte nicht daran, die richtige Wahl getroffen zu haben. Sie war glücklich. Alles andere interessierte sie im Moment nicht.

Unten an der Treppe erwartete er sie. Er hielt einen wunderbaren weißen Hermelinumhang mit einem Futter aus weißem Satin für sie bereit und legte ihn ihr um die Schultern. Dazu reichte er ihr den passenden Muff.

»Du verwöhnst mich, Dimitri.«

»Das will ich auch, Kleines«, erwiderte er ernsthaft mit einem warmen Lächeln. In seinen Augen spiegelte sich Bewunderung für ihre Erscheinung.

Er selbst glänzte wieder in Uniform. Er trug eine weiße Jacke mit schweren, goldenen Epauletten auf den Schultern und einen gold-bestickten Kragen; an einem blauen Ordensband quer über seine Brust hing der St.-Andreas-Orden. Diese Auszeichnung hatte er allerdings nur umgebunden, um Katherine zu beeindrucken. Und doch war er es vor allem, der beeindruckt war. Er konnte kein Auge von ihr wenden, während er ihr in die Kutsche half und sie eine kurze Strecke fuhren. Der Ball, zu dem er sie heute abend ausführen wollte, fand nur ein paar Häuser entfernt statt.

Sie wirkte sehr elegant und erinnerte Dimitri lebhaft an das Porträt, das Anastasia damals von ihr gemalt hatte. Es hing jetzt in seinem Arbeitszimmer und verursachte ihm jedesmal Unbehagen, wenn er es betrachtete. Kein Mensch würde diese Frau für eine Dienerin, Schauspielerin, oder was auch immer sie war, halten – nicht in diesem Aufzug. Er selbst wäre nie auf einen derartigen Gedanken verfallen, wenn sie ihm zum ersten Mal so begegnet wäre, wie sie jetzt aussah. Das verdeutlichte ihm aber nur, wie sehr ihn Kleidung und Umstände in seiner Überzeugung beeinflußt hatten, daß sie nicht war, was sie vorgab. Und wenn er sich getäuscht hatte? In seinem Magen ballten sich die Befürchtungen zu einem dicken Kloß. Nein, das konnte nicht sein. Aber vielleicht war es gar keine so gute Idee gewesen, Katherine für ihren ersten Auftritt in Gesellschaft gleich auf einen so großen Ball mitzunehmen.

Er hatte ihr einen Gefallen tun und sie, Wasilis Vorschlag entsprechend, wie eine Dame behandeln wollen. Sie sollte nicht länger verborgen hinter verschlossenen Türen leben. Doch plötzlich hatte er Angst, sie mit anderen teilen zu müssen. Niemand sollte ihr nahekommen, er wollte sie nur für sich haben.

»Ich nehme an, Dimitri, du wirst mich den Leuten vorstellen. Sag mir doch, wer ich bin.«

Konnte sie Gedanken lesen? »Die die du vorgibst zu sein – Katherine St. John.«

»So würde ich es zwar nicht ganz ausdrücken, aber wenn du mich auf diese Art vorstellen möchtest, fände ich es doch recht unhöflich, dich zu verbessern.«

Sie neckte ihn. Warum neckte sie ihn, und vor allen Dingen mit ihrer Herkunft? »Katja, bist du sicher, daß du dorthin gehen möchtest?«

»Ich soll mich nicht in diesem himmlischen Gewand zeigen wollen? Warum? Es ist Monate her, seit ich zum letzten Mal auf einem Ball war. Natürlich will ich hingehen.«

Da war es wieder. Immer wieder warf sie ihm so kleine Brocken aus ihrem Leben hin, die unmöglich wahr sein konnten. Doch sie sagte diese Dinge spontan, unabsichtlich, ohne nachzudenken. Die Kutsche hielt an. Immer noch war er unentschlossen, ob er sie enttäuschen und wieder mit ihr nach Hause fahren, oder den Dingen ihren Lauf lassen sollte. Er kannte Katherines Freimütigkeit und befürchtete, daß sie im Laufe des Abends in einige Fettnäpfchen treten würde. Düstere Vorahnungen stiegen in ihm hoch. Was wäre, wenn sie die Beherrschung verlöre?

»Weißt du … ich meine, du würdest nicht –«

»Worum machst du dir Sorgen, Dimitri?« fragte ihn Katherine schelmisch lächelnd. Sie konnte sich gut vorstellen was in ihm vorging.

»Ach, es ist schon gut«, erwiderte er ausweichend und hob sie aus der Kutsche. »Komm, wir gehen hinein, ich will nicht, daß du dich hier draußen erkältest.«

Er geleitete sie in das große Haus. Sie übergaben ihre Pelze wartenden Lakaien und stiegen die breite Prachttreppe nach oben zum Ballsaal. Die Empfangszeremonien waren um diese Zeit bereits vorüber. Ihre Gastgeber waren die ersten, die sie begrüßten, kaum daß sie den Saal betreten hatten. Und Dimitri machte seine Ankündigung wahr und stellte sie als Katherine St. John vor.

Katherine war beeindruckt von dem, was sie um sich herum sah. Der Raum war sehr groß, ein richtiger Ballsaal, nicht nur mehrere Zimmer, die ineinandergingen. Ein halbes Dutzend Kronleuchter verbreiteten strahlendes Licht. Überall glitzerten Juwelen, sicher im Wert von ein paar Millionen Rubeln. Von den rund zweihundert Gästen tanzte ungefähr die Hälfte, die anderen standen in kleinen Gruppen oder paarweise zusammen, spazierten auf und ab oder erfrischten sich am kalten Buffet am Ende des Raumes.

Ein livrierter Diener kam mit einem Tablett vorbei, bot ihnen etwas zu trinken an, doch Katherine lehnte ab. Dimitri nahm einen Drink, stürzte ihn in einem Zug hinunter und stellte das leere Glas zurück. Katherine mußte darüber lächeln.

»Bist du nervös, Dimitri?«

»Warum sollte ich denn nervös sein?«

»Ach, ich weiß nicht. Vielleicht hast du Angst, daß ich dich hier vor deinen Freunden blamiere? Woher soll schließlich ein einfaches Mädchen wissen, wie sie sich in solch einer illustren Gesellschaft benehmen soll? Auch wenn man sie in ein hübsches Kleid steckt, bleibt sie doch trotzdem ein einfaches Mädchen, nicht wahr?«

Er wußte nicht, was er von diesen Worten halten sollte. Sie war nicht ärgerlich und in ihren Augen blitzte der Schalk. Aber ihre Neckerei reizte ihn trotzdem.

»Mitja, warum hast du mir nicht erzählt, daß du heute abend hier sein wirst? Ich hätte – oh, störe ich?«

»Aber nein, Wasja, gar nicht«, erwiderte Dimitri erleichtert. »Katherine, darf ich dir Prinz Wasili Daschkow vorstellen?«

»Katherine?« Wasili warf ihr einen kurzen Blick zu, dann wandte er sich erstaunt Dimitri zu. »Doch nicht *die* Katherine? Aber ich habe erwartet … ich meine …« Dimitris Stirnrunzeln unterbrach sein Gestammel und er errötete.

»Was wollten Sie denn sagen, Prinz Daschkow?« fragte Katherine anzüglich. »Lassen Sie mich raten. Dimitri hat Ihnen ganz offensichtlich von mir erzählt und nun haben Sie vielleicht eine glanzvollere Erscheinung erwartet, oder? Aber leider, lieber Prinz, können nicht alle Frauen atemberaubende Schönheiten sein. Aber ich versichere Ihnen, daß Ihr Erstaunen über Dimitris Interesse an mir kaum größer sein kann, als mein eigenes.«

»Katja, bitte, wenn du so weitermachst, wird mein Freund sich gleich die Zunge aus dem Mund reißen, um dir Genugtuung zu verschaffen. Er merkt nicht, daß du ihn nur neckst.«

»Unsinn, Dimitri, er versteht mich schon. Er ist nur verlegen, weil er mich gar nicht richtig angeschaut hat.«

»Ein Fehler, der mir nie wieder unterlaufen wird, daß schwöre ich bei Gott, Verehrteste«, versicherte Wasili nachdrücklich. Katherine konnte nicht mehr anders, sie lachte vergnügt. Wasili war bezaubert. Und auch Dimitri wurde warm berührt von diesem Klang. Er liebt ihr Lachen, doch die Gefühle, die es in ihm weckte, waren jetzt völlig fehl am Platze. Er legte ihr den Arm fest um die Taille und zog sie nahe an sich heran, dabei flüsterte er ihr heiser ins Ohr: »Wenn du so weitermachst, Geliebte, dann bringst du mich in meine übliche Zwangslage – ich begehre dich und kein Bett in der Nähe.«

Sie schaute auf und stellte überrascht fest, daß es ihm ernst war mit dem, was er sagte. Das trieb ihr das Blut ins Gesicht und Dimitri beugte sich über sie, um sie zu küssen, ungeachtet dessen, wo sie sich befanden und wer sie beobachtete. Wasilis trockener Humor hielt ihn davon ab.

»Ich werde jetzt mit deiner Dame tanzen, Mitja, und dich davor bewahren, einen liebestollen Narren aus dir zu machen. Das heißt, wenn du nichts dagegen hast.«

»Und ob ich das habe«, sagte Dimitri kurzangebunden.

»Aber ich nicht«, fügte Katherine hinzu, befreite sich aus Dimitris Umarmung und lächelte Wasili warm an. »Ich muß Sie jedoch warnen. Bestimmte Menschen könnten Ihnen sagen, daß ich wahrscheinlich überhaupt nicht tanzen kann, Prinz Daschkow. Sind Sie bereit, Ihre Füße dem auszusetzen, um die Wahrheit zu erfahren?«

»Mit dem allergrößten Vergnügen.«

Wasili führte sie auf die Tanzfläche, bevor Dimitri noch dagegen protestieren konnte. Er starrte ihnen stirnrunzelnd nach und mußte sich mit aller Kraft beherrschen, nicht hinterherzugehen und Katherine an seine Seite zurückzuholen. Dabei war es doch nur Wasili. Und der würde Katherine nicht zu nahe treten, wo er doch wußte, wie Dimitri für sie empfand. Aber es gefiel ihm überhaupt nicht, wenn ein anderer Mann – und wenn es auch nur sein Freund Wasili war – sie berührte.

Als Wasili zehn Minuten später alleine zurückkehrte, explodierte Dimitri. »Was zum Teufel soll das bedeuten, du hast sie an Alexander weitergegeben?«

»Ganz einfach, Mitja«, sagte Wasili verblüfft. »Er kam uns entgegen, als wir gerade die Tanzfläche verlassen wollten, aber das hast du doch gesehen. Was sollte ich machen, als sie einem weiteren Tanz zustimmte?«

»Du hättest ihn, verdammt noch mal, abweisen können.«

»Es ist harmlos –« Wasili mußte Dimitri mit einer raschen Bewegung davon abhalten, auf die Tanzfläche zu stürzen. Er zog ihn auf die Seite, weg von neugierigen Ohren. »Bist du verrückt? Du willst eine Szene machen, nur weil sie tanzt und es genießt? Um Himmels willen, Mitja, was ist denn los mit dir?«

Dimitri blickte Wasili hart an, dann atmete er langsam aus. »Du hast recht. Ich – oh, liebestoll war noch milde ausgedrückt.« Er lächelte entschuldigend.

»Hast du sie noch nicht gewinnen können?«

»Warum? Glaubst du, das würde meine Leidenschaft verringern? Ich kann dir versichern, daß das nicht der Fall ist.«

»Dann brauchst du dringend eine Ablenkung, lieber Freund. Natalia ist hier, falls du das noch nicht bemerkt haben solltest.«

»Ich habe kein Interesse an ihr.«

»Das weiß ich, du Dummkopf«, sagt Wasili. »Aber sie hat sich umgehört und mir vorhin erzählt, daß sie die vollkommene Braut für dich gefunden hat. Erinnerst du dich, du hattest sie gebeten –«

»Vergiß es«, unterbrach ihn Dimitri scharf. »Ich habe mich entschlossen, nicht zu heiraten.«

»Was?«

»Du hast richtig gehört. Wenn ich Katherine nicht heiraten kann, werde ich überhaupt nicht heiraten.«

»Das kann doch nicht dein Ernst sein!« protestierte Wasili. »Was ist mit dem Erben, den du brauchst?«

»Ohne eine Ehefrau kann ich alle Kinder adoptieren, die Katherine mir schenkt.«

»Du meinst das wirklich im Ernst?«

»Still«, zischte Dimitri. »Alexander bringt sie zurück.«

Während der nächsten Stunde ließ Dimitri Katherine nicht aus den Augen und sie genoß jede einzelne Minute. Wieder und wieder tanzten sie, und Dimitri neckte sie unbarmherzig damit, daß sie ihm doch nicht andauernd auf die Füße treten sollte, was sie natürlich kein einziges Mal tat. Er war in hervorragender Stimmung und Katherine konnte sich nicht erinnern, sich jemals so wunderbar gefühlt zu haben – bis er ging, ihnen ein paar kühlende Getränke zu holen und sie in Wasilis Gesellschaft zurückließ. Dieser jedoch wurde auf der Stelle von einer Komteß mit Beschlag belegt, die kein Nein gelten ließ und ihn auf die Tanzfläche zog. Wäre Wasili nur bei ihr geblieben, er hätte sie aus der Hörweite der Klatschbasen gebracht, die hinter ihr standen. Sie schienen sich hingegen nicht im geringsten darum zu kümmern, daß Katherine alles vernehmen konnte, worüber sie sich unterhielten. Sie hätte gleich weggehen sollen, doch die ersten Worte amüsierten sie noch.

»Aber ich habe dir doch gesagt, Anna, sie ist eine Engländerin, eine seiner Verwandten mütterlicherseits. Aus welchem Grund sollte sich Mitja ansonsten so um sie bemühen?«

»Um Tatjana eifersüchtig zu machen, natürlich. Hast du sie nicht mit ihrem Verlobten hereinkommen sehen?«

»Unsinn. Wenn er Tatjana eifersüchtig machen wollte, würde er mit Natalia zusammensein, sie ist ja schließlich auch da. Tatjana weiß, daß sie seine Mätresse ist. Und zweifelsohne ist ihr auch zu Ohren gekommen, daß er sie wieder besucht hat, seit Tatjana Graf Lisenko den Vorzug gegeben hat. Hast du gehört, wie wütend er darüber gewesen ist?«

»Nicht wütend, Anna. Der arme Junge war so enttäuscht, daß er auf der Stelle nach Petersburg gekommen ist und in den letzten drei Monaten fast die ganze Zeit hier gewesen ist.«

»Nun, heute abend hat es aber den Anschein, als hätte er seine Enttäuschung überwunden.«

»Sicher, oder glaubst du, er will, daß Tatjana merkt, wie elend es ihm ging? Es war wirklich nicht nett von ihr, seine Werbung dadurch zu beenden, daß sie ihm ihren Verlobten vorstellte. Wo Mitja doch nur wegen ihr nach Moskau gekommen war.«

»Du meinst, er liebt sie immer noch?«

»Du nicht? Schau sie nur an, wie sie da drüben beim Orchester steht. Sei ehrlich, jeder Mann muß sie lieben.«

Katherine konnte nicht anders und schaute auch hinüber zu Tatjana. Schnell wandte sie sich wieder ab und ging weg, denn sie konnte das Gerede nicht länger überhören. Aber das Unglück war schon passiert. Eine schönere Frau als Prinzessin Tatjana hatte Katherine noch nie gesehen. Liebte Dimitri sie immer noch? Warum sollte es anders sein?

Er hat dich benutzt, Katherine, und dir vorgelogen, er wäre im Ausland gewesen. Warum? War er so wütend auf seine Prinzessin, daß er einfach vergessen hat, dich nach Hause zu schicken? Warum gibt er sich überhaupt mit dir ab? Warum erweckt er den Anschein, daß er dich begehrt, wenn du doch einer Erscheinung wie Tatjana Iwanowa nicht das Wasser reichen kannst?

»Lady Katherine?«

Beinahe hätte sie gar nicht reagiert; es war schon so lange her, daß jemand sie so angesprochen hatte. Doch sie erkannte die Stimme und drehte sich um, dabei stöhnte sie innerlich. Dann sah sie aus einem Augenwinkel, daß Dimitri zurückgekommen war. Doch er hielt mitten im Gehen, nur ein paar Schritte entfernt, inne. Sein Gesicht war totenbleich geworden, als er hörte, wie der Mann sie ansprach. Sie konnte sich jetzt keine Gedanken um ihn machen, sondern mußte sich um den Botschafter, den guten Freund ihres Vaters, kümmern. Lieber Gott, wie hatte sie nur vergessen können, daß sie ihm hier wahrscheinlich begegnen würde?

»Was für eine Überraschung, Lord –«

»*Sie* sind überrascht. Ich konnte meinen Augen kaum trauen, als ich Sie vorhin tanzen sah. Ich sagte zu mir, nein, das kann unmöglich Klein-Katherine sein. Aber, bei Gott, Sie sind es. Was um Himmels willen machen Sie in Rußland?«

»Das ist eine lange Geschichte«, erwiderte sie ausweichend und wechselte sogleich das Thema. »Haben Sie zufällig in letzter Zeit etwas von meinem Vater gehört?«

»Ja, das habe ich, und ich erzähle Ihnen gerne –«

»Hat er irgend etwas über meine Schwester erwähnt – ist sie vielleicht verheiratet?«

Dieses Mal gelang es Katherine ihn abzulenken. »Um die Wahrheit zu sagen, Lady Elisabeth hat heimlich Lord Seymour geheiratet. Erinnern Sie sich an ihn. Netter Kerl, an sich. Aber der Earl war außer sich, natürlich, bis er herausfand, daß er völlig falsche Informationen über den jungen Seymour bekommen hatte.«

»Was?« Katherine schrie vor Überraschung beinahe auf. »Sie meinen, alles war umsonst?«

»Was war? Weiß nichts davon«, sagte er barsch. »Ihr Vater erwähnte die Heirat Ihrer Schwester nur im Zusammenhang mit Ihrem Verschwinden, denn er dachte zunächst, daß da ein Zusammenhang bestünde. George hatte die heimliche Hochzeit wohl geahnt und nahm an, daß Sie bei den jungen Menschen geblieben wären. Doch als die Frischvermählten nach gut zwei Wochen zurückkehrten, wurde er eines Besseren belehrt. Man nimmt an, daß Sie tot sind, Lady Katherine.«

Katherine seufzte kläglich. »Mein – ach, mein Brief, der alles erklärt, muß verlorengegangen sein. Oh, wie schrecklich.«

»Vielleicht solltest du deinem Vater noch einen Brief schreiben«, sagte Dimitri, der hinzugetreten war, gepreßt.

Katherine drehte sich um und sah, daß er sich von dem Schock vollkommen erholt hatte. Sein momentaner Gesichtsausdruck wirkte vielmehr so, als wollte er jeden Augenblick explodieren. Was zum Teufel hatte *er* für einen Grund, wütend zu sein?

»Dimitri, mein Junge. Das ist schön, daß Sie Lady Katherine St. John kennen. Ich habe Sie beide vorhin tanzen gesehen.«

»Ja, Lady Katherine und ich sind miteinander bekannt. Wenn Sie uns jetzt bitte entschuldigen, Herr Botschafter, ich möchte ein paar Worte mit ihr sprechen.«

Er gab niemandem Zeit zu widersprechen, am wenigsten Katherine, die er buchstäblich aus dem Ballsaal und nach draußen zog.

Auf der Treppe vor dem Haus holte sie erst mal tief Luft, doch als sie gerade ansetzen wollte, ihm Vorwürfe zu machen, schob er sie in die Kutsche. Dimitri ließ sie nicht zu Wort kommen, sondern fing sogleich an zu reden.

»Also ist alles wahr! Jede Einzelheit ist wahr! Weißt du, was du da getan hast, *Lady* Katherine? Hast du überhaupt eine Vorstellung von den Auswirkungen, den –«

»Was *ich* getan habe?« keuchte sie ungläubig. »Warum zum Teufel tobst du eigentlich so? Ich habe dir gesagt, wer ich bin. Du warst der verdammte Besserwisser, der mir nicht glauben wollte.«

»Du hättest es mir beweisen können! Du hättest mir erzählen können, was die Tochter eines Earl alleine und in Lumpen gekleidet auf der Straße zu suchen hatte.«

»Aber ich habe es dir erzählt. Und ich habe keine Lumpen getragen, sondern das Kleid meiner Zofe. Das habe ich dir doch gesagt!«

»Hast du nicht!«

»Natürlich habe ich das. Ich habe dir gesagt, daß ich mich verkleidet habe, um meiner Schwester zu folgen, die mit einem Mann durchgehen wollte. Und wie du siehst, hat sie es ja auch gemacht! Und wenn du nicht gewesen wärst, hätte ich das verhüten können!«

»Katja, kein Wort hast du mir davon erzählt.«

»Und ich sag' dir, daß ich das wohl getan habe.«

Und als er weiter finster vor sich hin blickte, fuhr sie ihn an: »Was macht das auch für einen Unterschied? Ich habe dir meinen Namen und meinen Titel genannt. Ich habe dir sogar meine Bildung und meine Fähigkeiten aufgezählt, die ich ja inzwischen zum Teil bereits unter Beweis gestellt habe. Aber bis heute hast du dich eigensinnig geweigert zu glauben, was so offensichtlich war. Lieber Gott, Maruscha hat recht gehabt. Ihr Russen haltet euch etwas darauf zugute, bloß nicht von eurem ersten Eindruck abzurücken.«

»Bist du fertig?«

»Ja, ich glaube schon«, erwiderte sie steif.

»Gut. Morgen werden wir heiraten.«

»Nein.«

»Nein?« Er schrie schon wieder. »Gestern noch wolltest du mich heiraten. Du warst sogar sehr wütend, als ich dir erklärt habe, es ginge nicht.«

»Genau«, gab sie zurück. Ihre Augen glitzerten verdächtig feucht. »Gestern bin ich noch nicht gut genug für dich gewesen. Und heute bin ich es auf einmal? Nein, danke schön. Ich werde dich unter keinen Umständen heiraten.«

Er wandte sich ab und starrte wild aus dem Kutschenfenster. Katherine tat das gleiche. Wenn sie Dimitri nur ein bißchen besser gekannt hätte, wäre ihr klar gewesen, daß sich sein Zorn weniger gegen sie als vielmehr gegen sich selbst richtete. Aber sie wußte das nicht. Und sie nahm sich seine Kritik zu Herzen. Wie konnte er es wagen, ihr die Schuld zu geben? Wie konnte er es wagen, ihr jetzt einen Heiratsantrag zu machen, wo er sie doch gar nicht liebte, nur aus einem merkwürdigen Gefühl der Wiedergutmachung heraus? Sie wollte das nicht. Sie konnte auf sein Mitleid gut verzichten. Sie brauchte keinen Ehemann, der sie aus Pflichtgefühl heiratete. Nein, bei Gott, das hatte sie nicht nötig.

37

Soweit das Auge reichte, dehnte sich eine weiche, unberührte Schneedecke aus. Sie ließ erahnen, wie leblos und verlassen oder auch wie unverwüstet von der Zivilisation dieses Land aussehen konnte. Die Szenerie war von blendender Schönheit – Büsche hatten sich in kleine Hügel mit schweren, weißen Mänteln verwandelt, nackte Birken streckten ihre kahlen, dunklen Finger dem tiefhängenden Himmel entgegen – so ruhig und friedvoll wirkte sie beruhigend auf seinen aufgewühlten Geist.

Dimitri hielt auf der Straße, oder besser auf dem, was er für die Straße hielt. Der Schneesturm, der durch diese Gegend gefegt war, hatte sie zugeweht. Er hatte auch keine Orientierungspunkte mehr, die ihm einen Hinweis darauf hätten geben können, daß seine Richtung noch stimmte. Sein Gastgeber, Graf Berdijew, hatte ihn davor gewarnt, so bald schon aufzubrechen. Er hatte ihm geraten, doch noch eine Nacht länger zu verweilen, bis der Sturm sich endgültig gelegt hätte. Dimitri hatte abgelehnt.

Das Ganze hatte damit begonnen, daß er eine Weile mit seinen Gedanken allein sein wollte, ohne daß ihn Katherines Gegenwart ablenkte. Doch mittlerweile war bereits fast eine Woche vergangen, seit er Petersburg verlassen hatte. Drei Tage war er ziellos umhergeritten. Dann, als er sich bereits auf dem Rückweg befand, hatte ihn der Sturm überrascht und gezwungen, ein paar weitere Tage bei dem Grafen zu verbringen. Nun drängte alles in ihm, endlich nach Hause zu kommen. Katherine war schon zu lange alleine und sein Weglaufen in der Nacht ihres Streits hatte auch keinen Sinn gehabt. Noch aus einem anderen Grund hatte er Berdijews Haus so schnell wie möglich wieder verlassen wollen. Tatjana Iwanowa war mit einer Gruppe von zehn Leuten, unter ihnen Lisenko, aufgetaucht. Genau wie Dimitri hatten sie Zuflucht vor dem Sturm gesucht. Die Situation war unerträglich gewesen und hatte sich noch verschlimmert, als er Zeuge von Tatjanas Bruch mit Lisenko geworden war. Aus Lisenkos Blicken war deutlich geworden, daß er Dimitri die Schuld an dem Gang der Ereignisse gab.

Durch die Stille hallte betäubend laut der Schuß eines Gewehres. Dimitri war auf so etwas überhaupt nicht gefaßt gewesen und taumelte nach hinten, als sein Pferd scheute. Seine Landung wurde zwar durch den weichen Schnee aufgefangen, doch einen Moment blieb ihm die Luft weg. Als er aufblickte, sah er sein erschrecktes Pferd weit weg davongaloppieren. Doch das beunruhigte ihn weniger.

Er rollte sich in eine kauernde Stellung und suchte den Waldrand hinter sich mit den Augen ab. Er entdeckte Lisenko sofort, denn der Mann gab sich keine Mühe, sich zu verbergen. Dimitri stand das Herz still. Lisenko legte gerade das Gewehr zu einem weiteren Schuß an – doch er zögerte. Ihre Blicke trafen sich über die Entfernung. Die Qual, die Dimitri in den Augen des anderen wahrnahm, gab ihm zu denken. Dann senkte Lisenko die Waffe, riß sein Pferd herum und ritt wie wild in die Richtung zurück, aus der er gekommen war.

Was zum Teufel trieb einen Mann zu einer derartigen Handlung? Dimitri befürchtete, er wußte, was dahintersteckte. Tatjana. Lisenko glaubte offensichtlich, daß Dimitri an der gelösten Verlobung schuld war.

»Was ist los mit dir, Mitja? Der Mann hat gerade versucht, dich umzubringen, und du stehst hier und suchst nach Entschuldigungen für ihn.« Er seufzte voller Abscheu. »Himmel, ich rede schon genau wie sie mit mir selbst.«

Er drehte sich um und schaute, ob sein Pferd nicht inzwischen angehalten hatte. Es war indes nirgendwo zu sehen, doch die Spur war deutlich zu erkennen. Dimitri seufzte erneut. Das hatte ihm gerade noch gefehlt. Ein langer Marsch durch die Schneewehen. Aber wenigstens war er dazu in der Lage. Dieser Dummkopf hatte ein unverfehlbares Ziel vor sich gehabt und nicht getroffen. Er nahm an, daß Lisenko schließlich doch Gewissensbisse bekommen hatte.

Als Dimitri eine Stunde später sein Pferd fand, änderte er seine Ansicht. Das Tier hatte einen gebrochenen Fuß und er mußte es töten. In ihm stieg die unangenehme Ahnung hoch, daß Graf Lisenko genau gewußt hatte, was er tat. Die Gegend war ihm fremd, er war Stunden von Berdijew entfernt, weit und breit waren weder Häuser noch ein Dorf zu sehen und der Himmel zog sich von Minute zu Minute bedrohlicher zusammen. Dimitri mußte befürchten, zu allem auch noch in einen Schneesturm zu geraten, ohne vorher einen Unterschlupf ausfindig gemacht zu haben. In diesem Fall waren seine Chancen gleich Null.

Er machte sich sogleich auf den Weg und marschierte los. Zu weit war er schon von Berdijew entfernt, als daß er noch hätte umkehren können. Er mußte weitergehen. Das war seine einzige Hoffnung, wenn er vor Einbruch der Nacht einen Zufluchtsort finden wollte.

Es dauerte nicht lange und die Kälte kroch ihm durch das Leder seiner Handschuhe und Stiefel und ließ seine Glieder taub werden. Sein pelzgefütterter Mantel bot ihm jetzt noch einigen Schutz, doch gegen die Kälte der Nacht reichte er nicht aus. Aber wenigstens wurde der Schnee abgehalten. Bei heraufziehender Dämmerung kam er endlich zu einer kleinen Hütte. Sie mußte jemandem gehören und das bedeutete, daß er sich in der Nähe von Menschen befand. So gerne er die Besitzer noch gefunden hätte, wagte er es doch nicht weiterzugehen, denn weit und breit war kein Haus zu sehen. Auch waren seine Kräfte erschöpft, von der mühsamen Wanderung durch den Schnee. Und mittlerweile war die Nacht vollends hereingebrochen.

Die Hütte war offensichtlich unbenutzt, vielleicht wurde noch hin und wieder etwas darin gelagert. Aber jetzt war sie völlig leer. Es gab überhaupt nichts außer den Brettern der Wände, was Dimitri für ein Feuer hätte verwenden können. Doch er wollte sie nicht herunterreißen, denn sie boten ihm wenigstens einen gewissen Schutz. Viel war es sowieso nicht. Durch die Ritzen kam die Kälte hindurch, aber wenigstens wurde der Wind weitgehend abgehalten. Und es war besser als nichts. Am nächsten Morgen würde er wohl das Haus finden, das in der Nähe sein mußte.

Fest eingewickelt in seinen Mantel rollte sich Dimitri in einer Ecke auf dem kalten, schmutzigen Boden zusammen, um zu schlafen. Er sehnte sich nach Katherines warmem Körper neben sich. Doch jetzt ging es erst einmal darum, die Nacht zu überleben. Schon mancher war in Rußlands eiskalten Winternächten eingeschlafen, ohne jemals wieder aufzuwachen.

38

Katherine kam warm und begehrlich aus dem Nebel auf ihn zu. Sie schien überhaupt nicht mehr ärgerlich. Sie gab ihm auch nicht die Schuld daran, daß er ihr Leben zerstört hatte. Sie liebte ihn, ihn allein. Aber dann fing der Schnee wieder an zu fallen und sie verblaßte. Er konnte sie in dem Schneegestöber nicht mehr sehen, konnte sie nirgendwo finden, wie weit er auch rannte, wie laut er auch nach ihr rief. Sie blieb verschwunden.

Als Dimitri die Augen aufschlug, war er überzeugt, tot zu sein. Bei dem Anblick, der sich ihm bot, wollte ihm einen Augenblick lang das Herz stehenbleiben. Aber dann sah er auch Anastasia und Nikolai. Seine Augen wanderten zurück zu der Erscheinung.

»Mischa?«

»Siehst du, Nadja«, Michail schmunzelte, »ich habe dir ja gesagt, daß wir nicht noch länger zu warten brauchen, bis er sich ganz erholt hat.«

»Du konntest nicht sicher sein«, protestierte Anastasia.

»Er hätte einen Rückfall haben können. Ich hätte bestimmt so reagiert, wenn plötzlich ein Geist vor mir stehen würde.«

»Ich, ein Geist? Ich werd' dir gleich zeigen –«

»Lieber Himmel!« Dimitri atmete hörbar aus. »Bist du es wirklich, Mischa?«

»Ja, ich bin es, dein Bruder Mischa, wie er leibt und lebt.«

»Wie das?«

»Wie das?« Michail grinste. »Also, ich könnte dir erzählen, wie mich meine feigen Kameraden mit Säbelwunden haben liegen lassen und mein Blut die Erde tränkte. Oder, daß mich die Armenier in ihr Lager verschleppten, um vor meinem Tod noch ihren Spaß mit mir zu haben.« Er machte eine Pause und ließ seine Worte wirken. Um seine blauen Augen zogen sich die Lachfältchen zusammen. »Oder soll ich dir sagen, daß die Tochter des Häuptlings einen Blick auf mein Alexandrow-Gesicht geworfen hatte und ihrem Vater so lange zusetzte, bis er mich ihr übergab?«

»Was willst du mir denn jetzt weismachen?«

»Laß dich nicht durcheinanderbringen Mitja«, mischte sich Nikolai ein.

»Es stimmt alles was er sagt, und wir müssen ihm wohl glauben, denn er hat die armenische Prinzessin mit nach Hause gebracht.«

»Darf ich mir die Hoffnung machen, daß du sie geheiratet hast, Mischa?« fragte Dimitri vorsichtig.

»Dir Hoffnung machen?«

Nikolai lachte. »Für *ihn* ist das von großem Interesse, denn Tante Sonja hat ihm keine Ruhe mehr gelassen, seit du für tot erklärt warst, Mischa. Da half überhaupt nichts. Der arme Mitja sollte heiraten und endlich einen Erben zeugen, bevor von den Alexandrows keiner mehr übrig wäre.«

Dimitri sah seinen Bruder mit einem Stirnrunzeln an. »Du findest das vielleicht komisch. Glaub mir, ich fand das gar nicht.«

»Nun, dann kannst du dich jetzt entspannen, Mitja«, sagte Michail stolz. »Ich habe sie nicht nur geheiratet, sondern sie hat mir auch schon einen Sohn geschenkt. Das ist auch der Grund, warum sich meine Heimkehr so verzögert hat. Wir konnten erst reisen, als das Kind geboren war.«

Dimitri entspannte sich, aber einfach aus Schwäche. »Gut, für deine geisterhafte Erscheinung habe ich jetzt eine Erklärung, aber könnt ihr mir sagen, warum ihr drei um mein Bett herumsteht und wie zum Teufel ich hierher komme? Oder habe ich das nur geträumt, den Marsch durch den Schnee –«

»Das war kein Traum, Mitja.« Anastasia setzte sich an sein Bett und reichte ihm Wasser. »Du bist so krank gewesen, daß wir eine Weile gar nicht wußten, ob du dich wieder erholen würdest.«

»Hänselt ihr mich schon wieder?« Aber in keinem der drei Gesichter stand ein Lächeln. »Wie lange?«

»Drei Wochen.«

»Nicht möglich!« platzte Dimitri heraus.

Er versuchte sich aufzurichten, doch ihm wurde schwindelig und er sank in die Kissen zurück, schloß die Augen. Drei Wochen seines Lebens waren vergangen, an die er sich nicht erinnern konnte. Das war zuviel für ihn.

»Mitja, bitte, reg dich nicht auf«, versuchte ihn Anastasia besorgt zu beruhigen. »Der Doktor sagt, daß du ganz ruhig liegen mußt, wenn du wieder bei vollem Bewußtsein bist, und daß du dich langsam erholen sollst.«

»Du hast eine schlimme Zeit hinter dir«, fügte Nikolai hinzu.

»Du hast fast die ganze Zeit hohes Fieber gehabt, auch wenn du zwischendurch immer wieder daraus erwacht bist und ganz normal wirktest. Wir haben schon ein paarmal geglaubt, du wärst über den Berg, aber das Fieber kam immer wieder zurück.«

»Ja, ich selbst habe dir dann dreimal erzählt, wie du hierher gekommen bist und was mit dir los ist«, sagte Anastasia.

»Du warst soweit bei Bewußtsein, daß du Fragen stellen und Befehle erteilen konntest. Du warst eine richtige Plage. Erinnerst du dich nicht?«

»Nein«, seufzte Dimitri. »Sagt mir doch, wie ich hierher gekommen bin, wenn es euch nichts ausmacht das Ganze nochmal zu erzählen.«

»Ein paar Soldaten haben dich gefunden, als sie auf der Suche nach einem entlaufenen Leibeigenen waren«, erklärte Anastasia. »Sie glaubten, sie hätten ihn, als sie deine Spuren sahen, die zu der Hütte führten, in der du warst. Keiner wußte, wie lange du schon da gelegen hattest, denn du befandest dich bereits im Delirium und konntest nicht mehr reden. Du warst nicht mal mehr in der Lage, ihnen zu sagen, wer du bist.«

»Sie nahmen dich in die Kaserne mit und dort erkannte dich Gott sei Dank jemand und wir wurden benachrichtigt«, fuhr Nikolai fort. »Als Wladimir dort ankam, warst du soweit bei klarem Bewußtsein, daß du verlangtest, nach Hause gebracht zu werden.«

»Was ein Fehler wahr«, fügte Anastasia hinzu. »Ihr kamt in einen Schneesturm, der die Gegend zuvor schon heimgesucht hatte und es dauerte Tage, bis ihr hier ankamt. Da ging es dir bereits so schlecht, daß wir um dein Leben fürchteten.«

»Frauen«, brummte Michail. »Als ob ein Mann wegen einer kleinen Erkältung gleich sterben würde, wo es hier doch soviel aufregendere Arten gibt, sein Leben zu beschließen –«

»Erspar mir jetzt deine blutigen Abenteuer, Mischa«, sagte Dimitri müde. »Wann bist du denn hier angekommen?«

»Ungefähr vor einer Woche. Ich habe mir eine ruhmreiche Heimkehr erwartet, und dabei saßen sie alle mit langen Gesichtern und voller Sorge um dein Bett herum.«

»Alle?« In ihn kam wieder Bewegung. »Katherine auch? Hat sie sich Sorgen gemacht?«

»Katherine? Wer ist Katherine?«

Nikolai schmunzelte. »Er meint das kleine Frauenzimmer –«

»Lady Katherine St. John.« Dimitri funkelte ihn an.

»Wirklich? Heißt das, daß sie die Wahrheit gesagt hat, auch über die Sache mit Sonja?«

»Ja, und dabei fällt mir ein! Was ist passiert, als du sie gefunden hast?«

Dimitris Tonfall klang so bedrohlich, daß Nikolai einen Schritt zurückwich. Dabei hatte er bei Dimitris augenblicklicher Schwäche gar nichts zu befürchten. »Nichts. Ich versichere dir, daß ich ihr nicht zu nahe getreten bin.«

»Möchte mich vielleicht irgend jemand darüber aufklären, wer Katherine ist?« fragte Michail noch einmal. Doch er bekam wieder keine Antwort.

»Wo ist sie?« fragte Dimitri gebieterisch und wandte sich zuerst an Nikolai. Als dieser ihn nur unwissend anschaute, richtete er seinen Blick auf seine Schwester. »Nadja, sie ist doch hier, oder?«

»Tatsächlich –«

Weiter kam sie nicht. Ihr unbehaglicher Gesichtsausdruck alarmierte ihn, daß sie womöglich schlechte Nachrichten zurückhielt. »Wladimir!« Wild forderte er Nikolai auf! »Wo ist er? Bring ihn her zu mir!« Und gleich darauf: »Wladimir!«

Anastasia drückte ihn ins Bett zurück und Nikolai verließ das Zimmer. »Mitja, das geht so nicht. Du wirst einen Rückfall bekommen –«

»Weißt du wo sie ist?«

»Nein, aber Wladimir sicher. Bitte, beruhige dich, er wird gleich hier sein –«

»Herr?« Wladimir erschien und eilte zum Bett. Nikolai hatte ihn schon in Kenntnis gesetzt, was Dimitri quälte. »Sie hat sich in die Britische Botschaft begeben, Herr.«

»Wann?«

»Am Tag nachdem Sie weggeritten sind. Sie ist immer noch dort.«

»Bist du sicher?«

»Ich habe einen Mann postiert, der aufpaßt. Er würde es sehen, wenn sie die Botschaft verläßt.«

Dimitris Anspannung ließ nach und er fühlte sich so schwach,

daß er kaum mehr die Augen offenhalten konnte. Solange er wußte, wo sie sich befand …

»Möchte mir jetzt vielleicht endlich jemand sagen, wer Katherine
ist?« verlangte Michail gebieterisch.

»Sie wird deine Schwägerin werden, Mischa, sobald ich wieder
auf den Beinen bin. Und überhaupt, gut, daß du wieder da bist«,
fügte Dimitri hinzu, bevor er erneut in tiefen Schlaf fiel.

»Ich hatte den Eindruck, daß er sich nicht viel aus einer Ehe
machte.« Michail schaute seine Geschwister fragend an.

Nikolai und Anastasia lächelten, als sie leise das Zimmer verließen. Und Nikolai meinte nur: »Es scheint, als hätte jemand seine
Meinung geändert.«

39

»Lady Katherine, empfangen Sie heute morgen?«

Katherine schaute mit einem Seufzer von ihren Rechnungsbü-
chern auf. »Wer ist es diesmal, Fiona?« Wann würde sich die Neugier der Nachbarn endlich legen?

»Sie sagt, sie sei die Herzogin von Albermarle.«

Katherine saß einfach nur da, starrte das Mädchen an, während
alle Farbe aus ihrem Gesicht wich. Dimitris Großmutter? Hier? Bedeutete das … Nein, wenn Dimitri in England wäre, würde er
selbst kommen. Oder nicht?

»Gnädigste?«

Katherine schaute wieder auf das Mädchen. »Ja, ich bin zu sprechen. Führe sie in den – Warte, ist sie alleine?« Auf Fionas Nicken
meinte sie: »Gut, mir ist doch lieber, du führst die Dame hierher.
Mein Arbeitszimmer ist nicht so förmlich. Und bring uns auch ein
paar Erfrischungen, Fiona.«

Katherine kam nicht hinter ihrem Schreibtisch hervor. Sie saß da,
kaute auf ihrem Federkiel und wurde von Sekunde zu Sekunde
nervöser. Warum wollte Dimitris Großmutter sie besuchen? Sie
konnte doch gar nichts wissen. Niemand kannte die Wahrheit.
Nicht einmal ihr Vater.

Sie hatte in Rußland einen Brief von dem Earl erhalten, der sehr
verständnisvoll gewesen war. Ihr eigener Brief, der dem seinen
vorausgegangen war, hatte aus vielen, kunstvoll zusammengesetz-

ten Lügen bestanden. Sie hatte ihn beruhigen wollen und ihm versichert, daß es ihr gut ginge, damit er sich nicht zu große Sorgen machte. Gleichzeitig hatte sie aber auch geschrieben, daß sie noch nicht bereit sei, Rußland wieder zu verlassen. Sie mußte ihm die Wahrheit vorenthalten, denn Vaterpflicht war es, die Ehre der Tochter zu rächen. Davon hielt sie aber gar nichts.

Die Geschichte, daß sie irrtümlicherweise nach Rußland entführt worden war, kam der Wahrheit sehr nahe. Sie gebrauchte ihrem Vater gegenüber die gleiche Ausrede, wie schon bei dem Botschafter, nämlich daß ihr Brief, den sie sofort nach ihrer Ankunft in Rußland geschrieben hatte, verlorengegangen sein mußte. Und sie hätte grade erst erfahren, daß niemand über ihr Schicksal Bescheid wüßte. Zum Schluß hatte sie ihn in ihrer entschiedenen Art darüber informiert, daß sie noch eine Weile in Rußland reisen wollte, wenn sie nun schon einmal gezwungenermaßen hier war. Er war nicht sehr erbaut davon gewesen. Doch schließlich hatte er ihr alles Gute gewünscht und ihr eine beträchtliche Summe für ihre Ausgaben beigelegt.

Ja, er hatte alles verstanden, bis sie dann vor drei Wochen mit Alex angekommen war. Alex verstand er überhaupt nicht. Sie entschuldigte sich nicht dafür, gab keine Erklärungen ab, meinte nur, sie hätte sich verliebt und Kinder seien eben das Ergebnis von so etwas. Doch der größte Streitpunkt zwischen ihnen war, daß sie den Namen des Vaters nicht preisgeben wollte. Sie wäre ihm auf ihren Reisen durch Rußland begegnet und wollte ihn aber nicht heiraten. Was sollte man den Leuten sagen? Einfach nichts.

Katherine war nicht die erste, die mit einem Kind von einer Reise zurückkehrte. Doch sie war nicht bereit, es als Findelkind auszugeben. Diese Ausrede hatten hochgestellte Damen schon zu oft gebraucht, als daß sie noch glaubwürdig war. Sie ging davon aus, daß sich das Gerede und die Spekulationen bald legen würden, da man Katherine St. John normalerweise nicht mit Liebesaffären in Verbindung brachte. Damit hatte sie recht. Die allgemeine Meinung war – wobei sie nicht wußte, daß Lucy dieses Gerücht in die Welt gesetzt hatte – daß sie Witwe sei und zutiefst erschüttert über den Tod des Mannes. Deswegen, so hieß es, weigerte sie sich, ihn auch nur zu erwähnen.

Das amüsierte sie. Es erlaubte ihr, allen Fragen über den Vater ihres Sohnes aus dem Weg zu gehen, ohne in Verlegenheit zu kommen. Nicht daß sie sich geschämt hätte. Ganz im Gegenteil, sie war so stolz auf ihren Sohn, daß sie ihn allen und jedem zeigte, der nach ihm fragte. Dimitris Großmutter war natürlich davon ausgeschlossen.

Alex hatte unglücklicherweise das typische Alexandrow-Gesicht und die Haarfarbe seines Vaters. Sein Aussehen gefiel Katherine zwar sehr, aber es war nicht zu leugnen, daß er Dimitris Sohn war. Die Herzogin mußte nur einen Blick auf ihn werfen, um die Ähnlichkeit zu bemerken. Und bei einer zukünftigen Begegnung zwischen Dimitri und seiner Großmutter würde sie sicher Katherines Sohn erwähnen, der den Alexandrows so verblüffend ähnlich sah. Dimitri würde dann erfahren, daß sie ihn verlassen hatte, obwohl sie ein Kind von ihm erwartete. Sicher würde es ihm gar nicht gefallen, daß sie sich geweigert hatte ihn zu heiraten und ihm dadurch seinen Erben vorenthielt. Vielleicht würde er sogar versuchen, ihr Alex zu entreißen. Sie durfte kein Risiko eingehen.

Sie sprang nervös auf, als sie ein leichtes Räuspern vernahm. »Bitte, gnädige Frau, kommen Sie herein.« Sie wies auf den Sessel vor ihrem Schreibtisch. »Sie sind mit meinem Vater bekannt, soviel ich weiß. Er ist gerade in der Stadt. Wenn Sie ihn sprechen möchten –«

»Ich bin zu Ihnen gekommen, meine Liebe, und lassen wir doch die Förmlichkeiten beiseite. Es würde mich freuen, wenn Sie mich einfach Leonore nennen.«

Leonore Cudworth war ganz anders, als Katherine erwartet hatte, obgleich sie gar nicht sagen könnte, wie sie sich die Herzogin vorgestellt hatte. Sie kannte einige Damen in ihrem Alter, die sehr an der Vergangenheit hingen, altmodische Kleider trugen und sich sogar noch die Haare puderten. Leonore dagegen trug ein elegantes, farbenfrohes Reisekostüm, nur bei ihrem Haar machte sie eine Konzession an ihr Alter. Es war so gelegt, wie es wohl vor vielen Jahren modern gewesen war, doch es stand ihr ausgezeichnet. Ihr Gesicht zeigte noch kaum Falten und sie war immer noch eine sehr attraktive Frau, fand Katherine. Es deprimierte sie zu sehen, von wem Dimitri seine dunklen, braunen Augen hatte. Doch die der Herzogin wirkten ein bißchen wärmer, hatten mehr Lachfalten.

»Sie brauchen nicht nervös zu sein.«

»Oh, das bin ich gar nicht«, versicherte Katherine rasch. Das war ein schlechter Anfang, ärgerte sie sich. »Und, nennen Sie mich bitte Kate, wie meine Familie.«

»Und wie hat Dimitri Sie genannt?«

Katherines Augen flatterten und verrieten sie, bevor sie fragen konnte: »Wer ist Dimitri?« Statt dessen fragte sie: »Warum sind Sie gekommen?« Dabei errötete sie ängstlich.

»Um Ihnen zu begegnen. Um meine Neugier zu befriedigen. Ich habe gerade erst gehört, daß Sie nach England zurückgekehrt sind, ansonsten wäre ich sicher schon früher gekommen.«

»Ich hätte Sie nicht zu den Menschen gerechnet, die an Skandalgeschichten interessiert sind, gnädige Frau.«

Leonore mußte lächeln. »Ach, meine liebe Kate, wie angenehm erfrischend ist es doch, jemandem zu begegnen, der nicht geziert spricht! Aber trotzdem versichere ich Ihnen, daß ich keine Klatschbase bin. Wissen Sie, ich habe letztes Jahr einen ziemlich langen Brief von Dimitris Tante väterlicherseits erhalten – wir stimmen doch überein, daß Sie meinen Enkel kennen?«

Als Katherine daraufhin heftig mit den Augen zwinkerte, lächelte Leonore unbeeindruckt. »Nun, jedenfalls liebt Sonja, Dimitris Tante, es, sich bei mir über seine vielen amourösen Kavaliersdelikte zu beklagen. Seit Jahren hat sie mir solche Briefe geschrieben, wahrscheinlich in der Hoffnung, mich darüber aufzuklären, daß der Junge rettungslos verloren sei. Etwas, woran ich nie auch nur einen Moment geglaubt habe. Ich habe ihre Briefe nur nicht abgewehrt, weil ich sie so amüsant fand. Aber dieser eine bestimmte Brief hat mich überhaupt nicht amüsiert. Sie schrieb darin, daß Dimitri jetzt seine … Frauen, sagen wir so? Ja, also daß er jetzt seine Frauen schon aus England mitbringt und daß er so weit gegangen ist, eine in seinem Haus unterzubringen.«

Katherine war schneeweiß geworden. »Hat sie einen Namen genannt?«

»Ja, tut mir leid, das tat sie.«

»Ich verstehe.« Katherine seufzte. »Sie müssen wissen, daß sie nie verstanden hat, warum ich da war. Jedenfalls war es gewiß nicht das, was sie dachte. Und ich zweifle, daß Dimitri jemals zugegeben hat – ach, das hat jetzt nichts damit zu tun. Haben Sie – haben Sie meinem Vater das erzählt?«

»Warum sollte ich?«

»Um ihn zu beruhigen. Er hielt mich für tot, als ich verschwunden war.«

»Sie meinen … Verzeihen Sie, meine Liebe, ich hatte keine Ahnung. Über Ihre Abwesenheit aus England wußte ich Bescheid, aber nicht, daß George keine Ahnung hatte, wo Sie sich befanden.

Ich hatte angenommen, daß Sie auf einer Europareise wären. Aber war das nicht sehr gedankenlos von Ihnen? Ich weiß, daß Dimitri ein Frauenheld ist, aber einfach so mit ihm fortzulaufen –«

»Verzeihen Sie«, unterbrach Katherine scharf, »aber mir wurde in dieser Angelegenheit keine Wahl gelassen.«

Die Herzogin errötete tatsächlich. »Dann tut es mir um so mehr leid, meine Liebe. Mir scheint, ich bin mit meinem Erscheinen hier von falschen Voraussetzungen ausgegangen. Ich dachte – nein, ich nahm an, daß Sie ein Verhältnis mit meinem Enkel gehabt hätten und daß das Kind, mit dem Sie nach Hause kamen, sein Sohn sei. Sie sehen, ich habe von dem Kind gehört und gehofft, das tue ich auch immer noch ... Was ich sagen will –«

»Alex ist nicht Dimitris Sohn!«

Leonore setzte sich zurück, überrascht von dieser entschiedenen Ableugnung. »Ich wollte damit nicht sagen ... Nun, ich gebe zu, ich habe es angedeutet. Verzeihen Sie mir. Aber wenn man bedenkt, daß die meisten Frauen meinen Enkel unwiderstehlich finden, war es für mich nur natürlich, anzunehmen ... Oh, das ist alles Unsinn, Kate, ich würde den Jungen gerne sehen.«

»Nein. Ich meine, er schläft und –«

»Es macht mir nichts aus zu warten.«

»Aber er war ein bißchen unwohl. Ich halte es wirklich für keine gute Idee, ihn zu stören.«

»Warum weisen Sie mich ab? Wir sprechen über meinen Urenkel.«

»Das ist er nicht«, beharrte Katherine ärgerlich, denn sie fühlte sich in der Rolle, die sie spielte, alles andere als wohl. Doch in ihrer Angst war sie unfähig, klar zu denken. »Ich habe Ihnen doch gesagt, daß Dimitri nicht der Vater ist. Schließlich hat er mich monatelang auf Nowi Domik gelassen. Wissen Sie, wie viele Männer es in Nowi Domik gibt? Hunderte. Muß ich deutlicher werden?«

Leonore lächelte. »Sie hätten nur zu sagen brauchen, daß Sie nie mit Dimitri intim geworden sind, aber das haben Sie nicht gesagt. Nein, Sie können mich nicht davon überzeugen, daß Sie eine Frau sind, die von einem Mann zum nächsten fliegt. Bemühen Sie sich nicht weiter, das zu versuchen. Er weiß nichts von dem Kind, habe ich recht? Haben Sie deswegen Angst?«

»Gnädige Frau, ich muß Sie bitten, jetzt zu gehen«, erwiderte Katherine eisig.

»Nun gut, meine Liebe, diese Runde haben Sie gewonnen.« Leonores Stimme klang nach wie vor freundlich. Sie gab ihren Gefühlen keinen freien Lauf, wie es die junge Frau so oft tat. Doch von ihrem Vorsatz ließ sie nicht ab. »Ich werde Ihren Alex schon noch zu Gesicht bekommen. Ich lasse mir doch meinen ersten Urenkel nicht vorenthalten. Und wenn es nötig sein sollte, werde ich den Vater holen, damit die Angelegenheit in Ordnung kommt.«

»Das würde ich Ihnen nicht empfehlen«, sagte Katherine, die jetzt nicht mehr verhehlen konnte, wie aufgebracht sie war. »Ist Ihnen klar, daß er sehr wütend werden wird, wenn Sie ihn umsonst hierher holen? Und es wäre umsonst.«

»Irgendwie bezweifle ich das.«

40

»Nun?« fragte Dimitri.

Wladimir betrat mit erheblichem Widerwillen das Speisezimmer. »Sie hat weder die Blumen noch den Brief angenommen, Herr. Beides wurde mir zurückgegeben, der Brief ungeöffnet.«

Dimitri schlug mit der Faust so fest auf den Tisch, daß der Wein verschüttet wurde und der Kerzenleuchter umfiel. Ein Lakai eilte herbei und stellte ihn wieder auf. Dimitri bemerkte es nicht einmal.

»Warum will sie mich nicht sehen? Was habe ich denn so Schreckliches getan? Ich habe sie gebeten, mich zu heiraten, das ist alles.«

Wladimir sagte kein Wort. Er wußte, daß die Fragen nicht an ihn gerichtet waren. Er hatte sie schon Hunderte Male gehört ohne eine Antwort darauf gefunden zu haben. Er wußte nicht, was der Prinz getan hatte. Es war wohl derselbe Fehler, den er auch begangen hatte. Heilige Maria, wie oft hatte er sich mittlerweile gefragt, wie er nur so blind und so dumm hatte sein können, die Wahrheit nicht zu erkennen. Maruscha hatte es ihm deutlich und schadenfroh unter die Nase gerieben, daß es ihr schon die ganze Zeit klar gewesen war, während er verbissen an seinen falschen Vorstellungen über Lady Katherine festgehalten hatte.

»Wenn Sie vielleicht –«

Wladimir kam nicht weiter. Er wurde durch den Lakaien an der Tür unterbrochen, der verkündete: »Die Herzogwitwe –«

Doch auch dieser Mann konnte nicht aussprechen, denn Dimitris Großmutter schob ihn einfach beiseite und betrat das Zimmer. Zwar war sie offensichtlich ziemlich durcheinander, doch das bemerkte Dimitri in seiner Überraschung nicht.

»*Babuschka!*«

»Nenn' mich nicht so, du nachlässiger, verantwortungsloser Mensch«, sagte Leonore scharf und wehrte seine Umarmung ab. »Weißt du eigentlich, in was für eine Verlegenheit du mich gebracht hast? Man hat mich gefragt, was dich denn schon wieder nach London führte, wo du doch erst vor ein paar Monaten hier gewesen wärst. Und ich hatte weder damals noch jetzt eine Ahnung von deiner Anwesenheit. Was hat das zu bedeuten? Du kommst nach England und stattest mir keinen Besuch ab, läßt mir nicht einmal eine Nachricht zukommen? Und das Ganze machst du gleich zweimal hintereinander.«

Dimitri errötete. »Ich muß dich um Verzeihung bitten.«

»Mehr als das. Du schuldest mir eine Erklärung.«

»Gewiß, aber setz dich doch bitte. Trink ein Glas Wein mit mir.«

»Ich setze mich, doch Wein möchte ich keinen.«

Sie nahm Platz und trommelte ärgerlich und ungeduldig wartend mit den Fingern auf den Tisch. Dimitri winkte die Diener fort und setzte sich wieder. Er war ausgesprochen verlegen. Was sollte er ihr sagen? Doch nicht die Wahrheit.

»Ich wollte dich besuchen kommen, *Babuschka*«, begann er.

»Nach drei Wochen erst?«

Sie wußte also, daß er schon so lange hier war. Er fragte sich, was sie noch alles wußte, als sie hinzufügte: »Vor nicht mal einem Monat habe ich dir geschrieben und diesen Brief kannst du noch gar nicht erhalten haben. Deswegen also bist du sicher nicht hier. Jetzt aber heraus mit der Sprache. Was machst du hier und warum bin ich die letzte, die es erfährt?«

»Du hast mir geschrieben? War es etwas Wichtiges?«

»Du kannst mich nicht hinhalten, Dimitri. Ich verlange zu erfahren, was los ist. Wie kommst du dazu, meinen eigenen Sohn dazu zu bringen, Geheimnisse vor mir zu haben. Denn er muß wissen, daß du da bist, ansonsten könntest du nicht im Stadthaus wohnen.«

Dimitri seufzte. »Sei nicht mit Onkel Thomas böse. Ich bat ihn, dir im Augenblick nichts zu sagen, denn ich wußte, du würdest darauf bestehen, daß ich dich auf dem Land besuchen käme. Aber meine Angelegenheiten hier sind einfach zu wichtig ... Ich muß in

London bleiben, *Babuschka*. Ich muß sichergehen, daß sie nicht wieder verschwindet.«

»Wer?«

»Die Frau, die ich heiraten möchte.«

Leonores Augenbrauen schossen in die Höhe. »Ach? Wenn ich mich recht erinnere, wolltest du bereits Ende letzten Jahres verheiratet sein. Als daraus nichts wurde und ich zudem deinen Brief erhielt, in dem du mir die Heimkehr deines Halbbruders mitteiltest, nahm ich an, daß du es nun nicht mehr so eilig hättest, dich an eine Frau zu binden.«

»Das war bevor ich Katherine begegnete.«

»Doch nicht Katherine St. John!« entgegnete Leonore entsetzt.

»Woher weißt du das? Nein, nein, erzähl es mir nicht. Ich glaube, ich habe einen vollkommenen Narren aus mir gemacht. So oft, wie ich schon vor ihrer Tür wieder kehrtgemacht habe, muß es bereits die ganze Stadt wissen. Wie ein Verrückter bin ich ihr bis zum Picadilly gefolgt, aber sie hat es geschafft, sich mir wieder zu entziehen.«

»Nun gut, ich nehme also an, du bist Lady Katherine hierher gefolgt und das ist auch der Grund für deine jetzige Anwesenheit. Doch du warst dieses Jahr schon einmal da.«

»Auch da habe ich Katherine gesucht. Ich hatte fälschlicherweise angenommen, daß sie schon zurückgekehrt wäre. Als ich Katherine hier nicht fand, war ich völlig durcheinander, denn ich wußte nicht, wo ich sie als nächstes suchen sollte.«

»Du warst verzweifelt?« Leonore lächelte zum ersten Mal. »Wenn ich es nicht besser wüßte, könnte man meinen, du würdest sie lieben.«

Dimitri runzelte die Stirn. »Was ist daran so unmöglich?«

»Nichts natürlich. Ich bin nur gerade erst vor kurzem Lady Katherine begegnet. Sie ist ein kleines Persönchen, aber eine sehr eindrucksvolle Frau. Ich glaube kaum, daß sie so ohne weiteres tun wird, was du willst, mein Junge. Sie wird auch sicher nicht immer deiner Meinung sein. Zu lange hat sie Entscheidungen selbständig getroffen, als daß sie sich so ohne weiteres in eine untergeordnete Rolle einfügen würde. Überhaupt zweifle ich daran, daß sie besonders anpassungsfähig ist. Sie ist eine Frau, die weiß, was sie will, nicht gerade das, was ich mir als geeignete Gattin für einen Mann von deinem Temperament vorgestellt habe.«

»Du erzählst mir nichts, was ich nicht schon weiß.«

»Ach, wirklich?« Sie schmunzelte.

Sie hätte ihm noch das eine oder andere erzählen können, doch sie unterließ es. Warum sollte sie dem Jungen Schützenhilfe leisten, die er gar nicht brauchte? Bis jetzt war ihm im Leben immer alles in den Schoß gefallen. Es konnte ihm nicht schaden, wenn er sich dieses Mal ein bißchen anstrengen mußte, um zu bekommen, was er wollte. Und wenn Katherine es ihm nicht leicht machte, war das nur um so besser. Sollte es ihm allerdings schließlich doch nicht gelingen, sie zu gewinnen, war das eine ganz andere Geschichte. Leonore jedenfalls war nicht bereit, auf ihren ersten Urenkel zu verzichten.

»Du sagtest, Katherine weigere sich, dich zu sehen?« fragte Leonore jetzt. »Wieso eigentlich?«

»Wenn ich das nur wüßte. Als wir das letzte Mal zusammen waren hatten wir einen Streit. Aber das war schon öfter vorgekommen und an sich nichts Außergewöhnliches. Sie war gerade erst meine – aber das tut jetzt nichts zur Sache. Das Entscheidende ist, daß sie einfach weglief und spurlos verschwunden war. Jetzt, wo ich sie endlich wiedergefunden habe, weigert sie sich, mit mir zu sprechen. Sicher, ich habe ihr für vieles Abbitte zu leisten, aber sie gibt mir ja nicht einmal die Gelegenheit dazu. Es ist, als ob sie Angst davor hätte mich zu sehen.«

»Nun, wie dem auch sei, das spielt jetzt keine Rolle. Wenn du sie wirklich haben willst, mußt du einen Weg zu ihr finden, oder nicht? Und ich glaube, ich bleibe noch ein Weilchen in London und werde schauen, wie du zurechtkommst. Du wirst mich natürlich zur Hochzeit einladen, falls es eine gibt.«

Leonore ging in bester Laune fort. Dimitri hingegen blieb in trüber Stimmung sitzen. Wenn er nur nicht das untrügliche Gefühl hätte, daß sie ihm etwas verheimlichte.

41

»Kit? Bist du schon aufgestanden?« Elisabeth klopfte an die Tür und war überrascht, als sie sich sogleich öffnete. »Oh, du bist also schon auf.«

»Natürlich. Die Frage ist doch vielmehr, was du in aller Frühe schon hier machst.«

»Ich habe mir gedacht, wir könnten heute morgen etwas zusammen unternehmen. Reiten oder einkaufen, weißt du, so wie früher.«

Katherine ging gemeinsam mit ihrer Schwester in Richtung Treppe. »Das wäre schon hübsch, aber ich habe wirklich zu viel –«

»Ach, bitte, Kit. Ich habe doch nur diese zwei Tage, solange William geschäftlich unterwegs ist. Er fand es sowieso recht verrückt, daß ich das Wochenende hier verbringen wollte, wo doch unser Stadthaus nur ein paar Blocks entfernt liegt.«

»Das ist es ja auch«, meinte Katherine lächelnd.

»Unsinn. Ich wollte es nur noch einmal so wie früher haben, bevor du ... das heißt ...«

»Bevor ich was?«

»Ach, du weißt schon.«

»Beth«, sagte Katherine warnend.

»Ach, bevor du auch heiratest oder irgend so etwas, und –«

»Ich werde nicht heiraten, Beth. Wie zum Teufel kommst du denn darauf?«

»Sei doch nicht gleich verstimmt. Warum ich das annehme? Weißt du, es ist kein Geheimnis, was hier vorgeht. Eure Diener sind ganz begeistert, weil es so romantisch ist. Und sie erzählen meiner Zofe natürlich alles bis ins Detail. Der attraktivste Mann der ganzen Welt klopft zweimal täglich an deine Tür, schickt dir Geschenke und Blumen und Briefe –«

»Wer sagt, daß er attraktiv ist?«

Elisabeth lachte. »Mal ehrlich Kit, warum bist du so abweisend? Natürlich habe ich ihn gesehen. Ein russischer Prinz ist schließlich etwas Besonderes.« Bei diesen Worten erreichten sie das Speisezimmer, in dem der Earl gerade sein Frühstück einnahm. Für Elisabeth war das jedoch kein Anlaß, ihre Unterhaltung zu beenden. »Vor ein paar Wochen machte mich jemand auf ihn aufmerksam und ich konnte gar nicht glauben, daß du ihn tatsächlich kennst. Und dann erfuhr ich, wie hartnäckig er versucht, dich zu sehen. Meine Güte, ist das aufregend! Wie hast du ihn kennengelernt? Bitte, Kit, du mußt mir alles erzählen.«

Katherine setzte sich, den Blick ihres Vaters ignorierend. Auch er wartete gespannt auf ihre Antwort, aber sie behielt die Wahrheit beharrlich für sich.

»Es gibt nichts zu erzählen«, meinte sie ungezwungen. »Ich bin ihm einfach in Rußland begegnet.«

»Nichts zu erzählen!« schnaubte George St. John. »Er ist doch derjenige, welcher, stimmt's?«

»Nein, das ist er nicht«, wiederholte Katherine. Sie hatte die gleiche Frage in den letzten drei Wochen schon mindestens ein halbes Dutzendmal beantwortet.

»Meinst du, er ist Alex' Vater?« keuchte Elisabeth.

»Ach, sei still, Beth. Es spielt keine Rolle, wer er ist. Ich möchte jedenfalls nichts mit ihm zu tun haben.«

»Aber warum?«

Katherine erhob sich und warf ihrer Schwester und ihrem Vater einen Blick zu, der deutlich besagte, daß sie nun genug hatte. »Ich gehe mit Alex in den Park. Wenn ich zurückkomme, möchte ich kein Wort mehr über diesen Mann hören. Ich bin alt genug, meine eigenen Entscheidungen zu fällen und dazu gehört, daß ich diesen Mann nie wieder sehen will. Das ist alles, was es darüber zu sagen gibt.«

Als sie gegangen war, warf Elisabeth ihrem Vater einen Blick zu. George St. John hatte heftig mit seinem Verdruß zu kämpfen.

»Warum, glaubst du, ist sie so zornig auf ihn?«

»Zornig? Meinst du wirklich, das ist alles?«

»Natürlich. Warum sollte sie ansonsten nicht einmal mit ihm sprechen wollen? Hast *du* mal mit ihm geredet?«

»Ich bin nie da, wenn er vorbeikommt«, bekannte George. »Aber ich sollte ihm wohl einen Besuch abstatten. Wenn er wirklich Alex' Vater ist –«

»O nein, du würdest sie doch nicht zwingen zu heiraten? Sie würde dir das nie verzeihen, außer, sie verträgt sich wieder mit ihm. Aber wie soll das geschehen, wenn sie ihn nicht einmal sehen will?«

Katherine schlenderte im Schatten der Bäume dahin. Dabei behielt sie Alex, der auf einer Decke in der Sonne herumspielte, im Auge, obwohl Alice, sein Kindermädchen, bei ihm saß. Es war Mitte September, aber nach dem langen Winter in Rußland vertrug Katherine selbst die Herbstsonne schlecht. Aber Alex genoß sie, und er jauchzte über die bunten Blätter, die von den Bäumen segelten.

Mit seinen viereinhalb Monaten wurde er jetzt schon recht aktiv, war nicht mehr nur das kleine Bündel im Kinderwagen. Vor kurzem erst hatte er entdeckt, daß er auf Händen und Knien vor- und zurückschaukeln konnte, immer wieder probierte er es mit größtem Vergnügen. Als nächstes würde er anfangen zu krabbeln, meinte das Kindermädchen. Katherine wünschte, sie verstünde mehr von kleinen Kindern. Doch sie lernte sozusagen mit Alex und genoß entzückt jede neue Entwicklungsphase, die er durchmachte.

»Katja?«

Katherine wirbelte herum. Sofort kochte sie vor Wut, ihre Augen blitzten, aber nach einem Blick auf Dimitri blieben ihr die hitzigen Worte in der Kehle stecken. Das war auch besser. Er brauchte nicht zu bemerken, wie sehr er ihre Emotionen aufwühlte. Er starrte sie an, kein Blick wanderte zu Alex. Noch hatte sie nichts zu befürchten.

Sie war stolz, wie ruhig ihre Stimme klang, als sie sagte: »Ich nehme an, das ist kein Zufall.«

»Ich überlasse solche Dinge nie dem Zufall.«

»Das stimmt. Nun gut, Dimitri, da du anscheinend nicht gewillt bist, mich in Ruhe zu lassen und nach Hause zu fahren, sag mir, was so wichtig ist, daß du –«

»Ich liebe dich.«

O Gott, da waren sie wieder, die Fantasien, so lebendig und klar. Sie mußte sich setzen, schnell, und weit und breit war keine Bank (nein, sie würde *nicht* vor seinen Füßen ohnmächtig werden.) Schwankend ging sie auf den nächsten Baumstamm zu und lehnte sich dagegen. Vielleicht würde er sich in Luft auflösen, wie das bei Fantasien so üblich ist.

»Hast du mich gehört, Katja?«

»Ja, aber es ist nicht wahr.«

»Was?«

»Daß du mich liebst.«

»Noch mehr Zweifel.« Seine Stimme wurde scharf, aber sie schaute ihn nicht an. »Erst meine Großmutter und jetzt du. Lieber Himmel, ist es denn so schwer zu glauben, daß ich –«

»Du hast deine Großmutter gesehen? … Oh, was für eine dumme Frage. Natürlich hast du sie gesehen. Hat sie dir erzählt, daß sie mich vor kurzem besuchen kam?«

Dimitri schaute Katherine intensiv an. Sie wich seinem Blick aus, schaute rechts und links an ihm vorbei, überall hin, nur nicht in seine Augen. Was war bloß los mit ihr? Fast ein Jahr hatten sie sich nicht gesehen. Ein Jahr! Er mußte heftig gegen den Drang ankämpfen, sie einfach in seine Arme zu ziehen. Und sie! Sie wechselte das

Thema, wenn er ihr eine Liebeserklärung machte. Es war ihr gleichgültig, vollkommen gleichgültig. Das traf ihn wie Messerstiche, doch statt Blut quoll Wut aus ihm heraus.

»Wie du willst, Katja, dann unterhalten wir uns eben über meine Großmutter«, sagte er eisig. »Ja, sie erwähnte, daß ihr euch begegnet seid. Genau wie du offensichtlich auch, ist sie der Meinung, daß wir nicht zusammenpassen.«

»Nun, das tun wir auch nicht.«

»Du weißt haargenau, daß wir zusammenpassen.«

»Du brauchst nicht so zu schreien!« Sie blickte ihn an. »Habe ich dich vielleicht angeschrien? Nein, auch wenn ich allen Grund dazu hätte. Du hast mich benützt, Dimitri. Du hast mich benützt, um deine Tatjana eifersüchtig zu machen. Du bist nie in Österreich gewesen. Du warst die ganze Zeit mit gebrochenem Herzen in Petersburg, weil deine Prinzessin dir wegen eines anderen den Laufpaß gegeben hat.«

»Wo hast du denn diesen Unsinn gehört?« wollte er wütend wissen. »Es stimmt, ich war nicht in Österreich. Aber ich habe eine Ausrede gebraucht, um dich nicht rechtzeitig nach Hause schicken zu müssen. Ja, ich habe gelogen, aber doch nur, weil ich es nicht ertragen hätte, dich zu verlieren. Himmel noch mal!« Er machte seinem Ärger Luft. »Was glaubst du, warum ich während all der Monate nie nach Nowi Domik gekommen bin? Nur aus diesem Grund! Du durftest nicht einfach aus meinem Leben davonsegeln. Was ist daran denn so falsch?«

»Nichts, wenn es die Wahrheit wäre, aber ich glaube dir kein Wort«, erwiderte Katherine verbissen. »Du wolltest mich nur da haben, um Tatjana eifersüchtig zu machen. Du liebst sie, und trotzdem hättest du mich geheiratet. Aber ich brauche deine großartigen Gesten nicht. Und nur zu deiner Information, du hättest mich ganz umsonst geheiratet. Ich bin nach Hause zurückgekehrt, ohne daß mein Name auch nur im geringsten befleckt gewesen wäre. Dein Opfer habe ich nicht nötig gehabt. Wenn die Leute über mich sprechen, dann nur voller Mitgefühl. Es hat sich herumgesprochen, daß meine Schwester und ich zur gleichen Zeit verschwanden, um unseren Vater sozusagen von der richtigen Spur abzulenken. Nun, sie kann jetzt einen Ehemann aufweisen, und ich habe meinen leider verloren.«

»Eine Witwe!« schnaubte Dimitri. »Man hält dich für eine Witwe!«

»Ich habe dieses Gerücht nicht in Umlauf gebracht, aber das spielt auch keine Rolle. Wichtig ist, daß mein Ruf in Ordnung ist. Glaube mir, es war reine Zeitverschwendung, mir zu folgen, nur um dein Gewissen durch eine Heirat zu beruhigen.«

»Denkst du das wirklich? Daß ich nicht nur einmal, sondern zweimal allein wegen eines schlechten Gewissens nach England gesegelt bin?«

»Zweimal?«

»Ja, zweimal. Als ich dich nirgendwo in Petersburg finden konnte, mußte ich annehmen, daß dich dein Freund, der Botschafter, außer Landes gebracht hatte. Ich hätte den Mann niederschlagen können, weil er standhaft behauptete, er hätte dich seit dem Abend auf dem Ball nicht mehr gesehen.«

»Du hast das doch nicht etwa getan?« keuchte sie.

»Nein, ich bin meinen Ärger woanders losgeworden, bei einem Kerl, der es genauso verdiente.«

Katherine schauerte, als sie das befriedigte Aufleuchten in Dimitris Augen wahrnahm. Der Mann tat ihr in jedem Fall leid. »Lebt er denn wenigstens?« fragte sie mit dünner Stimme.

Dimitri lachte gequält. »Ja, obwohl es um ihn nicht schade gewesen wäre. Ich glaube, er hat inzwischen sogar Tatjana geheiratet. Weißt du, sie glaubte, wir hätten um sie gekämpft. Und als ich trotz meines Sieges sie nicht einforden kam, hat sie sich halt mit dem Verlierer begnügt. Aber soviel ich weiß, ist er ihr ganz recht. Ich liebe sie nicht, habe sie nie geliebt. Im Gegenteil, ich war unendlich erleichtert, als sie Lisenko vorzog. Doch er glaubte das nicht, weil er bis über beide Ohren in sie verliebt war. Der Narr machte mich dafür verantwortlich, als sie mit ihm brach und glaubte, wenn er mich loswürde, könnte er sie zurückgewinnen.«

Katherine erbleichte. »Was meinst du mit loswerden?«

»Berührt es dich, Kleines? Du wirst verstehen, daß es für mich schwierig ist zu –«

»Dimitri! Was hat er mit dir gemacht?«

Er zuckte die Achseln. »Wegen ihm bin ich in einen fürchterlichen Schneesturm geraten, der mich eineinhalb Monate aufs Krankenlager warf. In der Zeit hast du vermutlich das Land verlassen.«

»Ist das alles?« fragte sie erleichtert. »Er hat dich nicht etwa verwundet?« Als er nur finster blickte, meinte sie mit einem schwachen Lächeln: »Entschuldige, ich wollte es nicht auf die leichte Schulter nehmen ... eineinhalb Monate? Du mußt sehr krank gewesen sein.« Sein Gesichtsausdruck wurde nur noch finsterer. »Also gut, wenn du es unbedingt wissen mußt. Ich habe Rußland erst diesen Sommer verlassen.«

»Das kann nicht sein. Meine Leute haben dich überall gesucht, Frau. Die Botschaft wurde beobachtet, der Botschafter beschattet, die Diener bestochen –«

»Aber er hat dir die Wahrheit gesagt, Dimitri. Er hat mich nicht gesehen. Ja, ich ging wohl zur Botschaft, als ich dein Haus verließ. Aber bevor ich noch mit dem Botschafter sprechen konnte, traf ich Gräfin Starow. Sie ist eine ausgesprochen liebenswürdige Frau und so offen. Als ich ihr gegenüber erwähnte, daß ich für eine Weile einen Ort suchte, an dem ich bleiben konnte, bot sie mir großzügigerweise gleich ihr Haus an.«

»Glaubst du wirklich, daß dir Wladimir an diesem Tag nicht gefolgt ist?«

»Ganz und gar nicht«, gab sie zurück. »Genau aus diesem Grund schlug mir die Gräfin auch vor, mit ihrer Zofe Kleider zu tauschen. Also verließ ich die Botschaft auf dem gleichen Weg, wie ich hineingegangen war, und niemand bemerkte etwas. Den Rest des Winters verbrachte ich bei Olga Starow. Kennst du sie? Sie ist eine ganz reizende Dame, ein bißchen exzentrisch zwar und –«

»Warum wolltest du dich unbedingt vor mir verstecken? Ich bin fast verrückt geworden bei der Vorstellung, daß du bei diesem Wetter unterwegs wärst.«

»Ich habe mich nicht versteckt«, protestierte sie. Doch gleich darauf verbesserte sie sich. »Nun, ganz am Anfang tat ich es wohl. Ich war –« Nein, sie wollte nicht zugeben, daß sie Angst vor einer Begegnung mit ihm gehabt hatte. Angst, daß sie in ihren Entschlüssen wieder geschwankt hätte, gar nicht zu reden von ihren anderen Umständen. »Sagen wir, ich war immer noch ärgerlich über – über –«

»Ja? Darüber, daß ich dich benutzt habe? Dich angelogen? Weil ich eine andere Frau liebe?«

Sein beißender Spott traf sie tief und trieb ihr die Röte in die Wangen. Hatte sie das alles wirklich geglaubt? Als er auf ihrem Landsitz, Brockley Hall, aufgetaucht war, und sie deswegen voller Panik nach London abreiste, hatten sie nicht da schon die Zweifel geplagt. Würde er sie wirklich so verfolgen, wenn er eine andere Frau liebte?

Denk nach, Katherine. Du konntest ihm die ganze Zeit nicht begegnen, weil du wußtest, daß du im Unrecht warst. Und du weißt, daß es nicht richtig ist, ihm Alex vorzuenthalten. Du hast einfach nur Angst gehabt.

Aber sie hatte nicht einmal in Betracht gezogen, daß er sie lieben könnte. Sie hatte das in den Bereich der Wunschträume verbannt. Konnten solche Träume denn wahr werden? Doch sie vergaß jetzt, wie er reagiert hatte, als er erfuhr, wer sie in Wirklichkeit war.

»Du wolltest mich gar nicht heiraten, Dimitri. Du warst so wütend, als du glaubtest, es wäre deine Pflicht. Vor lauter Zorn hast du die Stadt verlassen. Weißt du, was für ein Gefühl das für mich war?«

»Manchmal sollte man nicht glauben, daß eine intelligente Frau wie du, Katja, so dumm sein kann. Auf mich war ich wütend, nicht auf dich. Am gleichen Abend, kurz bevor ich die Wahrheit über dich erfuhr, habe ich Wasili meinen Entschluß mitgeteilt: Wenn ich dich nicht heiraten konnte, wollte ich überhaupt nicht heiraten. Und wie die Ironie des Schicksals so spielt, knapp einen Monat später kehrte Mischa mit Frau und Sohn nach Hause zurück.«

»Aber ich dachte –«

»Ja, das taten wir alle. Aber er war nicht tot. Und seine Heimkehr befreite mich von allen Verpflichtungen. Ich hätte dich heiraten können, Katja, egal, wer du warst. Aber in der Nacht des Balls konnte ich nur noch daran denken, wie sehr ich dir unrecht getan hatte, und daß du mir unmöglich verzeihen konntest. Ich war entsetzt über mein Verhalten. Denn seit ich Anastasias Porträt von dir gesehen hatte, kannte ich die Wahrheit. Ich wollte sie nur nicht wahrhaben, weil ich dann keine Macht mehr über dich gehabt hätte. Ich hätte verloren, wenn ich deine Identität gekannt hätte. Und das hätte ich nicht ertragen. Nun habe ich dich trotz allem verloren.«

»Dimitri –«

»Lady Katherine, Alex' Wangen röten sich«, unterbrach Alice. »Soll ich mit ihm in den Schatten gehen oder soll ich ihn nach Hause bringen?«

Katherine stöhnte innerlich auf. Sie verwünschte die Frau, die Alex so nahe zu seinem Vater brachte. Dimitri warf dem Kindermädchen und dem Baby keinen Blick zu. Er schaute Katherine nur fragend an, als erwartete er – ja, was er erwartete, wußte sie nicht. Bevor sie jedoch der Frau irgendeine Antwort geben konnte, bevor sie irgend etwas zu ihm sagen konnte – sei es nun eine Lüge oder die Wahrheit – erkannte er die Wahrheit.

Er drehte sich scharf um und betrachtete das Kind so intensiv, daß Katherine wie gelähmt daneben stand. Dann nahm er Alice das Kind weg, schaute es an, schaute jede Kleinigkeit an ihm an. Und Alex schaute zurück, ruhig, fasziniert, wie bei allem Neuem, das ihm begegnete. Und sein Vater war etwas Neues für ihn.

»Es tut mir leid, Dimitri«, sagte Katherine kleinlaut. »Ich wollte es dir schon in Petersburg sagen. Wirklich. Aber nachdem, was du bei unserer ersten Begegnung zu mir sagtest, beschloß ich noch zu warten. Und dann ... nach dem Ball, war ich zu aufgebracht und – und zu verletzt. Ich wollte dich heiraten, aber nicht, wenn es für dich nur eine Pflicht wäre. Und – und ich habe mich gar nicht vor dir versteckt. Nachdem viele Monate vergangen waren, und du mich immer noch nicht gefunden hattest, ging ich oft aus, sogar an deinem Haus vorbei. Aber wahrscheinlich hattest du da die Stadt bereits verlassen.«

Er schaute kurz auf und erinnerte sie. »Weil ich dich suchte.«

»Jetzt wird mir das klar. Aber damals gab ich auf und beschloß, daß es wohl das Beste wäre, wir würden uns nie wieder sehen. Sobald Alex alt genug war für die Reise, bin ich nach Hause gekommen. Es ist dein gutes Recht, von seiner Existenz zu erfahren. Das kann ich nicht leugnen. Und ich hätte es dir auch geschrieben. Aber du bist so schnell hier aufgetaucht. Ich habe mich gerade erst wieder eingewöhnt.«

»Als ich dich hier nicht finden konnte, bin ich nach Rußland zurückgekehrt. Und als du dort auch nicht zu finden warst, bin ich wieder hierher gekommen. Ich konnte nichts anderes mehr denken. Aber seit meiner Ankunft hättest du doch genügend Zeit gehabt. Jeden Tage habe ich bei dir vorgesprochen.«

»Ich weiß, aber – ich hatte Angst.«

»Wovor? Daß ich ihn dir wegnehmen würde? Daß ich wütend wäre? Katja, ich bin überglücklich. Er ist – er ist unbeschreiblich! Das schönste Kind, das ich je gesehen habe.«

»Ich weiß.«

Sie mußte lächeln, mit welchem Stolz er Alex an sich drückte und liebkoste, bevor er ihn dem Kindermädchen zurückgab.

»Bringen Sie ihn nach Hause«, sagte er zu der Frau. »Mein Diener wird Sie begleiten, und Ihre Herrin kommt bald nach.«

Als Dimitri mit der Hand winkte, bemerkte Katherine die Kutsche, die hinter ihrer eigenen stand. Wladimir ging auf das Kindermädchen zu. Der gute, alte Wladimir. Immer war er da, wenn man ihn brauchte. Ohne ihn hätte Katherine Dimitri nie kennengelernt, Alex wäre nie geboren worden. Und wie lange hatte sie ihm gegrollt!

Dimitri sagte nichts, wartete, bis seine Kutsche davongerollt war. Dann drehte er sich zu Katherine um. Sein Blick war voller Zärtlichkeit. »Ich liebe dich, Katja. Heirate mich.«

»Ich –«

Er berührte ihre Lippen mit seinem Finger. »Ich warne dich, Kleines, bevor du etwas sagst. Wenn mir deine Antwort nicht gefällt, wirst du ganz schnell wieder entführt sein, du und das Kind. Und dieses Mal wirst du mir nicht entkommen.«

»Versprichst du mir das?«

Er stieß einen Juchzer aus, hob sie hoch und schwang sie herum. Dann ließ er sie langsam an seinem Körper herabgleiten, bis sich ihre Lippen trafen. In seinem Kuß lag all sein Schmerz, all die Einsamkeit der vergangenen Monate. Und wie gewöhnlich war kein Bett in der Nähe.

42

Wladimir wartete am Eingang, als Dimitri Katherine nach Hause brachte. Voller Übermut umarmte Dimitri seinen treuen Diener so heftig, daß der arme Kerl kaum mehr Luft bekam.

»Sie hat ja gesagt, Wladimir!«

»Das habe ich mir schon zusammengereimt, Herr. Ich gratuliere Ihnen und Ihnen auch, Gnädige Frau.«

»Danke, Wladimir.« Katherine nickte königlich. »Und du brauchst nicht so steif zu sein. Nur weil ich deine neue Herrin werde, ändert sich doch gar nicht so viel. Ich bin nicht nachtragend, mußt du wissen. Und ich verspreche dir auch, daß du nur samstags ausgepeitscht wirst.«

Dimitri schmunzelte über die Röte, die sich langsam auf Wladimirs Gesicht ausbreitete. »Er versteht dein Necken nicht, Katja. Du mußt ein bißchen vorsichtiger sein mit deinen Spitzen.«

»Unsinn. Er versteht mich sehr wohl. Er hat nur ein schlechtes Gewissen. Stimmt's, Wladimir?«

»Ja, gnädige Frau.«

»Nun, du kannst dich beruhigen, mein Freund.« Sie lächelte ihn verschmitzt an. »In Wahrheit habe ich dir ja sehr viel zu verdanken.«

Katherine drehte sich um, zog Hut und Handschuhe aus, und nur Dimitri hörte Wladimirs erleichterten Seufzer. Er lächelte in sich hinein und schüttelte den Kopf. Seine zukünftige Frau würde für ziemlich viel Wirbel in seinem Haushalt sorgen. Seine Leute würden nie wissen, wann sie es ernst meinte und wann nicht. Aber das würde sie auch von jeder Nachlässigkeit abhalten. Dann erkannte er, daß für ihn ja das gleiche galt und er schmunzelte. Solange sie immer glücklich in seiner Nähe war und ihn liebte, konnte sie nach Herzenslust sticheln.

Er wandte sich an Wladimir. »Die Herzogin erwartet mich zum Mittagessen. Du solltest ihr Bescheid sagen … Nein, besser ist noch, du bringst sie hierher. Hast du etwas dagegen, Katja?«

Sie zog ein Gesicht. »Natürlich nicht, Dimitri, aber sei gewarnt. Sie wird nicht sehr erfreut sein über deine Neuigkeiten. Bei unserer ersten Begegnung sind wir ein bißchen aneinandergeraten. Ich hatte mich geweigert, ihr Alex zu zeigen, und sie nahm mir das wohl übel.«

»Heißt das, sie weiß Bescheid?«

»Sie wußte, daß ich mit einem Sohn heimgekehrt war und vermutete, daß er von dir sei. Sonja hatte ihr geschrieben und sich über mich beklagt, weißt du.«

Er lachte kurz auf. »Warum hat die alte Dame … Ich wußte, daß sie etwas vor mir verbirgt. Aber du täuschst dich. Sie schätzt deinen Schwung, wie sie es nennt, sehr. Und sie wollte uns sicher genauso gerne wieder verbunden sehen wie ich. Jetzt weiß ich auch warum. Sie möchte ihren ersten Urenkel verwöhnen.«

»Ach, du bist es, Kate.« Auf dem oberen Treppenabsatz erschien George St. John. »Ich meinte Stimmen zu hören, aber von dem Geschwätz hab' ich kein Wort verstanden. Übst du wieder dein Französisch, wie?«

»Komm herunter, Vater. Ich möchte dir deinen zukünftigen Schwiegersohn vorstellen.«

»Der Russe?«

»Ja.«

»Also war *er* es doch«, sagte George mit selbstgefälliger Befriedigung.

»Ja, er war es.«

Katherine spähte zu Dimitri, um zu schauen, ob er verärgert

war, daß sie Englisch sprachen. Aber er war es nicht. Doch das würde schwierig werden. Ihr Vater sprach kein Französisch.

»Weiß gar nicht, warum das Ganze so lange gedauert hat«, meinte George, als er unten an der Treppe ankam. »Ich hätte ihn dir schon viel eher beschaffen können.«

»Danke, das habe ich ohne deine Hilfe gemacht.«

»Und ich dachte, ich wäre derjenige gewesen, der dich gewonnen hätte«, sagte Dimitri in fehlerlosem Englisch. Und an George gewandt: »Es ist mir ein Vergnügen, Sie kennenzulernen, Mylord.«

Katherine drehte sich mit funkelnden Augen zu ihm um. »Warum hast du – du –«

»Dummkopf? Unhold? Schurke? Oh, wir dürfen den verdammten Wüstling nicht vergessen. Und das ist noch lange nicht alles, was du mich geheißen hast, als du glaubtest, ich verstünde kein Wort Englisch.«

»War das fair?«

»Fair, Kleines? Nein. Amüsant? Ja. Du bist einfach unbezahlbar, wenn du in deinem Groll so vor dich hin murmelst.«

»Ja, nicht wahr?« stimmte George zu. »Ich fand das auch immer. Hat sie von ihrer Mutter. Sie war eine Frau, die die interessantesten Gespräche mit sich selbst führen konnte.«

»Schon gut«, lächelte Katherine. »Ich geb' auf.« Gleich darauf fragte sie: »Sind den Warren oder Beth da? Sie werden Dimitri kennenlernen wollen.«

»Da wirst du bis heute abend warten müssen, Kate. Deine Schwester sagte irgend etwas von Einkaufen, und Warren ist, glaube ich, in seinem Klub. Ich wollte auch gerade gehen. Sie kommen doch zum Abendessen, ja?« wandte er sich an Dimitri. »Müssen die Hochzeitsvorbereitungen besprechen, nicht wahr.«

»Ich werde es nicht versäumen«, versicherte Dimitri.

Die Eingangstür öffnete sich in dem Moment, als George das Haus verlassen wollte, und Elisabeth trat ein. »So bald schon zurück?« begrüßte George sie. »Da ist deine Schwester und sie hat ein paar Neuigkeiten für dich, nehme ich an.«

»Oh?« Elisabeth spähte über seine Schulter und holte tief Luft, als sie Dimitri und Katherine nahe beieinander stehen sah.

»Oh!« Damit eilte sie zu ihnen und ihr Vater trat schmunzelnd auf die Straße.

Katherine stellte die beiden einander vor und erzählte die freudigen Neuigkeiten. Doch ihre Schwester schien ihr gar nicht zuzuhören. Es war das erste Mal, daß sie Dimitri aus der Nähe sah und sie konnte ihn nur fasziniert anstarren. Katherine mußte ihr einen Stoß in die Rippen versetzen, damit sie wieder zu sich kam.

»Oh! Verzeihung.« Elisabeth fing sich errötend wieder. »Ich freue mich so, Sie endlich kennenzulernen. Sehr viel habe ich ja noch nicht über Sie gehört. Kit ist so verschlossen gewesen und … Heißt das, Sie wollen Kit mit nach Rußland nehmen? Es ist doch so kalt dort.«

»Im Gegenteil.« Dimitri lächelte. »Ich denke, daß wir die meiste Zeit auf Reisen verbringen und meine Geschäfte inspizieren werden.« Bei diesen Worten warf er Katherine einen Blick zu. »Mir ist schon nahegelegt worden, daß ich mich nicht genügend um meine Kapitalanlagen kümmere.«

Elisabeth verstand die kleine Anspielung zwischen ihnen nicht. »Aber das ist ja wundervoll! Kit wollte immer reisen. Und sie hat ein solches Geschick mit geschäftlichen Angelegenheiten. Sie wird Ihnen doch dabei helfen dürfen, oder?«

»Anders würde ich es gar nicht haben wollen. Aber, so gern ich den Rest der Familie auch kennenlernen möchte, bitte ich Sie doch, liebe Beth, uns ein bißchen alleine zu lassen. Ihre Schwester hat mir gerade erst ihr Ja-Wort gegeben und es gibt noch so vieles, was ich ihr sagen möchte.«

»Natürlich!« beeilte sich Elisabeth zuzustimmen. Aber sie hätte wohl allem zugestimmt, was er sagte. Sie war wie hypnotisiert. »Ich habe noch Sachen zu erledigen und – und wir sehen uns dann später, nicht wahr?«

Katherine amüsierte das Verhalten ihrer Schwester. Überrascht war sie jedoch keineswegs darüber. Wie oft war sie völlig verwirrt gewesen, wenn Dimitri sie aus seinen sinnlichen, dunklen Augen angeschaut hatte. In der Tat befand sie sich immer noch in einem angenehmen Schockzustand, von dem sie kaum glaubte, sich je wieder zu erholen. Dieser Mann sagte, er liebte sie. *Sie.* Es war unbegreiflich. Womit hatte sie dieses Glück verdient?

Einen Augenblick später, als Elisabeth auf der Treppe verschwunden war, faßte Dimitri sie um die Taille und steuerte mit ihr in die Richtung, in der er den Salon vermutete. Seine Vermutung war richtig.

»Du hattest doch hoffentlich für heute abend keine anderen Pläne gehabt?« sagte Katherine. »Ich meine, mein Vater hat dir ja praktisch keine Wahl gelassen.«

»Alle meine Pläne drehen sich um dich, Kleines«, erwiderte er.

Er schloß die Tür hinter ihnen und das war die erste Warnung für Katherine, was seine unmittelbaren Pläne betraf. Der Ausdruck seiner Augen bestätigte das nur.

»Dimitri!« Sie versuchte schockiert zu klingen, doch das Lächeln um ihren Mund strafte ihren Ton Lügen. »Das ist nicht wie bei dir hier, mußt du wissen. Unsere Diener denken sich gar nichts dabei, Türen zu öffnen und hereinzuplatzen.« Er löste das Problem, indem er den nächstbesten Stuhl packte und ihn unter die Türklinke klemmte. »Du bist schrecklich verdorben.«

»Ja«, pflichtete er ihr bei und nahm sie in den Arm. Sie preßte sich näher, immer näher an. »Aber du stehst mir in nichts nach, Geliebte.«

»Das ist schön«, murmelte sie an seinen Lippen. »Sag es nochmal.«

»Meine Geliebte. Ja, das bist du. Ohne dich ist mein Leben freudlos.«

Hast du das gehört, Katherine? Glaubst du es jetzt?

Sie glaubte es. Das Märchen war Wirklichkeit geworden.

Johanna Lindsey
Meisterin des historischen Liebesromans

Heute ist Johanna Lindsey eine international anerkannte Bestsellerautorin.
Zahlreiche Preise, darunter der »Romantic Times Award«, sind Zeichen ihres
schriftstellerischen Talents. Dieses wurde, wie sie selbst sagt, »zufällig« entdeckt: »Verheiratet und Mutter von zwei Kindern, hatte ich plötzlich das drin-
gende Bedürfnis zu schreiben.« Innerhalb kurzer Zeit eroberte sie mit ihrem
ersten Roman *Die gefangene Braut* die Bestsellerlisten Amerikas. Von ihrem
für sie selbst überraschenden Erfolg beflügelt und unterstützt von einer täglich wachsenden Leserschar, schrieb sie weiter. »Ich weiß nicht, warum und
wie mir alle diese Geschichten einfallen, aber es gibt für mich noch so viel zu
erzählen, daß ich mich selbst nur noch schreiben sehe.«

Das Geheimnis ihres Erfolges ist Johanna Lindseys unnachahmliche Begabung, ihre Leser zu fesseln. Von ihrem Erzählstil bezaubert, läßt der Leser
sich in die historische Welt ihrer Romane entführen.

»Es gibt für mich nichts Schöneres, als zu wissen, daß das, womit ich täglich
meine Zeit verbringe – ich schreibe 10 bis 16 Stunden pro Tag – so vielen
Menschen Freude macht.« Davon angespornt schreibt die nunmehr finanziell
unabhängige Johanna Lindsey für ihre Leserschaft, der sie »die wunder-
schönsten Jahre« ihres Lebens verdankt.

Verzeichnis lieferbarer Titel

(Stand Juni 1994)

Fesseln der Leidenschaft (01/8347)
Die gefangene Braut (01/6831)
Gefangene der Leidenschaft
(01/8851)
Geheime Leidenschaft (01/7928)
Geheimnis des Verlangens (01/8660)
Das Geheimnis ihrer Liebe (01/6976)
Herzen in Flammen (01/7746)
Lodernde Leidenschaft (01/8081)
Sklavin des Herzens (01/8289)
Stürmisches Herz (01/7843)
Sturmwind der Zärtlichkeit (01/8465)
Wenn die Liebe erwacht (01/7672)
Wild wie deine Zärtlichkeit (01/8790)
Wild wie der Wind (01/6750)
Wildes Herz (01/8165)
Zärtlicher Sturm (01/6883)
Zorn und Zärtlichkeit (01/6641)

2 bzw. 3 Romane in einem Band:
Auf den Wogen der Leidenschaft/
Paradies der Leidenschaft/
Wildes Liebesglück (23/34)
Die gefangene Braut/Das Geheimnis
ihrer Liebe/Zärtlicher Sturm (23/78)
Liebe unter heißer Sonne/
Die Sprache des Herzens/Sündige
Liebe (23/43)
Stürmisches Herz/Wenn die Liebe
erwacht 23/91
Zorn und Zärtlichkeit/Wild wie der
Wind (01/8520)

*Die Bandnummern der Heyne-
Taschenbücher sind jeweils in
Klammern angegeben.*

Johanna Lindsey

Fesselnde Liebesromane voller Abenteuer und Zärtlichkeit
»Sie kennt die geheimsten Träume der Frauen . . .«

ROMANTIC TIMES

Wilhelm Heyne Verlag
München